Hermynia Zur Mühlen

EWIGES SCHATTENSPIEL

Hermynia Zur Mühlen

Ewiges Schattenspiel

Roman

Herausgegeben und mit einem
Nachwort versehen von Jörg Thunecke

0,50

PROMEDIA

Die Deutsche Bibliothek – CIP-Einheitsaufnahme

ZurMühlen, Hermynia:
Ewiges Schattenspiel : Roman / Hermynia ZurMühlen.
– Wien : Promedia, 1996.
ISBN 3-85371-114-6

Umschlaggestaltung: Gisela Scheubmayr & Johannes Berthold
Lektorat: Gerald Hödl
Druck: WB-Druck
Printed in Austria
ISBN 3-85371-114-6

Erster Teil

I.

Joseph gähnte.

„Mein Gott, bin ich müde“, sagte er seufzend. „Gestern der Empfang der russischen Kaiserin, Dienst bis zum Abend. Dann noch eine Soirée. Und jetzt um sechs Uhr aufstehen. Das ist zuviel.“

Antoinette lächelte ihrem Zwillingsbruder zu.

„Sei froh, daß du nicht der arme Stani bist. Der ist seit dreiviertel Stunden bei Grand'maman Inez. Vor zehn Minuten sind der Vater und die Mutter hineingegangen. Jetzt kommen bald wir an die Reihe.“

Marie Christine zuckte ungeduldig die schmalen Schultern.

„Es wird ja nicht gerade angenehm sein“, meinte sie. „Franz hat es gut. Der braucht noch nicht zum Familienrat kommen.“

Antoinette blickte durchs Fenster hinaus.

„Wie schön es ist“, sagte sie leise. „Schau, Joseph, der große Kastanienbaum ist schon ganz golden. Man müßte in den Prater fahren.“

Die Flügeltüren wurden geöffnet. Ein würdevoller Lakai erschien in ihrem Rahmen:

„Die Frau Gräfin läßt bitten.“

Grand'maman Inez saß kerzengerade in ihrem großen Pfostenbett mit dem scharlachroten Baldachin. Ihr Sohn Carl, der Vater der fünf Geschwister, stand neben dem Bett, seine Frau Ludmilla saß blaß und verärgert in einem tiefen vergoldeten Lehnstuhl. Stanislas, um dessentwillen der Familienrat zusammengerufen worden war, lehnte, einen zornigen, hilflosen Ausdruck auf dem schönen Gesicht, gegen den Kamin.

Das prunkvolle Zimmer machte einen düsteren Eindruck. Antoinette, die von allen Geschwistern am besten zu sehen und ihre Eindrücke in Worte zu kleiden verstand, hatte einmal gemeint: „Wo immer Grand'maman Inez ist, dort ist eine Klosterzelle.“

Die Geschwister traten zum Bett und küßten der alten Dame die Hand. Sie winkte ihnen ab, als sie ihr einen guten Morgen wünschen wollten.

„Laßt das. Es ist heute kein guter Morgen. Wir haben etwas Ernstes und Trauriges zu besprechen.“

Marie Christine versuchte, hinter dem Rücken der anderen, zu ihrem Lieblingsbruder Stanislas zu schleichen. Aber Grand'maman Inez' scharfe schwarze Augen bemerkten es sofort.

„Komm her, Marie Christine. Du darfst jetzt nicht mit Stanislas sprechen. Ich muß Euch leider mitteilen, daß Euer Bruder ein schwerer Sünder ist. Er hat sich gegen das sechste Gebot[1] vergangen. Er hat ...“

Und nun redete Grand'maman Inez in biblischen Ausdrücken, die Antoinette das Blut in die Wangen trieben.

„Mein Gott", sagte Ludmilla Herdegen ungeduldig, als die alte Dame verstummte. „*Tant de bruit pour une omelette.*[2] Eine kleine Liebschaft. Das Objekt, verehrte Schwiegermutter, ich gebe es zu, ist nicht gerade glücklich gewählt, aber immerhin ..."

„Ludmilla", bat Carl Herdegen erschrocken. „Ich bitte dich."

Grand'maman Inez setzte sich noch gerader auf. In dem großen Bett verschwand fast die kleine magere Gestalt. Dennoch beherrschte sie und nur sie das ganze Zimmer.

„Bozena", erklärte sie, „ist nicht nur Marie Christines Milchschwester, sondern auch mein Taufkind. Ich bin vor Gott für ihre Seele verantwortlich. Und deshalb wird Stanislas seine Sünde gutmachen und das Mädchen heiraten."

„Nie", rief Ludmilla empört. „Ich werde nie zugeben, daß mein Sohn ..."

„Mein Enkel", sagte Grand'maman Inez streng, „wird seine Sünde gutmachen und das Mädchen heiraten."

„Grand'maman Inez", Stanislas wagte sich in die Nähe des Bettes. „Grand'maman Inez, ich flehe Sie an. Jede Buße, jede Strafe, lieber gehe ich ins Kloster."

Grand'maman Inez lächelte grimmig.

„Du hast bewiesen, Stanislas, daß du für das Mönchsleben nicht geeignet bist. Du wirst das Mädchen heiraten."

„Meine Karriere", jammerte Stanislas. „Wie kann ich an einem fremden Hof mit Bozena ..."

„Du wirst eben auf deine Karriere verzichten. Wirst nach Wohan ziehen, das Gut verwalten. Deiner Frau ein treuer Gatte sein." Die alte Dame wandte sich an den Sohn:

„Du bist doch meiner Meinung, nicht wahr, Carl?"

Carl Herdegen nahm allen Mut zusammen und wagte einen Einwand.

„Ich fürchte, verehrte Maman, daß die beiden jungen Menschen miteinander nicht glücklich sein werden."

„Glücklich, mein guter Sohn? Seit wann tritt man in den heiligen Ehestand, um glücklich zu sein?" Ihr spöttischer schwarzer Blick suchte die Schwiegertochter. „Ja, das ist mir neu, daß der heilige Ehestand gleichbedeutend mit Glück ist."

Joseph, der Lieblingsenkel der alten Dame, versuchte, für den Bruder ein gutes Wort einzulegen.

„Grand'maman Inez, Stani ist noch so jung, ist erst siebzehn, und Bozena erst sechzehn. Dürfen die beiden nicht noch ein wenig warten?"

„Mein guter Enkel, es gibt Fälle, in denen das Warten nicht angeht. Im Gegenteil, Stanislas wird in drei Wochen heiraten."

Antoinette schwieg. Sie wußte ja, daß Grand'maman Inez immer in allem ihren Willen durchsetzte. Sie war traurig; mein Gott, dachte sie, die kleine Bozena, dieses Kind. Antoinette kam sich mit ihren achtzehn Jahren unendlich alt und erfahren vor.

„Weiß das Bauernmädchen schon von seinem Glück?“ fragte Ludmilla höhnisch.
Grand'maman Inez erwiderte kalt:
„Schmähe nicht den Bauernstand. Bozenas Eltern sind brave, rechtschaffene, gottesfürchtige Menschen. Ihre Mutter hat dreißig Jahre in Ehren mit ihrem Mann gelebt und ihm fünfzehn Kinder geboren. Manche unserer Frauen, die nur ihr Vergnügen kennen, könnten sich an ihr ein Beispiel nehmen.“
Ihre Stimme wurde sanfter.
„Geh, Antoinette, rufe Bozena herein, sie wartet in meinem Ankleidezimmer.“
Antoinette gehorchte mit zitternden Knien.
Ludmilla trommelte nervös mit den schmalen langen Fingern auf der Stuhllehne. Stanislas, ihr schönster, ihr klügster, ihr liebster Sohn. Sie hatte ihn in ihren Träumen schon am kaiserlichen Hof von St. Petersburg gesehen. In der goldbetreßten Uniform des Diplomaten. Er hätte die beste Partie der Welt machen können, mit seinem Namen, seinem Vermögen, seinem Aeußeren. Und jetzt, wegen einer Lappalie, einer Jugendsünde, die schließlich ein jeder beging. Sie blickte zu Joseph hinüber, der sehr ernst neben dem Bett stand. Aerger stieg in ihr hoch. Warum war es nicht der gewesen, dieser stille, hagere, unscheinbare junge Mann, der in Gesellschaft nicht den Mund aufmachte, der ...
„Dir“, sagte sie spitz zu ihrem Aeltesten hinüber, „kann so etwas nicht passieren, du Seladon[3], mit deiner unglücklichen Liebe.“
Joseph wurde dunkelrot. Wie gut, daß Antoinette nicht im Zimmer war. Sie, die als einzige das schuldig-unschuldige Geheimnis dieser unglücklichen Liebe kannte, nämlich, daß die Frau, der sie galt, gar nicht existierte. Die Regimentskameraden, die jungen Damen der Gesellschaft hatten Joseph, der sich vor jedem Mädchen fürchtete, solange mit seiner Unnahbarkeit geneckt, bis er, um sich zu retten, diese unglückliche Liebe erfunden hatte.
Antoinette öffnete die Tapetentür und schob Bozena sanft vor sich ins Zimmer.
„Komm her, mein Kind“, sagte Grand'maman Inez mit merkwürdig sanfter Stimme. „Komm her und gib deinem Verlobten die Hand. In drei Wochen werdet ihr heiraten. Komm auch du her, Stanislas.“
Bozena starrte die alte Dame entsetzt an. Und dann kam der erste wirkliche Widerstand, dem Grand'maman Inez in ihrem ganzen Leben je begegnet war. Das große, blonde, schöne mährische Bauernmädchen begann laut zu weinen und hob die Hand abwehrend gegen Stanislas, der, der Großmutter gehorchend, nähergetreten war.
„Heiraten“, jammerte Bozena. „Heiraten. Den jungen Herrn Stani? Allergnädigste Frau Gräfin, allergnädigste Taufpatin, das kann ich nicht. Das kann ich nicht.“
„Du mußt es, mein armes Kind“, sagte Grand'maman Inez noch immer sanft.
„Aber allergnädigste Frau Gräfin, das geht nicht. Der junge Herr Stani kann doch nicht ... Wird doch nicht wollen ...“
„Ob er will oder nicht, Bozena, das ist meine Sache. Ihr werdet heiraten.“
„Nein, nein“, schrie Bozena und weinte noch lauter. „Das geht nicht. Der junge Herr Stani wird mich schlagen. Wird mich verspotten, weil ich nur ein Bauernmädchen bin. Nein, nein.“

Ludmilla lächelte spöttisch.

„Gar so groß scheint das Glück dieser Ehe nicht zu sein, verehrte Schwiegermutter. Wie wäre es, wenn wir Bozena eine hübsche kleine Mitgift gäben? Sie wird damit bestimmt noch einen braven Mann finden."

„Ja, ja", schluchzte Bozena. „Ja. Aber ich brauch' auch keine Mitgift. Ich will nur den Herrn Stani nicht heiraten müssen."

Grand'maman Inez' wachsgelbe Wangen, sie hatte, der frühen Stunde wegen, noch kein Rouge aufgelegt, röteten sich leicht.

„Willst du in die Hölle kommen, Bozena? Ewig verdammt sein?" fragte sie hart.

„Nein, heilige Mutter Gottes, nein."

„Dann mußt du Stanislas heiraten. Und sag' nicht mehr ‚Herr Stani'. Er ist dein Verlobter. Nenn' ihn Stanislas."

Sie streckte die hagere runzlige Hand nach dem Mädchen aus, zog es näher, hielt es mit der linken fest und machte mit der rechten auf die sonnengebräunte Stirn das Zeichen des Kreuzes.

„Gott wird dir helfen", sagte sie leise. Dann griff sie mit der Rechten nach Stanislas' Hand und legte sie in die Bozenas.

„Sei gut zu ihr, Stanislas. Du hast ihr ein großes Unrecht angetan", sagte sie.

Antoinette, die stumm die kleine Szene beobachtete, begriff plötzlich wieder einmal, weshalb so viele Menschen diese unerbittliche alte Frau liebten, weshalb der Großvater, den die Kinder nicht mehr gekannt hatten, er war im Bayrischen Erbfolgekrieg[4] gefallen, sich gerade diese Braut aus Spanien geholt und bis an seinen Tod angebetet hatte. Wenn Grand'maman Inez einmal weich wurde, vermochte niemand, außer ihrer Schwiegertochter Ludmilla, dem Charme der alten Dame zu widerstehen.

Stanislas stand wie gebannt neben dem Bett. Er beugte sich vor, küßte die Hand der Großmutter, küßte dann Bozena sanft auf die Stirn.

„Ich werde gut zu ihr sein, Grand'maman Inez. Ich verspreche es Ihnen."

Bozena schluchzte noch immer leise, ihre Lippen zitterten wie die eines kleinen Kindes. Sie senkte den Kopf. Man sah ihr an, daß sie sich in ihr Schicksal ergab.

Grand'maman Inez fiel noch eine belanglose Kleinigkeit ein.

„Ich habe doch in deinem Sinne gehandelt, nicht wahr, mein Sohn?" fragte sie. „Ich weiß, wir Frauen, sogar wir Mütter, müssen uns dem Willen des Familienoberhauptes beugen."

Im Hintergrund wurde ein kleines ersticktes Lachen laut, das rasch in ein Husten überging. Antoinette hielt sich ihr Spitzentaschentüchlein vor den Mund.

Carl Herdegen erwiderte mit der sanften Resignation, die er sowohl der Mutter als auch seiner Frau gegenüber immer an den Tag legte:

„Sie wissen, hochverehrte Maman, daß Ihr Wille immer auch der meine ist."

„Gut", meinte Grand'maman Inez. „Und jetzt geht. Sonst komme ich nicht mehr zur Messe zurecht."

Sie senkte hoheitsvoll den Kopf und entließ alle mit einem gnädigen Lächeln.

***

„Carl“, sagte Ludmilla mit zornbebender Stimme. „Komm in mein Zimmer. Diese Ungeheuerlichkeit muß vermieden werden. Es darf nicht sein.“

Sie schritt auf hohen Absätzen vor ihm her. Ihr weiches, weißes Negligé bauschte sich unter den raschen, heftigen Schritten. Carl Herdegen folgte ihr langsam.

Die Kinder, bis auf Bozena, die rasch in ein anderes Zimmer gehuscht war, gingen in den kleinen blauen Salon.

Der kleine Franz lief ihnen entgegen.

„Was hat es gegeben? Wer hat etwas angestellt?“ fragte er neugierig. „Warum durfte ich nicht zu Grand'maman Inez kommen?“

Antoinette strich ihm sanft über das lockige rote Haar. Der kleine Franz war das einzige rothaarige Mitglied der Familie Herdegen. Ueberhaupt sah er keinem von ihnen ähnlich. Die Geschwister nannten ihn neckend: „das englische Bild“, und tatsächlich wirkte der rotlockige Knabe mit der feinen, ein wenig langen Nase wie ein Portrait von Gainsborough[5]. Joseph, der sich über alles auf der Welt Gedanken machte, grübelte häufig über den Einfluß des Klimas auf das Aeußere der Menschen, war doch der kleine Franz während eines dreijährigen Aufenthaltes in England – der Vater war als außerordentlicher Vertreter des Landes am königlichen Hof gewesen – geboren worden.

„Was hat es gegeben? Toinette“, bettelte der kleine Franz. „Ich warte schon seit einer Stunde auf euch.“

Er blickte sich um.

„Wo ist Bozi? Sie wollte mir einen Ball nähen.“

„Deine Bozi wird dir keine Bälle mehr nähen“, entgegnete Marie Christine mit ihrer hellen kalten Stimme.

Joseph war ihr einen vorwurfsvollen Blick zu.

„*Maxima debetur puero reverentia*“[6], sagte er pedantisch. Joseph liebte die Klassiker; es wurde erzählt, daß er selbst im Dienst Virgil und Horaz las.

Toinette, die Gütige, zog den kleinen Franz in eine Ecke.

„Ich werde dir den Ball nähen. Sag mir, wie er aussehen soll.“

Marie Christine trat zu Stanislas, der halb stolz, halb verlegen, in einem Bergère[7] saß.

„Stani! Wie konntest du nur? Mit diesem Mädchen? Du hättest die schönsten Frauen ...“

Stanislas seufzte.

„Du bist ein Mädchen, Marie Christine. Du verstehst das nicht. Es war so langweilig im Sommer, in Wohan. Immer nur die Reden studieren, die die Politiker gehalten haben. Als einzigen Umgang Monsieur Venarius. Der Juli ohne euch alle wäre nicht zu ertragen gewesen. Und ...“

Er fuhr mit der Hand über einen imaginären Schnurrbart und nahm die Haltung eines blasierten Weltmannes an.

„Und Bozena ist ein schönes Kind. Mein Gott, ich dachte mir nichts dabei. Ein kleines *amour*."
Die Glocke der Hauskapelle klang in seine Worte. Die Geschwister beeilten sich, den blauen Salon zu verlassen. Heute durfte man Grand'maman Inez nicht noch einmal erzürnen.

***

Auch die Hauskapelle trug den Stempel von Grand'maman Inez' Persönlichkeit. Ueber dem Altar eine schmerzlich brutale Kreuzigung El Grecos[8], an den Wänden die Bilder eines erschütternden Kreuzwegs.
„Mein Glaube", pflegte Grand'maman Inez zu sagen, „verträgt kein *eau de rose*[9]. Unser Gott ist ein strenger Gott. Er läßt sich nicht betrügen."
Antoinette hatte einmal zu Joseph gesagt:
„Weißt du, man erkennt sofort den Unterschied zwischen Grand'maman Inez und Maman. Man braucht nur in Mamans Zimmer den Guido Reni[10] anzusehen und bei Grand'maman Inez das Kruzifix über dem Bett ..."
Nun kniete die alte Dame sehr gerade in der ersten geschnitzten Bank, die Augen auf den Altar geheftet. Ihre schmalen Lippen bewegten sich lautlos. Der schwarze Spitzenschleier rahmte das harte alte Gesicht ein.
„Mein Gott", betete Grand'maman Inez, „ich habe allen Eitelkeiten der Welt zum Trotz Deinen heiligen Willen getan, habe zwei Seelen gerettet. Du weißt, mein Gott, daß mein Enkel Stanislas eine schöne Karriere vor sich hatte."
Sie blickte zu Stanislas hinüber. Er saß in der Bank, einen trotzigen Ausdruck auf dem schönen Gesicht. Als er Grand'maman Inez' Blick bemerkte, kniete er hastig nieder und vergrub den Kopf in den Händen.
Grand'maman Inez wandte sich wieder an Gott.
„Verzeih' ihm und dem armen Mädchen ihre Sünde, o Herr. Und wenn es möglich ist, laß das Kind ein Mädchen sein, damit nicht der erste Sohn unseres Geschlechtes in Sünde gezeugt sei. Aber wenn Dein unerforschlicher Beschluß Bozena einen Sohn schenkt, so will ich ihn, um unseres demütigen, sanftmütigen Heilands willen, lieben wie alle Urenkel, die Du mir noch in Deiner Gnade geben wirst."
Sie erhob sich und lauschte andächtig den Worten des Evangeliums.
Carl Herdegen, ermüdet und betrübt von der heftigen Szene, die seine Frau ihm gemacht hatte (Ludmilla war nicht zur Messe gekommen. Nach dem Weinkrampf war es unmöglich gewesen, ihr zerwühltes Gesicht und die verschwollenen Augen rechtzeitig in Ordnung zu bringen, außerdem war sie böse auf den *bon Dieu*, der dieses Unglück zugelassen hatte), Carl Herdegen betete innig, mit der kindlichen Schlichtheit seiner guten Seele. Er bat Gott um Gnade für die Kinder, für den ungeborenen Enkel. Er flehte um Geduld. Gott allein wußte, wie schwer das Leben zwischen der hochverehrten Maman und seiner lieben Frau Ludmilla war. Wenn Gott Ludmilla ein wenig Verstand, ein wenig Einsicht geben wollte ... So betete Carl Herdegen in der kindlichen Schlichtheit seiner guten Seele.

Antoinette kniete am äußersten Ende der Bank. Durch das gemalte Fenster fiel ein heller Schein auf ihr blasses Gesicht. Sie hielt die Augen geschlossen. Langsam rannen Tränen über ihre Wangen.

„Die arme Bozena", dachte sie. „Die arme, arme Bozena. Vergib ihr, mein Gott. Die kleine Bozena. Sie wird ein Kind bekommen. Der Fluch, der Eva getroffen hat, wird auch sie treffen. Unter Schmerzen sollst du gebären ... Die kleine Bozena, die noch voriges Jahr wie ein Knabe mit Franzel umhergetollt ist, Herr Jesus, heilige Mutter Maria, macht ihr ihre schwere Stunde leicht."

Marie Christine, die neben der Schwester kniete, beobachtete gereizt die Tränen, die auf das schwarze, in Leder gebundene Gebetbuch fielen und große runde Flecken hinterließen. Antoinettes Güte und Mitgefühl machten Marie Christine ungeduldig. Das Leben, dachte sie, wird Toinette zertreten, und auch Joseph. Stani hat es schon zermalmt. Aber ich werde ihm Trotz bieten. Ich werde nur nach dem Verstand leben. Ich werde hochkommen. Höher als alle andern. Ich bin schön, viel schöner als Toinette. Nicht umsonst heiße ich die Schneekönigin. Königin, ja, das wäre das Rechte für mich. Schade, daß Alexander[11] verheiratet ist. Kaiserin von Rußland ... An der Newa die große Stadt ... Und Juwelen, die ein Königreich wert sind, um meine Schönheit zu schmücken ... Der Großfürst Konstantin[12], er soll schöne Frauen und Mädchen lieben ... Er soll ein grausamer wilder Mensch sein ... Aber was schadet das? Ich werde von meinem weißen Kleid die Rosen abtrennen. Werde ganz weiß sein, weiß und golden mit meinem blonden Haar ... Vielleicht ...

Sie lächelte dem gekreuzigten Christus zu, als wäre es der Großfürst. Joseph sah dieses Lächeln und erschrak.

Seine Gebete waren verworren. Er glaubte und glaubte nicht. Er zweifelte an der Existenz Gottes und fühlte dennoch, daß für ihn ein Leben ohne Glaube unerträglich wäre. „Diese Gefühle", hatte unlängst Grand'maman Inez erklärt, als sie den Enkel bei der Lektüre von Monsieur de Voltaires *„Candide"*[13] überraschte, „kommen von den schlechten Büchern."

Joseph, entzückt vom Stil des Romans, hatte ihn verteidigt.

Grand'maman Inez hatte mit einer bei ihr seltenen Geduld die Worte des Enkels angehört und dann etwas gesagt, das ihn in Erstaunen versetzte:

„Den ehrlichen Zweifel, das ehrliche Suchen liebt Gott. Aber das Spiel mit dem Zweifel, das ist des Teufels."

Daran dachte Joseph nun, während er mit gefalteten Händen ein wenig zerstreut den lateinischen Gebeten lauschte. Die klingenden, aufschwebenden Worte des Sanctus rissen ihn mit. Und später sprach er von ganzem Herzen dem Priester nach: *„Dominus, non sum dignus."*[14] Denn Joseph kannte die Höhen, die ein Mensch zu erreichen vermag, und kannte auch die eigene Schwäche. Als dann durch die stille Kapelle das *„Pax vobis"*[15] klang, vergaß er alle Zweifel und betete, ebenso innig, ebenso schlicht wie sein Vater, um den Frieden für alle Völker. Der schlanke junge Mann in der gutsitzenden Uniform haßte den Krieg, der ihm als ein Rest aus barbarischen Tagen erschien. Er dachte an die Monarchen und Staatsmänner, die jetzt in Wien zusammenkamen, um nach Napoleons Sturz eine neue Welt zu schaffen.[16] Aber was wußten sie vom Leiden des einfachen Soldaten?

Der andere, der Feind, der Korse, hatte darum gewußt, hatte mit dem Mann aus Reih und Glied die Leiden geteilt. Er, der den Krieg wirklich kannte, hätte auch den wahren Wert des Friedens erkannt. Joseph senkte den Kopf: „Herr, gib Frieden in unsern Tagen."

Zwischen der ersten Bank und der dritten, in der die Domestiken knieten, stand die für die Gäste des Hauses bestimmte Bank leer. Das heißt, nicht ganz leer. An die Wand gepreßt, kniete Bozena, den Rosenkranz zwischen den gefalteten Händen. Sie hatte gefühlt, daß sie nun nicht mehr zu den Domestiken gehöre, hatte aber auch nicht gewagt, Carl Herdegens freundlichem Blick zu folgen und sich neben die Familie zu knien, die für sie noch immer, trotz allem, die hochgeborene Herrschaft war. Bozena dachte an das große alte Schloß in Wohan, wo sie ihre Kindertage verlebt hatte. Da wird sie nun, in drei Wochen, die Herrin sein. Wie unheimlich, wie erschreckend! Sie wird Domestiken unter sich haben; Menschen, die sie verlachen werden, das Bauernmädchen als Frau Gräfin. Freilich, sie ist anders erzogen als die übrigen Bauernmädchen. Sie hat von ihrem siebenten Jahr an jeden Winter mit der Familie in der Stadt verlebt, und Toinette, die liebe, die gute, hat ihr feine Manieren beigebracht. Sie kann lesen und schreiben, ja, sie hat sogar eine schönere Schrift als Marie Christine, deren große, wild hingekleckste Buchstaben kein Mensch lesen kann. Dennoch ... diese großen Räume, allein mit dem jungen Herrn Stani, ach nein, die gnädigste Taufpatin will ja, daß sie ihn Stanislas nennt ... Wenn nur dieser Sommer nicht gewesen wäre. Der junge Herr, ach nein, Stanislas, hatte sich auf eine Prüfung vorbereiten müssen und war daher früher aufs Gut gereist als die andern. Er und sie waren die einzigen jungen Menschen gewesen ... Und was hätte sie, das Bauernmädchen, tun können, wenn der hochgeborene junge Herr Graf ... Freilich, daß es so schlecht enden würde, das hatte sie nie gedacht ... Die Schande, ja, die hatte sie ja verdient, aber einer hätte sie ihr verziehen, Wenzel, der zweite Gärtner, der ... Bozena erschrak, mein Gott, ich bin verlobt, ich darf an keinen anderen Mann denken, das ist eine Sünde. Ihre Augen füllten sich mit Tränen. Im Gärtnerhaus war eine so schöne, so liebe kleine Küche ... Und auch die selbstgesponnene Leinwand daheim in der bunt bemalten Truhe kann sie nicht mehr brauchen: Eine Frau Gräfin trägt andere Wäsche. Die schöne Leinwand ...

Die Messe war zu Ende. Grand'maman Inez schlug noch ein Kreuz und verließ langsam die Kapelle. Auf dem Steinkorridor hielt sie Stanislas an.

„Du fährst in einer Stunde nach Wohan. Es geziemt sich nicht, daß du mit deiner Verlobten unter einem Dach wohnst. Einen Tag vor der Hochzeit kommst du zurück. Monsieur Venarius wird dich begleiten."

„Grand'maman Inez! Und morgen die Soirée!"

„Wir werden uns darein schicken, daß der brillanteste Kavalier der Stadt fehlt." Grand'maman Inez hatte keineswegs in nachsichtiger Stimmung die Kapelle verlassen. Stanislas kannte diesen Ton. Er verneigte sich tief.

„Wie Grand'maman Inez befehlen."

Sie reichte ihm die Hand.

„Eine Novene[17] zum heiligen Joseph, dem Schutzpatron der christlichen Ehe, würde dir nicht schaden. Fahr mit Gott."

Sie wandte sich um und hielt Bozena an, die vorbeihuschen wollte.

„Komm zu mir, mein Kind. Die Demoiselle Agathe ist da. Sie soll dir Maß nehmen für dein Hochzeitskleid und andere Kleider."

Bozena machte trotz allem Kummer ein verzücktes Gesicht. Die Demoiselle Agathe nähte für Antoinette und Marie Christine und war eine der vornehmsten Schneiderinnen der Stadt.

„Die Demoiselle Agathe! Für mich ...", stammelte sie.

„Ja, die Gräfin Bozena Herdegen muß standesgemäß gekleidet sein. Komm, nein, warte noch einen Augenblick. Monsieur Venarius!"

Der dunkel gekleidete ältere Mann, der sich eben eingefunden hatte, machte eine Verbeugung.

„Monsieur Venarius, mein Enkel Stanislas bereitet sich nicht mehr für die Diplomatenlaufbahn vor. Sie können ihm nun die Vorträge über Staatskunst ersparen. Hingegen wäre es mir lieb, er würde Agronomie studieren."

„Wie gnädigste Gräfin befehlen."

„Ihr altes Leiden wird sich auf dem Lande bessern, mein guter Monsieur Venarius."

Der alte Präzeptor nickte seufzend. Er wußte ja, daß er in die Verbannung geschickt werde, und wußte auch, warum.

Ein Diener kam:

„Die Fürstin Galewka läßt um eine Unterredung bitten."

Marie Christine, die mit den Geschwistern auf Grand'mamans Fortgehen wartete, vor ihr zu gehen wäre unschicklich gewesen, verzog den Mund.

„Grand'maman Nathalie", flüsterte sie. „Maman hat schon um sie geschickt. Das wird noch einen Kampf geben. Das möchte ich sehen."

Grand'maman Inez nickte Monsieur Venarius zu und befahl dem Diener:

„Führen Sie die Fürstin in den roten Salon."

Dann griff sie nach Bozenas Hand.

„Komm, mein Kind. Ich werde dich der Fürstin als Stanislas' Verlobte vorstellen."

Klein, mager, kerzengerade schritt sie durch den hallenden Steinkorridor. Sie fürchtete den Kampf mit Ludmillas Mutter nicht. Sie wußte, wer Siegerin bleiben würde.

II.

Während Stanislas, auf der von den ersten Herbstregen aufgeweichten Landstraße geschüttelt und gerüttelt, wütend den schlafenden Monsieur Venarius betrachtete, sich selbst und sein unglückseliges Los sowie, ganz insgeheim, Grand'maman Inez verwünschte und sehnsüchtig auf den Relais[1] wartete, wo er wenigstens etwas Warmes zu essen bekommen würde, flammten im Palais Herdegen die Kerzen auf. Hunderte von kleinen, zarten, in warmem Gelb leuchtenden Flammen erhellten Säle und Salons, knisterten leise, verbreiteten einen köstlichen Wachsduft. Ihr weiches warmes Licht ließ die schönen Frauen noch schöner, die häßlichen weniger häßlich erscheinen.

Marie Christine blieb vor dem riesigen, in die Wand eingelassenen Spiegel des roten Salons stehen, wo später die Herren sich an die grünen Tische setzen würden. Sie lächelte ihrem Spiegelbild zu. Schneeweiß und Gold. Die grünlichen Augen goldgesprenkelt, die Locken, die das schmale Gesicht einrahmten, ebenso golden wie das Goldbandeau, von dem sie über der Stirn gehalten wurden. Das Gesicht blaß, Marie Christine weigerte sich hartnäckig, Rouge aufzulegen, sie wußte, daß gerade diese Blässe zu ihr paßte, ihr etwas Apartes verlieh.

Ein wenig mehr Fleisch müßte ich haben, dachte sie, dem Spiegelbild zunickend. Aber was da ist, ist zart, schneeweiß, wie eine Hühnerbrust. Ebenso weiß wie mein Kleid. Es war ein guter Gedanke, die Rosen abzutrennen. Alle jungen Mädchen tragen Rosengirlanden. So falle ich doppelt auf.

Sie fühlte ihr Herz pochen. Der Großfürst Konstantin hatte gnädigst sein Kommen zugesagt. Aber bei diesen hohen Herren wußte man ja nie, ob sie ihr Wort halten würden.

Ich werde im großen Salon bleiben, beschloß Marie Christine. Ein wenig im Hintergrund, wo es dunkler ist. Da fällt meine Weiße noch mehr auf.

Sie überlegte: Wer könnte mich heute ausstechen? Marie Therese Eszterhazy? Nein, dieses Gesicht sieht man auch anderswo, dunkle Augen, dunkle Locken, von der droht keine Gefahr. Die Rosalie Rzewuska? Zu alt, dreiunddreißig Jahre, schon eine Matrone. Freilich gescheit, belesen. Aber dreiunddreißig ... Unsere *beauté céleste*[2], die Julie Zichy, ach nein, ein wilder Moskoviter liebt bestimmt nicht solche Engelsgesichter. Ich brauche keine Angst zu haben.

Joseph war glücklich. Er mußte im Augenblick keiner Frau die Cour machen, mußte kein junges Mädchen unterhalten. Er saß im grünen Salon mit seinem Taufpaten, dem Fürsten von Ligne, und unterhielt sich mit ihm über gewichtige Dinge, wie dies ernsten Männern zukommt. Nach dem Vater und Antoinette liebte Joseph am meisten auf der Welt diesen vornehmen alten Herrn, der für ihn den ganzen Geist und die ganze Ritterlichkeit einer vergangenen Zeit verkörperte. Charles de Ligne konnte ihm auch viel von dem Großvater erzählen, mit dem er im Bayrischen Erbfolgekrieg gekämpft hatte.

Joseph berichtete von dem Familienrat.

„Ich weiß", sagte Charles de Ligne. „Ihre Mutter hat mich vorhin gebeten, mit Ihrer hochverehrten Großmutter zu sprechen."
Joseph runzelte die Stirn. Das sah Maman ähnlich. Nun wird sie jeden und jede einspannen, um ihren geliebten Stani vor der Mesalliance zu retten.
„Und was haben Sie gesagt, verehrter Taufpate?"
„Daß ich gerne für eine so schöne Frau in die Schlacht reiten würde, aber nie den Mut aufbrächte, der verehrten Gräfin Inez zu widersprechen."
„Maman ist verzweifelt."
„Begreiflich. Aber auch das Verhalten Ihrer verehrten Großmutter ist begreiflich. Sie ist so überaus fromm. Leider kann man auch den armen Stani verstehen. Das ist das Unglück des Alters, mein guter Joseph, daß man alles versteht und nichts mehr verurteilt."
Der Fürst kniff die Augen zusammen und spähte in den großen Saal.
„Ich glaube, dort kommt mein guter De la Garde", sagte er. „Gehen wir hinein."
Er erhob sich, noch immer anmutig, frisch, wie ein junger Mann trotz seiner achtzig Jahre, und Joseph folgte ihm seufzend.
Er erfüllte seine Pflichten als ältester Sohn des Hauses, rang sich mühselig Komplimente ab, plauderte angestrengt und floh, als er überhaupt kein Gesprächsthema mehr fand, hinter die schwere Portiere, die den großen Saal von dem kleinen grünen Salon trennte.
Hier stand er eine Weile allein und betrachtete das sich vor seinen Augen bewegende Bild. Im Licht der Wachskerzen leuchteten Diamanten, Rubine, Smaragde. Besonders die Russinnen erweckten den Eindruck von geschmückten Götzenbildern. In der Ferne sah er Grand'maman Nathalie. Sehr üppig, sehr dekolletiert, mit Schmuck behangen, wirkte sie wie eine Karikatur ihrer noch immer schönen Tochter. Grand'maman Inez, einen schwarzen Spitzenschleier über dem Diadem, mit einer schweren Schleppe, die sie, die Mode verachtend, noch immer trug, und mit einer langen Perlenschnur, wirkte im Vergleich mit Grand'maman Nathalie wie eine Königin neben einer Emporgekommenen. Antoinette hatte etwas von Grand'maman Inez' Würde geerbt. Sie bewegte sich anmutig, sicher. Man merkte ihr an, daß sie nicht mit sich selbst beschäftigt war. Ihr gütiges Lächeln war das gleiche, das sie dem kleinen Franz schenkte, wenn die Geschwister unter sich waren. Wie anders ist doch Toinette als Marie Christine. Sie ist ja lange nicht so schön, aber ihr liebes Gesicht bezaubert alle, die es länger betrachten.
Sie macht uns Ehre, dachte Joseph, und auch Marie Christine durch ihre Schönheit. Schade, daß Stani fehlt. Ich bin kein guter Repräsentant der Familie.
Die großen Flügeltüren am anderen Ende des Saales wurden geöffnet. Die plaudernden Gruppen zerstreuten sich ein wenig. Zwei Männer traten ein. „Rasch, rasch", flüsterte vor der Portiere eine junge Stimme. „Der Oger[3] kommt. Retten Sie mich."
Joseph zog die Portiere ein wenig zurück und sah vor sich ein fast knabenhaft schlankes fremdes junges Mädchen in einem duftigen grünen Kleid.
„Rasch", flüsterte die Fremde, „ich kann ihn nicht sehen."

Joseph zog das Mädchen hinter die Portiere. Bevor er sie abermals zurückfallen ließ, warf er noch einen Blick hinaus und sah den Fürsten Metternich[4], der sich eben vor Grand'maman Inez verbeugte. Hinter ihm stand ein zweiter, dunkel, aber elegant gekleideter Herr, den Joseph nicht erkannte. Das fremde Mädchen warf sich in einen Lehnstuhl. Dann blickte es sich im grünen Salon um und lächelte.
„Empire“[5], sagte das Mädchen, und Joseph war es, als habe er noch nie eine so schöne, dunkle, warme Stimme gehört. „Sie haben mich in das richtige Asyl geführt, Monsieur.“
Der grüne Empire-Salon war eine Caprice Ludmillas gewesen, zu einer Zeit, da Empire die große Mode war. Nach dem Sturz des Kaisers, der nun plötzlich überall wieder der Korse hieß, schämte Ludmilla sich ihres „plebejischen“ Geschmackes, und der kleine Salon blieb fast immer leer. Nur bei ganz großen Anlässen, wenn alle Räume gebraucht wurden, stand er den Gästen offen.
Das junge Mädchen betrachtete Joseph prüfend.
„Sie sind mir doch vorgestellt worden“, sagte es zögernd. „Aber ich habe heute schon so viele Menschen kennengelernt, Sie müssen entschuldigen, Monsieur, wenn ich nicht weiß ...“
„Joseph Herdegen, ganz zu Ihren Diensten, Mademoiselle. Ich bin der älteste Sohn des Hauses.“
„Ich bin Victoire Derville. Wir sind, das heißt, meine Eltern sind zum Kongreß gekommen. Und ich mußte mit.“
„Sie sind nicht gerne Ihren Eltern gefolgt, Mademoiselle?“
„Nein.“
Die veilchenblauen Augen in dem leicht gebräunten Gesicht funkelten zornig. Aber nach dem einen kurzen Wort schwieg das Mädchen.
Joseph betrachtete es verstohlen. Er fand es anziehend, obwohl es ein wenig unregelmäßige Züge hatte. Der rote Mund war etwas zu groß, aber weich und schön geschwungen. Die Nase zu lang, doch edel gebogen. Weiche schwarze Locken hingen zwanglos bis in den schlanken jungen Nacken.
Als Joseph in seiner Betrachtung so weit gelangt war, wurde er sich plötzlich der erschreckenden Tatsache bewußt, daß er mit einem jungen Mädchen allein sei. Er fühlte Verwirrung und suchte vergeblich nach passenden Worten.
Victoire kam ihm zu Hilfe.
„Sagen Sie, Monsieur“, fragte sie unvermittelt, „hassen auch Sie Verräter?“
„Ja“, sagte Joseph aufrichtig. „Ich hasse und verachte sie.“
„Das ist recht. Blicken Sie durch die Portiere. Dann werden Sie einen der ärgsten sehen. Er küßt eben einer dicken alten Dame die Hand. Ja, der dort drüben.“
„Das ist doch ...“
„Fürst Talleyrand. Der Fürst von Benevent.[6] Früher einer seiner Getreuesten.“
„Seiner ...?“ Joseph verstand nicht recht, was Victoire sagen wollte.
Sie zuckte ungeduldig die schmalen Schultern, die leicht gebräunt aus dem Dekolleté herausragten.
„Des Kaisers“, sagte sie hastig.

„Napoleons?“

„Es gibt nur einen Kaiser: Napoleon! Die andern, die da in Ihrer Stadt zusammenkommen, sind ja nur Marionetten auf dem Schachbrett, die er hierhin und dorthin geschoben hat. Der *Empereur*. Er ist Frankreich, ist die Welt.“

Joseph blickte sie erstaunt an.

„Ja“, wiederholte Victoire heftig. „Er war es, er ist es, auch wenn der Oger, Ihr Monsieur de Metternich, ihn gestürzt hat. Begreifen Sie jetzt, Monsieur, weshalb ich den Oger nicht sehen wollte? Er hat uns unseren Kaiser genommen, hat uns den König von Rom[7] geraubt, dieses arme Kind. Er ist der Feind. Die andern ...“ Sie zuckte abermals verächtlich die Schultern. „Monarchen von Gottes Gnaden. Mein Gott, wie *démodé*[8]. Ihr Kaiser, der mit seiner langen Nase wie ein Schullehrer aussieht. Der *roi de Prusse*[9] mit seinem wehmütigen törichten Pferdegesicht. Und alle die andern. Verräter oder Dummköpfe.“

Joseph mußte lachen und vergaß seine Scheu.

„Mit diesen Gefühlen kommen Sie zum Kongreß, Mademoiselle?“

Victoires große veilchenblaue Augen wurden traurig.

„Monsieur, ich hasse Verräter über alles auf der Welt, und ich muß Ihnen sagen, daß meine Eltern Verräter sind. Sie waren schon alles, was Menschen sein können, Royalisten, als es noch ungefährlich war, Girondisten, Robespierristen, Bonapartisten, und jetzt sind sie wieder Royalisten.“

Joseph wurde von neuem verlegen. Was konnte man einer so pietätlosen Tochter antworten? Auch war er nicht gewöhnt, daß junge Mädchen so offen mit Fremden sprachen. Außerdem hatte Victoire unter dem Kleid die Beine gekreuzt, er konnte ihre schmalen Füße und den Ansatz eines schlanken Beines sehen, was ihn noch mehr verwirrte.

Victoire schien seine Gedanken zu erraten. Sie errötete leicht und zog das Kleid tiefer. Dann sagte sie:

„Sie staunen über meine Offenheit, Monsieur. Ich weiß, hier herrscht noch strenge Etikette. Bei uns ist das anders. Vielleicht haben wir zu viel erlebt, um uns so streng an die Formen zu halten. Meine Tante wurde guillotiniert, mein Bruder fiel auf Seiten der Royalisten. Er wenigstens ist für seine Ueberzeugung gestorben. Revolution, Krieg, Monsieur, haben uns verändert. Aeußerlich. Ob der Mensch sich auch innerlich ändern kann, weiß ich nicht.“

„Wenn er richtig erzogen wird. Wenn er ganz der Natur überlassen bleibt.“

Victoire verzog den Mund.

„Jean Jacques“[10], meinte sie wegwerfend. „Nein. Auch das stimmt nicht. Unsere Tricoteusen[11] waren wahrlich ganz der Natur überlassen und von keinem höfischen Zeremoniell verdorben. Und sind sie, gerade sie nicht das Schauerlichste der ganzen Revolution? Die Frauen, die strickend zusehen, wie die Köpfe fallen? Die vielleicht nur den Kopf abwenden, um eine heruntergeglittene Masche aufzuheben?“

„Und doch ist der Mensch von Natur aus gut.“

„Er ist es nicht, Monsieur. Sie müssen ein sehr behütetes Leben gehabt haben, um das zu glauben. Aber auch so begreife ich es nicht. Ist Monsieur de Metternich gut? Und der Herzog von Talleyrand? Sind alle die Menschen, die hier Feste feiern und tanzen, nur weil das größte Genie der Menschheit gestürzt wurde, gut?"

Sie blickte Joseph so lange an, bis diesem das Blut in die Wangen schoß.

„Vielleicht sind Sie gut, Monsieur, und glauben es daher auch von andern. Vielleicht ..."

Sie verstummte. Eine kleine Hand schob die Portiere zurück. Antoinette erschien und blieb vor Verwunderung wie angewurzelt stehen. Joseph allein mit einem jungen Mädchen!

„Toinette", sagte Joseph hastig. „Komm zu uns. Ich möchte dich mit Mademoiselle Derville bekannt machen. Meine Schwester Antoinette."

Zwei Paar junge Mädchenaugen sahen einander prüfend an. Dann lächelten zwei junge Münder.

„Monsieur", erklärte Victoire, „ich glaube, jetzt weiß ich, weshalb Sie die Menschen für gut halten. Sie beurteilen sie nach Ihrer Schwester."

Sie streckte Antoinette die Hand hin.

„Ihr Bruder hat mich vor dem Oger gerettet und vor dem Anblick des größten Verräters der Welt. Ich bin ihm dankbar. Doch darf ich ihn nicht länger zurückhalten. Vielleicht leisten Sie mir Gesellschaft, Mademoiselle?"

„Fürst Talleyrand ist bereits wieder fortgefahren. Er ist zu Hof befohlen, Mademoiselle."

Joseph starrte die Schwester verständnislos an. Woher wußte sie, wer für Victoire der größte Verräter der Welt sei?

„Und der Oger?" fragte Victoire, erfreut, daß einer ihrer Gedanken erraten worden war. Antoinette schaute fragend auf den Bruder.

„Metternich", sagte dieser kurz. Jetzt, da der Charme des *tête-à-tête* gebrochen war, erschien es ihm peinlich, so von den Gästen des Hauses zu sprechen.

„Soupiert an Mamans Tisch. Sie werden ihn nicht sehen, Mademoiselle, wenn Sie in den großen Saal kommen. Es wird gleich getanzt."

Victoire vergaß alle Politik.

„Getanzt, das ist schön", rief sie eifrig. „Ich tanze furchtbar gern. Vor allem diesen neuen Walzer."

„Ich möchte Sie, wenn Sie es erlauben, Mademoiselle, noch mit unserer Großmutter bekannt machen. Ja, ich weiß, Sie sind ihr vorgestellt worden. Aber ich möchte gern, daß Sie mit ihr reden, sie wirklich kennenlernen."

Joseph wußte selbst nicht, weshalb ihm so viel daran lag. Bisher war ihm einerlei gewesen, welchen Eindruck die jungen Mädchen seiner Bekanntschaft auf Grand'maman Inez machten.

Er bot Victoire den Arm und führte sie durch den großen Saal an das andere Ende, wo Grand'maman Inez *cercle* hielt.

Einige Schritte vor dem großen Lehnstuhl, in dem die alte Dame saß, thronte wäre der richtigere Ausdruck, blieb Victoire stehen.

„Sie ist wie *Madame Mère*[12]", flüsterte sie. „Ganz wie *Madame Mère.*"

Eine äußerst bescheidene, wohlerzogene Victoire knickste tief vor Grand'maman Inez, küßte ihr fast hingebungsvoll die Hand und beantwortete schüchtern die konventionellen Fragen, die an sie gerichtet wurden.

Grand'maman Inez war müde. Sie hätte es freilich um nichts auf der Welt zugegeben. Man merkte es ihr auch nicht an. Nur Antoinette gab ihr, ohne ein Wort, ein Kissen in den Rücken und schob ein Taburett[13] unter die Füße der alten Dame.

Grand'maman Inez war müde, das heißt, sie war es gewesen, ehe Joseph mit Victoire gekommen war. Nun verließ sie das leichte Schlafgefühl, mit dem sie gerungen, und sie empfand nicht mehr die leise Kälte, unter der sie trotz dem warmen Herbstabend gelitten hatte. Sie betrachtete Victoire und nickte Joseph gnädig zu.

„Geht tanzen", sagte sie. „Mademoiselle tanzt bestimmt gern und gut. Man sieht es ihr an."

In dem warmen Kerzenlicht, das die hübschen Frauen noch hübscher und die häßlichen weniger häßlich erscheinen ließ, tanzte Joseph mit Victoire. Er hatte immer geglaubt, daß er ein schlechter Tänzer sei, aber diese schlanke, federleichte Gestalt war so leicht zu führen, sie paßte sich so wundervoll seinen Schritten an, daß ihm war, als hätte er schon immer mit ihr getanzt.

Grand'maman Inez sah den beiden zu. Sie lächelte. Und dachte insgeheim, daß Gott ihr gestriges großes Opfer in Gnaden aufgenommen habe und ihr dafür vielleicht ein großes Glück, das Glück ihres liebsten Enkels, schenken werde.

***

Im großen Saal entstand eine plötzliche Stille. Nur das leise Rauschen der Seidenkleider gemahnte an einen Laubwald, über den sanft der Wind hinweht. Blonde, braune, schwarze und weiße Köpfe neigten sich. Zierliche schmale Füße in absatzlosen Samt- und Seidenschuhen führten mehr oder weniger anmutig den tiefen Hofknicks aus, der nur kaiserlichen Personen zukommt.

Marie Christine erhob sich als eine der ersten aus der fast knienden Stellung und blickte zum Großfürsten Konstantin hinüber, der, von seinen Herren begleitet, langsam durch den Saal schritt.

Einen Augenblick drohte ihr Herzschlag auszusetzen. Sie hatte den ganzen Abend vom Großfürsten geträumt, eigentlich nicht von ihm, sondern von der Möglichkeit, die er für eines der schönsten Mädchen der Wiener Gesellschaft bedeuten könnte. Hatte sich an seiner Seite gesehen, hatte ... Und nun ... Dieses böse Kalmückengesicht[14], die kleinen hinterlistigen Augen unter den stachelig hochstehenden Brauen, die steife Haltung, die herrischen Gebärden ... Es zuckte ihr durch den Kopf: man kann seine ehrgeizigen Wünsche auch zu teuer erkaufen. Dann jedoch machte sie dem eigenen Herzen gegenüber eine ungeduldige Geste. Bin ich Toinette oder Joseph, oder der arme Stani, daß ich mich von meinen Gefühlen beherrschen lasse?

Sie blieb gerade stehen, mit anmutig niederhängenden weißen Händen, auf den feinen Zügen das kalte „Schneeköniginnenlächeln". Reglos, stumm, inmitten der angeregt und auch aufgeregt, denn das Erscheinen des Großfürsten war ja doch

eine Sensation, plaudernden, devot lächelnden Frauen. Der große Lüster, unter dem sie stand, beleuchtete hell das goldblonde Haar und die schneeweiße Haut.
Konstantins etwas starrer harter Blick schweifte durch den Saal. Er langweilte sich. Eigentlich haßte er offizielle Empfänge, bei denen man nicht trinken, sich nicht nach eigener Laune belustigen konnte. Außerdem war er hungrig. Und er mußte doch, ehe er zum Souper gehen konnte, gnädigst *cercle* machen. Und auch zum Souper würde er eine der alten Damen auffordern müssen, die Hausfrau oder eine der anderen vornehmsten Gäste des Hauses.
Sein Blick fiel auf Marie Christine, die mit gesenkten Augen dastand. Seine Züge belebten sich. Er wandte sich an Carl Herdegen, der ihn durch den Saal geleitete.
„Wer ist die junge Dame in Weiß, dort allein unter dem Lüster, Graf?"
„Meine jüngere Tochter, Majestät."
„Ich möchte sie kennenlernen."
Carl Herdegen war über diese Gnade keineswegs erfreut. Ueber Konstantin wurde viel gesprochen, über seine Rücksichtslosigkeit, sein hemmungsloses Vorgehen, wenn es galt, irgendeine Laune zu befriedigen. Und gerade Marie Christine ... Carl Herdegen, ebenso wortkarg und, trotz vielen Jahren diplomatischen Dienstes, äußerlich ebenso ungelenk wie sein Aeltester, war ein scharfer Beobachter und guter Menschenkenner. Diesen verborgenen Tugenden hatte er seine glänzende diplomatische Laufbahn verdankt. Diese Menschenkenntnis ließ ihn auch nicht, wie dies so häufig vorkommt, bei den eigenen Familienmitgliedern im Stich. Er wußte, daß er sich in allem, was gut, sauber und anständig war, unbedingt auf Joseph und Antoinette verlassen konnte. Wußte, daß, einstweilen noch von jugendlichem Leichtsinn und einem knabenhaften Hochmut verborgen, in Stanislas ein guter Kern von Mut und Opferwilligkeit stak, wußte, daß der kleine Franz das klügste, aber auch das schrulligste seiner Kinder war und daß Marie Christine nur einen Maßstab kannte: ihren fast wahnwitzigen Ehrgeiz.
Deshalb winkte er die Tochter auch nur zögernd heran.
Marie Christine schien einen Augenblick zu überlegen. Sie hob langsam die grünlichen, goldgesprenkelten Augen, und ihr Blick traf den des Großfürsten. Dann schritt sie leicht, ohne die geringste Eile, auf die kleine Gruppe zu und versank in einem tiefen Knicks.
Der Großfürst ließ Carl Herdegen und seine Adjutanten stehen und wandte sich Marie Christine zu. Er sprach angeregt mit ihr. Sie antwortete mit einem schüchternen Ja und Nein. Aber ihre Augen redeten eine andere Sprache. Das schöne kalte Gesicht und die lockenden flirrenden Augen hatten einen seltsamen Reiz.
Konstantin langweilte sich nicht länger. Er beachtete niemand außer Marie Christine, er führte sie, allen Regeln der Etikette, ja fast des Anstandes zum Trotz, zum Souper.
Grand'maman Inez tobte innerlich.
„Dieser Libertin", sagte sie fast laut zu ihrem Sohn. „Ich will es nicht. Ich dulde es nicht."

„Hochverehrte Schwiegermutter“, bat Ludmilla, die beseligt die Gnade des Großfürsten bemerkt hatte, „ich flehe Sie an. Nur keinen *éclat*. Marie Christine ist ein wohlerzogenes junges Mädchen. Es besteht keine Gefahr. Und der Großfürst ...“

„Großfürst hin, Großfürst her“, erklärte Grand'maman Inez zornig. „Wenn er nicht unser Gast wäre ... Aber er ist es nun leider. Wenn er jedoch glaubt, wir würden ihm, der Pflichten der Gastfreundschaft gedenkend, sagen *a la disposicion de Usted*[15], so irrt er. Unsere Töchter stehen nicht zu seiner Verfügung. Unsere nicht.“

Sie schlug, an der großen Tafel sitzend, ein Kreuz. „Heilige Madonna, schütze unser Haus.“

Ludmilla eilte fort, um sich neben ihren Tischherren zu setzen.

Am anderen Ende der Tafel lächelte die Schneekönigin kalt, aber bezaubernd dem Russen zu.

Antoinette hatte rosige Wangen und leuchtende Augen, aber nicht vom Tanzen. Sie saß neben einem hochgewachsenen, dunkeläugigen jungen Mann und lauschte hingerissen seinen Worten. Sie hatte alles vergessen. Den armen Stani, der nun in irgendeiner Herberge schlief, Bozena, die mit schwerem Herzen und verweinten Augen in ihrer Stube lag, die reizende Victoire, mit der sie Joseph überrascht hatte, Marie Christine, die plötzlich zur Königin des Abends geworden war. Sie blickte in zwei dunkle Augen, sie lauschte einer tiefen Stimme, die seltsame Worte von Freiheit und von Griechenland sprach, und war glücklich.

Daß ein Mensch so sein konnte, so mutig, so bescheiden, so erfüllt von einer großen Idee, wie dieser Alexander Ypsilantis[16]! Daß es so etwas gab, außerhalb der Ritterromane so etwas gab! Man konnte ein Land lieben, wie eine Frau, konnte davon träumen, König zu werden über ein Land, um es zu beglücken. Um der Gerechtigkeit zum Sieg zu verhelfen. Man konnte sich eins fühlen mit dem letzten Hirten, dem letzten Fischer dieses Landes. Wie schön das war, wie fremd.

Aus den Worten des jungen Mannes erstand vor Antoinettes Augen Griechenland. Ein blaues Meer, leuchtend im Sonnenschein, silberne Olivenhaine, hochragende, wunderbare alte Bauten. Weise und Dichter wandelten durch eine von den goldenen Nebeln der Vergangenheit verklärte Landschaft. Eine Sprache sang und klang, und das Ganze hieß: Griechenland.

„Ich weiß nicht, Mademoiselle“, sagte Alexander Ypsilantis, „ob Sie mich verstehen können. Ob man nicht seine Wurzeln in diesem gebenedeiten Lande haben muß, um wirklich zu begreifen, was es bedeutet. Einer freilich hat es verstanden. Dieser Deutsche, dieser Herr von Goethe. Er läßt die Iphigenie sagen: ‚Das Land der Griechen mit der Seele suchend.‘[17] Ja, Griechenland ist nicht nur Erde, Stein, Meer, Bäume, Felder, es ist auch etwas, das man mit der Seele sucht. Harmonie. Schönheit. Gerechtigkeit.“

Sein Blick wurde düster.

„Geknechtet“, sagte er. „Zur Sklaverei verdammt. Unter der türkischen Herrschaft schmachtend, das ist das Los meiner armen Heimat.“

„Vielleicht“, meinte Antoinette schüchtern, „wird jetzt auf dem Kongreß ... Das Angesicht der Welt soll doch verändert werden. Vielleicht wird dann auch Griechenland ...“

Das ernste Gesicht des jungen Mannes wurde schwermütig.

„Auf diesem Kongreß, Mademoiselle?“ fragte er bitter. „Noch ist er nicht eröffnet, und doch kann ein Eingeweihter schon sagen, daß auf den Sitzungen und bei den Vereinbarungen ein Gast fehlen wird: die Gerechtigkeit. Es gilt, über das Los der Völker zu entscheiden, und was tut man? Man feiert Feste.“[18]

Er blickte in Antoinettes erschrockenes beschämtes Gesicht und wurde milder.

„Ihre Vaterstadt ist schön, Mademoiselle. Sie hat einen heiteren Reiz, der den andern Hauptstädten fehlt. Sie spielt nicht wie übersättigte Erwachsene, die um jeden Preis die Langeweile verscheuchen wollen, sondern wie ein fröhliches Kind. Wohl ihr, daß sie spielen darf.“

„Es ... es gibt auch unter uns ernste Menschen“, stammelte Antoinette.

„Ich weiß es, Mademoiselle. Ich habe es mit Freude heute abend erfahren.“

Sein Blick ruhte gütig auf ihr. Antoinettes Wangen glühten. Griechenland, Freiheit, Gerechtigkeit ... Alexander, Alexander Ypsilantis ...

***

Die Wachskerzen leuchteten warm. Musik erfüllte die Säle. Juwelen strahlten in dem milden Licht. In der ganzen Stadt wurde der Sieg gefeiert, der Sieg über den Feind der Menschheit, den Korsen. Gefeiert mit Prunk und Pracht, mit Liebesintrigen, mit Lachen und Plaudern, mit geistreichen Aperçus. Durch die holprigen Straßen rollten die vornehmen Kutschen, die Läufer rannten voran. Fackeln erhellten die Nacht.

Auf einer windumtobten Insel im Mittelmeer wachte ein Mann. Er wollte nicht schlafen. Im Schlaf kamen Träume. Eisige Winternächte in einem ungeheuren Land, Schnee, ein grauer gefrorener Fluß ... Glühende Hitze, hochragende Pyramiden ... Paris, jubelnd, selig ... Eine schlanke weinende Frau ... Sieg um Sieg ... Kaiser von Frankreich ... Die Habsburgerin im Ehebett ... Ein Knabe, sein Sohn ... Der König von Rom ... Ein grauer Oktobertag ... Leipzig ... Oktober, das ist sein Schicksalsmonat ... Auch in Rußland ... Paris, stumm, grollend ... eine fremde Stadt ... Elba ...[19]

Vom Tanzen ermüdete Menschen legten sich in Wien zur Ruhe. Vor ihren Augen flirrten noch die Lichter des Festes. Die Straßen wurden still, doch nicht für lange, schon ratterten vom Land her die schweren Karren herein, um die Hauptstadt, die plötzlich noch größer, noch bevölkerter geworden war, mit Nahrung zu versehen. In den Ställen scharrten die Pferde. Und auf einer windumtobten Insel im Mittelmeer wachte ein Mann.

III.

Als der Wagen durch das große, kunstvoll geschmiedete Eisentor fuhr, und der alte Torhüter Bohuslaw auf der einen, seine dicke freundliche Gattin Milena auf der anderen Seite sich tief verbeugten, vergaß Stanislas für einen Augenblick Aerger und Kümmernisse und empfand, wie alle Geschwister, so oft sie das graue Steinschloß aufragen sahen, freudige Ferienstimmung.

Wohan, das geliebte alte Paradies der Kinderzeit. Luft und Sonne nach den langen Wintertagen in der Stadt, köstliche Freiheit nach der strengen Etikette. Baden und Fischen in der March[1], die unter dem Park träge und langsam dahinfloß, übermütiges Tollen und Toben auf den Wiesen, geheimnisvoll aufregende Forschungsreisen durch alte, halb verfallene Teile des Schlosses, wo man allerlei Tand aus anderen Jahrhunderten entdeckte.

Sogar Grand'maman Inez taute in Wohan auf. Sie ließ die Schleppenkleider im Schrank und stapfte mit richtigen Männerstiefeln und in Röcken, die nur bis zu den Knöcheln reichten, mit dem Verwalter Huberpeter über die Felder, besichtigte die Gesindehäuser, griff tief in die Tasche, um schadhafte Dächer, eingestürzte Schweinekoben, abbröckelnde Mauern instandsetzen zu lassen.

Das Gesinde und die Bauern liebten sie. Es war ihr Stolz, daß auf Wohan auch zu Zeiten der Leibeigenschaft nie ein Mensch geprügelt worden war. Der Verwalter Huberpeter, zehn Jahre älter als Grand'maman Inez, gebürtig aus dem Sudetenlande, hatte in früheren Zeiten oft verzweifelt die Hände gerungen.

„Allergnädigste Frau Gräfin, das geht nicht. Diese Milde dem Volke gegenüber wird sich bitter rächen. Drüben in Wognin, beim Fürsten Karek, werden die Leibeigenen der Reihe nach geschlagen, jeder kommt an die Reihe, damit sie nicht übermütig werden. Wie soll ich, allergnädigste Frau Gräfin, mit unseren Leuten fertig werden, wenn sie nicht die Peitsche fürchten?"

Grand'maman Inez hatte den kleinen untersetzten Mann mit den vielen Sommersprossen so lange prüfend angesehen, bis dieser verlegen die Augen senkte. Dann hatte sie gemeint:

„Mein guter Huberpeter, les Er einmal das heilige Evangelium. Wo steht dort geschrieben, daß wir unsere ärmeren Brüder und Schwestern mit der Peitsche traktieren dürfen? Heißt es nicht im Gegenteil: Was Ihr dem Geringsten getan habt, das habt Ihr mir getan? Und soll ich, mein guter Huberpeter, die Peitsche gegen meinen Herrn und Heiland heben? Bin ich nicht vielmehr der Hüter meines Bruders? Versteh Er mich recht. Beim ersten Peitschenhieb, der in Wohan knallt, ist Er entlassen."

Huberpeter verstand sie recht. In Wohan wurde nicht geschlagen, in Wohan wurden die Leibeigenen wie Menschen behandelt. Und in späteren Jahren, als der gottselige Kaiser Joseph[2] die Leibeigenschaft bereits aufgehoben hatte, pflegte Huberpeter den Nachbarn gegenüber zu prahlen:

„Bei uns war das nicht notwendig. Wir sind immer aufgeklärt gewesen. Ich habe nie den Befehl zum Auspeitschen gegeben."

Wenn Monsieur Venarius solche Worte hörte, lächelte er überlegen. Gewiß, die allergnädigste Frau Gräfin hatte stets in ihrer Frömmigkeit das rechte Gefühl gehabt. Wer aber hat ihr, da sie als junge Frau in Wohan residierte, den Begriff der Menschenrechte beigebracht? Wer hat ihr an langen Herbstabenden Vorträge über Recht und Unrecht, Gerechtigkeit und Ungerechtigkeit gehalten? Wer anders als der Präzeptor ihres ältesten Sohnes Aloisius, Monsieur Robert Johannes Venarius, aus Freiburg in der freien Schweiz?

Die junge Frau war eine gute Schülerin gewesen. Monsieur Venarius sah sie noch vor sich, schlank, fast mager, mit schwarzen Locken, die sie auf dem Lande frei trug – sie hatte immer die riesigen Frisuren gehaßt – mit großen schwarzen Augen, die seine Worte zu verschlingen schienen. Mit schlanken, weißen Händen, die nie müßig waren.

Er hatte oft über die Weltferne, nicht Weltfremdheit, der jungen Frau gestaunt. Alles, was das Leben ihr brachte, beurteilte sie nach dem Glauben. Sie war eine große Dame, die ihren Rang und allen Prunk verachtete, weil sie dem Gekreuzigten anhing, dem Menschensohn, der nichts gehabt hatte, wohin sein Haupt zu legen. Sie war eine demütige Tyrannin, eine aufopfernde Mutter, die über ihre Kinder herrschte, war eine gute Gattin, die immer ihren Willen durchsetzte.

Monsieur Venarius hatte gute und böse Zeiten mit ihr geteilt. Er hatte sie mit den Worten Mark Aurels[3] getröstet, als Aloisius zehnjährig starb, hatte mit ihr die Totenwache bei dem im Krieg gefallenen Gatten gehalten, als dessen Leiche nach Wohan heimgebracht worden war, hatte Carl, den zweiten Sohn, unterrichtet, später dann auch dessen Kinder, hatte Grand'maman Inez stets bis zur Klosterpforte der Karmeliterinnen begleitet, wo Marie Therese, ihre einzige Tochter, Oberin war.

Sie waren zusammen gealtert, Monsieur Venarius zählte um vier Jahre weniger als seine Gönnerin und Schülerin, und für beide war Wohan auch heute noch der liebste Ort der Welt, die Stelle, wo man aufatmen konnte, wo man leben konnte, wie der liebe Gott und die Natur es wollten.

Es war Grand'maman Inez natürlich erschienen, dem sündigen, der Buße und ernsten Betrachtungen zuzuführenden Stanislas als Begleiter Monsieur Venarius mitzugeben. Freilich, während der langen Wagenfahrt hatte Stanislas keinerlei Buße und Reue an den Tag gelegt. Er hatte entweder in verstocktem Schweigen aus dem Fenster gestarrt oder über die Hartherzigkeit und Verständnislosigkeit der Alten geklagt, die nicht einsehen konnten, daß ein junger Weltmann kein Mönch sei.

Nun jedoch, da hinter dem alten grauen Schloß blutrot die Herbstsonne unterging und über dem dunklen Wald rosige Wölkchen hinzogen, erschien auf Stanislas' schönem Gesicht ein kindlich frohes Lächeln. Als der Wagen hielt, lief er die Freitreppe hinauf, begrüßte die herbeigeeilte überraschte Haushälterin, Frau Widowek, mit großer Herzlichkeit und verlangte stürmisch zu essen. Er sei auf der Reise halb verhungert.

Monsieur Venarius stieg bedächtig aus der Kalesche. Die Knochen schmerzten ihn. Er humpelte, auf seinen Stock gestützt, ins Haus und übergab Frau Widowek einen Brief der allergnädigsten Frau Gräfin.

Frau Widowek nahm ihn mit geschmeicheltem Lächeln. Sie war sehr stolz darauf, daß der hochwürdige Herr Kurator sie lesen und schreiben gelehrt hatte.

Während Stanislas in der breiten, etwas kalten Vorhalle, wo an den Wänden die Ritterrüstungen hingen, ungeduldig den Mantel abwarf, studierte Frau Widowek das Schreiben der allergnädigsten Frau Gräfin und brach in einen Schrei entzückten Erstaunens aus.

„Der junge gnädige Herr Stani heiratet?“ rief sie, und ihre runden gutmütigen Augen füllten sich mit Tränen der Rührung. „Ich soll für das allergnädigste junge Paar das obere Stockwerk in Ordnung bringen? Nicht daß es notwendig wäre!“ fügte sie stolz hinzu. „Bei mir ist immer alles in Ordnung.“ Sie schnaufte leicht, erklärte dann salbungsvoll: „Der liebe Gott soll den jungen Herrn Stani und seine hochgeborene Braut segnen.“

Sie nahm den Mantel, den Stanislas auf einen Tisch geworfen hatte, glättete ihn sorgsam und fragte:

„Darf ich den jungen gnädigen Herrn fragen, wer die hochgeborene Braut ist?“

Stanislas wurde verlegen. Aber einmal mußten die Domestiken es doch erfahren. Frau Widowek würde es dann auch dem ganzen Gesinde mitteilen und ihm derart unangenehme Augenblicke ersparen.

Er kehrte Frau Widowek den Rücken und erwiderte brummig:

„Ich heirate die Bozena. In drei Wochen.“

Frau Widowek ließ vor Schrecken den Mantel auf den Boden fallen und blickte dann hilflos Monsieur Venarius an.

„Das ist doch ein Scherz des jungen gnädigen Herrn Stani?“ fragte sie mit nicht ganz fester Stimme.

Sie hatte ja im Sommer so einiges gesehen, sah sie und wußte sie doch immer alles. Sie hatte dazu geschwiegen, denn junge gnädige Herren haben ein Recht auf Zerstreuung, und für die Bozena konnte es eine große Mitgift und ein Glück bedeuten. Jede Träne, die das Mädchen über ihre Schande weinen würde, würden ihr die gnädigen Herrschaften mit Gold und Silber aufwiegen. Das wußte sie, Frau Widowek, am allerbesten. Hatte sich doch auch zu ihr ein vornehmer Herr herabgelassen, der Bruder des gottseligen Grafen, und verdankte sie doch dieser Herablassung die schöne Stelle im Schloß. Von einer Heirat war bei ihr freilich nie die Rede gewesen.

Monsieur Venarius schüttelte den Kopf.

„Nein, Frau Widowek“, sagte er ernst. „Stanislas heiratet in drei Wochen die Bozena. Es ist wahr.“

Frau Widowek schlug die gepolsterten Hände zusammen.

„Du lieber Gott! Ist das so eine neumodische Sache, daß die jungen gnädigen Herrn ...? Mein Graf Stani, den ich auf den Knien geschaukelt habe? ... Wie ist denn das gekommen?“

Sie war fassungslos und rieb sich mit der schwarzen Seidenschürze die Augen.

„Grand'maman Inez will es", sagte Stanislas mürrisch.

„Freilich, dann ..."

Frau Widowek verstummte einen Augenblick. Wenn die allergnädigste Frau Gräfin es will, so wird es geschehen. Ein Wort der allergnädigsten Gräfin ist fast wie eines der Zehn Gebote. Man darf daran nicht deuteln. Man muß ihm gehorchen. Die Bozena ... In drei Wochen wird sie, Frau Widowek, das Mädchen, das sie barfuß, in kurzen Röcken gekannt hat, Frau Gräfin titulieren müssen. Frau Widoweks runde Augen blinzelten und schienen kleiner zu werden. Sie muß vorsichtig sein. Was immer sie jetzt sagt, wird der junge Herr Stani der Bozena wiederholen, wie dies die Art der Verliebten ist. Sie muß sehr vorsichtig sein.

„Das gnädige Fräulein Bozena", sagte sie stockend, „das gnädige Fräulein Bozena ist ein wunderschönes Mädchen und wird dem jungen Herrn Stani eine gute Frau sein. Ich habe ja immer gesagt: Das gnädige Fräulein Bozena ist zu etwas Höherem geboren. Ja, ja, die Frau Widowek hat gute Augen. Das hat auch die allergnädigste Frau Gräfin immer gesagt: Frau Widowek, hat sie zu mir gesagt, Ihren Augen entgeht nichts. Sie sehen sogar Dinge, die nicht da sind."

Monsieur Venarius fühlte Mitleid mit Stanislas, der zornig, verlegen und seltsam unbeholfen dastand.

„Wir sind von der Fahrt durchfroren, liebe Frau Widowek", erklärte er, „und auch hungrig. Wollen Sie uns ein Mahl bereiten lassen?"

„Sofort, sofort. Ich eile in die Küche."

Frau Widowek rollte durch die Halle und verschwand hinter der großen Tür, die zum Untergeschoß führte.

Monsieur Venarius trat zu Stanislas.

„Kommen Sie, mein guter Stani", sagte er sanft. „Wir wollen uns nach der Fahrt ein wenig säubern und dann mit gutem Appetit zu Abend essen. Wir ..."

Er stockte. Stanislas' schöne dunkelbraune Augen standen voll Tränen.

„Aber Stani", sagte der Präzeptor. „Seien Sie doch ein Mann. Solange Ihnen nichts Aergeres zustößt, als ein schönes Mädchen zu heiraten ..."

„Alle werden mich auslachen", entgegnete Stani mit gepreßter Stimme. „Alle werden mich verhöhnen, mich und meine bäuerliche Frau. Ich glaube, Grand'maman Inez ist verrückt."

„Wenn jemand es wagen sollte, Ihre Frau zu verlachen, Stani, so werden Sie als Edelmann wissen, was Sie zu tun haben. Denken Sie doch einmal nicht an sich, sondern auch an Bozena. Glauben Sie, es macht das Mädchen glücklich, einen so widerstrebenden Freier zu heiraten? Und dann, was können Sie ihr vorwerfen? Sie ist schön, brav, liebevoll, gut ..."

„Und hat eine unsterbliche Seele, für die Grand'maman Inez verantwortlich ist", ergänzte Stanislas bitter.

Monsieur Venarius, von der Unsterblichkeit der Seele weniger überzeugt als von den Menschenrechten, überhörte den Ausbruch seines Schülers.

Er schritt langsam, mühselig durch die Halle und die gewundene Steintreppe hinauf. Stanislas blickte sich noch einmal um, als erschiene ihm der vertraute Vorraum plötzlich fremd, dann folgte er dem Präzeptor.

***

Frau Widowek ließ es sich, nachdem sie eigenhändig die Speisen für das Abendbrot zubereitet hatte, nicht nehmen, trotz der hereingebrochenen Dunkelheit die dreiviertel Stunden, die das Bauernhaus von Bozenas Eltern entfernt lag, zu Fuß zurückzulegen, um dort als erste die frohe Botschaft zu verkünden.

Bozenas grauhaarige, schwerfällige Mutter, Bozena war das achte Kind, schüttelte bekümmert den Kopf.

„Heiraten“, sagte sie. „Heiraten wird der junge Graf die Bozena? Das glaub ich nicht.“

Bozenas Vater, der, vor dem Herd sitzend, seinen Rheumatismus pflegte, blickte zornig drein.

„Die Milchschwester“, brummte er. „Die Milchschwester verführen, das hab ich ihm doch nicht zugetraut.“

Frau Widowek beachtete ihn nicht.

„Gewiß wird er sie heiraten“, erklärte sie. „Die allergnädigste Frau Gräfin hat es befohlen.“

Bozenas Eltern blickten auf die erregte rundliche Frau.

„Ja, dann“, sagte der Vater. „Ja, dann ...“

Bozenas Mutter wurde lebhaft.

„Richtig heiraten? In der Kirche? Unsere Bozena?“

„Richtig in der Kirche. In Wien. Und dann kommen sie her.“

Bozenas Mutter reckte sich gerade. Sie zupfte das rote Kopftuch zurecht und glättete mit der abgearbeiteten Hand ihren Rock.

„Sie war immer ein schönes Mädchen, meine Bozena. Viel schöner als das gnädige Fräulein Antoinette. Und auch ein gutes Kind. Immer hat sie uns Geld gegeben. Erst voriges Jahr, wie die Kuh umgestanden ist, hat die Bozena uns eine neue gekauft. Ja, der junge Herr Stani bekommt eine gute Frau.“

Frau Widowek ärgerte sich. Läßt sich der junge Herr Stani zu dem Bauernmädchen herab, heiratet es sogar, und die Eltern fallen nicht auf die Knie, um Gott zu danken? Sind nicht überwältigt von der Gnade der Herrschaften?

„Es ist eine ungeheure Ehre für die Bozena“, sagte sie spitz.

„Ehre?“ fragte der Vater, in seiner langsamen Art die Silben dehnend. „Ehre? Umsonst heiratet er das Mädchen nicht. Und seit wann ist es für ein lediges Mädchen eine Ehre, ein Kind zu kriegen?“

„Von einem hochgeborenen jungen Herrn ...“, meinte Frau Widowek.

„Kind ist Kind, und lediges Mädchen ist lediges Mädchen“, sagte der Vater. „Und wenn der Herr noch so hochgeboren ist.“

Er bückte sich und warf ein Scheit in den Herd.

Die Mutter hatte ihren Gedanken nachgehangen. Nun meinte sie:

„Ein Glück, daß die Bozena ihre Mitgift beisammen hat. Dort in der Truhe ist Leinen genug für eine Königin.“

Frau Widowek lächelte überlegen.

„Das wird die Bozena nicht mehr brauchen. Eine hochgeborene Frau Gräfin trägt nicht Bauernleinen.“

Die Tatsache, daß die schöne, feste, selbst gesponnene Leinwand für Bozena nicht mehr gut genug war, ließ die Mutter erkennen, zu welchem hohen Rang die Tochter erwählt worden war.

„Freilich“, sagte sie eifrig. „Freilich. Die Bozena wird Kleider tragen wie das gnädige Fräulein Antoinette und das gnädige Fräulein Marie Christine. Und spinnwebfeine Hemden. Freilich, die Bozena ist ja jetzt eine vornehme Dame.“

Sie blickte Frau Widowek unsicher an.

„Werden wir“, fragte sie, „unserer Tochter Frau Gräfin sagen müssen?“

Der stille Vater brauste auf.

„Red nicht so dumm“, brummte er. „Die Bozena bleibt unser Kind, und wenn sie einen König heiratet. Sie braucht sich unser nicht zu schämen. Schon der Großvater war ein freier Bauer auf eigenem Boden. Und ich möchte wissen, bei wem in der ganzen Nachbarschaft die Felder besser stehen als bei mir.“

Frau Widowek wurde immer empörter. Wie dieses gemeine Volk redet! Wie wenig es die ungeheure Ehre zu schätzen weiß!

„Der Wenzel“, fuhr der Vater fort, „wäre mir lieber gewesen. Gleich soll zu Gleich. Aber das sag ich dir“, wandte er sich an seine Frau, „wenn sie die Bozena schlecht behandeln, wenn sie sie verlachen, weil sie meine Tochter ist, bekommen sie's mit mir zu tun.“

„Wer wird denn so daherreden“, sagte Frau Widowek vorwurfsvoll. „Schlecht behandeln! Wo der Herr Stani doch die Bozena in der Kirche heiratet, und die allergnädigste Frau Gräfin es will.“

Der Vater nickte etwas besänftigend.

„Die alte Frau ist gut“, meinte er. „Gut und gescheit. Wenn die es will ...“

„Wann“, wollte die Mutter wissen, „werden wir den allergnädigsten Herrn Schwiegersohn sehen dürfen?“

Frau Widowek wurde abermals ärgerlich. Sie liebte es nicht, etwas gefragt zu werden, worauf sie keine Antwort zu geben vermochte. Schließlich konnte sie doch lesen und schreiben und stand turmhoch über dem niederen Volk.

Sie lächelte herablassend.

„Der junge gnädige Herr Stani ist ermüdet von der langen Reise“, erklärte sie. „Er wird Euch rufen lassen, wenn er sich ausgeruht hat.“

„Wenn er meine Tochter heiraten will, soll er zu mir kommen“, sagte der Vater hart. „Schließlich bin ich der Vater.“

„Mann, ich bitte dich, red nicht so“, jammerte die Mutter. „Du vergißt ...“

„Der Herr Venarius wird morgen kommen“, beruhigte Frau Widowek die Familie. „Er wird alles besprechen.“

Sie griff nach ihrem Umhang und erhob sich.

Bozenas Mutter drückte ihr die Hand und dankte innig für den „ehrenvollen Besuch".

Das versöhnte Frau Widowek ein wenig. Sie lächelte gnädig. Dieses Lächeln versuchte sie nun schon seit vierzig Jahren der allergnädigsten Frau Gräfin nachzumachen. Heute, so fühlte sie, gelang es ihr besonders gut.

„Die Bozena wird schon glücklich werden", sagte sie von oben herab bei der Tür. „Und ihr werdet eure Freude an dem gräflichen Enkel haben."

Sie schritt langsam auf dem holprigen Feldweg dahin. Einmal stolperte sie über eine Wurzel und schlug sich den Fuß an. Das reizte von neuem ihren Zorn gegen das niedrige Volk. Zugleich aber empfand die ehrsame Frau Widowek, die lesen und schreiben konnte, ein leises, vierzig Jahre zurückblickendes Bedauern darüber, daß es nicht auch in ihrer Jugend eine allergnädigste Frau Gräfin mit einem so zarten und so unerschütterlichen Gewissen gegeben hatte.

***

Die March lag noch in einen Nebelschleier gehüllt, der sich langsam, blaß-golden von der Morgensonne hob. Die ungeheure Ebene dehnte sich still und träumend vor Stanislas' Augen.

Ein Gefühl warmer Freude erfaßte ihn. Er liebte diese Landschaft, diese Weite, diesen dem Auge unendlich erscheinenden Horizont. Auch der Lärm des erwachenden Gutes behagte ihm. Vom Hühnerhof herüber tönte das Krähen der Hähne, das eifrige, eingebildete Gackern der Hennen. Unten im Park stolzierte, an Stanislas vorüber, der Pfau. Sein Gefieder leuchtete in der Sonne, er blieb stehen, schlug ein farbenprächtiges Rad, hob den Kopf auf dem langen schmalen Hals und stieß einen abscheulichen Schrei aus. Unwillkürlich ahmte Stanislas den Laut nach, wie er dies zusammen mit den Geschwistern unzählige Male getan hatte, um den Vogel zu necken.

Der Pfau schrie zornig zurück. Stanislas gab nicht nach und versuchte, ihn zu überschreien. So fand Monsieur Venarius den Schüler, den er der Reue und ernsten Betrachtungen zuführen sollte. Doch war der weise alte Mann mit dem Anblick nicht unzufrieden. Ein kindlicher Stani ließ sich weit leichter leiten als der junge Mann, der sich gern als der Welterfahrene, Uebersättigte aufspielte.

Monsieur Venarius trug in seiner Rocktasche genaue Anweisungen, von Grand'maman Inez eigenhändig mit winzigen, aber energischen Buchstaben geschrieben. Die vierzehn Tage, die Stanislas in Wohan verbringen sollte, waren ausgefüllt von Besuchen bei benachbarten Bauern und Pächtern, von „Lehrstunden", wie Grand'maman Inez sie nannte, im Gestüt, in der Meierei, beim Förster, in der Darre. „Er soll", hatte Grand'maman Inez geschrieben, „auch selbst mit anpacken. Soll seine zarten weißen Hände nicht schonen. Möge er versuchen, Kühe zu melken, die jungen Fohlen zu striegeln, Bäume zu fällen. Möge er in dieser Zeit lernen, ein tüchtiger Landwirt zu werden. Doch darf auch die Meditation nicht zu kurz kommen. Sorgen Sie, guter Freund, für stille Stunden der Erbauung in der Schloßkapelle. Vor allem aber soll er in ein gutes Verhältnis zu den Sametils (der

Name von Bozenas Eltern war durchgestrichen und mit besonders energischen Zügen durch „seinen Schwiegereltern“ ersetzt worden) kommen. Monsieur Venarius hatte bei diesem Passus der guten Lehren lächeln müssen. Er wußte, als sie dies niederschrieb, hatte in Grand'maman Inez sich der Teufel des Hochmuts geregt. Sie hatte bestimmt einen Augenblick verächtlich „die Sametils“ gedacht und dann, um sich zu bestrafen, „Schwiegereltern“ hingeschrieben.

Jedenfalls stand auf dem Zettel, den Monsieur Venarius bei sich trug, genug, um ein ganzes Jahr auszufüllen. Es sah der alten Dame ähnlich, all das in kurze vierzehn Tage pressen zu wollen.

Auf der letzten Seite des umfangreichen Schreibens war noch die Bitte zu lesen, Monsieur Venarius möge keinen Tag vorübergehen lassen, ohne Stanislas in ernsten, überzeugenden Worten über die Pflichten eines Gatten und Vaters zu belehren.

Und nun stand der künftige Musterlandwirt, Gatte und Vater, auf der Freitreppe und schrie mit dem Pfau um die Wette!

Bei der Morgenmahlzeit Stanislas', Unglück hatte ihm keineswegs den Appetit verdorben, begann Monsieur Venarius vorsichtig von Grand'maman Inez' Wünschen zu sprechen. Vor allem von den Besuchen.

„Ich weiß“, sagte Stanislas. „Ich muß zum alten Huberpeter. Grand'maman Inez hat mir ein Päckchen Schnupftabak für ihn mitgegeben.“

„Gut. Aber nachher, als ersten Besuch, werden wir zu Bozenas Eltern gehen.“

Stanislas schnitt ein Gesicht.

„Heute schon?“ fragte er mürrisch. „Das hat doch noch Zeit.“

Monsieur Venarius schüttelte den Kopf.

„Die gnädige Frau Gräfin hat befohlen, daß dies Ihr erster Besuch sein solle, Stanislas.“

Stanislas legte das Honigbrot auf den Teller zurück und blickte den alten Präzeptor kleinlaut an.

„Was soll ich um Gottes willen den Leuten sagen, Veni?“ fragte er, den alten Kosenamen der Kinder für Monsieur Venarius gebrauchend.

„Zuerst“, meinte dieser milde, „werden die Sametils Ihnen etwas zu sagen haben. Sie werden es geduldig hinnehmen, mein lieber Stanislas, und dann erklären, daß Sie alles wieder gutmachen und Bozena ein treuer und liebender Gatte sein werden.“

„Schrecklich“, jammerte der arme Stanislas. „Ein Gatte, wie das klingt.“

„Und nicht nur ein Gatte“, fuhr Monsieur Venarius, des Schreibens in seiner Rocktasche eingedenk, fort: „Auch ein treu sorgender Vater.“

Stanislas lachte unvermittelt.

„Es ist ja doch drollig, daß ich ein Vater sein soll“, meinte er. Dann wurden seine schönen Züge weicher.

„Glauben Sie, mein Sohn wird ein schönes Kind sein?“ fragte er naiv. „Bozena ist schön, ich bin schön. Das Kind müßte es eigentlich auch sein. Kleine Kinder mag ich gern. Ich erinnere mich, wie lieb Franz als ganz kleiner Bub war. Und daß ich als erster der Geschwister, vor Joseph, einen Sohn haben werde ..."

Das klang freilich noch nicht nach Reue, doch glaubte Monsieur Venarius, daß er mit gutem Gewissen an Grand'maman Inez werde berichten können:

„In Stanislas zeigen sich dem Kinde gegenüber gute Regungen, die auf das Beste hoffen lassen."

Nach dem Morgenmahl gingen sie in das efeuumrankte kleine Verwalterhaus hinüber, in dem Mathias Huberpeter wohnte. Huberpeter, seit mehr als fünfzig Jahren auf dem Gute, war nun ein alter achtzigjähriger Mann. Seit zwölf Jahren verwaltete in Wirklichkeit ein anderer das Gut, ein französischer *émigré*, der vor dem großen Sturm aus Paris geflohen war, der Marquis de Venelles – den Marquis hatte er mit den Jahren fortgelassen – hatte sich nicht entschließen können, mit den Royalisten gegen die eigene Heimat zu kämpfen, er war nach Wien gekommen und hatte durch Vermittlung von Freunden in Wohan die Stelle eines Verwalters erhalten.

„Was wollen Sie?" pflegte er zu sagen. „Ich war ein Landedelmann. Ich kenne die Erde, und die Erde ist überall die gleiche. Wer mit der Erde lebt, ist nie in der Fremde. Was wollen Sie? Hätte ich mit Franzosen gegen Franzosen kämpfen sollen? Könige kommen und gehen, aber die Nation ist ewig. Nein, lieber bleibe ich hier und arbeite, wie ein Mann arbeiten soll, als daß ich das Blut meiner Landsleute vergieße."

Monsieur de Venelles hatte auch begriffen, daß man dem alten Huberpeter das Verwalterhaus und die Illusion, er sei noch immer auf dem Gute allmächtig, lassen müsse. Monsieur de Venelles tat die Arbeit, der alte Huberpeter aber kutschierte auf dem langen Bretterwagen, Ali, das sanfteste Pferd, vorgespannt, über die Felder und kritisierte. Er mochte den „Welschen" nicht. Es ärgerte ihn, daß der Franzose so rasch die Landessprache erlernt hatte und dadurch seine Hilfe entbehren konnte.

Auch heute waren nach der Begrüßung mit Stanislas und Monsieur Venarius die ersten Worte eine Klage über „diesen Franzosen".

„Er hat so ganz verrückte Ideen", jammerte Huberpeter. „Da hat irgendwo am Ende der Welt ein Mann sich eingebildet, das Gipsen[4] täte den Feldern gut. Und was macht unser Venelles? Er glaubt dem Narren und gipst."

„Es scheint den Feldern nicht zu schaden", meinte Monsieur Venarius begütigend.

„Er richtet alles zugrunde", keifte der alte Huberpeter und räusperte sich krächzend. „Freilich, die ersten Jahre tragen die Felder besser, aber was dann nachkommen wird ..."

Er erging sich in langen Schilderungen verwüsteter, unfruchtbar gewordener Felder und in Verwünschungen des Narren am Ende der Welt und dieses Venelles.

Selbstverständlich hatte ihm Frau Widowek bereits die große Neuigkeit mitgeteilt, doch schien er sie nicht zur Kenntnis nehmen zu wollen. Als Stanislas sagte:

„Ich komme jetzt bald für immer her", schüttelte der Alte nur den weißen Kopf und brummte:

„Solange ich hier Verwalter bin, gibt es für andere nichts zu tun. Der junge Herr soll lieber in Wien bleiben. Dort paßt er hin."

Stanislas' ewig auf der Lauer liegender Widerspruchsgeist wurde wach.

„Ich werde viel arbeiten", erklärte er. „Und meine Frau, meine künftige Frau, die Bozena, wird mir helfen."

Der Alte machte ein Gesicht, als sähe er vor sich etwas Ekelerregendes.

„Die Zeiten sind schlecht", meinte er. „Ganz schlecht. Wer hätte früher je daran gedacht, daß ein junger Herr ein Mädchen heiratet, nur weil es von ihm ein Kind bekommt? Aber das sind die Früchte dieser verfluchten Revolution, die Leute wie der Venelles gemacht haben. Alle Menschen sind Jakobiner[5] geworden. Nur ein Jakobiner kann einen jungen Herrn zwingen, ein Bauernmädchen zu heiraten."

Stanislas lachte.

„Grand'maman Inez will diese Ehe, und die können Sie doch keinen Jakobiner nennen, Herr Huberpeter."

„Die allergnädigste Frau Gräfin befolgt zu genau die Gebote des Evangeliums", erwiderte Mathias Huberpeter. „Zu genau. Das ist nichts für uns sündige Menschen. Das ist schon Jakobinertum."

Monsieur Venarius aber notierte in seinem Gedächtnis einige Zeilen, die er dem Bericht an Grand'maman Inez beifügen würde:

„Stanislas hat mit schönem Freimut von seiner Verehelichung mit Bozena gesprochen."

***

Am Nachmittag machte Stanislas freiwillig, „ich möchte es hinter mir haben", allein, ohne Monsieur Venarius' Hilfe, den gefürchteten Besuch bei den Sametils. Als Kinder waren die Geschwister oft auf dem Bauernhof von Marie Christines Milchschwester gewesen. Sie hatten mit Bozenas Brüdern und Schwestern gespielt, hatten Milch getrunken, die Bozenas Mutter kuhwarm aus dem Stall brachte, hatten bei Bozenas Vater so lange gebettelt, bis er ihnen einen Drachen machte – niemand in der ganzen Umgebung konnte schönere, besser steigende Drachen machen als der alte Sametil.

Jetzt aber war alles ganz anders. Bozenas Mutter brach bei Stanislas' Anblick in Tränen aus und gebot mit erstickter Stimme dem jüngsten Buben, er möge sofort den Vater rufen. Aber der Vater solle auch wirklich kommen, der junge gnädige Herr, der Verlobte der Tochter Bozena, sei da. Nepomuk raste barfuß davon. Stanislas sah ihm nach und wäre am liebsten mitgelaufen, fort von dieser aufgeregten, rotgesichtigen weinenden Frau, die heute so ganz anders war als die Frau Sametil, die er noch vom Sommer her in Erinnerung hatte. Es wäre ja auch keine Schande, dachte er. Vor einer Frau, einem zarten hilflosen Wesen, darf ein Edelmann fliehen.

Er blickte das zarte hilflose Wesen an, das jetzt seine Tränen getrocknet und beide Arme in die Hüften gestemmt hatte.

„Wie ist das nur gekommen, junger Herr?“ fragte Frau Sametil streng. „Wie ist das nur gekommen?“

Stanislas wurde dunkelrot. Er konnte doch Bozenas Mutter nicht von jener schönen duftenden Sommernacht erzählen, konnte doch nicht ...

„Ich weiß nicht“, stammelte er hilflos.

„Meine Bozena, das bravste Mädchen auf der Welt. Sie war so unschuldig! Wie ein Kind. Und so schön! Sie hätte sogar den Wenzel heiraten können, den zweiten Gärtner, ja, das hätte sie.“

„Ich ... ich“, stotterte Stanislas in seiner hilflosen Verlegenheit, „bin doch auch eine gute Partie.“

Frau Sametil erinnerte sich plötzlich daran, daß vor ihr ja nicht nur der Verführer ihrer Tochter, sondern auch ihr künftiger Schwiegersohn stand. Sie wurde milder.

„Junge Leut sind halt junge Leut. Und wenn der junge Herr Graf meine Tochter wieder ehrbar machen wollen ...“

Vater Sametil kam, hinter ihm zottelte, neugierig, mit halboffenem Mund, der kleine Nepomuk.

Vater Sametil war nicht aufgeregt, er weinte nicht, er schalt nicht, er blickte Stanislas traurig an und sagte nur:

„Ja, ja.“

Stanislas schoß eine Erinnerung durch den Kopf. Einmal, als kleiner Bub, hatte er gelogen, hatte die Schuld an einem dummen Streich auf Antoinette geschoben, die geduldig für ihn die Strafe hingenommen hatte. Einen Tag lang hatte er dann geschwiegen, am Abend jedoch war er zu Grand'maman Inez gegangen und hatte seine Schuld bekannt. Und Grand'maman Inez war, gegen ihre Gewohnheit, sehr sanft und gut zu ihm gewesen und hatte ihn mehr wegen seines reuigen Bekenntnisses gelobt als wegen des Vergehens gescholten. So, genau so, hatte er sich den einen Tag gefühlt, da seine Schwester für ihn gebüßt hatte.

Er stand hastig von der Bank vor dem Bauernhaus auf und trat auf Vater Sametil zu.

„Verzeihen Sie mir“, sagte er mit einer ganz knabenhaften Stimme. „Bozena kann nichts dafür. Sie ist ein Kind. Ich bin ein Mann, ich hätte es wissen müssen.“

Vater Sametil schwieg noch immer, seine guten Augen waren noch immer voll Trauer.

Stanislas streckte ihm die Hand hin. Und bewies, daß trotz allem Grand'maman Inez' und Monsieur Venarius' viele gute Lehren nicht auf steinigen Grund gefallen waren.

„Ich werde gut zu Bozena sein. Verzeihen Sie mir ... Herr Vater.“

In der Haustür stehend, schluchzte Frau Sametil auf, aber nicht vor Kummer, sondern vor freudigem Stolz. „Herr Vater“, der junge Herr Graf hat ihren Mann Herr Vater genannt. Was werden die Nachbarn sagen, wenn sie es ihnen erzählt! Vater Sametil lächelte. Langsam, mühselig kam das Lächeln auf das runzlige Bauerngesicht, seine harte schwielige Hand drückte Stanislas' schlanke weiße Finger.

„Ja, ja“, sagte er, aber nun klang das anders als vorhin. „Ja, ja, die Bozena bekommt ja doch einen guten Mann.“

Stanislas senkte hastig die Augen. Sie waren voller Tränen, und ein Gatte und Vater darf doch nicht weinen, wie ein Kind.

Am Abend suchte Monsieur Venarius seinen Zögling im ganzen Haus. Er fand ihn in der Schloßkapelle, kniend vor dem Bild seines Schutzpatrons. Monsieur Venarius schlich sich fort und schrieb in seinem Zimmer weiter an dem Bericht.

„Allergnädigste Gräfin, hochverehrte Frau, unser Stanislas erfüllt alle Ihre Wünsche. Ich glaube, getrost berichten zu dürfen, daß in seine Seele Reue und Leid eingezogen sind. Und darf ebenso getrost niederschreiben, daß es mir auch gelungen ist, ihn ernsten Betrachtungen zuzuführen.“

IV.

Grand'maman Inez erhob sich langsam von dem alten Betstuhl, setzte sich in den Lehnsessel vor dem Bett und sagte zu Bozena:

„Komm, mein geliebtes Kind. Setz dich auf das Taburett, wir wollen noch ein wenig plaudern.“

Bozena gehorchte stumm. Die Milde der gestrengen alten Frau rührte sie und brachte in ihr Zorn und Bitterkeit zum Verstummen.

Grand'maman Inez, die nie log, nie heuchelte, teils aus Hochmut – denn weshalb sollte eine Edelfrau heucheln? –, teils aus Frömmigkeit, war doch in den Zehn Geboten jede Art der Lüge verboten, meinte das in ihrem Mund so seltene Liebeswort „geliebtes Kind“ aus ganzem Herzen. War sie doch eben zusammen mit Bozena vor Gott gekniet, beide arme Sünder, der Gnade und des Erbarmens Gottes überaus bedürftig, das Kind am Vorabend eines schicksalsschweren Tages, die alte Frau in einer Stunde, da sie ihrem Gewissen zuliebe alle irdische Eitelkeit opfert. Während sie so zusammen gekniet waren, den Rosenkranz in der Hand, hatte Grand'maman Inez in einem jener Augenblicke der Demut, von denen sie immer wieder heimgesucht wurde, erkannt, daß von ihnen beiden nicht die kleine Sünderin am meisten der Vergebung bedürfe, sondern sie, die alte Frau, deren langes Leben keineswegs immer mit ihrem Glauben übereingestimmt, deren Heftigkeit so oft die Pflicht der Liebe verletzt hatte.

Sie legte sanft die Hand auf Bozenas maisblondes Haar und dachte an eine Stunde hier, in diesem Zimmer, vor vielen Jahren, da sie, die Witwe, allein mit Carl geblieben war, am Vorabend vor dessen Hochzeit.

Damals hatte Grand'maman Inez noch pechschwarzes Haar gehabt, und ihre magere Gestalt war biegsam und zart gewesen. Carl hatte in seiner stillen verschlossenen Art, Joseph glich ihm sehr, die Mutter angebetet, sie für die beste und klügste Frau der Welt gehalten. Und hatte trotzdem gewagt, sich diesem allmächtigen Willen zu widersetzen. Freilich nur ein einziges Mal in seinem Leben.

„Du heiratest eine schlechte Frau“, aus der Vergangenheit tönten an diesem stillen Oktoberabend die eigenen Worte an Grand'maman Inez' Ohr. „Eine Frau, die nur spielen kann. Für die nichts ernst ist. Eine Frau, die mit der Religion spielt, mit der Pflicht, mit der Liebe."

Sie hatte noch viele böse Worte gesagt, vom sündigen Fleisch, das den Sohn verführt hatte, von der Vergänglichkeit der Schönheit und der Unsterblichkeit der Tugend, von der Sünde eines Mannes, der seinen Kindern eine leichtfertige Mutter gebe. Carl hatte geschwiegen und ihr, als sie verstummte, schweigend die Hand geküßt. Aber von diesem Augenblick an war zwischen ihnen etwas gestanden, eine Fremdheit, eine verborgene, aber dennoch fühlbare Kälte, unter der Grand'maman Inez heimlich gelitten hatte. Auch später, als Carl bereits erkannte, daß die Mutter recht gehabt hatte, hielt ihn die Loyalität seiner Frau gegenüber davor zurück, die früheren innigen Beziehungen zur Mutter wieder aufzunehmen. Er wurde noch stiller, noch verschlossener. Eigentlich wußte niemand, was er wirklich dachte und fühlte.

Grand'maman Inez blickte auf Bozena nieder, die, blaß vom Licht einer dicken Wachskerze beleuchtet, reglos zu ihren Füßen saß. Auch Stanislas hatte sich verführen lassen, von seiner Jugend, von Bozenas Schönheit, von der leichtsinnigen Luft der Stadt. Aber er hatte trotz allem besser gewählt als sein Vater. Er bekam eine gute ernste Frau. Seine Kinder würden eine gute Mutter haben.

Durch Grand'maman Inez' ewig reges Gehirn zuckte jetzt die Erinnerung an Worte, die Monsieur Venarius ihr zur Beruhigung gesprochen hatte. Worte, die freilich mehr einem weltlichen Philosophen zukommen, der seine Jugend mit der Lektüre der „*Encyclopédie*"[1] verbracht hatte, als einer guten Katholikin, Worte, die dennoch nicht eines gewissen tröstlichen Sinnes entbehrten.

„Starkes gesundes Bauernblut, allergnädigste Frau Gräfin", hatte der alte Präzeptor gesagt, „ist nicht zu verachten. Stanislas ist zart und hat allzu heftig schwingende Nerven. Es wird dem alten Geschlechte nicht schaden, ein wenig frisches Blut ..."

Grand'maman Inez hatte Monsieur Venarius heftig Schweigen geboten.

„Der Mensch mit seiner unsterblichen Seele ist kein Zuchttier", hatte sie rügend gemeint.

Nun jedoch fand sie diese weltliche Ansicht tröstlich und träumte von kräftigen, gesunden Urenkeln.

In der Ferne schlug eine Turmuhr die elfte Stunde. Bozena hob den Kopf und blickte zu Grand'maman Inez empor. Das schöne junge Mädchengesicht war blaß vor Müdigkeit. Grand'maman Inez bemerkte es.

„Geh schlafen, mein Kind. Ich wollte dir noch vieles sagen, doch ist es zu spät geworden. Gott schütze dich diese Nacht und alle Nächte. Schlaf wohl."

Bozena küßte der alten Dame die Hand und ging leise aus dem Zimmer. Als sie über den langen Korridor schritt, blieb sie vor dem Zimmer der Schwestern stehen, beugte sich nieder und spähte unter die Türritze. Ein schwacher Lichtschein drang durch. Bozena öffnete leise die Tür und trat ein.

Antoinette saß am Fenster und blickte auf die verödete, von Mondschein erhellte Straße hinab. Marie Christine stand vor dem großen Spiegel und drückte eben einen goldenen Reif auf ihr goldblondes Haar. Um ihren weißen Hals trug sie eine lange Perlenschnur, die Bozena noch nie an ihr gesehen hatte.

„Ihr schlaft noch nicht?" sagte Bozena.

Antoinette wandte sich nach ihr um, die schönen, graublauen Augen voller Träume.

„Nein, Bozi, wir können beide nicht schlafen. Komm nur herein, setz dich zu mir, da auf das Sofa."

Marie Christine starrte weiter in den Spiegel und beachtete die Milchschwester nicht.

Marie Christine war in den letzten Wochen so seltsam geworden. Sie war abgemagert, man sah die kleinen dünnen Schlüsselbeine, und ihre Gelenke hatten die Zartheit eines Kindes. In dem weißen, weich herabflutenden Négligé glich sie einem schönen Gespenst. Einem sehr lebendigen Gespenst mit glänzenden unruhigen Augen.

Bozena setzte sich neben Antoinette und griff nach deren Hand.

„Ich hab so Angst, Toinette. So schreckliche Angst."

„Dumme Bozi, wovor hast du Angst? Stani wird gut zu dir sein. Und ..."

„Und alle werden mich verspotten."

„Niemand wird es wagen, Bozi. Du gehörst jetzt ganz zu uns. Bist wirklich unsere Schwester. Wer könnte wagen, eine Herdegen zu verspotten?"

Vom Spiegel her tönte ein leises Lachen.

„Fürchte dich nicht, Bozena. Es wird eine Zeit kommen, bald, da werden die Herdegens vor mir ebenso klein und unbedeutend sein wie du heute vor den Herdegens."

„Marie Christine, ich bitte dich ..."

Antoinettes weiche Stimme klang bekümmert, und ihr gütiges Gesicht wurde sorgenvoll.

Marie Christine sprach noch immer in den Spiegel hinein.

„Du verstehst mich nicht, Toinette. Verstehst die Welt nicht. Eine schöne kluge kalte Frau kann alles erreichen. Freilich darf sie sich nicht mit Narren abgeben."

„Marie Christine!"

Marie Christine lachte abermals.

„Ich gebe zu, daß er charmant ist, dein Alexander, ein schöner Mann. Du bist nicht die einzige, die sich in ihn verliebt hat. Aber, was ist er, wer ist er? Ein Fürst, gut, aber was für ein Fürst? Und dann das ewige Gerede von Griechenland, von der Freiheit. Vorgestern führte er mich zu Tisch und glaubte, weil ich deine Schwester bin, wäre ich ebenso närrisch wie du. Ich habe mich zu Tode gelangweilt, mit deinem Alexander."

Antoinettes Gesicht färbte sich dunkelrot. Aber Grand'maman Inez Lehren waren in ihr zu stark, als daß sie sich hätte hinreißen lassen.

„Heute handelt es sich nicht um den Fürsten Ypsilantis", sagte sie kalt, „auch nicht um eine etwas fragwürdige Königskrone. Sondern um unsere Bozi, die morgen heiratet."

„Maman hat sich trotz Schmerz ein neues Kleid machen lassen", berichtete Marie Christine. „Violett, um die Trauer anzudeuten. Und was unsere Bozi anbelangt, so macht sie eine gute Partie, und ich sehe nicht ein, weshalb ich sie bedauern soll." Sie wandte sich der Milchschwester zu.

„Wie steht mir der goldene Reif, Bozena?"

„Gut, Marie Christine."

„Dazu ein Hermelinmantel. Bis hinunter zum Boden. Ja, Polen wird eine schöne Königin haben."

„Polen hat noch nicht einmal einen König", meinte Antoinette nüchtern. „Auch begreife ich dich nicht, Marie Christine. Wir haben polnisches Blut in den Adern. Wie können wir wünschen, daß dieses unselige, so oft zerrissene Land[2] einen fremden König bekommt? Einen Mann, der ..."

„Der ein Mann ist", unterbrach Marie Christine die Schwester. „Du hast dich doch von der Narrheit deines Verehrers anstecken lassen, Toinette, siehst überall geknechtete Völker und leidende Menschen. Du bist schon ebenso langweilig wie dein Alexander."

Sie trat zu den beiden Mädchen.

„Was sagt dein Hofmacher dazu, der Preuße?"

Nun lächelte sogar Bozena. Dieser preußische Graf Bredar, der im Gefolge des Königs von Preußen gekommen war, erregte durch seine „teutsche Feyerkleidung" den allgemeinen Spott der Gesellschaft. Tatsächlich sah der kleine beleibte Mann in der halb mittelalterlichen Tracht recht drollig aus. Wenn er über die Straße ging, auf dem Kopf das spanische Barett, die Arme in französischen Puffärmeln, den Hals in einem Stuartkragen (weshalb dieses Gemisch verschiedener Länder das „echt teutsche Feyerkleid" darstellen sollte, begriff niemand), lachten die Wiener verstohlen und offen hinter ihm her, je nach Rang und Erziehung.

Antoinette versuchte, den häufigen Gast des Hauses in Schutz zu nehmen.

„Er behauptet", sagte sie, „daß diese Kleidung die deutsche Tugend darstellt und verkörpert, ja mehr noch, daß sie zur deutschen Tugend führt."

Marie Christine zuckte die Achseln.

„Meine arme Toinette, deine Hofmacher! Der eine schwärmt dir von Griechenland, der andere von der deutschen Tugend vor."

„Du gibst dir ja keine Mühe mit den Gästen, Marie Christine", meinte Bozena ärgerlich. Sie konnte es nicht leiden, wenn Antoinette von der Schwester verspottet wurde. „Natürlich muß Toinette deine Unarten gutmachen. Außerdem sprechen ernste kluge Männer gern mit ihr, wie dieser Herr von Humboldt[3]."

„Ein distinguierter Mann", gab Marie Christine zu. „Nur so entsetzlich gelehrt."

„Das ist dein Großfürst wahrlich nicht", sagte Toinette, die nun endlich doch die Geduld verlor.

Aber Marie Christine nahm ihr den Ausbruch nicht übel. Sie wiederholte leicht lächelnd: „Mein Großfürst", als klängen diese Worte ihr sehr genehm. Sie nahm den Goldreif vom Kopf und legte ihn auf den runden Tisch. Antoinette und Bozena sahen ihr zu und staunten wieder einmal, wie so oft, über die unsägliche Anmut von Marie Christines Bewegungen.

Marie Christine kümmerte sich nicht mehr um die beiden andern. Sie entkleidete sich und schlüpfte in das große Ehebett, das sie mit der Schwester teilte. Antoinette fiel es auf, daß die Schwester nicht, wie sonst, vor dem Bett kniend, das Abendgebet sprach. Doch vergaß sie es bald wieder, weil Bozena sich so fest an sie klammerte und ihr alle Aengste und Sorgen auflud, von denen sie gefoltert wurde.

Marie Christine schlief schon seit langem, den blonden Kopf tief in das Kissen gedrückt, die feinen Hände über der Decke verschlungen, als die beiden anderen Mädchen endlich mit einem Gutenachtkuß von einander Abschied nahmen. Mitternacht war vorüber. Bozenas Hochzeitstag war angebrochen.

***

Bozena stand neben Stanislas vor dem Altar in der Hauskapelle. Sie trug ein blaues und weißes Kleid (ein ganz weißes ließen Grand'maman Inez' Skrupel nicht zu) und sah wunderschön aus. So schön, daß der Fürst von Ligne, einer der wenigen nicht zum engeren Familienkreis gehörenden Hochzeitsgäste, nicht umhinkonnte, Monsieur Venarius während der heiligen Handlung zuzuflüstern:

„*Mon Dieu*, dieser Stani. Wie gern wäre ich an seiner Stelle."

Stanislas hatte auf dunkle feierliche Kleidung bestanden. Er hielt sich ein wenig steif und ungelenk. Obwohl er mit Grand'maman Inez am Tage vorher die Hochzeitsmesse durchgelesen hatte, fürchtete er, bei den Zeremonien nicht sogleich das Richtige zu tun. Bozenas Ruhe und Sicherheit imponierten ihm. Sie bewegte sich ruhig, gemessen, wußte, wann sie niederknien, wann sie aufstehen mußte.

Ludmilla weinte. Nicht sehr heftig, wegen des Rouges, aber immerhin so heftig, daß die Verwandten und einige gute Freunde sie von Herzen bedauerten.

„Die arme Ludmilla. Dieses Unglück. Das verdankt sie nur ihrer Schwiegermutter. Es ist eine Sünde, dieser schöne junge Mann ..."

Carl Herdegen blickte wehmütig auf das Brautpaar und betete innig, Gott möge beide segnen und Stani glücklich werden lassen. Glücklicher als er es war. Antoinette träumte davon, ebenfalls vor dem Altar zu stehen. Träumte davon, nach der Trauung sofort ein Reitkleid anzulegen und mit dem Geliebten in die Wildnis zu reiten, um ein Volk zu befreien. Marie Christine hörte nicht das Schnaufen der kleinen asthmatischen Orgel. Sie vernahm hallende dröhnende Klänge, sah vor sich den mit Menschen überfüllten Stephansdom, schritt durch das Kirchenschiff zum Altar, neben sich eine Gestalt in Uniform, das häßliche Kalmückengesicht wurde von der Dämmerung der Kirche verschlungen. Joseph versuchte vergeblich, andächtig zu sein. Auch er sah andere Gestalten, sah ein knabenhaft schlankes junges Mädchen mit veilchenblauen Augen, einen etwas großen, aber schön geschwungenen Mund, ein eigensinniges Kinn, und dachte glückselig daran, daß er morgen beim Empfang der Gräfin Zichy Victoire wiedersehen würde.

Grand'maman Inez aber kniete mit verklärtem Gesicht in der ersten Bank. Zwei Seelen waren durch sie gerettet worden, zwei unsterbliche Seelen. Und eine dritte, die dem Leibe nach noch nicht auf Erden weilte, war vor jeder Schande bewahrt.

Grand'maman Inez blickte nach dem Altar und dankte Gott, daß er ihr die Kraft gegeben habe, zwei Menschen aneinander zu binden, die nicht zueinander paßten und nicht zueinander gehören wollten.
In der hintersten Bank kniete zwischen den Domestiken die Demoiselle Agathe, die für Bozena das Trousseau[4] genäht hatte. Demoiselle Agathe war äußerst gut gelaunt. Die letzten Wochen hatten ihr viel Geld eingebracht. Geld, das sie nicht durch Nähen verdient hatte. Freilich war es nicht ganz leicht verdient gewesen. Die Füße schmerzten sie von dem vielen Herumlaufen. Aber ein armer Mensch ist eben nicht zum Faulenzen geboren. Sie blickte nach der vorderen Bank. Marie Christines goldblonder Kopf neigte sich tief, da die Glocke die Kommunion verkündete. Demoiselle Agathe bekreuzigte sich und griff dann unwillkürlich nach ihrem großen Ridikül[5], in dem ein Brief stak, ein Brief, auf dessen rotem Siegel das kaiserliche Wappen von Rußland prangte.

***

„Diese Stadt", sagte ein junger Franzose, der zum Gefolge des Fürsten Talleyrand gehörte, „verdient wirklich den Titel eines *maître de plaisir*[6] von Europa. Sie versteht es sogar, für ihre Feste schönes Wetter zu bestellen."
Antoinette, an die diese Worte gerichtet waren, nickte zerstreut. Sie saß neben dem Vater auf einer der hohen Tribünen im Augarten, auf der anderen Seite flankiert von ihrem „Ritter Toggenburg"[7], wie die Familie den beleibten preußischen Grafen Bredar nannte, und blickte auf die wogende, sich drängende Menschenmenge hinab. Der, den ihre Augen suchten, wanderte bestimmt unter dem „gemeinen Volk" umher. Alexander Ypsilantis liebte nicht die vornehme Gesellschaft und deren Feste. Und selbst das alte, berühmte Wiener Volksfest im Augarten[8] war in diesem Jahr weit weniger ein Fest des Volkes als der Monarchen. Uebrigens gehörte es zum guten Ton, sich ein wenig unter das Volk zu mischen, gnädigst mit den schlichten Menschen einige Worte zu wechseln, sich an ihrer Kindlichkeit zu erfreuen und neuen Stoff für die Gespräche bei Diners und Empfängen zu sammeln.
Wie blau der Himmel war, wie warm die Sonne schien! Der Herbst hatte sich, mit echt Wiener Koketterie, eingebildet, er sei eigentlich noch ein Stück Sommer. Hätten nicht Bäume und Büsche golden geglänzt, niemand würde geglaubt haben, es sei schon Oktober.
Antoinette erspähte in der Menge die vertraute Gestalt des Fürsten Ligne, begleitet von seinem getreuen De la Garde. Sie sah auch, ein wenig weiter entfernt, die gedrungene Gestalt und das häßliche Kalmückengesicht, das sie in den letzten Wochen hassen gelernt hatte. Sah auch, daß in der Reihe unter ihr eine kleine Hand gnädig in die Richtung des Kalmücken hinabwinkte, gnädig wie eine Monarchin. Die Schneekönigin hatte die königlichen Gesten gut einstudiert.
Links vom Vater saßen Stanislas und Bozena. Grand'maman Inez, zufrieden mit dem Enkel, hatte seiner flehenden Bitte, noch das Volksfest mitmachen zu dürfen, nachgegeben. Man mußte ja auch die junge Frau in die Gesellschaft einführen, und hier, an diesem Tage, konnte es zwanglos geschehen. Ludmilla hatte vergeblich

geweint, mit den Füßen gestampft, erklärt, sie würde zu Hause bleiben, wenn Bozena mitkomme. Grand'maman Inez hatte gelassen erwidert:

„Das würde Ihnen guttun, meine Liebe. Frauen in Ihrem Alter müssen bisweilen in den Vergnügungen pausieren. Das ist der Gesundheit zuträglich."

Natürlich war Ludmilla dann doch zum Feste gegangen, in einer neuen pelzbesetzten Toilette und einem Hut, der die letzte Pariser Kreation darstellte. Sie hatte sich nur geweigert, in der gleichen Reihe mit Bozena zu sitzen, und Marie Christine war ihrem Beispiel gefolgt. Weniger aus Hochmut, als um den stillen, forschenden Blicken des Vaters zu entgehen. Die Mutter, das wußte sie nun schon, sah geflissentlich fort, wenn die russische Uniform in die Nähe kam. Ludmilla hatte nichts gegen den kleinen Flirt mit dem Großfürsten. Wer weiß, Marie Christine ist so wunderschön; weshalb sollte Konstantin nicht ... Und sogar, wenn es nur eine morganatische Ehe[9] wurde ... Oder vielleicht gar keine. War die Naryshkin[10] nicht auch eine große Dame, und wußte nicht jeder von ihr, daß sie und der Kaiser Alexander ...

Bozena war sehr still. Sie verbarg ihre Verlegenheit unter einer fast starren Ruhe, die ihr etwas Majestätisches verlieh. Die guten Freunde des Hauses wußten ja, was für eine Bewandtnis es mit ihr habe, doch konnte man mit einer jungen Frau, die, bevor sie die Tribüne bestieg, am Arm des Fürsten Ligne im Augarten gesehen worden war, nicht unhöflich sein. Und die Fremden fragten sich nur, wo der junge Mann diese schöne Frau gefunden habe.

Joseph hatte nach langem Suchen Victoire entdeckt, die auf einer anderen Tribüne in der untersten Reihe saß. Victoire war schlecht gelaunt. Sie blickte feindselig auf die Menge, und ebenso feindselig auf die vornehmen Gäste der Tribüne.

„Feste", sagte sie statt einer Begrüßung zu Joseph, und verzog spöttisch die Lippen. „Feste feiern, das ist alles, was diese Menschen können. Sind dafür Tausende von Soldaten gefallen? Damit Souveräne sich hier in dieser Stadt ausleben, ungestört ihren *amours* nachgehen können, derweil der Oger mit dem Fürsten von Benevent, ach nein, jetzt heißt er ja wieder Talleyrand, konspiriert und meine arme Heimat bösen Narren ausliefert?"

Joseph versuchte, sie zu begütigen. Aber Victoire wollte seine Einwände nicht gelten lassen.

„Die da unten", sagte sie verächtlich und wies mit der Hand auf die Menge, „die da unten haben, als er an der Macht war, ihm zugejubelt. Jetzt jubeln sie andern zu, und wenn wieder andere kommen ..."

Joseph, in seiner Vaterlandsliebe und seiner Liebe zum Volk gekränkt, meinte trocken:

„Auch das Volk von Paris hat im Laufe der letzten zwanzig Jahre allen zugejubelt, die an der Macht waren."

Victoire zuckte zusammen. Unten auf dem Rasen, links vom Schloß, knallten die Flinten der Tiroler Schützen, zum Zeichen, daß das Wettschießen mit der Armbrust beginne. Auf einem hohen Mast war ein riesiger Holzvogel befestigt, der in kurzer Zeit von den Pfeilen der Tiroler gespickt war.

„Der dort, dieser junge Mann", erklärte Joseph, „der von allen am besten schießt, ist ein Sohn des berühmten Andreas Hofer[11]."

Victoire rümpfte die Nase.

„Und der Sohn dieses Mannes gibt sich zur Belustigung der Gesellschaft her?"

Joseph wußte nicht, wie er das Mädchen milder stimmen sollte.

„Ist es nicht schön", fragte er schüchtern, „daß heute eine gemeinsame Fröhlichkeit alle umschließt? Herrscher und Beherrschte?"

„Fröhlichkeit, Fröhlichkeit", ereiferte Victoire sich. „Ihr *Autrichiens* könnt nichts anderes als lachen, singen, tanzen."

„Und lachend, singend für unser Land in den Tod gehen", erwiderte Joseph ungeduldig.

Victoire blickte ihn erstaunt an.

„*Tiens*, Monsieur, Sie können auch böse werden? Das gefällt mir. Und was Sie da sagen, gefällt mir auch. Es ist schön, sein Land mit Freude zu lieben. Nicht wie eine schwere Pflicht, nicht wie eine peinliche Tugend. Ich bin neulich beim Diner zu meinem Unglück neben dem Hofmacher der lieben Toinette gesessen, nein, nicht neben dem schönen Ypsilantis, sondern neben dem teutschen Grafen Bredar, neben dem *Prussien*. Er hat auch von Vaterlandsliebe gesprochen. Mit lauter großen Buchstaben, und ich versichere Ihnen, das Land tat mir leid, das so schlecht geliebt wird. Wie eine tugendhafte häßliche Frau. Nicht wie eine schöne Geliebte."

„Es mag schwerfallen, Preußen anders zu lieben", meinte Joseph lächelnd.

„Schauen Sie, schauen Sie, Monsieur", rief Victoire mit plötzlichem Eifer, alle schlechte Laune vergessend. „Eine Montgolfiere."[12]

Langsam erhob sich ein großer Ballon in die Lüfte und schwebte feierlich, gemessen über der Menge. Jubelrufe wurden laut. Zahllose Köpfe hoben sich. Von den Tribünen sah man unten ein Meer von Gesichtern, blassen, roten, töricht erstaunten, leidenschaftlich begeisterten. Gesichter, so viele Gesichter! Joseph staunte bei sich. Die Menge, dachte er, hat also nicht nur ein Antlitz, hat tausend Gesichter. Ein jedes ist anders. Ein jedes spiegelt eine andere Seele, einen andern Charakter. Und wir, in unserem Dünkel, nennen diese Menschen mit einem Sammelnamen: das Volk. Was wissen wir von diesem Volk? Wir treiben es in unsere Kriege, die ihm nichts nützen, wir verschachern es an andere Herrscher, wenn uns dies gut erscheint. Wir verlangen von ihm, daß es sich in alles füge. Wir spinnen ein Polizeinetz um es, damit es nicht denke, nicht rede, nicht wirklich lebe. Aber der Mensch lebt, der Mensch denkt, und wenn er seine Gedanken nicht aussprechen darf, wenn er geknechtet bleibt ...

Nun wurde der Jubel noch stärker. Der Aeronaut schwenkte aus seinem Ballon eine Unzahl Fahnen, die Fahnen aller Nationen, deren Vertreter in Wien waren.

Neben Joseph sagte eine zarte dunkeläugige Frau:

„*Mon Dieu*, die Fahnen aller Nationen. Wenn doch dieses Symbol Wahrheit würde. Wenn es wirklich Frieden bedeutete."

„Wer ist der Mann im Ballon?" fragte Victoire interessiert.

„Er heißt Kraskowitz. Mehr weiß ich nicht von ihm", entgegnete Joseph.

Victoire ereiferte sich abermals.

„So seid ihr“, sagte sie heftig. „Die Namen aller Minister, aller Verräter kennt ihr, zusammen mit allen Daten aus ihrem Leben. Aber von einem kühnen Mann, der durch die Lüfte schwebt und dem Tode trotzt, wißt ihr kaum den Namen. Sehen Sie doch, Monsieur, wie hoch oben er schon schwebt. Was er wohl denken mag, wenn er die Fürsten dieser Erde so klein, so winzig klein unter sich sieht? Sicherlich erkennt er ihre Unwichtigkeit. Kann sie nicht mehr von dem gemeinen Volke unterscheiden. Was er wohl denkt?“

„Bestimmt nur, ob er wieder unverletzt auf der guten Mutter Erde landen wird“, erwiderte Joseph nüchtern.

Victoire starrte ihn an. Dann lachte sie.

„Ihr seid ja doch seltsame Menschen, ihr *Autrichiens*, Monsieur. Bisweilen glaubt man, ihr lebt nur in himmelblauen und rosa Wolken, aus denen es singt und klingt. Ihr hättet nur Füße zum Tanzen und Arme, um schöne Frauen zu umschlingen. Und dann auf einmal ... Und dann auf einmal ... steht ihr mit Eueren Tanzbeinen fest auf dem Boden, Euere Arme können arbeiten, Euer liedererfüllter Kopf kann nüchtern denken.“

Langsam, vom leichten Wind getrieben, schwebte nun der große Ballon über der Donau, auf die nun bereits die ersten Abendschatten fielen. Das dürre Laub raschelte leise, die Kronen der Bäume neigten sich sanft. Die bunten Kleider der Frauen leuchteten gedämpft im milden Zwielicht. Der Friede des Abends senkte sich nieder.

„Wie schön“, sagte Victoire leise.

„Ja, meine Heimat ist schön, Mademoiselle. Ich wollte ... Ich wollte, Sie könnten sie lieben lernen.“

Victoires veilchenblaue Augen wurden sanft.

„Ihre Heimat ist schön, und ich glaube, man kann hier glücklich sein. Und vielleicht auch gut. Aber ich weiß es nicht. Weiß es noch nicht. Ich müßte die Stadt anders sehen, ohne Feste, am Alltag, und auch euch alle. Nein, nicht alle, das ist ungerecht. Sie sind bestimmt am Alltag genau so wie heute, und auch Toinette, und auch Ihre Großmutter, diese spanische *Madame Mère*. Aber die andern ...“

Die ausdrucksvolle Gebärde ihrer Hand sprach Zweifel, Unglauben und fast ein wenig Angst aus.

„Kommen Sie, Mademoiselle“, sagte Joseph, nicht ganz sicher, ob er eben einen verblümten Korb erhalten oder ermutigt worden war. „Sehen Sie, die Leute von den Tribünen steigen alle hinab. Wir wollen ans andere Ende des Parks gehen, wo die Zelte stehen. Dort können Sie die Nationaltänze der Böhmen und Ungarn sehen.“

„Der Böhmen und Ungarn?“ staunte Victoire. „Wie kommen die her? Das sind doch fremde Völker, die eine andere Sprache reden?“

„Es sind Oesterreicher, Mademoiselle. Was bedeutet die Sprache? Wäre die ausschlaggebend, müßte ich ein Deutscher sein.“

Victoire lachte. Der Gedanke erschien ihr äußerst drollig. Noch immer lachend, nahm sie Josephs Arm und stieg die Stufen hinab.

Nun leuchteten bereits Tausende von Lampen und erhellten den Augarten. Vor dem Schloß schossen Raketen in die tiefblaue Luft, bohrten sich in den Himmel, versprühten zu unzähligen winzigen roten Sternchen. Ganze ungeheure Bauten erschienen gespenstisch am Himmel, Bauten, die fern von hier in Mailand, in Petersburg, in Berlin standen. Die Welt war zusammengerückt, die Welt war, nach schauerlichen Jahren des Krieges, friedlich vereint. In zahllosen Sprachen wurde dieser glückliche, noch größeres Glück verheißende Zustand gepriesen. Aber nicht nur von den Fürsten, die nach Jahren der Angst, hatten sie doch gesehen, daß auch gekrönte Häupter fallen können, endlich wieder aufatmeten und von neuem an den ewigen Bestand ihrer Herrschaft glaubten, sowohl die gütigen und gerechten als auch die grausamen und tyrannischen, sondern noch viel mehr von jenen, die am eigenen Leibe die Leiden des Krieges gefühlt hatten. Von den Frauen, die nicht mehr um ihre Männer und Söhne, von den Mädchen, die nicht mehr um den Geliebten bangen mußten. Wahrlich, das Glück der Menschen schoß ebenso hoch in die Himmel wie die roten, sich schlängelnden Raketen. War es ein Omen, daß diese Himmelsstürmer zurückfielen und zerstäubten? Wird der Mensch ewig vergeblich nach den schönsten Gaben des Himmels greifen, sie vielleicht auch sekundenlang, sind doch im Leben der Völker Jahre nur Sekunden, halten dürfen, um sie dann wieder ins Nichts vergehen zu sehen?

Aber diese Gedanken dürften an jenem Abend im Augarten nur wenige gehabt haben. Vielleicht Monsieur Venarius, der kopfschüttelnd, der eigenen schlichten ernsten Heimat eingedenk, das Treiben beobachtete, vielleicht Grand'maman Inez, die, am Fenster sitzend, den Himmel über der Stadt rot erglühen sah, und an einen andern Himmel dachte, von dem Schwefel und Feuer niedergefallen.

In einem blonden Kopf jedenfalls fanden diese Gedanken keinen Raum. Durch die Schatten huschte eine weiße Gestalt nach einem dichten Boskett[13] – gekieselter Weg und Boskett waren auf dem kleinen Zettel, den sie in der Hand trug, genau eingezeichnet. Sie konnte es nicht verfehlen. Auf der Bank zwischen den Büschen saß der Mann mit dem Kalmückengesicht. Hinter ihm stand der seltsame, ewig stumme Begleiter, von dem so viel gemunkelt wurde, über den man aber nur gewiß wußte, daß er dem Großfürsten einmal das Leben gerettet und seitdem unzertrennlich von ihm war.

„Sie kommen spät, Mademoiselle", sagte Konstantin, eine leichte Schärfe in der Stimme. Er war das Warten nicht gewohnt.

Marie Christine – war je ein anderes junges Mädchen mit so kaltem Herzen, mit so berechnendem Verstand zu einem Rendezvous geeilt? – zuckte die schmalen Schultern.

„Wenn ich zu spät komme, Sire, kann ich ja wieder gehen."

Konstantin lachte. Diese Kälte, diese Zurückhaltung, an die er wahrlich nicht gewöhnt war, belustigten ihn. Einstweilen.

„Sie müssen doch meine Ungeduld begreifen, schönste Mademoiselle. Die Stunden sind wie Jahre hingeschlichen."

Er zog Marie Christine neben sich auf die Bank. Seine Hand war heiß, und Marie Christine hätte am liebsten, von Ekel erfaßt, die ihre fortgerissen. Aber diese Hand wird vielleicht eine Krone zu vergeben haben. Sie ließ ihre schmale kalte Hand in der heißen mächtigen Hand.

Sie duldete auch, zum erstenmal, daß Konstantin den Arm um ihre Taille schlang. Sie lauschte seinen Worten, einsilbig, bisweilen mit einem kleinen Lachen, das ein „Nein" abschwächen sollte.

Die Schatten fielen tiefer. Konstantins Stimme wurde leiser, dringlicher. Die Schneekönigin sah in der Luft die Krone Polens schweben.

Wie eine gespenstische Schildwache stand vor dem Boskett der stumme Russe und verschmolz mit der immer schwärzer werdenden Dunkelheit.

V.

„Am Hohen Markt", hatte Victoire gesagt. „In der Nähe des Brunnens. Gegen Mittag. Ich muß *emplettes*[1] machen."

Joseph, ängstlich besorgt, auch nicht eine Minute des köstlichen Beisammenseins zu verlieren, fand sich bereits gegen elf Uhr beim Brunnen ein. Aus den dünnen grauen Nebelstreifen des Novembers rieselte ein feiner Sprühregen, der sich bisweilen in große plumpe Schneeflocken verwandelte. Die Luft roch nach Feuchtigkeit.

Joseph, schlank in seiner Uniform, fror, doch hatte er aus Eitelkeit den Mantel daheim gelassen. Er lehnte sich gegen den Brunnen und wartete.

Spielende Kinder kamen gelaufen. Sie hatten bunte Bälle mit, die sie einander, vor Vergnügen kreischend, zuwarfen. Immer wieder wechselten die Bälle den Besitzer, bald hatte der dunkelhaarige Knabe den roten Ball, bald der blonde, der blaue Ball flog hoch durch die Luft und wurde von einem kleinen Knirps aufgefangen. Doch schon stürzte sich ein größerer Bub auf ihn und nahm ihm den blauen Ball fort.

Zwei Männer blieben stehen und betrachteten das Spiel der Kinder.

„Wie auf dem Kongreß", meinte der Aeltere. „Nur daß dort mit Ländern geworfen wird, statt mit Bällen."

„Es ist ein frevles Spiel", sagte der Jüngere mit schweizerischem Akzent. „Ein Land einfach fortzunehmen und einem anderen zu geben. Dieses unselige Sachsen, das nur, weil Alexander es so will, unter preußische Herrschaft kommen soll."[2]

„Der Fürst ist dagegen", erklärte der Aeltere, in dem Joseph nun den Redakteur Bartsch von der Wiener Zeitung erkannte.

„Man munkelt so allerlei", warf der Jüngere ein, er mochte ein Mitglied einer Schweizer Delegation sein, „der Fürst soll nicht mehr ganz so sicher ..."

„Wenn es auf Stadions[3] Anhänger ankäme ...", der Redakteur zuckte die Achseln. „Aber ich glaube nicht ..." Sein Blick wurde starr, er wich einen Schritt zurück.

Eine äußerst reizende, gut gekleidete Frau schritt langsam an ihnen vorüber und warf dem Schweizer Delegierten einen nicht mißzuverstehenden Blick zu.

„Kommen Sie", sagte der Redakteur hastig. „Kommen Sie, wir wollen weitergehen."

„Am hellichten Tag", entrüstete der Schweizer sich. „Diese leichtfertigen Sitten ..."

Der Redakteur zuckte die Achseln.

„Wenn es nur das wäre. Aber diese Hübschlerinnen haben auch noch einen andern Beruf, der ehrlichen Leuten viel gefährlicher wird ..."

Sie schritten weiter.

Lachen tönte aus der Menschenmenge, die um einen Maronibrater geschart stand.

„Ich geb Euch mein Wort", sagte der Maronibrater, „Ihr könnt es mir glauben. Mein Wort."

„Bist du der Kaiser Alexander, daß du immer dein Wort gibst", rief ein junger Witzbold.

Das Lachen, das diesen Worten folgte, klang weniger gutmütig als vorhin. Das Volk von Wien liebte die Russen nicht. Sie sind roh, schmutzig, gemein, lautete das Urteil des schlichten Mannes. Und die Bediensteten der Burg konnten nicht genug über den Schmutz und die Wildheit der Russen berichten.

Eine dicke Frau mit einer Markttasche seufzte tief.

„Das Fleisch wird wiederum teuerer. Alles wird teuerer", klagte sie.

„Die fremden Fürsten fressen uns arm", sagte ein ältlicher mürrischer Mann. „Sitzen da in Wien, tun nichts als Feste feiern, tanzen, spielen, essen und trinken. Wer zahlt's?"

„Der Napoleon hätt nicht gestürzt werden brauchen. War wenigstens nur einer."

Ein freundlich aussehender Mann löste sich aus der Gruppe und trat zu dem letzten Sprecher.

„Kommt einmal mit, guter Freund", sagte er leise. „Ich möcht Euch aus der Nähe sehen."

Die dicke Frau wurde zornig:

„Wenn man nicht einmal mehr lamentieren darf", sagte sie ganz laut. „Das wäre ein schönes Leben ..."

Der freundliche Mann und sein unfreiwilliger Begleiter waren verschwunden.

„Konfidenten", brummte die dicke Frau, die, nach Weiberart, nicht so leicht einzuschüchtern war. „Ueberall haben s' Konfidenten. Man weiß ja nimmer, wenn man mit dem eigenen Mann im Bett liegt, ob er nicht auch schon einer geworden ist."

„Halt's Maul", sagte der ältere Mann. „Du bringst uns alle ins Unglück."

Einige Staatskarossen fuhren vorbei. Vorn die Läufer mit ihren Stöcken.

Ein paar junge Burschen schrien Vivat, aber die Erwachsenen schwiegen verdrossen. Saß doch in der einen Karosse der Mann, den die Wiener am meisten haßten und verachteten: der Großfürst Konstantin, und in der zweiten der fast ebenso unbeliebte König von Württemberg[4].

„Nicht einmal den Hut hat er abgenommen“, flüsterte einer der Politiker am Maronibratofen. „Nicht einmal den Hut hat er abgenommen, wie er in die Residenz eingezogen ist.“

„Beim Tisch haben s' ein rundes Loch aussägen müssen, für seinen Bauch“, wußte ein zweiter zu berichten.

„Die armen Pferd können ihn kaum derziehen.“

Bei der dritten Karosse verzogen die Gesichter sich zu einem breiten Grinsen.

„Jesses, der König von Preußen. Ja, wo steckt denn die Zichy?“

„Der Fürst ist bös auf ihn“, berichtete ein Eingeweihter, dessen Tante im Palais des Fürsten Metternich die Treppen scheuerte. „Ja, weil halt der König zuerst mit uns gegangen ist, jetzt aber macht er, was der Ruß' will. Alles wegen dem elendigen Sachsen.“

Die Karossen waren vorüber. Aber nun bot sich der Menge ein neues belustigendes Schauspiel. Fünf Deutsche, drei von ihnen in ihrer teutschen Tracht, kamen vorüber.

„Schauts doch, wie die aussehen, die Manderln[5]. Wie vom Kasperltheater.“

„Der Große da ist der Müller von den Lützowern“, erklärte der Eingeweihte.

„Ja, den kenn ich auch. Am Abend sitzen s' beim Kamel und singen. Und sagen, nur Preußen kann die Welt retten.“

Die dicke Frau nickte, nahm die Markttasche fester und meinte:

„Na, ich geh heim. Was soll ich mir die Leut anschauen, die uns so viel Geld kosten?“

Ein Invalider, der bisher geschwiegen hatte, griff nach der Krücke, die er gegen eine Hausmauer gelehnt hatte.

„Dafür“, meinte er bitter, „dafür hab ich mein Bein verloren.“

Joseph, der aufmerksam den Worten gelauscht hatte, kehrte zu seinem Platz am Brunnen zurück. Der Ausspruch des Invaliden hatte ihn an ein Gespräch mit dem Vater erinnert. Carl Herdegen war müde und verstimmt aus dem Dienst gekommen.

„Wozu das alles?“ hatte er mit einer bei ihm seltenen Redseligkeit seinen Aeltesten gefragt. „Wozu? Der Kongreß soll den Frieden Europas retten, und schon liegen sich alle in den Haaren. Der Kaiser von Rußland droht jeden Tag mit der Abreise. Dem König von Preußen ist der Kamm geschwollen, er will ganz Sachsen, unter dem tut er es nicht. Schau dir die Landkarte an, dann wirst du begreifen, was das für uns bedeutet. Wir wären in Böhmen nie unseres Lebens sicher. Und in allen Kanzleien wird konspiriert, intrigiert, die Frauen tun dazu das Ihre. Es ist eine ekelhafte Sache.“

Sahen so die Versammlungen der Mächtigen aus, die ihren Völkern Frieden und Glück sichern sollten?

„Sie sind eben alle gottlos“, hatte Grand'maman Inez gemeint, als Joseph ihr die Worte des Vaters wiederholte. „Vor allem die heidnischen Preußen.“

Für Grand'maman Inez gab es zweierlei Heiden. Die echten, die Steine und Feuer und Tiere anbeteten, arme Menschen, die nur darauf warteten, bekehrt zu werden,

Unglückliche, die nichts dafür konnten, daß sie Heiden waren. Und die weitaus unsympathischeren, die diesem „Mönch, der seine Kutte in die Brennesseln geworfen hat, diesem Luther“ anhingen. Für diese empfand Grand'maman Inez nicht das geringste Mitleid. Sogar, wenn sie sich bekehrten, hatte sie für sie nichts übrig. Sie ging auch nicht zu den Predigten des berühmten Zacharias Werner[6], witterte in seinen Worten die Ketzerei, behauptete, das ganze Getue um ihn sei nur eine Modesache. Für die andern Ungläubigen, die Juden, empfand sie eine zu jenen Zeiten seltsame Neigung.

„Gott hat sie auserwählt“, pflegte sie zu sagen. „Und Gott weiß, was er tut. Sie haben den Heiland gekreuzigt und sind dafür bestraft worden. Aber wir dürfen nie vergessen, daß der Heiland aus dem Stamme Davids und seine heilige Mutter eine Hebräerin war. Uebrigens“, fügte sie hinzu, „würden heutzutage die meisten Menschen den Heiland kreuzigen. Tun es auch mit ihren Sünden und Lastern, mit ihrem Stolz und ihrer Hartherzigkeit.“

Joseph war so tief in Gedanken versunken, daß er gar nicht bemerkte, als Victoire, um eine halbe Stunde verspätet, neben ihm stand.

Sie trug einen Riesenmuff und einen mit schwerem Pelz verbrämten grünen Mantel. Auch die kleinen grünen Schuhe waren mit Pelz verbrämt.

Sie sah, zumindest fand Joseph es, schöner und reizender aus als die andern Frauen, die an ihnen vorübergingen.

Doch bemerkte er, nach der ersten freudigen Begrüßung, daß sie blaß und daß ihre veilchenblauen Augen rotgerändert waren, als habe sie geweint.

Er erschrak.

„Ist etwas geschehen?“ fragte er stotternd.

„Hier kann ich nicht reden. Könnten wir uns nicht irgendwo hineinsetzen?“ fragte Victoire. „Sie, Sie müssen mir einen guten Rat geben.“

Joseph überlegte.

„Nicht an einen Ort, wo es Bekannte gibt“, sagte Victoire ungeduldig. „Gehen wir in ein kleines Gasthaus, wo der *peuple* verkehrt.“

In der Nähe des Brunnens in einer Seitenstraße fanden sie ein ihnen zusagendes kleines Gasthaus. Der Wirt, verwirrt durch den vornehmen Besuch, trieb einige seiner Gäste auseinander und machte ihnen in einer Ecke Platz. Joseph bestellte Wein.

Victoire legte den Pelzmantel ab, spielte eine Weile zerstreut und stumm mit dem großen Muff und erklärte endlich:

„Meine Eltern wollen in vierzehn Tagen nach Paris zurück.“

Joseph erblaßte. Victoire sollte fort, nach Paris, das ihm plötzlich so fern erschien, als wäre es auf einem andern Erdteil.

„Sie verstehen doch“, sagte Victoire bitter. „Die Eltern haben Angst. Es werden jetzt Stellen vergeben, Posten. Man muß persönlich seine Ergebenheit dem Monarchen beweisen. Sonst könnte man leer ausgehen.“

Joseph schwieg noch immer.

„Sind Sie stumm geworden?“ fragte Victoire heftig. „Ich frage Sie um Rat, und Sie schweigen. Begreifen Sie denn nicht? Ich kann nicht nach Paris zurück, kann nicht an den Hof dieses, dieses Usurpators. Soll ich in ein Kloster gehen? Soll ich auswandern, den Eltern fortlaufen? Soll ich ...“

Sie stockte und blickte ihn erwartungsvoll an.

Du sollst bei mir bleiben, Victoire, für immer, rief Josephs Herz, aber eine hemmende, quälende Befangenheit ließ ihn schweigen.

„Ich ... ich weiß es nicht“, sagte er gepreßt.

Victoire seufzte.

„Ich, ich habe geglaubt ... Immer wenn wir beisammen waren, hatte es den Anschein, als ob, *enfin*, Monsieur, als ob Sie mich liebten.“

„Ich liebe Sie, Victoire, mehr als mein Leben.“

„Das ist zu viel, *mon ami*. Denn ich liebe Sie nicht, ich möchte nur Ihre Frau werden.“

„Mehr verlange ich nicht, angebetete Victoire.“

„Ich liebe Sie nicht, *mon ami*“, wiederholte Victoire mit grausamer Ehrlichkeit. „Sie nicht und Ihr Land nicht. Ich liebe nur Frankreich, nur ihn, den *Empereur*. Aber ich habe Sie gern, Sie sind gut, etwas schwerfällig, etwas langweilig, aber, *mon Dieu*, man erwartet von seinem Mann nicht, daß er unterhaltend ist. Ich würde Sie nie betrügen ... Ich bin auch bereit, Kinder zu haben, wenn es sein muß ...“

Joseph errötete. Er schämte sich. Von solchen Dingen pflegen junge Mädchen nicht zu sprechen.

Victoire bemerkte es nicht. Sie fuhr gelassen fort.

„Ihr Vater gefällt mir, Ihre Mutter nicht. Ihre Großmutter, die spanische *Madame Mére*, verehre ich, und Toinette habe ich lieb. Glauben Sie, Monsieur, daß es eine gute Ehe werden könnte?“

„Und wenn es eine schlechte Ehe würde, wenn es die Hölle würde ...“

Joseph beugte sich vor und griff nach ihrer Hand.

Sie ließ sie ihm und lächelte.

„Die Hölle braucht es nicht gerade zu werden“, meinte sie. „Ich bin doch ganz hübsch und auch nicht dumm.“

Sie zog ihre Hand aus der seinen und richtete sich die Locken, die ihr unter dem pelzverbrämten Hut zu weit in die Stirne fielen.

„Also abgemacht?“ fragte sie. „Ich kann den Eltern sagen, daß ich Ihre Braut bin.“

„Ja, Victoire. Und auch ich ...“

Grand'maman Inez fiel ihm ein, und er erschrak. Wohl hatte sie freundlich von Victoire gesprochen, aber was würde sie dazu sagen, daß er, ohne ihre Einwilligung, ohne sich vorher mit ihr zu beraten ...“

Er dachte an Stani, der sich vergeblich Grand'maman Inez widersetzt hatte, dachte an den Vater, der noch heute in allem den Willen seiner Mutter erfüllte, der sich erst niedersetzte, wenn Grand'maman Inez sagte: „Setz dich, mein Sohn“, dachte an die vielen Jahre (in Wirklichkeit waren es nur achtzehn, doch erschienen sie ihm lang und viel), in denen er in der Familie nur einen Willen gekannt hatte: Grand'maman Inez' Willen.

Er blickte auf Victoire, die nun, da sie ausgesprochen, was sie sagen wollte, doch ein wenig befangen und dadurch doppelt reizend erschien. Sie hatte die veilchenblauen Augen gesenkt, und die langen dunklen Wimpern verliehen dem schmalen Gesicht etwas rührend Kindliches. Grand'maman Inez' Bild verschwand. Joseph sah nur Victoire, einzig und allein sie, wie er es in den vielen, vielen folgenden Jahren tun würde. Er liebte nur Victoire, er war zu allem bereit, um sie nicht zu verlieren.

„Gehen wir", sagte er, energischer als er sonst zu sprechen pflegte. „Ich muß zuerst die Eltern benachrichtigen. Und dann werde ich zu Ihren Eltern gehen und um Ihre Hand anhalten. Gehen wir."

Victoire gehorchte. Sie traten auf die Straße hinaus.

„Wie schön es ist", meinte Joseph, Victoire den Arm bietend. „Sehen Sie doch, wie schön es ist."

Victoire lachte.

„Es schneit", sagte sie, „und der Wind ist kalt und unfreundlich. Wenn Sie das schön finden ..."

Sie schritten durch die mittäglich belebte Straße. Der Schnee fiel in dichten Flocken, die sich in Victoires langen Wimpern verfingen. Der Wind wehte Joseph ihre Locken ins Gesicht.

Die Leute auf der Straße eilten mit geröteten Gesichtern, frierend dahin. Sie jammerten über das Wetter. Joseph begriff sie nicht. Ihm war zumute, als sei es plötzlich Frühling geworden.

***

Umso eisiger war die Atmosphäre, die ihn daheim empfing. Der kleine Franz stand vor dem grünen Salon und horchte unverhohlen, schamlos.

„Geh nicht hinein", sagte er. „Es muß wieder einmal etwas Schreckliches geben. Sie haben mich hinausgeschickt."

Er blickte den Bruder mit seinen hellen, ein wenig kalten Augen an.

„Wer wohl jetzt ein Kind bekommt?" meinte er zu Josephs Entsetzen trocken.

„Aber, Franzel ..."

„Natürlich weiß ich, daß die Bozi ... Ihr redet ja alle so laut. Ich glaub, ihr haltet mich für taub. Und was ist denn schon dran? Die Stuten bekommen doch auch Kinder, und die Kühe und die Hunde. Und neulich hat Monsieur Venarius gesagt, das sei eine biologische Angelegenheit."

Man merkte dem Knaben an, daß er auf das neue Wort äußerst stolz war.

„Ja, ja", entgegnete Joseph ablenkend. Er hatte aus irgendeinem Grund bei seinem jüngsten Bruder immer das Gefühl, dieser sei eigentlich älter und erfahrener als sie alle. Heimlich staunte er wieder einmal darüber, wie anders der kleine Franz war als die übrigen Geschwister.

„Joseph", fragte der kleine Franz wißbegierig. „Was ist eine Ramera[7]?"

„Ich weiß es nicht, Franzel. Woher hast du das Wort?"

„Grand'maman Inez hat es von jemand gesagt. Und dann haben sie mich hinausgeschickt."

Joseph rieselte es kalt über den Rücken. Wenn Grand'maman Inez Spanisch sprach – das ereignete sich im Durchschnitt vier- bis fünfmal im Jahr – so war das ein Sturmzeichen, eine warnende Läutboje auf der tosenden See der Familienangelegenheiten.

Gerade heute, dachte Joseph wehmütig, gerade heute. Aber das ist schon einmal mein Los. Immer wenn es sich für mich um etwas Wichtiges handelt ... Aber ich kann es nicht aufschieben. Victoire wird es bereits ihren Eltern erzählt haben. Sie werden mich am Nachmittag mit dem Vater erwarten.

Er blieb noch ein Weilchen vor der Tür stehen und folgte, wenngleich verlegen und beschämt, dem Beispiel des kleinen Franz: Er horchte. Die Worte konnte er, bis auf einige lautere, die hin und wieder an sein Ohr schlugen, nicht unterscheiden. Aber die Stimmen genügten. Grand'maman Inez' Stimme leise, eiskalt schneidend, die der Mutter lauter, bisweilen sich überschlagend, fast kreischend, dann wieder weinerlich, drohend, in ein Schluchzen überzugehen. Und, aber nur ganz selten, die müde Stimme des Vaters, in einem kurzen Einwurf.

Joseph nahm allen Mut zusammen, öffnete die Tür, machte, noch im Rahmen stehend, seine Verbeugung, trat zu Grand'maman Inez und küßte ihr die Hand. Dann küßte er Ludmillas Hand und verbeugte sich vor dem Vater.

„Es ist gut, daß du gekommen bist, mein Enkel", sagte Grand'maman Inez. „Die Männer der Familie mögen entscheiden. Wir Frauen müssen uns ja dem Willen der Männer beugen. So hat Gott es gewollt."

Aus ihrer Stimme klang ein leiser Vorwurf, der Gott galt.

Carl Herdegen lächelte seinem Aeltesten zu. Sie kannten beide diesen Ausspruch, der immer einem Befehl Grand'maman Inez' voranging.

„Dein Vater, mein Sohn, ist ganz meiner Ansicht", fuhr Grand'maman Inez fort. „Auch er will nicht dulden, daß die Mädchen zu dem morgigen Fest bei der Bagration[8] gehen."

„Antoinette kann ja zu Hause bleiben", sagte Ludmilla spitz.

„Antoinette könnte ruhig hingehen. Sie weiß, wie ein junges Mädchen sich zu benehmen hat. Und das ist in diesem Hause sehr wichtig. Aber Marie Christine wird mir nicht den Fuß über die Schwelle dieses *burdels*[9] setzen."

„Verehrte Schwiegermutter", sagte Ludmilla mit zitternder Stimme und in einem Ton, der alles andere als Verehrung ausdrückte. „Verehrte Schwiegermutter, alle verkehren bei der Fürstin. Alle meine Freundinnen und Bekannten reißen sich darum, von ihr eingeladen zu werden."

„Weil sie nicht nur eine Ramera, sondern auch eine Kupplerin ist."

„Verehrte Maman ..."

„Schweig, mein Sohn. Du weißt es besser als ich. Sie wird bei Hofe nicht eingeladen. Das sagt alles. Denn wahrlich, ich bin eine treue Untertanin unseres guten Kaisers, aber ich muß dennoch sagen: Er duldet zu viel, er gestattet zu viel. Diese Monarchen halten unsere Stadt für ein Freudenhaus. Und er läßt es zu. Wenn also diese Ramera bei Hofe nicht geduldet wird, so sagt das alles."

Sie wehte sich mit dem großen schwarzen Federfächer Luft zu. Nicht etwa, daß die Debatte sie erhitzt hätte – Grand'maman Inez' kleines blasses Gesicht färbte sich im Zorn nie rot wie das gewöhnlicher Sterblicher –, sondern weil der Fächer für sie, die Spanierin, eine Waffe bedeutete, oder aber eine Kielfeder, mit der sie unter ihre Gebote den Punkt setzte.

Carl Herdegen erkannte das abschließende Zeichen.

„Ich bin ganz Ihrer Ansicht, verehrte Maman. Ludmilla, du mußt doch einsehen, daß ..."

„Ich sehe ein, daß meinen Töchtern alle Chancen verdorben werden sollen", rief Ludmilla weinend. „Findest du es etwa ziemlicher, daß Antoinette auf jeder Gesellschaft nur für diesen Narren, den Ypsilantis, Augen hat? Daß sie sich mit ihm affichiert[10]? Daß sie ..."

„Ueber Antoinette", erklärte Grand'maman Inez kalt, „werden wir ein andermal sprechen."

Sie wandte sich an Joseph:

„Willst du etwas, mein Enkel, daß du zu so ungewohnter Stunde kommst?"

Joseph hatte das Gefühl, sein Herzschlag setze aus.

„Grand'maman Inez", sagte er stockend, „hochverehrte liebe Eltern, ich bitte ... ich bitte Euch um die Erlaubnis, Victoire Derville zu ehelichen."

Carl Herdegen trat zu seinem Aeltesten und legte ihm mit einer liebevollen Gebärde die Hand um die schmalen Schultern.

„Mein guter Bub", sagte er leise, „mein lieber Bub."

Grand'maman Inez schwieg. War das nun ein verheißungsvolles oder ein unheilverkündendes Schweigen?

Ludmilla aber lachte laut, lachte häßlich und böse. Joseph wußte: Nun denkt sie an Stani und dessen unglückliche Heirat. Und ist zornig, weil ich nicht an seiner Stelle bin.

„Ich werde es nicht gestatten", sagte Ludmilla sehr laut. „Eine Französin, die ganz offen für diesen Korsen schwärmt. Nie ..."

„Sie haben wohl nur ein Herz für Engländer, liebe Schwiegertochter?" fragte Grand'maman Inez sanft.

Ludmilla errötete tief unter dem Rouge und schwieg.

Grand'maman Inez wandte sich Joseph zu.

„Ich bin", sagte sie, „mit deiner Wahl einverstanden, mein Enkel. Selbstverständlich entscheidet hier dein Vater, wie in allen Dingen. Aber ich bin damit einverstanden."

Sie blickte aufmunternd zu ihrem Sohn hinüber.

Carl Herdegen seufzte tief. Aber es war ein Seufzer der Erleichterung.

„Auch ich, mein Sohn", sagte er gütig. „Ich bin einverstanden. Ich gebe dir die Erlaubnis und meinen väterlichen Segen."

„Wie ich das junge Mädchen kenne“, meinte Ludmilla boshaft, „weiß es schon von deinen Gefühlen, hat womöglich bereits ja gesagt.“

Joseph blickte die Mutter verwirrt an. Wenn er jetzt die Wahrheit sprach, konnte Grand'maman Inez ihm seine Voreiligkeit verübeln, konnte anderer Ansicht werden. Aber Joseph Herdegen konnte nicht lügen. Er haßte und verachtete die Lüge, hielt sie für etwas Niedriges, Plebejisches, für etwas, das ein Edelmann fern von sich halten muß.

„Ja, verehrte Maman“, erwiderte er leise. Ludmilla lachte abermals herausfordernd. Blickte auf Grand'maman Inez.

„Wie gefallen Ihnen, verehrte Schwiegermutter, diese jungen französischen Mädchen?“

„Ganz gut, liebe Schwiegertochter“, entgegnete Grand'maman Inez kühl. „Wir dürfen an sie, die in einer Zeit der Angst und der Wildheit aufgewachsen sind, nicht unsere Maßstäbe anlegen. Victoire wird mir eine liebe und erwünschte Enkelin sein.“

Wieder machte der wehende Fächer einen Punkt unter Grand'maman Inez' Willensäußerung. Joseph vergaß alles gebotene Zeremoniell. Er stürzte vor, kniete vor Grand'maman Inez hin, nahm die beiden kleinen mageren alten Hände in die seinen und küßte sie. Grand'maman Inez lächelte und fuhr leicht mit der einen Hand über sein braunes Haar.

„Du wirst, mein Sohn“, erklärte sie, „heute Nachmittag zu den Dervilles gehen und um die Hand ihrer Tochter anhalten. Und du, mein Enkel, wirst Victoire sagen, daß ich sie allein zu sprechen wünsche. Was das andere anbelangt, liebe Ludmilla, so wird dir nichts anderes übrigbleiben, als dich dem Willen deines Mannes zu fügen und ohne deine Töchter zu der Soirée bei der Bagration zu gehen.“

Joseph, erleichtert, selig, küßte Grand'maman Inez und der Mutter noch einmal die Hand, drückte dankbar die des Vaters und floh. Hatte doch Ludmilla bereits von neuem zu schluchzen begonnen.

Draußen stand noch immer der kleine Franz. Er fing Joseph beim Arm.

„Also, wer bekommt jetzt ein Kind?“ fragte er.

Joseph packte den kleinen Bruder, hob ihn hoch, versetzte ihm einen leichten Schlag und erwiderte übermütig:

„Ich.“

„Von wem?“ fragte der kleine Franz.

Aber Joseph hatte ihn bereits wieder auf den Boden gestellt und war fortgeeilt, um Antoinette die große, die beglückende Nachricht zu bringen.

***

Später, an einem stillen Abend, als die Verlobten, von Antoinette gardiert, die taktvoll in einem Buche las, im grünen Salon saßen, berichtete Victoire von ihrer Unterredung mit Grand'maman Inez, mit der spanischen *Madame Mère*.

Sie erzählte, leise, fast ehrfürchtig, fast andachtsvoll.

„Es war so seltsam, Joseph. Noch nie habe ich einen Menschen gesehen, der das Leben und den Tod, der Gott und den Glauben so ernst nimmt. Ich hatte ihr die Hand geküßt, ein paar dumme banale Worte gesagt, mich dann, auf ihren Wunsch hin, auf das Taburett zu ihren Füßen gesetzt. Sie sah mich lange stumm an. Weißt du, daß ihre Augen einem bis in die Seele dringen, Joseph?"

„Ich weiß es, liebste Victoire."

„Ich fühlte ordentlich, wie klein, wie armselig diese Seele ist, *Madame Mère* – weißt du übrigens, Joseph, daß ich sie so nennen darf? Ich sagte es einmal, es rutschte mir heraus, und sie lachte und meinte: ‚Nenn mich so, mein Kind. Ich weiß, daß es in deinem Herzen die größte Ehre ist, die du mir erweisen kannst' – also, was wollt ich sagen, ja, also, *Madame Mère* schaute mir in die Seele, lange, streng. Und ich hatte Angst."

„Das brauchst du wirklich nicht zu haben, meine Victoire", meinte Joseph mit verliebter Blindheit.

„Was weißt du von meiner Seele, Joseph? Aber *Madame Mère* schien gar nicht so unzufrieden. Sie lächelte. Sie sagte: ‚Du wirst eine unbequeme, aber gute Frau werden, meine Enkelin'."

Joseph griff nach der kleinen, leicht gebräunten Hand, und Antoinette, die einen Augenblick den Kopf gehoben hatte, versenkte sich eiligst wieder in ihr Buch.

Victoire zog sanft ihre Hand fort.

„Nicht, Joseph. Nun kommt das Ernste. *Madame Mère* sah mich an und sagte: ‚Weißt du auch, mein Kind, daß du nicht nur einen Mann, sondern auch eine Heimat gewählt hast?' Ich verstand sie nicht recht, und sie mochte es merken. *Madame Mère* merkt immer alles, nicht wahr, Joseph?"

Er nickte.

„Ja, Victoire."

„‚Du liebst Frankreich über alles', sagte *Madame Mère*. ‚Du sollst es auch weiterhin lieben. Doch mußt du nun vor ihm Oesterreich lieben, deine neue Heimat'."

Das war nicht angenehm, Joseph, du weißt, ich liebe euch *Autrichiens* nicht sonderlich. Aber *Madame Mère* nahm meine Hand und sagte sehr feierlich, mir war plötzlich zumute, als sei ich in der Kirche: ‚Wenn du mit Joseph vor dem Altar stehst, Victoire, denke an die Worte Ruths, der Moabiterin: Dein Volk ist mein Volk und dein Gott ist mein Gott. Auch ich bin aus einem anderen Lande gekommen, das ich geliebt habe. Auch ich wollte bleiben, was ich war: Spanierin. Und dann, als mein erster Sohn geboren wurde, merkte ich, daß ich es nicht mehr war. Das Land, seine Menschen hatten mich eingefangen, ganz unmerklich. Ich hatte es lieben gelernt. Und auch du ...' Sie sah mein ungläubiges Gesicht. ‚Gut, wir werden nach einem Jahr darüber sprechen. Ich bitte dich nur, Victoire', wirklich, Joseph, *Madame Mère* sagte, ‚ich bitte dich, verschließe dein Herz nicht. Laß es offen für die Schönheit dieses Landes und die Güte seines Volkes.' Und dann küßte sie mich und ... und die Audienz war zu Ende."

Joseph griff abermals nach der kleinen Hand, und diesmal zog Victoire sie nicht fort.

„Ich liebe *Madame Mère*“, sagte sie. „Liebe sie sehr. Und ihr zuliebe werde ich auch dich lieben, mein armer Joseph.“

Joseph ließ Victoires Hand los, als wäre sie ein glühendes Stück Eisen. Grand'maman Inez, du bestimmst über unser aller Leben und ich will gern an deine Weisheit glauben, aber die Liebe meiner Frau möchte ich doch ohne dich gewinnen, dachte er bei sich.

Victoire blickte ihn erstaunt an. Dann schnitt sie ein Gesicht.

„Beleidigt, *mon bon* Joseph?“ fragte sie. „Komm, Toinette, plaudere ein wenig mit uns. Dein Bruder ist böse auf mich. Leg das dumme Buch fort. Was liest du so eifrig?“

Antoinette errötete und legte das Buch auf den kleinen Empiretisch.

„Homer“, sagte sie leise, schuldbewußt.

Victoire lächelte, wurde dann wieder ernst. Ihre veilchenblauen Augen wurden weich.

„Toinette“, sagte sie sanft. „Arme liebe Toinette.“

VI.

Das Volk von Wien war der fremden Potentaten und noch mehr ihrer Hofleute bereits herzlich überdrüssig. Sie aßen die Stadt arm, sie trieben die Preise in die Höhe, sie tanzten nicht nur auf Bällen, sondern auch häufig, mit leichtfertigem Frohsinn, auf der Ehre manches guten Bürgers, der das Unglück hatte, eine schöne Frau zu besitzen. Aber eines verschafften sie den Wienern in reichem Maße: Zerstreuung, Stoff zu endlosen Gesprächen, zu nicht enden wollendem Klatsch. Freilich war die Polizei wie der Teufel hinter den Lästermäulern her. Um so erfreulicher wirkte es, daß sie ihnen nun, in diesen grauen, trübseligen Novembertagen plötzlich das Schimpfen gestattete. Nicht etwa aus Herzensgüte, sondern mit dem Hintergedanken: Es wäre nicht schlecht, erführe der Kaiser von Rußland, wie man hierzulande über seinen erlauchten Bruder denkt. Vielleicht würde er dann diesem hohen Herrn doch einen Zaum anlegen und ihn darauf aufmerksam machen, daß Oesterreich nicht Rußland ist.

So standen denn die Leute im rieselnden Regen, im kalten Wind beisammen auf dem Michaelerplatz, vor dem Stephansdom, in engen Gassen, saßen in den Schenken und den Gasthäusern und flüsterten.

„Er soll's ihm ordentlich gezeigt haben, der Windischgrätz[1]. Bei der Parade. Den Säbel soll er gezogen haben. Und der Konstantin ist gelaufen, in die Burg zurück, wie ein Has.“

„Soll sich der Windischgrätz von dem Russen eine herunterhauen lassen? Recht hat er gehabt, der Oberst.“

„Ja, der Russe ist wie ein Wilder. Neulich, da hat er den alten Eszterhazy[2] ausgelacht, weil er noch einen Zopf trägt. Warum soll der alte Mann keinen tragen, wenn's ihn freut?“

„Und mitten in der Nacht hat er die Burgwacht ans Gewehr gerufen und sich dann vor Lachen die Seiten gehalten, wie die Leut herausgestürzt sind."

„Und wie er's mit den Weibern treibt! Das ist schon nimmer schön! Ich sag ja nichts, die hohen Herren wollen auch ihren Spaß haben, versteh ich. Aber so ..."

„Da lob ich mir den von Dänemark[3]. So ein lieber Herr. Geht unter dem Volk herum, als wäre er seinesgleichen. Und immer ein freundliches Gesicht. Dabei hat er's gar nicht so leicht, der Arme. Die Preußen möchten ihm sein Land nehmen."

„Die Preußen möchten halt überhaupt viel einstecken."

„Aber nein, diesmal sind's nicht die Preußen."

„So, ich hab halt geglaubt, weil's ja auch Sachsen stehlen möchten."

„Jedenfalls ist er ein braver Herr, der König Friedrich. Und er hat auch einen guten Geschmack. Die Kleine da in der Vorstadt ... Die Polizei hat eine Wut, weil sie sich die Königin von Dänemark nennt."

„Also", sagte ein stiller Mann sinnend. „Am wenigsten mag ich die Engländer[4]. Die haben alle einen Spleen. Und kaufen tun s' nichts. Und zahlen tun s' nichts."

„Ja, ja, und grob san s' auch. Aber die Russen, nein, die Russen sind die Aergsten."

So plauderte das Volk an jenem Novembertag, dessen Abend ihm – und auch andern – eine gewaltige Ueberraschung bringen sollte.

***

Grand'maman Inez erfuhr es von der Gräfin Colloredo, die mit ihrer Tochter, Judith Crenneville, zu Besuch kam. Grand'maman Inez mochte die Gräfin Colloredo nicht. Sie hatte etwas gegen Frauen, die nicht vergessen konnten, daß sie einmal sehr schön gewesen und sehr bewundert worden waren. Und liebte es auch nicht, wenn Frauen taten, als wüßten sie alles, nein, als wüßten sie alles besser.

Judith Crenneville, erst seit vier Jahren verheiratet, setzte sich zu den jungen Mädchen, während ihre Mutter eifrig echauffiert zu erzählen begann.

„Ja, es ist wahr, meine Liebe. Heute nacht verläßt Konstantin uns. Alexander hat es befohlen. Niemand weiß es noch. Nur ich habe es erfahren. Es war ja auch an der Zeit ..."

Grand'maman Inez warf unmerklich einen Blick zu den Mädchen hinüber. Antoinette sah erschrocken drein. Marie Christine saß kerzengerade auf ihrem Sessel. Ihr blasses Gesicht war völlig ausdruckslos.

Auch die Gräfin Colloredo blickte zu der kleinen Gruppe hinüber. Marie Christine fühlte die hellen blauen Augen forschend auf sich ruhen.

Sie beugte sich zu dem Gast vor, lächelte, fragte heiter nach gleichgültigen Dingen.

Grand'maman Inez atmete erleichtert auf. Auch sie wurde nun ganz besonders liebenswürdig, fast redselig.

Der Besuch ging bald, die Gräfin Colloredo mußte auch anderswo ihre gewaltige Neuigkeit verkünden.

Antoinette stand im Türrahmen.

„Komm mit mir, Marie Christine, ich möchte dir etwas zeigen."

Grand'maman Inez hob einen Augenblick leicht die Hand, der Fächer, den sie hielt, zitterte ein wenig. Dann ließ sie die Schwestern gehen.

Marie Christine warf sich im Schlafzimmer der Schwestern auf die Recamierchaiselongue[5]. Sie sagte kein Wort. Ihre blauen Augen waren sehr dunkel, ihre feingeschwungenen Lippen fest zusammengepreßt.

Antoinette kniete neben sie hin.

„Matzi", sagte sie leise, den alten Kindernamen benützend, den Marie Christine haßte. „Matzi, sag mir, was ... was ... bedeutet all das für dich?"

Marie Christine lachte, hart und böse.

„Weißt du, wie sie mich nennen werden? Die russische Witwe, so wie sie das kleine Mädel draußen in der Vorstadt genannt haben, als es hieß, daß der Däne fortfährt: die dänische Witwe."

Sie zuckte die schmalen Schultern.

„Und ich werde die russische sein."

„Matzi, ich bitte dich, sag mir die Wahrheit. Was hat es zwischen dir und Konstantin gegeben?" flehte Antoinette.

„Alles."

Die junge Stimme war eisig. Das junge Gesicht starr. Einen Augenblick dachte Antoinette: Komisch, jetzt sieht sie Grand'maman Inez ähnlich. Wie ist das nur möglich?

Ihre guten Augen füllten sich mit Tränen.

„Arme, liebe Matzi", sagte sie leise.

Marie Christine schüttelte ungeduldig den Kopf.

„Nicht, Toinette. Du sollst mich nicht bedauern. Ich ... ich wollte ja, daß etwas *irrévocable* geschieht, damit ich seiner sicher bin. Seiner und der Krone von Polen. Es war schrecklich." Sie schauderte leicht. „Schrecklich. Aber ich dachte: Das muß so sein. Damit halte ich ihn. Das wilde Tier, den Barbaren. Ich konnte doch nicht wissen, daß er mich, mich, die Tochter meines Vaters, eine Gräfin Herdegen behandeln wird, als ob ich irgendein kleines Bürgermädchen wäre, irgendein Niemand, ein Geschöpf, das man nimmt und wieder fallen läßt, sobald ... sobald ..."

„Du mußt die ganze furchtbare Sache vergessen, Matzi. Nach einem Monat denkt auch hier niemand daran, daß du dich mit dem Großfürsten affichiert hast. Du weißt, wie schnell man bei uns vergißt. Und dann kannst du von neuem ..."

„Toinette." Marie Christines Stimme klang zaghaft, und sie sah plötzlich wie ein kleines Mädchen aus.

„Toinette, sag mir, vielleicht weißt du es: Bekommt man bestimmt jedesmal ein Kind? Denk doch an Bozena ..."

„Wann bist du gefallen?" tönte von der Tür her eine helle Knabenstimme. Die Schwestern blickten erschrocken auf. Vor ihnen stand der kleine Franz.

„Was willst du hier?" fragte Antoinette zornig. „Geh fort, immer schleichst du dich ein, du schreckliches Kind."

Der kleine Franz trat unbeirrt näher und setzte sich auf einen Stuhl.

„Ich darf dabeisein", sagte er feierlich, „wenn es sich um die Ehre meiner Schwester handelt. Papa muß Konstantin fordern und auch Joseph und auch Stani. Schade, daß ich noch zu jung bin", fügte er bekümmert hinzu.

„Franz", bat Antoinette. „Du darfst kein Wort von dem sagen, was du hier gehört hast. Verstehst du?"

„Gewiß, Toinette. Aber wenn Marie Christine ein Kind bekommt, so wird man es ja doch merken. Wie bei Bozi."

„Sie bekommt kein Kind", sagte Antoinette bestimmt.

„Woher weißt du das?" erkundigte der kleine Franz sich. „Es ist noch zu früh. Hunde brauchen neun Wochen, Pferde elf Monate, Kühe und Menschen neun."

„Geh doch fort, du schreckliches Kind." Antoinette erhob sich und versuchte, den kleinen Bruder vom Sessel zu ziehen.

Marie Christine blickte den kleinen Franz seltsam an.

„Sag einmal", meinte sie in gleichgültigem Ton. „Woher weißt du immer alles?"

„Weil ich zuschau und schweige. Ihr kommt mir manchmal so drollig vor, ihr alle. Ihr zappelt herum, ihr, ihr schneidet Gesichter. Ihr seid wirklich komisch."

„Du hast recht", sagte Marie Christine. „Wir sind komisch. Vor allem ich bin es. Königin von Polen, und jetzt verlassen, in meiner Schande, wie irgendein Mädchen von der Straße."

Sie stand langsam auf.

„Toinette, wenn du mich liebst, laß heute niemand mehr zu mir. Ich bleibe hier, ich habe eine Migräne. Und geh auch du jetzt, ich bitte dich. Ich muß allein sein."

Antoinette schlang den Arm um den Bruder.

„Komm, Franz."

Er blieb noch einen Augenblick stehen.

„Sei nicht zu traurig, Marie Christine. In vier Jahren kann ich ihn fordern. Und dann, das versprech ich dir, stoß ich ihm meinen Degen durchs Herz."

Marie Christine lächelte. Das schmerzliche Lächeln brannte sich in Antoinettes Seele ein. War es doch das letzte Mal, daß sie die Schneekönigin lächeln sah.

Ludmilla wollte unbedingt die Tochter sehen. Sie ahnte, was Konstantins plötzliche Abreise für diese bedeutete. Aber Antoinette ließ die Mutter nicht ins obere Stockwerk.

„Marie Christine hat eine furchtbare Migräne, Maman. Sie bittet, wenigstens bis nach dem Abendbrot allein gelassen zu werden."

Ludmilla begann zu weinen.

„Du bist ganz wie deine Großmutter, Antoinette. Du willst mich beherrschen. Aber ich dulde es nicht. Verstehst du? Ich dulde es nicht. Ich gehe zu meinem Kind. Zu meinem armen Kind."

Der kleine Franz mischte sich ein.

„Wenn man eine Migräne hat, muß man allein gelassen werden", sagte er in dem pedantischen Ton, der bei ihm so merkwürdig wirkte. Er pflanzte sich vor der Mutter auf und sah ihr starr in die Augen. Ludmilla hörte zu weinen auf. Die unendliche Nüchternheit ihres jüngsten Kindes erschreckte sie immer wieder von neuem. Sie wurde mit dem kleinen Franz nicht fertig. Eigentlich wurde niemand mit ihm fertig. Sogar Grand'maman Inez benahm sich ihm gegenüber fast vorsichtig. Franz hatte für alles, was er tat und unterließ, einen guten Grund, den er in gewählten Worten vorzubringen pflegte. Monsieur Venarius, der ihn fast ebensosehr liebte, wie Joseph, meinte, der kleine Franz werde einmal ein großer Gelehrter werden, vielleicht ein Philosoph, vielleicht ein Naturwissenschaftler. Jedenfalls etwas, das es in der Familie Herdegen noch nicht gegeben hatte.

Ludmilla schwieg und suchte nach ihrem Taschentuch.

„Sie haben es eben vorhin ins Ridikül gesteckt, Maman", kam ihr der kleine Franz zu Hilfe. Dann rückte er ihr höflich einen Sessel vor den Kamin und lud sie mit einer artigen Gebärde zum Sitzen ein. Sie gehorchte. Antoinette atmete auf.

Nach dem Abendbrot – Carl Herdegen glaubte an die Migräne der Tochter, Grand'maman Inez gab vor, daran zu glauben, und jene, die es besser wußten, schwiegen – ging Ludmilla mit ihrem Mann zu einem Empfang beim Fürsten Metternich. Sie hatte sich zuerst geweigert, erklärt, sie sei müde, doch hatte Grand'maman Inez mit seltener Betonung gesagt:

„Gehen Sie, meine Liebe. Es wird gut sein, wenn man Sie heute sieht. Machen Sie sich schön, seien Sie heiter. Und grüßen Sie den Fürsten von mir."

Joseph ging zu Victoire, Antoinette setzte sich in den grünen Salon, nahm ihre Tapisserie zur Hand und versuchte zu sticken. Aber die Gestalt der weißgekleideten Schäferin, die auf ihren Hirtenstab gestützt mit einem blauen Schäfer schäkerte, verschwamm vor ihren Augen. Sie mußte immer an Marie Christine denken, voll Sorge, voll Angst.

Grand'maman Inez hatte sich in ihre Zimmer zurückgezogen.

„Morgen", hatte sie beim Gutenachtsagen erklärt. „Morgen, Antoinette, möchte ich vor der heiligen Messe mit Marie Christine sprechen."

Sie war gegangen, und der kleine Franz, der ihr nachblickte, hatte unvermittelt gesagt:

„Toinette, hast du je gemerkt, daß Grand'maman Inez eine alte Frau ist? Ich habe es heute zum erstenmal gesehen."

Antoinette stickte. Sie wählte sorgsam die richtigen Wollfäden. Weiß und gold für die Schäferin, weiß und gold, oh, arme, arme Schneekönigin. Blau für den Schäfer, ach, gäbe es doch auf der Welt keine fürstlichen Schäfer, die mit einer Königskrone locken können. Rot für die Rosen, die zu Füßen der Schäferin blühten – was wird mit Marie Christine sein, wenn in Wohan wieder die Rosen blühen?

Langsam steckte sie die Nadel in die Tapisserie, machte langsam einen winzigen Stich, zog langsam die Nadel wieder heraus. Sie glänzte: Spitzig, dachte Antoinette, spitzig wie eine Degenklinge. Wird der Vater wirklich ... aber nein, das wird nicht gestattet werden. Konstantin ist ja ein Großfürst ... Wie ungerecht ist das! Wie schrecklich ungerecht ... Ja, die Menschen, die gegen die Ungerechtigkeit kämpfen, sind Helden, wahre Helden ... Sie ... Antoinette erschrak. Ich bin eine schlechte Schwester, dachte sie, meine arme Marie Christine ... und ich ... ich denke an etwas anderes, an einen andern.

Sie neigte den Kopf. Die braunen Locken fielen ihr ins Gesicht. Sie legte die Tapisserie auf die Knie und faltete die Hände.

„Mutter Gottes, liebe Mutter Gottes, hilf der armen Marie Christine."

Tränen fielen auf die roten Rosen nieder und färbten sie dunkel.

***

Der kleine Franz kam. Der kleine Franz weigerte sich immer, schlafen zu gehen. Und heute, da Monsieur Venarius bei einem der Schweizer Delegierten geladen und Grand'maman Inez in ihrem Zimmer war, genoß er die ungewohnte Freiheit.

„Wein doch nicht, Toinette", sagte er halb mitleidig, halb verächtlich. „Was nützt das Weinen? Monsieur Venarius sagt, das Wasser kommt aus den Tränendrüsen. Komisch, nicht? Bei Maman müssen diese Drüsen sehr groß sein, die kann immer weinen. Aber ich wollte dir ja etwas sagen. Etwas Wichtiges."

„Was denn?" fragte Antoinette müde und trocknete sich die brennenden Augen.

„Vor einer Stunde war Demoiselle Agathe da. Schrecklich eilig, schrecklich aufgeregt. Und Marie Christine hat sie in ihr Zimmer gelassen."

„Woher weißt du das?"

„Der Jean hat es mir erzählt."

Der kleine Franz wußte immer als erster, was im Hause vor sich ging. Die Geschwister neckten ihn oft damit, er hätte Chef der Geheimpolizei werden sollen.

„Und Marie Christine, Marie Christine ..." fragte Antoinette stockend. „Sie hat, sie hat diese, diese Frau zu sich gelassen?"

„Ja, vor mehr als einer Stunde."

„Ist Demoiselle Agathe wieder fort, Franz?"

„Ja, sie ist ganz kurz geblieben, vielleicht fünf Minuten. Und wie sie fortgegangen ist, hat sie gelacht. Auch das hat mir der Jean erzählt."

Antoinette seufzte. Sie war tief gekränkt. Mit ihr will die Schwester nicht sprechen, mit niemand von der Familie, aber mit dieser Frau, dieser Putzmacherin ... Was konnte sie der zu sagen haben?

Der kleine Franz setzte sich auf die Lehne von Antoinettes Stuhl.

„Er ist schon fort", verkündete er geheimnisvoll.

„Wer?"

„Wer? Der Konstantin natürlich. In einer gedeckten Kutsche. Nur von zwei Männern begleitet. François, der Koch, hat ihn fahren gesehen. Auf dem Weg nach Böhmen. Schade, jetzt können wir ihn nicht mehr zum Duell fordern."

Eine gedeckte Kutsche auf dem Weg nach Böhmen ... Antoinette glaubte, durch die stille Nacht das Traben der Pferde zu hören. Das Rattern der Kutsche, wie sie so durch die Stadt fuhr, immer weiter, hinaus zu den Toren, durch die Tore, auf die Landstraße. Leiser wurde der Hufschlag, leiser das Rattern. Nun verstummte es. Die Nacht, die schwarze Novembernacht, verschlang die Pferde, die Kutsche, die Insassen. Wie endgültig war dies. Endgültig wie der Tod. Marie Christine, noch vor einer Woche hast du mit ihm getanzt, bei den Schwarzenbergs[6]. Du warst die Schönste im ganzen Saal. Dein Lachen war das heiterste, deine Verbeugungen waren die anmutigsten. Marie Christine ... und jetzt, die Novembernacht, die Straße nach Böhmen ... und du ...?

„Ich muß zu Marie Christine“, sagte Antoinette und stand so hastig auf, daß die Tapisserie und die vielen bunten Fäden zu Boden fielen. Der kleine Franz hob sie auf.

„Ja, geh, Toinette“, sagte er schmeichelnd. „Ich möchte wissen, weshalb diese grausliche Demoiselle Agathe gekommen war.“

Antoinette lief die Treppe hinauf. Sie pochte an die Tür. Sie wußte, daß Marie Christine sich nie, selbst in guten Zeiten, gerne überraschen ließ. Sie klopfte einmal, zweimal. Keine Antwort.

Toinettes Knie begannen zu zittern. Sie hielt sich an der Klinke fest. Was konnte geschehen sein? Sie wagte nicht, die Tür zu öffnen.

Der kleine Franz, der ihr gefolgt war, stand nun neben ihr, schob ihre Hand von der Klinke fort und öffnete die Tür.

Antoinette griff nach seiner Hand. So betraten sie das Zimmer ... Ein leeres Zimmer.

Auf dem Bett lagen einige Mäntel, hingeworfen, als habe sich jemand in großer Eile für den einen oder andern entschließen müssen. Auch einige Hüte lagen teils auf dem Boden, teils auf den Tischen. Und noch etwas sah Antoinette, einen großen weißen zusammengefalteten Zettel, auf dem ihr Name stand.

Sie wollte vortreten, wollte den Zettel nehmen, aber sie konnte es nicht. Sie lehnte sich gegen die Wand, silberne Sternchen tanzten vor ihren Augen.

„Da“, sagte eine Stimme, die aus weiter Ferne zu kommen schien. „Da, Toinette, lies.“

Der kleine Franz stand vor ihr und hatte den Zettel entfaltet.

„Sag Grand’maman Inez, Toinette, daß er mich rufen ließ. Hinter dem Tor steige ich zu ihm in die Kutsche. Wenn wir uns wiedersehen, bin ich Königin von Polen. Marie Christine.“

Antoinette sank in die Knie. Ihr Aufschrei gellte durch das stille Haus. Franz, vielleicht zum erstenmal im Leben wirklich erschrocken, beugte sich zu der Halbohnmächtigen nieder und begann laut zu rufen. Von allen Seiten kam die Dienerschaft geeilt. Und hinter ihr, sehr mager, sehr klein, kerzengerade, erschien Grand’maman Inez.

Antoinette erhob sich, auf Franz gestützt.

„Grand’maman Inez, Grand’maman Inez“, schluchzte sie. „Matzi, Marie Christine ...“

Grand’maman Inez machte eine leichte Gebärde mit dem Fächer, den sie auch jetzt in der Hand trug. Die Dienerschaft verschwand.

Antoinette reichte Grand’maman Inez den Zettel. Sie las ihn. Ihr runzliges altes Gesicht veränderte sich nicht. Einmal senkte sie die Hand, die den Fächer hielt, und der kleine Franz, der leidenschaftlich römische Geschichte las, dachte: Wie bei den Gladiatorenkämpfen, wenn einer um sein Leben bat und die Frauen den Daumen nach unten drehten. Aber wen verurteilt Grand’maman Inez zum Tode?

„Es ist spät“, sagte Grand'maman Inez. „Geh schlafen.“

Sie wandte sich zum Gehen. An der Tür blieb sie stehen.

„Die Sünden der Väter“, sagte sie hart. „Bis ins siebente Glied. Eine Ahnin Eurer Mutter , eine Schwedin, auch sie wollte Königin werden und wurde nachher mit einem nachsichtigen Polen verheiratet ... Sie war weiß und golden, wie Marie Christine ... Sie war eine Ahnin Eurer Mutter.“

Sie schwankte leicht. Reckte sich dann noch gerader auf.

„Bis ins siebente Glied“, wiederholte sie und verließ mit festen Schritten, ungebeugt, den weißen Kopf erhoben, das Zimmer.

***

In dem ungeheuer hohen Saal, wo Franz I.[7] seine getreuen Untertanen gnädigst in Audienz empfing, sah Grand'maman Inez noch magerer, noch kleiner aus als sonst. Wie ein winziger, schwarzer Schatten versank sie im Hofknicks, erhob sich langsam, blickte dem Kaiser ins Gesicht.

„Meine liebe Gräfin“, sagte Franz und bot ihr mit einer Gebärde einen Sessel an. Es war Grand'maman Inez, die dem diensthabenden Hofherrn winkte, er möge sich entfernen. Dieser sah verlegen, verwirrt auf den Kaiser, doch lächelte Franz und nickte leicht mit dem Kopf. Die beiden blieben allein.

Grand'maman Inez war eine getreue Untertanin, doch war für sie, die mit schwärmerischer Verehrung an Maria Theresia[8] gehangen hatte, Franz nur der Enkel der großen Frau, wie Joseph und Leopold[9] nur die Söhne gewesen waren. Menschen, behaftet mit den Schwächen und Unvollkommenheiten, die Söhnen und Enkeln nun einmal eignen, und mit denen man Nachsicht üben muß.

Franz, der bereits wußte, worum es sich handle, sah bekümmert drein. Seine lange Nase schien noch länger und spitzer und machte einen wehmütigen Eindruck. Die Sache war fatal, äußerst fatal. Wie sollte, wie konnte man sie applanieren[10]?

„Liebe Gräfin“, sagte der Kaiser. „Sie sehen mich völlig konsterniert. Ihr Brief, der Bericht meines guten Herdegen, Ihres Sohnes ...“

Ja, dachte Grand'maman Inez, der Enkel.

Nicht so hätte seine Großmutter gesprochen. Sie wäre nicht konsterniert, sie wäre empört gewesen, sie hätte mit starker Hand Remedur[11] geschafft.

„Majestät“, sagte sie, „vor einigen Monaten hat mein Enkel Stanislas ein Bauernmädchen verführt. Ein unschuldiges Kind. Ich habe darauf bestanden, daß er es heiratet.“

„Ach ja“, meinte Franz, „die schöne junge Frau, die ich beim Augartenfest sah.“

„Ob schön, ob häßlich, Majestät, tut nichts zur Sache. Was für meinen Enkel recht war, ist auch für den Großfürsten Konstantin billig. Ich verlange, daß er meine Enkelin heiratet.“

„Liebe Gräfin ... er ist nicht mein Untertan ... ich kann ihm nichts befehlen. Und Seine Majestät, der Kaiser von Rußland wird kaum ...“

„Majestät, als Friedrich der Preuße[12] Ihre hochselige Großmutter, meine über alles geliebte Kaiserin Maria Theresia, bedrohte, war ein Herdegen der erste, der ihr beistand. Käme ich heute als Bittstellerin (noch nie, dachte der Kaiser wehmütig und fast ängstlich, war eine Bittstellerin so herrisch, so wenig devot) zu meiner Kaiserin, so würde, das weiß ich, Majestät, das Aufgebot bereits morgen ..."

„Verehrte Gräfin, ich teile Ihren Schmerz und Ihre Empörung. Aber ... wie gesagt, der Großfürst ... Es wird mir unmöglich sein ... Niemand kann tiefer bedauern als ich ..."

„Majestät, wenn Monarchen etwas bedauern, so liegt es in ihrer Macht, die Sache gutzumachen."

„Solange es sich um die eigenen Untertanen handelt, liebe Gräfin."

„Der Kaiser von Rußland ist, trotz seines etwas fragwürdigen Lebenswandels, so viel ich weiß, ein christlicher Fürst, Majestät. Wenngleich kein Katholik. Er muß einsehen, daß es sich hier um das Seelenheil zweier Menschen handelt ..."

Irgendwie erschien dem Kaiser die Verbindung des Großfürsten Konstantin mit der Idee des Seelenheils seltsam, fast ein wenig skurril.

„Selbst wenn es gelänge", sagte er zögernd. „Eine morganatische Ehe ..."

Grand'maman Inez fuhr auf.

„Majestät, meine Ahnen waren Granden von Spanien und die Herdegens gehen zurück bis ins siebente Jahrhundert. Was man von den Romanows[13] nicht behaupten kann. In unserer Familie wird nicht morganatisch geheiratet, was auch den Lehren Jesu widerspricht."

Der Kaiser seufzte. Was sollte er mit der alten Dame anfangen?

„Ich werde alles tun, liebe Gräfin, was in meiner Macht steht."

Grand'maman Inez betrachtete ihn fast mitleidig. Ja, ja, so sind die Enkel. Schwach, hilflos, verloren ohne die Alten.

„Es wäre vielleicht gut, Majestät, wenn ich selbst mit Kaiser Alexander ..."

„Nein, nein", erwiderte Franz heftig. „Das geht nicht. Das müssen Sie mir überlassen."

Er konnte doch Alexander nicht dieser alten Dame ausliefern, bei der man nie wußte, was sie tun, was sie sagen würde.

Er erhob sich.

„Ich verspreche Ihnen nochmals, alles zu tun, was in meiner Macht steht."

Auch Grand'maman Inez erhob sich. Alt und klein stand sie vor dem Kaiser, ungebeugt, aber tief bekümmert.

„Majestät", sagte sie und zum erstenmal klang ihre Stimme wie die einer müden alten Frau, „Majestät, meine Enkelin Marie Christine ist sechzehn Jahre alt."

Die guten Augen des Kaisers wurden traurig. Sechzehn Jahre, noch fast ein Kind, und bereits am Ende aller Dinge. Sechzehn Jahre, und vor sich das Nichts. Sechzehn Jahre, und ein für ewig verlorenes trostloses Leben. Er seufzte. Kinder, ja Kinder machen einem Sorgen. Er dachte an Marie Christine. Wie schön war sie gewesen, wie frisch, wie voller Lebensfreude. Und nun ... ausgeliefert der Gnade eines Menschen, den man, auch wenn er hundertmal Alexanders Bruder war, nur verachten konnte.

Er streckte Grand'maman Inez die Hand hin.

„Liebe Gräfin", sagte er, „liebe Freundin meiner Großmutter, ich wollte ... ich wollte ... sie wäre hier, um alles zu regeln. Aber ich werde versuchen, ich werde alles versuchen ..."
Ein tiefer Knicks, die Flügeltüren wurden geöffnet. Die Audienz war zu Ende.

***

Ludmilla weinte. Sie weinte ja immer. Carl Herdegen schwieg noch beharrlicher als sonst. Aber über seiner Stirn grub sich in diesen Tagen eine tiefe Furche ein, und Antoinette sah mit Erstaunen an einem sonnenhellen Morgen, daß seine Schläfen ergraut waren. Joseph suchte Trost bei Victoire, doch war dieser Trost seltsam geartet.
„Sie hat es ja selbst gewollt", erklärte Victoire. „Ich kann sie nicht bedauern."
„Du hast sie nie gern gehabt, Victoire", meinte Joseph vorwurfsvoll.
„Nein, ich habe sie nicht gern gehabt. Sie war kalt wie ein Stück Eis. Sie hat nur sich geliebt und sogar sich selbst hat sie schlecht geliebt. Mich kränkt bei der ganzen Sache einzig und allein, daß unsere gute Toinette darunter leiden muß."
Sie hatte recht. Marie Christine hatte nicht nur sich selbst ins Verderben gerissen, sondern auch Antoinette, wenngleich Antoinettes Verderben ein äußerst ehrbares war und die Züge des rundlichen Grafen Bredar trug.
Drei Tage nachdem Marie Christine für immer die Ihren verlassen hatte, hielt der Deutsche um Antoinettes Hand an.
Carl Herdegen wollte die Tochter zu nichts zwingen, aber Grand'maman Inez nahm die Sache in die Hand.
„Es spricht für den Grafen", sagte sie, „daß er jetzt, gerade jetzt um dich freit. Ich weiß, Antoinette, du liebst ihn nicht. Du liebst einen andern. Aber man soll keine Narren lieben, mein Kind."
„Er ist kein Narr, Grand'maman Inez. Er ist ein Heiliger."
„Man soll auch keine Heiligen lieben. Sie eignen sich nicht zu Ehemännern. Dieser preußische Graf ist nicht schön, gewiß nicht, er ist auch um zwanzig Jahre älter als du. Aber vergiß nicht, daß Marie Christine dir alle Chancen verdorben hat. Du kannst froh sein, wenn du überhaupt einen Mann bekommst."
„Ich brauche keinen Mann. Ich gehe ins Kloster."
„Du hast nicht die Vokation, Antoinette. Du bist vom lieben Gott zur Frau und Mutter geschaffen."
„Aber nicht zur Frau dieses ... dieses ..."
„Zuerst", meinte Grand'maman Inez gelassen, „wirst du sehr unglücklich sein. Aber das gibt sich. Du wirst ihn nicht lieben, deshalb kann er dir auch nie wirklich weh tun. Und du wirst in deinen Kindern glücklich sein."
„Grand'maman Inez, fort von hier, fort von der lieben Heimat? Von Wien, von Wohan, von den Geschwistern ... Ich kann es nicht ..."
„Unsere wahre Heimat ist im Himmel, Antoinette."
„Ich wollte, ich wäre schon dort", rief Antoinette verzweifelt.
„Frevle nicht, mein Kind. Wenn Gott dich zu sich ruft, wird er es tun, wann es ihm beliebt."

„Grand'maman Inez", in ihrer hilflosen Verzweiflung wagte Antoinette etwas zu tun, was noch kein Mensch gewagt hatte, an Grand'maman Inez' eigenstes, heimlichstes Leben zu rühren. „Grand'maman Inez, hast du den Großvater nicht geliebt?"

Grand'maman Inez wurde noch blasser, als sie sonst war. In ihren schwarzen Augen loderte ein Glühen auf, vor dem Antoinette erschrocken zurückwich.

„Ja, Antoinette, ich habe ihn geliebt, und deshalb, gerade deshalb, möchte ich dir den Schmerz ersparen, zu lieben und den geliebten Menschen zu verlieren."

Sie machte eine leichte Gebärde mit dem Fächer.

„Du heiratest Graf Bredar", sagte sie kurz. „Ich wünsche es. Und auch dein Vater wünscht es, selbstverständlich, sonst würde ich dir nicht zureden. Joseph heiratet am zwanzigsten Februar. Da kann auch deine Hochzeit stattfinden."

Antoinette senkte stumm den Kopf. Ach, wer wie Marie Christine wäre, wer den Mut hätte, allem zu trotzen ...

„Komm her, mein Kind", sagte Grand'maman Inez sanft. „Ich weiß, wie dir jetzt zumute ist. Aber glaube mir, dieser Ypsilantis hätte dich nie geheiratet. Er kennt nur eine Liebe: Griechenland. Du wirst ihn vergessen."

„Nie, Grand'maman Inez, nie."

„Dann schließe ihn in deine Gebete ein, das darf eine treue Frau. Und nun geh und schicke mir deinen Vater. Ich will ihm sagen, daß du die Werbung des Grafen annimmst."

Sie streckte die Hand aus.

„Fasse es als eine Prüfung Gottes auf, meine Antoinette. Und ertrage sie mit christlicher Standhaftigkeit."

Antoinette ging. Sie wurde schweigsam und blaß, sie überhörte geflissentlich die Neckereien des kleinen Franz, der irgendwie Grand'maman Inez' letzte Worte vernommen hatte und den Grafen Bredar von da an nur „Antoinettes Prüfung" nannte; sie lächelte, wenn der Graf kam; sie war still und ergeben.

Sie dachte viel an Marie Christine. Nach vierzehn Tagen erhielt die Familie die erste Nachricht von der Schneekönigin: Sie habe, dem Wunsch des Kaisers Alexander gehorchend, den Fürsten Kramsin geheiratet. Sie würde in Warschau leben. Sie grüße Grand'maman Inez, die Eltern und die Geschwister und verbleibe ihre gehorsame Marie Christine Kramsin.

„Weißt du, wer der Mann ist?" fragte Joseph die Schwester, und als diese bedrückt den Kopf schüttelte, erwiderte er:

„Der Russe, der immer Konstantin begleitete. Der Mann, der nie sprach. Ja, sie haben ihn zum Fürsten gemacht. Das wird unser Kaiser durchgesetzt haben."

Antoinette schauderte. Wie schrecklich, wie erbarmungslos ist das Leben. Matzi verloren im fernen Polen, die Frau dieses unheimlichen Mannes. Und sie selbst ... Aber sie hatte sich immer gefügt, sie fügte sich auch jetzt. Als Joseph im Februar glückselig Victoire heiratete, stand im Dom von St. Stephan auch ein zweites Paar vor dem Altar. Antoinette und der preußische Graf.

VII.

In Wohan blühten die Märzveilchen. Stanislas, der gelangweilt und mürrisch durch den etwas verwilderten waldigen Teil des Parkes schlenderte, blieb plötzlich stehen und starrte auf die winzigen tiefblauen Blumennester hinab. Der graue Mißmut, der seit Monaten seine Augen verschleierte, hob sich. Er sah den leisen österlich grünen Schimmer des Grases, den überirdisch zart leuchtenden Hauch, der die alten Weiden umschwebte, roch den feuchten tiefen Duft der erwachenden Erde, und in seinem achtzehnjährigen Herzen regte sich selige Freude: Es wird Frühling.

Der Winter war lang gewesen, endlos lang und öde. Vor den Fenstern die verschneite, eintönig weiße Ebene, das träge graue Band der March zwischen fahlen Feldern, der graue schneeschwere Himmel über dem alten Haus, tief herabhängend, Gemüt und Seele bedrückend. Und in dem Zimmer, stumm vor dem Kamin sitzend, ewig mit einer Näharbeit beschäftigt oder bisweilen träumend am Fenster, Bozena, immer Bozena, das fremde Mädchen, das Stanislas' Frau war. Bozena, die täglich etwas von ihrer Schönheit verlor, schwerfällig und fast häßlich wurde, mit einem spitzen, gezogenen kleinen Gesicht, mit einem unförmig werdenden Leib.

Jeden Tag, der grau und trüb aufdämmerte, dachte Stanislas bei sich: die Arme, sie leidet, sie trägt unter dem Herzen mein Kind, ich muß gut zu ihr sein. Und dann machte Bozena eine Gebärde, sagte ein paar Worte, lachte über etwas, das Stanislas gar nicht komisch fand, und seine guten Vorsätze verflogen im Rauch des Zornes. Die beiden saßen einander stumm gegenüber; sie hatten sich nichts zu sagen. Stanislas sehnte sich krank nach dem leichten heiteren Geplauder der Schwestern, nach den übermütigen, etwas frivolen Scherzen der Freunde, nach Lichterglanz, nach Parfüm und rauschenden Seidenkleidern, nach Grand'maman Inez' harten, aber klugen Worten, nach Monsieur Venarius' gewagten geistigen Spekulationen, nach einer Welt, in die er gehörte, in der aber Bozena eine Fremde war, immer eine Fremde bleiben würde.

Bisweilen fragte er sich verzweifelt, er war ja noch so jung, daß ihn leicht Verzweiflung überfiel: Was steht zwischen Bozena und mir? Was trennt uns? Sie hat die gleiche Erziehung genossen wie die Schwestern, hat nur etwas weniger gelernt, hat nur die ersten sechs Jahre jeden Winter daheim bei ihren Eltern verbracht. Monsieur Venarius und auch Joseph behaupteten, der Mensch werde nur durch die Erziehung geformt und gemodelt. Grand'maman Inez sagt: Vor Gott sind alle Menschen gleich, und dennoch, Bozena ist anders, ist ganz anders.

Bozena fühlte die leise Feindseligkeit, mit der Stanislas sie beobachtete. Sie wußte, nun wartet er darauf, daß ich etwas tue, etwas sage, das die Herrschaften nicht täten, nicht sagten. Wie anders war es früher. Wir waren Kinder, wir waren Spielgefährten. Wenn wir auf den Wiesen tollten, wenn wir im Wald spielten, gab es zwischen uns keinen Unterschied. Aber hier, in diesen Zimmern, wo selbst die alten Möbel mich belauern, wo die Wände böse sind, wo die Ahnenbilder verächtlich auf mich niederblicken, bin ich für ihn das Bauernmädchen, die Bozena der alten Sametils.

Angst kam sie an um das Kind. Was wirst du sein, ein bäuerlicher Sametil, mein Kind, oder ein Herdegen, Stanis Sohn? Denn in diesem Punkt waren sich beide einig: Das Kind wird ein Sohn sein, bestimmt wird es ein Bub.

Sie lebten nebeneinander her, freudlos, erfüllt von bösen Gedanken. Bozena wurde immer stiller. Sie konnte stundenlang schweigen, mit traurigen Augen vor sich hin starren. Stanislas wurde immer nervöser. Wenn Bozena gezankt, wenn sie sich beklagt hätte ... Aber immer dieses Schweigen, diese Stille; es war nicht auszuhalten.

Er stapfte durch den tiefen Schnee in den Wäldern umher. Er begleitete Monsieur de Venelles auf dessen Ritten über das Gut. Stanislas sprach von Wien, von den Festen, von der Heiterkeit der geliebten Stadt, Monsieur de Venelles redete von Frankreich, der Heimat, die er nie vergessen würde, der Normandie, wo sein kleines Gut gewesen war. Das Heimweh plagte ihn.

„Ich hätte nicht fliehen sollen", erklärte er. „Aber wie hätte ich bleiben können? Ich wußte, daß dem Volke ein Unrecht geschehen war, durch Jahrhunderte. Ich wußte, daß der Bauer gehungert hat, wie ein verlaufenes Stück Vieh. Aber ich wußte auch, daß das, was jetzt geschah, ebenfalls ein Unrecht war, ein blutiges Unrecht. Ich konnte mich auf keine Seite schlagen. Und mit verschränkten Armen zusehen ... auch das konnte ich nicht."

Er seufzte tief.

„Dieses Land ist mir zur zweiten Heimat geworden", meinte er. „Aber wenn ich nachts nicht schlafen kann, höre ich das Meer rauschen und könnte vor Bangigkeit sterben. O das Meer, Monsieur Stanislas! Das Meer! Ewig anders, ewig schön. Man könnte sterben aus Sehnsucht nach dem Meer."

Er blieb stehen und sagte mit völlig veränderter Stimme:

„Hier muß geholzt werden. Diese alten Bäume müssen fort."

In Monsieur de Venelles' Gegenwart veränderte Bozena sich. Er behandelte sie wie eine große Dame, und ihre Bewegungen wurden anmutiger, ihr Auftreten wurde sicherer. Stanislas bemerkte es und schämte sich. Es waren Bozenas glücklichste Stunden, wenn Monsieur de Venelles aus seinem Teil des Schlosses zu ihnen herüberkam.

Weniger erfreulich waren Frau Sametils Besuche. Den alten Sametil hatte Stanislas gern. Vielleicht weil er ihn so selten sah, vielleicht weil dem alten Bauern eine Würde, eine Selbstverständlichkeit eignete, die dem jungen Mann imponierte. Nicht etwa, daß Vater Sametil unterhaltend gewesen wäre. Seine Konversation beschränkte sich auf ein Nicken oder ein Kopfschütteln, auf ein Ja, Ja, oder Freilich, Freilich, auf einen guten Rat betreffs der Kühe oder Schweine, auf ein Grüß Gott beim Kommen und ein Behüt Gott beim Gehen. Aber gerade dieses Grüß Gott erschütterte Grand'maman Inez' Enkel immer von neuem. Ihm war, als richte der alte Bauer ihm wirklich einen Gruß Gottes aus, einen Gruß der von Gott geschaffenen guten Erde, einen Gruß aller Kreatur, die freudig dahinlebt und keine Standesunterschiede kennt. Nach Vater Sametils Besuchen pflegte er immer gut und freundlich zu Bozena zu sein – ein paar Stunden lang.

Aber Mutter Sametil! Mutter Sametil, rot im Gesicht, immer eifrig, immer echauffiert, die Stanislas „mein Herr Schwiegersohn“ oder „mein guter Sohn, Graf Stani“ nannte, die ewig an Bozena etwas auszusetzen hatte, sie sei nicht vornehm, nicht gräflich genug. Die endlose Klatschgeschichten von den Nachbarn erzählte, und „er hat gesagt“ und „sie hat gesagt“, die grobe sexuelle Anspielungen machte, deren Plumpheit sogar Stanislas das Blut ins Gesicht trieb. Mutter Sametils Besuche waren für ihn und auch, obwohl er es nicht wußte, für Bozena ein Alpdruck. War sie endlich gegangen, so verkroch Bozena sich in ihr Schlafzimmer, blickte zu Grand'maman Inez' Bild auf, das, in Oel gemalt, an der Wand hing, und weinte. Stanislas aber dachte schaudernd: Mein Gott, wenn der Bub doch ein Mädchen wird und das Mädchen Mutter Sametil nachgerät ... An solchen Tagen benahm er sich Bozena gegenüber wahrlich nicht wie ein Edelmann.

Ein Brief von Monsieur Venarius war gekommen. Ein Knecht hatte ihn aus der benachbarten Stadt gebracht. Ein langes, langes Scheiben. Es begann mit den Worten: „*Eheu! fugaces*[1] ... Dies, mein geliebter Schüler, ist das traurige Motto einer traurigen Kunde.“

Dann folgte eine Seite, auf der von der Gesundheit der verschiedenen Familienglieder berichtet wurde, von den Ereignissen auf dem Kongreß, von den widrigen Winterstürmen, die so manches Schlittenfest gestört hätten, und dann erst kam die „traurige Kunde“.

Stanislas las und las. Er konnte es nicht glauben, wollte es nicht glauben. Marie Christine, seine schöne, ehrgeizige Schwester, die Schneekönigin, auf die er immer so stolz gewesen war, Matzi, das liebe kleine Mädchen, mit dem er in Wohan gespielt hatte. Er sah sie noch vor sich, schlank und zart, das blasse Gesichtchen vom Laufen gerötet, die goldblonden Locken verrauft, hörte die helle Kinderstimme: „Fang mich doch, Stani. Sei nicht so faul.“ War das nicht erst gestern gewesen? *Eheu fugaces*, wahrlich, die Tage fliehen, die Jahre fliehen und bringen Böses mit. Stanislas legte den Brief auf den großen Tisch und trat ans Fenster. Seine Augen füllten sich mit Tränen. Marie Christine, arme Schneekönigin, verlassen, allein, in Polen, bei Fremden. Verheiratet mit einem Manne, von dem er nichts weiß, den er nur ein paar Mal gesehen hat. Einem stummen, unheimlichen Gesellen, über den seltsame Dinge gemunkelt wurden. Und nun gehört ihm Marie Christines junge Schönheit, Marie Christines Leben, Marie Christines ehrgeizige Seele.

Stanislas ballte die Hände zur Faust. Dieser Konstantin, dieser Schurke! Glaubt, weil er ein Großfürst ist, glaubt ... Hätte er ihn doch hier, stände er ihm doch gegenüber, den Degen in der Hand ... Aber auch das würde nichts mehr nützen, auch das könnte Marie Christine nicht mehr retten ... Sie war verloren, für sie war alles aus.

Stanislas war es nicht gewöhnt, zu leiden. Er fühlte Angst vor dem ersten großen Schmerz, der sich seiner bemächtigte. Ihm war zumute, wie einem Kind, das sich weh getan hat und nun nach Hilfe sucht. Er nahm den Brief an sich und eilte zu Bozena, die mit ihrer ewigen Näharbeit im kleinen Salon saß.

Hastig, mit sich überstürzenden Worten, berichtete er ihr, was geschehen war. Wartete ungeduldig, fast angstvoll auf ein liebes Wort.

Er reichte ihr den Brief.

„Lies ihn, Bozi, lies ihn."

Er fuhr sich mit der Hand ungeduldig über die Augen, die noch immer feucht waren. Setzte sich auf die Lehne von Bozenas Sessel, wollte nach ihrer Hand greifen. Da sah er in ihren Augen ein böses spöttisches Leuchten, sah ihre Lippen zu einem hämischen Lächeln gekräuselt. Und Bozena sagte nur, sehr still, sehr kalt:

„Also auch Matzi."

Sie freut sich, dachte Stanislas verwirrt. Freut sich, daß Marie Christine, wie sie ... Freut sich, daß alle Frauen gleich sind, daß allen dasselbe Geschick widerfahren kann ... Sie freut sich, daß Grand'maman Inez und der Vater leiden, wie ihr Vater gelitten hat. Sie ... Was ist sie für eine Frau? Sie kennt kein Mitleid, kennt kein Erbarmen ... Sie würde strickend zusehen, wie unsere Köpfe unter der Guillotine fallen ... Sie haßt uns ... Sie wünscht uns alles Böse ... Sie gehört einem andern Volke an, sie hat nichts mit uns gemein und ... sie ist meine Frau ...

Bozena war inzwischen bereits über die böse Schadenfreude erschrocken, von der sie einen Augenblick lang beseelt gewesen war. Sie dachte an Grand'maman Inez, an den guten Carl Herdegen, an Toinette, die so sehr unter dem Unglück der Schwester leiden wird. Und dachte auch, zum erstenmal seit vielen Wochen, mit fast mütterlicher Rührung an Stanislas, der neben ihr saß, der nicht gewußt hatte, was Kummer und Leid ist, der bestimmt von ihr Trost erwartet, der arme Stani. Nur mit Marie Christine hatte sie kein Mitleid, die war so oft, besonders in den letzten Wochen in Wien, allzu hochmütig gegen sie gewesen. Aber die andern, aber Stani ...

Sie wollte ihm liebe Worte sagen, wollte seinen trotz allem so geliebten dunklen Lockenkopf an sich ziehen, ihn streicheln, ihn küssen, sie wollte ...

Doch war es zu spät. Stanislas sprang von seinem Sitz.

„Du freust dich!" herrschte er Bozena an. „Freust dich so, du schlechte Frau, daß du es gar nicht verbergen kannst. Du glaubst, daß Marie Christine nun dasselbe ist, was du bist ... Du ... Aber das ist nicht wahr ... Ist nicht wahr ... Du bist eine Jakobinerin, eine Tricoteuse. Du möchtest uns alle auf dem Schafott sehen ... Ich hasse dich ... ich hasse dich ... und ich hasse das Kind, das du gebären wirst ... es wird ein schlechtes Kind sein, ein gemeiner Mensch ... das Kind seiner Mutter ..."

Stanislas verstummte. Er fühlte, daß er das, diese bösen Worte über sein ungeborenes Kind nicht hätte sagen dürfen. Was konnte das arme Geschöpf dafür?

Bozena erhob sich schwerfällig.

„Ich weiß, daß du mich haßt. Und auch ich hasse dich. Und auch mein Kind wird dich hassen. Dich und deine vornehme Familie. Die uns arme Leute verachtet."

Langsam, mühselig die Füße schleppend, ging sie aus dem Zimmer. Mittags kam sie nicht zum Essen.

„Die Frau Gräfin", erklärte Frau Widowek, „fühlt sich nicht wohl. Die Frau Gräfin geruhen, in ihrem Zimmer bleiben zu wollen. Hoffentlich ist es nichts Ernstes. In der Frau Gräfin ihrem Zustand ..."

„Schon gut", entgegnete Stanislas heftig. „Reden Sie doch nicht immer so viel, Frau Widowek!"
Ja, er haßt Bozena, aber dieses spöttische Betonen der „Frau Gräfin", hinter dem er ein ebenso spöttisches „das Bauernmädchen spielt die große Dame" witterte, ist unerträglich. Ja, er haßt Bozena, er will nichts mehr mit ihr zu tun haben – oder will am Ende sie es nicht, macht ihm so begreiflich, daß sie nun, nach seinen bösen Worten, für immer auseinander sind? Einerlei, er haßt sie, aber sie ist ja dennoch die Mutter seines Sohnes, die Mutter des ersten Herdegen der neuen Generation.
„Melden sie der Frau Gräfin", sagte er schroff zu Frau Widowek, „daß ich mir nach der Mahlzeit erlauben werde, mich nach ihrem Befinden zu erkundigen."
Und er setzte sich mit sehr wenig Appetit an den Tisch und trank mehr, als für ihn gut war.

***

Und dann folgte die schreckliche Woche. Zwei Kinder, die gewöhnt waren, sich nach jedem Streit zu versöhnen, ohne große Geschichten, wie eben Kinder wieder miteinander gut sind, waren mit einem Mal erwachsen, und jedes von ihnen wußte, daß es etwas kaum Wiedergutzumachendes ausgesprochen hatte. Zwei über Nacht erwachsene Kinder fühlten bang die unendliche Einsamkeit, die nur die „Großen" kennen: das Gefühl, nirgendshin und zu niemand zu gehören. Zwei Kinder blickten mit erschrockenen Augen die altgewohnte liebe Landschaft an, die plötzlich so fremd, so feindselig erschien.
Bozena blieb in ihrem Zimmer. Sie ließ nicht einmal die Mutter vor, die sich dafür auf Stanislas stürzte und ihn eine Stunde lang quälte. Bozena saß am Fenster und blickte hinaus. Sie las in alten Heiligenlegenden und suchte darin nach heiligen Frauen, die ebensoviel gelitten hatten, wie sie litt. Sie weinte, weil sie nicht mehr das Vaterunser beten konnte: „wie auch wir verzeihen unsern Schuldigern" wollte nicht über ihre Lippen. Sie konnte Stanislas nicht verzeihen. Sie las auch die rührende alte Geschichte von der armen Genoveva und dem Hirschkalb und stellte sich den grausamen Markgrafen in Stanislas' Gestalt vor. Sie wird das Kind zur Welt bringen, dann aber wird sie in ein Kloster gehen oder sterben. Ja, lieber sterben, das kann ihr Grand'maman Inez nicht verbieten. Das nicht.
Stanislas irrte umher wie eine verlorene Seele. Er kannte die leidenschaftliche Reue heftiger Menschen, die erst nach dem Sprechen denken. Er verwünschte sich und seinen Hochmut. Er trauerte um Marie Christine und um ihr unseliges Los, um Bozena, am meisten aber um sich selbst.
Monsieur de Venelles brachte ihm keinen Trost. In seiner Herzensnot hatte Stanislas ihm alles erzählt, ihn um Rat gebeten.
Der Franzose hatte den Kopf geschüttelt.
„Bisweilen, Monsieur Stanislas, begreife ich diese Feinde aller Menschlichkeit, die Sansculottes[2]. Sie haben sich, verzeihen Sie einem alten Mann, wenn er so zu Ihnen spricht, Sie haben sich nicht wie ein Gentilhomme benommen."
„Grand'maman Inez", meinte Stanislas kläglich, „würde sagen, nicht wie ein guter Christ."

Monsieur de Venelles lächelte.

„Vielleicht ist es dasselbe. Vielleicht war unser Herr und Heiland das Muster eines Gentilhomme, wie dies die alten Ritter geglaubt haben.“

„Aber was soll ich jetzt tun?“ fragte Stanislas.

„Warten, *mon ami*, warten. Es gibt Dinge, die nur die Zeit zu heilen vermag.“

Monsieur de Venelles nahm bedächtig eine Prise.

„Wenn der Frühling kommt, Monsieur Stanislas, werden die Herzen weicher. Gehen Sie an einem Frühlingsabend zu Ihrer jungen Frau und sagen Sie ihr, daß Sie sie lieb haben. Dann ...“

„Es wird nie Frühling werden!“ rief Stanislas verzweifelt. „Nie! Nie! Wird immer Winter sein!“

Er zog den Jagdpelz fester um die schmalen Schultern und starrte auf die kahlen Bäume des Buchenwaldes, durch den die beiden schritten.

Und nun blühten die Märzveilchen, und über dem Gras lag ein leiser österlich grüner Schimmer. Und wenn der Wind die alten Weiden bewegte, flatterte ein zarter grüner Schleier durch die blaßblaue Luft.

Stanislas atmete tief die milde Luft ein und dachte: Ein Wunder ist geschehen. Wie viele Frühlinge habe ich bereits erlebt, und erst jetzt erkenne ich, daß jeder Frühling ein Wunder ist. O ich möchte es malen, dieses gebenedeite zarte Aufblühen der Erde. Diese sanfte Luft, die wie auf alten Heiligenbildern verklärt leuchtet. Diese ganze Verheißung in der Natur.

Er lächelte. Wie poetisch ich bin. Wie würde die Familie staunen, kennte sie meine Gedanken. Er hatte nicht ganz recht. Carl Herdegen hätte nicht gestaunt, Carl Herdegen, der so wenig mit seinen Kindern sprach und sie sehr scharf beobachtete, hatte einmal zu Grand'maman Inez gesagt, vor vielen Jahren, als sie über die Kinder sprachen:

„Im Stani steckt ein Dichter, sehr verehrte Maman. Sie werden sehen, daß wir noch einmal stolz auf ihn sein dürfen.“

Grand'maman Inez hatte zerstreut mit dem Fächer gespielt und gemeint:

„Es liegt wohl auch in Gottes unerforschlichem Ratschluß, daß es Dichter gebe. Obwohl ... Ich kenne, außer dem begnadeten Dichter der Psalmen, nur einen, der diesen Namen verdient, Dante. Und ein Dante dürfte unser Stanislas kaum werden, und auch kein Psalmist.“

Ludmilla war damals empört gewesen. Dichter, das ist doch kein Beruf für einen Sohn aus adeligem Haus. Nebenbei ein wenig dichten, wie dieser deutsche Minister, der Herr von Goethe, gut. Das schadet nicht und macht vielleicht Freude. Aber nur dichten ...

Ja, Carl Herdegen hätte die leuchtenden Augen und geröteten Wangen verstanden, hätte auch begriffen, warum Stanislas sich so sanft zu den Veilchen niederbückte und sie mit so zärtlicher Hand pflückte.

Dann stand Stanislas da, die Hände voller Veilchen, deren süßer Duft ihn ganz einhüllte, die Augen auf die kleine blaue Herrlichkeit geheftet, und dachte betrübt: Wem soll ich sie bringen?

Er ging langsam weiter. Hier bog der Pfad auf einen schmalen Weg ab, der zum nächsten Dorf führte. Etwas weiter entfernt, am Kreuzweg, stand unter einer hohen kahlen Linde ein Muttergottesbild. Fromme Hände hatten vor es Herzen und Arme und Beine aufgehängt, die Wachsglieder waren unförmig, geschmolzen in der Sonne, erweicht von Regengüssen, die Metallherzen klimperten im Frühlingswind eine kleine fromme Litanei. Stanislas schlug ein Kreuz, teilte die Veilchen und legte die eine Hälfte zu Füßen der Mutter mit dem Kind. Die andere Hälfte trug er heim.

Es war gar nicht schwer, sich zu versöhnen. Er trat unangemeldet bei Bozena ein und hielt ihr die Veilchen hin.

„Schau, Bozi, der Frühling ist da."

Sie schwieg. Er sah sie an, und alle Güte, alle Innigkeit, die er vom Vater geerbt hatte, erwachten in ihm.

„O, arme Bozi, so blaß und so traurig. Verzeih mir. Ich hab dich lieb. Ich bin nur ein schlechter Christ und ein schlechter Gentilhomme. Dafür aber wird unser Sohn ein besserer sein. Nicht wahr, Bozi?"

Bozena weinte, ganz leise, ohne einen Laut. Ihre Schultern bebten, und die Tränen rannen langsam über ihr Gesicht. Das rührte Stanislas tief. Er nahm sie in die Arme und schwor ihr – zum Glück erinnerte sie sich nicht daran, wie oft er es bereits getan hatte –, gut zu ihr zu sein, sie glücklich zu machen. Sie sahen zum Fenster hinaus. Wohan lächelte in der Glorie des ersten Frühlingstages, auf den entlaubten Bäumen zwitscherten die Vögel und trugen Halme herbei: Sie bauten ihre Nester.

Auch in Wien roch es nach Frühling. Auf den Straßen boten Blumenmädchen Schneeglöckchen und Veilchen an, lächelnde hübsche Mädchen, selbst ein Stück Frühling dieser schönen Stadt.

Der Stephansturm schien sich höher zu recken, um die zartrosa Wölkchen zu liebkosen, die sein Haupt umflatterten, wie übermütig spielende Engel. Die Kleider der Frauen blühten bunt und farbenfroh. Die ältesten, grauesten Häuser schmunzelten, wenn die Sonnenstrahlen auf ihre runzeligen Gesichter fielen.

Und auf allen Bäumen lärmten die Spatzen.

Dann kamen Tage, da die Menschenstimmen noch mehr lärmten als die der Spatzen. Zuerst wurde das Geheimnis tuschelnd, wispernd besprochen. Man wußte ja nichts Gewisses. Es mochte nur ein Gerücht sein, bestimmt war es nur ein Gerücht. Man hatte ja schon so oft erzählt ... Vorsicht, wir werden belauscht. Ja, ja, ein schöner Tag, ein herrlicher Tag. Dieses Jahr wird es zeitig Frühling. O Gott, das hätt' man nicht sagen dürfen ... das könnt symbolisch aufgefaßt werden ... Völkerfrühling ... Wenn es nämlich doch wahr wäre ... Es heißt, der Metternich soll ein sorgenvolles Gesicht gemacht haben ... Freilich, wär schon ein Anlaß zur Sorge ... Und die Kaiserin Maria Luise[3] soll geweint haben ... Ob vor Freude oder vor Angst, wer kann's wissen? ... Und so viel Kuriere zwischen hier und Paris ... Man müßt halt etwas Sicheres erfahren ... Und wenn Er wirklich wiederkommt, wozu haben wir dann die ganzen Monarchen hiergehabt, die so viel gegessen und getrunken haben ...? Na, dem von Württemberg wär's zu gönnen ... Auch dem

Russen, der sich für den lieben Gott hält und unsern armen Kaiser so viel drangsaliert ... Ja, und auch den Engländern, diesen Geizfilzen. Aber freilich, wenn dann wieder Krieg kommt ... Heiliger Gott, wieder Krieg ... Da fahrt der Gentz[4] vorbei ... Ja, wenn man wüßt, was der sich denkt ... Jesses, da kommt unser Kaiser .. Vivat, vivat, Franz! Vivat!

So zwitscherten die menschlichen Spatzen der Hauptstadt, erst leise, denn wenn's nicht wahr ist, kommt man auf die Wache, wegen Verbreitung von Gerüchten, dann lauter, denn es ist, scheint's, ja doch wahr.

Victoire schlief nicht mehr, sie aß nicht und trank nicht. Sie konnte keine halbe Stunde ruhig bleiben. Sie fuhr aus, sie ging zu Fuß durch die Stadt. Vielleicht würde sie etwas Neues erfahren. Sie quälte Joseph halbtot mit ihren Fragen.

„Er ist gelandet. Ja, das ist schon sicher. Ich weiß es, Joseph. Weiß es. Das kann nicht mehr verheimlicht werden. Er ist von Elba geflohen.[5] O, hätte ich ihm doch helfen können, meinem Kaiser. Diese Narren, haben sie wirklich geglaubt, er sei für ewig besiegt, er könne für ewig besiegt werden, von den Zwergen, von den Knirpsen, die sich Kaiser und Könige nennen? Weißt du, was er den Franzosen verkündet hat: Der Adler wird fliegen von Kirchturm zu Kirchturm bis zur Notre-Dame! Und jetzt durchzieht er die Provence. Alles blüht. Die Kinder reißen blühende Zweige ab und streuen sie ihm vor die Füße. Und ganz Frankreich ist ein einziger Jubelschrei: *Vive l'Empereur*!"

Sie ging umher, als habe sie einen Sieg errungen. Sie weinte und lachte. Sie betete in St. Stephan für Napoleons Sieg. Sie war glücklich, aufgeregt, schön und unausstehlich.

Nachts weckte sie Joseph aus dem Schlaf.

„Wenn du mich liebst, steh auf. Ich muß wissen, ob neue Nachrichten gekommen sind."

„Liebste, es ist noch ganz dunkel. Kein Mensch ist auf der Straße."

„Du bist kein Mensch, Joseph. Bist aus Holz und Stein. Mein Gott, freust du dich denn nicht?"

„Wie soll ich mich freuen, Victoire? Krieg, wieder Krieg."

„Sie werden es nicht wagen."

„Sie werden es wagen. Und, verzeih mir, Victoire: Aber sie werden siegen."

„Nein! Nie!"

Victoire sprang aus dem Bett. Lief mit bloßen Füßen im Zimmer auf und ab.

„Du bist sein Feind. Du, du ... *Autrichien.* Du bist auch mein Feind. Ich hasse dich."

Joseph schwieg.

„Warum sagst du nichts, Joseph?"

„Was soll ich dir sagen, Liebste? Ich bin nicht sein Feind. Ich möchte nur den Frieden. Möchte nur Ruhe für unser Vaterland. Für alle Länder der Welt."

„Warum schaust du mich so traurig an?"

Joseph lächelte.

„Glaubst du, es ist angenehm, wenn einem die eigene Frau, mit der man noch nicht einmal einen ganzen Monat verheiratet ist, sagt, daß sie einen hasse?“

Victoire empfand Reue. Außerdem fror sie in dem kalten Zimmer. Sie kroch unter die große Daunendecke.

„Mich friert, Joseph.“

Er hielt sie fest, streichelte sie, versuchte, sie zu beruhigen. Sie weinte.

„Ich will nicht, daß Er besiegt wird. Aber ich wünsche auch deiner Heimat nichts Böses. Ist sie doch nun auch die meine. Ich wünsche niemand etwas Böses, außer dem Oger und diesem gräßlichen grauen Gentz und Monsieur de Talleyrand und dem Zaren und den Engländern und den Preußen, und ich bin sehr unglücklich.“

Joseph küßte sie und hörte geduldig ihre Klagen an. Nach einer Weile schlief sie ein. Er aber lag noch lange wach und dachte an den Mann, der durch die Provence zog, den Mann, der schon einmal das Schicksal der Welt gewesen war. Wird er es wieder werden?

Die Feste gingen weiter. Vielleicht klang das Lachen in den hohen Sälen ein wenig erzwungen, vielleicht huschte in unbewachten Augenblicken über die Gesichter der Staatsmänner ein Schatten, der dem Korsen, der jetzt wieder Napoleon hieß, galt. Aber die Musik übertönte vieles. Uebertönte auch in den Ohren der Tanzenden die angstvollen Seufzer, die verzagten Worte zahlloser unbekannter, kleiner, von Furcht gepeitschter Menschen, die wieder um ihr Leben, ihre Felder, ihr Hab und Gut bangten.

Scheue, gereizte Blicke streiften den Fürsten Talleyrand, der plötzlich allgegenwärtig wirkte. Man sah ihn, fast schien es, zur gleichen Stunde ins Palais des Fürsten Metternich gehen, aus dem Appartement des Kaisers Alexander kommen, in der Karosse durch die Straßen fahren, in sein Hotel eilen. Sein Gesicht wurde in diesen Tagen schärfer, seine Nase, immer ein wenig lang, reichte nun fast bis zum Mund hinab, unter den buschigen Brauen lagen die Augen tiefer in den Höhlen.

Fuhr er durch die Straßen von Wien, so blickten ihm die Bürger besorgt nach. Was plant der schlaue Fuchs? Gestern noch war er der ergebene Diener Seiner Majestät Ludwig XVIII.[6], wer aber konnte wissen, ob er nicht schon heute wieder zu seinem früheren Herrn übergegangen war, ob er nicht von neuem die Sache Napoleons verfocht? Wer konnte es wissen? Wer konnte überhaupt etwas wissen? Wien wurde nervös. Die Polizeirapporte häuften sich. Kaum ein Brief verließ die Hauptstadt, der nicht abgefangen und gelesen wurde. Auch die wahrlich loyale Familie Herdegen fungierte in einem solchen Bericht:

„Die Gräfin Victoire Herdegen, geborene Derville, erschien bei einem Diner bei der Gräfin Colloredo in einem weißen Kleid, das über und über mit Veilchen, dem Embleme des Kaiserreiches, besteckt war. Auch im Haar trug die Gräfin einen Veilchenkranz. Sie äußerte sich zu der Tochter der Gastgeberin, der Gräfin Judith Crenneville, der Sommer nahe, man höre schon die Bienen summen, was unser Vertrauter dahin auffaßte, daß die Gräfin an die bei Empiregegenständen beliebten Bienenornamente denke. Auch sagte sie: In der Provence blühe alles, man könne bis nach Wien den Duft des neuen Frühlings riechen. Es wurde auch bemerkt, daß die Gräfin Herdegen, als Fürst Metternich einige freundliche Worte an sie richten wollte, den Kopf nur leicht neigte, als grüße sie einen gemeinen Mann aus dem Volke, und daß sie, ohne zu lächeln oder sonstwie verbindlich zu erscheinen, den Worten des Fürsten lauschte und dann selbst das Gespräch abbrach, worüber man im Gesicht des Fürsten einen Ausdruck der Betroffenheit und des Aergers wahrnahm ..."

„Unser Vertrauter", dieser geheimnisvolle Konfident, dessen Namen außer der Polizei nie jemand erfuhr und der, seinen Rapporten nach, zu der besten Gesellschaft gehören mochte, hatte richtig gesehen. Victoires Benehmen bei jenem Diner war tatsächlich nicht geziemend gewesen für eine junge Frau, für die Gattin eines Offiziers Seiner Majestät Kaiser Franz I. Joseph machte ihr keine Vorwürfe, er wußte bereits, daß Vorwürfe bei Victoire nichts fruchteten, aber Carl Herdegen rief sie noch am gleichen Abend zu sich. Das junge Paar lebte noch im Palais Herdegen und würde erst im Sommer in sein eigenes Heim übersiedeln.

„Eine kluge Frau, meine liebe Victoire", sagte der alte Diplomat sanft, „und du bist eine kluge Frau, macht nicht auf diese kindische Art Politik. Ich spreche nicht von deinen Ansichten, ich spreche nur von deinem Verhalten. Der Affront, den du dem Fürsten ..."

„Ich konnte nicht anders, verehrter Vater. Es hat mich überwältigt."

„Wer sich von seinen Gefühlen überwältigen läßt, mein Kind, taugt nicht für die Politik. Politik ist Sache des kalten, nüchternen Verstandes. Sobald das Gefühl sich einmischt, geht alles schief."

Victoire schwieg nachdenklich. Sie hatte Vorwürfe, zornige Worte erwartet. Dieser kleine akademische Vortrag über Politik verwirrte sie.

„Sind Sie mir böse, lieber Vater?" fragte sie mit der reizenden unerwarteten Kindlichkeit, die sie bisweilen zeigte.

„Nein, mein Kind. Aber ich möchte dich bitten, uns, deinem Mann zulieb, ein wenig vorsichtiger, ein wenig klüger zu sein."

Victoire küßte ihm impulsiv die Hand.

„Ich liebe Sie, *cher père*, ich liebe Sie von ganzem Herzen."

„Ich glaubte", Carl Herdegen lächelte gütig, „ich glaubte, kleine Victoire, daß du die *Autrichiens* haßt."

Victoire blickte ihn verblüfft an.

„Vielleicht", meinte sie zögernd, „vielleicht habe ich bereits gelernt, sie ein wenig zu lieben."

***

Grand'maman Inez verbrachte lange Stunden in der kleinen Hauskapelle. Sie lag auf den Knien vor dem Altar und betete um Frieden. Sie wußte ja, was ein Krieg bedeute. Sie hatte in ihrem langen Leben genug Kriege gesehen. Aus den nächtlichen Nebeln der Vergangenheit stiegen blutrote Bilder des Grauens vor ihr auf. Verwüstete Landstriche, zerlumpte, abgerissene, gehetzte Menschen, die vor dem Feind flohen und Zuflucht suchten. Warum, dachte Grand'maman Inez zornig und stellte auch an Gott diese Frage: Warum können die Menschen nicht vernünftig sein und in Frieden leben? Steht doch in den zehn Geboten: Du sollst nicht töten. Du sollst nicht begehren deines Nächsten Gut. Wie aber kann das schlichte Volk an diese Lehren glauben, wenn seine Fürsten sie nicht befolgen? Es ist ein Unglück, sinnierte sie weiter, daß die Kaiser und Könige Männer sind. Die Männer sind allesamt kindisch, leichtsinnig und verschwenderisch. Sie vergeuden Menschenleben und auch – Geld. Wie anders war meine geliebte selige Kaiserin, die fürchtete den Krieg wie die Pest, weil sie eine Frau war und wußte, was er bedeutet.

Grand'maman Inez fühlte tiefe Traurigkeit. Sie wurde fast sanft vor Kummer und Sorge. Häufig sprach sie mit Monsieur Venarius, dessen Ansichten, obwohl von einem andern Quell gespeist, den ihren glichen. Sie achtete und bewunderte den alten Schweizer und fand ihn, für einen Mann, erstaunlich vernünftig. Aber vielleicht war ein Präzeptor kein richtiger Mann.

So vergingen die Tage. Allmählich verstummte die Musik der frohen Stadt. Die Feste fanden nur noch vereinzelt statt. Ueber dem grün schimmernden Wienerwald schien eine schwere schwarze Wolke zu hängen, die sich immer tiefer senkte. Die Kuriere brachten unheimliche Nachrichten aus Frankreich: Napoleon rückte immer näher an Paris heran. Der König war geflohen ... Napoleon zog in seine, wieder seine, Hauptstadt ein ...[7]

Im Wienerwald leuchteten tiefblau die Veilchen. An den Hängen schimmerten weiß und rosig die Blüten der Obstbäume. Die Donau floß silbern, verjüngt, zwischen den frisch-grünen Auen dahin. Abends sangen die Amseln auf den hohen Fichten, im Morgengrauen schlugen die Nachtigallen in den Hainen. Die Welt war so schön, so schön.

Aber über allem hing die schwarze Wolke, die sich immer tiefer und tiefer senkte und aus der bereits bisweilen ein Blitz zuckte: der Krieg.

VIII.

Die Herdegen-Geschwister, fast über alle Dinge auf der Welt verschiedener Meinung, waren dennoch in einem der gleichen Ansicht. Eine Erinnerung an die Kindertage, da sie alle mit heißer Begeisterung Robinson Crusoe gelesen hatten.

„Wenn ich auf eine wüste Insel verschlagen würde", sagte jedes von ihnen, sogar Marie Christine hatte es immer gesagt, „ich nähme mir zum Mann Freitag nur den Franzel mit. Der weiß immer, was man tun soll."

Der kleine Franz war tatsächlich eine unsäglich praktische Natur, ein, wenn man dies von einem so jungen Knaben sagen kann, Verstandesmensch. War es der Umgang mit Monsieur Venarius, den der Knabe allen Spielgefährten und selbst den Geschwistern vorzog? An schönen Frühlingstagen ergingen die zwei ungleichen Freunde sich stundenlang in den schattigen Praterallleen, und es gab kaum ein Thema, das sie nicht miteinander besprachen. Freilich hatte Monsieur Venarius bisweilen, wenn er, nach links blickend, die kleine Gestalt neben sich sah, versucht, gewisse heikle Themen *ad usum delphini*[1] zu verwässern, doch faßte der kleine Franz alles vollkommen natürlich auf, fand keine Sache weder lächerlich noch unanständig, so daß der alte Lehrer immer wieder vergaß, ein zwölfjähriges Kind vor sich zu haben.

Wirklich liebte der kleine Franz nur den alten Lehrer, Bozena und Joseph, letzteren freilich mit einem leisen Mitleid, wegen dessen „Sentimentalität". Antoinette hatte er gern, hielt sie aber für dumm, Marie Christine mochte er nicht und Stanislas verachtete er. Victoire betrachtete er oft sinnend, wie ein fremdes, ungewohntes kleines Tier, von dem man nicht recht weiß, ob es beißen wird oder nicht.

Victoire ihrerseits mochte den kleinen Franz nicht besonders. Sie nannte ihn, freilich nur Joseph gegenüber, *„le code Napoleon, la recherche de la paternité est interdite"*[2], doch war dies mehr ein Hieb gegen Ludmilla, die sie nicht leiden konnte, was diese ihr mit Zinseszinsen zurückzahlte.

In diesen unruhigen Apriltagen, da alles zum letzten Kampf gegen Napoleon rüstete, da die Sonne blasser erschien und das Gras weniger grün, entdeckte Victoire erstaunt, daß sie von allen Familienmitgliedern, Joseph nicht ausgenommen, am leichtesten die Gesellschaft des kleinen Franz ertrug. Der Knabe war wortkarg, lauschte nur höflich ihren leidenschaftlich ausgesprochenen Hoffnungen und Aengsten, gab sogar zu, daß der Korse ein großer Mann sei, weit größer als alle Monarchen, die ihn bekämpften. Bisweilen warf er in der pedantischen Art, die er Monsieur Venarius abgeguckt hatte, einige lateinische Brocken ins Gespräch, fragte, wenn Victoire von Napoleons gerechter Sache sprach: *„quid juris?"*[3] oder meinte trocken: „Wir werden sehen, *ut fata trahunt.*"[4]

Und noch in einem fanden sich die beiden: in der Bewunderung des Herrn von Beethoven[5]. Victoire spielte auf dem Klavier „Die Schlacht bei Vittoria" und den „Glorreichen Augenblick", die sie im vergangenen November vom Meister selbst dirigieren gehört hatte, und vergoß Tränen der Begeisterung. Der kleine Franz lauschte andächtig, wiegte den Engelskopf und summte ganz leise die Melodie mit. Einmal kam Grand'maman Inez zu diesem Privatkonzert. Sie schüttelte den Kopf.

„Es ist nicht recht", meinte sie, „vor den Menschen seine Seele zu entblößen. Sie sind es nicht wert. Verstehen es nicht. Das darf man nur vor Gott."

Und sie verlangte von Victoire das kleine alte Kinderlied: *„Frère Jacques, dormez-vous?"*[6]

„Das habe ich gern", erklärte sie. „Das ist die Frage, die Gott an alle Menschen richtet: Schlaft ihr? Und dann die Mahnung: *Sonnez les matines*, läutet zur Matutine[7]. Wacht auf. Der Tag ist da. Tut euere Arbeit."

Sie wiegte den weißen Kopf. *„Sonnez les matines"*, wiederholte sie. „Wären alle Seelen wach, die Welt sähe anders aus."

Sie lächelte Victoire zu.

„Du hast eine hübsche Stimme, meine Enkelin, frisch und jung."

Und Victoire errötete und sang noch einmal das kleine Kinderlied.

Sonst war sie um jene Zeit nicht in Gnade bei Grand'maman Inez. Die alte Dame hielt ihr lange Vorträge über das Thema: „Das Weib sei dem Manne untertan."

„Das hat der heilige Paulus gepredigt", sagte sie. „Und du wirst dich doch nicht für klüger halten als diesen heiligen Weisen."

Victoire unterdrückte ein Lächeln. Von *Madame Mère* ließ sie sich alles sagen, auch wenn sie nicht danach handelte.

Und dann kam der Tag, da Joseph sehr blaß, sehr erregt heimkam. In einer Woche mußte er zu seinem Regiment, und es war nur noch eine Frage der Zeit, wann dieses Regiment ausziehen würde, gegen den Usurpator, gegen den Korsen.

Wie sollte er es Victoire sagen, daß er gegen ihr Land, gegen ihren Kaiser kämpfen müsse?

Ihn tröstete keine kriegerische Begeisterung. Er haßte den Krieg. Aber er schuldete der Heimat Gehorsam, Opfer, Leib und Leben. Er konnte nicht anders.

Victoire erstarrte, als er ihr die Nachricht brachte. Ihr Gesicht wurde totenblaß, die veilchenblauen Augen wurden dunkel.

„Das wirst du nicht tun, das kannst du nicht tun."

„Ich muß, Victoire."

„Gegen mein Land, gegen ihn?!"

„Es fällt mir schwer genug, Liebste."

„Gegen Frankreich ...?"

„Gegen Napoleon."

„Du darfst es nicht."

„Ich muß", wiederholte Joseph müde.

„Wenn du das tust, dann ... dann bin ich nicht mehr deine Frau ... dann gehe ich fort von dir ... du ... du Feind ... du *Autrichien.*"

Joseph schwieg.

Victoire tobte, bis ihr der Atem ausging. Dann sank sie in einen Lehnstuhl und begann zu weinen. Das war noch ärger als ihr Zorn. Sie schlang die Arme um Josephs Hals, weinte, flehte, küßte ihn, stieß ihn dann wieder fort, zog ihn von neuem an sich, bettelte, schmeichelte.

„Sag nur ein Wort, Joseph, sag nur, daß du nicht gehst, daß du nicht gegen mein Vaterland kämpfen wirst. Dann ist alles gut. Ich werde dich lieben, werde dich glücklich machen, so glücklich, mein armer Joseph, wie du noch nie warst. Ich werde keine Launen mehr haben, werde dir in allem nachgeben. Werde gut sein. Sag nur ein Wort."

Und er konnte, durfte es nicht sagen.

Als sie endlich einsehen mußte, daß alles vergeblich war, stand sie auf. Sie weinte nicht mehr. Ihr schönes Gesicht war kalt und abwesend.

„Es ist gut", sagte sie. „Es ist alles gut. Ich habe mich an einen Feind verkauft. Ich bin deine Sklavin. Ich bitte dich nur um eines. Laß mich bis morgen allein. Ich kann dich jetzt nicht sehen. Geh."

Er wollte ihr die Hand küssen; sie zog sie zurück.

„Geh. Morgen sprechen wir weiter."

„Vergiß nicht, Victoire, daß ich aus dem Feldzug vielleicht nicht wiederkehre", bat Joseph.

Sie zuckte die Achseln.

„Du willst es ja selbst."

Sie ließ ihn ohne ein weiteres Wort gehen.

Joseph überlegte. Er hatte am Abend Dienst. Wem konnte er diese geliebte, unvernünftige Frau anvertrauen? Grand'maman Inez? Die war zu strenge, zu unerbittlich. Er durfte ja nicht vergessen, daß Victoire wirklich litt. Der Vater war bei Hofe, die Mutter ... ach nein, die beiden Frauen verstanden sich so schlecht. Sie würde bestimmt Victoire verletzen. Wie sehr fehlte ihm Antoinette mit ihrer stillen Güte.

Er schritt gedankenvoll durch den langen, hallenden Korridor. Es abendete bereits, der enge Steingang war dunkel und kühl. Vom oberen Stockwerk nahten leichte eilige Schritte. Josephs Gesicht erheiterte sich. Franzel, natürlich, daß er den vergessen hatte!

Er hielt den Bruder an, der an ihm vorüberhuschen wollte.

„Franzel, ich habe eine Bitte. Ich habe heute erfahren, daß ich zu meinem Regiment muß, daß wir in einigen Tagen ins Feld müssen ..."

Der kleine Franz pfiff. Das pflegte er stets zu tun, wenn ihn etwas bewegte; es war ungefähr die einzige Art, wodurch er ein Gefühl verriet, und nicht einmal Grand'maman Inez' strenge Rügen hatten vermocht, es ihm abzugewöhnen.

„Was sagt Victoire?" fragte er.

„Das kannst du dir doch denken, Franzel."

„Armer Joseph", sagte der kleine Franz etwas von oben herab.

„Arme Victoire."

„Das hätte sie sich früher überlegen müssen. Man heiratet mit dem Mann auch immer ein Land mit."

„Ich bitte dich, Franzel, red jetzt nicht gescheit. Hilf mir lieber."

„Was soll ich tun, Joseph?"

„Victoire soll nicht allein bleiben. Gott weiß, was für Gedanken ihr kommen könnten. Geh zu ihr. Sie mag dich. Rede ihr gut zu."

„Sie mag mich zwar nicht", entgegnete der kleine Franz gelassen, „aber sie weiß, daß ich nicht dumm bin, und das imponiert ihr, weil sie eine Frau ist."

„Also, ich kann mich auf dich verlassen, Franzel? Ich muß fort."

„Ja, ja, geh nur. Ich werde schon alles in Ordnung bringen."

Joseph ging mit schwerem Herzen. Der kleine Franz stieg noch einmal ins obere Stockwerk und klopfte bei Monsieur Venarius an.

„Wie lange", fragte er ernst, „wie lange braucht eine besonders unvernünftige Frau, um nach dem ersten Zorn Worten der Vernunft zugänglich zu werden?"

„Was geht das dich an, Franz?"

„Nichts. Nur so."

„Ich kann es dir nicht sagen. Habe, gelobt sei Gott, nie mit Frauen zu tun gehabt. Aber ich denke, ein bis zwei Stunden."

„Danke", sagte der kleine Franz.

„Und jetzt störe mich nicht. Ich habe ein Kompendium zu beenden. Gute Nacht."

„Gute Nacht, Monsieur Venarius."

Der kleine Franzel wartete geduldig zwei Stunden. Dann schlich er zu Victoires Schlafzimmer. Er hörte sie hastig umhergehen. Hörte, wie sie Schubfächer öffnete und schloß. Er trat ein, ohne zu klopfen.

Victoire kniete vor einem wuchtigen Koffer und legte sorgsam, selbst in Augenblicken der Erregung verlor sie nicht ihren Ordnungssinn, Kleidungsstücke hinein.

„Du packst?" fragte der Knabe ruhig.

Victoire schrak zusammen. Als sie jedoch sah, daß es nur der kleine Franz war, beruhigte sie sich.

„Was willst du? Ja, ich packe."

„Du willst fort?"

„Ja."

„Wohin?"

„Nach Hause, nach Frankreich."

Der kleine Franz setzte sich gelassen auf einen *pouf*[8] und blickte Victoire mitleidig an.

„Ich glaube nicht, daß du durchkommst, Victoire. Du wirst von den Soldaten festgenommen werden. Vielleicht erschießen sie dich auch als Spionin."

Er bückte sich, hob ein Paar Strümpfe auf, das neben den Koffer gefallen war, reichte es Victoire und wiederholte ruhig:

„Ja, es ist sehr wahrscheinlich, daß du als Spionin erschossen wirst."

Victoire sah ihn betroffen an.

„Ich kann aber nicht hier bleiben, Franz."

„Warum?"

„Das verstehst du nicht. Du bist zu klein. Ich kann es dir nicht erklären. Joseph wird gegen mein Vaterland kämpfen. Ich kann ihn nicht sehen, kann nicht mehr mit ihm bleiben ... Aber das verstehst du nicht ..."

„Joseph", meinte der kleine Franz seelenruhig, „ist bestimmt ebenso traurig wie du. Aber auch er hat eine Heimat, nicht nur du, Victoire."

„Was soll ich tun?" rief Victoire, plötzlich die Fassung verlierend. „Ich kann nicht hier bleiben, in dieser Stadt, die seine Feindin ist. Die jammern wird, wenn er siegt, und triumphieren, wenn er geschlagen wird. Ich muß fort. Franzel, ich muß!"

Der kleine Franz überlegte. Er kannte Victoire besser, als Joseph sie kannte. Er wußte, daß nichts sie von ihrem Entschluß abbringen würde.

„Ich werde dich begleiten", erklärte er. „Du bist eine schöne Frau. Du kannst nicht allein reisen. Ich fahre mit."

„Du bist ja verrückt, Franz. Wie kann ich dich nach Frankreich mitnehmen?"

„Ich werde dich mitnehmen, und nicht nach Frankreich."
Victoire lachte zornig.
„Du dummes Kind."
„Hast du schon einen Platz in der Postkutsche, Victoire?"
„Nein, daran hatte ich gar nicht gedacht."
„Siehst du", triumphierte der kleine Franz. „Du weißt bestimmt auch nicht, wann Postkutschen fahren. Aber ich weiß es. In zwei Stunden fährt eine fort. Aber nicht nach Frankreich, sondern nach Böhmen. Mit der werden wir fahren. Nach Wohan."
„Ich will nicht nach Wohan."
„Entweder du fährst mit mir nach Wohan, oder ich rufe Grand'maman Inez und sage ihr alles, und du mußt hier bleiben."
Eines hatte Victoire in ihrer kurzen Ehe über die Familie Herdegen bereits erfahren: Es gab zwei Mitglieder, deren Willen nicht zu brechen war, Grand'maman Inez und den kleinen Franz. Sie machte noch allerlei Einwände, versuchte, sich zu wehren, und verließ dann doch, eine Stunde später, mit Franz über die Domestikentreppe das Haus.
Zum zweitenmal floh eine Herdegen, aber diesmal begleitet von einem unschuldigen, wahrhaft ritterlichen kleinen Kavalier, der ihr das Marocaintäschchen[9] trug – „den Koffer lassen wir nachkommen, der macht zuviel Umstände", hatte Franz erklärt –, der sie sorgsam in eine Decke einhüllte, denn die Nächte waren noch kühl, und mit dem Postillion verhandelte.
Als es elf schlug, setzte die Kutsche sich ratternd und schüttelnd in Bewegung. Der kleine Franz seufzte erleichtert auf. Victoire zog den Schleier tiefer über das Gesicht. Die Lichter der Stadt blieben zurück. Die Kutsche rollte auf der unebenen Landstraße dahin.
Der kleine Franz holte aus einem Korb Obst und Brot hervor und begann zu essen. Er bot auch Victoire davon an. Sie schüttelte stumm den Kopf. Der Knabe bemerkte, daß hinter dem Schleier große Tränen über ihr Gesicht rannen.
Er staunte bei sich: Weshalb weint sie? Sie wollte doch fort? Und jetzt will sie wieder nicht? Wahrlich, Monsieur Venarius hat recht: Der liebe Gott hat, soweit wir es feststellen können, nur drei mit Vernunft begabte Frauen geschaffen, Katharina von Rußland[10], Maria Theresia und Grand'maman Inez.
Dann griff er nach Victoires Hand. Frauen, hatte Monsieur Venarius gesagt, sind wie Kinder, sie wollen liebkost werden. Victoires Finger klammerten sich an die kleine, von Obst beschmierte Kinderhand, als wollte sie sie nie mehr loslassen. Und nach einer Weile schliefen beide ein.

***

Joseph fand, als er müde und verzagt heimkehrte, in der Halle einen Brief mit Franzens großer, bereits charakteristischer Handschrift.
„Mein werter Bruder, deine Frau ist leider verrückt. Sie wollte nach Frankreich fliehen. Doch gelang es mir, ihr dies auszureden. Da wir beide der Ansicht waren,

es wäre besser, wenn Victoire, so lange der Krieg währt, nicht in Wien weile, bringe ich sie nach Wohan. Sorge dich nicht um sie. Ich werde sie behüten und beschützen.

Dein getreuer Bruder Franz Herdegen.

PS. Teile Grand'maman Inez mit, daß mir nichts anderes zu tun übrig blieb. Die Familie würde einen zweiten Skandal schwer ertragen. Dem Vater sage, daß ich aus seinem Schreibtisch zehn Taler genommen habe, für die Reise."

Joseph mußte trotz allem Kummer und aller Sorge über das Billett lachen. So hatte er sich die Sache nicht vorgestellt. Aber vielleicht war diese unschuldige Entführung wirklich das einzig Mögliche, das einzig Richtige gewesen. Der Vater, der bald darauf heimkam und davon erfuhr, war dieser Ansicht. Ludmilla weinte natürlich und jammerte, sie habe ja nie in diese Heirat einwilligen wollen, das käme davon, wenn man eine Fremde eheliche, und ihr armer Franz, dieses hilflose Kind, das jetzt mit dieser törichten Frau allein und verlassen in der Postkutsche dahinfahre, allen Gefahren der Landstraße ausgesetzt ...

Grand'maman Inez hob die Hand.

„Liebe Schwiegertochter, ich glaube fest, daß Franz von allen Ihren Kindern das am wenigsten hilflose ist. Er hat einen praktischen Verstand, wie man ihn bei den Herdegens und auch in Ihrer Familie nirgends findet. Beruhigen Sie sich."

„Ich bin froh, verehrte Maman, daß Sie den Kindern nicht zürnen", meinte Carl Herdegen erleichtert.

„Es hat wenig Sinn, Franz zu zürnen. Wenn er etwas für richtig hält, sieht er nicht ein, daß man ihm deshalb böse sein könnte. Und Victoire ... Sie ist ein Kind, ist von den beiden das größere Kind. Joseph wird gut daran tun, sie, wenn er wieder mit ihr beisammen ist, strenger zu behandeln. Es tut nicht gut, wenn eine Frau regieren will."

Trotz ihrer scheinbaren Gelassenheit war Grand'maman Inez dennoch froh, als einige Tage später ein Bote aus Wohan eintraf, der die Nachricht von der glücklichen Ankunft der beiden brachte. Und noch eine andere Nachricht:

„Wir kamen eben zurecht", schrieb der kleine Franz in dem diesmal an Grand'maman Inez gerichteten Brief, „um den jüngsten Herdegen zu begrüßen. Er hat ein rotes runzeliges Gesicht und sieht wie ein Affe aus. Sein Haar ist braun, wie Stanis, seine Augen sind blau. Er schreit ununterbrochen. Stani ist sehr stolz auf ihn, warum, ist mir unbegreiflich. Auch die braune Stute hat ein Fohlen bekommen. Ich bitte die hochverehrte Grand'maman Inez, mir eine baldige Rückkehr nach Wien zu gestatten, da das Geschrei des Kindes, es soll nach dem hochseligen Grand'papa Ferdinand genannt werden, unerträglich und jeglichem Studium höchst unbekömmlich ist. Ganz Wohan küßt der hochverehrten gnädigen Frau Gräfin die Hand, und auch ich küsse in Verehrung die Hände der hochverehrten Grand'maman Inez und der lieben Eltern und verbleibe Ihr ergebener, dankbarer Enkel.

Franz Herdegen."

***

Die Ankunft des jüngsten Herdegen in dieser von Unruhe erfüllten Welt wurde von der Familie mit geteilten Gefühlen aufgenommen. Carl Herdegen empfand eine leise Freude, in die sich auch Wehmut mischte. Nun ist er Großvater geworden, gewissermaßen schon ein Ahnherr; was hat er dem winzigen Leben, das nun in Wohan die ersten Atemzüge tut, zu hinterlassen? Carl Herdegen dachte nicht an Vermögen und Besitztümer, er dachte – echt Carl, hätte Ludmilla ungeduldig gemeint, würde sie seine Gedanken gekannt haben – an andere Güter, ungreifbare: einen guten Namen, ein ehrenhaftes, dem Wohle anderer gewidmetes Leben. Er dachte an den eigenen Vater, der so jung im Bayrischen Erbfolgekrieg gefallen war. Von ihm wußte er nur, daß er wegen seiner Tapferkeit berühmt und wegen seiner Güte im ganzen Regiment beliebt gewesen war. Nicht gerade viel, aber vielleicht genug für ein so jung erloschenes Leben. Woran wird der Enkel, der kleine Ferdinand, denken, wenn er sich einst des Großvaters erinnert? Carl Herdegen senkte in Demut das Haupt. Er hatte der Heimat treu gedient, mit allen seinen Fähigkeiten, nach bestem Wissen und Gewissen. Er hatte viel für sie erreicht auf seinem letzten Posten in London, er war nie neidisch gewesen auf andere, die mit geringerer Mühe weiter gekommen waren. Er war Maman Inez immer ein guter Sohn und Ludmilla ein guter, ein nachsichtiger, alles verzeihender Gatte. Und für die Kinder? Ja, bei den Kindern hat er versagt. Nicht aus Mangel an Liebe, aber aus Mangel an Mut. Er wollte nicht eingreifen in ihre jungen Leben, wünschte, daß sie sich frei entfalten und entwickeln könnten, hat sie nur immer gleichsam aus der Ferne beobachtet. Und das Ergebnis: Joseph, sein Aeltester, geht einen guten Weg, doch hätte er ihn auch ohne den Vater gefunden. Toinette, er empfand von neuem das schmerzliche Schuldgefühl, das ihn seit ihrer Heirat immer überkam, wenn er an diese Tochter dachte, Toinette in der Fremde, die Frau eines um so viel älteren, so andersgearteten Mannes ... An Marie Christine wagte er überhaupt nicht zu denken. Und Stani ... Aber Stani ist ja nicht mehr nur sein Sohn, ist bereits selbst Vater, muß selbst für ein Kind Autorität und ernste Güte bedeuten, Stani, dieses Kind ... Ja, dachte Carl Herdegen traurig, ich habe den Kindern gegenüber nicht meine Pflicht erfüllt. Ich muß sie mit doppeltem Eifer dem Enkel gegenüber erfüllen. Dem Enkel, aber auch dem kleinen Franz, der ... der nicht ... Er verscheuchte den quälenden Gedanken und das Bild des englischen Freundes, der bereits seit Jahren seinen Blicken entschwunden war.

Ludmilla sagte gereizt:

„Das sieht dieser Bozena, diesem Bauernmädchen ähnlich. Natürlich ein Sohn. Hätte sie nicht ebenso gut eine Tochter haben können? Der erste Herdegen der neuen Generation hat ein Bauernmädchen zur Mutter ...“

Grand'maman Inez blickte die Schwiegertochter streng an. Sie war doppelt böse auf sie, weil ja sie selbst, Grand'maman Inez, einmal diesen sündigen, überheblichen Gedanken gehegt hatte. Damals, in der Kapelle, als sie Gott ihr großes Opfer, das ja eigentlich Stanislas' Opfer gewesen, auf den Altar gelegt hatte. Nun, da eine andere die Worte aussprach, sah sie erst, wie häßlich, wie kleinlich und gemein diese Sünde war.

„Ich danke Gott", sagte sie hart, „daß mein erster Enkel wirklich der Sohn seines Vaters und einer gesunden, guten und braven Mutter ist. Der kleine Ferdinand ist mir herzlich willkommen. Gott segne und schütze ihn und seine lieben Eltern."

Zu Monsieur Venarius sprach sie später, als die beiden allein waren: „Sagen Sie mir, werter alter Freund, wie ist es möglich, daß ein Mensch, der seit Generationen auf adelige Vorfahren zurückblicken darf, ebenso vulgär und gemein ist wie irgendein schlichter Mensch aus dem Volke?"

Monsieur Venarius lächelte. Er teilte nicht Grand'maman Inez' unerschütterlichen Glauben an die adeligen Vorfahren. Er kannte alte Schweizer Bauern, die es an Vornehmheit der Seele, ja, und auch der Manieren, mit jedem Edelmann aufnahmen.

Auf Grand'maman Inez' Gesicht erschien ein blasser Widerschein des Lächelns. „Sie sind doch ein Jakobiner, mein guter Venarius. Leugnen Sie es nicht."

Dann blickte sie ihn an und fragte heiter:

„Ist Ihnen schon eingefallen, mein alter Freund, daß ich jetzt Urgroßmutter bin? Eigentlich ist das ganz drollig. Ich fühle mich nicht im geringsten so alt wie eine Urgroßmutter."

Ihr Blick suchte den Spiegel an der Wand und vertiefte sich in ihr eigenes Bild. Monsieur Venarius lächelte abermals, diesmal fast gerührt.

Grand'maman Inez wandte die Augen ihm zu und erhaschte das Lächeln.

Sie hob leicht den Fächer; auf ihrem alten Gesicht erschien ein beinahe schelmischer Ausdruck.

„Ja, mein guter Venarius, vor Gott sind alle Menschen und vor dem Spiegel alle Frauen, von sieben bis zu hundert Jahren, gleich. Ich wollte eben feststellen, ob der kleine Ferdinand in meinem alten Gesicht noch einen letzten Rest der Schönheit sehen wird, die sein seliger Urgroßvater so sehr geliebt hat, als er mich heimgeführt."

„Gewiß, sehr verehrte liebe Gönnerin", sagte der alte Schweizer mit warmer Stimme. „Er wird in Ihrem uns allen so lieben Gesicht die Güte sehen und die Treue, die Sie Ihr Lebtag Ihrem lieben Herrgott gehalten haben."

„Auch in dem Ihren, mein Venarius, auch in dem Ihren. Bereiten Sie sich, mein werter alter Freund, dem ich soviel Dank schulde, für Ihren jüngsten Schüler vor. Erinnern Sie sich noch, wie Sie Joseph und meinem seligen Sohn Aloisius die Buchstaben beigebracht haben? Erinnern Sie sich ..."

Und in dem dämmrigen Zimmer wurden vergangene Jahre wieder zum Leben erweckt, lange Sommer und Wintertage in Wohan, da ein junger Herr Venarius einer jungen Grand'maman Inez, die damals noch keine Grand'maman war, zusammen mit ihren Söhnen, alte und neue Weisheiten beibrachte und die älteste Schülerin noch viel eifriger lernte als die beiden Knaben. Die Zauberworte alter Leute: „Erinnern Sie sich?" ließen die angstvolle Gegenwart versinken, und eine sanfte, besonnte Vergangenheit leuchtete auf, in der Blumen blühten und die großen Bäume rauschten, die Fontäne vor dem Haus plätscherte und die Welt jung war, jung wie die beiden Menschen es gewesen, die nun, mit der unbewußten

Bangigkeit des Alters, vor Tod und Einsamkeit, zurückflohen, zum Wohan jener Jahre, zu ihrer fernen Jugend, zu dem, was nicht wiederkehren würde.

***

Stanislas freute sich über den Besuch des kleinen Franz und der unbekannten Schwägerin. Die entsetzlichen Stunden, da Bozenas wildes, nicht mehr menschliches Schreien durch das alte Haus gegellt, hatten ihn zutiefst erschreckt und erschüttert. Er hatte sich, zum wievielten Male?, geschworen, diese arme liebe Frau, die so entsetzlich litt, glücklich zu machen, ihr ein guter Gatte zu sein. Und als der Schatten des Todes für einige Stunden Wohan in seiner schimmernden Frühlingsseligkeit verdunkelte und sowohl die kluge Frau als auch der Arzt aus der Nachbarstadt ernste Gesichter machten, büßte Stanislas viele seiner Sünden ab. Grand'maman Inez wäre mit dem blassen erschrockenen Enkel zufrieden gewesen, der in der Kapelle vor dem Bilde der Madonna kniete, und sie, die ja auch das Leid dieser schweren Stunde kannte, anflehte, seiner armen, seiner lieben Bozena zu helfen.

Nun jedoch war das Kind da, richtig ein Bub, wie sie beide es ja immer gewußt hatten, ein richtiger kleiner Herdegen, bis auf die blauen Augen, die er von der Mutter hatte, mit einem winzigen leicht gebogenen Näschen, mit einem trotzigen kleinen Mund. Stanislas freute sich. Aber immer nur das Kind, immer nur auf den Zehenspitzen gehen, denn Bozena erholte sich langsam, immer nur Rücksicht ... das wurde auf die Dauer langweilig.

Freilich war die Schwägerin auch nicht unterhaltend. Sie spazierte stundenlang allein auf dem Gut umher, freundete sich mit Monsieur de Venelles an, mit dem sie Französisch sprach, war bei Tisch mürrisch und unfreundlich, erlaubte nicht, daß Josephs Name erwähnt werde. Aber sie war jung, gesund, kräftig, auf sie brauchte man keine Rücksicht zu nehmen, und in den wenigen Stunden, da ihre schlechte Laune, bezwungen vom Frühling, von dem Blühen und Grünen, verschwand, war sie wie die Frauen, die Stanislas in Wien gekannt hatte, heiter, geistreich, verspielt. Vor allem verspielt. Wie wohltuend war diese spielerische Laune, gemessen an Bozenas Ernst, an der Wichtigkeit, die sie allen Dingen beimaß. Victoires leises Lachen nahm allem die Schwere, die bedrückende Last, und Stanislas haßte nichts so sehr, wie wenn ihn der Ernst der Dinge zur Erde drückte. In Victoire fand er, in ihren guten Stunden, den Spielgefährten, der doppelt anziehend wirkte, weil er eine schöne Frau war.

Der kleine Franz erwies sich als weniger bequemer Gast. Er stritt ununterbrochen mit der Kinderfrau und dem Arzt, der, Bozenas Kränklichkeit wegen, länger in Wohan weilte. Kein Mensch wußte, woher der Knabe die seltsamen medizinischen Ansichten hatte, die er mit Heftigkeit und Zähigkeit verfocht.

„Das arme Kind", wie die Kinderfrau jammernd sagte, mußte an sonnigen Tagen nackt in der frischen Luft liegen. Mochten sie es noch so gut einfatschen[11], in Windeln wickeln, vor jedem Lüftchen behüten, der kleine Franz erspähte stets die richtige Gelegenheit, schlich sich wie ein Indianer an das Kind heran, wickelte es aus und ließ auf die winzigen nackten Glieder die Sonne scheinen.

„Das junge Tier", erklärte er in Monsieur Venarius' pedantischem Tonfall, „wird von der Mutter immer in die Sonne gelegt. Deshalb muß auch der junge Mensch sich von ihr bescheinen lassen. Luft, Sonne und Wasser sind das einzig Richtige."
Er war nach einiger Zeit wie vernarrt in das Kind, das heißt, weniger in das Kind, als in seine eigenen hygienischen Ansichten. Er nahm den Säugling aus der Wiege. „Davon wird er dumm", erklärte er. „Kleine Tiere werden auch nicht gewiegt."
Der kleine Ferdinand gedieh trotz, oder vielleicht wegen der seltsamen Marotten seines jungen Onkels besonders gut. Er wurde rund und braun, und die Erwachsenen bemerkten staunend, daß er, wenn Franzel zu ihm kam, zu schreien aufhörte.
Bei Bozena freilich bewirkten die medizinischen Versuche des kleinen Franz nichts. Sie wollte und wollte nicht genesen. Sie war so müde, so entsetzlich müde, daß jede Bewegung ihr einen körperlichen Schmerz verursachte. Sie kannte nur einen Wunsch: ganz still liegen und durch das Fenster ins Grüne blicken, stumm, reglos, als ob sie schon gestorben wäre.
Sie hörte aus dem Garten Stanislas' und Victoires Stimmen, heiter oder streitend, und ihr blasses Gesicht wurde noch blasser. Sie fühlte sich so entsetzlich überflüssig, und als es sich erwies, daß sie nicht imstande war, den kleinen Ferdinand zu stillen und er eine Amme bekam, hatte sie das Gefühl ihrer letzten Daseinsberechtigung verloren. Was verband sie mit den Menschen, von denen sie umgeben war? Mit diesen lachenden, verspielten, ahnungslosen Menschen? Was hatte sie mit ihnen gemein? Aber was hatte sie auch mit dem guten schwerfälligen Vater gemein, der wie ein knorriger Baum in ihrem Zimmer stand und in langen Zwischenräumen wiederholte:
„Schau nur zu, daß du gesund wirst, Bozi. Gesundheit ist das höchste Gut. Schau nur zu, daß du gesund wirst."
Oder mit der eifrig schwätzenden Mutter, die in Ausrufe des Entzückens ausbrach, wenn sie die spinnwebezarte Layette[12] des kleinen Ferdinand ansah, die, mit abgearbeiteten, rauhen Fingern, das feine Leinen der Laken betastete und vergnügt die guten Speisen aß, die Bozena müde und angeekelt von sich schob?
Bozena lebte in einem leeren Raum. Sie gehörte nicht mehr zu den Eltern, gehörte aber auch nicht wirklich zu den Herdegens. Und die Luft ging ihr aus.
Der kleine Franz war der einzige, der es merkte. Stanislas nahm an, daß dies nach jeder Geburt so sein müsse. Victoire war viel zu sehr mit den eigenen Angelegenheiten, mit Joseph, der nun schon bei seinem Regiment war, mit dem Krieg gegen ihren *empereur* beschäftigt, um sich um eine andere Frau zu kümmern. Der kleine Franz jedoch stellte fest, daß seine Bozi mit jedem Tag blasser und magerer wurde und daß ihr keine der Medizinen des Arztes und nicht einmal die seine, Sonne und frische Luft, halfen.
Er stellte sie zur Rede:
„Warum willst du nicht gesund werden, Bozi?"
Sie hob die müden Augen und blickte ihn verzagt an:
„Wozu, Franzel? Niemand braucht mich."

„Du mußt dich zusammennehmen, Bozi. Denk an den kleinen Ferdinand.“

„Der kleine Ferdinand ist ein reiches Kind. Reiche Kinder brauchen keine Mutter.“

„Dann denk an Stani.“

Das blasse Gesicht in den weißen Kissen verzerrte sich.

„Ich denk an Stani. Eben deshalb ...“

In Gefühlssachen kannte der kleine Franz sich nicht aus. Er ahnte nur unklar, daß Bozena sterben wolle und daß daran sein Bruder Stanislas die Schuld trüge. Oder vielleicht nicht Stani allein? Darf man Menschen ebenso wenig verpflanzen wie Blumen, wenn sie bereits blühen? Kann man sie nur als ganz kleine Pflänzchen in eine andere Erde setzen?

Der kleine Franz war von der eigenen Weisheit überzeugt, aber gerade, weil er wirklich klug war, kannte er auch deren Grenzen. Und hier stieß er gegen eine. Da gab es nur einen Menschen, der helfen konnte. Nicht der Vater, der war zu weich, nicht Maman, die war zu egoistisch. Und Toinette, die wahrscheinlich Bozena verstanden und für sie die richtigen Worte gefunden hätte, war in Preußen, bei diesem gräßlichen preußischen Grafen. Aber eine gab es, eine, die hart war wie Stein, klug wie sonst keine Frau und ... ja, und gut, wie die Mutter Natur selbst: Grand'maman Inez.

Der kleine Franz überlegte es sich drei Tage. Er war nicht impulsiv wie die Geschwister. Dann setzte er sich hin und schrieb an Grand'maman Inez. Der Brief wurde lang und war eine schwere Arbeit. Wußte doch der kleine Franz nicht Bescheid über das, was er in seinem Schreiben „die komischen Gefühle der Frauenspersonen“ nannte. Die Folgen dieser „komischen, für einen vernünftigen Mann unergründlichen Gefühle“ aber beschrieb er mit der Genauigkeit und Präzision eines Mediziners.

Grand'maman Inez las den Brief. Sie las ihn einige Male, schüttelte den Kopf, ließ Monsieur Venarius rufen.

„Wenn es Ihnen recht ist, lieber Venarius, so fahren wir beide morgen nach Wohan“, sagte sie lakonisch.

„Wie Frau Gräfin befehlen.“

Der alte Präzeptor hatte es sich abgewöhnt, über Grand'maman Inez' plötzliche Beschlüsse zu staunen.

Auch die Familie fragte nicht viel. Sie wußte, daß Grand'maman Inez dies nicht liebte.

Zwei Tage später, der Mai war bereits ins Land gekommen, fuhren Grand'maman Inez und Monsieur Venarius, gezogen von den ungarischen Braunen, durch das Stadttor, das auf die Landstraße nach Böhmen führte.

IX.

Grand'maman Inez ging mit einem seltsamen Gesichtsausdruck durch die hallenden Steinkorridore von Wohan. Sie blieb immer wieder stehen, betrachtete eine Wand, an der der Stein abbröckelte, betrachtete die Ahnenbilder, deren Goldrahmen verblaßten. Stand auch lange in der alten Lindenallee vor dem Schloß und blickte hinüber zu dem Bau, der in dem hellen frühsommerlichen Licht grau und fast trübselig anmutete.

Der Gedanke, den sie mit der gewohnten Energie zu verscheuchen bemüht war, kam immer wieder, wie im Herbst die Fledermäuse, die das alte Gemäuer umflatterten: Wohan wird alt.

Freilich war Wohan, da Grand'maman Inez als junge Frau hier ihren Einzug gehalten hatte, bereits über zweihundert Jahre alt gewesen, doch hatte sie dies nie gemerkt. Jetzt jedoch empfand sie plötzlich das Gefühl, das alte Haus, das Kinder und Enkel mit ihrer Jugend erfüllt hatten, verwelke, werde schwach und hinfällig. Hier und dort mußte ein Balken gestützt, mußte das schadhafte Dach repariert, mußte eine abgebrochene Stufe der Freitreppe ersetzt werden. Grand'maman Inez, die so oft und so gewissenhaft über die Vergänglichkeit alles Irdischen meditierte, erschrak fast. Wohan wird alt, und sie selbst ... Vor einem Monat hatte sie ihren einundsiebzigsten Geburtstag gefeiert, aber er hatte ihr nicht mehr Eindruck gemacht als ihr einunddreißigster. Nun wurde sie mit einem Mal von der großen Zahl der Jahre geängstigt, die hinter ihr lagen. Und mehr noch, von der kleinen, die noch vor ihr liegen mochte. Nicht etwa, daß sie den Tod fürchtete. Er bedeutete für sie eine unangenehme Spanne Zeit im Fegefeuer, und dann die ewige Seligkeit. Aber sie hatte noch nicht alles in Ordnung gebracht, sie durfte noch nicht sterben. Carl wäre ohne sie verloren. Und auch Joseph und auch Stanislas und dessen Frau. Ja, dessen Frau ... Grand'maman Inez runzelte die hohe Stirn und fächelte sich ungeduldig Luft zu. An Bozena merkte sie, daß sie alt wurde. Früher hatte ein Wort von ihr genügt, um Kinder und Enkel zur Vernunft zu bringen, jetzt ... Wie viele Worte hatte sie bereits an diese junge blasse magere Frau vergeudet, die nicht länger leben wollte.

Bozena glaubte selbstverständlich, daß niemand auf der Welt, auch Grand'maman Inez nicht, sie verstehen könne. Daß niemand die ungeheure Last der Traurigkeit begreife, die sie zu Boden drückte und zu müde zum Leben machte. Bozena wußte, daß das Gesinde, angeführt von Frau Widowek, heimlich tuschelte und über das Bauernmädchen lachte, das sich mehr zierte als jede hochgeborene Frau. Sie wußte auch, daß Stanislas sich darüber den Kopf zerbrach, was er ihr eigentlich antue; er war ja jetzt immer zärtlich, geduldig, liebevoll. Saß lange Stunden neben ihrem Bett, verbarg heldenhaft die Langeweile, die ihn bisweilen in ihrer Gesellschaft überkam. Victoire begriff überhaupt nicht, was andere anging, und Franzel, der war ja noch ein Kind, obgleich er so klug zu reden wußte, daß man bisweilen glaubte, er verstehe einen.

Bozena war erschrocken, als der Wagen mit Grand'maman Inez und Monsieur Venarius vor dem Schloß haltgemacht hatte. Die Taufpatin würde keine Geduld mit ihr haben. Und war das eigentlich nicht verständlich? Hatte sie, Bozena, nicht alles, was eine Frau sich wünschen konnte? Reichtum, einen schönen jungen Mann, ein Kind? Wie sollte sie Grand'maman Inez die grenzenlose Verlorenheit erklären, das Gefühl, sie sei mutterseelenallein in einer wildfremden Welt?

Grand'maman Inez fragte nicht viel. Sie setzte sich kerzengerade in den Lehnstuhl neben Bozenas Bett, betrachtete die junge Frau, schüttelte den Kopf und sagte trocken, als handle es sich um das Natürlichste der Welt:

„Also, du willst sterben, Bozena?"

Sie redete nicht von den Mutter- und Gattenpflichten, die Bozena auf dieser Erde festhalten müßten, sprach nicht von Undankbarkeit, nicht von dem, was Bozena der Familie schulde. Sie meinte nur ebenso trocken und gelassen:

„Schade, ich hätte nie gedacht, daß du feig bist. Das ist kein gutes Erbteil für meinen Enkel."

Und dann redete sie von gleichgültigen Dingen.

Das war am ersten Tag gewesen. Seither waren viele lange Tage verflossen. Bozena war noch immer nicht genesen, Grand'maman Inez weilte noch immer in Wohan. Monsieur Venarius sah mit Sorge, daß Grand'maman Inez noch magerer und noch blasser wurde. Er war vielleicht der einzige, der wußte, welche Sorge sie sich um Bozena machte. War vielleicht der einzige, der erfaßt hatte, daß die harte alte Frau eine große verstehende, mitleidige Liebe zu der jungen gefaßt, die zu dieser Ehe gezwungen worden war.

„Es ist ein Kampf", sagte er wehmütig zu seinem guten Freund, Monsieur de Venelles. „Ein ununterbrochener Kampf zwischen den beiden Frauen. Wenn Madame Bozena wüßte, wie sehr sich die alte Frau grämt, sie würde sich Mühe geben, gesund zu werden."

Monsieur de Venelles nickte zerstreut. Er hatte augenblicklich andere Gedanken im Kopf als Bozena Herdegens Kummer und Grand'maman Inez' Sorgen.

Europa rüstete gegen Frankreich. Europa hatte bereits gerüstet. Nun konnten jeden Tag die feindlichen Heere aufeinanderprallen.[1] Monsieur de Venelles ritt fast täglich in die Nachbarstadt, hoffend, dort neue Nachrichten zu erhalten. Es war ein weiter Ritt, er kehrte spät heim. Nicht nur wegen der Entfernung, sondern auch, weil er auf dem Rückweg den alten Schimmel im Schritt gehen ließ, versunken in schmerzliche und aufregende Gedanken. Bisweilen, an einem Kreuzweg, hielt er das Pferd an. Wie, wenn er jetzt die andere Straße einschlüge, nicht nach Wohan zurückkehrte, weiterritte, immer weiter, bis er ein französisches Regiment träfe, sich ihm anschlösse, mitkämpfte ... kämpfte, wofür, für wen, wogegen, gegen wen? Für das Vaterland, aber war Napoleon das Vaterland? War dieser wahnwitzige Heros der Schlachten das stille, geduldige, fleißige, friedliche Frankreich, das er gekannt hatte? Vor dem großen Sturm. Würde diesem Land, diesen Menschen ein Sieg zum Segen gereichen? Monsieur de Venelles wußte es nicht, er schüttelte wehmütig und zweifelnd den Kopf und streichelte zerstreut den Hals seines Pferdes ... er ist ein Franzose, und lebt hier ... im Feindesland ... Feindesland ... auch das stimmte nicht. Das Land, die Menschen hatten ihn, den Flüchtling, gütig

aufgenommen, hatten ihm eine zweite Heimat geschenkt – sollte er nun gegen diese kämpfen?
Auf einem ratternden kleinen Karren kam ein alter Bauer vorübergefahren und grüßte den Verwalter von Wohan. Der „Monsieur“, wie er in der Gegend genannt wurde, war sehr beliebt. Er übervorteilte keinen, und er verstand sich auf seine Arbeit. Monsieur de Venelles grüßte zurück. Wenn ich weiterritte, dachte er, würde ich vielleicht gegen den Sohn dieses braven Alten kämpfen. Würde ich ... Er zog leicht am Zügel, und das Pferd verfiel in einen langsamen Trab. Aus der Ferne dunkelte grau Wohan herüber. Im Tal floß die March, angeschwollen von dem gestrigen Gewitter, rauschend dahin. Und auf der großen Ebene dehnten sich, der Ernte entgegenreifend, die Felder.
Monsieur de Venelles seufzte. Nein, er kann nicht einem Manne dienen, der so viele Felder zerstampft, so viele Ernten vernichtet hat, die eigenen und die fremden. Und dennoch ...
Nachts lag er lange wach. Frankreich rief ihn, und Oesterreich hielt ihn fest. Er liebte sie beide. Der Wind in den alten großen Bäumen vor seinem Fenster brauste wie das Meer an der normannischen Küste, und die Felder, an denen er vorübergeritten war, glichen den Feldern auf Frankreichs Boden. Und die Menschen ... Mein Gott, waren denn die Menschen nicht überall gleich? Gut und böse, tapfer und feig, und oft, sehr oft, beides zusammen.
Die Nächte erschienen ihm lange, obgleich die Unruhe ihn beim ersten Morgengrauen hinaustrieb. Die Knechte und Mägde blickten ihn mitleidig an: „Der Monsieur schaut schlecht aus. Nur noch Haut und Knochen. Er arbeitet zu viel“, meinten die Männer, und die Frauen sagten: „Er hat Heimweh. Er müßt eine Frau haben.“
Bisweilen traf er auf seinen frühen Rundgängen Victoire, die ebenfalls nicht schlafen konnte. Auch sie wartete fiebernd auf Nachrichten, aber sie kannte keine quälenden Zweifel: Sie empfand nur eine Sehnsucht, nur einen Wunsch: den Sieg Napoleons. Sie glaubte daran, er mußte ja siegen, konnte ja nicht geschlagen werden. Aber wann würde es sein – wann?
An Joseph, der mit seinem Regiment in der Nähe von Charleroi[2] war, dachte sie nie. Wie belanglos war er, waren alle Menschen hier im Vergleich mit dem *empereur*. Sie dachte auch nicht an Frankreich, Frankreich war für sie nur der Rahmen, nur der Hintergrund des großen Mannes. Sie träumte von den Siegen Napoleons, die sie, noch ein halbes Kind, in Paris mitgefeiert hatte. Sie hörte in der Stille der Wälder von Wohan die Glocken von Notre-Dame, die einen neuen Sieg einläuteten.
Grand'maman Inez kümmerte sich wenig um sie. Sie hatte ihr keine Vorwürfe über ihre Flucht nach Wohan gemacht, hatte ihr kühl Grüße von Joseph und Carl Herdegen überbracht, hatte gemeint, die Landluft tue ihr gut, sie sehe besser aus als in der Stadt. Victoires aufrührerische Gedanken und Gefühle ignorierte sie völlig. Nur einmal, als Victoire ihr, statt des gewohnten *Madame Mère*, nur Madame sagte, lächelte sie und sagte mit einer unerwarteten Güte, die Victoire Tränen in die Augen trieb:

„Ich verstehe, mein Kind, daß du mir jetzt nicht mehr unseren alten Namen gibst. Aber glaube mir, ich denke oft an die wirkliche *Madame Mère*, und ich beklage sie und bete für sie in ihrer Seelennot."

Franz, der die Worte gehört hatte, schüttelte bekümmert den Kopf und meinte später zu Monsieur Venarius:

„Grand'maman Inez wird alt. Ich bin über ihre Geduld erschrocken. Sie wird doch nicht sterben?"

Der alte Präzeptor sah Franz an:

„Was fällt dir ein! Wie kann man nur so dumm daherreden!"

Heimlich war er vor den Worten erschrocken, die eine Bangigkeit aussprachen, von der auch er, und weit ernster als Franz, befallen worden war. Wie würde dieser Zweikampf der beiden Frauen enden? Er sah, wie Grand'maman Inez alle Geduld zusammennahm, zu Bozena kein böses Wort sprach, wie sie vergeblich an alles appellierte, was sie selbst zum Leben, zur Pflicht zurückgerufen hätte: Religion, Liebe, Mutterschaft, das unbesiegliche, von nichts zu erschütternde Ehrgefühl des Menschen, der sich seiner Verantwortung bewußt ist.

Bisweilen fragte sie fast verzagt, fast, denn ganz konnte Grand'maman Inez nie verzagen, Monsieur Venarius:

„Was fehlt dem Kind? Der Arzt sagt, Bozena sei ganz gesund. Organisch. Sie müßte sich nur überwinden, dann könnte sie rasch genesen. Ich bin zu altmodisch, um derlei zu verstehen. Wissen Sie, mein guter Venarius, was dem Kind fehlt?"

Monsieur Venarius war vielleicht der einzige, der es ihr hätte verraten können. Aber wie konnte der alte Präzeptor etwas aussprechen, das alle seine Ueberzeugungen, das seinen festesten, tiefsten Glauben an die naturgegebene Gleichheit der Menschen leugnete? Wie konnte er sagen: „Sie leidet unter der unheilbaren hoffnungslosen Vereinsamung der Deklassierten"? Für ihn gab es ja so etwas nicht. Mensch war Mensch, und deshalb mußte der Mensch zum Menschen finden, mußte der Mensch in jeder Umgebung leben können, mußte er ... Ja, er mußte, aber – er konnte es anscheinend doch nicht.

Monsieur Venarius dachte zornig an den Orden, den er am meisten haßte: die Jesuiten. Was hatten sie gesagt, diese schlauen Füchse? Man solle ihnen die Kinder vor dem siebenten Jahr geben, nachher sei es zu spät. Ob sie am Ende recht gehabt hatten? Wie peinlich, wie verwirrend, wenn die Jesuiten auch nur in irgendeiner Sache recht haben konnten!

Schließlich fand Grand'maman Inez eine Hilfe, wo sie überhaupt nicht gesucht hatte: bei dem kleinen Franz.

Sie trafen einander an einem heißen Junitag auf der Watteauwiese. Das schöne große Rasenstück, das von Weiden eingerahmt war, trug diesen Namen, weil Ludmilla als junge Frau hier zwischen zwei Bäumen eine Schaukel hatte anbringen lassen, wie auf den Bildern von Watteau[3]. In dem kleinen Hain an dem einen Ende stand ein nackter Amor und zielte mit seinem Pfeil auf eine ebenso nackte Frau. Grand'maman Inez konnte die Figuren nicht leiden. Nicht aus Prüderie, die kannte sie nicht, sondern weil sie ihr geziert und manieriert erschienen. Sie liebte strenge Linien und harte Formen und hatte sich nie recht mit dem Barock der

Hauptstadt anfreunden können. Franzel wunderte sich, als er Grand'maman Inez auf der Steinbank neben dem Amor sitzen sah, eine dunkle Gestalt inmitten des Grüns und der Rosen, die sich am Sockel des kleinen Gottes hochrankten.

Er bemerkte zwischen Grand'maman Inez' mageren Fingern den Rosenkranz und wollte mit einer Verbeugung weitergehen, um sie nicht zu stören. Sie jedoch winkte ihm.

„Komm her, Franz", sagte sie. „Setz dich neben mich."

Er gehorchte. Es kam selten vor, daß Grand'maman Inez an ihn ein Wort richtete. Sie behandelte ihn anders als die übrigen Enkel, fast mit kühler Höflichkeit, fast wie einen Fremden.

„Grand'maman Inez befehlen?" fragte er höflich. Niemand konnte bessere Manieren haben als dieser seltsame schrullige Knabe.

Grand'maman Inez legte den Rosenkranz in ihr Ridikül und griff nach dem Fächer.

„Ich habe große Sorgen, mein Enkel", sagte sie.

Franz fiel vor Staunen fast von der Bank. Grand'maman Inez, die jemand von der Familie zugab, daß sie Sorgen habe! Und von allen Familiengliedern gerade ihm, dem Jüngsten!

„Mit Bozena muß etwas geschehen, Franz. Sonst stirbt sie. Ich habe bereits alles versucht, vergeblich. Ich bin am Ende meines Lateins."

Franz errötete; das klang ja fast, als frage Grand'maman Inez ihn um Rat.

„Wenn ich mir erlauben dürfte, der verehrten Grand'maman Inez etwas zu sagen", begann er zögernd.

„Rede mein Enkel, laß die Phrasen."

„Grand'maman Inez, Sie dürfen mir nicht böse sein. Aber, verehrte Grand'maman, Sie machen es nicht richtig."

Grand'maman Inez lachte grimmig.

„Das Ei will klüger sein als die Henne. Was mache ich nicht richtig?"

„Grand'maman Inez, Sie sind zu gut, zu geduldig mit Bozi."

Grand'maman Inez starrte den Knaben an. Ihr Fächer setzte sich heftig in Bewegung.

„Zu gut, zu geduldig! Das, mein Enkel, hat mir noch niemand vorgeworfen. Es fällt mir auch schwer genug", fügte sie lächelnd hinzu.

„Ja, Grand'maman Inez, Sie behandeln Bozi wie eine Fremde. Nur mit Fremden sind Grand'maman Inez so nachsichtig, so liebenswürdig. Und ich glaube, gerade das kränkt die Bozi, erweckt in ihr das Gefühl, als gehöre sie nicht zur Familie. Ich weiß das von mir selbst", fuhr er, kühner werdend, fort. „Auch mit mir sind Grand'maman Inez viel nachsichtiger und höflicher als mit den Geschwistern, und ich freue mich jedesmal, wenn die hochverehrte Grand'maman mich anfährt, wie die andern."

In Grand'maman Inez' Gesicht stieg eine leichte Röte. Sie legte die Hand auf Franzens Schulter. Zuerst ganz sanft, dann fester, und schließlich schüttelte sie den Knaben mit einer Kraft, die er ihr nie zugetraut hätte.

„Mein Enkel", sagte sie, „du bist ein kluger Knabe. Mehr, du bist ein kluger Mensch. Gott möge mir verzeihen, wenn ich gegen dich anders war als gegen deine Geschwister. Gott und auch du, mein Franz. Und was du da gesagt hast, kann richtig sein. Jedenfalls wird es mir leichtfallen, deinen Rat zu befolgen."

Franz griff nach der alten Hand, die noch immer seine schmale Knabenschulter festhielt, zog sie herab und küßte sie.

„Ich bin froh, Grand'maman Inez. Denn schließlich ..."

Er stockte verlegen.

„Schließlich?" fragte sie.

„Es ... klingt zu unbescheiden, trotzdem es wahr ist."

„Die Wahrheit darf man immer sagen, mein Enkel."

„Ich ... ich meinte nur ... Wir beide müßten einander gut verstehen, Grand'maman Inez, weil wir ja doch die Klügsten der Familie sind."

Grand'maman Inez lachte: Franz hatte sie noch nie so herzlich lachen gehört.

„Du Neunmalgescheiter", sagte sie. „Vielleicht hast du recht. Die Herdegens haben sich selten durch Klugheit ausgezeichnet. Ich meine natürlich nicht deinen Vater", fügte sie hastig hinzu.

„Der Vater ist ein Engel", erwiderte Franz etwas zweideutig.

Grand'maman Inez nickte.

„Auch deine liebe Mutter ...", sagte sie und verstummte. Das Lügen fiel ihr schwer. Sie hob den Fächer, gab Franz damit einen leichten Schlag.

„Geh lernen, mein Enkel. Es wäre schade, wenn dein kluger Kopf leer bliebe. Und ich danke dir für den Rat."

Sie befolgte ihn. Sie trat an Bozenas Bett, betrachtete sie eine Weile stumm, mit hartem Gesicht, mit bösen Augen. Dann schrie sie die verdutzte junge Frau unvermittelt an:

„Ich verbiete dir zu sterben! Verstehst du? Ich verbiete es dir!"

Bozena brach in Tränen aus. Sie hatte ja immer auf diese Worte gewartet, hatte gewußt, daß Grand'maman Inez ihr das Sterben verbieten würde. Es war fast eine Erleichterung, daß dieses Verbot nun endlich ausgesprochen wurde.

„Du wirst", sagte Grand'maman Inez, noch immer in einem Ton, als spräche sie mit einem unartigen Kind, „heute für eine halbe Stunde aufstehen. Morgen für eine ganze. Nächste Woche werden wir im Park spazieren gehen. Ich dulde nicht, daß meine Enkel sich so benehmen. Verstehst du?"

Ueber Bozenas blasses verweintes Gesicht huschte ein Lächeln. Ja, jetzt hatte Grand'maman Inez mit ihr gesprochen wie mit Stani oder mit Joseph oder mit Toinette. Die entsetzliche Last der Einsamkeit hob sich ein wenig – ganz würde sie sich ja nie heben –, aber doch immerhin so viel, daß man atmen konnte.

„Ich werde es versuchen, Grand'maman Inez", sagte sie leise.

„Ich würde es dir raten. Sonst bekommst du es mit mir zu tun. Ich finde es übrigens äußerst herzlos von dir, daß du mir, deiner Taufpatin und Großmutter, so viel Kummer machst. Verstehst du? Du machst mir Kummer mit deinem dummen Sterbenwollen."

Sie verstummte. Der Ausdruck auf dem jungen Gesicht erschütterte sie. Es fiel ihr schwer, hart zu bleiben. Sie brummte noch einige halbverständliche Worte, beugte sich dann nieder und küßte Bozena.

„Sei gescheit, kleine Bozena. Das Leben ist kein Vergnügen. Aber das soll es ja auch nicht sein. Und jetzt gehe ich und in einer halben Stunde hole ich dich und wir setzen uns zusammen ans Fenster. Du wirst sehen, wie schön die Rosen unten blühen."

Sie verließ das Zimmer und ging langsam, mit müden Schritten, in die kleine Kapelle. Ganz gegen ihre Gewohnheit setzte sie sich in die Bank. Gott würde begreifen, daß sie müde war und heute nicht knien konnte. Gott wußte ja, daß sie alt war, sehr alt, baufällig wie Wohan, einer Stütze bedürftig. Aber nur er durfte es wissen. Niemand sonst. Und Wohan wird sie renovieren lassen für den kleinen Ferdinand, für die andern Urenkel, die noch kommen werden. Die andern Urenkel, denen zuliebe sie leben muß, noch lange leben. Denn wie kann Bozena einen Knaben erziehen, von Stanislas gar nicht zu sprechen, und auch Victoire, dieses eigensinnige trotzige Kind? Und auch ihr armer Carl, wer würde ihn vor Ludmillas Launen schützen, vor ihrer Herrschsucht? Wie konnte eine Frau nur so herrschsüchtig sein? Grand'maman Inez fragte es den lieben Gott. Sie konnte es nicht begreifen.

***

Monsieur Venarius, der heimlich mit der gleichen Spannung wie Monsieur de Venelles und Victoire das Weltgeschehen verfolgte, meinte schwermütig bei sich, er habe noch nie einen so schönen, beseligt reifenden, friedlichen Sommer erlebt wie dieses Jahr in Wohan. Noch sangen die Vögel, noch summten zahllose goldene kleine Bienen über den Rosenstöcken und Akazienblüten ihre warme sommerliche Melodie, in der Ferne jedoch donnerten bereits Kanonen. Hier trieben die Knechte an sanften Abenden die Pferde in den Weiher, in der Ferne jagten die Rosse in wilden Attacken gegeneinander, jagten die Menschen gegeneinander. Seltsam, wie diese kurze, allzu kurze Spanne Frieden die Menschen den endlosen Krieg hatte vergessen lassen. Monsieur Venarius dachte an seine Heimat, durch die nun die Heere zogen, durch die tiefen traulichen Täler, über die grünen Hügel und felsigen Berge der Schweiz.

Nun wußten sie bereits in Wohan, daß bei Ligny[4] eine Schlacht geschlagen, daß die Preußen eine Niederlage erlitten hatten. Victoire jubelte: „Sieg! Der erste Sieg!" Stanislas fuhr sie an:

„Schweig! Ich dulde nicht, daß du dich über den Sieg der Feinde freust! Zumindest nicht so laut."

Sie warf ihm einen haßerfüllten Blick zu.

„Du hast mir nichts zu befehlen. Joseph hätte nie gewagt, so mit mir zu sprechen."

„Merkwürdig", meinte Stanislas bissig. „Plötzlich erinnerst du dich an deinen Mann. Ich glaubte, du hättest ihn völlig vergessen."

Monsieur de Venelles seufzte. War dieser Sieg der Beginn neuer Kriege, der Anfang neuer Schlachten? Durfte er wünschen, daß Frankreich geschlagen werde? Konnte er wünschen, daß es siege?

Grand'maman Inez spazierte im Garten neben Bozena. Der kleine Ferdinand schlief unter der alten Linde, unter der sein Vater als Kind geschlafen hatte und auch sein Großvater. Ein zerstreuter Monsieur Venarius las Xenophon[5] mit dem kleinen Franz, Victoire verbarg sich vor den andern, den Feinden, in den entlegensten Teilen des Parks. Monsieur de Venelles ritt über die Felder und stritt sanft, gutmütig mit dem alten Huberpeter, der, von patriotischer Begeisterung erfaßt, abends auf der Ziehharmonika falsch, aber leidenschaftlich Märsche spielte und der es für seine Pflicht hielt, dem Franzosen das Leben so sauer wie möglich zu machen.

Die Sonne brannte heiß auf die Felder nieder. Bisweilen zog ein Gewitter auf. Blitze zuckten aus den schwarzen Wolken, schlugen in die March ein. Von den großen Mauern des Schlosses widerhallte der Donner.

Auch in der Ebene von Waterloo widerhallte der Donner, zuckten Flammen. Die Schlacht wurde geschlagen, die große Schlacht, die das Angesicht der Erde veränderte. Ein kranker Mann floh geschlagen nach Paris zurück. Ein müder Mann, enttäuscht, im Stich gelassen, von einem Halbgott in den Augen des Volkes in einen Usurpator verwandelt, dankte ab.[6]

Europa atmete auf.

Auf Monsieur de Venelles geliebtem Meer fuhr ein Schiff, dessen Namen nie vergessen werden wird: die Bellerophon. Zum letztenmal hatte Napoleon einem König und einem Land vertraut. Zum letztenmal war er verraten worden. Er betrat England als Gefangener.[7]

Die Gazetten schrieben viel vom Jubel des Volkes. In Wohan merkte man nichts davon. Die Bauern gingen ruhig ihrer Arbeit nach. Und mochten es auch in den andern Ländern tun. Könige kommen und gehen. Die Erde bleibt und will bestellt werden, sollen die Kinder jener, die auf den Schlachtfeldern ihr Leben lassen, leben.

Bozenas ältester Bruder, der den Feldzug mitgemacht hatte, kehrte heim. Der zweite nicht. Der lag irgendwo verscharrt in fremder Erde.

Auch Joseph kehrte heim. Hinkend, auf einen Stock gestützt. Aber es war keine ruhmreiche Verwundung, die er in der Schlacht von Waterloo, die er mitgemacht hatte, erlitten. Nach der Schlacht hatte sein Pferd ausgeschlagen und ihm den Fuß gebrochen.

„Das sieht ihm ähnlich", meinte Grand'maman Inez grimmig zu Monsieur Venarius. „Wäre er als Verwundeter heimgekommen, vielleicht hätte Victoire Mitleid gefühlt, und zwischen den beiden wäre alles gut geworden. Aber so! Ein gewöhnlicher Beinbruch, verursacht durch den Schlag eines Pferdes."

Sie lächelte.

„Mein armer Joseph! Wird er immer ein wenig der Ritter von der traurigen Gestalt sein?"

Joseph klagte nicht darüber, daß er, das Bein war schlecht behandelt worden, sein Lebtag hinken würde. Er sprach kein Wort von seinen Erlebnissen. Er saß still, eine Pfeife rauchend, in der Sonne und schien um viele Jahre gealtert.

Nur einmal sagte er zu Grand'maman Inez, die ihm Vorwürfe machte, weil er sich so wenig um Victoire kümmerte:

„Ich weiß nicht, was es ist, Grand'maman Inez. Aber wenn man so viele Tote sieht, wird einem alles gleichgültig. Und man zweifelt an allem. Ich glaube, daß ich Victoire liebe, aber ich weiß es nicht. Es kränkt mich nicht, daß sie nichts von mir wissen will und mich wie einen Fremden behandelt. Nichts kränkt mich mehr und nichts freut mich. Bisweilen denke ich, es wäre besser gewesen, ich wäre nicht zurückgekommen. Wie Bozis Bruder."

Er ritt mit Stanislas über die Felder und hörte geduldig zu, wenn dieser ihm vorjammerte, wie sehr er das Landleben hasse. Er besuchte Bozenas Eltern und erzählte ihnen von ihrem gefallenen Sohn, der im gleichen Regiment mit ihm gedient hatte. Er saß neben dem kleinen Ferdinand, er spielte Schach mit Monsieur Venarius und verbrachte viele Stunden in der dämmrigen Bibliothek. Grand'maman Inez wurde ungeduldig: Joseph konnte doch nicht immer in Wohan bleiben. Er mußte nun, da er nicht mehr zu seinem Regiment zurückkonnte, etwas anderes suchen. Joseph nickte, wenn sie mit ihm darüber sprach.

„Ja, Grand'maman Inez. Später. Nicht jetzt. Später."

Und Grand'maman Inez mußte ihn gewähren lassen.

***

Marie Christine hatte geschrieben. Zum erstenmal, seitdem sie das Vaterhaus verlassen. Es war ein langer Brief, in dem eigentlich gar nichts stand. Sie hoffe, daß es der verehrten Grand'maman Inez und den verehrten lieben Eltern sowie den Geschwistern gut gehe. Auch ihr gehe es gut. Sie habe in Warschau ein schönes Palais und einen großen Garten. Freilich sei der Garten kleiner als der Park von Wohan. Warschau sei eine schöne Stadt, aber nicht mit Wien zu vergleichen. Die Frauen seien sehr elegant. Sie habe bereits viele Feste mitgemacht. Die neuen Moden kleiden sie gut. In diesem Ton ging es weiter. Sie fragte nicht nach den Eltern, nach den Geschwistern. Sie bat nicht um Nachricht von den Ihren. Sie erwähnte den kleinen Ferdinand nicht, obgleich Stanislas ihr sofort die Geburt des Sohnes angezeigt hatte. Und sie schrieb kein einziges Wort über ihren Mann.

„Wie herzlos sie ist", meinte Victoire hart, als Joseph ihr den Brief zeigte.

„Wie unglücklich sie ist", sagte Joseph sehr still.

„Unglücklich! Ihr Herdegens habt kein Talent zum Unglücklichsein. Ihr wißt ja gar nicht, was das ist."

Er blickte sie lange an.

„Glaubst du das wirklich, Victoire?"

„Ich weiß es. Ihr seht auch nie, wenn ein anderer unglücklich ist. Du zum Beispiel bist blind."

„Wogegen, Victoire?"

„Gegen mich. Glaubst du, ich fühle mich hier wohl? Unter Fremden. Unter Feinden. Kein Mensch kümmert sich um mich. Grand'maman Inez sieht mich an, als ob ich ein lästiges Insekt wäre. Stanislas lacht mich aus. Bozena ist ja so dumm, daß sie überhaupt nicht zählt. Und du ..."

„Und ich ...?"

„Du bist am allerärgsten. Als ob ich nicht da wäre, als ob du keine Frau hättest. Als ob ..."

Sie stampfte mit dem Fuß auf.

„Ich hasse dich."

Joseph stand langsam auf, griff nach seinem Stock und hinkte aus dem Zimmer. Victoire starrte ihm nach und brach in zornige Tränen aus.

Am Abend fragte Joseph verzagt Grand'maman Inez:

„Was soll ich tun? Victoire ist unglücklich. Victoire haßt mich."

„Hat sie dir das gesagt?"

Aus einem für Joseph unverständlichen Grund wurde Grand'maman Inez fast aufgeregt.

„Sie hat dir gesagt, daß sie dich haßt?" wiederholte sie.

„Ja, Grand'maman Inez. Müßte ich sie ... müßte ich sie nicht freigeben? Wäre es nicht meine Pflicht?"

„Mein Enkel, du bist noch törichter, als ich geglaubt hatte. Wenn sie dich haßt, ist alles gut."

Joseph starrte Grand'maman Inez an. Hatte sie den Verstand verloren? Begann sich bei ihr plötzlich das Alter bemerkbar zu machen?

„Ja", sagte Grand'maman Inez zufrieden und fächelte sich Luft zu. „Ja, mein Enkel, jetzt ist es gut. Und wenigstens um euch beide brauche ich mir keine Sorgen mehr zu machen."

Sie überlegte einen Augenblick.

„Es wäre klug, du würdest in ein paar Tagen nach Wien fahren, dein Vater hat ohnehin viel mit dir zu besprechen. Du kannst im September zurückkommen."

Sie entließ den noch immer staunenden Joseph mit einer heiter gnädigen Gebärde.

Sie hatte recht, wie immer. Als Joseph fortfuhr, weinte Victoire, und vierzehn Tage später fuhr sie ihm nach Wien nach.

Grand'maman Inez aber lobte sie und meinte:

„Es ist schön, daß du dich so überwindest, mein Kind, Gott wird dir helfen, deine Gattenpflichten zu erfüllen."

Und Victoire, die doch viel klüger war als Joseph, begriff nicht, was das leichte, ein wenig spöttische Lächeln auf Grand'maman Inez' Gesicht bedeutete.

X.

Europa war stiller geworden. Zumindest nach außen. Was unter der Oberfläche gärte, was gefährlich aufzuzüngeln drohte, das wußten nur die Polizeiminister der verschiedenen Staaten und jene, die ihnen in die Hände fielen.[1]

Wien, befreit sowohl von der Drohung eines neuen Krieges als auch von den vielen Potentaten, die es arm gegessen hatten, begann von neuem, sich sein ureigenstes Leben einzurichten. Alles ging wieder seinen gewohnten Gang, die Reichen feierten Feste, die Armen arbeiteten und darbten. Neue Namen tauchten auf, so erzählte Schreyvogel[2] vom Burgtheater, daß er ein neues Genie entdeckt habe, einen jungen Mann namens Grillparzer[3], ein drolliger Name, meinten die Wiener lachend, der es, wenn ihm Gott das Leben und der Kaiser seine Günste schenke, wohl einst mit den großen deutschen Dichtern würde aufnehmen können. Und auch der Herr von Beethoven begann allgemein anerkannt zu werden, wenngleich noch einige alte Leute heftig über diese neuartige Musik den Kopf schüttelten.

Die Stadt spann sich, nach der friedlichen Besetzung von so vielen Fremden, wieder in ihr wirkliches Wesen ein. Der Kongreß, der Schrecken, der allen in die Glieder gefahren war, als die Kunde von der Landung des Korsen bekanntgeworden, wurde rasch vergessen.

„Jetzt haben wir Ruh“, sagten die Wiener. „Jetzt lohnt sich das Leben wieder.“

Wer aber keine „Ruh“ hatte, war Joseph Herdegen. Er hatte geglaubt, nach der Versöhnung mit Victoire ein geruhsam stilles Familienleben führen zu können, seinem Glück, seinen Büchern und seinem neuen Posten in der Staatskanzlei leben zu dürfen. Aber wie hätte man geruhsam leben können, wenn man es mit Victoire zu schaffen hatte?

Ein halbes Jahr lang war sie, das gab sogar Grand'maman Inez zu, eine Mustergattin. Sie übertrieb auch dies, wie sie alles übertrieb. Ein halbes Jahr lang gab es für sie nur Joseph und wieder Joseph, sein Glück, sein Behagen. Sie richtete das kleine Palais, das sie im Herbst bezogen, entzückend ein. Sie saß neben Joseph am Kamin und ließ sich geduldig die Werke des Ritter von Sonnenfels[4] über „Polizei-, Handlungs- und Finanzwissenschaft“ vorlesen, die Joseph so begeisterten, und von denen sie kein Wort verstand. Weit besser gefielen ihr die Verse dieses seltsamen jungen Engländers Lord Byron. Sie lernte ganze Teile aus der „Braut von Abydos“[5] auswendig und meinte bisweilen wehmütig: „Arme Toinette. Man müßte ihr diese Bücher schicken. Aber vielleicht wäre es unvorsichtig. Könnte sie an zu viele Dinge erinnern.“

Das Palais war für die beiden zu groß, der eine Teil wurde daher für Stanislas und Bozena eingerichtet, sie kamen ohnehin immer nur für kurze Zeit in die Hauptstadt, brauchten kein eigenes Haus.

Bozena zog es meistens vor, in Wohan zu bleiben, Stanislas tauchte alle zwei Monate auf, ausgehungert nach den Belustigungen der Großstadt, nach dem Leben und Treiben der Straßen, nach der Welt, die die seine war.

Als er im März wieder einmal erschien, fand er die „engelhafte" Schwägerin wie ausgewechselt. Sie saß abends nicht mehr daheim, sie dachte nicht mehr an Josephs Glück und Behagen. Sie hatte eine neue Idee, von der sie völlig gefangengenommen war. Und diese Idee hieß: *Le roi de Rome, Napoleon II.*

Freilich war ihr neues Idol erst fünf Jahre alt und spielte harmlos kindlich in den Gärten und Sälen von Schönbrunn. Aber Victoire war der Ansicht, man müßte den künftigen Kaiser der Franzosen schon jetzt auf seinen Thron vorbereiten. War er alt genug, um ihn zu besteigen, so war der Oger bestimmt schon tot und die Bourbonen hatten in Frankreich abgewirtschaftet. Ein junger Franzose, der sich, niemand wußte recht warum, seit einigen Monaten in Wien aufhielt, ein Monsieur de Tourcy, war fast jeden Nachmittag in Victoires blauem Salon zu sehen. Er brachte Freunde mit, Franzosen, Oesterreicher, Italiener. Er redete schwungvoll von dem Kaiser, den das perfide Albion auf St. Helena[6] verbannt hatte, und der Zukunft des jungen Adlers, und Victoire, die mit glühenden Wangen und glänzenden Augen die Teetassen füllte, hatte das Gefühl, sie konspiriere, sie halte in ihren schlanken Fingern die Fäden eines Netzes, in dem der Oger, Fouché[7], Talleyrand, die Preußen und die verwünschten Engländer sich fangen würden.

Sie machte der alten Gräfin Colloredo und deren Tochter Judith den Hof, um nach Schönbrunn eingeladen zu werden. Sie behauptete steif und fest, Marie Luisens Resignation sei nur vorgetäuscht, heimlich sehne sie sich nach dem großen Gatten und dem Thron von Frankreich zurück.

Ihr Name kam abermals in Polizeiakten vor: „Es ist uns bekannt geworden, daß die Gräfin Victoire Herdegen verdächtige Personen frequentiere und mit ihnen Umgang habe."

„Sie betrügt dich", sagte Ludmilla zu ihrem Sohn. „Ihr seid noch nicht zwei Jahre verheiratet und schon betrügt sie dich mit diesem Gaston de Tourcy."

Ludmilla nahm das Leben weiblich einfach. Wenn eine Frau für irgend etwas Interesse bezeugte, so stak ein Mann dahinter.

„Unsinn", erklärte Grand'maman Inez energisch. „Eine Frau, die Politik machen will, ist keine richtige Frau. Die denkt nicht ans Betrügen. Außerdem ist Victoire zwar ein bißchen närrisch, das kommt davon, daß sie noch kein Kind hat, aber durch und durch anständig."

Joseph schwieg. Es war ihm nicht angenehm, daß sein Heim in eine Art kleines Tollhaus verwandelt wurde, wie Franz es nannte. Es kränkte ihn, daß er, ohne seine Schuld, die zärtliche Gattin verloren hatte, doch hatte auch er einen Ersatz für viele Dinge gefunden. Hätte er es nicht für geschmacklos gehalten, sich vor andern für etwas zu begeistern, er würde zugegeben haben, daß auch in sein Leben Interessen gekommen waren, die ihn ebenso fesselten wie Victoire das „Konspirieren" für Napoleon II.

Reformen! Joseph träumte von Reformen. Wohin er blickte, überall sah er Dinge, die einer Reform bedurften: die Justiz, das Gefängniswesen, die Wirtschaft. In seinem Arbeitszimmer studierte er leidenschaftlich Werke englischer Reformer: John Howard über Gefängnisse[8], David Ricardo über Volkswirtschaft[9]. Er tat es im geheimen, denn seit dem „englischen Verrat an dem *empereur*“ duldete Victoire außer Byron kein englisches Buch im Hause.

Bisweilen, wenn Joseph allzusehr das Bedürfnis empfand, mit jemand über seine neuen Ideen zu sprechen, ging er heim, in das alte Haus in der Nähe der Freyung. Es war hier sehr still geworden, seitdem Franzel als einziger Enkel daheim lebte. Joseph schien es, als seien die alten, aus der Kinderzeit her so vertrauten Möbel verblaßt, als leuchteten die bunten Tapeten weniger hell, als begännen die Spiegel blind zu werden. Und wie still waren die Zimmer und Korridore, in denen noch vor zwei Jahren das heitere Lachen und übermütige Plaudern der jungen Herdegens geklungen hatten!

Im Spiegelsaal hing ein neues Bild: die Fürstin Kramsin, Marie Christine. Der unermüdliche Isabey[10], dessen Pinsel so viele Schönheiten und Staatsmänner des Kongresses für die Zukunft festgehalten, hatte auch sie gemalt. Sie stand auf der Terrasse eines Schlosses und blickte über eine unendliche Schnee-Ebene hin. Ein langer Hermelinmantel hüllte sie ein, und im Haar trug sie einen goldenen Reif. Marie Christine hatte das Bild mit einem Kurier der russischen Gesandtschaft geschickt und dazu nur ein paar Worte geschrieben:

„Vielleicht hängt ihr das Bild daheim auf. Der Fürst kann es nicht leiden. Und ich wäre gern, wenigstens so, daheim.“

Ludmilla war entzückt gewesen.

„Marie Christine ist noch schöner geworden!“ hatte sie ausgerufen. „Nun sieht sie wirklich wie eine Schneekönigin aus.“

Carl Herdegen war lange stumm vor dem Portrait seiner zweiten Tochter gestanden und hatte sich dann mit verdächtig feucht schimmernden Augen abgewandt. Grand'maman Inez hatte ein Kreuz geschlagen:

„Jetzt kann ich mir vorstellen, wie verdammte Seelen aussehen“, hatte sie fast erschrocken geflüstert.

Joseph haßte das Bild. Wie unglücklich, wie verzweifelt, wie verbittert mußte Matzi sein, wenn selbst Isabey, bestimmt gegen seinen Willen, diesen Jammer einer Menschenseele nicht aus dem Portrait einer schönen Frau hatte verbannen können.

Sie sprachen daheim nie von Marie Christine. Joseph hatte ihr einige Male geschrieben, ohne eine Antwort zu erhalten. Manchmal erzählten Polen, die aus Warschau kamen, die Fürstin Kramsin sei die schönste und gefeiertste Frau von Warschau und ihre Feste überböten alle andern an Pracht. Das war alles, was sie von ihr wußten.

Dafür schrieb Antoinette fleißig, fast immer an Grand'maman Inez. Stille Briefe, aus denen ihr sanftes Gesicht, ihre gütigen Augen zu lächeln schienen. Sie erzählte von der kleinen Tochter. „Ich wollte sie so gern Inez nennen, aber mein guter Mann bestand darauf, sie Luise taufen zu lassen, aus Bewunderung für die verstorbene Königin[11]. Die Kleine hat blaue Augen und goldblondes Haar wie Matzi. Mir sieht sie nicht ähnlich, was vielleicht gut ist.“

Und dann kamen Fragen, unzählige Fragen, nach Grand'maman Inez' Gesundheit, nach Tante Marie Therese im Kloster der Karmeliterinnen, mit dem vielleicht nur für Carl Herdegen und Joseph verständlichen Beisatz: „Ich denke oft an sie und glaube, sie hat das bessere Teil erwählt.“ Fragen nach Joseph und Victoire, nach Stanislas und Bozena, nach dem kleinen Franz, nach Monsieur Venarius, und vor allem nach Wohan. Ueber Wohan wollte Antoinette alles wissen. Ob die alte Linde noch stehe, ob der Kastanienbaum, den Marie Christine vor zehn Jahren gepflanzt hatte, gut gedeihe, ob an der einen Stelle im Walde, bei den drei Fichten, noch immer zuerst die Leberblümchen blühen.

Grand'maman Inez nickte zufrieden, wenn sie Antoinettes Briefe las.

„Ein gutes Kind, ein braves Kind“, sagte sie. „Und ich hatte recht, ihr zu der Heirat zuzureden, ihr klarzumachen, daß sie sich deinem Willen fügen müsse, lieber Sohn. Mit dem armen Narren, dem Ypsilantis, wäre sie ja doch nur unglücklich geworden.“

Joseph freilich glaubte aus den Briefen der Schwester etwas anderes zu lesen als Grand'maman Inez. Und heute, an einem stürmischen Wintertag abends allein zu Hause sitzend, einen Brief der Schwester vor sich, mußte er erkennen, daß er sich nicht geirrt habe.

Es war sehr still in seinem Arbeitszimmer. Die Flammen im Kamin prasselten leise. Victoire war mit Ludmilla und Stanislas ins Burgtheater gegangen. Dort wurde heute ein neues Stück von einem Dichter, dessen Namen nicht auf dem Theaterzettel stand, aufgeführt: „Die Ahnfrau“.[12]

Joseph hatte den Brief bereits am Nachmittag durch einen Kurier der preußischen Gesandtschaft erhalten, doch fand er erst jetzt Zeit, ihn zu lesen.

Er lächelte unwillkürlich, als er die kleinen ordentlichen Schriftzüge der Schwester sah. Wie charakteristisch war doch Toinettes Schrift. Kein unnützer Strich, alles fein säuberlich nebeneinandergeschrieben. Die Schleifen der Buchstaben groß und breit, die Haarstriche fein. Er nahm den Brief zur Hand.

„Teuerster Bruder!

Vor drei Tagen schrieb ich an Grand'maman Inez und nun verlockt mich die Gelegenheit, daß morgen ein Kurier abgeht, Dir, teuerster Bruder, zu schreiben. Nur Dir, verstehst Du? Zum erstenmal seitdem ich Wien verlassen habe.

Es ist sehr kalt in meinem Zimmer, duldet mein guter Mann doch nicht, daß stark geheizt werde, weniger aus Geiz, als aus spartanischen Abhärtungsgefühlen. Von meinem Fenster aus sehe ich häßliche Häuser, wie häßlich, teuerster Bruder, kannst Du Dir gar nicht vorstellen. Ach, wenn ich durch die Straßen gehe, befällt mich oft eine so unsägliche Bangigkeit nach meinem lieben Wien. Könnte ich doch wieder den Stephansdom sehen, wie er so stolz und so gütig in die Wolken ragt. Und in der Ferne den zärtlichen Wienerwald, blau und schimmernd oder schneeweiß. Und könnte ich die Menschen von daheim reden hören, ihre heitere ungezierte Sprache, die nicht hart und unfreundlich klingt, wie die hier. Es ist für mich immer eine rechte Freude, wenn ich mit der alten Wetti rede, die ich von daheim mitgenommen habe, wenngleich die gute Alte immer nur zu klagen hat und sich hier nicht eingewöhnen kann. Ach, teuerster Bruder, sie ist nicht die einzige. Nur Dir, Dir ganz allein, kann ich dies gestehen. Ich werde nie und nimmer hier zu

Hause sein. Und wenn ich, wovor der liebe Gott mich bewahren möge, hundert Jahre alt werde.

Du darfst nicht glauben, teuerster Bruder, daß mein guter Mann mich schlecht behandelt. Ich würde mich versündigen, wollte ich dies schreiben. Er, wie soll ich es Dir erklären, also Franz, unser nüchterner kluger Franzel würde sagen: Er behandelt mich überhaupt nicht. Ich bin da, ich muß das Haus in Ordnung halten, was hier mit viel mehr Getue vor sich geht als daheim, muß die Schwiegereltern besuchen und die Schwägerinnen, muß eine gute Mutter sein und soll, so hofft er, ihm noch viele Kinder gebären. Er ist viel beschäftigt und wenn er heimkommt, hat er mir nichts zu sagen. Aber auch die andern Menschen, die wir kennen, haben mir nichts zu sagen. Ich weiß nicht, was sie interessiert. Sie lieben weder Bilder, noch Musik, noch Bücher, obwohl gerade in Deutschland so viele geschrieben werden. Es wird erzählt, daß es in Berlin Salons gibt, wo geistreiche und gebildete Menschen, mein guter Mann und seine Freunde nennen sie freilich überspannte Narren, zusammenkommen. So soll es besonders bei einer Frau von Varnhagen[13], erinnerst Du Dich, ihr Mann[14] war beim Kongreß, sehr interessant sein. Doch gestattet mein guter Mann mir den Verkehr mit diesen Kreisen nicht. Er meint, ich sei ohnehin ein Blaustrumpf, das, aber nur das, darfst du Monsieur Venarius erzählen, der darüber herrlich lachen wird, eingedenk der vielen Rügen, die mir meine Faulheit eintrug. Aber was man bei uns ein halbgebildetes Mädchen nennt, ist eben in meinem jetzigen Kreise ein Blaustrumpf. Wir und die Menschen hier, teuerster Bruder, sprechen zwar beide Deutsch, und dennoch reden wir eine andere Sprache. Ich will mich nicht vermessen, urteilen zu wollen, welches die schönere und bessere ist, aber welche ich mehr liebe, welche wirklich meine Mutter-, meine Heimatsprache ist, das weiß ich.

Ich denke oft an Victoire, die ja auch in die Fremde geheiratet hat. Doch kann ich sie nicht beklagen, denn nicht wahr, Oesterreich kann nie lange für jemand die Fremde sein, es wird, fast über Nacht, zur Heimat.

Am meisten aber denke ich an Wohan. Stelle Dir vor, teuerster Bruder, mir träumt häufig, Wohan wäre versunken, für ewig verschwunden. Ich käme hin und sähe eine große wüste Fläche, kein Schloß, keinen Park, keine Wälder. Dann erwache ich meist mit Herzklopfen und nassen Augen. Ist das nicht töricht?

Ich sehne mich so sehr danach, meinem kleinen Mädchen Wohan zu zeigen und Wien, den Stephansdom, unser liebes altes Haus, den Prater, die Donauauen. Freilich muß ich noch ein wenig warten, ist es doch erst drei Monate alt. Es ist ein schönes Kind, meine kleine Lully, ich kann mich an das Luise nicht gewöhnen, und wenn wir allein sind, nenne ich es Lully. Mir scheint auch, daß es ganz besonders klug ist. Oft, wenn ich vor Heimweh weine, schaut es mich mit Matzis Augen an, als ob es alles verstände. Mein guter Mann beklagt es tief, daß ich ihm keinen Sohn geschenkt habe. Aber ich liebe meine kleine Lully vielleicht gerade deshalb so sehr, weil sie nicht mit viel Freude willkommmen geheißen wurde.

Nun will ich Dir noch etwas erzählen, worüber Du lachen wirst. Denke Dir, ich heiße hier in der Gesellschaft die ‚schöne Oesterreicherin'. Als ich das erfuhr, konnte ich nur sagen:

‚Ach, schön ist meine Schwester Marie Christine und schön sind meine Schwägerinnen Bozena und Victoire. Ich bin die Häßlichste der Familie.‘

Ueber Bozenas Namen haben die Damen hier gelacht. Wie kann eine Frau Bozena heißen? Und als ich ihnen dann erzählte, Bozi sei Marie Christines Milchschwester und ein Bauernmädchen, haben sie einander seltsam angeschaut, und ich habe gemerkt, daß sie empört waren. Sie sind hier schrecklich adelsstolz. Wir sind es wohl auch daheim, aber anders, und ich muß immer an Grand'maman Inez denken, die uns Kindern stets erklärt hat, daß der liebe Gott keine Unterschiede kennt.

Schreibt Matzi Euch? Ich höre nie von ihr. Unsere arme Matzi, wie traurig mag sie sein, allein in der Fremde, mit diesem unheimlichen, schweigsamen Mann.

Stanislas sandte mir neulich eine Zeichnung, die Monsieur de Venelles von dem kleinen Ferdinand gemacht hat. Er sieht so drollig ‚Herdegenisch‘ aus, mit der kleinen gebogenen Nase. Aber seine Augen blicken so ernst. Lange dachte ich nach, woher er den ernsten tiefen Blick hat, endlich fiel es mir ein, von seinem Großvater, von Bozis Vater. Der sieht genau so drein, wenn er ‚Ja, ja‘ sagt. Wie gerne würde ich ihn wieder ‚Ja, ja‘ sagen hören, wie gerne würde ich wie ein Bauernmädchen auf seinem Hof leben, könnte ich nur wieder daheim sein.

Verzeih, teuerer Bruder, die Feder ist mir durchgegangen und hat den Galopp meines törichten Herzens eingeschlagen. Ich strecke in dem leeren Zimmer, mein guter Mann jagt in Ostpreußen Elche und ich bin allein, nach Euch allen die Arme aus und sehne mich heim. Schreibe mir und zeige niemand diesen Brief. Höchstens Victoire, denn Du sollst nicht meinetwegen ein Geheimnis vor Deiner lieben Frau haben. Ich umarme Euch beide und bitte Euch, vergeßt mich nicht.

Deine treue Schwester Toinette.

P.S. Mein guter Mann liebt meinen französisch klingenden Namen nicht und nennt mich Antonia. Ich habe mich noch immer nicht daran gewöhnt, obgleich ich mir alle Mühe gebe.“

Im März starb Carl Herdegen. Er starb ebenso still, so anspruchslos, so taktvoll, wie er gelebt hatte. Er verursachte den Seinen nur wenig Mühe. Er legte sich eines Abends mit einer, wie er sagte, „kleinen Erkältung“ zu Bett und war eine Woche darauf tot.

Während seiner Krankheit wich Grand'maman Inez nicht vom Bett des Sohnes. Carl Herdegen schien sich zu freuen, wenn er sie sah. Auch nach Monsieur Venarius frage er bisweilen. Ludmilla mied scheu das Krankenzimmer. Dafür lief sie laut weinend im Haus umher und jammerte jedem, der ihr in den Weg kam, vor: „Er stirbt! Er stirbt!“ Manchmal klang dieser Schrei bis in das stille Zimmer, wo Carl Herdegen lag. Grand'maman Inez verlor einmal die Geduld: Sie packte die Schwiegertochter hart beim Handgelenk:

„Ludmilla, ein hoher Gast kommt in unser Haus, der Engel Gottes, der Tod. Empfange ihn mit stiller Würde, wie sich das geziemt.“ Und dann fügte sie, denn schließlich war sie ja doch eine Frau, auch wenn sie Grand'maman Inez war, boshaft hinzu:

„Das Leben deines Mannes war dir nie so wichtig, daß du jetzt so viel Lärm wegen seines Todes schlagen müßtest.“

Sie saß stumm im Krankenzimmer, betete den Rosenkranz, reichte Carl Herdegen die Medikamente, die so gar nichts nützten, ließ den Priester kommen. Nachdem der Kranke die Sakramente empfangen hatte, sagte Grand'maman Inez, die abermals mit ihm allein war, tröstend:

„Mache dir keine Sorgen, mein Sohn. Unser Haus blüht weiter. In zwei Söhnen lebst du fort."

Carl Herdegen hob mühselig die abgemagerte weiße Hand.

„Drei Söhnen, verehrte Maman", flüsterte seine heisere, schwache Stimme, „drei Söhnen."

Grand'maman Inez fühlte, selbst im Angesicht des Todes, eine leise Verbitterung. Warum lieben Männer dumme und schlechte Frauen so viel mehr als gute und kluge? Zweimal in seinem Leben hatte der Sohn gewagt, sich ihr zu widersetzen, jedesmal wegen dieser Polin. Das erste Mal, da er Ludmilla heiratete, das zweite und wohl das letzte Mal ebenfalls wegen Ludmilla, um sie zu schützen, um ihre Ehre zu retten.

Sie schwieg. Carl Herdegen blickte bittend zu ihr empor.

„Drei Söhne, teuerste Maman. Ich flehe Sie an, es ist mein letzter Wunsch, meine letzte Bitte."

Grand'maman Inez nickte.

„Ja, mein Sohn. Ich werde eben alt, nur so ist es zu erklären, daß ich unsern Franz vergessen konnte."

Der Kranke lächelte dankbar und küßte die alte harte Hand, die sanft die seine streichelte.

Er hatte seine letzte Bitte vorgebracht, hatte zum letztenmal im Leben die noch immer geliebte, trotz allem geliebte Frau geschützt, nun blieb ihm nichts mehr zu tun übrig. Er legte sich in die Kissen zurück und starb.

Grand'maman Inez machte das Zeichen des Kreuzes auf seine Stirn. Dann ging sie still aus dem Zimmer. Sie glaubte, daß diese reine gute Seele bald des Paradieses teilhaftig würde, glaubte es fest und suchte darin einen Trost. Dennoch fühlte sie, daß jetzt auch ein Stück von ihr gestorben war, er hätte sie überleben müssen, er hätte ihr nicht die schwere Aufgabe hinterlassen dürfen, für Enkel und Urenkel denken, sorgen zu müssen.

An diesem Tag wollte sie nur Monsieur Venarius sehen, den alten treuen Freund, der vor vielen, vielen Jahren schon einmal mit ihr am Totenbette eines Sohnes gestanden war.

Stanislas, der zu spät aus Wohan eintraf, um den Vater noch am Leben anzutreffen, war hemmungslos in seinem Schmerz. Jetzt erst, da er ihn verloren hatte, ahnte er, was der stille Mann für ihn bedeutet hatte. Es fiel ihm ein, wie oft er den Vater gekränkt, wie viel Kummer er ihm bereitet hatte, und seine Jugend wollte sich nicht darein finden, daß er all dies nicht mehr gutmachen konnte.

Joseph, vielleicht tiefer getroffen als der Bruder, war noch stiller, noch schweigsamer als sonst. Er hätte auch keine Zeit für den eigenen Kummer gehabt, mußte er doch Victoire trösten, beruhigen. Victoire begriff es einfach nicht, daß ein

Mensch, ein ihr lieber Mensch sterben konnte. Sie lehnte sich auf, sie tobte wider den Tod. Sie klagte die Aerzte an, die „Papa“ falsch behandelt hatten. Er wäre bestimmt zu retten gewesen. Nachts lag sie wach, mit großen erschrockenen Augen zur Decke emporstarrend. Sie hielt Joseph fest, als wollte sie ihn nie mehr loslassen.

„Sterben“, flüsterte sie mit angstvoller Stimme. „Sterben! Joseph, du darfst nie sterben. Versprich es mir. O, wie schrecklich ist das, noch vor zehn Tagen war er lebendig. Noch vor zehn Tagen hat er sich so gefreut, als ich ihm sagte, er würde wieder einmal Großvater, und er müsse mein Kind ganz besonders lieben, weil ich ihn so liebe. Und jetzt ... Joseph, jetzt kann er sich nicht mehr freuen, kann nicht mehr lächeln, kann mich nicht mehr lieb haben. Grand'maman Inez sagt, er sei im Himmel. Ich weiß es nicht. Vielleicht hat sie recht. Aber der Himmel ist so weit. Versprich mir, Joseph, daß du nie stirbst.“

Er versprach es ihr mit wehmütigem Lächeln. Er hätte ihr in solchen Stunden alles versprochen. Sie war nicht mehr die elegante mondäne Victoire, war nicht mehr die eifrige Verschwörerin, die mit vor Eifer zitternden schlanken Fingern die Fäden der Politik zu halten glaubte, sie war nur ein erschrockenes kleines Mädchen, das zum erstenmal den Tod gesehen hatte und sich fürchtete.

Wenn Joseph sie in den Armen hielt und ihr Trost zusprach, schweiften bisweilen seine Gedanken zu einer andern, deren Kummer ebenso groß sein mochte, und die niemand trösten würde, zu Antoinette. An Marie Christine wagte er gar nicht zu denken.

Franz bezeigte wenig Kummer. Doch wurde er in diesen Tagen blaß und mager. Er sah schon fast erwachsen aus. Er half Joseph auch wie ein Erwachsener all die traurigen Pflichten erfüllen, die ein Todesfall mit sich bringt und vor denen Stanislas weinend zurückwich.

Carl Herdegen hatte, wie die Wiener sagten: „eine schöne Leich.“ Joseph staunte über die zahllosen Menschen, die dem Leichenwagen folgten.

Da waren nicht nur Verwandte und Freunde, nein, unzählige ärmlich gekleidete, ihm unbekannte Menschen gingen mit. Sie hatten traurige Gesichter, als wäre ihnen ein guter Freund gestorben. Nach dem Begräbnis sprachen einige von ihnen mit Joseph, und dieser erfuhr, daß das stille Leben des Vaters reich gewesen war an Abenteuern der Seele. Gibt es denn schönere, aufregendere Abenteuer als jene, die in das Leben anderer eingreifen, das Leben anderer zum Guten wenden?

Reformen, dachte Joseph bei sich. Der Vater hat nie von Reformen gesprochen. Hat immer ein wenig mitleidig über mich gelächelt. Jetzt weiß ich, warum. In seinem kleinen Kreis, der freilich größer war als wir ahnten, hat er Reformen durchgeführt, ganz still, ohne ein Wort darüber zu verlieren. „Er war halt so viel gut“, sagte der junge Mann, den der Vater vor dem Gefängnis gerettet, vor ein paar Jahren, da er als Bub gestohlen hatte. „Er hat immer Zeit für die Armen und Bedürftigen gehabt“, sagte eine alte Frau. „Wer wird jetzt immer für uns da sein, wenn wir was brauchen?“

Joseph senkte den Kopf. Er ist der Aelteste, er muß den Geschwistern den Vater ersetzen. Das hat er ja immer gewußt. Aber wieviel andern Menschen er Carl

Herdegen ersetzen muß, das erfuhr er erst heute. Langsam stieg er in die schwarze Kalesche, in der bereits Stanislas, Franz und Monsieur Venarius saßen.

Stanislas weinte. Franz blickte ernst aus dem Fenster. Monsieur Venarius nickte Joseph zu, als kenne er die Gedanken, die ihn bewegten.

„Er war ein wahrhaft guter Mensch", sagte er. „Das ist die schönste Leichenrede und die schönste Inschrift für einen Grabstein, mein lieber Joseph. Wohl uns, wenn wir sie einmal verdienen."

Die Kalesche setzte sich in Bewegung. Wie durch einen Schleier sah Joseph die Häuser und Straßen, die Menschen, die Wagen. Er reckte sich gerade auf. Er war müde und gebückt gesessen, wie einer, dem eine schwere Last aufgebürdet worden ist: das Erbe des Vaters.

Grand'maman Inez hielt wieder einmal einen Familienrat ab. Aber nur die Enkel und Monsieur Venarius durften anwesend sein.

„Die Frauen weinen ja doch nur", sagte die alte Dame, „und was hier besprochen wird, ist Männersache."

Sie saß, wie immer, kerzengerade da, sehr klein in dem tiefschwarzen Kleid, einen schwarzen Fächer in der Hand. Wenn sie in den vielen einsamen Stunden seit dem Tode des Sohnes um ihn geweint und geklagt hatte, so wußte es nur Gott. Und vielleicht auch Monsieur Venarius. Aber der verriet sie nicht.

Sachlich, nüchtern besprach sie Carl Herdegens letzten Willen. Wohan fiel, wie immer, an den ältesten Sohn. Auch das Palais in der Stadt. Das Vermögen wurde unter die drei Söhne geteilt. Joseph fiel es auf, daß Grand'maman Inez das „drei" ein wenig betonte und daß Franz, der sie die ganze Zeit über nicht aus dem Auge ließ, plötzlich tief errötete.

„Du, mein lieber Joseph", sagte Grand'maman Inez, „bist jetzt das Haupt der Familie. Wir werden in allem deinen Willen erfüllen. Du hast nur zu befehlen. Ich bin gerne bereit, falls du es wünschst, mich auf unsern kleinen Witwensitz in Oberösterreich zurückzuziehen und dort meine letzten Jahre mit der Vorbereitung auf den Tod zu verbringen."

Joseph erschrak. War das wirklich Grand'maman Inez, die so sprach? Er, das Haupt der Familie, dessen Willen alle erfüllen werden ... Er ...? Grand'maman Inez mußte krank sein. Er blickte sie ängstlich an.

Doch beruhigten ihn ihre nächsten Worte wieder.

„Du ziehst natürlich mit Victoire in das Palais", sagte sie. „Stanislas, der jetzt in Wien leben wird – wir werden ja bald an die Erziehung und den Unterricht des kleinen Ferdinand denken müssen, und das Klima von Wohan ist im Winter zu streng für Monsieur Venarius –, wird mit Bozena und dem Kind euer jetziges Haus bewohnen. Franz bleibt selbstverständlich hier. Er hegt allerlei Pläne, will an die Hochschule gehen. Ich weiß nicht, ob du es ihm gestatten wirst. Ich nehme an, du wirst dagegen sein, wie auch ich es bin. Ich werde mich auch darum bemühen, daß du einen deinem Rang und deinen Fähigkeiten zusagenden Posten erhältst. Sobald ich etwas gefunden habe, wirst du dein jetziges Amt aufgeben. Du weißt, jetzt bist du der Herr der Familie, das Oberhaupt. Vergiß das nicht, mein lieber Joseph. Bislang warst du immer ein wenig weich, ein wenig unentschlossen. Nun jedoch, da du die Stelle deines seligen Vaters einnehmen mußt, hoffe ich, du wirst ihn in allem nachahmen und dir auch seinen unbeugsamen Willen, dem ich mich, wie es meine Pflicht war, stets gefügt habe, bezeugen."

Joseph nickte. Trotz allem Kummer mußte er heimlich ein Lächeln verbergen. Nein, Grand'maman Inez ist nicht krank, und ... er ist auch nicht das Haupt der Familie. Das ist und bleibt der kleine schwarze Schatten mit dem weißen Haar, der eben mit seinem Fächer den Punkt hinter den Satz setzt.

Und Joseph Herdegen sagte mit einer Stimme, die an die des Vaters erinnerte, dieselben Worte, die Carl Herdegen hier, in diesem Raum so oft gesprochen hatte: „Alles soll geschehen, wie Sie, verehrte Grand'maman, es wünschen."

Und wie Carl Herdegen es stets nach diesem Satz getan hatte, machte auch Joseph eine kleine Verbeugung und küßte Grand'maman Inez ehrfurchtsvoll die Hand.

Zweiter Teil

XI.

In diesem Jahr übersiedelte die Familie, Joseph ausgenommen, bereits im Mai nach Wohan. Die kleine Lätitia, Victoires und Josephs ältestes Kind, war den ganzen Winter über kränklich gewesen und sollte sich nun endlich in guter Luft erholen, und auch den vor acht Monaten geborenen Zwillingen Carl und Alois war die Landluft bekömmlicher als die der Stadt.

Bozena, die ohnehin jeden Vorwand benützte, um nach Wohan zu fahren, erklärte, auch der kleine Ferdinand müsse aus der Stadt fort. Stanislas hätte sich gern gedrückt, doch hatte Grand'maman Inez mit einer merkwürdigen Betonung, die etwas erschreckend wirkte, gesagt:

„Es ist geziemend, daß ein junger Mann auch manchmal mit der eigenen Frau lebt." Und Stanislas hatte sich den Wink zu Herzen genommen.

Nun saßen sie an einem warmen Nachmittag vor dem Schloß. Grand'maman Inez studierte, eine Brille auf der Nase, seit einem Jahr mußte sie sie tragen und konnte sich noch immer nicht daran gewöhnen, Antoinettes letzten Brief, der am Morgen gekommen war. Bozena spielte auf dem Rasenplatz mit dem kleinen Ferdinand und mit Lätitia und behütete die Zwillinge, die im warmen Gras strampelten. Victoire lag auf Kissen ausgestreckt und zog sich, so oft Grand'maman Inez nach ihr blickte, mit einer hastigen Gebärde die Röcke über die Knöchel. Bisweilen sagte sie ein paar Worte zu Stanislas, der in einem Buch las und von Zeit zu Zeit auflachte. Leise, denn Grand'maman Inez brauchte nicht zu wissen, daß der Enkel in ihrer Gegenwart Lord Byrons „Don Juan"[1] lese.

Die alte Turmuhr schlug laut und dröhnend die vierte Stunde. Grand'maman Inez blickte von dem Brief auf.

„Nun müßten sie bald kommen", sagte sie.

Die Familie erwartete Franz, der mit Monsieur Venarius von einer Tour durch Deutschland, Italien und Frankreich zurückkehrte. Eigentlich waren ja diese Reisen nicht mehr modern, aber Grand'maman Inez hatte auf der Tour bestanden, in der Hoffnung, Franz werde durch sie auf andere Gedanken kommen. Daß dieser von den zehn Monaten sechs in Paris verbracht hatte, war ihr nicht recht gewesen, wenngleich Monsieur Venarius sie in langen und ausführlichen Briefen darüber beruhigte, Franz ergebe sich keineswegs zügellosen Vergnügen, sondern studiere eifrig an der Universität. Was er studierte, erwähnte Monsieur Venarius freilich nicht. Wußte er doch, daß Grand'maman Inez das Studium der Medizin für nicht standesgemäß und auch für ein wenig sündhaft hielt. Wenn Gott wollte, daß ein Mensch am Leben bleibe, so genas er auch von der schwersten Krankheit. Wollte er es nicht, so war alle Mühe des Arztes vergeblich.

Ein lautes Jammergeschrei des kleinen Ferdinand ließ Victoire aufblicken.

„Natürlich wieder Lätty“, sagte sie resigniert. „Komm her, du schreckliches Kind. Laß deinen Cousin. Du hast ihm das Gesicht zerkratzt.“

Das schreckliche Kind kam aber nicht zu Victoire, sondern zu Grand'maman Inez. Es erzählte der alten Dame eine lange, recht unverständliche Geschichte, hielt sich mit der kleinen schmutzigen Hand an dem schwarzen Seidenkleid fest, beachtete die Mutter nicht.

„Du hast Lätty gut erzogen“, neckte Stanislas die Schwägerin.

Victoire zuckte die Achseln.

„Lätitia anerkennt nur ihren Vater“, entgegnete sie. „Joseph kann mit ihr tun, was er will. Ich zähle überhaupt nicht.“

„Joseph und Grand'maman Inez“, meinte Bozena, die zu den beiden getreten war.

„Das ist etwas anderes. Lätty hält Grand'maman Inez aus einem nur ihr völlig begreiflichen Grund für ihre Spielgesellin. Neulich hat sie mir einen Ring gestohlen und ihn geradewegs zu Grand'maman Inez gebracht, sie soll ihn verstecken. Sie ist ein entsetzliches Kind.“

„Red doch nicht so, Victoire! Du hast sie sehr lieb und bist sehr stolz auf sie.“

„Mademoiselle Autriche“, sagte Victoire lachend. „Sie hat Grand'maman Inez' Augen, Josephs Nase, den Mund meiner französischen Großmutter, und wenn man sie anschaut, weiß man sofort, daß sie eine kleine Oesterreicherin ist.“

Ihre Augen wurden weich.

„Wenn sie vor sich hinsingt, was sie den halben Tag tut, glaube ich fast, vor mir stehe eine kleine Elfe aus dem Wienerwald. Dann ist das ganze Kind nur ein Lied.“

Sie blickte auf den kleinen Ferdinand, der sich ruhig die Tränen vom Gesicht wischte und mit einer gewissen Feierlichkeit Lätitia erklärte:

„Ich bin nicht mehr böse auf dich.“

„Wie können Cousine und Cousin so verschieden sein?“ fragte Victoire lachend. „Ferdi ist ein Engel, still, brav, gewissenhaft. Ja, wirklich, mit seinen vier Jahren ist er schon gewissenhaft. Joseph muß als Kind so gewesen sein. Und meine Lätty ... Eine Stunde ein Engel, eine Stunde ein Teufel. Sie übertreibt alles.“

„Von wem sie das wohl haben mag?“ meinte Grand'maman Inez gelassen.

„*Madame Mère*, das verdiene ich wirklich nicht. Vor Ihnen spielen drei Urenkel, die ich ihnen geschenkt habe. Und zwei davon werde ich jetzt gleich selbst nähren gehen. Bin ich nicht eine tugendhafte Frau und Mutter? Was können Sie mir vorwerfen, *Madame Mère*?“

Grand'maman Inez lächelte. Sie hielt Lätitias kleine warme Hand in der ihren. Diesem Kind gegenüber war sie machtlos. Lätitia hatte sich noch nie vor ihr gefürchtet. Lätitia kam mit allen ihren Freuden und Leiden zu ihr. Vertrauensvoll, ohne Angst, gescholten zu werden.

Grand'maman Inez legte Antoinettes Brief fort.

„Wie politisch die jungen Frauen von heute sind“, meinte sie kopfschüttelnd. „Sogar unsere gute Antoinette. Nun erwartet sie bereits das vierte Kind, und noch immer sorgt sie sich um das Schicksal der Völker. Sie schreibt mir da eine lange verworrene Geschichte, aus der ich nicht recht klug werde. Von einer deutschen

Burschenschaft[2], die, wie sie schreibt, im vorigen Jahr aufgelöst wurde und nun doppelt eifrig konspiriert und ihr Unwesen treibt. Das sind wohl diese schrecklichen Menschen, die Kotzebue[3] ermordet haben. Der Arme, ich habe seine Stücke ganz gern gelesen, obwohl sie, angepaßt der heutigen Mode, gar zu rührselig sind.[4] Doch dürfte dies kein Grund sein, einen Menschen zu töten."

Stanislas lachte.

„Deshalb hat ihn Sand[5] auch nicht getötet, Grand'maman Inez."

„Ich verstehe die Welt nicht mehr. Wir hatten alle angenommen, daß durch die Heilige Allianz und durch den Deutschen Bund Frieden herrschen würde. Wer stört denn noch immer unsere Ruhe?"

„Nur die Carbonari, nur die Hetärien[6], nur das Volk in England, das mit seinem neuen König unzufrieden ist. Nur die Studenten bei uns und drüben bei den Preußen und den andern Völkern im Deutschen Bund.[7] Lauter belanglose Menschen, meint Fürst Metternich. Aber wenn Sie mit Joseph darüber reden, wird er Ihnen etwas anderes sagen, Grand'maman Inez."

Grand'maman Inez warf ihm einen verweisenden Blick zu.

„Joseph ist geistig in schlechte Gesellschaft geraten, mein Enkel. Dieser frühere Hofmeister bei den Stadions, dieser Professor Weindridt, den Joseph so sehr schätzt, gefällt mir gar nicht. Und neulich brachte er uns einen jungen Mann ins Haus, der viel ungereimtes Zeug schwätzte und auch keine sonderlich guten Manieren hatte. Wie heißt er nur?"

„Bauernfeld[8]", sagte Victoire. „Joseph behauptet, dieser junge Mann sei ein großes Talent."

„Bei Joseph genügt es, daß einer ein Bürger sei, um in ihm ein Talent zu entdecken", warf Stanislas lässig ein und setzte sich den Sohn aufs Knie. „Wirst du auch ein Talent werden, Ferdi?" fragte er neckend.

„Nein", erwiderte Ferdinand, erschrocken über das neue Wort, das er für etwas Böses hielt. „Nein, Papa."

Er glitt von den Knien des Vaters hinab, horchte angestrengt, rief dann aufgeregt: „Sie kommen! Sie kommen!"

Und lief so rasch ihn die kleinen Beine tragen wollten, in die Richtung des Tores. Auf dem Kies wurde Räderrollen vernehmbar. Vor dem Schloß hielt die Kalesche, die Monsieur Venarius und Franz von der letzten Poststation abgeholt hatte.

Die Zwillinge erschraken und begannen laut zu schreien. Victoire hob sie auf, hielt sie in den Armen und eilte so Franz entgegen. Dabei fiel ihr ein, wie sie, vor Jahren, mit ihm als Begleiter nach Wohan gekommen war. Damals, als sie vor Joseph floh. Sie blieb stehen. Ein Schatten huschte über ihr Gesicht. Frankreich, der Kaiser, der noch immer auf St. Helena schmachtete, und sie ... Nun steht sie hier, in den Armen die Kinder – die Kinder des „Feindes".

Einen flüchtigen Augenblick empfand sie tiefe Schwermut, jene seltsame Stimmung, von der sie bisweilen befallen wurde und in der ihr alles nichtig und sinnlos erschien, das ganze Leben, die ganze Welt.

Sie zwang sich zu einem Lächeln und ging, jetzt langsam, fast schwerfällig, zu der Kalesche, aus der eben, von Franz gestützt, Monsieur Venarius stieg.

***

Am Abend, nachdem Grand'maman Inez und Monsieur Venarius schlafen gegangen waren, fanden die jungen Herdegens sich in Victoires kleinem Salon ein.

„Es ist wie in alten Zeiten", meinte Franz und blickte lächelnd um sich, „wenn wir heimlich Feste feierten. Erinnert ihr euch? Eigentlich wolltet ihr mich immer fortschicken, aber dann blieb ich trotzdem."

„Toinette fehlt", meinte Bozena leise.

Und über Stanislas' Gesicht huschte ein Schatten: Er dachte an Marie Christine, die ebenfalls fehlte, die aber außer ihm niemand abzugehen schien.

„Laß dich ordentlich anschauen, Franzel", sagte Victoire. „Du bist sehr gewachsen, bist schon größer als Stani und Joseph. Und elegant bist du geworden."

„Ja, er sieht ganz wie ein junger Lord aus", erklärte Stanislas. „Wenn er einen Spitzbart hätte, er wäre ein Bild von van Dyck[9]."

„Auch ihr habt euch verändert", warf Franz hastig ein. „Victoire ist üppiger und Bozena noch schöner geworden."

„Sie hat es leicht", entgegnete Victoire ein wenig gereizt. „Sie hat nicht unter der Herdegenschen Krankheit, unter Zwillingen, zu leiden gehabt."

„Und Stani ist schrecklich erwachsen", fuhr Franz fort. „Er hat ja schon eine Falte über der Nase."

„Die macht er sich künstlich", neckte Victoire den Schwager. „Du muß wissen, Franzel, daß dein Bruder sich darauf vorbereitet, ein großer Staatsmann zu werden. Er verschlingt alle Gazetten, deren er habhaft werden kann. Er weiß genau, was in allen Ländern vorgeht. Er weiß sogar, was der Fürst Metternich sich wirklich denkt."

Stanislas wurde verlegen.

„Mein Gott", sagte er, „ich werde doch nicht immer Wohan für Joseph verwalten. Ich habe schon einige Male mit Grand'maman Inez darüber gesprochen, sie ist milder geworden, meint, ich könnte vielleicht doch noch im diplomatischen Dienst ... Schließlich bin ich ja noch kein alter Mann. Könnte, wenn ..."

„Wenn ich sterbe", meinte Bozena hart, „und der Herr Gesandte eine standesgemäße Frau heiratet, die gut zu repräsentieren versteht."

„Bozi, ich bitte dich", warf Victoire hastig ein. „Hör doch mit diesen dummen Ideen auf. Du weißt ganz gut, daß du, Grand'maman Inez ausgenommen, vornehmer aussiehst als wir alle. Wirklich. Diesen Winter fragte mich ein Franzose, der bei uns zu Gast war: Nicht wahr, Ihre Schwägerin ist eine Mediatisierte[10]?"

„Und was macht Joseph?" fragte Franz. „Ich glaubte, ihn hier zu treffen."

„Joseph", erwiderte dessen Frau, „ist verrückt geworden. Seine Hauptbeschäftigung besteht darin, sich bei den hohen und höchsten Stellen unbeliebt zu machen. Er geht umher wie ein Spürhund und wittert überall Ungerechtigkeit und Unrecht. Er hat ein neues Steckenpferd, das er zu Tode reitet: die Pressefreiheit[11]. Aber das ist nicht das einzige. Sein Stall ist voller Steckenpferde. Ich weiß nur nicht, wie sie alle heißen. Wenn Grand'maman Inez nicht wäre, Joseph hätte schon längst kein Amt mehr, und wir könnten in Wohan als Bauern leben. Er schleppt mir in meine Salons die drolligsten jungen Menschen, die sich nicht recht zu benehmen wissen, dafür aber, das kann ich nicht leugnen, äußerst klug zu reden verstehen."

„Also dein Wunsch hat sich erfüllt, Victoire? Du hast einen politischen Salon?"

Victoire errötete unter dem gutmütigen Spott.

„Nicht den, den ich geträumt hatte, Franzel. Du weiß ja ..."

Er nickte.

„Mach dir keine Hoffnungen, Victoire. Frankreich will nichts von Napoleon II. wissen. Frankreich ist romantisiert. Dichtende Minister geben den Ton an, alles schwärmt für Chateaubriand[12]. Und die Frauen lassen sich verhungern, weil Lamartine[13] nur ätherische Wesen besingt."

Er schwieg und zündete sich eine Pfeife an.

„Du hast Toinette gesehen, Franzel. Erzähl doch von ihr", bat Bozena. Franz runzelte die Stirn.

„Toinette gefällt mir gar nicht", entgegnete er. „Ich habe sie perkutiert[14], und ..."

„Was hast du sie?" fragte Stanislas verständnislos.

Franz lachte.

„Ach ihr armen Barbaren. Ihr wißt ja gar nicht, welche Fortschritte die Medizin gemacht hat. Ich aber habe in Paris bei Laënnec[15] studiert. Ach so, ihr wißt nicht einmal, wer Laënnec ist."

„Nein", gab Victoire ehrlich zu. „Woher sollten wir es wissen?"

„Die Menschen, die Kriege machen und Tausende töten, die kennt ihr. Aber jene, die das Leben der Menschen verlängern, die Krankheiten rechtzeitig erkennen und heilen, von denen wißt ihr natürlich nichts."

„Also, was ist's mit Toinette?" fragte Bozena ungeduldig.

„Wie gesagt, ich habe sie perkutiert, ich werde auch euch alle perkutieren. Man weiß ja nie ... Also, Toinettes Lungen geben keinen hellen Ton. In vier Jahren drei Kinder, und nicht, wie Victoire, Zwillinge, das ist zu viel. Sagt aber nicht Grand'maman Inez, daß ich das gesagt habe."

„Ist Toinette krank?" fragte Bozena besorgt.

„Nicht ausgesprochen krank, aber auch nicht gesund. Sie verträgt das Klima nicht, das wirkliche und das geistige. Unser lieber Schwager ist ein braver Mann, gewiß. Aber von einer Trockenheit, von einer Langeweile ..."

„Wie Joseph", entschlüpfte es Victoire.

Franz blickte sie strafend an.

„Dein Mann ist sprühend geistreich im Vergleich mit dem braven Wilhelm. Der kennt nur zwei Dinge: den Dienst und die Erhaltung der Familie. Ich freilich bin der Ansicht, daß diese Familie lieber aussterben sollte."

„Du redest wie ein Ketzer, Franzel", sagte Bozena ehrlich chokiert.

„Sag es nur nicht Grand'maman Inez."

Stanislas lachte.
„Du bist ein gelehrter Mann geworden, Franzel, redest von Dingen, die kein Mensch versteht und hast trotzdem noch immer Angst vor Grand'maman Inez. Wie wir alle", fügte er mit einem säuerlichen Lächeln hinzu.
„Nicht alle", sagte Victoire stolz. „Lätti hat nicht die geringste Angst vor Grand'maman Inez."
„Victoire als zärtliche Mutter", spottete Franz.
„Die Amazone, die Verschwörerin, als Maman."
„Ja", meinte Victoire seufzend. „Ich bin eine Kuh geworden, seitdem die Buben da sind."
„Aber Toinette?" beharrte Bozena eigensinnig.
„Toinette ist leider keine Kuh geworden", erwiderte Franz ernst. „Obwohl es für sie das beste wäre. Aber daran ist nur der brave Wilhelm schuld. Sie muß sich heimlich Bücher beschaffen, sie heimlich lesen, als triebe sie Ehebruch ... Und wenn der gute Schwager auf Jagden fährt, zum Glück geschieht das ziemlich häufig, stiehlt Toinette sich aus dem Haus und geht in einen Dichtersalon, wo Theater gespielt wird. Zu Stägemann[16], der eine schöne Tochter hat. Sagt übrigens, woher kommt bei Toinette die Leidenschaft für Griechenland?"
„Eine Kinderei", sagte Victoire hastig. „Eine alte Jugenderinnerung."
„Sie hat in dem Salon Stägemann einen jungen Mann mit dem nicht gerade wohlklingenden Namen Müller[17] kennengelernt, der ‚Griechenlieder' dichtet. Sie trägt die Lieder schön abgeschrieben heim und liest immer wieder in ihnen. Ich glaube sogar, daß sie die Gedichte der armen Lully vorliest."
„Wie sind die Kinder?" wollte Bozena wissen.
„Lully ist allerliebst. Eine echte Herdegen. Mit Marie Christines Augen und Toinettes stiller Art. Die Buben, mein Gott, die sind so klein, daß man noch nichts sagen kann."
Franz legte die Pfeife fort.
„Ja, diese Begeisterung für die Griechen ist fast krankhaft. Ich hatte geglaubt, ihr würdet sie mir erklären können."
„Diese Griechen", sagte Stanislas, der Staatsmann, „werden uns noch viel zu schaffen machen. Einstweilen werden sie noch von Ali Pascha[18] massakriert. Aber sie wehren sich wie die Teufel."
Franz reckte sich.
„Ich bin müde. Die Fahrt war lang. Gehen wir schlafen."
„Du hast geschrieben, daß du von Matzi gehört hast", warf Stanislas ein. „Wer hat dir von ihr erzählt? Du weißt doch, daß wir ganz ohne Nachricht von ihr sind."
„Marie Christine macht es Victoire nach: Sie konspiriert."
„Marie Christine? Das ist ausgeschlossen."
„Nein, Victoire, es stimmt. Ich habe es von einem ihrer Mitverschwörer gehört, einem jungen Polen. Marie Christine ist eine begeisterte Polin geworden, die alles Russische haßt. Was ja schließlich bei ihr begreiflich ist. Der junge Mann schwärm-

te von der schönen Fürstin Kramsin und erklärte, wenn Polen endlich frei würde, hätte es ihr unendlich viel zu verdanken."
„Und Matzis Mann? Was sagt der dazu?"
„Anscheinend sagt er überhaupt nichts. Jedenfalls hat ihn der junge Pole als eine unheimliche Null bezeichnet."
Stanislas zog die Brauen hoch.
„Matzi soll vorsichtiger sein. Man weiß doch, was in Rußland mit Verschwörern geschieht."
Franzens Gesicht wurde sehr ernst.
„Der junge Pole meinte von Marie Christine: Die Fürstin kennt keine Furcht. Oft erschreckt sie sogar mich. Es ist, als liefe sie freudig dem Tod entgegen."
„Und Maman? Kann denn Maman gar nichts tun?" fragte Victoire.
„Maman ist seit ihrer Heirat fast immer in Paris. Sie ist schrecklich jung geworden und trägt die extravagantesten Toiletten. Und der Stiefvater behauptet, sie sei die schönste Frau Frankreichs."
„Und Grand'maman Nathalie?"
„Grand'maman Nathalie ist auf ihre alten Tage eine wilde Patriotin geworden, die Marie Christine in ihrem Wahnsinn unterstützt. So, jetzt habe ich euch die ganze Familiengeschichte erzählt. Jetzt gehe ich."
Aber er ging dann doch nicht. Als Bozena und Stanislas sich zurückgezogen hatten, bat er Victoire noch um eine Tasse Tee, und während diese ihn zubereitete, sagte er unvermittelt:
„Ich weiß nicht, ihr kommt mir alle so merkwürdig vor. So ... verschlafen. Ist denn bei euch die Zeit stehengeblieben?"
„Ist sie das nicht überall?"
„Nein, Victoire, sie fängt im Gegenteil an aufzuwachen. Sogar in Preußen regt es sich. Sympathisch sind diese jungen Leute ja gerade nicht, mit ihrer Tugend und ihrem Turnen und ihren patriotischen Liedern, aber sie wissen wenigstens, was sie wollen. Und auch in Frankreich, nicht in dem der Hofgesellschaft, aber bei den Studenten, bei den einfachen Leuten geht etwas vor. Und in Italien erst recht. Ich glaube, Victoire, die große Revolution war vielleicht die erste, aber noch lange nicht die letzte."[19]
„Das meint Joseph auch", sagte Victoire etwas müde.
„Warum dieser Ton? Hast du Angst?"
„Nein. Aber es erscheint mir so sinnlos, so hoffnungslos. Es ist ja doch immer dasselbe. Als ich ein Kind war, haben mir die Eltern und Verwandten mit stockendem Atem von der Guillotine erzählt. Was hat die Guillotine erreicht? Nichts. Aus der Revolution ist ein Genie hervorgegangen. Was ist sein Ende? St. Helena. Auf dem Kongreß wurde so viel von der Beglückung der Völker gesprochen. Sind sie glücklicher, als sie waren? Ist nicht alles gleich geblieben, oder, so zumindest behaupten es Josephs neue Freunde, ist es nicht noch ärger geworden?"
„Nein", sagte Franz entschieden. „Es ist nicht ärger geworden. Früher wußten die Menschen gar nicht, daß es etwas Anderes, etwas Besseres geben könnte. Jetzt wissen sie es. Und, glaub mir, das ist viel wert."

„Mag sein. Mich interessiert es nicht.“

Franz blickte sie prüfend an.

„Bestimmt bist du krank. Ich werde dich morgen perkutieren“, erklärte er. „Es geht doch nicht an, daß in der ganzen Familie nur ein Mitglied nicht gealtert ist: Grand’maman Inez.“

***

In dieser Nacht schliefen im Schloß wohl nur die Kinder gut. Franzens Ankunft hatte wie ein Sturmwind gewirkt, der alles aufwirbelt. Victoire lag lange wach und starrte mit brennenden Augen auf die Zwillinge, die friedlich neben ihrem Bett schlummerten. Sie fragte sich verzagt: Was fehlt mir? Warum bin ich gegen alles so gleichgültig geworden? Warum erschreckt mich der Gedanke, daß ich drei Kindern das Leben geschenkt habe, als wäre dieses Geschenk etwas Böses? Als würden in fernen Jahren auch diese Kinder sagen, was ich mir heute sage: „Nichts lohnt sich auf dieser Welt. Alles ist einerlei.“ Was ist das Seltsame, das in mir lebt und mich nicht zur Ruhe kommen und mich gleichzeitig fühlen läßt: Wozu die Unrast? Du kannst ja doch nichts ändern. Ist das der Weltschmerz, über den Grand’maman Inez so grimmig spottet? Ist das das Erbe unserer Generation? Einer Generation, die bereits in jungen Jahren allzu viel erlebt hat?

Sie seufzte und vergrub den Kopf tief in die Kissen. Nichts sehen, nichts hören, nicht denken, schlafen, nur schlafen.

Stanislas saß am Fenster und blickte in die mondhelle duftende Mainacht hinaus. Die Falte, mit der Victoire ihn geneckt hatte, grub sich tiefer in seine junge Stirn. Er fühlte die Hilflosigkeit, die ihn stets überkam, wenn er unter etwas litt. Was hatte der junge Pole von Marie Christine gesagt? „Es ist, als liefe sie freudig dem Tod entgegen.“ Er dachte an das kleine zarte Mädchen, mit dem er in Wohan gespielt hatte. War Matzi böse auf einen Menschen, oder hatte etwas sie gekränkt, so ritt sie wie eine Wahnsinnige auf ihrem Pony, ließ es die schwierigsten Hindernisse nehmen, oder sie kletterte auf einen Baum, den selbst die Buben nicht zu erklimmen wagten. Einmal hatte Joseph ihr zugerufen, als sie immer höher und höher kletterte: „Du wirst dich totschlagen, Matzi“, und aus der Krone der alten Linde hatte es mit einer hellen Kinderstimme zurückgetönt: „Das will ich ja.“

Nun wollte sie es wieder. Es fiel ihr leicht, kühn zu sein, mit einem Leben zu spielen, das für sie nichts bedeutete. Sie läuft dem Tod entgegen, dachte Stanislas schaudernd, und sah vor sich die schlanke, weiße Gestalt, die einem unbarmherzigen Tod, der die Kalmückenzüge Konstantins trug, in die Arme rannte.

Stanislas ertrug die Stille, in der solche Bilder aufstiegen, nicht länger. Er trat zum Bett, in dem Bozena schlief.

„Wach auf, Bozi“, sagte er leise.

„Was willst du?“ fragte sie schlaftrunken.

„Ich kann nicht schlafen, Bozi, ich muß immerfort an Matzi denken.“

Bozena setzte sich auf. Ihr schönes Gesicht war kalt und hart. „Deshalb weckst du mich?“ fragte sie.

„Bozi, mir ist so bang um Matzi. Ich habe Angst um sie. Du hast doch gehört, was Franzel erzählte.“

„Marie Christine hat sich selbst ihr Schicksal geschmiedet. Niemand hat sie zu etwas gezwungen.“

Stanislas setzte sich auf den Bettrand.

„Sei nicht so hart, Bozi. Bedenk doch, unsere Schwester ...“

„Deine.“

„Bozena, kannst du denn nichts verzeihen? Nichts vergessen?“

„Nein.“

„Warum, Bozena? Warum?“

„Ich weiß es nicht. Ich kann eben nicht. Ich vergesse nichts. Kein böses Wort, keinen hochmütigen Blick. Keinen ...“ Sie schwieg einen Augenblick und sah ihn an: „Verrat.“

„Bozena, daß du auf mich böse bist, gut, obwohl, ich schwöre dir, es war nur eine Laune, eine Spielerei. Ich dachte mir nichts dabei.“

„Wie in jenem Sommer in Wohan, nicht wahr, Stanislas? Als ich gut genug für dich war?“

„Bozena, bin ich nicht immer gut zu dir? Sag ich dir je ein böses Wort?“

„Nein, weil es sich dir nicht lohnt und weil du vor Grand'maman Inez Angst hast. Aber ich fühle trotzdem Hochmut, der mich beiseite schiebt.“

„Das ist nicht wahr.“

Bozena schwieg und lächelte spöttisch.

„Versteh mich recht, Stanislas. Ich weiß, ich bin eine große Dame geworden. Du brauchst dich meiner nicht mehr zu schämen. Meine Manieren sind tadellos. Ich bin sogar sehr gebildet. Ich hatte ja in den langen einsamen Monaten, da du in der Stadt warst, Zeit zum Lesen. Aber etwas in mir ist dir, und etwas in dir bleibt mir fremd. Und dieses Fremde haßt das Fremde des andern. Du verstehst mich nicht. Weshalb soll ich mich um Marie Christine sorgen, für die ich immer nur das Bauernmädchen war?“

„Sag, Bozena, haßt du uns alle?“

„Nein, Franz nicht. Für den war ich immer seine Bozi und bin es auch heute. Und Joseph nicht. Und Grand'maman Inez nicht.“

„Dabei war es doch gerade Grand'maman Inez, die uns gezwungen hat ...“

„Weil sie es für recht hielt. Weil es bei ihr etwas gibt, das viel stärker ist als der Hochmut. Für Grand'maman Inez war ich eine Seele, die gerettet werden mußte. Auch du warst es, mein armer Stanislas.“

„Siehst du, Bozi, mich wenigstens kannst du bedauern.“

„Wie ich den kleinen Ferdinand bedaure, wenn er sich weh getan hat. Nicht anders.“

Er blickte sie an.

„Wie schön du bist, Bozena. Du wirst eine wundervolle Diplomatenfrau abgeben.“

Sie lachte.

„Hast du schon Marie Christine vergessen, Stanislas? Denkst du schon wieder nur an deine Karriere? Siehst du, mein Haß ist stärker als deine Liebe."

Er senkte den Kopf. Ganz wie der kleine Ferdinand, wenn er etwas angestellt hat, dachte Bozena.

„Bozi, sei gut. Ich bin traurig. Ich will nicht traurig sein. Das tut mir weh. Ich will nicht sehen, wie Matzi dem Tod entgegenläuft."

„Du willst nie die Wahrheit sehen, mein armer Stani. Das ist dein größter Fehler. Aber vielleicht kannst du nichts dafür. Ihr habt ja alle nie die Wahrheit gesehen. Ihr wißt nicht, was sie ist. Darum erschreckt ihr vor ihr. Wir, die Kinder der Armen, kennen sie fast seit unserer Geburt. Aber ihr ..."

„Was ist die Wahrheit?"

„Daß das Leben schwer ist und daß die Menschen grausam sind."

Sie verstummte. In die Stille klang das Schlagen der Nachtigallen.

„Und das", sagte Stanislas fast schüchtern und wies mit einer Gebärde nach dem offenen Fenster. „Diese ganze Schönheit da draußen und die Schönheit, die von Menschenhänden geschaffen ist, Bilder und Bauten und Musik, das ist nicht die Wahrheit?"

Bozena sah ihn verwirrt an.

„Ich weiß es nicht, Stanislas."

Sein Gesicht wurde abermals düster.

„Matzi hat mich immer ausgelacht, weil ich im Frühling poetisch wurde, wie sie es nannte. Matzi, arme Matzi ..."

Bozena hätte gerne die Arme um ihn geschlungen, ihn getröstet. Aber sie konnte es nicht. Etwas stand zwischen ihnen. Nicht, daß er sie betrog, mein Gott, taten das nicht alle jungen Männer der Gesellschaft ihren Frauen an? Vielleicht Joseph ausgenommen. Nicht, daß er sie oft Monate lang vernachlässigte und vergaß, auch das hätte sie verstehen und verzeihen können; er war ja noch so jung. Aber das andere in ihm, das Fremde, das sie nicht begriff, nicht begreifen konnte, das sie immer wieder fühlte, selbst in den zärtlichsten Stunden, das sich durch einen Blick, eine Gebärde, eine Nuance in der Stimme verriet ... Das ewig Andere.

„Laß mich schlafen, Stanislas. Ich bin müde."

Er warf ihr einen traurigen Blick zu und setzte sich wieder ans Fenster. Im Mondlicht schimmerten schneeweiß die blühenden Bäume und leuchtete silbern die träg dahinfließende March. Aber Stanislas sah vor sich eine eisige Fläche, auf der Marie Christine auf einem weißen Pferd dem Tod entgegenjagte, der gewaltig, bis zum Himmelszelt aufragend, am Horizont stand und mit unendlich langen Armen nach ihr griff.

***

Monsieur de Venelles schritt in seinem Zimmer auf und ab. Dort, in jenem Lehnstuhl war Franz gesessen, Franz, der eben aus Paris kam, in dessen Ohren noch der zärtliche Klang des Französisch tönte, der den ganzen Duft der französischen Heimat hergetragen hatte, in dieses mährische Schloß. Franz, der lässig gesagt hatte: „Ja, ich war auch zwei Wochen in der Normandie. Sie ist wirklich schön.“ Wirklich schön, als ob sie nicht das Schönste auf der Welt wäre, das Liebenswerteste, das Gebenedeiteste. Notre-Dame, hatte Franz gesagt, und vor Monsieur de Venelles waren die hohen alten Türme aufgeragt, die Glocken hatten getönt, als riefen sie ihn.

Wie fern war die Heimat alle diese Jahre gewesen, wie unendlich fern! Und nun kam ein Mensch, der noch vor wenigen Tagen dort geweilt hatte. Ein Mensch, auf dessen Kleidern vielleicht noch der Staub von Paris lag, dessen Schuhe französische Erde berührt hatten. Und die Heimat war nähergerückt, war ganz nahe gekommen, war nun hier, in Monsieur de Venelles' Arbeitszimmer. Er fühlte sie, er sah sie, er roch sie. Duftet der französische Flieder nicht süßer, nicht stärker als der österreichische? Und ist das Blau des Himmels dort unten nicht viel strahlender, viel beseligender? Und die Menschen, die einen in der eigenen, so selten gehörten, Sprache begrüßen, sind nicht auch sie anders als die hier?

Franz hatte für Monsieur de Venelles Bücher mitgebracht.

„Das Neueste“, hatte er erklärt, „damit Sie wissen, was Frankreich denkt und schreibt.“

Monsieur de Venelles blickte die Bände liebevoll an, er streichelte sie. Er schlug sie auf und las hier einen Satz und dort einen Satz. Wie beschwingt war diese Sprache! Wie leicht erhob sie sich über alles Niedrige und Gemeine! Die Namen der Dichter waren ihm fremd. Und dennoch, sobald er nur einige ihrer Worte gelesen hatte, wurden sie ihm vertraut. Das hatte kein einzelner geschrieben, das hatte Frankreich geschrieben. Ein zu neuem Leben erwachtes Frankreich, das den bösen Traum der Schreckensjahre, der nicht enden wollenden Kriege vergessen hatte.

Monsieur de Venelles lächelte vor sich hin. Er wird heimkehren. Zurück nach Frankreich. Wird es schon morgen Grand'maman Inez sagen. Wird um seine Entlassung bitten. In einem Monat kann er bereits zu Hause sein. Die Expreßkutschen fahren sehr schnell. Hinter ihm wird die Fremde bleiben. Er wird die Grenze überschreiten. Wird daheim sein.

Ja, Grand'maman Inez muß ihn freigeben. Bozenas ältester Bruder, der seit zwei Jahren seine Stütze ist, kann ihn ersetzen. Freilich, die Ernte ... Wird der junge Mann sich so gut darauf verstehen, wie er, Monsieur de Venelles? Die Felder stehen gut, die Obstbäume versprechen, reichlich Frucht zu tragen.

Plötzlich überkam ihn ein Gefühl der Untreue. Darf er, kann er die Felder im Stich lassen, die er seit vielen Jahren betreut und pflegt? Waren nicht sie mit ihren kleinen grünen Halmen im Frühling, mit ihren goldenen Aehren im Sommer die erste Heimat für den Verbannten gewesen? Hatten ihm nicht die hohen Bäume der großen Wälder Mut zugesprochen und Kraft geschenkt, als er, vereinsamt, verloren, ein Fremder im fremden Lande, über den grünen Moosboden schritt? Der junge Sametil versteht sich schlecht auf die Forstwirtschaft. Werden unter seiner unkundigen Hand nicht die Bäume leiden, die guten alten Freunde? Und auch die Menschen? Er weiß, daß der „Monsieur“, der ihre Sorgen und Nöte kennt und versteht, ihnen abgehen wird. Der junge Sametil sehnt sich nach der großen Stadt, wird vielleicht hinziehen. Und wer mag dann an seine Stelle kommen? Haben nicht auch die Menschen hier ihn gütig aufgenommen, gutmütig über seine fremde Art gelacht, ihn bedauert, weil er gar so weit von zu Hause leben muß? Und sind sie nicht seine Freunde geworden, in jenem strengen Winter, da in den kleinen Ställen der Bauern das Vieh zu erfrieren drohte, und auch die Bauern in ihren Hütten Hungers gestorben wären, hätte nicht der gräfliche Verwalter, aller Kälte und allem Schneetreiben trotzend, selbst in seinem Schlitten Nahrungsmittel und Futter gebracht? Ja, damals hatten sie ihn als den Ihren anerkannt, als einen Freund, als einen Bruder, der nur zufällig in einem andern Land geboren worden war, der nur zufällig eine andere Sprache redete. Jetzt verstanden sie ihn. Jetzt redeten sie die gleiche Sprache: Not, Leben und Tod sind überall gleich. Er erschien ihnen nicht mehr drollig, oder wenn doch, so war diese Drolligkeit in ihren dankbaren Augen liebenswert und sogar schön geworden. Seit jenem Winter hieß er in der ganzen Gegend „Unser Monsieur“, und der Name war ihm wie eine Ehre erschienen.

Und nun sollte all dies auf einmal nichts mehr bedeuten? Nur weil ein Mensch gekommen war, der den Duft der französischen Heimat mitgebracht hatte?

Monsieur de Venelles ging immer rascher im Zimmer auf und ab, als wollte er diesen anklagenden Gedanken entfliehen.

Es begann zu dämmern. Er trat auf den kleinen Altan[20] und blickte in den Morgen. Langsam wurde es hell. Drüben im Meierhof regte sich bereits das Leben. Die Hähne krähten. Nun konnte Monsieur de Venelles bereits alles genau unterscheiden. Die Schuppen und Scheunen, die Stallungen, die Felder, die Wälder. Sehr klar konnte er sie unterscheiden, und auch in der Ferne die kleinen verstreuten Anwesen. Und vor dieser großen morgendlichen Helle verblaßten die andern Bilder, verschwammen im grauen Nebel der Ferne und der Vergangenheit die Türme von Notre-Dame und die Ufer der Normandie.

Monsieur de Venelles kleidete sich an und verließ das Schloß. Im Mai gibt es viel zu tun. Sein Tagwerk erwartet ihn.

Grand'maman Inez schlief nicht, weil, wie sie behauptete, alte Leute nicht schlafen dürfen. Sie haben vor dem Tod noch so viel zu ordnen, zu erledigen und zu regeln, daß der Tag nicht dazu genügt.

Es war ein schöner Tag gewesen, dachte sie. Franzens Heimkehr, Antoinettes Brief. Die Urenkel, die gesund und vergnügt in der Sonne gespielt hatten. Wie schön ist es, Urenkel zu haben. Sicher zu sein, daß die Familie nicht ausstirbt. Und auch die Enkel werden allgemach erwachsen. Freilich, sie haben noch immer ihre Kinderfehler, Joseph mit seinen verrückten Ideen, Stanislas mit seiner Unruhe und mit seinem Ehrgeiz – aber das wird sich schon geben. Eigentlich, dachte Grand'maman Inez, könnte ich jetzt sterben. Jetzt können sie sich schon allein weiterhelfen. Und welche Gnade Gottes war es, daß Ludmilla wieder geheiratet hat, nach Polen, von wo aus sie sich nicht mehr in das Leben der Kinder mischen kann. Ja, eigentlich könnte sie jetzt sterben. Aber ich muß noch dafür sorgen, daß der kleine Ferdinand einen guten Präzeptor bekommt, mein braver Venarius wird alt. Das habe ich heute gemerkt. Und die Zwillinge – Victoire ist nicht dazu geeignet,

Kinder zu erziehen. Das sehe ich bei Lätitia. Mit mir ist das liebe Kind immer brav, aber mit der Mutter ... Ja, die Zwillinge kann ich noch nicht ihren Eltern überlassen. Bis zu ihrem zehnten, elften Jahr müßte ich noch leben. Wie alt werde ich dann sein? Sechsundachtzig. Mein Gott, auch das ist kein besonders hohes Alter. Ja, so lange werde ich noch leben müssen.
Sie griff nach dem Rosenkranz, der unter dem Kopfkissen lag, und begann zu beten. Für die Enkel und Urenkel, für Monsieur Venarius, für die toten Söhne ... Und ertappte sich bei dem Gedanken: „In vierzehn Jahren könnte ich, falls Lätitia früh heiratet, Ururgroßmutter sein." Und unklar dachte sie daran, daß sie ja auch dann nicht würde sterben dürfen, der Urenkel wegen.

XII.

Joseph schritt langsam durch die sommerlichen Straßen der nächtlichen Stadt. In dieser Stunde, da Nacht und Morgen miteinander rangen, der westliche Himmel noch grau, der östliche bereits leise rosig getönt war, sahen Häuser und Gassen ganz anders aus als sonst. Fremd, unwirklich. Die Stadt hatte für eine Weile ihre Heiterkeit verloren. Die fahlen Mauern, die dunklen Bäume, die sich auf der Bastei wie tote Schildwachen kerzengerade erhoben, erweckten einen fast drohenden Eindruck.
Oder entsprang die leichte Bangigkeit, das Gefühl, etwas Bedrohliches lebe hier, nur Josephs müdem Kopf? Waren sie nur die Erinnerung an die Gespräche von heute nacht?
Wenn man diese jungen Menschen reden hörte, so könnte man glauben, daß bereits morgen, spätestens aber übermorgen ein Sturm durch Wien fegen und alles Alte, alles Morsche zermalmen würde.
Joseph fragte sich, was ihn eigentlich zu diesen Menschen ziehe? War es denn gar so interessant, das Wort Freiheit in allen Variationen stundenlang zu vernehmen? Schwärmerischen Deklamationen und ebenso leidenschaftlichen Angriffen zu lauschen? Lockte ihn das Verbotene, das Groteske, daß er, Joseph Herdegen, Beamter der Kaiserlichen Kanzlei, die nächtlichen Stunden zusammen mit diesen jungen Rebellen verbrachte?
Freilich erfuhr er hier viele Dinge, die gut zu wissen waren. Uebergriffe, Ungerechtigkeiten, kleinliche Schikanen. Die Dinge waren nicht, wie sie sein sollten. Die Versprechen[1], dereinst beim Kongreß gegeben, waren nicht gehalten worden. Konnten vielleicht unter diesem System nicht gehalten werden. Unter einem anderen ...?
Joseph dachte an den fremden jungen Mann, der aus Württemberg gekommen war und seinen Namen verheimlicht hatte. Der Fremde wollte am folgenden Tag nach Frankreich weiter und von dort nach London.
„England, Mutter des Parlaments!" hatte er ausgerufen und dann ein wenig weitschweifig, ein wenig allzu gründlich, aber dennoch klug und überzeugend

ausgeführt, daß einzig und allein das Parlament in allen Ländern die Welt retten könne. „Redefreiheit, Pressefreiheit!"

Die andern hatten ihm begeistert zugestimmt.

Joseph hatte sich still verhalten. Er mußte alles bedenken, überlegen, konnte keinem noch so guten Gedanken zustimmen, wenn er sich nicht selbst von dessen Richtigkeit überzeugt hatte.

„Jede neue Idee, die du kennenlernst", hatte Victoire einmal ungeduldig zu ihm gesagt, „wird für dich zum Acker. Du mußt ihn pflügen, eggen, und bis er fertig ist für die Saat, ist die neue Idee bereits veraltet. Und du kommst nie nach, weil nun schon längst eine neuere da ist."

Vielleicht, dachte Joseph Herdegen, während er der Freyung zustrebte, vielleicht hat sie recht. Aber es ist so schwer, sich ein Urteil zu bilden. Man muß beide Seiten in Betracht ziehen. Diese jungen Menschen haben es leicht. Für sie ist alles, was besteht, nur wert, zugrunde zu gehen. Für sie sind unsere Staatsmänner entweder Idioten oder Verbrecher. Sie unterschätzen den Gegner, sie überschätzen sich selbst. Sie glauben, weil sie sich nach Abenteuern sehnen, daß es für das Volk nichts Schöneres gebe, als auf den Barrikaden zu fallen. Und dennoch ... Ihre Forderungen sind berechtigt. Das kann ich nicht leugnen.

Er seufzte.

Wie schwer haben wir es in diesen Zeiten, sann er weiter. Ich glaube, keine Generation vor uns hatte es so schwer und keine nach uns wird es so schwer haben. Die Revolution in Frankreich hat in uns den Glauben an vieles zerstört. Wir wissen, daß es auch bei uns nicht so weitergehen kann. Es darf nicht sein, daß ein Mensch wegen einer ehrlichen und edlen Ueberzeugung verfolgt wird.

Dieser Gedanke rief einen andern wach. Mailand ... es ist so unruhig in jener Stadt. Ist so unruhig überall in Italien[2]. Und mich, gerade mich wollen sie hinschicken. Ich soll, freilich nur auf Befehl der Vorgesetzten, helfen, eine Stadt, ein Land, ein Volk zu unterdrücken ... Ich weiß ja, weshalb mir dieser Vorschlag, der freilich mehr einem Befehl gleicht, gestern gemacht wurde. Ich bin verdächtig ... Man will sehen, ob ich den Posten annehme ... Tue ich es nicht, so werde ich bestimmt, im besten Falle, kaltgestellt. Das möchte ich nicht ... Warum eigentlich? Aus Ehrgeiz? Weil ich mir einbilde, im kleinen, ganz bescheiden, ein wenig Gutes zu tun, ein wenig Böses verhindern zu können? Ein schöner Posten, hat der Fürst gemeint, für einen jungen Mann von vierundzwanzig Jahren ... Das Sprungbrett für einen noch schöneren. Stanislas hätte sofort ja gesagt, der kennt keine Skrupel. Der hat es gut. Wenn ich nur bei jemand Rat suchen könnte. Aber Grand'maman Inez würde mich nicht verstehen, und Victoire, der ist alles, was mich anbelangt, so gleichgültig. Toinette, ja, wenn Toinette hier wäre. Die würde mein Zögern begreifen, würde es nicht für Trägheit halten.

Rings um ihn erwachte die Stadt. Die Menschen gingen an ihre Arbeit. Joseph beschleunigte seine Schritte. Der Gedanke, daß diese Leute ihn für einen Müßiggänger, der nach einer durchzechten, durchspielten Nacht heimgeht, halten könnten, berührte ihn unangenehm.

Auch das, stellte er bei sich fest, ist ein Gefühl, das erst unsere Generation kennt. Den andern, die vor uns da waren, fiel es nicht ein, darüber nachzudenken, was der gemeine Mann von ihnen hielt. Wir aber sind auf irgendeine seltsame Art mit ihm verbunden, in Liebe oder Haß. In Achtung oder Verachtung. So oder so, er ist da, man muß mit ihm rechnen. Man fühlt sich in seiner Schuld.

Er hatte das Palais Herdegen erreicht. Kalt und hart blickten die Fenster auf ihn herab. Niemand erwartete ihn. Niemand würde ihn mit guten Worten begrüßen. Die Einsamkeit überfiel ihn, und plötzlich kam er sich sehr jung, sehr unbeholfen vor. Die Zimmer waren kühl und feindlich. Noch hatten keine fleißigen Hände den Staub von den Möbeln gewischt. Es roch dumpf hinter den geschlossenen Läden. Eine tote Welt, dachte Joseph, langsam durch die Räume schreitend. Eine tote Welt, die einmal, vor langer Zeit, gelebt hat. Man hat vergessen, sie zu begraben. Gehöre auch ich noch zu ihr oder schon zu der neuen, die hier keinen Eingang gefunden hat? Oder leben wir, die zwischen der alten und der neuen geboren wurden, in einem Limbus, einer Zwischenwelt der Gespenster und der Unwirklichkeit? Sind wir gleichzeitig die Schatten der Toten und die Schatten der noch Ungeborenen? Sind wir nur die Brücke, auf der unsere Kinder in die neue Welt hinüberschreiten?

Sein Gesicht erhellte sich. Er dachte an die kleine Lätitia und an die Zwillinge. Wie gut werden die es haben. Wie schön, wie einfach und unkompliziert und wie friedlich wird ihre Welt sein.

Er lächelte bei diesem Gedanken und öffnete bei dem einen Fenster den Laden. Die Sonne war aufgegangen und warf einen hellen Schein auf den alten Platz. Und von der Kirche schlug die Uhr die fünfte Stunde.

***

Josephs unklares, aber nicht zu verscheuchendes Gefühl, daß in dieser geliebten, aber ach so reformbedürftigen Heimat gar vieles nicht so war, wie es sein sollte, wurde wieder einmal bestärkt. Und zwar auf direkte Weise.

Frau Heimberger, die Köchin, die seit zwanzig Jahren bei den Herdegens in Dienst stand, ließ durch Johann, den ersten Diener, den gnädigen Herrn Grafen um eine Unterredung bitten.

Sie erschien mit dick verweinten Augen und verzweifeltem, zornigem Gesicht.

„Was ist geschehen, liebe Frau Heimberger?“ fragte Joseph bestürzt.

„Mein Bub“, weinte die Köchin los. „Mein Bub.“

„Ist der Bastel krank?“ fragte Joseph ehrlich erschrocken, kannte er doch den Stolz der Köchin auf ihren Einzigen, der bei einem Tischler in der Lehre war.

„Krank“, Frau Heimberger schüttelte zornig den Kopf. „Wenn er nur krank wär'. Krankheiten kommen von Gott, die muß man hinnehmen. Aber sie haben ihn abgeführt, haben ihn eingesperrt.“

„Eingesperrt? Den Bastel? Ja, um Gottes Willen, warum denn?“

„Weil er den Mund aufgemacht hat. Weil er gesagt hat, was er sich denkt. Das darf man ja nicht.“

Sie schneuzte sich geräuschvoll und fügte hinzu:
„Wenigstens wir armen Leut dürfen es nicht. Uns hat man gleich am Schlafittel."
„Was hat er denn gesagt, der Unglücksbub?"
„Gestern, da sind die Leut' beieinander gestanden und haben getuschelt. Einer hat in der Nacht bei der Spinnerin am Kreuz[3] eine Latern gesehen und hat's erzählt. Und da hat's halt geheißen: wieder eine heimliche Hinrichtung. Wer mag jetzt der arme Sünder sein? Und einer hat gemeint: ‚Ja, die Guillotine steht bei der Spinnerin'."
Joseph nickte. Er wußte, daß im Volk steif und fest an diese heimlichen Hinrichtungen geglaubt wurde. Immer wieder wurde bei der Spinnerin am Kreuz ein geheimnisvolles Licht gesehen, manchmal auch eine schwarze Kutsche, die den Verurteilten zu Richtstatt brachte.
„Der Kaiser weiß nichts davon", wurde getuschelt. „Der würde so was nie dulden, der brave Mann. Aber freilich, der Metternich, der läßt die Leut abfangen und bei Nacht, wenn's keiner sieht, wird ihnen der Kopf abgeschlagen."
Aber daß Sebastian, dieser kluge Bursche, den Glauben der Menge teilte, daß er, der in seinen freien Stunden so gern und eifrig las, nicht gescheiter war ... Joseph konnte es nicht begreifen.
„Glaubt der Bastel das wirklich?" fragte er die Köchin.
„Aber nein, das ist ja das Unglück. Er ist dazugekommen, wie die Leut so geredet haben, und hat gesagt: ‚Das ist ein Unsinn. Höchstens haben s' der Freiheit den Kopf abgeschlagen, wie das hierzuland so Sitte ist.' Und schon haben s' ihn geschnappt."
Frau Heimberger wiegte den grauen Kopf.
„Ein arg schlechtes Gewissen müssen die hohen Herren schon haben, daß sie kein Wörtel nicht vertragen."
Dann fiel ihr ein, daß sie ja nicht zum Räsonieren, sondern zum Bitten gekommen war.
„Wenn der Graf Joseph so lieb wär ... ein gutes Wort für meinen Buben einzulegen. Der Graf Joseph kennt doch alle die hohen Herren, was unsere Söhne einsperren lassen. Der Graf Joseph ist ja selber so ein hoher Herr."
Joseph stieg die Schamröte ins Gesicht.
„Aber liebe Frau Heimberger, so einer, der die Leute einsperren läßt, bin ich doch wirklich nicht."
„So hab ich's ja nicht gemeint. Aber wo der Graf Joseph doch den Metternich kennt und die hohen Herren von der Polizei und wo die alte gnädige Gräfin beim Kaiser in Audienz geht ... Da hab ich halt gedacht ..."
Sie verstummte und brach abermals in Tränen aus.
„Weinen Sie nicht, liebe gute Frau Heimberger, ich werde alles tun, was ich kann. Wir werden den Bastel schon freikriegen."
„Wenn der Graf Joseph die Gnad hätt ..."
Joseph überkam ein unangenehmes Gefühl. Die Gnade, wenn er die Gnade hätte. Wer ist er, daß er Gnade üben soll? Gibt es nicht nur Einen, den der Mensch, jeder

Mensch, um Gnade anflehen soll: Gott? Durfte es sein, daß diese brave Frau, die ihr Leben lang hart gearbeitet hatte, ihn, der ihr Sohn sein könnte, um eine Gnade bittet? Ist es denn eine Gnade, wenn dem Menschen sein Recht wird? Darf das, dieses allernatürlichste, dieses von Gott gewollte Menschenrecht von der Gnade eines einzelnen abhängen? Eingesperrt, wegen eines einzigen unbedachten Satzes ... Wegen ein paar Worten soll ein Menschenleben zerstört werden? ... Ein junges, hoffnungsvolles Menschenleben?

Josephs Blick schweifte zu dem kleinen Schrank hinüber, der Bastels Gesellenstück war. Er hatte es ihm, Joseph, vor drei Monaten geschenkt. Wie fein und anmutig waren die Linien, mit welcher Liebe war der Schönheit des ausländischen Holzes gedient worden. Der kleine Schrank verriet eine ungewöhnliche Begabung, einen ungewöhnlichen Schönheitssinn, leichte, geschickte Hände ... Und wegen ein paar Worten ...

„Liebe Frau Heimberger, ich werde gleich gehen und alles versuchen. Bitte, weinen Sie nicht mehr."

Er streckte ihr die Hand hin. Zog sie dann erschrocken zurück, als die Frau sie küssen wollte.

„Nicht", sagte er hastig. „Wir sind doch alte Freunde. Erinnern Sie sich, wie oft ich in der Küche Kuchen gestohlen habe, als kleiner Bub?"

Frau Heimberger lächelte, schluckte noch ein paarmal heftig, flehte den Segen Gottes auf den Grafen Joseph herab und ging.

„Johann, meinen Mantel, meinen Hut. Ich gehe aus."

Johann brachte Mantel und Hut, blieb dann stehen.

„Der Herr Graf sollt sich nicht exponieren", meinte er. „Der Herr Graf sind ohnehin nicht besonders gut angeschrieben."

Joseph lächelte.

„Woher wissen Sie das, Johann?"

„Man weiß es halt. Und der Herr Graf täten gut daran, sich nicht zu sehr für den Bastel einzusetzen. Was ist der Bub so dumm? Muß man denn immer sagen, was man denkt? Wir andern tun's doch auch nicht."

„Glauben Sie, Johann, daß viele so denken wie der Bastel?"

„Freilich, die halbe Stadt, wenn nicht mehr. Aber die wenigsten sind so dumm und sagen es."

„Finden Sie es richtig, wenn ein Mensch seine Gedanken verheimlichen muß?"

„Nein, Herr Graf. Das kann zu nichts Gutem führen. Aber es ist halt so. Wenigstens bei uns."

Joseph schwieg. Dieser Mann, dieser Johann, der ihn so eifrig, so gut bedient, der als Muster eines Bedienten angesehen werden kann, hegt die gleichen „verräterischen" Ansichten wie der junge Bastel. Und Hunderte hegen sie: die halbe Stadt, wenn nicht mehr, hat der Johann gesagt. Was aber geschieht, wenn der Gedanke sich nicht in Worten Luft machen darf? Wenn er unter der Asche der Stummheit glimmen muß, wie ein verborgener Funke?

Das Bild verfolgte Joseph auch dann noch, als er auf die Straße trat. War so stark, daß er vermeinte, Brandgeruch zu spüren. Er blickte die Menschen, denen er begegnete, prüfend, fast mißtrauisch an: „Was denkst du? und du? und du?“ Die Menschen kamen ihm anders vor als sonst. Hinter ihrem gutmütigen heiteren Lächeln glaubte er, einen harten Ernst zu sehen. Vielleicht sogar Haß. Er schritt durch eine fremde Stadt. Wie war das in dem Paris der achtziger Jahre gewesen, ehe der Sturm losbrach? Hätte ein Einsichtsvoller auch damals etwas Unheimliches, Drohendes bemerkt? Oder waren jene, die mit ihrer Ungerechtigkeit den Sturm säten, verdammt, seine Anzeichen zu übersehen?

„Es liegt etwas in der Luft“, hatte unlängst in einer Gesellschaft der junge Anton Prokesch[4] gesagt und hatte mit diesem Ausspruch allgemeine Heiterkeit geerntet. Nun, auf diesem Gang, mußte Joseph an die Worte des gescheiten Freundes denken.

Ja, es lag etwas in der Luft, etwas Unbegreifbares, etwas, das man nur fühlen, aber nicht nachweisen konnte. Etwas, das, sobald man danach griff, wie ein Nebel zerstob, um sich dann abermals zusammenzuballen. Und Prokesch' Stiefvater, Schneller[5], der Historiker, sagte noch ganz andere, bösere Dinge. Freilich war er auch allgemein unbeliebt, dieser Ausländer, dieser Napoleonverehrer, dieser, wie er an hohen Stellen genannt wurde: Jakobiner.

Joseph verzog den Mund. Jakobiner ... wie rasch und eilfertig kam dieses Wort von den Lippen der Vornehmen. Ein freier Gedanke, der leiseste Zweifel an der Unfehlbarkeit der Regierenden stempelten einen dazu. Jakobiner ... Lag ihnen allen noch der Schrecken in den Gliedern, daß dieses Wort so stark, so unauslöschlich in ihrem Gedächtnis lebte? Lag es ebenfalls noch „in der Luft“? Freilich war es nicht immer ehrlich gemeint. Viele sagten es, die es nicht glaubten, es aber für ihren Vorteil hielten, es einem andern anzuhängen. Andere hingegen, weniger Kluge, weniger Bedachte, sprachen es voller Ueberzeugung aus, gläubig, wie eine Lehre der Kirche. Und gerade diese, die Gutgläubigen, und die Dummen, waren die Gefährlichsten. Ein wirklich gescheiter Mensch hütet sich, den Bogen allzusehr zu überspannen, der Dumme hingegen kennt keine Hemmung des Verstandes. Der kennt nur das Ziel, das er für gut hält, und strebt darauf los. Wenn Gentz mit seinem Malefizlächeln Jakobiner sagte, um einen anständigen Menschen unmöglich zu machen, so konnte der sich vielleicht noch dagegen wehren, weil ja Gentz selbst nicht an seine Worte glaubte. Aber wenn der alte Huberpeter und alle Huberpeters es sagten, so war der andere verloren.

Joseph hatte einen schweren Tag. Er ging, immer mühseliger das lahme Bein nachschleppend, von Amt zu Amt. Von hochgestellter Persönlichkeit zu hochgestellter Persönlichkeit. Die einen lachten, weil er sich für einen einfachen Tischlergesellen verwandte, die andern warfen ihm mißtrauische Blicke zu und staunten mit spitzen boshaften Worten darüber, daß ein Joseph Herdegen sich für einen Rebellen verwandte.

Joseph, der viel von der Schlichtheit des Vaters geerbt hatte, versuchte es zuerst mit jenen Argumenten, die zu der Angelegenheit zu passen schienen. Er sprach vom Recht jedes Menschen auf freie Meinungsäußerung, von der Knechtung der

Person, wenn dieses Recht nicht gewährt werde. Man sah ihn an, als rede er in einer fremden Sprache.
„Sie halten ja richtige Volksreden, lieber junger Freund", sagte ein sehr mächtiger, sehr vornehmer Herr spöttisch zu ihm. „Seien Sie vorsichtig, Sie könnten sonst leicht auf dem Spielberg[6] enden."
Joseph packte die Wut. Er war ein stiller und für sein Alter äußerst bedächtiger Mensch. Wurde er aber einmal zornig, so verschwamm in dem roten Nebel, der vor seinen Augen erschien, alles. Er fühlte nur den einen Wunsch, loszuschlagen.
„Wenn Gerechtigkeit und Wahrheit einen Menschen auf den Spielberg bringen, Exzellenz, so ist er dort in besserer Gesellschaft als in den Kaiserlichen Kanzleien", sagte er heftig.
Der sehr mächtige, sehr vornehme Herr kniff die Augen zusammen.
„*Tiens*", sagte er lächelnd. „Unser braver Herdegen unter den Jakobinern. Interessant, wirklich sehr interessant."
Als die ersten Schatten fielen, sah Joseph ein, daß er mit der Forderung nach Gerechtigkeit nichts erreichen könne. Er sah es ingrimmig, zitternd vor Wut ein. Aber hier kam es ja nicht auf seine Empörung, sondern auf Bastel an. Bastel, dessen ganzes Leben vielleicht von seiner, Josephs, Klugheit und List abhing.
Joseph änderte seine Taktik. Er redete von einem dummen Jungen, der nicht gewußt hatte, was er sagte (heimlich dachte er, Bastel habe es nur allzu gut gewußt), von dem Sohn „unserer braven Köchin, die so viele Jahre bei uns dient". Er bat, er machte schlechte Witze über die Diners, die die Köchin nun verderben würde, aus Kummer über den Sohn, und merkte bald, daß er nun den rechten Ton getroffen hatte.
Einer, der für die Gerechtigkeit eintrat, wurde schroff abgewiesen, aber ein vornehmer junger Mann, der aus Mitleid für die alte Köchin deren Sohn freibekommen wollte, das ließ sich hören, das war begreiflich. Als von St. Stephan die siebte Stunde schlug, stand Joseph, versehen mit dem Stück Papier, das die Rettung eines Menschen bedeutete, vor dem Sternhof, dem Polizeigefangenenhaus in der Sterngasse. Er hatte das Gefühl, daß er sich in dieser Angelegenheit auf niemand verlassen könne, und wollte den Delinquenten selbst herausholen.
Er brachte ihn im Triumph heim ins Palais Herdegen. Es gab einen tränenreichen Empfang von seiten der braven Frau Heimberger und nicht enden wollenden Dank.
Als jedoch die gute Frau noch immer mit tränenerstickter Stimme den geretteten Sohn fragte:
„Aber jetzt, Bastel, jetzt wirst du das Maul halten, nicht wahr?" erwiderte dieser zu ihrem Entsetzen:
„Jetzt erst recht nicht, Mutter."
Und als Frau Heimberger sich unter neuerlichen Tränen an Joseph wandte:
„Gnädiger Herr Graf, haben S' das gehört? Ich bitt Sie, reden Sie dem Bastel gut zu", da erwiderte Graf Joseph Herdegen, Beamter der Kaiserlichen Kanzlei,

Leutnant außer Dienst, Besitzer mehrerer Tapferkeitsmedaillen aus dem französischen Feldzug und Haupt der Familie:

„Er hat recht. Man darf nicht das Maul halten, wenn es sich um die Wahrheit handelt. Das habe ich heute gelernt."

Dieser Ausspruch wurde selbstverständlich allgemein bekannt, und in der Kaiserlichen Kanzlei gab es ein großes Köpfeschütteln.

„Der Kaiser", hieß es, „protegiert den jungen Mann, weil seine Großmutter in der Gnade der Kaiserin Maria Theresia gestanden ist. Aber man müßte es ihm doch beibringen, daß dieser junge Mann nichts anderes ist als ein ganz gewöhnlicher, ganz gefährlicher Jakobiner."

***

Die Schikanen der Kollegen, die plötzliche Unnahbarkeit der Vorgesetzten, die seltsamen Blicke, die man ihm in der Gesellschaft zuwarf, schien Joseph leicht zu ertragen. Er entdeckte in sich eine neue Eigenschaft, deren er sich früher nicht bewußt gewesen war: die Fähigkeit einer unbegrenzten, unendlich hochmütigen Verachtung.

Was konnten ihm Menschen anhaben, die ihre Mäntelchen nach jedem Wind hängten, die für einen Posten, eine Beförderung bereit waren, jede Ueberzeugung anzunehmen? Menschen, denen nicht einmal die Wahrheit und die Gerechtigkeit heilig waren? Man sah lächelnd über sie hinweg und tat weiter seine Pflicht. Man beachtete sie nicht. Sie waren ja, im großen Lauf des Geschehens, so unwichtig! Gewiß, sie konnten einem schaden. Auch Maulwürfe können versuchen, einen starken Bau zu untergraben. Ja, Maulwürfe, das war die richtige Bezeichnung für sie. Sie wühlen im Dunkel, sie wagen sich nicht ans Licht. In ihren finsteren Kammern tragen sie zusammen, was ihnen frommt und andern schadet. Aber ein aufrechter Mann, ein Edelmann, geht gelassen über ihre Hügel hinweg und nimmt von ihnen keine Notiz.

Joseph nahm es lächelnd hin, als ihm mitgeteilt wurde, der Posten in Mailand sei bereits mit einem andern besetzt, auf den man sich mehr verlassen könne als auf einen zweifellos sehr begabten, aber allzu phantastischen jungen Mann. Er hörte gelassen zu, als sein Vorgesetzter in unklaren Worten von einer möglichen Versetzung in eine kleine Stadt sprach, und meinte nur:

„Exzellenz, auch kleine Städte bedürfen guter, verantwortungsbewußter Beamter."

Und sein etwas herausforderndes Lächeln fügte stumm hinzu: „Wie ich einer bin."

Die laute sowie die stumme Antwort wurden notiert. Das Sündenregister des Grafen Joseph Herdegen wurde immer größer.

All das war leicht zu ertragen. Wirklich unangenehm wurde es erst, als Grand'maman Inez ihn am ersten Tag nach seiner Ankunft in Wohan, wo er seinen Urlaub verbringen wollte, nach dem Frühstück in das Ahnenzimmer rufen ließ.

Als Kinder hatten die kleinen Herdegens vor diesem Ahnenzimmer eine fast abergläubige Scheu empfunden. Es war ein düsterer Raum, in den selbst an

heißesten Sommertagen kaum ein Sonnenstrahl fiel. Schwere alte Möbel ließen den großen Raum enger und noch dunkler erscheinen. An den Wänden hingen Ahnenbilder aus allen Zeiten, primitive aus dem Mittelalter, eine bayrische Ahnfrau mit hervorstehendem Bäuchlein, von Lukas Cranach[7] gemalt, eine italienische, schön und dämonisch, wie Bronzino[8] seine Judith gemalt hatte. Ritter, Ritterfrauen, würdige Greise, schöne junge Mädchen. Ein Stück Weltgeschichte an den Wänden eines einzigen Zimmers. Grand'maman Inez selbst, klein und mager, auf dem harten Gesicht einen Ausdruck der Verklärung, wie der spanische Maler das junge Mädchen gesehen hatte, und als letzte Maman Ludmilla, eine entzückende Watteauschäferin mit blauen Bändern auf dem großen Hut und einem Hirtenstab in der Hand, umgeben von sehr wolligen, äußerst töricht aussehenden Lämmern.
„Setze dich", sagte Grand'maman Inez und wies mit der Hand auf einen besonders unbequemen Stuhl.
(Die Herdegen-Kinder hatten diesen Stuhl die Strafbank genannt, und Joseph mußte nun mit heimlichem Lächeln daran denken.)
„Ich habe", sagte Grand'maman Inez und klopfte leicht mit dem Fächer auf den großen Tisch, an dem sie saß, „Nachrichten aus Wien, die dich betreffen. Ein vertrauter Freund schreibt mir, daß du dich unseres Namens, unserer Familie unwürdig benimmst. Daß du in schlechter Gesellschaft verkehrst. Daß du Ansichten äußerst, die eines Edelmannes unwürdig sind."
Es war charakteristisch für Grand'maman Inez, daß sie den einen Passus des Briefes, in dem der vertraute Freund schrieb, der junge Mann verderbe sich auf diese Art die ganze Karriere, überging.
Joseph schwieg. Hier stand er einem Gegner gegenüber, den er nicht verachten, nicht mit einem spöttischen Lächeln abtun konnte. Hier sprach ein Mensch, der das glaubte, was er sagte. Hier machte eine alte Frau, die er verehrte und liebte, ihm Vorwürfe.
Grand'maman Inez fächelte sich ungeduldig Luft zu.
„Ich sehe, daß du nichts zu antworten weißt, mein Enkel. Was könntest du auch sagen?"
„Sehr viel, Grand'maman Inez. Sehr viel, aber ..."
„Du bist ein junger Mann, Joseph, ein sehr junger Mann. Du hast dich von schönen Worten einfangen lassen. Du weißt nicht, was hinter ihnen steckt: Raub, Mord, Königsmord. Du bist ein Jakobiner geworden."
Ein Jakobiner, die letzte Verurteilung, gegen die man sich nicht wehren kann.
„Jeder", erwiderte Joseph mit leiser Ungeduld, „der nicht der Ansicht dieser Menschen ist, gilt als Jakobiner." Er lächelte. „Wissen Sie, verehrte Grand'maman Inez, daß auch Sie schon eine Jakobinerin genannt worden sind?"
„Ich? Wer hat es gewagt ... ?"
„Der alte Huberpeter, als Grand'maman Inez Stani zwangen, Bozena zu heiraten."
„Erstens habe nicht ich Stani gezwungen. Es war der Wille deines lieben seligen Vaters, der damit nur seine Christenpflicht erfüllt hat. Und zweitens ist der alte

Huberpeter nicht mehr bei Verstand. Er lebt in einem andern Jahrhundert. Ist ein alter, sehr alter Mann."

Joseph blickte auf Grand'maman Inez. Das spärliche Licht, das durch das kleine Fenster fiel, beleuchtete jede Runzel in ihrem schmalen harten Gesicht. Wie viele, viele Runzeln, dachte Joseph. Eine neben der andern. Ein Feld, vom Leben geackert, ist dieses Gesicht. Und die zahllosen feinen Fältchen unter den Augen, die so viel gewacht haben. Ueber die eigenen Kinder gewacht, über die Enkel, und jetzt wachen sie noch über die Urenkel.

Grand'maman Inez redete weiter. Sie sprach von Gott und der Obrigkeit. Sie sprach von der unsterblichen Seele und von den Königsmördern in Frankreich. Sie sprach vor allem von ihrer Kaiserin Maria Theresia, die mit weiser Hand ihre Völker regiert hatte. Und als Joseph noch immer stumm blieb, sagte sie traurig:

„Du willst mich nicht verstehen. Du willst uns Schande machen. Du, mein liebster Enkel, auf den ich so viele Hoffnungen gesetzt habe."

Joseph empfand plötzlich den heißen Wunsch, diese kleine alte Frau mit den vielen Runzeln und den jungen schwarzen Augen, die nie gegen ihren Glauben gehandelt, die, mit schweren Kämpfen und mit vielen Ueberwindungen, so gut sie es gekonnt, die Lehren ihres Heilands befolgt hatte, möge ihn verstehen. Die anderen – was lag an den andern? – aber Grand'maman Inez ...

Er suchte vergeblich nach klugen Worten, nach überzeugenden Argumenten. Und fand dann plötzlich das Richtige.

„Grand'maman Inez", sagte er leise. „Sie haben mich als Kind einen Satz gelehrt, den ich nicht vergessen kann. Was nützt es dem Menschen, wenn er die ganze Welt gewinnt, an seiner Seele aber Schaden leidet."

Der Fächer fiel hart auf den Tisch nieder. Zwei schwarze, noch junge Augen bohrten sich in die seinen. Blickten so lang, so tief, daß Joseph zumute war, als sähe Grand'maman Inez wirklich in sein Innerstes.

Und dann fragte sie mit veränderter Stimme:

„Also das ... das, was man dir vorwirft, ist für dich wirklich die anerkannte Wahrheit, der man sich nicht widersetzen darf, will man nicht die eine unverzeihliche Sünde, die gegen den Heiligen Geist, begehen?"

„Ja, Grand'maman Inez."

Sie senkte einen Augenblick den Kopf. Nun sah sie in Joseph nicht mehr den leichtfertigen, verspielten, auf Abwege geratenen Enkel, sondern den Menschen, den Gott mit einer Erkenntnis prüft, die ihm die Welt zum Feinde macht. Vor diesem Mysterium senkte sie fast ehrfürchtig den Kopf. Als sie ihn wieder hob, blickte sie auf ein verblaßtes Bild an der Wand. Der Mann, dessen Züge nur noch verschwommen zu erkennen waren, hatte um seines Glaubens willen einer Königin Trotz geboten. Unter der englischen Elisabeth hatte er treu zu seinem Gott gehalten. Hatte Leiden und Verfolgungen auf sich genommen, der anerkannten Wahrheit zuliebe. War mit vielen andern als Rebell hingerichtet worden. War Joseph, der nun stumm, mit tiefernstem Gesicht vor ihr saß, nicht vielleicht auch ein Rebell Gottes, einer, der auf göttlichen Befehl die menschlichen Satzungen verachtet?

„Wenn es so ist, mein Enkel“, sagte Grand’maman Inez still, „dann verzeih mir, daß ich zu dir von Dingen sprach, an die ich nicht rühren durfte. Geh deinen Weg. Tue deine Pflicht, komme, was da wolle.“

Sie erhob sich. Fast demütig stand sie vor Joseph.

„Du hast mich besiegt, mein lieber Enkel.“

Joseph schnürte sich die Kehle zusammen. So hatte er Grand’maman Inez noch nie gesehen.

„Nein“, erwiderte er hastig. „Ich habe Sie nicht besiegt, Grand’maman Inez. Im Gegenteil. Sie, Ihre Lehren, haben in mir gesiegt. Und deshalb, deshalb ...“

Sie lächelte. Zu den unzähligen Falten und Runzeln kamen jetzt noch mehr hinzu, die sich um die Mundwinkel zogen. Der Fächer setzte sich in Bewegung, leicht, graziös. Als hielte eine junge Frau ihn in der Hand.

„Also, du bist nicht nur ein Jakobiner, mein Enkel, sondern auch ein Höfling, der sogar einer alten Frau Komplimente macht.“

Ihr Blick schweifte abermals nach dem verblaßten Bild.

„Auch er war es“, flüsterte sie. „Reich, vornehm, verwöhnt. Und hat alles geopfert. Wenn seine Kraft in dir fortlebt, mein Enkel ... Dann ...“

Sie verstummte. Und Joseph erschrak. Zum erstenmal in seinem Leben sah er in den schwarzen Augen Tränen.

Der Fächer fiel sanft auf seine Schulter.

„Geh jetzt zu deiner Frau, mein lieber Enkel. Sag ihr, daß sie auf dich stolz sein darf.“

Joseph küßte ihr stumm die Hand. Er fühlte noch die leichte Berührung des Fächers auf der Schulter und dachte mit kindlicher Phantasie: „Grand’maman Inez hat mich zum Ritter geschlagen.“

XIII.

Im Mai 1821 wurde Stanislas’ zweites Kind geboren, ein starkes rundliches Mädchen mit einer Stupsnase, mit hellblondem Haar und blaßblauen Augen. Victoire betrachtete lange das Kind, verbiß ein Lachen und eilte aus dem Zimmer. Später sagte sie, noch immer mit dem Lachen kämpfend, zu Joseph:

„Der arme Stani! Diese kleine Therese wird genau so werden wie die brave Frau Sametil. Hast du die Nase gesehen, Joseph? Und die Augen und das strohblonde Haar?“

Joseph nickte. Er war froh, wenn Victoire einmal wieder lachte. War froh, wenn sie harmlos freundlich mit ihm sprach. Das Verhängnis, das schon seit zwei Jahren über seinem Haupt gehangen hatte, war nun doch hereingebrochen. Der junge Herdegen, der sich allgemein durch seine Ideen mißliebig gemacht, war zwar nicht, wie es einem gewöhnlichen Sterblichen zugestoßen wäre, mit Schimpf und Schande aus dem Amt gejagt worden, aber immerhin hatte er seine Position in der Kaiserlichen Kanzlei verloren und war strafweise nach Krems versetzt worden. Nach dem Sommerurlaub würde er dorthin übersiedeln müssen.

Grand'maman Inez hätte wahrscheinlich beim Kaiser etwas erreichen können, doch vertrat Grand'maman Inez unerbittlich den Standpunkt, ein Mensch müsse für seine Ueberzeugung leiden können. Konnte er das nicht, versuchte er, Ueberzeugung und ein angenehmes Leben miteinander zu verbinden, so war eben die Ueberzeugung nicht echt, und für einen Heuchler wollte sie erst recht nichts tun. Joseph sah das ein. Ihm war die Strafversetzung gar nicht so unrecht. Vielleicht würde es in der kleinen Stadt, wo er ja immerhin ein großer Mann sein würde, leichter fallen, seine Ideen in die Tat umzusetzen. Aber Victoire ... Keine Konzerte, kein Theater, keine Feste ... Wie sollte sie das aushalten?

Sie sprach auch nur von der „Verbannung", dem Kerker, behauptete, die Kinder würden wie die Wilden aufwachsen, ohne Manieren, ohne Lebensart. Und als gerade in diesen Tagen sich Stanislas trotz allem nun endlich die Aussicht auf einen Posten an der Londoner Botschaft bot, kannte ihr Zorn keine Grenzen.

„Diese Kuh, die Bozena, die von der ganzen Welt nichts versteht, die wird in London die große Dame spielen! Wird mit den interessantesten Menschen zusammenkommen", jammerte sie, alle Haltung verlierend, Grand'maman Inez vor.

Grand'maman Inez bewegte sanft den Fächer.

„Soweit ich mich erinnere, liebe Victoire, hast du in Wien eine Menge interessanter Leute gekannt und findest sie seit einiger Zeit alle unendlich langweilig."

„Sie sind auch langweilig", sagte Victoire heftig. „Wirklich, *Madame Mère*. Sowohl jene, auf deren Seite Joseph steht, als auch die andern. Warum, *Madame Mère*, ist, wenn man ein wenig älter wird, alles so langweilig?"

Grand'maman Inez schüttelte den Kopf-

„Das kann ich dir nicht sagen, mein Kind. Mich hat in meinem ganzen Leben nie etwas gelangweilt. Ich kenne dieses Gefühl nicht."

Die dunklen Augen blickten fast zornig auf die junge Frau.

„Es gibt im Leben eines wirklichen Menschen, der weiß, was er Gott und der eigenen Seele schuldet, Kummer und Freude. Viel Kummer, Victoire, und wenig Freude, aber keine Langeweile. Hast du denn keine Pflichten?"

Victoire zuckte die Achseln.

„Arme Frauen, *Madame Mère*, haben Pflichten. Die müssen für ihre Kinder sorgen. Aber wir ... Die Zwillinge sind bei der Kinderfrau viel besser aufgehoben als bei mir, und Lätty kann mich nicht leiden und liebt nur Sie, *Madame Mère*, Joseph und Monsieur Venarius."

„Und auch deinem Mann gegenüber hast du keine Pflichten?"

„Mein Gott, *Madame Mère*, habe ich sie nicht erfüllt? Habe ich ihm nicht drei Kinder geschenkt? Habe ich, solange er sich nicht durch seinen Wahnsinn alles verdorben hat, nicht tadellos repräsentiert? Was soll ich mit einem so verrückten Mann, der sich selbst alles verdirbt, anfangen? Der nie an mich denkt, sondern nur an die Bürger, an das gemeine Volk. Der tagelang herumläuft, wenn irgendein Narr eingesperrt wird. Der in den schmutzigen Vierteln der Stadt die Löcher besichtigt, in denen das gemeine Volk lebt, so daß ich mich fürchten muß, er könnte uns Ungeziefer ins Haus bringen? Und der mich dann wochenlang mit den Schilderungen dieser Löcher quält.“

Grand'maman Inez schwieg. Victoire, die eine strenge Rüge erwartet hatte, blickte sie erstaunt an und dachte bei sich: Grand'maman Inez wird wirklich alt. Ich müßte sie schonen. Sie lächelte, reizend, kindlich bezaubernd, wie nur Victoire in ihren guten Augenblicken zu lächeln verstand, und meinte:

„Verzeihen Sie, *Madame Mère*. Ich werde mir Mühe geben.“

Aber Grand'maman Inez schwieg nicht, weil sie „alt“ geworden war, sie schwieg, weil Joseph mit seinen „verrückten Ideen und Theorien“, die, den Ansichten der Vorgesetzten zufolge, das Leben des Staates bedrohten, eine Anhängerin gefunden hatte, um die zu werben er nie gewagt hätte. Eine alte Frau, die mit siebenundsiebzig Jahren erschrocken erkannte, daß der Mensch nicht nur eine Seele, sondern auch einen Leib habe. Und daß dieser Leib, wuchs er im Elend, in Hunger und Not auf, leicht die Seele ins Verderben reißen konnte.

Zuerst hatte Grand'maman Inez nur aus Achtung für eine ehrliche Ueberzeugung den Worten ihres ältesten Enkels gelauscht. Später hatte sie in den langen einsamen Stunden, die das Teil der Alten sind, über sie nachgedacht, an ihrer Richtigkeit gezweifelt. Es war doch nicht möglich, daß auch Gott Stiefkinder habe, wie die Menschen. Vernachlässigte, Vergessene. Gott hatte nach der Schöpfung die Welt besehen und sie gut gefunden. Also mußte sie, so wie sie war, gut sein.

Joseph hatte eingewandt, die Menschen hätten sie verdorben, und das konnte Grand'maman Inez verstehen. Dennoch zweifelte sie noch immer, meinte, Joseph, der ja noch so jung sei und sich hinreißen lasse, übertreibe. Und dann hatte sie, am letzten Karfreitag, plötzlich gesagt:

„Nach dem Besuch des heiligen Grabes, mein Enkel, will ich einen andern Besuch machen. Zusammen mit dir. Dort in den engen Gassen, von denen du mir erzählt hast. Bei den Menschen, die darben und hungern.“

Damals, als sie gegen Abend heimfuhren, hatte Joseph Grand'maman Inez zum zweitenmal im Leben weinen gesehen. Die stillen müden Tränen alter Frauen. Sie hatte sich ihrer nicht geschämt. Hatte mit zitternder Stimme gesagt:

„Das gibt es? So etwas Schreckliches? In einem christlichen Land? Und wir wagen es, uns Nachfolger, Jünger des Gekreuzigten zu nennen? Wir, die wir unsere Brüder und Schwestern an Leib und Seele verkommen lassen?“

Aber Grand'maman Inez weinte nicht nur aus Mitleid und Scham. Das war nicht ihre Art. Sie gab auch nicht nur Geld für die Menschen, deren Elend sie gesehen hatte. Almosen hatte sie ja immer gegeben. Nein, mit ihren siebenundsiebzig Jahren legte sie den gleichen Eifer an den Tag wie Joseph, ging von einem zum andern ihrer Bekannten, sagte, jedes Wort mit einem Fächerschlag unterstreichend, den hohen und höchsten Herren unverblümt ihre Meinung, erschien häufig bei Josephs „Jakobinerabenden“, wie die Familie die Donnerstage und Sonntage nannte, an denen begeisterte, die Gerechtigkeit suchende junge Menschen in Josephs Bibliothek zusammenkamen. Sie wirkte seltsam in dieser Umgebung, wie eine Gestalt aus einem andern Jahrhundert. Doch fiel den jungen Menschen auf, wie rasch sie begriff, wie klug und nüchtern ihr Urteil war. Sie lächelte nachsichtig, Joseph hatte gar nicht gewußt, daß Grand'maman Inez so lächeln konnte, über die wilden Tiraden der ganz Jungen, sie dämpfte mit einer Bewegung ihres Fächers die allzu heftigen Anklagen. Sie ließ sich belehren, sie, Grand'maman Inez, das unfehlbare Haupt der Familie Herdegen, gegen deren Urteil es sonst keinen Einspruch gab.

Sogar Monsieur Venarius, der sie besser und länger kannte als irgendein Mensch, staunte über sie. Diese unbesiegliche Jugend, diese unermüdliche Kampffreude für das, was sie als richtig erkannt hatte!

Einmal sagte ein etwas manierloser junger Freiheitsjünger Grand'maman Inez:

„Hochverehrte Gräfin, Ihr Enkel Joseph stammt ja doch aus dem Geschlecht des Don Quichote? Glauben Sie nicht auch?"

Grand'maman Inez nickte ihm gnädig zu:

„Ich möchte fast sagen, ich hoffe es. Wie weit verzweigt dieses Geschlecht ist, habe ich erst jetzt, auf meine alten Tage, erfahren. Freilich gibt es auch unter diesen Nachkommen welche, die von ihrem großen Ahnherrn nicht den Ritter, sondern nur die traurige Gestalt geerbt haben."

„Sie ist eine wundervolle Frau", schwärmte ein junger Dichter von Grand'maman Inez. „Dieses Verständnis für alles. Diese Energie in ihren Jahren. Ach was, Jahren! Diese Frau ist zeitlos. Die kann nicht altern."

Joseph seufzte. Er war, Monsieur Venarius vielleicht ausgenommen, der einzige, der sah, daß Grand'maman Inez' schmales Gesicht immer schmäler wurde. Daß die schwarzen Augen tief in dunklen Höhlen lagen, daß Grand'maman Inez anfing, sehr langsam, sehr mühselig zu gehen, und häufig den ganzen Tag ihr Zimmer nicht verließ. Er war der einzige, der sie einmal überraschte, als sie, sich allein wähnend, aufstöhnte.

„Was ist Ihnen, Grand'maman Inez?" fragte er tödlich erschrocken.

Ueber das schmerzverzerrte Gesicht legte sich eine starre Maske.

„Nichts, mein Enkel. Oder vielleicht doch etwas. Eine kleine Mahnung an den Tod. Ein wenig Schmerzen schon hier auf Erden, damit ich mir im Fegefeuer eine Spanne Zeit erspare."

„Haben Sie einen Arzt zu Rate gezogen, liebe verehrte Grand'maman Inez?" erkundigte Joseph sich besorgt.

Sie nickte.

„Und was hat er gesagt?"

Grand'maman Inez lächelte grimmig.

„Schöne lateinische Worte, die ich nicht verstanden habe. Und als ich ihn bat, Deutsch zu sprechen, meinte er, ich sei nicht mehr so jung, wie ich war, als ob ich das nicht ohnehin wüßte.

Schau nicht so unglücklich drein, mein Enkel. Ihr seid nun alle erwachsen. Ihr braucht mich nicht mehr. Ich kann ruhig mein *nunc dimittis*[1] sagen."

Ein Schatten fiel über ihr Gesicht.

„Noch hänge ich freilich allzusehr an irdischen Dingen, mein guter Joseph. Ich sähe dich gerne glücklich, obwohl ich weiß, daß das Glück dieser Welt nichts bedeutet, gegen die Seligkeit dort drüben. Ich sähe gerne meine liebe Lätitia als erwachsenes Mädchen. Und ..."

Sie stockte und sprach dann einen Namen aus, der seit Jahren nicht über ihre Lippen gekommen war:

„Und ich wüßte gern, daß Marie Christine Ruhe gefunden hat."

Sie hob den Fächer vors Gesicht.

„Unnütze Worte", meinte sie. „Wir wollen von etwas anderem sprechen. Erzähle mir, wie euer Haus in Krems aussieht."

Und Joseph wußte genau, daß er von ihr kein weiteres Wort über sie selbst hören würde. Und wenn er sie noch so sehr darum bäte.

***

Es war ein schöner Sommer. Im alten Park von Wohan spielten die Kinder, wie seit so vielen Hunderten von Jahren die Herdegen-Kinder auf diesen Rasenflächen und unter diesen hohen schattenreichen Bäumen gespielt hatten. Und wieder, wie vor fast einem halben Menschenalter, schritt Monsieur Venarius, steifer und gebeugter als damals, aber noch immer geistig frisch und lebendig, neben einem Schüler durch die Lindenallee und neigte den grauen Kopf zu dem kleinen Menschen nieder, dem er das erste Wissen beibrachte. Monsieur Venarius freilich hätte diese Bezeichnung „das erste Wissen" falsch genannt. Hatte doch der kleine stille Ferdinand aus irgendeinem tief verborgenen Quell bereits ein Wissen geschöpft, über das der alte Präzeptor häufig staunte. Der Knabe kannte alle Blumen und Pflanzen, die im Park wuchsen, kannte die Vögel und die Tiere des Waldes, wußte um ihr Leben, um ihre Gewohnheiten. Und beurteilte, mit merkwürdiger Logik, das Gebaren der Menschen nach diesen seinen Kenntnissen. Zu den Menschen selbst, mochten sie nun Verwandte oder Bekannte sein, hatte er eine seltsame Einstellung. Grand'maman Inez verehrte er ein wenig wie ein jugendlicher Götzendiener seinen Gott. Er lauschte ihren Worten mit derselben Ehrfurcht und Andacht wie den Predigten des Herrn Pfarrers, fand an ihnen nichts zu deuteln oder zu bezweifeln: Was Grand'maman Inez sagte, war für ihn ein Glaubenssatz, wie jene Glaubenssätze, die er im Katechismus lernte. Die gleiche Verehrung und Bewunderung zollte er auch dem Großvater, dem alten Sametil, auf dessen Hof er häufig ganze Tage verbrachte. Er ging mit dem Alten über die Felder, sah ihm beim Säen und Pflügen zu, schritt, ebenso wortkarg wie der Alte, neben ihm her. Bisweilen blieb der Bauer stehen: „Schau her, Ferdinand", und zeigte dem Knaben ein Rebhuhnnest, einen Maulwurfshügel oder in einem Teich die drolligen Kaulquappen. Dann pflegte er wohl auch eine kurze, sehr kurze Belehrung zu geben, die Ferdinand später an seine Cousine Lätty weitergab. Die beiden Kinder waren unzertrennlich. Sogar bei Monsieur Venarius' peripatetischen Lehrstunden[2] wich Lätty dem Cousin nicht von der Seite. Sie lernte mit. Sie rief eifrig, wenn Ferdinand stumm, die klare schöne Stirn gerunzelt, über etwas nachdachte:

„Ich weiß es, Monsieur Venarius, das muß so sein!"

„Woher weißt du es?“ fragte Ferdinand, ein wenig gekränkt darüber, daß die Kleine – sie war um ein Jahr jünger, und er nannte sie gern „das Kind“ – so rasch eine Schlußfolgerung gefunden hatte.

„Woher? Das weiß ich nicht. Ich weiß nur, daß es so ist.“

„Du hast doch gar nicht nachgedacht, Lätty.“

„Ich denke nie selbst, etwas denkt in mir. Ganz schnell. Und dann weiß ich es.“

Monsieur Venarius hörte lächelnd solchen Gesprächen zu. Diese kleine Lätitia, dachte er bei sich, ist schon jetzt eine richtige Frau. Sie hat ganz recht: Etwas denkt in ihr. Sie springt von Erkenntnis zu Erkenntnis. Dort, wo Ferdinand sich durch ein Gestrüpp von widersprechenden Gedanken durcharbeiten muß, nimmt sie das Hindernis mit einem Satz und gelangt genau dorthin, wo Ferdinand, viel später, erschöpft, fast atemlos ankommt. Er las den Kindern Fénelons „Telemach“ vor[3], wie er dieses moralische, belehrende Buch einst Joseph und Stanislas vorgelesen hatte. Ferdinand verfolgte mit stummem Eifer die Fährnisse, die der arme Telemach durchmachen mußte, Lätitia aber meinte häufig:

„Er ist dumm. Er hätte auch ohne den Mentor wissen können, was geschieht, wenn er das tut.“

Lätitia kargte nicht mit ihren Urteilen. Ueber alles, was in ihrer Welt vorging, urteilte sie. Rasch, leidenschaftlich, häufig ungerecht. Sie verschonte auch die Erwachsenen nicht mit diesem kindlichen Urteil. Für sie war nicht einmal Grand'maman Inez sakrosankt. Victoire gegenüber legte sie eine liebevolle Ueberlegenheit an den Tag, die äußerst belustigend wirkte. Den alten Sametil verehrte sie, weil er Ferdinands Großvater war. Eigentlich beneidete sie den Cousin um diese Verwandtschaft. Es mußte herrlich sein, einen Großvater zu haben, der selbst Kühe molk, selbst die Felder bestellte und mit schweren Stiefeln über die Aecker schritt. Ein wenig von dieser Verehrung bekam auch Tante Bozena ab, die das Glück hatte, die Tochter dieses Mannes zu sein. Stanislas war für Lätitia ein lustiger, etwas launenhafter Spielgefährte, ein Onkel, den man nicht ernst nahm. Wirklich ernst nahm Lätitia nur einen Menschen: den Vater. Für sie, und auch für Ferdinand, war Joseph die Unfehlbarkeit selbst, aber eine Unfehlbarkeit, die man liebte, nach der man sich sehnte, deren Kommen das höchste Glück bedeutete. Joseph erschrak bisweilen, wenn er die zwei Paar anbetenden hingebungsvollen Kinderaugen sah, die an seinem Gesicht hingen. Was konnte er tun, um das unbegrenzte Vertrauen dieser jungen Menschenseelen zu rechtfertigen? Um diese bedingungslose Liebe zu verdienen?

Als er nach Krems versetzt wurde, und Victoire über die Verbannung jammerte, regte Lätitia sich furchtbar auf. Im Speisezimmer hing ein alter Stich, unter dem in schnörkeligen Buchstaben stand: „Coriolanus[4] geht freiwillig in die Verbannung“. Lätitia ließ sich von Monsieur Venarius die Geschichte Coriolans erzählen und fand, der Vater gleiche diesem edlen Sohne Roms. Auch ihm geschieht ein Unrecht: Er muß in die Verbannung. Mit funkelnden Augen und glühenden Wangen wollte sie wissen, wer dem Vater dies angetan habe. Sie schwor seinen Feinden Rache. Sie träumte davon, wie jene britische Königin Boadicea[5], von der Monsieur Venarius ihr und Ferdinand berichtet hatte, an der Spitze eines tapferen unbesieglichen Heeres die Feinde des Vaters zu schlagen. Sie würde sie auf dem Schlachtfeld vernichten, sterben sehen und lachen. Und dann, im Triumph, den geliebten Vater heimführen in die Hauptstadt. Vor dem Stephansdom würde das Volk von Rom, sie wurde ein wenig konfus in ihren Träumen, stehen und dem Vater zujubeln. Und der Kaiser würde auf einem Schimmel geritten kommen, vom Pferd springen, sich vor dem Vater verneigen und ihn bitten, an seiner Seite zu herrschen.

„Halb Engel, halb Teufel“, sagte Victoire von ihrer Tochter. Und sie hatte recht. Lätitia konnte von einer unglaublichen Grausamkeit sein und dann wieder von einer Güte, einer Opferwilligkeit, die alle in Erstaunen versetzte. Joseph erzählte ihr einmal, als sie nicht essen wollte, von den vielen, vielen Kindern, die nicht genug zu essen haben. Lätitia starrte ihn an.

„Kannst du ihnen nicht helfen, Vater?“ fragte sie.

„Ich tue, was ich kann, meine Lätty, aber allein kann ich es nicht.“

„Und wenn Grand'maman Inez hilft und Maman und Tante Bozena und Onkel Stanislas, geht es dann?“

„Ein wenig besser ginge es vielleicht. Ein ganz klein wenig.“

Lätitia überlegte, ganz kurz, wie das ihre Art war. Dann ging sie zu Grand'maman Inez, zu Victoire, zu Stanislas, zu Bozena.

„Wenn ich einen ganzen Monat artig bin“, fragte sie, „wenn ich die Zwillinge nicht quäle, wenn ich nie ein böses Wort sage, wenn ich keine Mehlspeise esse, wenn ich immer meine Sachen aufräume, werdet ihr dann den armen Kindern helfen?“

Grand'maman Inez, erfreut über die Opferwilligkeit ihres liebsten Enkelkindes, versprach Lätitia eine Summe, von der diese annahm, man könne mit ihr alle armen Kinder der ganzen Welt ernähren. Auch die andern folgten diesem Beispiel. Und Lätitia war tatsächlich einen Monat, wie sie selbst sagte, „entsetzlich“ artig. Bisweilen sah man sie mit sehr roten Wangen und feucht verschleierten Augen in die Wildnis laufen, wie die Kinder einen abgelegenen Teil des Parks benannt hatten. Sie wehrte heftig ab, wenn Ferdinand sie begleiten wollte.

„Nein, nein, Ferdi. Laß mich. Ich geh schlimm sein. Der liebe Gott darf es sehen, der hat mich ja so geschaffen. Der versteht es.“

Nach einer Stunde kam sie dann ruhig, brav wieder zurück.

„Ich hab mich vor dem lieben Gott ‚ausgeunartet‘“, sagte sie. „Jetzt geht es wieder.“

Als sie nach einem Monat Joseph eine ganz beträchtliche Summe für „die armen Kinder“ brachte, seufzte sie erleichtert auf.

„Da hast du, Vater. Weißt du, es ist schrecklich, wenn man seinen Nächsten liebt.“

Joseph betrachtete das zarte schöne Kind. Er konnte über dieses Kinderwort nicht lachen. Auch er wußte, was es einen Menschen kostet, seinen Nächsten zu lieben. Uebrigens brachte Lätitia im nächsten Monat alle versäumten Unarten mit Zinsen wieder ein. Aber Grand'maman Inez nahm sie Victoire und den andern gegenüber in Schutz:

„Lätitia kann Opfer bringen und Herr über sich selbst sein. Das ist eine große, vielleicht die größte Sache auf der Welt“, meinte sie. Sie blickte dabei Joseph an, liebevoll, stolz. Und Joseph errötete, wußte er doch, daß dieses Lob auch ihm galt.

Außer dem Vater gab es für Lätitia noch eine sehr geliebte, wenn auch unbekannte Familienheilige: Tante Antoinette. Vor zwei Jahren hatte diese ihrem Zwillingsbruder Joseph zum Geburtstag ein Bild von sich geschickt, gemalt von Joseph Stieler[6]. In dieses Bild, das in Josephs Arbeitszimmer hing, hatte die kleine Lätitia sich verliebt. Verliebt mit der ganzen Leidenschaft eines ritterlichen jungen Herzens für alles Traurige, Hilflose.

„Tante Toinette sieht aus wie die liebe Mutter Gottes, die den toten Heiland auf dem Schoß hält", hatte die kleine Lätitia gesagt, als das Bild aufgehängt wurde. „Warum ist sie so traurig?"

Und sie hatte Geschichten erfunden von der lieben Tante Toinette, die ein Ungeheuer geraubt hatte und auf seinem Schloß gefangenhielt, die man retten müßte.

Es war ein stilles kleines Bild. Eine junge Frau inmitten ihrer Kinder, im Hintergrund, etwas verschwommen, eine römische Landschaft. Die junge Frau lächelte, und gerade dieses Lächeln, dieses ergebene hoffnungslose Lächeln hatte in der kleinen Lätitia die Erinnerung an eine *Pietà*[7] wachgerufen.

Grand'maman Inez hatte lange das Bild betrachtet, einen merkwürdigen Zug im Gesicht. Dann hatte sie leise „meine kleine Antoinette" gesagt und war in die Hauskapelle gegangen. Nachher hatte sie mit keinem Wort das Portrait mehr erwähnt, aber Joseph überraschte sie bisweilen davor und erschrak vor dem schmerzlichen Ausdruck in dem alten Gesicht.

Auch er war über das Bild erschrocken. Er hatte ja gewußt, daß Antoinette sich in der Fremde nicht einleben konnte, wenngleich sie, nach dem einzigen Brief, der an ihn gerichtet worden war, nie ein Wort darüber geschrieben hatte. Aber diese Frau, diese unglückliche Frau ... Das sollte seine Toinette sein, die so heiter zu scherzen gewußt, die er so glücklich gesehen hatte, wenige Monate hindurch, vor Jahren, während des Kongresses.

Sie lebt ja nicht mehr richtig, dachte Joseph traurig. Ich kann sie mir vorstellen, in dem häßlichen Haus, das der Schwager bauen ließ. Sie tut ihre Pflicht. Sie ist eine gute Mutter, wie könnte Toinette etwas anderes sein? Sie ist eine gute Frau, die sich in allem dem Willen des Gatten fügt, der noch heute für sie der Fremde, der preußische Graf ist. Aber die wirkliche Toinette ist tot. Ist tot, weil sie tot sein muß.

Und seitdem er das Bild in seinem Arbeitszimmer aufgehängt hatte, gedachte er der Zwillingsschwester wie einer geliebten Verstorbenen. Selbst wenn er sie wiedersähe, es wäre nicht mehr Toinette, die liebe vertraute Gespielin der Jugend. Doch irrte er. Die Familie sollte noch einmal, zum letztenmal, eine Toinette sehen, die lebte – lebte mit aller Glut, aller Leidenschaft eines zitternden schmerzenden Herzens, die noch einmal aufflammte, ehe sie sich, nun endgültig tot, in das Grab der Pflicht zurücklegte.

***

Es war ein schöner, ein friedlicher Sommer. In Wohan. Aber irgendwo in der Welt, in der fernen Moldau, wurde eine Schlacht geschlagen. Bei Dragaschan[8], an einem schönen hellen Junitag. Irgendwo, in der fernen Moldau, zerbrach zwischen

Morgen und Nacht die Hoffnung eines Volkes auf Freiheit. Irgendwo, in der fernen Moldau, brach zwischen Sonnenaufgang und -untergang ein kühnes, freiheitsliebendes, opferfreudiges Herz.

Und in den Kanzleien der Länder fanden Beratungen statt. Was ist der Mann? Wie soll er behandelt werden? Ein Kämpfer für Recht und Freiheit des griechischen Volkes, sagten die einen. Ein Rebell, sagten die andern.

„Er hat sich uns anvertraut. Er glaubt an Oesterreichs Großmut", sagten die einen. „Er ist unser Gast. Das Gastrecht ist heilig."

„Rußland ist groß und mächtig", sagten die andern. „Wir dürfen den Zaren nicht erzürnen. Wir können seine Freundschaft noch brauchen. Wir werden nicht wegen eines einzelnen, auch wenn es der Fürst Ypsilantis[9] ist, die Freundschaft des Reußenherrschers aufs Spiel setzten."

Rußland ... unendliche Steppen, hochragende Berge, Reichtümer, die noch in der Erde schlummern. Nicht einmal Napoleon konnte es bezwingen. Rußland, eine Bedrohung aller Länder. Alexander wünscht es ... Wir müssen uns fügen.

Fürst Metternich zuckte die Achseln. Was bedeutet ein Mensch, und wäre es der edelste und beste, gegen den Bestand des Reiches? Vielleicht dachte er auch, denn er war ein kultivierter Mensch: schade um den jungen Mann. Wenn er klüger gewesen wäre ... Vielleicht dachte er auch: wahrlich, ich empfinde keine Freundschaft für diesen kaiserlichen Narren, der mir auf dem Kongreß das Leben schwer gemacht hat ... Es wäre schöner, könnte ich ... Vielleicht ... Aber wer kann wissen, was er wirklich dachte, wenn er mit sich und seiner Seele allein war?

Munkacs ... Eine Festung ... In der Ferne sieht man vom Turm aus die Latorcza fließen.[10] Sie fließt weiter, immer weiter. Mit brennenden Augen schaut der Gefangene dem breiten Fluß nach. Munkacs ... Ein Städtchen wie viele andere. Und dennoch lebt sein Name weiter in der Geschichte. Lebt weiter, weil hier ein Gerechter litt. Und solange noch in ein Menschenantlitz Schamröte steigt, wenn der Name Munkacs genannt wird, ist diese Welt nicht verloren. Solange bei diesem Namen auch eines andern Namens gedacht wird, lebt der Kämpfer für die Freiheit weiter, unsterblich, unvergeßlich. Lebt die Gerechtigkeit weiter, die er in jener Zeit verkörpert hatte.

Ein Trost für die Nachwelt. Kein Trost für die verzweifelte Frau, die an einem späten Abend, unerwartet, in Wohan eintraf.

Die Familie saß beim Essen. Der Diener meldete:

„Eine Postkutsche ist eben vorgefahren." Und Joseph, der vor drei Tagen aus Wien gekommen war, eilte hinaus.

Eine schwarzgekleidete Frau stieg eben eilig die Freitreppe hinauf.

„Toinette!" rief Joseph verblüfft, „Toinette!"

Er führte sie ins Haus, ins Speisezimmer.

Antoinette sah nur Grand'maman Inez. Die andern beachtete sie nicht.

Sie küßte ihr die Hand. Stand dann da, wie eine Bittstellerin, stammelte:

„Grand'maman Inez. Ich habe es erfahren. Vor vierzehn Tagen. Sie haben ihn eingekerkert. Das darf nicht sein. Darf nicht sein. Grand'maman Inez. Sie müssen zum Kaiser gehen. Ihn beschwören ... Er darf nicht leiden ... Darf kein Gefangener sein ..."

Lätitia, die Kinder nahmen zwar die Abendmahlzeit nicht mit den Erwachsenen ein, waren aber eben zum Gutenachtsagen gekommen, huschte neben Antoinette. Sie hatte ja sofort ihre Heilige erkannt. Mit den kleinen Armen hielt sie die zitternde Frau fest, küßte sie, umarmte sie.

„Tante Toinette, liebe Tante Toinette! Weinen Sie nicht. Grand'maman Inez wird alles tun. Alles! Nur dürfen Sie nicht weinen, liebe, liebste Tante Toinette."

Toinette zog das Kind an sich, hielt es fest. Sie sprach mehr zu der kleinen Lätitia als zu den andern.

„Alexander Ypsilantis ... Wißt ihr es denn nicht? ... Er kam zu uns, er floh zu uns ... Und wir ... In der Festung Munkacs ..."

Eine kalte Stimme unterbrach ihr wirres Reden.

„Weiß dein Mann von deiner Reise hierher, Antoinette?" fragte Grand'maman Inez.

Antoinette starrte sie an, als verstände sie nicht.

„Mein Mann ... Mein Mann ist auf einem seiner Güter ... Er weiß nicht ..." Und jählings heftig: „Was geht er mich an, dieser fremde Mensch? Weshalb fragen Sie nach ihm, Grand'maman Inez?"

Und wieder die kalte Stimme:

„Und deine Kinder, Toinette? Konntest du denn das Kleine allein lassen?"

„Liebe Toinette", sagte Bozena leise. „Du bist erschöpft von der weiten Reise. Setz dich. Ich werde gleich ..."

Antoinette blickte die Schwägerin an, als sähe sie sie erst jetzt.

„Bozena", ihre Stimme klang verwirrt, schwach. „Bozena, du ..." Und plötzlich, als wären alte Kindheitserinnerungen in ihr wach geworden:

„Bozi, kleine Bozi! Ja, auch du weißt, was unglücklich sein bedeutet. Hilf mir Grand'maman Inez bitten ... helft mir alle ..."

Ihr halb verwirrter Blick schweifte von dem einen zum andern. Victoire schien mehr interessiert als teilnahmslos, Stanislas hatte die Stirn gerunzelt; daß Frauen nie etwas von der Staatsräson begreifen können, dachte er ungeduldig. Der kleine Ferdinand sah die fremde Tante aufmerksam an. Man merkte, daß er zu verstehen versuchte, was hier vor sich ging. Monsieur Venarius betrachtete Antoinette mit tiefem Mitleid. Er wußte, was es bedeutet, wenn ein schwacher Mensch mit dem Herzen gegen die Mauer des Staates anrennt.

Joseph hatte sich neben die Schwester gestellt. Sein Arm umschlang sie. Seine Hand fühlte die kleine Hand Lätitias, die ebenfalls Antoinette umschlungen hielt. Und er wußte: Dieses Kind, dieses kleine Mädchen, mein Kind, fühlt, was ich fühle, Schmerz wegen Antoinettes Schmerz, Zorn wegen einer Ungerechtigkeit, die es zwar nicht versteht, aber dennoch ahnt.

Grand'maman Inez hob den Fächer. Was kein Wort vermocht hätte, diese altvertraute Gebärde brachte es zuwege: Antoinette wurde ruhig. Sie ließ sich von Joseph den Mantel abnehmen. Sie setzte sich an den Tisch. Sie trank den Tee, den Bozena vor sie hinstellte, sie fügte sich ein in das Diner, das nicht gestört werden durfte. Nur ihre sonst sanften Augen blieben irr und wild. Aus ihnen schrie Angst, Verzweiflung und bisweilen, das aber merkten nur Grand'maman Inez und Joseph, Haß gegen Menschen, die seelenruhig Pfirsiche schälten, von den schön getriebenen kleinen Silbertellern Bonbons naschten. Gegen Menschen, die weiterlebten, wie sie immer gelebt hatten, trotzdem ein anderer Mensch, ein guter, ein edler, ein kühner Mensch, im Kerker schmachtete. In diesem Augenblick fragten Antoinettes Augen: Wie ist das möglich? Wie kann das sein? Wie kann man leben, essen, schlafen, sich freuen, wenn man weiß, was geschehen ist?

Joseph wußte, was sich hier ereignet hatte. Antoinette war zum erstenmal in ihrem Leben der Ungerechtigkeit begegnet. Sie hatte Kummer gekannt, Schmerz, die trostlose Oede ihres eigenen Lebens, aber nie hatte sie das Unrecht von Angesicht zu Angesicht gesehen. Und nun stand es vor ihr, riesengroß, mit seiner Schwärze alles andere verdeckend. Sie glaubte, auch alle andern müßten es schaudernd erkennen und von dem einzigen Wunsch beseelt sein, es zu bekämpfen. Sie wußte ja nicht, was ihr Zwillingsbruder unter hartem Ringen gelernt hatte: wie wenig die Menschen sich um das Unrecht kümmern, das andern angetan wird, wie gleichgültig sie bleiben, solange es sie nicht selbst berührt. Als geschähe das, worunter ein anderer leidet, in einer andern Welt, auf dem Mond, auf irgendeinem fernen Stern.

Grand'maman Inez hob die Tafel auf.

„Du wirst müde sein, Antoinette", sagte sie. „Morgen werden wir über alles reden. Geh schlafen."

Sie stand auf. Langsam, müde. Blieb einen Augenblick stehen, die Hand auf den Tisch gestützt. Ihre schwarzen Augen, die plötzlich fahler geworden waren, als wäre hinter der Iris ein Licht erloschen, blickten auf Enkel und Urenkel. Schweiften rasch über Stanislas, Bozena und Victoire hinweg, hingen lange, lange sorgenvoll an Joseph, Antoinette und der kleinen Lätitia. Und sahen vor sich das Bild des englischen Urahns, der um seines Glaubens willen unter der englischen Elisabeth Leiden und Verfolgungen auf sich genommen hatte und als Rebell hingerichtet worden war.

XIV.

„Jetzt", sagte Victoire zu Stanislas, „jetzt hat Wohan endlich das Gespenst, das in jedes richtige Ahnenschloß gehört."

Ihr Blick folgte der schlanken schwarzen Gestalt, die eilig dem alten Hain auf der Watteauwiese zustrebte. Hinter ihr zottelten wie zwei kleine treue Hunde Lätitia und Ferdinand.

Stanislas lachte ungeduldig.

„Wer hätte Toinette diesen Eigensinn zugetraut? Nun ist sie seit drei Tagen hier und bestürmt ununterbrochen uns alle, ihren verrückten Ypsilantis zu retten. Was hat es eigentlich zwischen den beiden gegeben? Ich war ja damals nach Wohan verbannt und weiß nichts davon."

„Nichts", entgegnete Victoire. „Gar nichts. Das ist eben das Unglück. Er ist für die arme Toinette eine Idealgestalt geblieben."

Sie zuckte die Schultern.

„Sie tut mir ja leid, die arme Seele. Aber was können wir tun? Uebrigens macht sie die Kinder verrückt, deinen Ferdinand und meine Lätitia. Du hast doch gesehen, wie sie ihr nachzotteln? Als müßten sie sie vor etwas beschützen."

Sie lächelte, aber ihre Augen wurden ernst.

„Meine arme Lätty", meinte sie. „Die wird es einmal im Leben schwer haben. Weißt du, wobei ich gestern sie und Ferdi überraschte? Du kannst es dir nicht denken. Sie standen beide auf der Watteauwiese, wo der Gärtner Reisig angezündet hatte. Ich kam durch den Hain, und sie sahen mich nicht. Lätty redete auf deinen Buben ein. ‚Wir opfern die Schmerzen dem lieben Gott', sagte sie. ‚Dann muß er Tante Toinette helfen. Komm, wir stecken die Hand ins Feuer, wie jener tapfere Römer, von dem Monsieur Venarius uns vorige Woche erzählt hat. Erinnerst du dich?' ‚Mucius Scaevola'[1], erklärte dein pedantischer Bub. ‚Also gut', meinte Lätty, ‚wie er heißt, ist gleichgültig. Komm, dort brennt die Flamme gleichmäßig. Da tut sie uns beiden gleich weh. Steck zugleich mit mir die Hand hinein und sag: Lieber Gott, das ist für Tante Toinette. Aber jetzt hilf ihr auch'."

Stanislas lächelte.

„Verrückte Kinder. Ich weiß nicht ... Auch mir hat Monsieur Venarius, als ich klein war, diese Geschichte erzählt, doch hat sie mir nicht den geringsten Eindruck gemacht. Und was sagte Ferdi?"

„Er sagte: ‚Ich sehe nicht ein, wieso es Tante Toinette nützen kann, wenn wir uns die Hände verbrennen'."

„Da sprach das Blut des Großvaters Sametil", erklärte Stanislas mit einem seltsamen Lächeln.

„Aber meine Lätty", fuhr Victoire halb spöttisch, halb stolz fort, „meinte: ‚Jedes Opfer hat einen Sinn, Ferdi. Komm, schnell, ehe die Flammen erlöschen'."

„Und dann?" fragte Stanislas.

„Ich kam gerade zurecht, um die zwei kleinen Hände aus den Flammen zu reißen. Ich gab jedem von ihnen eine Ohrfeige. Sie weinten. Aber nicht, weil ich sie geschlagen, sondern weil ich sie gehindert hatte, für Tante Toinette das rettende Opfer zu bringen. Dein Bub weinte ganz leise, ganz still. Doch Lätty war wütend, sie schlug um sich, wollte mich kratzen und beißen. Ein unverständliches Kind."

„Ja", meinte Stanislas versonnen. „Diese neue Herdegen-Generation ist seltsam. Ist ganz anders als wir."

„Als du und ich, Stani. Erkennst du nicht in Lätty ein Gemisch von Joseph und Grand'maman Inez? Und in deinem Buben auch wiederum Joseph und den alten Sametil?"

Stanislas seufzte.

„Vielleicht. Jedenfalls wird er mir, wenn er erwachsen ist, viel Schwierigkeiten machen. Ich wollte, Toinette wäre nicht hergekommen. Sie ist so verrückt, daß man nicht wissen kann, was alles sie tun wird. Und gerade jetzt, da ich in vierzehn Tagen nach London reisen soll ... Sie ist imstande und verdirbt mir die ganze Karriere."
Victoire schwieg, doch war der verächtliche Blick, den sie dem Schwager zuwarf, beredter als Worte. Stanislas errötete.
„Du hast kein Recht, über mich zu urteilen, Victoire. Du bist genau wie ich. Machst Joseph das Leben schwer, weil er nach seiner Ueberzeugung handelt. Willst ja auch nur eine Rolle spielen. Was ist aus deiner Napoleonbegeisterung geworden? Du hast es kaum zur Kenntnis genommen, daß dein Heros gestorben ist."[2]
„Weil ich eingesehen habe, Stani, wie sinnlos alles ist. Wie unsäglich sinnlos. Mein Leben, dein Leben, unser aller Leben. Wir werden geboren, laufen wie tollgewordene Marionetten auf der Bühne umher und sterben. Was wir getan, was wir gedacht, was wir gelitten haben, war alles sinnlos. Gibt es da eine andere Weisheit als: Lasset uns essen und trinken, denn morgen sind wir tot?"
Sie stand auf. Die alte Verzagtheit, die alte trostlose Traurigkeit, unter der sie immer wieder litt, hatte sie plötzlich von neuem befallen.
„Es ist ja alles so langweilig, so grenzenlos langweilig", meinte sie. „Ich wollte, ich wäre Toinette und könnte über irgend etwas wirklich unglücklich sein. Ich wollte, ich wäre mein närrisches kleines Mädchen und könnte bedingungslos an Monsieur Venarius' schöne Märchen von Recht und Gerechtigkeit glauben. Ich wollte ..."
Sie brach mitten im Satz ab, wandte sich um und ging langsam, in Gedanken versunken zur Terrasse im Garten.
Grand'maman Inez saß im Erker des ersten Stockwerks in dem steifen alten Henri-Quatre-Sessel mit der hohen Lehne und blickte schweigend auf Antoinette, die vor ihr stand. Grand'maman Inez wollte schelten, wollte mit ihrer alten Strenge die pflichtvergessene Frau, die Gatten und Kinder im Stich gelassen hatte und nur an einen Fremden dachte, zurechtweisen, sie mit harter Hand auf den Weg der Tugend zurückführen – und konnte es nicht. In der jungen Frauenstimme schwang ein Ton mit, den sie vor vielen, vielen Jahren über alles geliebt hatte, und auch die herrisch fordernde Art, die nun bei Antoinette mit kläglichem Flehen abwechselte, war ihr vertraut. Unwillkürlich griff die runzlige alte Hand nach dem Goldmedaillon, das Grand'maman Inez unter dem Kleid trug – über dem Kleid trug sie ein kleines Kreuz. Ja, dieses unbeugsame Geschöpf, das allem trotzte, das war seine Enkelin, so hatte ihr Mann gesprochen, so gefordert, so leidenschaftlich, so ganz auf ein einziges Ziel versessen.
Damals, als die junge Inez de Quereiro nicht die spanische Heimat verlassen wollte, hatte diese Stimme zu ihr gesprochen, hatte gefleht, und dann, als sie noch immer nicht ja sagen wollte, sie angeherrscht. Sie war ihm gefolgt, sie hatte alles verlassen, die Heimat, die Eltern, die Freunde. Und war ein paar kurze Jahre unsäglich glücklich gewesen.
Wie konnte sie hart sein gegen einen Menschen, der mit dieser Stimme zu ihr sprach?

„Antoinette“, sagte sie leise. „Ich habe nach Wien geschrieben. Ich habe mich gedemütigt, habe den Kaiser an die Gnade erinnert, die die große Maria Theresia mir geschenkt hatte. An deinen Großvater, der für das Vaterland gefallen ist. Ich habe alles getan, mein Kind.“

Antoinette senkte den Kopf.

Sie wußte, was dieser Brief Grand'maman Inez, die wohl zu fordern, aber nicht zu bitten gewöhnt war, gekostet hatte. Sie wollte ihr dankbar sein. Aber sie konnte es nicht. Alle die vertrauten Gestalten ihrer Kindheit erschienen ihr wie blasse Schatten, auch Wohan, das geliebte, so schmerzlich entbehrte Wohan der Kindertage, das sie nachts in ihren Träumen gesucht hatte, war für sie unwirklich geworden. Sie schritt durch die alten Alleen, über die großen Rasenflächen, wo sie mit den Geschwistern gespielt hatte, aber sie sah sie kaum. Sie sah nur ein Bild: die Festung, auf der Alexander Ypsilantis gefangensaß. Dicke Mauern, Türme, weitragend ins Land, und hinter den Mauern, eingekerkert, aus dem Leben verbannt, den Gefangenen. Sie hätte nicht zu sagen vermocht, ob sie ihn noch immer liebe. Zwischen jenen frohen Tagen beim Kongreß und heute lagen so lange schmerzensreiche, einsame Jahre, lag so viel Heimweh und Sehnsucht, lag so viel stumm hinabgewürgte Auflehnung gegen ihr Schicksal. Vielleicht liebte sie nicht ihn, liebte nur das, was er für sie bedeutete: Freiheit, im Sonnenlicht schimmernde Berge, blaues Meer, das Griechenland, das seine Worte einst vor ihr heraufbeschworen hatten, das Land der Seele, in das sie in den ersten Jahren ihrer Ehe so oft geflohen war. Vielleicht sagte sie Alexander Ypsilantis und meinte damit das Glück, die Gerechtigkeit, die Freiheit an und für sich.

Ihre Kindheit war versunken, Wohan, die Ihren bedeuteten ihr nichts mehr. Aber auch ihre Gegenwart verschwamm. Die Kinder daheim, der Mann, das Leben in der Fremde.

Aber wie konnte sie das Grand'maman Inez erklären, da sie es ja selbst nicht zu fassen vermochte. Niemand begriff sie. Oder doch ...? Zwei Kinder, die ihr, wohin sie auch ging, wie kleine treue Hunde folgten, zwei Kinder, denen sie ihre Herzensnot anvertraute, als müßten sie, und nur sie allein, sie verstehen.

Bisweilen, wenn sie in Lätitias glänzende Augen blickte, zuckte in ihr eine Erinnerung auf: Lully, ihre älteste Tochter, das stille Kind, das die Mutter über alles liebte, das den strengen Vater fürchtete. Aber das Bild verschwamm alsbald vor ihren Augen, verdeckt von den grauen Mauern der Festung Munkacs.

„Victoire“, sagte Grand'maman Inez langsam, „hat deinem Mann geschrieben, ich sei schwer erkrankt und du seiest deshalb, ohne ihn zu benachrichtigen, hergekommen. Ich hätte nicht so lügen können. Trotzdem müssen wir Victoire dankbar sein, daß sie diese Sünde auf sich genommen hat. Deine Sorge um mich kann dir dein Mann nicht verübeln. Er wird dir keine Vorwürfe machen, wenn du heimkommst.“

„Heim? Ich soll zurück? Ich soll das Land verlassen, wo er ist? Ich soll wieder mit den Menschen leben, die ich nicht verstehe und die mich nicht verstehen? Nein, nie, nie gehe ich zurück. Lieber springe ich in die March.“

„Du versündigst dich", sagte Grand'maman Inez hart. „In unserer Familie hat es nie Feiglinge gegeben. Du wärst die erste. Dein Leben gehört nicht dir, sondern Gott, und nach ihm deinen Kindern. Ein wenig auch mir, Antoinette."

„Ihnen, Grand'maman Inez? Ihnen, die Sie mich zu dieser Ehe gezwungen haben?"

Grand'maman Inez' blasses Gesicht wurde noch blasser, der Fächer in ihrer Hand zitterte. Aber ihre Stimme klang fest.

„Ich habe das Beste gewollt. Nach ... nach der Schande, die Marie Christine über uns gebracht hatte, war es wie eine Fügung Gottes, als dein Mann um dich anhielt. Ich habe nie geglaubt, daß du mit ihm glücklich sein wirst. Aber ich hoffte, daß die Kinder dir alles andere ersetzen würden."

„Die Kinder", Antoinette verzog spöttisch den Mund. „Sind sie denn meine Kinder? Lully ja, Mädchen werden der Mutter überlassen. Aber die Buben ..."

Grand'maman Inez hob die Hand.

„Ich will nicht wissen, was zwischen dir und deinem Mann vorgefallen ist. Will mich nicht in deine Ehe mischen. Aber vergiß nicht, es ist eine Ehe, es ist ein Sakrament, und du willst es entheiligen."

Antoinette brach in Tränen aus.

„Ihr wollt mich töten", rief sie. „Ihr wollt alles, was gut und schön und edel ist, töten. Ich hasse euch!"

„Du vergißt dich, Antoinette."

Antoinette schrak zusammen. Was hatte sie gesagt? Was hatte sie gewagt, Grand'maman Inez zu sagen?

Sie stammelte verwirrt einige Worte, deren Sinn ihr selbst nicht recht klar war.

„Geh, mein Kind", sagte Grand'maman Inez sanft. „Wir werden später weitersprechen. Ich bin nicht mehr so jung wie früher. Mich ermüden diese heftigen Worte."

Antoinette verließ mit zitternden Knien, schwankend das Erkerzimmer.

Der helle Mittag lag über Wohan. Aus der Ferne tönten die Kirchenglocken eines Dorfes herüber. Das Angelus sang durch die Lüfte. Die alten Linden rauschten leise, und in ihren Aesten summten unzählige goldbraune Bienen. Auf dem Teich vor dem Schloß zogen majestätisch und langsam die Schwäne über das glitzernde Wasser. Und der Mittagswind wehte vom Rosengarten den Duft der Blumen herüber.

Antoinette blieb auf der Terrasse stehen. Wohan – wie oft hatte sie es so gesehen, wie sie es jetzt sah. Wann war das gewesen? Oder war es überhaupt gewesen und nicht nur ein Traum ihrer Sehnsucht? Aber nein, Wohan war kein Traum. Wohan war das einzig Wahre in einer unwirklichen Welt. Alles andere ist ein Traum, Berlin, der Mann, die Kinder. Ein Alpdruck, der sie eine Nacht lang gequält hat. Sie ist ein kleines Mädchen. Es hat eben Mittag geläutet, und die Stunde bei Monsieur Venarius ist zu Ende. Sie wird bis zum Mittagsmahl im Garten spielen.

Durch die Lindenallee kamen zwei Kinder gelaufen. Ein weißes Kleidchen flatterte, ein dunklerer Knabenanzug wurde von der Sonne erhellt. War das nicht Matzi, die ihr entgegenkam, Matzi und Stani, die wieder einmal die Stunde geschwänzt hatten?

Sie streckte nach ihnen die Arme aus. Jubelnd, selig über die zärtliche Gebärde der angebeteten Tante Toinette, fielen ihr Ferdinand und Lätitia um den Hals.

***

„Victoire", bat Joseph zehn Tage später, „ich bitte dich, sag du es Toinette. Ich kann es nicht. Wie soll ich einem Menschen erklären, daß die kalte Staatsräson stärker ist als die Menschlichkeit und das Erbarmen?"

Ein Kurier war aus Wien gekommen, ein Kurier, der in seiner Ledertasche einen Brief mitgebracht hatte, der für Antoinette das Todesurteil aller ihrer Hoffnungen bedeutete.

„Ich kann es ihr auch nicht sagen, Joseph. Ich eigne mich nicht dazu, schlechte Nachrichten schonend zu überbringen."

„Victoire, ich bitte dich nie um etwas. Und wenn ich es nun einmal, ein einziges Mal tue ..."

Victoire sah ihren Mann an.

„Sag mir, Joseph, aber ganz ehrlich, mache ich dich sehr unglücklich?"

„Ja", erwiderte Joseph Herdegen einfach. „Sehr. Aber das tut nichts. Du bist, wie du bist, und ich bin, wie ich bin. Wir können nie wirklich zusammenkommen. Doch handelt es sich jetzt nicht um uns, sondern, was viel wichtiger ist, um Toinette."

„Ich bin also jetzt ganz unwichtig für dich?"

Joseph machte eine müde Gebärde.

„Laß das, Victoire. Wir haben in unserer Ehe schon genug Szenen gehabt. Willst du es Toinette sagen, oder nicht?"

„Nein. Soll *Madame Mère* ..."

„Grand'maman Inez hat mich gebeten, es zu tun."

„Laß Bozena es sagen. Toinette hat Bozena am liebsten von uns allen."

Sie streckte sich träge in dem großen Himmelbett.

„Daß du mir gleich am frühen Morgen mit etwas so Unangenehmem kommst, Joseph, das sieht dir ähnlich. Ich bin ja noch gar nicht recht wach."

„Der Kurier ist in der Nacht eingetroffen."

„Du hast wohl gar nicht geschlafen? Man sieht es dir an."

„Ich bin bis vier Uhr morgens bei Grand'maman Inez gesessen."

Victoire gähnte.

„Diese Herzensgeschichten langweilen mich. Laß mich noch ein wenig ruhen."

Joseph verließ ohne ein Wort das Zimmer. Auf dem Korridor traf er Lätitia, die rasch von der Tür zurückwich.

„Lätty", sagte Joseph streng, „du hast gehorcht. Schäme dich!"

„Ich horche sonst nie, das weißt du, Vater. Aber wenn es für Tante Toinette ist, tue ich auch etwas, worüber ich mich schämen muß. Für Tante Toinette würde ich eine so große Sünde begehen, daß ich in die Hölle komme. Was soll Maman Tante Toinette sagen?"

„Daß ihre große Bitte nicht erfüllt werden kann."

„Wer will sie nicht erfüllen? Der Kaiser? Oder der Fürst Metternich, von dem du neulich so viel mit Tante Toinette gesprochen hast?"

„Wahrscheinlich der Fürst", sagte Joseph etwas zerstreut.

„Der Kaiser würde sie erfüllen und Tante Toinette wieder froh machen, Vater?"

„Vielleicht, mein Kind, wenn er es könnte."

„Ein Kaiser kann doch alles, nicht wahr?"

Joseph erblickte am andern Ende des Korridors Bozena, die dem Frühstückszimmer zustrebte. Er wollte mit ihr reden, ehe die andern kamen.

„Ja, ja, Lätty", erwiderte er hastig und ließ die Kleine stehen.

Lätitia lief in den Garten und suchte Ferdinand. Sie nahm ihn beim Arm und schritt mit ihm, eifrig auf ihn einredend, durch die Allee. Ferdinand schüttelte einige Male den Kopf, nickte aber schließlich und folgte der Cousine ins Haus.

Monsieur Venarius staunte über den Fleiß der beiden. Sie haßten sonst Geographiestunden, heute jedoch konnten sie, vor allem Lätitia, nicht genug Fragen an ihn stellen. Wohin die March fließe, wohin man komme, wenn man ihr nachgehe. Wo die Donau anfange? Wie weit es bis zu ihr sei und dann, wenn man sie erreicht habe, wie weit es bis nach Wien sei? Wie viele Meilen? Und wie lange braucht ein Mensch, um eine Meile zu gehen?

Er staunte und freute sich. Ferdinand war ja in allen Fächern fleißig, ob sie ihn nun interessierten oder nicht. Aber nun schien auch dieser Wildfang Lätitia endlich vernünftig werden zu wollen. Er lobte sie und erklärte nachher Grand'maman Inez, wenn Lätitia nun auch noch wirklich fleißig werde, so würde sie bald den langsameren Ferdinand in allem überflügeln.

Er sagte es lächelnd, stolz. War er doch überzeugt, daß einzig und allein seine alte Lehrmethode dieses Wunder vollbracht habe.

***

Bozena staunte über die eisige Ruhe, mit der Antoinette die böse Botschaft entgegennahm. Zum erstenmal fühlte sie zwischen sich und dieser liebsten Freundin und Verwandten eine Fremdheit, zum erstenmal erschien ihr Toinette, die vertraute, die zärtliche Gespielin der Kindheit, gleich den andern, wie ein Wesen aus einer fremden Welt. Sie hatte einen lauten Schmerzensausbruch erwartet, Tränen, hysterisches Schluchzen. So hätte sie diese Nachricht, die alle Hoffnungen zerstörte, aufgenommen.

Aber Antoinette weinte nicht, schrie nicht. Antoinette verdeckte nur einen Augenblick das Gesicht, und während dieser kurzen Spanne Zeit legte sich über ihre Züge die Maske, die Bozena so oft auf Grand'maman Inez', Josephs, ja sogar Stanislas' Gesicht gesehen hatte, wenn sie ein überstarkes Gefühl verbergen wollten. Ein starres totes Gesicht begegnete Bozenas angstvollem Blick. Ein Gesicht, von dem alle Jugend, alle Frische fortgewischt war. In diesem Augenblick erinnerte Antoinette an Grand'maman Inez, der sie doch gar nicht ähnlich sah.

Nur die schmalen, sehr mager gewordenen Hände ließen sich nicht beherrschen. Sie zupften fiebrig an dem kleinen Taschentuch, zupften und zerrten, bis das feine

Gewebe zerriß. Antoinette starrte auf die Fetzen in ihrer Hand, als begreife sie nicht, was geschehen sei. Dann sah sie auf und bemerkte in Bozenas Zügen die Angst, die liebevolle Sorge.

Sie verzog den Mund, sie lächelte. Bozena erschrak. So lächeln Tote im Sarg, aber keine Lebenden.

Sie trat näher zu Toinette, wollte die Arme um sie schlingen, aber Antoinette wich scheu zurück und hob abwehrend die Hand.

„Es ist gut, Bozi“, sagte sie, und ihre Stimme klang tonlos und kalt. „Ich danke dir. Ich weiß, es ist dir schwergefallen, es mir zu sagen. Macht euch keine Sorgen. Alles ist in Ordnung. Alles.“

Sie lachte, und Bozena erschrak mehr, als sie vor Tränen und Jammern erschrocken wäre.

„Ich war eine Närrin“, erklärte Antoinette noch immer mit derselben gleichgültigen, tonlosen Stimme. „Ich habe geglaubt, daß es auf dieser Welt ein Recht gibt. Ich war ein Kind, das sich selbst Märchen erzählt.“

Sie blickte sich um. Beide waren auf der Watteauwiese, wo Bozena der Schwägerin begegnet war.

„Komisch“, sagte Antoinette. „Die Welt ist tot, und dennoch blühen die Rosen, und das Gras ist grün, und der Himmel ist blau. Wie komisch.“

Sie nickte der Schwägerin zu.

„Geh jetzt, Bozi. Ich möchte ein wenig allein sein. Sag Grand'maman Inez, ich sei vernünftig geworden. Sag Grand'maman Inez, ich würde in einigen Tagen zu meinen Kindern zurückgehen, den armen Kindern, die in einer solchen Welt aufwachsen müssen.“

Einen Augenblick drohte die Fassung sie zu verlassen. Sie streckte die Hand nach Bozena aus.

„Bozi, Bozi, erinnerst du dich? Wir waren kleine Mädchen in Wohan. Wir haben gespielt und gelacht und von einer noch schöneren, noch glücklicheren Zukunft geträumt. Und jetzt. Denk an Matzi, denk an Joseph, dem sie das Leben vergällen, weil er das Rechte will. Denk an dich, auch du bist nicht glücklich. Denk an Grand'maman Inez, die so lange, so lange immer das getan hat, was Gott von ihr verlangte, und die heute oder morgen sterben muß, wie jeder schlechte Mensch. Bozi ...“

Ihre Stimme versagte. Sie schlang die Finger ineinander, so fest, daß die Knöchel schneeweiß wurden. Dann wandte sie sich hastig ab und schritt fort, hinein in die Wildnis. Bozena sah ihre dunkle Gestalt hinter den hohen Buchenstämmen verschwinden.

***

Stanislas war gereizt. Er liebte es, von heiteren gelassenen Menschen umgeben zu sein. Er wollte selbst nicht leiden und wollte auch keinen anderen leiden sehen. Es erweckte in ihm stets das unklare Gefühl der Schuld, als müsse er etwas tun, als dürfe er nicht zulassen, daß ein anderer unglücklich sei. Und weil er sich unbehaglich fühlte, haßte er jene, die diese Empfindung in ihm wachriefen, und wurde zynisch.

„Wie eine Ahnfrau geht Toinette herum", sagte er ungeduldig zu Victoire; ihr gegenüber konnte er sich am meisten gehenlassen. Bei ihr fand er für seine Launen das meiste Verständnis. „Kann sie denn nicht vernünftig sein? Schließlich ist dieser Ypsilantis nicht der einzige, dem Unrecht geschieht."

Victoire lächelte spöttisch.

„Das sollte eigentlich kein Trost sein, lieber Schwager", meinte sie. „Ein Jammergeschrei erschüttert uns, wie sehr sollte uns erst ein vertausendfachter Jammerschrei erschüttern."

Stanislas hob die Hand.

„Nicht, Victoire. Es gibt Dinge, an die man nicht denken darf, will man nicht selbst zum Märtyrer werden. Wie ich sie hasse, diese Helden, diese Heiligen der Ueberzeugung, diese Märtyrer. Sie verderben einem immer von neuem das Leben."

„Du bist ja doch Josephs Bruder", sagte Victoire mit einer seltsamen Betonung. „Und Grand'maman Inez' Enkel."

„Leider. Du weißt ja nicht, welche Angst ich davor habe, einmal endgültig einsehen zu müssen, daß auch ich für das, was geschieht, verantwortlich bin. Ich will mein Leben genießen, will Karriere machen und bin ewig davon bedroht, daß ich ein anständiger Mensch werden könnte."

„Armer Stani, aber ich glaube, gar so groß ist diese Gefahr nicht."

Er zuckte die Achseln.

„Das kann man nie wissen. Wenn man sich nur das verfluchte Denken abgewöhnen könnte. Komm, Victoire. Zieh dein Reitkleid an. Wir wollen einen ordentlichen Galopp machen. Da vergißt man am ehesten."

Grand'maman Inez sah aus ihrem Fenster die beiden fortreiten. Sah sie über das Moor jagen, in einer tollen Geschwindigkeit, und seufzte leicht. Sie wußte, daß sowohl Victoire als auch Stanislas vor etwas flohen, dem sie nie würden entgehen können, vor dem eigenen Gewissen. Es ritt ihnen auf den Fersen, es holte sie ein, es erwartete sie am Ziel. Und wenn sie noch so rasch ritten, wenn sie die Pferde noch so sehr antrieben, das, wovor sie flohen, war schneller als sie.

Grand'maman Inez war traurig. Antoinette hätte sich gewundert, würde sie gewußt haben, wie tief, wie schmerzlich die alte Frau mit ihr fühlte. Wie gut sie das ruhelose, verzweifelte junge Herz verstand.

Sie hätte es Antoinette auch gerne gezeigt, doch fiel es ihr, die ihr Lebtag gegen sich unerbittlich gewesen war, schwer, zärtliche Worte zu finden. Und Antoinette, diese neue eiskalte Antoinette, schien sich vor jeder Liebkosung, jeder Güte scheu zu verkriechen.

Grand'maman Inez ließ sie zu sich rufen. Die beiden Frauen, die alte und die junge, standen einander stumm gegenüber, denn Grand'maman Inez hatte sich bei Antoinettes Eintritt erhoben. Es schien ihr geziemend, angesichts eines so tiefen, so vornehm ertragenen Leides aufzustehen. Antoinette brach das Schweigen.

„Bozena wird Ihnen gesagt haben, Grand'maman Inez, daß ich in wenigen Tagen zu meinen Kindern fahre."

Wenn sie doch „heimfahren" gesagt hätte, meine arme Antoinette, dachte Grand'maman Inez. Aber gerade weil sie es dachte, sagte sie kühl:

„Joseph wird dir einen Platz in der Postkutsche besorgen."

Wieder Schweigen. Schweres Schweigen, in dem viele stumme Worte darum rangen, ausgesprochen zu werden.

Grand'maman Inez betrachtete die Enkelin.

Wie alt ist Antoinette? fragte sie sich. Sechsundzwanzig. Sie dürfte nicht so aussehen. So gebrochen, so ergeben, so – alt.

„Toinette", sagte sie.

Antoinette horchte auf. Noch nie hatte Grand'maman Inez eines der Enkelkinder beim Kosenamen genannt. Wenn nur Grand'maman Inez jetzt nicht weich würde, nicht zärtlich, nicht mitleidig. Das könnte sie nicht ertragen. Aber Grand'maman Inez wiederholte nur: „Toinette", und fügte hinzu:

„Das Leiden ist gut für den Menschen. Der Heiland hat uns geboten, unser Kreuz auf uns zu nehmen und ihm nachzufolgen." Und dann in völlig verändertem Ton:

„Ich hoffe, daß dein Mann im nächsten Jahr Zeit finden wird, mit dir und den Kindern nach Wohan zu kommen. Wir haben ihn ja seit deiner Hochzeit nicht gesehen."

Antoinette nickte.

„Ich werde ihn bitten."

Sie nahm ein einziges Wort von dieser schweigsamen Unterredung als Trost mit, das „Toinette". Aber dieses eine Wort bedeutete für sie mehr als der zärtlichste innigste Trost. Mehr als Josephs Mitleid, mehr als Victoires halb zorniges, halb verächtliches Bedauern, mehr als Stanislas' etwas konventionell klingende Phrasen, mehr als Bozenas Tränen und Küsse. Dieses eine Wort sagte ihr, daß sie, solange die harte alte Frau lebte, nicht verlassen sei, daß ein Mensch sie begriff, ein Mensch, der selbst alle Bitternisse des Lebens erfahren hatte und sie nun, da bereits die Schatten der Nacht sich über ihn senkten, nicht vergessen hatte.

***

Die Sonne brannte unbarmherzig auf die staubende Landstraße nieder. Zwei Paar kleine Füße schmerzten, zwei Paar kleine Beine fühlten tödliche Müdigkeit. Die Kinder schritten Hand in Hand dahin, wie sie am frühen Morgen, als noch alles im Hause schlief, ausgezogen waren. Zu einer Wallfahrt, zu einer Pilgerfahrt nach Wien, zum guten Kaiser Franz, um bei ihm die große Gnade für die liebe Tante Toinette zu erbitten.

Lätitia hatte alles sehr schlau eingefädelt. Am Abend hatte sie Grand'maman Inez die Erlaubnis abgebettelt, den Vormittag bei Großvater Sametil zu verbringen.

„Auf diese Art werden sie erst beim Essen merken, daß wir fort sind", hatte sie Ferdinand erklärt. „Und bis dorthin sind wir schon fast in Wien."

Zuerst war die Wanderung durch den taufrischen Morgen wunderschön gewesen. Das Gefühl des Abenteuers hatte sogar Ferdinand fast übermütig gestimmt. Dann aber stieg die Sonne immer höher und höher, wurde immer heißer und heißer. Lätitias Locken hingen ihr wirr in die gebräunte Stirn, Ferdinand, der zu Ehren des Kaisers ein neues Paar Schuhe angezogen hatte, brannten die Füße.

„Glaubst du, es ist noch weit, Ferdi?“ fragte Lätitia mit einem tiefen Seufzer.

„Sehr weit, Lätty.“

Sie stampfte auf.

„Warum sagst du das? Du bist dumm. Wenn du gesagt hättest, nein, nur noch hinter dem Hügel dort, wäre ich auf einmal nicht mehr müde gewesen. Aber jetzt ... Ferdi, ich muß mich setzen. Ich kann nicht mehr.“

„Onkel Franz sagt, man wird noch müder, wenn man sich setzt.“

Sie schritten eine Weile stumm dahin. Dann sah Ferdinand, daß über Lätitias verstaubtes rotes Gesicht Tränen rannen.

„Lätty, du weinst?“ fragte er erschrocken.

„Ich weine nicht“, erwiderte sie zornig schluchzend. „Was fällt dir ein? Ich bin auch nicht müde.“

Ferdinand hielt die kleine heiße Hand fester in der seinen.

„Wir werden sicher bald einen Bach finden“, tröstete er. „Dann können wir trinken und die Füße baden.“

„Ferdi?“ fragte Lätitia mit einer ganz kleinen verzagten Stimme: „Wird der Kaiser uns gleich ein Bett geben? Und zu essen?“

„Bestimmt, Lätty, denk doch, wie groß die Burg ist. Da muß es viele Betten geben.“

„Wir werden“, erklärte Lätitia, in ihrem Eifer alle Müdigkeit vergessend, „vor dem Kaiser hinknien und nicht aufstehen, ehe er uns die Gnade gewährt hat. Und dann, dann, Ferdi, wird er eine Hofkutsche anspannen lassen, und wir bekommen ein großes Stück Papier mit einem roten Siegel: das ist die Gnade, und vor die Kutsche werden vier Pferde gespannt, und hinten sitzt ein Lakai und hält einen großen Korb mit guten Sachen zum Essen. Und so fahren wir heim. Und vor dem Schloß knallt der Kutscher mit der Peitsche. Und alle kommen gelaufen. Und wir steigen aus und rufen beide: Tante Toinette, Tante Toinette, wir bringen die Gnade, wir bringen die Gnade.“

Ihre Begeisterung riß Ferdinand mit.

„Ja, so wird es sein. Und vielleicht wird der Kaiser dann an allen, die im Kerker sind, Gnade üben. Vielleicht hat ihm nur niemand vor uns gesagt, wie arg das ist.“

„Vielleicht ... Ferdi, meine Schuhsohle geht ab.“

Ferdinand betrachtete bekümmert den kleinen, feinen weißen Schuh – auch Lätitia hatte sich für den Kaiser schöngemacht – der so gar nicht für das Wandern geeignet war.

„Schade“, meinte Lätitia, „daß es keine Ritter mehr gibt. Sonst käme einer hier vorbei und würde uns auf sein Roß nehmen.“

Ferdinand sah erschrocken, daß das kleine rote Gesicht plötzlich ganz blaß geworden war. Lätitia taumelte und hielt sich an ihm fest.

„Ferdi, wie komisch. Ich glaube, ich sterbe. Alles wird schwarz."
Er legte sie auf die verstaubten Grashalme des Raines und fächelte ihr mit dem Hut Luft zu. Langsam erholte sie sich.
„Bleib du hier, Lätty", bat er. „Ich gehe allein weiter. Du bist zu klein für den weiten Weg."
„Und wenn ich ganz wirklich sterbe, Ferdi, nicht wie eben nur halb, ich gehe für Tante Toinette zum Kaiser. Man darf nie zurück, wenn man etwas angefangen hat. Das hat Grand'maman Inez neulich gesagt, als ich mein Blumenbeet nicht fertig umgraben wollte. Man darf nie zurück."
Sie stand auf und griff nach Ferdinands Hand.
„Komm, gehen wir."
Nun schritten sie immer langsamer, immer mühseliger dahin. Jeder Schritt tat ihnen weh, aber sie dachten nicht daran, ihr Vorhaben aufzugeben. Dort drüben in der Ferne war Wien, war der Kaiser, war die Gnade für Tante Toinette. Sie mußten gehen und gehen.
Einmal schrie Lätitia vor Freude auf:
„Schau, Ferdi, ein Kirchturm. Ganz nah. Das ist Wien. Wir sind schon dort. Komm, laufen wir."
Aber ach, es war nur der Kirchturm eines freundlichen kleinen Dörfleins. Und war, wenngleich sie es nicht wußten, das Ende ihrer Pilgerfahrt. Eine müde Bauernfrau nahm die todmüden schwankenden Kinder ins Haus, bewirtete sie mit Milch und Brot, machte ihnen im duftenden Heu ein Lager zurecht.
„Wir schlafen aber nur eine Stunde", sagte Ferdinand. „Bitte wecken Sie uns. Wir müssen weiter nach Wien."
Der Bauer kannte die Kinder. Er hatte sie im Schloß gesehen. Er eilte nach Wohan. Joseph holte die Kinder ab. Er weckte sie sanft und hob sie in den Wagen.
„Ist das die kaiserliche Kutsche?" fragte Lätitia schlaftrunken.
Joseph begriff ihre Frage nicht, aber Ferdinand erklärte ihm alles.
Die Schatten fielen bereits, als sie in Wohan anlangten. Die ganze Familie stand vor dem Schloß. Sie wartete angstvoll, ungeduldig seit Stunden. Lätitia begann bitterlich zu weinen. Sie sah weder die Mutter noch Grand'maman Inez, sie stolperte auf den müdegelaufenen schmerzenden Füßen geradewegs Antoinette in die Arme.
„Tante Toinette, liebe Tante Toinette", schluchzte sie. „Wir wollten nach Wien zum Kaiser. Dir die Gnade holen. Weißt du, die große Gnade und die Gerechtigkeit. Aber der Vater hat uns gehindert. Wir wollten es wirklich, Tante Toinette. Die Gnade, die große Gnade."
Antoinette hielt das verzweifelt weinende Kind fest in den Armen. Von ihrem Gesicht fiel die starre Maske. Es war die alte, die vertraute Toinette, die zwischen Lachen und Weinen Lätitia küßte und sagte:
„Kleine Lätty, kleiner Ferdinand. Ihr habt mir die Gnade gebracht, die große Gnade, daß ich wieder an die Menschen glauben darf."
Grand'maman Inez trat zu den beiden. Auf ihren blassen runzeligen Wangen brannten rote Flecke. Ihre Augen glänzten.

Lätitia erschrak ein wenig. Was wird Grand'maman Inez sagen?
„Sie haben uns gelehrt, Grand'maman Inez", sagte sie stockend, „man darf nicht zurück, wenn man etwas angefangen hat. Wir sind nicht zurück, Grand'maman Inez. Wir wollten nur eine Stunde schlafen. Wir ... wir ..."
Grand'maman Inez lächelte, Grand'maman Inez beugte sich zu Lätty nieder und streckte eine Hand nach Ferdinand aus.
„Ihr seid brave Kinder", erklärte sie ernst. „Wir danken euch." Sie reckte sich und stand kerzengerade, stolz da, den Blick auf die grauen Mauern von Wohan geheftet. Sie nickte dem Schloß zu. Du darfst zufrieden sein, dachte sie. Das neue Geschlecht, das du beherbergst, ist der Ahnen würdig. Tapfer und treu. Du wirst es heranwachsen sehen und dich an ihm erfreuen, wenn ich im Grabe liege.
Hand in Hand mit den beiden Kindern, die noch immer auf Schelte warteten und Grand'maman Inez' plötzliche Sanftheit nicht begriffen, stieg sie langsam die alte graue Freitreppe hinauf.

XV.

Vier Jahre genügen, damit aus winzigen spielenden Tieren kleine Menschen werden, und aus kleinen Menschen größere, selbstbewußte Geschöpfe. Die Zwillinge waren nicht länger etwas, das auf dem Boden kroch, Nahrung verlangte und schrie. Sie hatten sich entwickelt, standen zwar noch nicht immer ganz fest, aber immerhin gerade auf ihren Beinen. Ritten im Sommer in Wohan schon auf dem kleinen Shetlandpony, das Onkel Stanislas ihnen geschenkt hatte, und seufzten und ächzten, wie alle Herdegen-Kinder geseufzt und geächzt hatten, wenn Monsieur Venarius mit dem riesigen ABC-Buch erschien und sie mitten im schönsten Spiel störte. Das heißt, eigentlich stöhnte nur Carl. Alois liebte die Stunden, die er mit dem alten Präzeptor und dem großen Buch verbrachte. Er lernte gern – auf seine Art. Daß aus den Buchstaben Worte werden sollten, begriff er nicht recht, doch liebte er die Buchstaben selbst. Ein jeder von ihnen bedeutete ihm etwas. Das T war ein Tor, durch das die kleineren Buchstaben schritten, das G mit seiner großen Schleife eine Henne, die unter ihren Flügeln die Küken versteckte. Alois ersann über jeden Buchstaben eine Geschichte, die er mit großem Eifer Monsieur Venarius erzählte. Alois tat überhaupt alles mit großem Eifer. Es schien in seiner kleinen Welt nichts zu geben, was ihm gleichgültig gewesen wäre. Er liebte alles mit einer leidenschaftlichen Zuneigung, die bereits jetzt in sein kleines Leben allerlei Kummer brachte. Er weinte, wenn die Kinder auf dem Rasen einen toten Vogel fanden, und jammerte über den Kummer der Vogelmutter, den er sich in den schwärzesten Farben ausmalte. Er war verzweifelt, als der alte Huberpeter starb, und noch mehr, als auf sein Grab ein großer Grabstein gesetzt wurde. „Er wird glauben, wir wollen ihn nicht zurücklassen", klagte er, und Joseph mußte nach dem Begräbnis viele Nächte am Bett des kleinen Sohnes sitzen, der immer wieder auffuhr und schluchzte: „Der arme Huberpeter, der Stein ist so schwer."

Carl war völlig anders geartet. Verspielt, übermütig, launenhaft. Er hatte viel von Onkel Stanis Charme, und Victoire liebte ihn am meisten von ihren Kindern. Eben weil er, wie sie selbst, unberechenbar war. Man wußte bei ihm nie, was er sagen, was er tun würde. Im Gegensatz zu Alois liebte Carl die Stadt. Er war selig, wenn die Familie nach Wien fuhr, was häufig geschah. Victoire behauptete, sie würde, bliebe sie länger als zwei Monate nacheinander in Krems, schwermütig, und Joseph gab ihr, wie sie sagte, „Urlaub".

Dann füllte sich das stillgewordene Palais in der Nähe der Freyung von neuem mit Leben. Durch die hallenden Korridore schallten kindliche Stimmen, und in ihrem roten Zimmer schloß Grand'maman Inez manchmal die Augen und träumte sich in eine Zeit zurück, da die eigenen Kinder hier gespielt hatten.

Sie lebte jetzt viel in der Vergangenheit. Wanderte im Geist die endlos lange Straße dahin, die zu ihrer fernen Jugend zurückführte. Bisweilen, wenn jemand ins Zimmer trat, hob sie den Kopf und sagte einige spanische Worte. Manchmal verwechselte sie die Menschen, mit denen sie zusammenkam, nannte Victoire Ludmilla und redete von den toten Söhnen, als seien sie eben erst erwachsen. Wirklichkeit und Erinnerung flossen in ihrem Geist zusammen. Oft saß sie am Fenster und spähte angstvoll hinaus, wartete auf Nachricht von dem jungen Gatten, der im Felde stand. Manchmal ließ sie Monsieur Venarius rufen und erklärte: „Sie müssen mit Carl strenger sein, mein guter Venarius. Aber freilich, Sie sind sehr jung für einen Präzeptor."

Kehrte sie dann in die Wirklichkeit zurück, so blickte sie verloren um sich. Befühlte die eigenen mageren Hände, sah in den Spiegel, schauderte leicht vor dem alten, uralten Antlitz zurück, das ihr entgegenblickte. Fühlte eine erschreckende Leere. Eine Einsamkeit, die fast greifbar war. Eine Verlassenheit, die sie mit Grauen erfüllte. Selbst Gott war fern. Fern und streng. Ihre Sünden, ihre Schwächen trennten sie von ihm, stellten sich wie eine Mauer zwischen ihre Seele und deren Schöpfer.

In diesen trostlosen Stunden atmete sie auf, wenn das einzige, das letzte der „Kinder", das noch im Palais Herdegen lebte, heimkam: Franz. Sie hatte von den Enkeln Joseph am meisten geliebt, Hilfe und Trost aber gab ihr der junge Mann mit den roten Haaren und den Zügen, die nicht in die Familie paßten. Hilfe und Trost fand sie bei dem Enkel, der nicht ihr Enkel war, der ihr, als sie ihm verbieten wollte, Medizin zu studieren, mit tiefem Erröten, aber entschlossen gesagt hatte: „Grand'maman Inez, ich muß studieren, und ich darf mich Ihrem Willen widersetzen, weil ich nicht Ihr Enkel bin."

Es war eine seltsame Freundschaft zwischen der alten Frau und dem jungen Mann. Vielleicht verstand von allen Franz Grand'maman Inez am besten. Vielleicht war er der einzige, der entdeckt hatte, daß sogar sie, vor der zwei Generationen gezittert hatten, einer Stütze bedurfte. Und vielleicht begriff er ihre Vereinsamung so gut, weil er selbst einsam war. Einsam, wie jeder es ist, der mit nüchternem Geist die Torheiten der andern belächelt. Joseph nahm sich jedes Unrecht, jede Ungerechtigkeit zu Herzen und wollte helfen. Stanislas ging mit spöttischem Lächeln über sie hinweg und hielt sie, solange sie nicht ihn berührten, für etwas Belangloses. Franz erkannte sie, ebenso genau wie Joseph dies tat, doch glaubte er nicht, daß den Menschen geholfen werden könne. Zumindest nicht, was Recht und Unrecht anbelange. Man konnte, man würde vieles entdecken, vieles erfinden, das körperliche Leiden beheben, das das Leben der Menschen verlängern würde, aber die Menschheit glücklicher, sie besser zu machen ... Wer sollte dies tun? Die jungen Menschen, mit denen er an der Universität zusammenkam und die von Freiheit schwärmten? Würden nicht auch sie, einmal zur Macht gelangt, die gleichen Tyrannen werden wie die andern? War es nicht ein ewiger, ein hoffnungsloser Kreislauf? Alles wiederholte sich. Die Träger des Unrechts waren andere, aber das Unrecht blieb, würde ewig das gleiche bleiben. Es würde immer Schwache geben, die von den Starken unterdrückt werden. War es nicht einerlei, aus welcher Kaste diese Schwachen stammten?

Victoire teilte diese Ansichten, aber bei ihr entsprang ihnen ein müder Lebensüberdruß, ein „Wozu", das alles lähmte. Franz hingegen ertrug die furchtbare Erkenntnis ebenso nüchtern, wie er alles andere ertrug, und lebte ganz für die Wissenschaft und – für eine alte Frau.

Abends saß er bei Grand'maman Inez und erzählte ihr Dinge, von denen sie kein Wort verstand. Aber sie fühlte seine Nähe; in den toten Räumen tönte eine junge Menschenstimme; sie war nicht allein. Er wußte, daß sie ihn nicht verstand, aber da war ein Mensch, der seinen Worten lauschte, aus dessen erloschenen schwarzen Augen plötzlich unvermittelt ein Blitz der Erkenntnis aufzuckte, der ihm dankbar war für seine Gegenwart. Der für Augenblicke von ihm die Last der Einsamkeit nahm.

Fast bedauerte er es, wenn Victoire mit den Kindern erschien. Lätitia, nun schon über zehn Jahre alt, duldete es nicht, daß man sie übersah. Und von den Zwillingen hing der kleine Alois leidenschaftlich am Onkel Franz und forderte von ihm Zeit und Liebe.

Victoire stürzte sich in die Geselligkeit wie in einen Strom. Im Palais Herdegen flammten von neuem die Lüster auf. Es wurde getanzt und musiziert. Die alten, monatelang leerstehenden unbewohnten Salons und Säle erwachten zu neuem Leben. Die Melodien drangen leise in das obere Stockwerk, wo Grand'maman Inez wohnte, leise, wie Klänge aus einer längst versunkenen Welt. Diese neue Welt war lauter geworden, ihre Freuden hatten etwas von der alten Verfeinerung eingebüßt, es gab kaum mehr die kleinen Diners, bei denen der Geist und das Bonmot zu Gaste gewesen waren.

Hatten die Gäste dann endlich, die Feste dauerten lang, das Haus verlassen, so seufzte eine müde Frau: „Gott, war das langweilig." Und durch die langen Korridore tönten Victoires leise, ruhelose Schritte. Bisweilen, wenn Franz besonders zeitig aufstand, fand er in einem der Salons die Schwägerin, noch im Abendkleid, mit Schmuck behangen. Sie hielt ihn an:

„Du gehst schon fort? Bleib ein wenig. Leiste mir Gesellschaft. Ich bin nicht zu Bett gegangen. Kann nicht schlafen. Und selbst wenn ich einschlafe, immer wieder dieses Erwachen ins Nichts."

„Kümmere dich um deine Kinder", meinte Franz barsch. Er konnte Victoire nicht mehr leiden, seitdem er wußte, wie unglücklich sie Joseph machte. „Kümmere dich um Lätty."

„Lätty verachtet mich", erwiderte Victoire mit einem leisen, halb spöttischen, halb schmerzlichen Lachen. „Lätty ist schon eine kleine Frau, die mich mit Frauenaugen ansieht und nicht versteht, wie ich es fertigbringe, ihren angebeteten Vater allein zu lassen."

„Ich verstehe es auch nicht", erklärte Franz hart.

Victoire zuckte die Schultern.

„Ich möchte einen Menschen zum Mann", meinte sie. „Keinen Engel. Und der arme Joseph ist ein Engel. Er verzeiht mir alles. Ich kann ihn nicht einmal betrügen, weil er mir auch das verzeihen würde. Uebrigens habe ich gar keine Lust dazu, weil sogar das mir langweilig wäre."

„Schade, daß Bozena Stani geheiratet hat, und nicht du."

Victoire nickte.

„Ja, ich kann mir vorstellen, daß ich einen Mann, der mich betrügt, der mich schlecht behandelt, der immer nur fordert und nichts gibt, geliebt hätte. Außerdem ... Stani kommt gut weiter. Ist schon wieder befördert worden. Joseph hingegen ..."

„Joseph lebt, was er glaubt", sagte Franz zornig. „Aber das verstehst du weniger als die kleine Lätty. Ja, sogar weniger als der kleine Alois, der schon ein Gefühl für Gut und Böse hat. Gestern hat Monsieur Venarius ihn vor Grand'maman Inez gefragt: ‚Alois, was ist gut und was ist böse?' Wie, glaubst du, hat die Antwort dieses Knirpses, der zufällig, weiß Gott zufällig, dein Sohn ist, gelautet? ‚Gut ist, was niemand weh tut, und böse, was jemand weh tut'."

„Josephs Sohn." Victoire lächelte. „Carl steht mir näher. Der ist mein Kind. Darum mag *Madame Mère* ihn nicht."

Franz wurde sehr ernst.

„Victoire, ich bitte dich, sei gut zu Grand'maman Inez. Wir haben nicht mehr viel Zeit, gut zu ihr zu sein."

„Franz!"

Alle Langeweile, alle Blasiertheit waren aus Victoires Gesicht verschwunden. Sie sah wieder ganz jung aus, jung und erschrocken.

„Du weißt ja nicht, niemand von euch weiß, was Grand'maman Inez mit einem Lächeln erträgt. Ich habe sie angefleht, sich operieren zu lassen. Sie will nicht. Gott ist der große Arzt, sagt sie. Und vielleicht hat sie recht. Aber ihr", er wurde plötzlich sehr zornig, „ihr merkt ja nichts. Merkt nicht, daß sie immer kleiner, immer magerer wird. Merkt nicht, wenn sie sich abwendet, um den Schmerz zu verbergen, der sie zerreißt. Nein, ihr merkt nichts. Es ist ja nur Grand'maman Inez, die für euch alle gelebt hat. Die jetzt stirbt, langsam, qualvoll. Ohne eine Klage ... ihr ... ihr ..."

Victoires veilchenblaue Augen füllten sich mit Tränen.

„Franzel, unsere *Madame Mère*! Das kann doch nicht sein. Was wären wir ohne sie? Franzel, sag, daß du übertreibst, um mich zu erschrecken."

„Ich hätte es dir nicht sagen dürfen, Victoire. Sie will nicht, daß ihr es wißt. Nur ich darf es wissen. Nur mir vertraut sie es an. Aber sei gut zu ihr, und, um ihretwillen, sei gut zu Joseph."

„Lätty", sagte Victoire unvermittelt. „Meine arme kleine Lätty. Was wird sie tun, wenn *Madame Mère*, wenn ihre geliebte Grand'maman Inez ..."

„Victoire", meinte Franz, „du bist das unverständlichste Geschöpf auf der ganzen Welt! Man glaubt, daß du vollkommen herzlos bist, und dann auf einmal ... Wenn Frauen so sind, will ich nie mit einer etwas zu tun haben."

Victoire lachte.

„Das werden wir ja sehen, Franzel. Schau, ich möchte ja so gern gut sein, zu euch allen, auch zu Joseph. Aber dann kommt etwas, lebt etwas in mir. Diese schreckliche Frage: Wozu? Und ich kann nicht. Jetzt aber werde ich können, Franzel, *Madame Mère* zuliebe."

Sie ging rasch, mit gesenktem Kopf, aus dem Zimmer. Wenige Minuten später tönte leise, zart, auf dem Klavier Grand'maman Inez' Lieblingslied durch das stille Haus:

„Frère Jacques, frère Jacques, dormez-vous?"

In ihrem mächtigen Himmelbett hob eine alte, uralte Frau lächelnd den Kopf. Nein, sie schlief nicht, für sie hatten schon seit langem die Morgenglocken zum Gebet geläutet. Zum Erwachen des neuen Tages, der Schmerzen bedeutete, aber auch tapferes Ausharren und freudigen Dienst für die Ihren, um Gottes willen.

***

Victoire hielt Wort. Ein völlig verblüffter Joseph wurde eines Morgens unvermittelt aus dem Schlaf geweckt:

„Herr Graf, die Frau Gräfin und die Kinder sind angekommen."

Er begriff es nicht. Noch war es Winter, noch gab es in der Hauptstadt Feste, Bälle, Konzerte, Theater. Was war Victoire eingefallen?

Sie erklärte es ihm nicht. Sie fiel ihm um den Hals, Tränen in den Augen. Sie küßte ihn. Sie sagte, sie habe sich nach ihm gesehnt. Und für die Zwillinge sei Krems gesünder als Wien. Und überhaupt habe sie Krems unrecht getan. Es sei eine reizende kleine Stadt, und die Menschen hier seien klug und unterhaltend. Und sie wolle nie mehr fort. Höchstens im Sommer nach Wohan. Und ob er sich nach ihr gesehnt habe?

Er hatte sich nach ihr gesehnt. Das Haus war ihm leer und öde erschienen, das Haus und sein Leben. Dieses ein wenig harte, anspruchslose Leben eines Menschen, der, ohne mit sich zu kargen, seine Pflicht tat. In diesem Leben bedeutete Victoire die Freude, den Glanz, den Duft, alles, was so überflüssig und dennoch so unentbehrlich ist.

Er wußte nicht, wem er diese zärtliche, beglückende Victoire verdanke. Wußte nicht, daß der Hintergrund seines erneuten Glückes ein düsterer war, der Tod. Er freute sich, er war glücklich. Niemand verstand es besser als Victoire, aus einem Haus ein Heim zu machen. Wie entzückend war sie hinter dem Teetisch, wenn ihre weißen Hände die Tassen füllten, wie beseligend war der Morgen, wenn Victoire, die sonst nie vor elf Uhr aufstand, ihn lächelnd zum Frühstück rief. Victoire spielte sich ein in die neue Rolle. Sie machte ihr Freude. Josephs Seligkeit und rührende Dankbarkeit waren wohltuend. Sie ertappte sich dabei, daß sie ihn trotz allem gern habe, achte, ja bewundere. Verborgen unter seiner Güte lag eine unbeugsame Härte, Grand'maman Inez' Härte, die freilich nur gegen ihn selbst und jene gewandt wurde, die Unrecht taten. Victoire hatte sie nie gespürt, dennoch war sie da. Und in diesen stillen Vorfrühlingstagen lernte Victoire diese Härte lieben. Sie erschrak fast vor dem neuen Gefühl. Es bedeutete eine Pflicht, eine Verantwortung, bedeutete alles, vor dem sie ängstlich geflohen war. Und war dennoch schön, beglückend.

Lätitia betrachtete mit kritischen Augen diese neue Mutter. War all das eine neue Laune Mamans? Oder war das die wirkliche Maman? Das kleine Mädchen wurde unsicher, begriff nicht recht, was geschehen war. Vielleicht würde Ferdinand es ihr erklären können. Lätitia lächelte und zählte an den kleinen Fingern die Tage, die es noch von Wohan und dem lieben Cousin trennten. Ferdinand schrieb bisweilen aus London. Steife kleine Kinderbriefe: „Es geht mir gut. Die lieben Eltern sind mit mir zufrieden. Ich kann schon Englisch. Nächstes Jahr werde ich nach Eton kommen. Ich freue mich darauf. Aber so schön wie Wohan ist ja doch nichts auf der Welt. Und ich werde nie einen lieberen Freund haben als Dich, Lätty."

Lätty träumte. Träume von einer Zeit, da sie und Ferdinand immer beisammensein würden. Natürlich werden wir heiraten, dachte sie. Ferdi wird ein großer Mann sein, und ich werde alles, alles für ihn tun. Und wir werden zu Tante Toinette reisen und sie herbringen, nach Wohan. Lully kann bei ihrem Vater bleiben.

Dieser Entschluß war erst vor einigen Wochen entstanden, seitdem Tante Toinette ein kleines Bild von Lully geschickt und Lätitia mit der ihr eigenen Ehrlichkeit erklärt hatte: „Lully ist viel, viel schöner als ich. Ist schöner als Maman, schöner als Tante Bozena, ist fast so schön wie die Tante Schneekönigin."

***

Der Vorfrühling verging. Auf den Straßen schmolz der Schnee. Es gab Tage, da ein richtiger Frühlingshimmel über der schönen zärtlichen Hauptstadt des Reiches blau aufleuchtete. Grand'maman Inez fuhr in der offenen Kalesche in den Prater, Franz hatte ihr viel frische Luft geraten. Und Grand'maman Inez, die sonst alle ärztliche Kunst verachtete, glaubte an das, was Franz sagte. Die Bäume trugen bereits dicke Knospen. Und im Moos leuchteten Leberblümchen und weißsternige Anemonen. Grand'maman Inez lächelte still vor sich hin. Noch ein Frühling, dachte sie. Wie weltabgewandt glaubte ich mich, und jetzt ... jetzt danke ich Gott, daß er mich noch einen Frühling erleben läßt, daß ich noch einmal auf Erden seine tröstliche Botschaft an die Menschen sehen darf. Wie stark, dachte Grand'maman Inez, hält uns diese Welt, die doch nur ein Abglanz der ewigen ist. Und wie schön, wie unsagbar schön muß jene sein, in der himmlische Blumen und Bäume wachsen. Wahrlich, kein Auge hat es gesehen und kein Ohr hat es gehört, was Gott jenen bereitet hat, die ihn lieben ... Ein sanfter Sonnenstrahl streichelte ihr runzliges Gesicht. Wie eine Engelshand, dachte Grand'maman Inez. Bald werde ich ... Und ohne Schmerzen ... Aber die Kinder, die Enkel, die Urenkel ... Ich muß sie zurücklassen ... Zwei fröhlich piepsende Spatzen flogen auf, und Grand'maman Inez' Gesicht erhellte sich von neuem. Kein Sperling fällt vom Dach ... Auch meine Enkel, meine Urenkel. Gott wird die Herdegens beschützen ... Unter dem Hut errötete das alte Gesicht. Nein, Gott wird seine Geschöpfe beschützen, seine armseligen, hilflosen Geschöpfe ...

Der Wagen rollte weiter in der sanften Landschaft, und eine alte Frau begrüßte zum letztenmal den Frühling.

In diesem Jahr fanden sich in Wohan zum erstenmal seit Jahren, mit einer einzigen Ausnahme, alle Enkel Herdegen ein. Sogar Antoinette war gekommen, mit der kleinen Tochter Lully und mit dem zweiten Kind, einem Knaben, Wilhelm.

Die neue Generation Herdegen staunte die beiden kleinen deutschen Verwandten an. Gewiß waren auch Lätitia, Ferdinand und sogar die Zwillinge gut erzogen, ein Blick von Grand'maman Inez oder ein Wort von Joseph genügten, um sie zu zähmen, aber Lully und Wilhelm gegenüber wirkten sie wie Wilde.

Lully sprach nur, wenn sie angeredet wurde, sie setzte sich erst, wenn ihr ein Erwachsener dazu die Erlaubnis gegeben hatte. Sie konnte sich nicht daran gewöhnen, in der Wildnis mit den andern Kindern zu toben. Ja, sie wich ihnen sogar scheu aus und klammerte sich, trotz ihrer zehn Jahre, wie ein kleines Kind an das Kleid der Mutter. Für sie gab es auf der ganzen Welt anscheinend überhaupt nur diese stille gütige Mutter, den einzigen Menschen, vor dem sie keine Angst empfand.

„Lully ist dumm", erklärte Carl, der, so jung er war, so rasch mit einem Urteil fertig wurde. Und er war äußerst erstaunt, als er auf diesen Ausspruch hin, er war in Gegenwart der kleinen Cousine getan worden, von Ferdinand die erste Ohrfeige, die dieser je gegeben hatte, bekam. Lätitia starrte Ferdinand völlig verblüfft an und lief dann davon. Später fand Grand'maman Inez, die langsam, auf ihren Stock gestützt, durch den Park schlenderte, das kleine Mädchen schluchzend auf dem Rasen liegen. Lätitia wollte nicht sagen, weshalb sie weinte, doch ahnte Grand'maman Inez, die die kleine Szene miterlebt hatte, etwas von der wilden Eifersucht des jungen Herzens. Sie selbst bemühte sich vergeblich um Lullys Vertrauen. Dieses Kind, das sie mit Marie Christines Augen anblickte, fühlte Angst vor ihr, knickste artig, wenn sie mit ihm sprach, wollte aber um keinen Preis der Welt allein mit ihr bleiben.

Einmal versprach Grand'maman Inez sich und nannte Antoinettes kleine Tochter „Marie Christine", und Victoire erschrak über den Ausdruck, der auf das alte Gesicht kam, als Grand'maman Inez ihren Irrtum bemerkte. Sie hat Marie Christine nicht vergessen, dachte Victoire, sie spricht nie von ihr, aber sie leidet um sie, leidet noch immer um sie. Deshalb blickt sie sich, wenn wir alle beisammen sind, auch so merkwürdig um, als suche sie jemand. Kann sie diese eine, diese einzige nicht entbehren, die ihr nie Freude, sondern immer nur Kummer bereitet hat?

Grand'maman Inez hätte in diesem Sommer wirklich zufrieden sein können. Sogar Stanislas hatte auf die Londoner *Season*[1] verzichtet und war gekommen. Er war schöner denn je. Der ernste reife Ausdruck, der in sein Gesicht gekommen war, veredelte seine Züge. Bozena erzählte Joseph, daß Stani völlig in der großen Politik aufgehe, für nichts anderes Interesse habe. Sie lächelte wehmütig: „Zuerst haben die Frauen ihn mir genommen. Jetzt nimmt die Politik ihn mir."

Dennoch schienen die beiden sich nun viel besser zu vertragen. Stanislas berichtete stolz Grand'maman Inez, wie sehr Bozena bewundert werde, wie gut sie es verstehe, zu repräsentieren. Er prahlte auch ein wenig mit den englischen Kenntnissen des kleinen Ferdinand, der seit einem Jahr in Eton war.

„Er lernt viel besser als seine englischen Kameraden", sagte Stanislas. „Ist viel ernster als sie. Schade, daß Therese ihm nicht gleicht."

Ja, über Stanislas und Bozena brauchte Grand'maman Inez sich keine Sorgen zu machen. In Stanislas Gesicht sah sie bereits die glänzende Karriere dieses Enkels. Er würde weiter kommen, höher kommen. Würde der Familie Ehre machen. Auf andere Art als Joseph, der fortfuhr, sich die Ungnade der hohen und höchsten Herren zuzuziehen, der nie einen hohen Posten bekleiden würde und auf den sie dennoch von allen Enkeln am stolzesten war.

In diesem Sommer verbrachte Joseph lange stille Stunden mit Grand'maman Inez. Sie sprach zu ihm, wie sie seit dem Tod ihres Mannes nur noch mit Monsieur Venarius gesprochen hatte. Sie legte, ihm zuliebe, jene Scham ab, mit der sie ihre tiefsten und heiligsten Gefühle verhüllte, und ließ ihn das größte Wunder der Welt schauen: eine Menschenseele, die unter hartem Ringen immer nach dem Guten gestrebt hat.

„Ich hätte", sagte sie, „so gern noch erlebt, daß Lätitia erwachsen wird. Ich mache mir Sorgen um sie. Sie erinnert mich allzusehr an meine eigene Jugend. Nur daß sie großmütiger ist, als ich je war."

Sie blickte von der Terrasse auf die jungen Bäume, die im Vorjahr gepflanzt worden waren.

„Die Kinder", meinte sie versonnen, „und die jungen Bäume. All das wird wachsen und gedeihen, nur ich werde es nicht mehr sehen."

Bisweilen überkam sie eine seltsame Unruhe. Sie ließ anspannen und fuhr mit Monsieur de Venelles aufs Vorwerk und noch weiter hinaus, wo ein großes Stück Boden urbar gemacht wurde.

„Aller Boden", sagte sie, „muß urbar gemacht werden. Muß Früchte tragen. Ich hätte schon früher dafür sorgen müssen. Mein Gott, wieviel habe ich unterlassen."

Dieser Gedanke quälte sie sehr in jenen stillen Sommertagen. Beim Anblick eines unfruchtbaren Feldes stiegen ihr Tränen in die Augen.

„Zu wenig Pflege", flüsterte sie. „Hätten wir dieses Feld besser gepflegt, es würde heute eine reiche Ernte tragen."

Sie dachte an Marie Christine: Hätte ich das Kind mehr geliebt, hätte ich mit Geduld und Liebe den steinigen Boden dieses jungen Herzens betreut, sie wäre vielleicht heute eine gute und glückliche Frau. Ich war zu hart. War immer zu hart.

Ich wollte das Unkraut aus den Kinderherzen jäten und zerriß dabei die kleinen Herzen. Ich war ein schlechter Knecht des Herrn. Und andere müssen es büßen.

Noch einmal schien in der alten Frau eine neue Jugend zu erwachen, eine Jugend, die allen ringsum Liebe und Güte schenken wollte – ehe es zu spät war. Sie erfand Freuden und Ueberraschungen für Enkel und Urenkel. Sie bedachte reichlicher denn je die Armen der Nachbarschaft. Sie hinterlegte Geld für Bozenas jüngsten Bruder, Nepomuk, der so gern studieren wollte. Bestimmte, daß er während des Studiums im Palais Herdegen wohnen, von Franz betreut werden solle. Es gab für sie keine Stunde, die nicht mit den Gedanken an andere, mit dem Versuch, andern zu helfen, ausgefüllt gewesen wäre. Sogar die langen Stunden in der Hauskapelle fielen diesem Wunsch zum Opfer.

„In der elften Stunde", erklärte sie. „Ich bin in der elften Stunde angelangt. Ich muß gutmachen, was ich Jahre hindurch versäumt habe. Ich muß vor Gott mit einer ganz winzigen Handvoll guter Werke treten. Alles, was ich bis jetzt getan habe, war nichts, denn ich hatte der Liebe nicht."

Sie war sehr schwach geworden. Nun konnte sie nicht mehr gehen. Franz trug die leichte Gestalt in seinen Armen in das große helle Zimmer, das auf die Terrasse führte. Hier saß sie den ganzen Tag im Lehnstuhl, wartete, ob Enkel oder Urenkel zu ihr kämen, etwas von ihr wollten. Monsieur Venarius leistete ihr Gesellschaft. Auch er war in diesem Sommer sehr gealtert. Er sprach viel von seiner Heimat. Er sehnte sich nach ihr. Grand'maman Inez tröstete den alten Freund.

„Wenn ich tot bin, werden Sie heimgehen", meinte sie. „Oder ist es eine unverzeihliche Selbstsucht, wenn ich Sie bitte, noch so lange bei uns zu bleiben? Sie waren ja immer bei uns. Ich möchte Sie gerne hier wissen, wenn ich fortgehe."

Er küßte die alte, alte Hand und erklärte, er wolle ja gar nicht heim, das sei nur eine kindische Phantasie des Alters.

„Wir haben viel gestritten, mein guter Venarius", sagte Grand'maman Inez und hob mit der zitternden Hand den Fächer. „Sie haben alles von der menschlichen Vernunft erwartet, ich von Gott. Nun sind wir beide alt. Ich weiß nicht, mein guter Venarius, ob nicht Sie, der Sie ohne göttliche Hilfe durchs Leben gegangen sind, mehr Gutes getan haben als ich. Früher habe ich mir oft Sorgen um Ihre Seele gemacht. Heute sehe ich die Dinge anders, weniger kleinlich. Gott ist zu groß, zu barmherzig, um nicht alle Menschen, die wahrhaft das Gute wollen, als seine Kinder anzuerkennen."

Die Kinder freuten sich über Grand'maman Inez' Sanftmut und Güte.

„Sind die Menschen immer so, wenn sie alt werden?" fragte Lätitia den Vater und fügte hinzu: „Dann möchte ich, daß Maman auch bald alt wird."

Joseph lächelte. Dann wurde er tiefernst. Wie würde die kleine Tochter den Tod dieser geliebten Großmutter ertragen? Mußte er sie nicht darauf vorbereiten? Durfte er sie von diesem Schmerz unvermittelt überfallen lassen?

„Wenn in einem Menschen die Güte und Liebe reif geworden sind, wie die Aepfel auf einem Baum", sagte er, „dann erntet der liebe Gott ihre Seele und nimmt sie zu sich."

Lätitia erschrak.

„Wie schrecklich! Wenn Grand'maman Inez nur wieder über etwas böse würde, dann könnte der liebe Gott ihre Seele nicht ernten. Ich muß unartig sein."

Aber sie war es nicht. Sie fühlte die heilige Stille, die andachtsvolle Erwartung, die über Wohan lag. In diesem Sommer schienen sogar die Sturmwinde, die sonst so wild über das Gut hinwegbrausten, etwas zu ahnen. Sie schwebten leise dahin, raunten nur flüsternd in dem dichten Laub, sangen abends rings um den Turm ein sanftes Schlummerlied. Aus dem Rosengarten stieg der Duft der vielen, vielen Rosen hoch, und die weißen Sterne des Jasmins leuchteten wie ein blasses Spiegelbild ihrer himmlischen Brüder.

In einer duftenden Julinacht starb Grand'maman Inez. Seit zwei Tagen war sie nicht mehr auf die Terrasse gekommen. Sie lag in dem großen Himmelbett, in dem sie ihre Kinder geboren hatte, und blickte, heute wie damals, als die Schmerzen ihren Leib zerrissen, auf das Kruzifix, das an der gegenüberliegenden Wand hing. Sie hatte die letzten Sakramente empfangen, hatte zum letztenmal ihre Sünden bekannt. Doch fühlte sie im Herzen noch keinen Frieden. Die Enkel standen um das Bett. Victoire weinte leidenschaftlich, Bozena schluckte die Tränen hinunter, Antoinette blickte fast mit Neid auf Grand'maman Inez: die würde bald das Leben, dieses schreckliche Leben, abstreifen dürfen wie ein altes Gewand.

Franz hielt die Hand der alten Frau. Seine kühlen Finger lagen auf dem immer schwächer werdenden Puls. Joseph kniete neben dem Bett und betete. Stanislas hatte den Kopf abgewandt; er wollte den Tod nicht kommen sehen. Monsieur Venarius aber stand sehr gerade da und lächelte der alten Freundin zu.

Grand'maman Inez hob die müden Lider. Es zuckte über ihr fahles Gesicht. „So viel unterlassen", flüsterte sie. „So viel, ich muß ... ich muß ..." Und dann kam plötzlich ein Lächeln auf ihre Züge. „Ich muß nicht. Was ich unterlassen habe, wird Gott für mich tun. Gott und ihr alle."

Sie lächelte noch immer, als Joseph ihr sanft die Augen zudrückte.

Draußen war der Morgen erwacht. Durch das geöffnete Fenster fielen die ersten Sonnenstrahlen. Vom Hühnerhof her tönte das Krähen der Hähne. Und bald darauf erklangen verschwommen aus der Ferne die Stimmen der Menschen, die ihre Arbeit aufnahmen. Gott hatte eine Seele geerntet, aber das Leben ging weiter.

XVI.

Victoire saß vor dem Kamin, ein Buch in der Hand, doch las sie nicht, sondern blickte versonnen in die Flammen und schauderte leicht, sooft der Dezembersturm an den Fenstern rüttelte.

In diesem Jahr hatte der Winter frühzeitig seinen Einzug gehalten. Der Schnee lag hoch in den Straßen von Wien, das Schellen der Schlittenglocken tönte gedämpft durch die geschlossenen Fenster an Victoires Ohr.

Die Zwillinge kamen, um gute Nacht zu sagen. Victoire hielt sie länger zurück als sonst. Carl bettelte um Bonbons, trat dann ans Klavier, hob mit großer Anstrengung den Deckel hoch, legte einige Bücher auf den Klaviersessel, um die Tasten zu erreichen, und begann zu spielen. Zuerst mit entzückender Leichtigkeit und Anmut das Mozartsche Menuett aus Don Juan, dann eine neue Melodie, die Victoire selbst erst vor einigen Tagen einstudiert hatte, eine unsäglich traurige gequälte Weise, komponiert von diesem seltsamen jungen Polen Chopin[1]. Die kleinen Finger kamen nicht recht nach, aber der Sinn, das Wesen der Komposition gelangte klar zur Geltung. Das Klavier sang, schluchzte die wehmütige Melodie.

Victoire blickte zärtlich auf ihr liebstes Kind. Wenn Carl am Klavier saß, veränderte sich sein Gesicht. Die großen Augen glänzten verklärt, ein seltsamer Ernst lag auf den kindlichen Zügen. Wenn er nur immer so wäre, dachte Victoire. Wenn er nur nicht stets von neuem uns alle mit seinen schrecklichen Launen und Stimmungen quälen wollte. Wenn er nur nicht meinen unseligen Charakter geerbt hätte.

Alois hatte, als die Mutter sich Carl zuwandte, nach dem Buch gegriffen, das Victoire beiseite gelegt hatte. Er blätterte, um den Bruder nicht zu stören, leise in dem schmalen Band mit dem leuchtenden Goldschnitt. Victoire blickte zerstreut zu ihm hinüber. Eigentlich keine richtige Lektüre für ein neunjähriges Kind, dieses „Buch der Lieder“[2], das seit einigen Jahren so viel und mit so großer Begeisterung gelesen wurde. Sie sah, wie Alois plötzlich vor sich hin lächelte, den Finger auf die eine Seite legte, leicht die Lippen bewegte.

„Was gefällt dir so gut?“ fragte sie.

Alois hob den Kopf:

„Hör zu, Maman. Klingt das nicht wie zu Hause in Wohan?“ Und dann sagte die helle Kinderstimme leise, andächtig das kleine Gedicht her:

„Wie die Nelken duftig atmen!
Wie die Sterne, ein Gewimmel
Goldner Bienen, ängstlich schimmern
An dem veilchenblauen Himmel!“[3]

Carl wurde ungeduldig:

„Sprich doch nicht immer, Alois. Du störst mich“, rief er heftig. Er ließ die kleinen Hände zornig auf die Tasten niederfallen, das Klavier ächzte und stöhnte. Carl stand auf.

„Jetzt hast du mir wieder die Freude verdorben.“

Victoire wußte genau, daß sie mit Carl hätte schelten, daß sie Alois in Schutz hätte nehmen müssen. Aber Carl, der sich nun bereits ausgetobt hatte, kletterte auf ihren Schoß, küßte sie, streichelte ihr Haar, schmeichelte zärtlich, und sie hielt ihn fest und bemerkte kaum, wie Alois, einen schmerzlichen Ausdruck auf dem runden Kindergesicht, das Buch fortlegte.

Alois wußte bereits, daß die meisten Menschen ihn nicht verstanden. Der Vater, ja, aber der hatte so wenig Zeit für ihn, und manchmal Lätty. Doch war Lätty nun schon fast eine junge Dame, die sich mit „Kindern“ nicht gern abgab. Er wußte auch, daß Maman Carl mehr liebe als ihn, doch erzürnte ihn dies nicht. Liebte doch auch er den Bruder über alles. Den schwächeren Bruder, den er in der Schule so oft beschützen mußte und so gern beschützte. Merkwürdig, in der Volksschule, in die Joseph, allen Einwänden Victoires zum Trotz, die Zwillinge schickte, war er, Alois, viel beliebter als Carl. Den hänselten und neckten die Kinder, nannten ihn höhnend das „Grafensöhnchen“, konnten ihn nicht leiden. Freilich haßte Carl die ihm aufgezwungenen Kameraden. „Sie sind schmutzig“, erklärte er Maman. „Sie riechen schlecht. Sie haben so laute häßliche Stimmen.“

Die kleine Empireuhr auf dem Kamin schlug acht.

„Geht schlafen, Kinder“, sagte Victoire und steckte Carl noch rasch ein Bonbon zu.

Carl umarmte sie. Alois küßte ihr die Hand. Das war jeden Abend so. Heute jedoch fiel es Victoire auf.

„Warum küßt du mich nicht, Alois?“ fragte sie sanft. „Hast du mich nicht lieb?“

Alois wurde dunkelrot.

„Sehr lieb, Maman. So lieb, daß ich es nicht sagen kann. Aber ... aber ich habe geglaubt, daß du nur Carl ...“

Er stockte, verstummte erschrocken.

Nun war es Victoire, die errötete.

„Mein armer dummer Bub“, sagte sie und schlang die Arme um Alois. Das leise Schuldgefühl, das sie ihm und auch Lätitia gegenüber stets empfand, verstärkte sich. Ich bin keine gute Mutter, dachte sie. Ich bin auch keine gute Frau. Alois hat mich jetzt genau so angesehen, wie Joseph dies oft tut. Warum kann ich nicht alle meine Kinder gleich lieben? Warum muß ich meinem guten Joseph so viel Kummer bereiten? Warum?

„Geht jetzt wirklich“, wiederholte sie sanft. „Gute Nacht, meine lieben Buben.“

Als die Zwillinge gegangen waren, legte sich die Stille bedrückend auf Victoires Herz. Sie haßte die Einsamkeit, haßte es, mit ihren Gedanken allein zu bleiben. Ihre schmalen Finger zupften ungeduldig an dem schwarzen Seidenstoff ihres Kleides. Wenn erst die Trauer vorüber ist, wenn sie erst wieder in Gesellschaften gehen kann ... In den letzten vier Jahren hatte die Konvention sie gezwungen, daheim zu bleiben.

Bald nach Grand'maman Inez' Tod war auch Maman Ludmilla gestorben. Und jetzt vor fast einem Jahr Antoinette.

Ein trauriger Zug kam in Victoires Gesicht, als sie an diesen einsamen Tod dachte. An Antoinettes Krankenlager war keine Grand'maman Inez gestanden, die ihr, wie einst Bozena, das Sterben verboten hatte. Sie war gestorben, wie eine müde Flamme erlischt, die nicht mehr gegen den Sturm zu kämpfen vermag. Tagelang war sie teilnahmslos dagelegen, die Augen einer Ferne zugewandt, die die ihren nicht sahen: vielleicht der geliebten Heimat, vielleicht Wohan, vielleicht einem Lande, in dem zwischen Olivenhainen alte weiße Tempel schimmerten und ein veilchenblaues Meer gegen die Ufer brandete. In diese Ferne drang keine Stimme, die sie zurückrufen wollte. Vielleicht hätte eine Stimme, die sie bei dem alten vertrauten Kindernamen rief, sie erreicht. Aber das Antonia, das ihr tiefbekümmerter Mann immer wieder sagte, um sie aus ihrer Lethargie wachzurütteln, klang ihr so fremd wie am ersten Tag. Dieser fremde Name konnte nicht ihr gelten. Er bedeutete ihr nichts. Sie schloß die Augen und fühlte beseligt, daß sie endlich frei sei, daß sie sterben dürfe.

„Ich hab es ja immer gewußt", sagte Franz, als die Todesnachricht nach Wien kam. „Die Lungen. Schon vor Jahren, als ich sie perkutierte, gaben die Lungen keinen hellen Ton."

Joseph schüttelte den Kopf. Man stirbt nicht an einem gebrochenen Herzen, das ist eine Erfindung der Dichter. Aber man stirbt an der grenzenlosen Müdigkeit eines freudlosen Lebens. An der Einsamkeit, die alle Kräfte lähmt, an der Fremde, deren Kälte das Blut erstarren läßt.

Er machte sich Vorwürfe. Er hatte ja gewußt, wie unglücklich Antoinette war. Er hätte etwas tun müssen. Aber was? Er konnte ihrem Mann nichts vorwerfen. Der preußische Graf war gut zu seiner Frau gewesen, er hatte nur sie und ihr Wesen nicht verstanden.

Joseph fuhr zum Begräbnis. Er kam nicht allein zurück. Lully begleitete ihn. Sie hatte ihn angefleht, sie mitzunehmen.

„Ich kann ohne die Mutter hier nicht leben. Ich halte es nicht aus. Die Geschwister werden sie vergessen. Werden sie bald vergessen. Und der Vater hat ja die Jungen, der braucht mich nicht. Onkel Joseph, lieber Onkel Joseph ..."

Antoinettes Stimme, Marie Christines Augen – in dem jungen Mädchen lebten für Joseph die beiden Schwestern weiter. Die eine, die ihm der Tod, die andere, die ihm das Leben geraubt hatte.

Der Schwager willigte ein: für ein paar Monate, bis der erste Schmerz sich gelegt, dürfe Luise bei den österreichischen Verwandten bleiben. Aus diesen Monaten war nun fast ein Jahr geworden. Sooft der Vater Luise schrieb, sie müßte nun doch endlich an die Heimkehr denken, gab es bei dem stillen jungen Geschöpf, das in seinem schwarzen Kleide wie ein kleiner Geist im Haus umherschlich, einen derartigen Verzweiflungsausbruch, daß Joseph und auch Victoire, die sich über die Anwesenheit der Nichte nicht sonderlich freute, vom Schwager noch einige Monate Zeit erbettelten.

„Es ist fast unheimlich", sagte Stanislas, als er im Sommer zu einem kurzen Besuch nach Wohan kam. „Matzis Augen bei diesem ewig schweigsamen, demütigen jungen Wesen. Bei diesem halben Kind, das immer nur daran denkt, seine Pflicht zu erfüllen und niemand zur Last zu fallen."

Sie fiel niemand zur Last. Wo es eine langweilige Arbeit gab, wo es galt, die Zwillinge zu betreuen, für Victoire oder Lätitia Besorgungen zu machen, zu Hause zu bleiben, damit die Buben nicht allein seien, sprang Lully ein. Ohne ein Wort, ganz selbstverständlich. Sogar Victoire wurde bisweilen über Lullys sanfte Güte, die an Antoinette erinnerte, gerührt. Nur eine konnte sich mit Lullys Anwesenheit nicht abfinden: Lätitia. Aber bloß Victoire ahnte den Grund.

An diesem Winterabend waren die beiden Mädchen bei einer Freundin zum Tee. Joseph sollte sie heimbringen. Eigentlich hätten sie schon zurück sein sollen, dachte Victoire ungeduldig. Joseph weiß doch, daß ich nicht allein sein kann.

Ich werde alt, dachte sie mit einem bitteren Lächeln. Heute hörte ich, wie die Kammerfrau von mir die „alte Gräfin" sagte. Freilich, jetzt ist Lätty fast erwachsen, ist die junge Gräfin. Joseph und ich sind die Aeltesten in der Familie. Ich nehme gewissermaßen Grand'maman Inez' Stelle ein. Grand'maman Inez ... Wir merkwürdig war der erste Winter hier im Palais ohne sie. Man erwartete immer, ihre leisen Schritte zu hören, zu ihr gerufen zu werden ... Ich habe nie von einer Toten gewußt, die so wenig tot ist. Sie lebt weiter, hier und in Wohan. Unbewußt, rein instinktiv, richten wir alle uns nach ihr. Auch Ferdinand und Lätty. Nein, ich werde nie wirklich ihre Stelle einnehmen können ... Werde nie ...

Die Tür ging auf. Joseph erschien mit den beiden Mädchen. Lätitia aufgeregt, mit glühenden Wangen.

„Maman, in Polen ist Revolution![4]" rief sie. „Die Polen haben den Großfürsten vertrieben. Haben sich befreit."

Joseph, der ihr langsamer gefolgt war, nickte.

„Ja, heute abend kam die Nachricht. Irgendwie hat sie sich schon in der ganzen Stadt verbreitet." Er sah sorgenvoll drein. „Wie das Wort zündet: Befreiung. Etwas liegt auf den Gesichtern wie der Widerschein der Flammen, die jetzt dort drüben brennen. Schon im Juli konnten wir dies sehen. Als in Paris der Aufstand ausbrach.[5] Und im August, als Belgien sich erhob."

Victoire war blaß geworden. Längst verklungene Stimmen wurden in dem stillen vornehmen Raume laut, verschreckte, flüsternde Stimmen, die von vergangenem Entsetzen erzählten: von überfüllten Gefängnissen, in die Mörder eindrangen und Wehrlose töteten, von der Guillotine, von den Piken, auf denen durch tobende Straßen Köpfe getragen wurden. Noch draußen, in der Freiheit, in der Sicherheit, hatten die Stimmen diese Dinge nur geflüstert. Als stände hinter jedem ein Feind, der jedes Wort belauere. Als könnten Mauern, Bäume, Sträucher zu Verrätern werden.

Wann war das gewesen? Mein Gott, es war ja doch nicht hundert, war noch nicht fünfzig Jahre her. Und schon wieder lohte es an allen Ecken und Enden der Erde auf. Frankreich, Belgien, Polen ... Italien ...

Sie hörte kaum Lättis leidenschaftliche junge Stimme:

„Der Nepomuk hat recht. Die Freiheit, die Gerechtigkeit müssen siegen."

Victoire dachte unvermittelt an die Zwillinge, an die kleinen Buben, die vor einer Stunde in diesem Zimmer gespielt hatten. Was erwartete sie, wenn sie erwachsen waren?

Dann kehrte sie in die Wirklichkeit zurück.

„Du darfst wirklich nicht alles glauben, was der junge Narr, der Nepomuk, sagt", erklärte sie streng. Sie haßte Bozenas Bruder, der bei ihnen im Haus wohnte und die Schularbeiten der Zwillinge überwachte. Es reizte sie, daß Joseph den „Bauernburschen" wie einen jüngeren Bruder behandelte, daß Franz ihn in den Ferien auf Reisen mitnahm, daß „dieser Nepomuk" es wagte, eigene Ideen zu haben, begabt zu sein, und daß er nicht in Dankbarkeit vor seinen „Wohltätern" erstarb. Sie wußte, daß sie ungerecht war, wußte, daß sie dadurch Grand'maman Inez' letzte Wünsche mißachtete, aber sie konnte nicht anders.

Lätitia schwieg verärgert. Wie kam es nur, daß sie mit der Mutter nicht eine halbe Stunde beisammen sein konnte, ohne zu streiten?

Lullys sanfte Stimme sagte leise:

„Tante Marie Christine wird glücklich sein."

Für sie alle war Marie Christine weit mehr nur noch eine verblaßte Erinnerung als für Lully, die die Tante nie gesehen hatte. In den langen mit Antoinette verbrachten Stunden hatte das kleine Mädchen so oft und so viel von Marie Christine gehört, von der wunderschönen Schwester, die in Polen lebte, nach der die Mutter sich sehnte, von der geheimnisvollen Frau, die man die Schneekönigin genannt hatte und die zum Unterschied von den andern Verwandten nie schrieb, nie ein Lebenszeichen gab.

Joseph nickte stumm. Jetzt erst dachte er an die Schwester. Er hatte ja in all den Jahren öfter durch Fremde von ihr gehört. Die Fürstin Kramsin spielte eine immer größer werdende Rolle in der polnischen Gesellschaft. Es gäbe, erzählte man, niemand in Warschau, der die Russen leidenschaftlicher hasse als sie. Gäbe niemand, der es so gut verstand, immer neue und neue Anhänger für die Freiheit Polens zu werben. Sie fuhr häufig nach Paris. „Um Toiletten zu kaufen", hieß es offiziell, doch wußten viele, daß Marie Christine ihre Zeit nicht in Modesalons verbrachte, sondern in den Zimmern der Minister und einflußreicher Männer. Ja, Marie Christine würde glücklich sein ... Aber wie lange ...? Konnte Polen allein die errungene Freiheit verteidigen? Und welche Macht der Erde würde es wagen, gegen Rußland aufzustehen? Gegen Rußland und gegen England, das bestimmt in diesem Falle neutral bleiben wird. Die Politik kennt keine Moral, dachte Joseph traurig.

Die jungen Mädchen verließen das Zimmer, um sich für das Abendessen umzukleiden. Victoire hielt streng auf Etikette.

Joseph trat zu ihr.

„Wie blaß du bist, Victoire. Bist du krank?" fragte er besorgt.

Sie griff nach seiner Hand und hielt sie fest.

„Ich habe Angst", sagte sie leise. „Ich habe schreckliche Angst. Sag mir, Joseph, daß hier bei uns nichts geschehen wird, nichts geschehen kann. Sag es mir."

Er seufzte.

„Wer den Wind sät, erntet den Sturm. Das wollen sie auch bei uns nicht erkennen." Er versuchte zu scherzen; es schmerzte ihn noch immer, Victoire traurig zu sehen. „Seit wann hast du Angst, Victoire? Du warst doch immer eine Amazone, wie Franz dich früher nannte."

Sie blickte ihn verwirrt an.

„War ich es wirklich? Vielleicht, früher, bevor die Buben da waren ... Aber was soll aus ihnen werden, wenn ...?"

Dann brach die alte leidenschaftliche Victoire durch.

„In der ganzen Welt müssen wir Frauen immer wieder und wieder um unsre Kinder zittern. Das verdanken wir euch Männern. Wir wollen Frieden, wollen Ruhe, Sicherheit für die Kinder. Wann werden wir sie haben, wann?"

„Wenn nicht mehr andere Mütter für ihre Kinder kein Brot haben, Victoire. Wenn nicht mehr andere Mütter ihre Kinder frieren und hungern sehen müssen."

Sie brach unvermittelt in Tränen aus.

„Vielleicht hast du recht. Vielleicht bin ich hart und ungerecht, Joseph. Ich will es nicht mehr sein.“

Sie lächelte fast verschämt.

„Wie oft habe ich das schon gesagt, mein armer Joseph? Wie oft? Aber jetzt werde ich es wirklich halten. Werde versuchen ... Grand'maman Inez ...“

Ihre Stimme brach. Joseph nahm sie in die Arme. Sie schwiegen beide und fühlten in dem stillen Raum die Nähe der alten Frau, die, solange sie lebten und ihrer gedachten, nicht tot war, nicht tot sein konnte.

In diesem Winter wurden Lätitia und Lully in die Gesellschaft eingeführt. Victoire hatte zu Ehren dieses großen Ereignisses den traditionellen Ball geben wollen, doch hatte Lätitia so lange um eine „richtige Soirée mit berühmten Leuten“ gebettelt, bis sie, des Kampfes müde, nachgab.

Nun war der große Abend gekommen. Die beiden Mädchen, gleich gekleidet, in rosa Seidenkleidern, nach der neuesten Mode frisiert, kamen in Victoires Schlafzimmer, um sich zu zeigen. Victoire betrachtete prüfend die Tochter und suchte in ihr eine Aehnlichkeit mit der eignen Jugend. Vergeblich. Die schwarzen Augen erinnerten an Grand'maman Inez, der schmale, sehr rote Mund war ein Erbteil der französischen Großmutter, das Lächeln, ja, das Lächeln, das, wenn sie verlegen war, auf dem schmalen Gesicht erschien, hatte Victoire als junge Frau um Carl Herdegens Mund gesehen. Dieses gütige, ein wenig verlorene Lächeln. Eine echte Herdegen, dachte Victoire fast ärgerlich. Nur die Gestalt hat sie von mir. Aber auch Lully ist eine echte Herdegen; zum Glück hat sie nichts von dem preußischen Vater. Sie könnte Marie Christines Kind sein. Aeußerlich.

„Halt dich gerade, Lätty“, ermahnte sie ungeduldig. „Und zähme heute abend deine Begeisterung.“

Sie nickte Lully freundlich zu:

„Dich brauche ich nicht zu ermahnen, mein Kind. Du bist immer wohlerzogen und brav.“

Sie entließ die Mädchen und wandte sich dem Spiegel zu. Ich bin noch immer eine schöne Frau, stellte sie fest. Aber etwas fehlt in meinem Gesicht. Etwas, das Bozena hat, das in Josephs Zügen herangereift ist: die Güte, das Verstehen. Eigentlich sehe ich hauptsächlich gelangweilt aus. Sie schlang die Arme hinter dem Kopf zusammen. Es ist ja auch alles langweilig, dachte sie bei sich. Wie anders habe ich mir, als ich, wie viele Jahre sind es nun her, zum erstenmal ins Palais Herdegen kam, das Leben vorgestellt. Wie leidenschaftlich habe ich mich für alles interessiert. Wie konnte ich damals hassen und lieben ... Und jetzt ... eigentlich ist mir alles einerlei ... Was in der Welt geschieht, was in unserer Welt geschieht ... Sie ist schrecklich bürgerlich geworden, diese Welt. Die Freiheit haben die Bürger vielleicht noch nicht errungen, wenngleich ich nicht weiß, wonach sie so schreien ... aber ihre Sitten sind bei uns eingedrungen. Die alte Pracht, die alte Leichtlebigkeit sind vorüber ... Alles ist fahl geworden, blaß ...

Sie dachte es abermals, da sie durch die Salons schritt. Das Gold der Brokate war weniger glänzend als früher, die Möbel sahen müde aus, als hätten sie bereits allzu vielen Generationen gedient. Und diese neue Beleuchtung ... Das Palais Herdegen hatte als eines der ersten Gaslüster bekommen: so herrlich bequem, man dreht an einem Hahn und hält dann ein Streichholz an den Lüster, und schon flammt es auf. Victoire hatte durch Stanislas davon gehört. In England war die Gasbeleuchtung schon seit Jahren üblich. Nun wurde auch das Palais in der Nähe der Freyung so erhellt. Aber das Gas hatte ein hartes Licht, es verschönte nicht, wie die Wachskerzen es getan hatten. Alles, dachte Victoire ungeduldig, sieht billiger aus in dieser Beleuchtung. Auch die Straßen haben ihren romantischen Reiz verloren, seitdem vor den Karossen nicht mehr die Läufer mit den Fackeln rennen. Die Welt wird immer langweiliger, immer eintöniger. Die Frauen sind weniger schön und die Männer weniger galant.

Sie seufzte leicht und begab sich in den roten Saal, wo die Gäste empfangen wurden. Komisch, dachte sie, jetzt sitze ich in Grand'maman Inez' altem Lehnsessel. Die jungen Mädchen machen vor mir ihre Knickse, wie damals ich sie vor den alten Damen gemacht habe. Eigentlich hat man uns schon in die Ecke gedrängt, wir sind die alte Generation ...

Sie zwang ein Lächeln auf ihr Gesicht; die ersten Gäste kamen. Die alte Freundin aus der Zeit ihrer Napoleonschwärmerei, Judith Crenneville, begleitet von den beiden Söhnen, dem schweigsamen Ludwig, dem schlanken lebhaften Franz. Victoire bemerkte belustigt, wie Franz, der jüngere, er zählte erst sechzehn Jahre, ihr mit der gleichen bewundernden Ritterlichkeit entgegenkam wie den jungen Mädchen. Die sind noch gut erzogen, dachte sie. Freilich, ihr Vater, der alte General, ist berühmt streng, und auch meine gute Judith hält daheim immer noch eine Art Hofzeremoniell ein.

Lätitia kam mit glänzenden Augen.

„Der Herr Lanner[6] ist da mit seiner Geige", sagte sie begeistert. „Ich habe schon mit ihm gesprochen. Er wird unsere Porträte geigen."

„Porträte geigen?" fragte Franz Crenneville erstaunt.

„Ja. Neulich, in einer Gesellschaft von Freunden, hat er alle mit seiner Geige porträtiert", berichtete Lätitia eifrig. „Der Herr Bauernfeld hat es dem Vater erzählt. Auch der Herr Bauernfeld ist schon da. Und", ihre Stimme wurde leiser, ehrfurchtsvoll, „der Herr Grillparzer."

„Eine etwas gemischte Gesellschaft", meinte Judith Crenneville mit leichtem Lächeln.

„Das Kind", rechtfertigte Victoire sich, „wollte unbedingt einen Abend berühmter Menschen."

Judith Crenneville nickte nachsichtig.

„Ich habe im letzten Almanach der ‚Aglaja'[7] schöne Gedichte dieses Herrn Grillparzer gelesen. Ich würde ihn ganz gern kennenlernen."

„Wer", fragte Victoire und hob das Lorgnon an die kurzsichtigen Augen, „ist dieser hochgewachsene, streng aussehende Mann, der eben mit deinem Vater kommt, Lätitia?"

Lätitia schlug vor Freude die Hände ineinander.

„Er ist also doch gekommen!" rief sie.

Judith Crennneville runzelte die Stirn: Es mißfiel ihr, daß ein junges Mädchen so laut sprach.

„Wer?“ fragte Victoire ungeduldig. Sie hatte das Stirnrunzeln bemerkt und wußte auch, wodurch es hervorgerufen worden war.

„Der Auersperg[8]“, entgegnete Lätitia freudig.

„Warum ist der Anton Auersperg so interessant?“ fragte Judith Crenneville erstaunt. „Er ist doch ein rechter Loup Garou[9]. Will nirgendshin gehen, verkehrt mit so merkwürdigen Leuten. Die Verwandten machen sich große Sorgen um ihn.“

Lätitia errötete und schwieg. Sie wußte etwas, das nur ganz wenige wußten, hatte es dem Herrn Bauernfeld abgeschmeichelt, das große Geheimnis, an einem Regennachmittag, da dieser Herr Bauernfeld in der Bibliothek des Vaters lange auf Joseph Herdegen wartete, und Lätitia, allen konventionellen Sitten zum Trotz, ihm allein Gesellschaft leistete. Sie hatte von dem neuen Buch, das überall ein großes Aufsehen machte, geschwärmt, von den „Spaziergängen eines Wiener Poeten“[10], hatte erklärt, sie würde ihre rechte Hand darum geben, den Dichter kennenzulernen. Hatte dann auf Bauernfelds Gesicht ein seltsames Lächeln bemerkt und war so lange mit Bitten, Versprechen und Schmeicheleien in ihn gedrungen, bis er nachgegeben und ihr einen, wie er sagte, „ganz kleinen Anhaltspunkt“ gegeben hatte.

Freilich war sie nun insgeheim ein wenig, ein ganz klein wenig enttäuscht. Der Dichter war steif, einsilbig, bei einem gewöhnlichen Sterblichen hätte man sogar gesagt, er sei langweilig. Er tanzte nicht, er verbarg sich in den Ecken der Salons, er wirkte so gar nicht poetisch. Und er sah auch nicht wie ein Poet aus. Eher wie ein biederer Landmann, der in die Stadt gekommen ist und sich hier nicht gut zurechtfinden kann. Aber der Vater hielt viel von ihm, und der Vater hatte immer recht.

Joseph kam eben auf die Tochter zu.

„Nun, bist du zufrieden, Lätty?“ fragte er gütig.

„Ja, nur ... nur ... die berühmten Leute sind gar nicht anders als die unberühmten. Ich habe geglaubt, sie werden schrecklich weise Dinge reden. Aber der Herr Grillparzer hat mir nur gesagt, wie gut mir das rosa Kleid steht, und der Herr Bauernfeld hat mich geneckt, wie immer, und der Anton Auersperg hat überhaupt nur ‚Guten Abend‘ gesagt.“

Joseph lächelte.

„Kleine Lätty, du darfst nicht so viel von den Menschen erwarten. Sonst wirst du immer enttäuscht sein.“

„Wenn ich nicht viel von ihnen erwarten darf, dann will ich lieber gleich sterben“, sagte sie heftig. Plötzlich standen ihre schwarzen Augen voller Tränen. „Die guten gescheiten Menschen müssen ganz vollkommen sein.“

Er sah sie wehmütig an. Waren das Worte, die einem jungen Mädchen an dem Tag, da es in die Gesellschaft tritt, ziemten? Heute hätte Lätitia nur fröhlich sein dürfen, tanzen, lachen ... Er empfand eine plötzliche Angst um sein liebstes Kind. Würde diese kleine zarte Lätty alle Enttäuschungen durchmachen müssen, die ihn, vor der Zeit, alt und müde gemacht hatten? Und wie würde sie sie ertragen? Er dachte an das eigene Leben. Was hatte er erreicht? Was hatte er sogar in der kleinen Stadt, in die er strafversetzt worden war, erreicht? Wohl war es ihm gelungen, einige Ungerechtigkeiten zu verhindern, einige Härten zu mildern. Aber was bedeutete das in einer Welt, wo Ungerechtigkeit und Härte regieren? Ein einzelner konnte so wenig, so schrecklich wenig tun. Und wenn viele einzelne sich zusammentaten? Wie die jungen Menschen hier, in Wien? Irgendwie wurden sie verdorben, sobald sie zur Masse verschmolzen. Etwas Rohes, etwas Gemeines, im einzelnen durch Erziehung, Religion, Tradition gehemmt, wurde entbunden, wollte sich austoben. Und nicht die guten Instinkte verbanden sich, sondern die schlechten. Und sobald der eine sich über die Masse erheben konnte, sobald er eine bessere Stellung erlangte, war er verloren. Verloren für die gute Sache, die er verfochten, verloren für die andern, die unten blieben, verloren für sein eigenes besseres Ich.

Ein leiser Geigenton riß Joseph aus seinen Gedanken. Er blickte auf, sah auf dem kleinen Podium Meister Lanner und ringsum eine Schar Menschen, die musikalisch porträtiert werden wollten.

„Zuerst unsere allergnädigste Hausfrau", sagte Lanner und verbeugte sich vor Victoire. Dann hob er die Geige wieder ans Kinn und strich mit dem Bogen darüber. Eine kleine zarte Fanfare, die allmählich in ein Menuett und dann in ein paar wehmütige, an Chopin gemahnende Takte überging.

Joseph erschrak. Hatte der Musiker so scharfe Augen oder kam ihm die Erkenntnis, sobald er den Bogen über die Saiten strich? Ja, das war Victoire. Die junge Victoire, die spätere, verspielte, und die jetzige, hinter deren Lächeln eine so tiefe, so unheimliche Traurigkeit verborgen lag.

Zwölf Porträte hatte der Meister Lanner versprochen. Zwölfmal hob und senkte er den Bogen. Lächelnde Weisen tönten durch den Saal. Ernste, gehobene Melodien. Als letzte eine Weise, die in wunderbarer erhabener Schönheit ausklang, ein Hohelied der Güte und der Liebe. Joseph blickte neugierig hin. Wen hatte der Meister porträtiert? Ein schlankes junges Mädchen senkte errötend den Kopf und huschte aus dem Kreis: Therese Brunswick. Das zwölfte Porträt.

Aber nun drängten die Zwillinge sich vor. Eigentlich hätten sie schon längst im Bett liegen und schlafen sollen. Doch waren sie der Obhut der Kinderfrau entwischt, erschienen nun, ein wenig phantastisch gekleidet, den Sonntagsanzug über dem Nachthemd, mit bloßen, in kleinen Pantoffeln steckenden Füßen. Sie liefen zu dem Meister hin.

„Wir auch, wir auch", bettelten sie. Und Carl erklärte: „Auch ich mache Musik. Wenn der Herr Lanner will, spiele ich ihm nachher einen seiner Walzer auf dem Klavier."

Joseph Lanner lächelte dem eifrigen Knaben zu. Blickte dann auf Alois, der betrübt sagte:

„Ich mache keine Musik, Herr Lanner. Aber vielleicht, wenn der Herr Lanner will, kann ich ihm ein kleines Gedicht machen."

Lanner hob den Bogen. Ein junges frohes Leben tanzte auf der Geige. Ein stolzes junges Leben. Dann kamen dunkle Töne, verwirrt und schwer. Dann aber entrang sich dem Tonchaos ein getragenes Largo, feierlich, edel, verklärt.

„Das warst du“, sagte Joseph Lanner zu dem kleinen Carl, und Victoire warf dem Musiker einen dankbaren Blick zu.

„Und ich“, fragte Alois still. „Bekomme ich kein Porträt? Will der Herr Lanner von mir kein kleines Gedicht zum Dank?“

Joseph Lanner sah den Knaben lange an. Sehr lange. Sein heiteres Gesicht wurde ernst.

Dann legte er abermals die Geige unter das Kinn.

So süß, so zärtlich, so voll seliger Andacht hatte sie an diesem Abend noch nicht getönt. Es war, als sängen die hellen Sterne am Himmel ein Lied. Dann wurde die Melodie ernster. Lully stiegen Tränen in die Augen. Sie flüsterte Lätitia, die neben ihr stand, zu:

„Weißt du, wie das klingt? Wie im Garten Gethsemane, als Jesus die schlafenden Jünger fragte: ‚Konntet ihr nicht eine Stunde mit mir wachen‘. So bang, so einsam.“

Und dann ... riß mit einem schrillen Aufschrei eine Saite.

***

Später, als wollte er den einen unheilvollen Ton, der angstvoll durch den großen Saal geklagt hatte, aus allen Herzen verscheuchen, spielte Meister Lanner einige seiner fröhlichsten Walzer. Die jungen Menschen tanzten. Und nicht nur die jungen. Auch die älteren ließen sich von den Melodien fortreißen.

Und als freute das alte Haus sich des wiedererwachten Frohsinns; das Gold der Brokate schien heller zu leuchten, die alten Möbel schienen sich zu verjüngen und tapfer die Last der neuen, der jungen Gäste zu tragen. Die Gaslüster brannten ebenso hell, ebenso freudig, wie einst die Wachskerzen gebrannt hatten. Die ersten Frühlingsblumen in den Fayencetöpfen dufteten stärker. Der Walzer zog ein goldenes Band durch die Räume.

Victoire, die eben nach einem Tanz an ihren Platz zurückkehrte, lächelte und sagte zu Joseph:

„Etwas lebt in unserem Lande, das unsterblich ist. Die schöne, die tiefe, die gute Heiterkeit. Immer wieder gibt es hier Zauberer, die sie vom Schlaf erwecken, mit ihren Bildern, ihren Gedichten, ihrer Musik.“

Joseph nickte schweigend. Er wollte ihre Freude nicht stören. Doch klangen in seinen Ohren nicht die Walzermelodien; ein gespenstischer Ton schwang in ihnen, hart, unerbittlich, das verfrühte Ende des Porträts seines Sohnes Alois, die schrille Klage der reißenden Saite.

XVII.

Die beiden kamen an einem wundervoll klaren Septembermorgen nach Wohan. Die lange, gekieste Auffahrt schritten sie müde entlang, mit schleppenden Füßen, im Gesicht Traurigkeit und Angst. Beide waren hochgewachsen, jung, schlank, dunkel. Und nun, da der gleiche Weg der ihre war, die gleiche Not sie beide bedrückte, konnte man den Bauern nicht von dem Edelmann unterscheiden.

Victoire, die wieder einmal nicht hatte schlafen können, war zeitig aufgestanden und kehrte eben nach einem versonnenen ziellosen Schlendern durch den Park zum Schloß zurück. Vor dem Tor begegnete sie den Fremden.

Der ältere verbeugte sich und sagte langsam auf französisch:

„Madame, die Fürstin Kramsin schickt uns."

Dann fügte er dumpf hinzu: „Warschau ist in den Händen der Russen."[1]

Der junge Bauer verstand nur das eine Wort: Warschau. Sein Gesicht verzerrte sich. Er senkte mit einer hoffnungslosen Gebärde den Kopf.

Victoire verstand. Seit dem Februar ging das Ringen um das unselige Land. Seit dem Februar verteidigte Polen sich gegen die erdrückende Mehrheit des russischen Heeres.

Man wußte in den andern Ländern nie recht, was wirklich geschah. Bald meldete die eine, bald die andere Partei einen überwältigenden Sieg. Als in der russischen Armee die Cholera ausbrach, schien es, als stände die Natur den Polen bei. Der russische Hauptkommandierende starb, Konstantin erlag der Seuche.

Aber auch in Polen wütete eine Seuche, das Mißtrauen der einen gegen die andern. Sie wollten dasselbe, sie hatten das gleiche Ziel, und dennoch mißtraute einer dem andern. Generäle wurden eingesetzt und abgesetzt. Im August brach in Warschau ein Aufstand aus. Als ob es nie genug des Blutvergießens geben könne, mordete die Masse in Straßen und Gefängnissen die eigenen Landsleute, weil sie sie für Verräter hielt. (Weil sie von den Russen bestochen war, behaupteten andere.) Und während Polen Polen bekämpften, überschritt das russische Heer die Weichsel.

In diesen bangen Monaten kamen häufig Briefe von Marie Christine. Sie bat um Geld, bat um Medizinen, Verbandzeug, Nahrungsmittel. Sie erwiderte zornig auf Josephs Bitten, sie möge versuchen heimzukommen, sich zu retten: „Ich bin keine Verräterin."

Dann blieben die Briefe aus. Die Nachrichten aus dem kämpfenden Lande wurden immer verworrener. Als dem russischen Heer gestattet wurde, durch preußisches Gebiet zu marschieren, ahnten die meisten, daß für Polen alles verloren sei.

Sie ahnten es, sie sprachen auch darüber, aber nur manchmal. Nur mit einem lauen Interesse. Es gab wieder einmal Krieg. Doch war er noch fern. Berührte noch nicht das eigene Land, das eigene Leben. Die Gazetten brachten Nachrichten über Tote und Gefangene, aber wem wurde es klar, wer fühlte wirklich, daß diese Toten und Gefangenen (Gott gnade dem, der in die Hände der Russen fällt!) Menschen waren. Sie waren Kämpfende. Dieses eine Wort beraubte sie für die andern ihres Menschentums. Sie waren, je nach Ansichten der Zeitungsleser, Aufrührer oder Freiheitshelden, aber sie waren nicht das, was der Wirklichkeit entsprach: blutendes Fleisch, zerfetzte Gliedmaßen, von rohen Feinden gefolterte Gefangene.

Jetzt, da die beiden Polen verstaubt, erschöpft, todtraurig vor ihr standen, erwachte in Victoire die Erkenntnis. So wie diese beiden gab es Hunderte und Tausende. Der junge Bauer hatte einen verbundenen Arm, durch den notdürftig angelegten Verband sickerte Blut. Er mochte sich im Dickicht die Wunde von neuem aufgerissen haben. Vor Victoires Augen verwandelten sich die spärlich sickernden roten Tropfen in ein schauerliches Blutmeer, in dem die Freiheit eines Volkes ertrank.

Der andere Pole, er hatte sich mit einem Zeremoniell vorgestellt, als stände er in einem Ballsaal: „Casimir Derbrunsky“, sprach weiter. Noch immer in dem seltsamen Ton eines Traumwandlers, der nicht weiß, daß er bereits erwacht ist.

„Die Fürstin Kramsin“, sagte er. „Als wir sahen, daß alles vergeblich, daß Polen verloren ist, wollten wir fliehen. Aber wohin? Wer nimmt uns auf? Welches Land wagt es, Nikolaus[2] Trotz zu bieten? Die Fürstin Kramsin hat uns gesagt, wir sollten hierher. Zu ihren Verwandten.“

„Und die Fürstin selbst?“ fragte Victoire.

„Die Fürstin“, der junge Pole redete nun in einem ehrfurchtsvollen, andächtigen Ton, als spräche er von einer Heiligen. „Die Fürstin ... Wir haben sie angefleht mitzukommen. Sie hat einfach gelacht. Nie habe ich sie schöner und heiterer gesehen als in den schauerlichen zwei Tagen, da die Stadt bombardiert wurde. Die Fürstin ...“

Er wurde plötzlich totenblaß, schwankte, wäre gestürzt, hätte der junge Bauer ihn nicht in seinen Armen aufgefangen.

Victoire führte die beiden ins Haus.

Am Abend war Derbrunsky wieder so weit erholt, daß er mit den andern auf der großen Terrasse vor dem Haus sitzen konnte. Der junge Bauer aber lag fiebernd im Bett, betreut von Lätitia und Lully.

Es war ein schöner Abend. Der Himmel wölbte sich hoch und rein über der March. Sternschnuppen schossen flitzend durch die Dunkelheit. Das Land schlief. Die große Rast nach der Ernte lag über der Ebene.

„Mein Gott“, sagte der junge Pole unvermittelt und blickte in die tiefblaue Nacht. „Daß es so etwas gibt. Diese Stille. Diesen Frieden. Das haben wir ganz vergessen. Für uns hat das wirkliche Leben in jener Novembernacht aufgehört, da Wysocky und Zalewsky[3] uns aufriefen zum Kampf. November? Was für einen Monat haben wir jetzt?“

„September“, erwiderte Joseph sanft.

„September? Wo sind in diesem Jahr der Frühling und der Sommer hingekommen? Ich weiß es nicht. Wir haben die Zeit nur nach Schlachten berechnet. Unsere Ernte waren die Toten. Es war eine gute Ernte“, fügte er bitter hinzu.

Lätitia und Lully kamen.

„Er schläft“, sagte Lully leise. „Gott sei Dank, daß er schläft.“

„Es ist so traurig“, meinte Lätty, „daß wir uns ihm nicht verständlich machen konnten.“

Derbrunsky stand auf und rückte für die beiden Mädchen Sessel zurecht. Seine Bewegungen waren geschmeidig und anmutig. Man konnte ihn sich als ausgezeichneten Tänzer vorstellen, aber nicht als verzweifelten Kämpfer.

„Ich danke Ihnen beiden, Mesdemoiselles“, sagte er. „Auch im Namen des armen Ladislaus. Er verdient alles, was Sie für ihn tun. Er ist ein Held. Er wollte nicht fliehen. Ich mußte ihn fast dazu zwingen. Und wenn er auch Ihre Worte nicht versteht, Ihre Güte wird er begreifen. Mein Gott, wie viele von uns werden von nun an in einem fremden Land leben, dessen Sprache wir nicht kennen. Dessen Sitten uns fremd sind."

Er lächelte wehmütig.

„Auf dem endlosen Weg hierher habe ich mir in meinem Kopf so manches zurechtgelegt. Und einmal, auf einer langen staubenden Straße, fiel mir auch der Ewige Jude ein, mit dem unsere alte Kinderfrau die Geschwister und mich zu schrecken pflegte. Und ich mußte denken, dieser Ewige Jude nimmt viele Gestalten an, die aller jener, die vertrieben werden, weil sie für die Freiheit und die Gerechtigkeit kämpfen. Ich hatte einen lieben Freund, der kämpfte mit Alexander Ypsilantis. Er war ein Russe. Und mußte fliehen. Fliehen über den Ozean. In das ferne Amerika. Der Ewige Jude der Freiheit. Und jetzt spricht der zum Wandern Verdammte polnisch. Und auch er wird in allen Ländern weilen, wird nicht verstehen und nicht verstanden werden."

„Aber die Griechen", rief Lätitia aus, „die Griechen sind doch frei geworden."[4]

„Weil die Mächte die Türkei schwächen wollten", sagte der junge Pole. „Bei uns ist das anders. Uns wird niemand helfen. Niemand."

Er hob trotzig den Kopf:

„Und das ist gut. Wenn wir endlich frei sind, und wir werden es sein, werden wir niemand die Freiheit verdanken. Werden wir von niemand abhängen."

Er blickte abermals in die blaue Nacht.

„Einmal", sagte er leise, fast als spräche er ein Gebet, „einmal wird dieser Sternenhimmel über einem freien Polen aufglänzen. Und wir, die wir heute dafür gekämpft haben und geschlagen wurden, werden nie vergessen, daß auch das Volk auf unserer Seite stand. Ein freies Polen, ein gerechtes Polen. Wir werden Europa zeigen, wie man ein Land regiert."

Von der hohen Fichte, die so alt war, daß niemand wußte, wer sie gepflanzt hatte, tönte der heisere Schrei eines Käuzchens. Victoire zuckte zusammen. Ihr schien, als habe in dieser andächtig sanften Nacht ein böser Geist gelacht.

Lätitia verbrachte die erste schlaflose Nacht ihres jungen Lebens. Die Worte des polnischen Flüchtlings, das Stöhnen des fiebernden Bauern, seine verzagten hilflosen Blicke, wenn er um etwas bat und sie seinen Wunsch nicht errieten, hatten auf sie einen tiefen Eindruck gemacht. Sie hatte bisher für Freiheit und Gerechtigkeit geschwärmt, weil der über alles geliebte Vater sie in seiner stillen Art gelehrt hatte, daß dies die köstlichsten, die Gott wohlgefälligsten Dinge seien. Aber es hatte außer ihnen in ihrem Leben noch so viel gegeben. Bücher, wie herrlich war es doch, wenn der Vater neue Bücher heimbrachte. Gedichtbücher, die man freilich sorgfältig verstecken mußte, weil sonst Alois sie fortnahm und erst nach Tagen zurückgab, die wunderschönen Romane Sir Walter Scotts, und Musik, Beethoven und Schubert und die Walzer des Herrn Lanner, den sie persönlich kannte, und Bälle, wie lustig war es, eine halbe Nacht durchzutanzen, und den Sommer in Wohan, das sie ebenso liebte, wie alle Herdegen-Kinder es seit Jahrhunderten geliebt hatten. Und die Fronleichnamsprozession und die Prozessionen auf den Feldern. Und die stillen Morgen im Advent, da man im Stephansdom kniete, ein gewundenes

Wachslichtlein vor sich, und das Kommen des Heilands herabflehte. Und hinter allem, über allem das Glück, wenn aus Cambridge oder London ein Brief von Ferdinand kam. Und die noch größere Seligkeit, wenn dieser allergeliebteste Cousin und Freund die Ferien in Wohan verbrachte. Auch dieses Jahr hatte er den Juni und Juli in Wohan geweilt. Aber dieses Jahr war es nicht ganz so schön gewesen wie sonst. Dieses Jahr hatte Lätty häufig in die Wildnis fliehen müssen, weil Ferdinand sich mehr um Lully kümmerte als um sie. Und hatte bei der monatlichen Beichte stets bekennen müssen: Ich hasse einen Menschen, ja, ich hasse eine Verwandte.

Und schön waren auch die langen, langsamen Spaziergänge mit dem Vater. Er behandelte sie wie eine Erwachsene, freilich war sie es ja auch, aber die andern vergaßen das immer wieder. Er sprach zu ihr, wie er zu keinem andern Menschen sprach. Das machte sie stolz. Und auch Nepomuk, Tante Bozenas Bruder, spielte in ihrem Leben eine Rolle. Nepomuk, der viel über Tyrannen redete, die gestürzt werden müssen. Nepomuk, der, das war an ihm das Allerinteressanteste, nicht alles glaubte, was man glauben mußte, um selig zu werden. Und Großvater Sametil, so still, so wortkarg und so gut. Und Monsieur de Venelles, der alte französische Lieder singen konnte und noch den armen König und die arme Königin gekannt hatte. Und die Erinnerung an den lieben Monsieur Venarius, der vor einem Jahr daheim gestorben war und ihr vor seinem Tod die „*Pensées de Pascal*“[5] geschickt hatte. Ja, es gab so viel, so schrecklich viel in einem Leben. Man konnte gar nicht alles einordnen. Da war auch noch Onkel Stani, so schön, so elegant, der immer wußte, was die Regierungen aller Länder tun würden, und Tante Bozi, still und gütig, aber immer ein wenig ablehnend, so daß man sich um sie bemühen mußte, als ob man ein Hofmacher wäre. Und auch Maman ... Ja, Maman war vielleicht das schwierigste Rätsel, das man zu lösen hatte. Gut und launenhaft, bisweilen heiterer als Lätty selbst, oft aber von einer Schwermut, die sie alt und müde erscheinen ließ. Und die liebe tote Tante Toinette, die, daran glaubte Lätitia fest, an einem gebrochenen Herzen gestorben war ... Und ... und ... Und jetzt diese polnischen Flüchtlinge ... Flüchtlinge ... Es war ein seltsames Wort, voller Angst und Klage. Darauf wäre sie nicht von selbst gekommen, das hatte Alois gesagt: „Weißt du, Lätty, Flüchtlinge, das klingt nach atemlosem Laufen, und die Heimat wird immer ferner, und die Fremde kommt immer näher. Und etwas treibt sie weiter, immer weiter. Flüchtlinge ...“

Ja, Alois wird ein Dichter werden wie der Herr Grillparzer, wie der Herr Heine, dessen Lieder sie nicht lesen darf. Er nimmt ein Wort her, ein ganz gewöhnliches Wort, und dann findet er in ihm versteckt ein Bild, das einen nicht losläßt.

Flüchtlinge, Verbannte. Auf einer endlosen, staubenden Straße ziehen sie dahin. Beladen mit Leid und Angst. Von Wohan nach der nächsten Stadt führt eine solche Straße. Wenn man sie im Wagen fährt, lacht man über den Staub, der aufgewirbelt wird wie eine Sandfontäne, aber wenn man zu Fuß geht ... Nun sah Lätty in dieser Herbstnacht die Straße vor sich. O du lieber Gott, wie lang ist der Zug, der auf ihr dahinwandert. Und es kommen immer neue hinzu. Wer treibt sie fort von der lieben Heimat? Wer jagt sie in die Fremde? Dieses unheimliche, ungreifbare und

doch so wirkliche Etwas, das der Vater Ungerechtigkeit nennt. Und niemand hilft ihnen. Diesen Winter, so hat der junge Pole erzählt, diesen Winter sind Tausende gefallen, sie, Lätty, aber hat getanzt und gelacht und sich Sorgen darüber gemacht, daß Lully in dem blauen Kleid hübscher aussehe als sie. Ueberall, das hat der Vater gesagt, geschieht Böses, leiden Unschuldige, und dennoch tanzen und lachen die Menschen. Wie ist das möglich? Wie kann das sein? O lange, staubende Straße, auf der die Flüchtlinge verschmachtend wandern, können wir nicht Brunnen bauen, aus denen sie trinken können, müssen wir nicht unsere schönen Kleider zerreißen, um ihre Wunden zu verbinden? Müssen wir nicht alle, alle, Männer und Frauen, Junge und Alte, ein großes, großes Heer schaffen, das gegen das Unrecht kämpft.
Lullys Atem klang leise und gleichmäßig durch die Stille. Lätty stützte sich auf den Ellenbogen und betrachtete die Schlafende. Lully machte sich keine Sorgen. Lully tat ihre Pflicht, Lully war zu allen gut, aber Lully dachte nie hinaus über die Familie, über das Heim. Lully mußte nicht wach liegen, weil sie die endlose, staubende Straße sah. Glückliche Lully!

Die Stille und die Dunkelheit bedrückten Lätitias Herz. Etwas lastete auf ihm wie ein schwerer Stein. Sie konnte kaum atmen. Wie lang ist doch so eine schlaflose Nacht. Lätitia blickte nach der Wand gegenüber dem Bett. Dort hing Grand'maman Inez' Bild. Wie oft hatte sie schon dort Trost und Rat gesucht. Auch jetzt sah sie hinüber, wenngleich sie in der Dunkelheit nichts unterscheiden konnte. Aber sie wußte, von der Wand blicken sie die schwarzen Augen an, die sie geerbt hat, von der Wand lächelt ein wenig grimmig der schmale Mund und fragt: „Aber Lätitia! Wozu machst du dir Sorgen? Das Leben ist so einfach. Befolge die Gebote Gottes, und alles wird gut sein. Und vergiß auch nicht die Gebote Jesu, daß du Gott lieben sollst über alles, deinen Nächsten wie dich selbst. Alles andere, kleine Lätitia, sind Phantastereien und eines ernsten Menschen unwürdig."

Lätitia faltete die Hände. Es war ein seltsames Gebet, das zum Himmel stieg: „Lieber Gott, hilf allen Flüchtlingen und bestrafe alle Bösen. Aber wirklich, lieber Gott, und sehr bald."

Die Augen fielen ihr zu. Sie sah noch immer im Halbschlaf die staubende Straße, aber nun fiel vom Himmel auf sie kühlender Regen nieder. Am Rain rauschte ein frischer Quell. Und die Flüchtlinge tranken aus ihm.

In den hohen Bäumen von Wohan sang der Herbstwind. Und leise, sanft fiel der erste Herbstregen auf die Erde nieder. Die Sterne hatten sich hinter den grauen Wolken verkrochen. Der Wind trieb die Regentropfen gegen die Fenster, wo sie langsam, wie sanfte Tränen, herabrollten.

***

Zwei Wochen später traf Stanislas in Wohan ein. Er hatte zuerst einige Tage in Wien verbracht, fiebrige, gehetzte Tage. Er hatte, wie vor Jahren sein Bruder Joseph, gelernt, was es bedeute, von Amt zu Amt, von Ministerium zu Ministerium zu gehen, Audienzen zu erbitten, die ganze Ueberredungskunst an liebenswürdig lächelnde hohe Herren zu verschwenden, die aufmerksam zuhörten und, sobald er verstummte, ein bedauerndes Lächeln aufsetzten (Stanislas hatte das Gefühl,

sie holten dieses Lächeln von einem Haken wie einen Hut und setzten es auf) und meinten:
„Lieber Graf Herdegen“ oder „Lieber junger Freund, es tut mir schrecklich leid. Tatsächlich, ich würde ja so gerne ... Aber wir können uns nicht einmischen. Es ist bedauerlich. Mehr als bedauerlich. Eine so schöne, kluge, so entzückende Frau wie die Fürstin ... Ich erinnere mich noch an sie als ganz junges Mädchen, zur Zeit des Kongresses.“
Mit jedem Tag wurde Stanislas' schönes Gesicht härter, verbitterter. Josephs „Jakobiner“ konnten für die „Tyrannen“ des Landes keine härteren Worte finden, als es der Legationsrat Seiner kaiserlichen Majestät am englischen Königshofe tat. Abends saßen die beiden Brüder in dem verödeten Palais, meist in dem kleinen grünen Empiresalon, der einst eine Laune Ludmillas gewesen war. Die grünen Seidenbezüge der Möbel hatten einen leichten Stich ins Gelbliche bekommen, auf den vergoldeten Empirekränzen dunkelten winzige schwarze Flecken, und der eine Spiegel an der Wand hatte eine große blinde Stelle.
Joseph bemerkte all dies mit sanfter Wehmut. Er sah auch in dem langsam erblindenden Spiegel die weißen Haare an den eigenen Schläfen. Gleich dem Vater begann er zeitig zu ergrauen. Stanislas wirkte um viele Jahre jünger. Sogar jetzt, da Sorgen, Kummer und Verbitterung die eine Falte über der Nasenwurzel tiefer gruben und um die von schlaflosen Nächten ermüdeten Augen ein feines Netz von Runzeln zogen.
„Sibirien“, sagte Stanislas mit haßerfüllter Stimme. „Stell dir das doch vor, Joseph, Matzi in Sibirien! Unsere Matzi! Eine zarte verwöhnte Frau ...“
Er zuckte nervös die Achseln.
„Bis jetzt hatte auch ich immer dem Metternich nachgebetet. Rußland das ungeheure Reich, der Zar, der allermächtigste Herrscher der Welt, wir müssen uns mit ihm gut stehen. Staatsräson. Wir haben ja gewußt, wessen Freundschaft wir suchen. Haben gewußt, so etwas sickert auf geheimnisvolle Art immer durch, wie unser kaiserlicher Freund und Gönner sein Land regiert. Haben erfahren, was mit den Dekabristen[6] geschah. Aber wir, zumindest ich, erfassen ja alles nur, wenn es uns persönlich angeht.“
„Diese Eigenschaft teilst du mit sehr vielen Menschen, Stani.“
Stanislas beachtete den Einwand nicht.
„Sibirien“, wiederholte er düster. „Unsere Matzi! Und wir sind hilflos. Wir können sie nicht retten.“
Er blickte den Bruder prüfend an.
„Du bist alt geworden, Joseph, in den letzten Jahren. Nun begreife ich es. Du hast dich wundgerannt an den Mauern des Egoismus und der Verständnislosigkeit. Ich habe dich immer für einen Narren gehalten, aber jetzt sehe ich ein, daß du nur ein anständiger Mensch bist.“ Er lachte zornig. „Aber vielleicht kommt das auf dasselbe heraus.“
Er setzte sich. Bisher war er ruhelos auf und ab gegangen.

„Ich habe in London“, sagte er, „eine kleine irische Freundin, die hat mir erzählt, daß sie jeden Tag betet: ‚Lieber Gott, laß nicht zu, daß ich mich bekehre, es wäre zu bequem‘.“

Joseph lächelte. Er war froh, daß der Bruder, wenn auch nur für kurze Zeit, seinen Kummer vergaß.

„Ich glaubte, du bist ein Mustergatte geworden, Stani. Und jetzt ... jetzt auf einmal ... die kleine irische Freundin ...?“

Stanislas seufzte.

„Bozena ist ein Engel, ein noch immer wunderschöner Engel. Aber wirklich mag sie nur den Buben. Den betet sie an. Ich ... Wir sind einander nie nahegekommen. Etwas in ihr haßt mich. Und das Komische ist, daß etwas in ihr auch die kleine Therese haßt, die so gar nichts von den Herdegens hat. Unter uns, Joseph, meine Tochter ist ein furchtbares Geschöpf. Sie ist so ... so vulgär ...“

„Dieses Kind?“

„Ja, dieses Kind. Therese hätte eine Grand'maman Inez gebraucht, damit etwas aus ihr werde. Uebrigens, Grand'maman Inez, weißt du, daß mir die alte Frau immer noch abgeht? Daß immer wieder Augenblicke kommen, da ich mich nach ihr sehne? Sie war so ganz aus einem Guß. Sie hat nie geschwankt, hat keine Kompromisse gekannt ... Vielleicht war das, gerade das Matzis Unglück.“

Nun war er wieder bei Marie Christine angelangt, bei Marie Christine als Kind, als junges Mädchen, bei Marie Christine, die der Zar nach Sibirien verbannt hatte.

Franz, der eben heimkam, wurde ungeduldig:

„Du machst dich krank, das hat gar keinen Sinn, Stani. Laß ein wenig Gras über die Geschichte wachsen. Dann kannst du vielleicht auf Umwegen eine Begnadigung erreichen.“

Er setzte sich in den bequemsten Lehnstuhl.

„Es hat keinen Sinn, sich so aufzuregen. Polen ist verloren, einstweilen, der Zar hat viele hinrichten, viele verbannen lassen, aber das Leben geht dennoch weiter. Das ist das einzige auf dieser Welt, woran wir uns halten müssen. Das Leben geht weiter.“

Er zündete sich eine Pfeife an.

„Man wird prosaisch in meinem Beruf“, meinte er. „Prosaisch und skeptisch. Vielleicht wird die Medizin eines Tages alles mit den Funktionen des einen oder anderen Organes erklären. Wird wissen, weshalb der eine ein Verbrecher, der andere ein Heiliger ist. Vielleicht liegt das an der Galle, an der Milz oder noch an etwas anderem.“

Stanislas wandte sich angeekelt ab.

„Du bist gräßlich“, meinte er heftig. „Man erzählt mir, daß du ein ausgezeichneter Arzt bist, aber als Mensch, Franzel ... unerträglich.“

„Ich bin nicht wie du, Stani, der letzte der Kavaliere, oder wie Joseph, ein Don Quichote in abscheulicher moderner Kleidung, ohne Degen. Und ich finde, daß jede Entdeckung in der Medizin unvergleichlich wichtiger ist als Euere ganze Staatskunst.“

„Hast du wirklich eine Tafel mit ‚Graf Franz Herdegen, Doktor der Medizin'?" fragte Stanislas.

„Ja, aber ohne den Grafen. Der schreckt die armen Leute ab. Die glauben dann, daß ich ganz besonders teuer bin."

Die Brüder lachten. Sogar Joseph kam es drollig vor, daß ein Herdegen als Arzt Geld verdiene.

Am folgenden Tage fuhr Joseph nach Krems zurück, und Stanislas machte noch einige vergebliche Versuche, etwas für Marie Christine zu erreichen. Dann bestieg er die Postkutsche, die ihn nach Wohan bringen sollte.

Er wußte nicht recht, was ihn hertrieb. Die Erinnerung an Marie Christine, die hier besonders lebendig war, oder der Wunsch, den jungen Polen zu sprechen, der Marie Christine gekannt hatte?

Der junge Pole schwärmte von der Fürstin Kramsin, erzählte Stanislas stundenlang von dem Heldentum der Schwester und noch länger von der Grausamkeit der russischen Eroberer. Lätitia saß dabei mit geweiteten Augen und blassen Wangen. Und bisweilen kam auch Lully hinzu, Lully mit Marie Christines schönem Gesicht und Antoinettes stillem Wesen.

Stanislas blickte neugierig auf die Nichten, betrachtete die Zwillinge, die er seit Jahren nicht gesehen hatte. Das also war die neue Generation? Das waren die Herdegens, die nach ihm und Joseph kommen würden? Carl erinnerte ihn an die eigene Kindheit. Ein launenhafter, verwöhnter, unendlich anziehender kluger Knabe. Alois war wie Joseph, aber ohne dessen Nüchternheit. Stanislas dachte mit heimlichem Lächeln an die Verse, die er selbst einst im Verborgenen geschrieben und vor allen versteckt hatte. Alois versteckte die seinen nicht. Er brachte sie jenen zum Geschenk, die er besonders liebte. Die Mädchen interessierten Stanislas weniger. Lätitia war gar zu überschwenglich, freilich, das war jetzt Mode bei den jungen Mädchen, und Lully gar zu still.

Mit Victoire vertrug er sich während dieses Besuches ganz besonders schlecht. Sie war mürrisch und verdrossen oder spöttisch und zynisch. Stanislas, an Bozenas gleichmäßige Gelassenheit gewöhnt, fand die Schwägerin unausstehlich. Sie zuckte die Schultern, wenn er von Marie Christine sprach: „Sie hat es ja nicht anders gewollt. Wird sich als Märtyrerin fühlen." Sie lachte über die Empörung, mit der er von seinen Audienzen erzählte. „Staatsräson", sagte sie. „Was ist der einzelne? Ein Nichts. Und das ist gut so. Wir sind ein mächtiges Reich. Aber das mächtigste Reich braucht noch mächtigere Freunde."

„Wir?" fragte Stanislas gereizt. „Seit wann heißt es bei dir ‚wir', Victoire? Ich erinnere mich an eine Zeit, da du den Gedanken nicht ertrugst, mit einem *Autrichien* zu leben."

Sie blickte ihn verblüfft an.

„Wie komisch. Das habe ich völlig vergessen."

Ihre Augen wurden plötzlich weich.

„Vielleicht", sagte sie leise, „vielleicht weil mein Bub", sie verbesserte sich rasch, „weil meine Buben Oesterreicher sind."

Sie lachte. „Uebrigens ist auch das einerlei. Wie alles auf der Welt. Lohnt es sich, über etwas nachzudenken, sich um etwas Sorgen zu machen? Wir kommen ungefragt auf die Welt, verlassen sie ungefragt. Wir sind Puppen in der Hand des Schicksals. Und ich habe diesem Schicksal nur eines vorzuwerfen, daß alles so grenzenlos langweilig ist."

„Aber Maman", warf Lätty ein. „Wie kann man das Leben langweilig finden? Es ist doch so aufregend."

Victoire warf ihr einen fast feindseligen Blick zu. Sooft sie in der Tochter Spuren ihres einstigen Ichs entdeckte, empfand sie etwas wie Haß gegen Lätitia. Sie wußte selbst nicht warum. War es Neid? War es ein unterdrücktes Mitleid mit diesem jungen Geschöpf, das vielleicht einmal bitter unter seiner Begeisterungsfähigkeit leiden würde?

„Du bist vorlaut, Lätitia", erklärte sie streng. Und das junge Mädchen wurde dunkelrot. Wie konnte Maman sie so vor dem Onkel demütigen? Sie war doch kein Kind mehr. In diesem Augenblick haßte sie die Mutter. Und der Haß tat ihr weh. Es ist so schmerzlich zu hassen, dachte sie. Beim Vater überkommt mich nie dieses böse Gefühl.

Lätitia senkte die Augen, die plötzlich voll Tränen standen. Ein grauer Schleier senkte sich über ihre farbenbunte Welt. Vielleicht hat Maman recht, vielleicht ist alles nur Komödie, Spielerei, vielleicht gibt es nichts, wofür es sich zu leben lohnt. Vielleicht ...

Sie ging langsam aus dem Salon. Stanislas blickte ihr nach.

„Wie Joseph", sagte er hart. „Ganz wie Joseph. Genügt es dir nicht, deinen Mann unglücklich zu machen? Mußt du es auch bei deinen Kindern tun?"

Victoire lächelte spöttisch.

„Auch das vergeht, auch das ist einerlei."

Dann aber verklärte sich ihr Gesicht, wurde jung, froh und zärtlich. Aus dem Musikzimmer klangen leise Klaviertöne; der kleine Carl spielte eine Mozartsonate.

XVIII.

Wie still es war, wie totenstill. Nur bisweilen schlug der Märzwind mit ungeduldigen Fingern gegen die Fensterscheiben, die dann leise klirrten. Und aus dem Kamin stieg eine dünne Rauchwolke auf und wehte durchs Zimmer.

Die Straße vor dem Haus war fast dunkel. Die gute Stadt Krems sparte mit der Beleuchtung. Und heute war außerdem Vollmond, also durften die Laternen feiern. Daß der Mond von den rasch ziehenden dunklen Wolken immer wieder verhüllt wurde, tat nichts zur Sache. Im Kalender stand Vollmond, danach hatten die Laternenanzünder sich zu richten.

Victoire blickte sich in dem hübschen Zimmer um. Die Biedermeiereinrichtung[1] war neu, Joseph hatte sie ihr zu Weihnachten geschenkt. Noch waren ihr die Möbel unvertraut. Nur der alte Lehnstuhl aus dem Wiener Palais, der Lehnstuhl, in dem so oft Grand'maman Inez gesessen war, mutete sie heimelig an. Von diesem

Lehnstuhl aus war mehr als eine Strafpredigt auf sie niedergegangen, aber auch mehr als ein gütiges Wort, ein Lob, eine Ermutigung waren in ihm gesprochen worden. Mein Gott, wie lange war das her? Wieviel Jahre waren nun sie, Victoire und Joseph, die Aeltesten, die Häupter der Familie?

Seltsam, wie schwer ihr dies mit einem Mal aufs Herz fiel. Sie dachte sonst selten, nur widerstrebend daran. Vielleicht ließ sie der Gedanke jetzt nicht los, weil am Morgen aus Wien die Kunde vom Tode des Kaisers Franz[2] gekommen war. Und weil irgendwie das Bild des Kaisers mit dem Grand'maman Inez' in Zusammenhang stand.

Victoire dachte zurück an den Kongreß, an die ersten Jahre ihrer Ehe. Sie blickte in die Flammen des Kamins und suchte die Vergangenheit. Suchte die leichtsinnige, frohe Welt, die tanzend ein neues Europa geschaffen hatte. Suchte sich selbst, wie sie damals gewesen, jung, schlank, eigensinnig, leidenschaftlich, und fand das Bild wieder in Lätitia, die sie vor einer Stunde ärgerlich schlafen geschickt hatte. Irgendwie besaß Lätitia das Talent, die Mutter zu reizen. Vielleicht weil beide einander so ähnlich waren. Vielleicht weil das schlanke schwarzäugige, so leicht begeisterte Mädchen Victoire allzusehr an die eigene Jugend erinnerte. Victoire lächelte etwas wehmütig. Arme Lätty, ich müßte gütiger, nachsichtiger mit ihr sein. Ich weiß ja, weshalb sie jetzt so unausstehlich ist, weshalb sie sich so leidenschaftlich in die Politik stürzt. Arme Lätty. Eine Flamme zuckte hoch, eine schlanke rote Flamme. Victoires Gedanken schweiften weiter. Schweiften abermals in die Vergangenheit zurück, in die helle sorglose Welt ihrer Jugend. Wie anders war heute die Welt, wie ganz anders! Was hatte sie so verändert? Victoire hätte es nicht zu sagen gewußt. Sie fühlte es nur. Fühlte mit einem gewissen Unbehagen, das bisweilen an Furcht grenzte, daß langsam, unerbittlich, unaufhaltsam etwas Neues kam. Vielleicht wurde dieses Neue verkörpert durch die jungen Menschen, die zu Josephs Kreis gehörten. Menschen, die man nicht mehr mit einem Achselzucken, das ihren nicht ganz tadellosen Manieren galt, abtun konnte. Victoire fühlte, mehr als sie es wußte, das dumpfe unterirdische Ringen zwischen zwei Gewalten, der alten, die bis jetzt von dem Kaiser und dessen Ministern verkörpert gewesen war, der neuen, die heranwuchs, in Kanzleien, am Schreibtisch der Dichter und, noch tiefer unten, in Werkstätten, im Volk.

Unklar ahnte Victoire, dies sei die Zukunft. Aber war es nicht auch schon die Gegenwart? Sie zuckte ungeduldig die Achseln. Gab es eine Gegenwart? Verschwamm sie nicht allsogleich mit der Zukunft? Vielleicht ist dies der Stempel, den die neue Zeit den Menschen aufdrückt, dieses Fehlen der Gegenwart, dieses friedlichen Rastens zwischen dem Vergangenen und dem Kommenden.

Victoire blickte zu dem alten Lehnstuhl hinüber. Grand'maman Inez hatte diese Zweifel nicht gekannt. Die hatte völlig in einer irdischen Gegenwart und einer himmlischen Zukunft gelebt. Für sie hatte der Tag, hatte die Stunde, da man die augenblickliche Pflicht erfüllen mußte, die größte Bedeutung gehabt. Von ihnen allen hatte nur einer dies in das neue Leben hinübergetragen, einer, dessen Erbteil es nicht war: Franz. Victoire lächelte, als sie des Schwagers gedachte. Ein Pedant, aber ein glücklicher Pedant, der nur seine Welt, die der Wissenschaft, die der

Medizin kennt. Ein nüchterner Träumer, dessen Sehnsüchte sich nie weiter verirren als in den Bereich menschlicher Krankheiten und ihrer Heilung. Und dabei doch voller Schrullen und seltsamer Skrupel. Sie hatte ihn einmal gefragt, ob er denn nie heiraten werde, und er hatte nur tiefernst den Kopf geschüttelt: „Ich will keinen Namen fortsetzen, der nicht mir gebührt."
Vielleicht hätte er diese Skrupel besiegt, wenn Lully, dieses wunderschöne Mädchen mit Marie Christines Gesicht und Toinettes stiller Güte, nicht nur für einen Menschen Augen gehabt hätte.
Victoire runzelte die Stirn. Lully, ja, sie war gut, sie war lieb, und dennoch war es ein böser Tag gewesen, da sie die Waise zu sich nahmen. Arme Lätty.
Ein kleiner Glutberg im Kamin erlosch und wurde schwarz. Victoire schauderte leicht. War das ein böses Omen? Bestimmt. Der Tod des Kaisers würde für Joseph schwere Folgen nach sich ziehen. Victoire wußte, wie unbeliebt ihr Mann in den hohen und höchsten Kreisen war. Man warf ihm seine fortschrittlichen Ideen vor, seinen Verkehr mit mißliebigen Elementen, sein zu keinem Kompromiß geneigtes Gerechtigkeitsgefühl.
Der Kaiser hatte ihn gehalten, aus Freundschaft für Grand'maman Inez, die eine Freundin der großen Kaiserin gewesen war. Vielleicht auch ein wenig aus dem Gefühl heraus: Wir können uns ein paar liberale, besonders human gesinnte Beamte leisten.
Aber nun war der Kaiser tot, und Metternich lebte noch. Metternich, der Joseph nicht leiden konnte. Und den sie, Victoire, immer wieder gereizt hatte. Zum letztenmal beim Tod des Herzogs von Reichstadt[3], als sie in Paris Trauerkleider bestellt. Selbstverständlich war dies in der Gesellschaft viel besprochen worden und auch zu den Ohren des Fürsten gekommen. Er hatte sie bei einem Empfang spöttisch gefragt: „Sie beziehen Ihre Toiletten aus Paris, Gräfin?"
„Nur die Trauerkleider, Durchlaucht. Denn seit wann ist es Sitte, bei dem Mörder die Trauerkleider für den Ermordeten zu kaufen?"
Sie wußte, daß er ihr diese Antwort nie verziehen hatte. Und wie immer würde Joseph ihre Heftigkeit, ihre Unbedachtheit büßen. Ja, nun würde er bestimmt auch das bescheidene Amt in Krems verlieren. Sie würden nach Wohan ziehen, die Schloßherren spielen müssen. Ein wahres Glück, daß die Buben noch so jung waren, denen würde der „Oger" nicht mehr schaden können. Die Buben, die Zwillinge. Victoire fühlte plötzlich Sehnsucht nach ihnen. Sie lebten in der Stadt mit Franz im Palais Herdegen und gingen zu den Schotten ins Gymnasium[4]. Joseph würde ihr, wenn er zurückkam, die neuesten Berichte bringen. Ueber Carl würden die ehrwürdigen Väter bestimmt klagen, wie immer. Er, eine unverzeihliche Sünde in heiligen Augen, sah bereits gerne schöne Mädchen, war entsetzlich jähzornig und ließ seine Heftigkeit am liebsten an seinem Bruder aus. Es gab nur eines, was er ernst nahm: die Musik. Da wurde er still, andächtig, von einer frohen Güte. Alois war anders. War ein jüngerer, etwas leidenschaftlicherer Joseph, der, im Gegensatz zum Zwillingsbruder, alles furchtbar ernst, fast tragisch nahm. Er brachte gute Zeugnisse heim und dicke schwarze Hefte, in denen Gedichte standen, die er nur Lätty vorlas. Gedichte, in denen viel von Freiheit und Menschenwürde

die Rede war. Von Brüderlichkeit und der etwas holprig gereimten Tatsache, daß alle Menschen vor Gott gleich und daher Brüder seien. Er war gleich dem Großvater von einer kindlichen rührenden Frömmigkeit. Victoire wußte, daß er der einzige war, der häufig in der verödeten verstaubten Kapelle des Palais Herdegen vor dem leeren Altar kniete. Carl hatte keine Zeit für Gebete, und Lätitias Jugend hatte zu viele Götter, um Gott zu suchen.

Von der nahen Kirche, war doch in Krems alles so nah, schlug die große Uhr in dumpfen Tönen Mitternacht. Victoire trat ans Fenster. Am Ende der Straße wurde eben die einzige Laterne, die in dieser Nacht gebrannt hatte, verlöscht. Auch in den benachbarten Häusern brannten keine Lichter mehr. Victoire öffnete das Fenster und beugte sich hinaus. Die Nacht griff nach ihr, schwarz, geheimnisvoll und drohend. Langsam verhallten auf der verödeten Straße die schweren Schritte des Laternenanzünders. Nun herrschte wieder Totenstille. Victoire schien es plötzlich, als sei sie die einzige Ueberlebende nach einer ungeheuren Katastrophe. Nach einem Schiffbruch. Als sei das erhellte Zimmer hier eine winzige, von dunklen Wellen umtobte Insel. Irgendwo, in weiter, nie mehr erreichbarer Ferne lag das helle Land, von dem sie in See gestochen war, verschleiert und verklärt von den Nebeln der Vergangenheit. Irgendwo in weiter Ferne lag ein neues Land, von dem niemand wußte, ob es den Menschen gütig sein würde oder nicht: die Zukunft. Und dazwischen eine winzige, kaum handbreite Insel: die Gegenwart, von der mit jeder Minute, jeder Sekunde der Boden abbröckelte und ins schwarze Meer des Schicksals fiel.

Im Kamin erlosch die letzte Flamme. Der letzte Glutberg fiel zusammen. Wozu, dachte Victoire, mit der alten Schwermut, von der sie in den letzten Jahren immer häufiger gequält wurde, wozu haben die Flammen gebrannt, wenn das Ende ja doch nur Asche ist? Wozu haben wir gelebt, wenn das Ende der Tod und das Vergessen sind? Sie fragte es die Nacht, die ihr keine Antwort gab, und fragte es ihr ruheloses Herz, sie fragte es Grand'maman Inez' Bild an der Wand, das streng erwiderte: „Für Gott und die Familie", fragte es die kleine von Peter[5] gemalte Miniatur auf dem Schreibtisch, die Joseph darstellte, und erhielt die Antwort: „Vielleicht zum Segen der nächsten Generation, vielleicht." Und mußte sich mit diesem Vielleicht zufriedengeben.

***

In dieser Nacht vom zweiten auf den dritten März waren in der Residenzstadt die Walzer von Lanner und von Strauß[6] verstummt, und kein Witz von Nestroy[7] belustigte die Wiener. Dafür aber gab es auf den Straßen eine „Komödie", Dialoge und gleichsam Chorgespräche zwischen den Bürgern, die das große Ereignis, der Tod des Kaisers, nicht schlafen ließ.

Die einen, die älteren Leute, beklagten bitter diesen Tod und meinten mit der nüchternen Resignation jener, die schon vieles erlebt hatten: „Es kommt selten was Besseres nach. Und er war ja doch ein guter Herr, der alte Kaiser." Die jüngeren hingegen hielten Lobreden auf Ferdinand[8]. „Jetzt wird es anders werden", hieß es in unzähligen Variationen. „Jetzt haben die Alten ausgespielt, der

Metternich und seine Freunderln." Und sie berichteten rührende Geschichten über den neuen Monarchen, der habe ein Herz für das gemeine Volk, der werde die Rechte des Bürgers schützen gegen die Willkür des Adels, der ... der ... der ... Wirtshäuser und Kaffeehäuser waren übervoll. Tabakqualm erbaute eine Mauer zwischen den einzelnen Tischen. Ging die Tür auf, und strömte die kalte Märzluft herein, so riß der Schleier, und die Menschen sahen einander, sahen rote aufgeregte Gesichter, glänzende Augen. Die Stimmen waren lauter, froher als sonst. Im Geiste sahen alle einen hellen Schein über der Hofburg: die Zukunft. „Der Ferdinand wird's schon machen".

Nicht einmal die Tatsache, daß in dieser Nacht ein ganzes Heer von Naderern[9] die Straßen unsicher machte und daß es häufig zu Verhaftungen kam, weil einer allzu deutlich seiner Meinung Ausdruck verliehen hatte, störte die Freude. Es war etwas geschehen. Und das behagte den Menschen. Ewig wird die Masse aus der Eintönigkeit ihres Lebens heraus verlangen, daß etwas geschehe, und wird häufig vor lauter Freude an der Sensation gar nicht bemerken, daß ihr etwas geschieht.

Franz, der den Abend bei seinem Lehrer Karl Rokitansky[10] verbracht hatte, strebte langsam heim. Er bahnte sich nur mühselig einen Weg durch das Gedränge, lauschte lauten und heimlichen Worten, schüttelte bisweilen den Kopf, empfand leichten Ekel. Er haßte jeden Ueberschwang, hielt ihn für verderblich, für krankhaft – das härteste Urteil, das dieser begeisterte Mediziner über etwas fällen konnte. Nicht vergeblich war er ein Schüler des vor Jahren verstorbenen Monsieur Venarius gewesen. Der alte Schweizer hatte in den Geist des Knaben unausrottbar den Glauben an die Vernunft gepflanzt. Was nicht der Vernunft entspricht, muß zugrunde gehen. Aber was in dieser törichten, so leicht der Tollheit verfallenden Welt entspricht der Vernunft? Jede Entdeckung meines Lehrers, dachte Franz, ist hundertmal wichtiger als alle toten und lebenden Monarchen, aber wird diese Masse, die noch vor fünf Tagen „Hoch Franziskus" schrie und jetzt „Hoch Ferdinand" schreit, auch nur den Kopf heben, wenn man ihr von einer Entdeckung berichtet, die das Menschenleben verlängert, die Krankheiten, die bis jetzt immer tödlich verliefen, heilt?

Daheim fand er, trotz der späten Stunde, die Zwillinge wach. Sie saßen im grünen Salon und tranken, wohl zur Feier des Tages, Tee. Alois eilte dem Onkel entgegen.

„Der Vater ist angekommen", berichtete er. „Aber gleich ausgegangen. Ich wollte mit. Wäre jetzt so gerne auf der Straße."

„Warum, Alois?"

„Ich möchte die Menschen reden hören. Jetzt, da eine neue Zeit anbricht. Da alles besser wird."

Carl lachte.

„Ist er nicht ein Narr, Onkel?" fragte er spöttisch. „Den ganzen Abend redet er von der neuen Zeit. Und vorhin, als sie da vor dem Fenster ein paar Schreier verhaftet haben, konnte ich ihn kaum zurückhalten. Er brüllte hinunter, wollte unbedingt auf die Straße laufen, sich einmischen. Was geht das uns an?"

Alois beachtete die Worte des Bruders nicht.

„Jetzt", meinte er eifrig, und seine schönen veilchenblauen Augen, Victoires Augen, leuchteten, „jetzt wird der Vater endlich alles durchsetzen können, wofür er seit Jahren kämpft."

„Warum glaubst du das?" fragte Franz fast mitleidig.

„Der neue Kaiser ist viel jünger, der weiß doch, was in der Welt vorgeht. Der wird sich junge Ratgeber nehmen. Menschen wie den Auersperg und dessen Freunde. Und wenn erst die Zensur aufgehoben ist ..."

„Worte", entgegnete Franz ungeduldig. „Worte. Immer haben die Menschen geglaubt, wenn erst das nicht mehr ist und jenes ... Und nachher haben sie dann etwas Neues erfunden, das vielleicht noch ärger war als das Alte."

Er entsann sich plötzlich seiner Pflichten als Onkel und Hüter der Zwillinge.

„Warum seid ihr noch nicht im Bett?" fragte er streng.

„Ich war zu aufgeregt", erklärte Alois. „Konnte nicht schlafen. Und dann hat Carl stundenlang Klavier gespielt."

„Ich habe etwas komponiert", sagte Carl. Jetzt klang seine Stimme ebenso lebhaft wie die des Bruders. „Darf ich es dir vorspielen, Onkel?"

Die Zwillinge hatten eigenwillig den kleinen grünen Salon zu ihrem ureigensten Zimmer gemacht. Hier glänzten hinter den Glastüren Alois' allergeliebteste Bücher, und hier stand Carls Heiligstes, der große Bösendorfer[11], den er zu seinem fünfzehnten Geburtstag erhalten hatte. „Es ist", erklärte Carl, den Deckel des Flügels hebend, „ein Leben, das ich komponiert habe. Paßt auf."

Er setzte sich und begann zu spielen.

Franz mußte unwillkürlich an einen Frühlingstag in Wohan denken. Alles blühte, leuchtete und sang in dieser Musik. Der Himmel war blau, es gab keine Kümmernisse. Ein Leben, dachte er, ja, so stellt Carl sich das Leben vor. Dann aber horchte er auf. Die hellen heiteren Töne veränderten sich, ein schriller unharmonischer Takt zerriß sie. Es war, als schreie ein trostloser Schmerz aus den Saiten empor. Und dann verwandelte die Disharmonie sich in ein stilles getragenes Largo, edel und tief, verklärt und ausklingend in den Tönen des seligsten Friedens.

Franz blickte erstaunt auf den Neffen.

„Woher hast du den Schluß genommen, Carl?"

Der schlimmste Schüler des Schottengymnasiums sah fast verwirrt von den Tasten auf.

„Ich weiß es nicht. Es ist eben so gekommen."

O Schatten unseres alten Lehrers, dachte Franz, fast ebenso verwirrt wie der Knabe, der jetzt langsam den Deckel des Klaviers herabließ. O Lehren unseres Monsieur Venarius: die Vernunft. Nicht mit der Vernunft und nicht mit der Medizin kann ich mir erklären, wie dieser Bub, dieser leichtsinnige, leichtfertige Schlingel die Apotheose eines vollkommenen Lebens, ja mehr, die Apotheose der Vollkommenheit selbst mit seinen Kinderfingern und seinem Knabengehirn aus den Tasten zaubert. Was lebt in ihm, das nicht nur wir, sondern auch er selbst nicht kennen? Das nur die Musik zu enthüllen vermag?

Ein Abend fiel ihm ein, da vor Jahren Meister Lanner bei einer *Soirée* im Palais Herdegen musikalische Porträte gemalt hatte. Auch damals, als die Zwillinge sich vorgedrängt und um ihr Bild gebettelt hatten, war ihm das Largo bei Carls Porträt aufgefallen, und er hatte sich gefragt, was der Musiker wohl geahnt hatte, das kein anderer wußte.

Er schüttelte ungeduldig den Kopf, denn nun dachte er an das zweite Kinderporträt, an das von Alois, seinem liebsten Neffen, und entsann sich des bangen Augenblicks, da mit einem schrillen Schrei die Saite gerissen war.

***

Wohan – durch das ganze Leben der Familie Herdegen zog sich dieser Name wie ein alter, stets von neuem wiederkehrender Refrain. In Wohan hatten viele Generationen Rast und Erholung gesucht. Nach Wohan waren nach einem langen, oft überreichen Leben die Alten gekommen, die mit der Welt abgeschlossen hatten. An müden Herbstabenden waren sie langsam auf der Terrasse umhergegangen, den schwach gewordenen Blick halb erfüllt von den Bildern einer verlorenen Welt, halb von der vertrauten Schönheit dieses Heimes. In Wohan waren so viele der Jungen geboren worden. Kinder hatten auf dem alten Rasenplatz getollt, Kinder in den drolligen steifen Gewändern alter Tage hatten artig Federball gespielt, spätere, in den losen Kleidern des Empire, hatten übermütig, denn jetzt brauchte man auf dem Lande nicht mehr so zeremoniell zu sein, einander im Blindekuh-Spiel gehascht. Auf den gekiesten Wegen waren dann später diese Kinder gewandelt, ein jedes mit seinem Traum, ein jedes mit seinen vielen Hoffnungen und Sehnsüchten. Sie waren erwachsen geworden, in die Welt hinausgezogen, aber immer wieder waren sie, wenn auch nur für kurze Zeit, nach Wohan zurückgekehrt. Staatsmänner, Diplomaten, Offiziere hatten hier im Park, im Schloß, in den vertrauten Alleen des Gartens und in den Zimmern ihr altes Selbst wiedergefunden und es erstaunt gefragt: also so, also das war einmal ich? Und waren dann, alt geworden, mit zerbrochenen Träumen, mit einer großen Bitterkeit im Herzen oder mit stiller, fast freudiger Entsagung endgültig heimgekehrt, um von der Terrasse aus die neue Jugend auf dem Rasen spielen zu sehen.

In ihrer aller Leben hatte das Rauschen der March geklungen, das Raunen der alten hohen Bäume, das Lied der Amseln in den Wipfeln der Tannen, das Brausen des Sturmes zur Winterszeit, wenn die endlose Ebene sich wie eine weiße Wüste tief unten erstreckte. Hier, in Wohan, floß alles zusammen, das Leben der Ahnen, deren Bilder an den Wänden hingen, das eigene Leben, das künftige Leben der Kinder. Es hatte nie einen Herdegen gegeben, der Wohan nicht geliebt, dem es nicht die Heimat bedeutet hätte, die Zuflucht, das Asyl, wohin ihn die Grausamkeit des Lebens nicht mehr verfolgen konnte.

Nach Wohan kam nun auch Joseph, nachdem er mit vielen freundlichen Worten – man war bestrebt, ihm die Pille zu versüßen – seine Entlassung aus dem Staatsdienst erhalten hatte. Er kam allein, hatte es so gewollt. Victoire und die Mädchen sollten erst im Mai folgen.

Die March ging hoch, angeschwollen vom Frühlingsregen. Der Sturm zerzauste die Büsche und peitschte auf die alten Bäume ein, die sich ächzend und stöhnend bogen. In der vergangenen Nacht war die eine große Weide bei der Einfahrt vom Sturm gefällt worden, der ungeheure Baum lag auf der Erde, ein toter hilfloser Riese. Joseph, der aus dem Wagen stieg, um ihn zu besehen und auch um, er war in einer seltsam wehmütigen Stimmung, den Freund vieler Kindertage zu betrauern, bemerkte fast erschrocken, daß der Baum im Innern völlig verfault und morsch war.

Und noch im vorigen Jahr hatte er so schön geblüht und gegrünt. Niemand hatte ahnen können, daß er bereits dem Tode geweiht war, daß der erste Frühlingssturm ihn fällen würde.

Joseph versank in Gedanken. Ja, wie vieles ist innen morsch und verfault, das nach außen noch so prächtig aussieht. Bei uns im Lande, überall. Unsere Herren wissen, weshalb sie die Stürme so fürchten, weshalb sie nur einen Wunsch kennen: Ruhe und nochmals Ruhe.

Er schritt langsam die Auffahrt hinan. Monsieur de Venelles, überrascht durch das Rattern der Räder auf dem knirschenden Kies, kam ihm entgegen. Joseph dachte erstaunt: Er ist ein alter Mann geworden. Wie merkwürdig! Ich hatte immer noch den jungen Venelles in der Erinnerung, der eines Tages bei uns in Wien im Palais auftauchte und den Vater zu sehen wünschte. Freilich, das ist nun schon viele, viele Jahre her, der Vater ist tot, Maman ist tot, Grand'maman Inez. Und auch Toinette, die so viel Mitleid mit dem Flüchtling empfand, und Marie Christine, die erklärte: „Man flieht nicht, man kämpft", auch Marie Christine ist für uns wie tot, ist wie ausgelöscht aus der Reihe der Lebenden. Ein alter Mann, wie hart muß es sein, im Alter in der Fremde zu leben.

Doch war Monsieur de Venelles heiter und frisch. Sorgsam gepflegt und gekleidet wie immer. Ein wenig altmodisch, das ergraute Haar noch immer zu einem Zopf geflochten, die hagere Gestalt gerade und kräftig.

Er fragte nicht viel, obgleich Josephs Kommen ihn überraschte. Er war taktvoll und nickte nur, als Joseph nach der ersten Begrüßung erklärte:

„Ich bleibe jetzt ganz hier, Monsieur de Venelles. Werde Ihnen bei der Verwaltung des Gutes helfen. Ein Landedelmann sein, der sich mit Kühen und Schweinen, mit der Saat und der Heuernte befaßt statt mit hoher Politik."

Vielleicht hörte der alte Franzose hinter den lässig gesprochenen Worten die Bitterkeit, die Trauer um verlorene Ziele, um verlorene Möglichkeiten. Doch hatte er schon so viele Männer kommen und gehen gesehen, die sich an Ziel und Hoffnung geklammert hatten. Elegante Perücken tragende Hofleute, die bereit gewesen waren, für eine Gunstbezeigung des Königs oder der jungen Königin alles zu opfern, und die ein kaltes Lächeln abstreifte wie ein altes Gewand, Besessene einer guten Sache, die ohne Grausamkeit ihr Ziel erreichen wollten: die Brüderlichkeit und Gleichheit der Menschen, und die abgelöst wurden von Wahnsinnigen, bis diese Wahnsinnigen selbst, noch immer im Glauben an das Recht und die gleiche gute Sache, aus dem Leben getrieben wurden und auch körperlich die Köpfe verloren, die sie geistig schon längst verloren hatten. Die Republik, das

Kaiserreich, die Rückkehr der Könige, die Hundert Tage und abermals die Könige und abermals ein Aufstand in Paris und abermals die Rückkehr der Könige.[12] All das hatte Monsieur de Venelles erlebt. Bisweilen, in trüben Stunden, schien es ihm, als seien nur zwei Dinge ewig: der Verrat und die Gemeinheit, die unter jedem Regime immer wieder das Haupt erhoben, immer wieder den Sieg errangen. Doch währten diese trüben Stunden immer nur kurz. Monsieur de Venelles kannte noch eine andere Ewigkeit: die der sich immer wieder vollziehenden Erneuerung des Lebens. Saat und Blüte und Frucht, den Schlaf des Winters und wieder Saat und Blüte und Frucht. Vielleicht war diese Unsterblichkeit der Erde wichtiger als alle Systeme und Herrschaften der Welt, vielleicht lag in ihr eine Kraft, die noch vor dem Ende der Zeiten die Menschheit verwandeln würde, auf daß auch sie im Einklang lebe mit der gütigen Harmonie der Natur.

Deshalb nahm Monsieur de Venelles Josephs Schicksal nicht allzu tragisch. Was dem Vater nicht gelungen sei, meinte er halb ironisch, halb tröstend, mochte den Söhnen gelingen. Und jedenfalls sei ja Wohan da, das einer jüngeren Kraft bedürfe als der seinen. Joseph werde sehen, daß ihm, falls er sich wirklich um das Gut kümmere, wenig Zeit zu müßigem Bedauern und Grübeln bleiben werde.

Er tat das Seine dazu. In den folgenden Wochen zwang er Joseph, den ganzen Tag seine neuen Pflichten zu erfüllen. Sie ritten auf das Vorwerk, ritten auf die Felder, gingen durch die Wälder, besahen die Stellen, auf denen aufgeforstet wurde. Ließen sich vom Förster über den Wildstand berichten. Hier, in der Försterhütte, traf Joseph einen jungen Mann, den er zuerst nicht erkannte, den Mann der Försterstochter. Erst als dieser ihn in gebrochenem Deutsch begrüßte, wußte Joseph, wer lächelnd, gesund und heiter vor ihm stand: der stumme polnische Flüchtling, der vor Jahren zusammen mit Casimir Derbrunsky, von Marie Christine geschickt, in Wohan aufgetaucht war.

Damals waren die beiden Polen nur einige Monate auf dem Gut geblieben. Derbrunsky hatte es nicht länger ausgehalten. Er wollte nach Paris, hoffte noch immer. Träumte von einer großen Verschwörung, von der Hilfe des Auslands. Klammerte sich an das geringste gute Omen.

In Paris, so hieß es, sei die Sympathie für Polen sehr groß, die Franzosen nähmen sich der Flüchtlinge an, man könne nicht wissen, ob nicht vielleicht doch ... Und dann könnte man heimkehren. Brauchte nicht länger in der Fremde zu bleiben, unter Menschen, deren Sprache man kaum verstand, deren Wesen rauh erschien, ungehobelt.

Stanislas hatte die beiden reichlich mit Mitteln versehen und Derbrunsky Empfehlungen für Paris gegeben. Zu Weihnachten und zu Ostern schrieb Derbrunsky zierliche Briefchen, voll liebenswürdiger Wünsche für die ganze Familie, voll überschwenglichen Dankes für die genossene Gastfreundschaft, und fügte stets als Postskriptum hinzu: „Ladislaus läßt die Hand küssen."

Vor zwei Jahren hatten die Briefe aufgehört. Die beiden Polen blieben verschollen. Jetzt aber stand der eine vor Joseph, im grünen Rock des Förstergehilfen, und erklärte, er habe vor vier Wochen geheiratet und lebe nun mit seiner Frau bei den Schwiegereltern. Und Monsieur de Venelles habe ihn zum Förstergehilfen gemacht.

Joseph setzte sich auf einen Felsen vor dem Forsthaus. Das lahme Bein schmerzte ihn, Monsieur de Venelles schleppte ihn bereits seit Stunden im Wald umher.

„Und Ihr Freund, und Herr Derbrunsky?“ fragte er.

Das heitere Gesicht verdüsterte sich.

„Er ist noch in Paris. Will nicht fort.“

Und Ladislaus fügte traurig hinzu:

„Er ist so arm, der arme Herr. Er gibt Tanzstunden.“

Langsam, mühsam in seinem gebrochenen Deutsch die Worte suchend, erzählte Ladislaus von ihrem Pariser Aufenthalt. Zuerst waren sie mit Begeisterung aufgenommen worden. Die heldenhaften Polen, die für die Freiheit ihres Volkes gekämpft hatten, die von den barbarischen Russen geschlagen worden waren. Alle wetteiferten, den Flüchtlingen zu helfen, ihnen Gutes zu tun, Liebes zu erweisen. Aber es waren viele Flüchtlinge, und schließlich hat ja doch ein jeder seine eigenen Sorgen. Was zuerst freudigen Herzens, mit brüderlicher Liebe gegeben wurde, verwandelte sich bald in ein Almosen, später in eine lästige Pflicht, und noch später in etwas quälend Langweiliges, das ein jeder von sich fernhalten wollte. Man fand, daß die Fremden, diese Flüchtlinge, eigentlich sehr anspruchsvoll seien. Schließlich habe ja niemand sie gezwungen, Revolution zu machen. Sie hätten sich die Sache besser überlegen müssen. Wie kam man eigentlich dazu, für Fremde zu sorgen? Und dieses ewige Geschwätz von Polen, von der Freiheit, von den russischen Verbrechern wurde auf die Dauer unerträglich. Uebrigens trug dieses Verhätscheln und Verwöhnen der polnischen Rebellen nicht gerade dazu bei, die Freundschaft mit dem mächtigen Rußland zu stärken. Und Rußland war mächtig, sehr mächtig, das konnte nicht geleugnet werden. Sollte man wirklich diese Freundschaft wegen einer kleinen Horde Aufrührer aufs Spiel setzen? Gewiß, das Frankreich der großen Revolution liefert keine Flüchtlinge aus, selbst dann nicht, wenn ihm dies nahegelegt wird; aber die Leute noch bitten: bleibt hier, fühlt euch wohl bei uns, nein, das war übertrieben.

Sie, Ladislaus erzählte jetzt nur von Derbrunsky, sich selbst und einem winzigen Kreis ihrer Freunde, wurden immer ärmer. Sie suchten Arbeit.

„Arbeit“, meinte Ladislaus wehmütig. „Wann hat mein Herr je gearbeitet? Was konnte er tun?“

Sie hielten zusammen, teilten die Not und die wenigen Glücksfälle, wenn etwa Ladislaus bei einem Bau arbeiten durfte, als Ziegelschupfer[13], wenn der junge Dichter, dem Gott eine Körperkraft gegeben hatte, wie sie einem Lyriker gar nicht zukommt, Landarbeit bei den Bauern verrichtete und dafür in Naturalien bezahlt wurde, die er den Freunden nach Paris schickte. Aber Ladislaus konnte sich nicht einleben. Die große Stadt erschreckte ihn, er sehnte sich aufs Land zurück. Er wurde blaß und mager. Und es erschreckten ihn auch die Menschen, die so rasch redeten, in dieser fremden Sprache. Er dachte an Wohan, dort hatte er sich heimisch gefühlt und – das sagte er mit einem knabenhaften verschmitzten Lächeln:

„Schon damals war die Marie ein schönes Mädchen, das sich gern im Wald von mir küssen ließ.“

Er fühlte, was einst Monsieur de Venelles gefühlt hatte: Felder, Wälder, Auen, die können nicht fremd und feindselig sein, die reden in allen Ländern die gleiche Sprache. Das Heimweh plagte ihn, das wirkliche Heimweh nach Polen, aber auch ein zweites, nach Wohan.

Und so hatte ihn denn Derbrunsky, der mit Sorge sah, wie der treue Freund immer schwermütiger wurde, fortgeschickt. Nach Oesterreich, nach Wohan.

„Und", schloß Ladislaus seinen langen Bericht, „jetzt ist für mich alles gut. Und was ich verdiene, schicke ich dem armen Herrn. Ich brauche ja nichts. Dafür sorgt die Marie."

Joseph kehrte versonnen heim. Zum erstenmal dachte er an dem einsam verbrachten Abend nicht an sich und an seine Enttäuschung. Sie erschien ihm mit einem Mal so geringfügig, so unwichtig. Was immer ihm geschah, er brauchte nicht vor fremden Türen zu betteln, brauchte nicht die Treppen der Fremde hinaufzusteigen und das bittere harte Brot freudlos gegebener Almosen zu essen. Langweilig, hatte Ladislaus gesagt, wir waren ihnen langweilig geworden. Konnte man in kürzeren Worten einen härteren Urteilsspruch über die Menschheit fällen? Ueber eine Menschheit, die von dem Elend, der Not anderer gelangweilt wird? Deren gute Gefühle sich so rasch abnützen, für die der Heldenmut anderer nichts weiter ist als eine Sensation?

Er sah vor sich die Türen, die für die Flüchtlinge zuerst so weit geöffnet worden waren und nun verschlossen blieben. Welch ein grauenhaftes, herzzerreißendes Bild: die verschlossene Tür. Hinter ihr lebt Reichtum, zumindest Behagen, hinter ihr liegt das Heim, das den Flüchtlingen verlorenging. Hinter ihr ... Und sie bleibt geschlossen. Verriegelt. Ein totes stummes Stück Holz. Aber nicht so tot, so erbarmungslos tot, wie die Menschenseelen und Menschengewissen hinter ihr.

Einer aus seinem „mißliebigen" Kreis hatte einmal von einem „Weltgewissen" gesprochen. Daran dachte Joseph nun und lächelte spöttisch. Wenn es eines gab, so schlief es noch immer. Einmal hatte Einer versucht, es zu erwecken, hatte gesagt: „Du sollst deinen Nächsten lieben wie dich selbst. Es ist kein ander größer Gebot denn dieses." Vor bald zweitausend Jahren ist dieses Wort gesprochen worden.

In zahllosen Kirchen der Welt klingt es von den Altären beim Evangelium wider, von den Kanzeln in der Predigt. Wird es die Kinder gelehrt. Und wer von uns hält sich daran?

Joseph seufzte. Wir sind ein böses, ein hartherziges Geschlecht. Mein Gott, was wird geschehen müssen, welche Greuel, welche Unbarmherzigkeiten, welche Unmenschlichkeiten, damit das Weltgewissen endlich erwacht?

Er wußte sich auf seine Frage keine Antwort zu geben. Aber etwas in ihm, vielleicht Grand'maman Inez' unerschütterliches Gottvertrauen, vielleicht die stille unbeugsame Güte des toten Vaters, erweckte seine Zuversicht: Es wird erwachen. Und wenn ich es nicht erlebe, und selbst wenn unsere Kinder es nicht erleben, einmal, wenn das Maß der Ungerechtigkeit voll ist, wird das Weltgewissen erwachen. Und dann wehe denen, die es aus dem Schlaf geweckt haben.

XIX.

In Wohan waren große Vorbereitungen im Gange. Seit längst vergangenen Jahren, da in der alten, nun renovierten Schloßkapelle die junge Spanierin rasch zwischen zwei Kriegen Ferdinand Herdegen geheiratet hatte, war es die erste Hochzeit in Wohan.

Stanislas hatte sich eingefunden, etwas gelangweilt, eigentlich etwas empört, daß er, der noch ein junger Mann war, plötzlich Schwiegervater wurde. Für Stanislas war, dachte Joseph halb mitleidig, halb spöttisch bei sich, immer alles zu früh gekommen. Alles außer der glänzenden Karriere, die eigentlich die ganze Familie in Erstaunen versetzte. Hatte doch von allen nur Carl Herdegen den Sohn wirklich gekannt und richtig eingeschätzt. Nur er, der in seiner stillen Art am Leben vorüberzusehen schien, hatte geahnt, gewußt, daß Stanislas, das leichtsinnigste, das übermütigste seiner Kinder, sich zäh in etwas verbeißen, völlig in einem Beruf aufgehen würde können. Joseph wußte, daß an hohen und höchsten Stellen bisweilen zwischen ihm und dem Bruder Vergleiche angestellt wurden, die sehr zu Stanislas' Gunsten ausfielen. „Einer unserer begabtesten, verläßlichsten Diplomaten. Ein noch junger Mann, der wohl bald einer unserer jüngsten Botschafter sein wird." Von ihm, Joseph, hieß es günstigstenfalls: „Ein ehrenhafter Mann, aber total verrannt in diese neumodischen, verderblichen Ideen. Dazu belastet mit einer Frau, die ihm alles verdorben hat."

Stanislas, der nur einmal den Posten gewechselt hatte und nach einem kurzen Verweilen in Berlin abermals nach London zurückgekehrt war, begann immer mehr, das Aussehen eines Engländers anzunehmen. (Daß Ferdinand, der in Cambridge studiert hatte und erst seit einem Jahr wieder daheim war, mit einem starken englischen Akzent sprach, reizte die Zwillinge immer wieder zum Lachen.) Aber auch innerlich hatte Stanislas viel von seiner zweiten Heimat angenommen. Seine Lebhaftigkeit, sein leidenschaftliches Wesen verschwand, sobald es sich um Politik handelte. Da wurde er nüchtern, überlegt, vertrat den Standpunkt, daß man alles nur im Hinblick auf zumindest zwanzig Jahre tun dürfe.

Er berichtete von der kleinen Königin Victoria[1], die seit zwei Monaten Königin war.

„Ein nettes, liebes kleines Ding", meinte er. „Und keine Gefahr für das Land. Sie wird sich ganz von ihren Ministern leiten lassen. Und man behauptet, sie habe ein für ihr Alter unglaubliches Talent, die richtigen Leute zu erkennen."

Joseph seufzte. Dieses Talent war bei Monarchen selten. Er wußte es nur allzu gut.

Die beiden Brüder waren über die Felder geritten. Nun ließen sie auf der einen großen Wiese die Pferde weiden und setzten sich in den Schatten einer alten Buche.

„Das Gut blüht und gedeiht", meinte Stanislas. „Du scheinst dich darauf zu verstehen." Sein trockener Ton wurde weicher. „Hast du dich in diesem einen Jahr eingewöhnt, Joseph? Oder? ..."

Joseph lächelte.

„Ich mußte es wohl tun. Was blieb mir anderes übrig?"

„Ich würde sterben", sagte Stanislas mitleidig. „Leben, ohne an dem großen Spiel der Länder und Nationen teilzuhaben. Das wäre mir unerträglich."

„Ein herzzerreißendes Spiel, Stani, wenn man an die unseligen Schachfiguren denkt. Ihr macht die Politik, und sie leiden darunter."

Stanislas nickte, plötzlich tiefernst geworden.

„Einmal", sagte er, „hatte auch ich das Gefühl, Joseph. Damals, als Matzi ... Da sah ich zum ersten Mal die Schachfiguren, wie du sie nennst. Und sah entsetzt, daß sie Wesen sind aus Fleisch und Blut, die leiden und sterben können wie wir. Nachher freilich ..." Er zuckte leicht die Achseln. „Vielleicht dürfen wir kein Gewissen haben, wir von der hohen Politik, vielleicht dürfen wir alles nur aus einer Perspektive sehen, die so hoch ist, daß der einzelne Mensch verschwindet."

Joseph schüttelte heftig den Kopf.

„Solange nicht der einzelne, der Mensch, als Individuum, einen hohen Wert besitzt, solange wird es keine Ruhe und keinen Frieden geben."

Stanislas blickte den Bruder prüfend an.

„Wir hören in England allerlei seltsame Dinge. Es gärt in Deutschland drüben, gärt in Oesterreich.[2] Bist du ... weißt du ..."

„Ich lebe seit einem Jahr auf dem Land", erwiderte Joseph abweisend. „Was sollte ich wissen?"

„Du solltest etwas vorsichtiger sein, nicht du selbst, aber der Alois. Ich habe neulich mit ihm gesprochen. Er wird sich die Finger verbrennen mit seiner Freiheit, seiner Brüderlichkeit und Gleichheit. Er ist in einem impressionablen Alter. Du müßtest ihn strenger halten."

„Sechzehn Jahre", meinte Joseph versonnen. „Als wir jung waren, war man mit sechzehn Jahren schon ein Mann."

„Ferdinand", sagte Stanislas mit leichtem Stolz, denn er liebte seinen Sohn fast ebensosehr wie die Politik, „hat ja auch so neumodische Ideen. Aber er ist anders als Alois. Ist ein nüchterner Idealist, und die setzen sich und ihre Ideen durch."

„Und Therese?" fragte Joseph.

„Ein gräßliches Kind", sagte Theresens Vater. „Gott sei Dank, daß sie jetzt in Paris im *Sacré Coeur*[3] erzogen wird. Vielleicht bringen die ihr bei, daß eine Herdegen es nicht notwendig hat, ein Snob zu sein. Ich begreife nicht, wie wir zu so einer Tochter gekommen sind."

Er hob den Kopf und blickte über die große Wiese.

„Ein schönes Land", meinte er. „Leben möchte ich ja nur in England. Aber wirklich daheim sein, das kann ich nur hier. Auf meine alten Tage, Joseph, werde ich herkommen und bei dir leben, in Wohan. Und wir werden in der Sonne sitzen und von alten Zeiten reden. Und die Kinder werden ..."

„Die Enkel", sagte Joseph lächelnd.

Stanislas zuckte zusammen.

„Schrecklich, die Enkel! Wenn ich bedenke, Joseph, daß ich von uns allen den ersten Sohn hatte und nun die ersten Enkel haben werde! Mit nicht ganz vierzig Jahren!"

Er stand auf, rasch, elastisch, als wollte er sich selbst seiner Jugend versichern.

„Hannover“, sagte er völlig unvermittelt. „Schade, ewig schade, daß Hannover nicht mit England vereinigt bleibt.[4] Es wäre ein gutes Gegengewicht. Ich traue den Hohenzollern nicht.“

Er holte beide Pferde herbei, und während des Heimritts redete er ununterbrochen von der Klugheit der englischen und der Dummheit jeder andern Politik, einschließlich der der eigenen Heimat.

***

Victoire saß im Ahnenzimmer, das der kühlste Raum im ganzen Schloß war. Nicht sie war vor der Augusthitze hingeflohen, für Victoire konnte es nie zu heiß sein. Aber die beiden Gäste aus Berlin litten so offensichtlich unter der Sonnenglut, ächzten und stöhnten so laut, was Victoire entsetzlich manierlos fand – wenn man irgendwo zu Gast ist, muß man zumindest offiziell alles gut finden –, daß sie sie schließlich ins Ahnenzimmer mitgenommen hatte. Da saßen sie nun, und Victoire versuchte verzweifelt, Konversation zu machen. Sie konnte noch immer nicht recht glauben, daß der steife junge Mann mit der unangenehm harten Stimme Lullys Bruder sei und das blasse unschöne Mädchen ihre Schwester. Der preußische Graf, er hatte bei den Herdegens nie einen andern Namen gehabt, war im Vorjahr gestorben, und nun war der junge Wilhelm zu Lullys Hochzeit gekommen, weil er ja, wie er selbst sagte, „das Haupt der Familie“ war und sich den Schwager ansehen müsse.

Zuerst hatte er sich drei Tage lang Wien angesehen und verglich nun die Residenzstadt häufig mit Berlin. Er sagte so oft: „Bei uns in Berlin ist alles ganz anders, viel besser, viel zulänglicher“, daß die Zwillinge, die sofort, vor allem der unduldsame Carl, eine heftige Abneigung gegen ihn empfunden hatten, diesen Satz im Chor mitsangen, was nicht gerade zur Gemütlichkeit der Familienvereinigung beitrug.

Der junge Mann, der von dem Vater ein Gut geerbt hatte – „bewirtschaften wird es mein jüngerer Bruder“, erklärte er, „ich trete selbstverständlich in den Staatsdienst“ –, kritisierte heftig alles. Joseph lauschte ihm belustigt, fragte dann:

„Sagen Sie mir, lieber Neffe“, er konnte sich nicht entschließen, den jungen Mann zu duzen, „sagen Sie mir, wie alt sind Sie eigentlich?“

„Neunzehn, ein Jahr jünger als meine Schwester Luise.“

Joseph nickte nachsichtig.

„Freilich, mit neunzehn weiß man alles besser. Auch bei uns, nur daß man es bei uns nicht so laut sagt.“

Wilhelm wurde dunkelrot.

„Verehrter Onkel, ich mag noch jung sein, aber ich bin das Haupt der Familie. Und stehe auf dem Standpunkt, daß man immer die Wahrheit sagen muß. Ich weiß, diese Ansicht ist in Oesterreich nicht beliebt, aber wir Preußen ... Deshalb muß ich auch erklären, daß ich fast empört über Ihre neuen Gesindehäuser bin. Die Leute wohnen ja beinahe wie unsereins. Man darf das Pack nicht so verwöhnen.“

Damals, als diese unseligen Worte fielen, waren Alois und Lätitia über den Cousin hergefallen, zuerst mit heftigen Worten, mit Beleidigungen, zuletzt, von Lätitias Seite, mit einer Ohrfeige. Und Joseph, der insgeheim sehr stolz auf seine neuen Gesindehäuser war und sich viel von dem kulturellen Einfluß eines anständigen Wohnens versprach, hatte nur sanft: „Aber Lätty“ gesagt.

Victoire, bei der der junge Mann sich bitter beklagte, dachte ihrerseits, daß sie Lätty gut verstehe, doch gebot die Gastfreundschaft leider ein anderes Verhalten. Deshalb saß sie nun zusammen mit Bruder und Schwester und langweilte sich tödlich.

Sie betrachtete die beiden von der Seite. Das also waren die Kinder der armen Toinette? Nun begriff sie, daß diese einfach nicht hatte weiterleben wollen. Wilhelm, dachte sie, ist bestimmt ein ehrenhafter, anständiger junger Mann, der nie, wie mein armer Carl, in der Schule durchgefallen ist. Er wird keine dummen Streiche machen, wird sich nicht von seinen Gefühlen, falls er welche hat, hinreißen lassen wie Alois. Aber ist er denn ein wirklicher Mensch? Ist er nicht in irgendeiner dieser modernen Maschinen hergestellt worden, dutzendweise mit vielen andern? Und Amalie? Sie könnte ganz hübsch sein. Sie hat bisweilen ein liebes Lächeln, das an Lully erinnert. Aber nur wenn der Bruder, das Haupt der Familie, nicht dabei ist. Gott sei Dank, daß wir mit dieser Generation halber Herdegens nichts zu tun haben.

Und weil sie, wie Wilhelm gesagt hätte, eine „verlogene Welsche“ war, beugte sie sich nun zu ihm und sagte mit ihrem liebenswürdigsten Lächeln:

„Das ist wirklich interessant. Ich habe es ja auch immer gedacht. Bitte, erzählen Sie weiter.“

***

Grand'maman Inez wäre in tiefster Seele schockiert gewesen, hätte sie sehen können, daß man ein Brautpaar, noch dazu ein dermaßen verliebtes, allein spazierengehen ließ. Lully und Ferdinand saßen auf der Watteauwiese und hielten einander bei der Hand. Lully, die wandelnde Seligkeit, wie Lätitia sie etwas bitter nannte, war schöner denn je. Stanislas wandte häufig die Augen von ihr ab, weil ihr Gesicht ihn so sehr an Marie Christine erinnerte, und Joseph fand, immer wieder wehmütig gestimmt, in Lullys Art, ihren Gebärden und der sanften Stimme Toinette wieder, Toinette, wie sie als ganz junges Mädchen daheim gewesen war.

Lully stimmte das große, das langersehnte Glück, liebte sie Ferdinand doch schon seit Jahren, fast andächtig. Sie konnte es nicht begreifen, daß dieser kluge, dieser schöne, dieser edle junge Mann, Lully war eine unverbesserliche Romantikerin und liebte große Worte, nicht Lätty gewählt hatte, die gescheite, lebhafte, geistreiche, unterhaltende Cousine. Sie las die Gedichte Chamissos[5], der ja so wunderschön über Frauenliebe und Leben geschrieben hatte. Las sie mit feuchten Augen und dankbarem Herzen. Schrak nur vor dem einen zurück, das mit den Worten anfing: „Nun hast du mir den ersten Schmerz getan.“

Sie wollte nicht wissen, daß auch Ferdinand sterblich sei. Sie hatte nie den Tag vergessen, da der Mensch, den sie damals über alles geliebt hatte, die Mutter, von ihr gegangen war. Hinter jeder ihrer Freuden, hinter jedem Glück stand für sie ein schwarzer Schatten: der Tod.

Jetzt freilich, an diesem blühenden Sommertag, umsummt von Bienen, auf der heiteren Wiese, zusammen mit Ferdinand, sah sie den Schatten nicht. Morgen, dachte sie beseligt, morgen ... Wir werden allein zusammensein, immer, immer. Wie gut werde ich zu allen Menschen sein, um mein Glück zu verdienen, wie glücklich will ich ihn machen ...

Sie träumte mit offenen Augen vor sich hin, und Ferdinand ließ sie gewähren. Er liebte ihr stilles Wesen, ihre schweigsame Güte. Er liebte auch, war er doch gerade erst einundzwanzig Jahre geworden, die vollkommene Bewunderung, die sie ihm schenkte. Nicht wie Lätitia, die immer etwas auszusetzen hatte, die stets widersprach, die sich ihre eigenen Gedanken machte, die, so schrecklich es klang, ein unweibliches Mädchen war. Freilich konnte man mit ihr über viele Dinge reden, von denen sonst junge Mädchen und auch Frauen nichts verstanden. Das kam daher, weil sie so viel mit ihrem Vater zusammen war, der alles mit ihr besprach. Er setzte sich gerade und runzelte die Stirn. Ganz zur Unzeit waren ihm die Worte des Vaters eingefallen, als er ihn um die Erlaubnis bat, Lully zu heiraten.

„Sie ist reizend, mein Bub. Ist lieb und gut. Aber wirst du dich mit ihr nicht entsetzlich langweilen? Glaub mir, eine langweilige Frau ist das Aergste, was es gibt. Ueberleg es dir gut."

War es nicht schrecklich, daß ihm gerade jetzt, einen Tag vor der Hochzeit, das einfallen mußte? Er verstand sich selbst nicht. Aber er wußte ja auch, warum er diesen bösen Gedanken gehabt hatte. Sie hatten lange von rein persönlichen Dingen gesprochen, von den Flitterwochen in der Schweiz, von ihrer Wohnung im Palais Herdegen und wie sie diese einrichten wollten, dann hatte Ferdinand gemeint: „Wir werden auch nach Yverdon fahren und die Erziehungsanstalt besichtigen, die so lange von Pestalozzi[6] geleitet worden ist. Ich möchte doch, wenn ich nun in das Ministerium für Unterricht komme, diese vorbildliche Anstalt sehen. Wie schade, daß der große Mann schon tot ist."

Lully hatte ihn verständnislos angeschaut. Pestalozzi? „Wer war das?"

Und als sie einen Schatten auf seinen Zügen sah, hatte sie traurig gemeint:

„Ich bin ja so dumm, Ferdinand. Ich weiß überhaupt nichts. Sei mir nicht böse."

Er hatte die schönen tränenfeuchten Augen geküßt, und alles war wieder gut gewesen. Nur eine Sekunde lang hatte ihn der Gedanke durchzuckt: „Lätty weiß es, Lätty weiß alles, was mich interessiert."

Er hatte den Gedanken verscheucht. Nun kam er wieder. Aber nicht für lange. Lully war zu schön, zu lieb. Der Sommertag war zu duftend, zu froh für ernste Gedanken, und vielleicht, dachte Ferdinand, bin ich wirklich, wie der Vater sagt, ein unausstehlicher Pedant.

Sie saßen Hand in Hand auf der Wiese. So waren vor Jahren in der ersten Zeit ihrer Ehe Ludmilla und Carl hier gesessen, hatten von einem Glück geträumt, das sich nie verwirklichte, hatten hinuntergeblickt auf die geruhsam fließende March und über Grand'maman Inez gelächelt, die mit dem alten Huberpeter über die Felder ging, beim Gesinde nach dem Rechten sah und ihnen an diesem Tag streng erklärt hatte: „Der Sommer vergeht und auch die Liebe. Gott aber bleibt. Seht zu, daß ihr die Arbeit tut, die Er euch aufgetragen hat.“

***

Lätitia lief im Haus umher und half bei den Vorbereitungen. Sie blieb keinen Augenblick still. Es war, als hetzte jemand hinter ihr her. Joseph, erschrocken über ihr schlechtes Aussehen, hatte sie gebeten, sich auszuruhen, morgen wäre ein anstrengender Tag, aber Victoire hatte ihm widersprochen und immer neue Arbeit für Lätitia gefunden.

Lätitia hatte die Mutter seltsam angesehen und ihr dann plötzlich die Hand geküßt. So war eben Maman. Ungerecht, hart, launenhaft und dann, auf einmal, wenn man glaubte, man sei ganz verlassen und niemand verstehe einen, rührend gut, verständnisvoll, ohne ein Wort zu sagen, das einem weh tun könnte. Es gab Augenblicke, da die besorgte Liebe des Vaters schwer zu ertragen war. Maman zeigte keine Sorge. Maman gab einem Arbeit. Maman wußte genau ... Ja, sie wußte es. Gestern hatte sie Lätitia in der Wildnis getroffen und war eine Weile bei ihr geblieben. Lätitia hatte rasch das naßgeweinte Taschentuch versteckt und mit vom Weinen heiserer Stimme erklärt:

„Mir ist eine Fliege ins Auge gekommen. Deshalb sehe ich so aus.“

Maman hatte genickt.

„Das tut weh. Aber es vergeht. Alles vergeht, Lätty. Glaub es mir.“

Sie hatte die Tochter prüfend angesehen.

„Du erinnerst mich immer mehr an Grand'maman Inez. Auch in deiner Art. Weißt du, *Madame Mère* war eine wundervolle Frau. Sie hatte eine Haltung, wie man sie heutzutage fast nicht mehr findet. Fast, Lätty, denn ich glaube, meine kleine Tochter hat sie auch.“

Und dann hatte sie plötzlich die Arme um Lätitia geschlungen und geflüstert: „Meine arme, kleine Lätty. Beiß die Zähne zusammen. Ich weiß, wie dir zumute ist. Aber sei tapfer. Vergiß nicht, wer du bist. Wir Herdegens dürfen uns nicht gehenlassen wie Menschen ohne Erziehung.“

Sie hatte Lätitia zärtlich geküßt und dann in verändertem Ton gefragt:

„Glaubst du, daß wir genug Kuchen gebacken haben? Sei doch so lieb und schau nach.“

Das war gestern gewesen. Aber gestern war alles noch besser als heute. Gestern lagen zwischen diesem furchtbaren 20. August und dem Jetzt noch zwei Tage. Heute lag nur noch einer, nein, es war ja schon fast Abend, nur noch ein halber.

Lätitia wurde blaß, als ihr dies einfiel. Sie schauderte trotz der Hitze, die noch immer anhielt. Mit einigen kurzen Worten ging sie aus der Küche, zur Freude der Köchin, die es nicht ausstehen konnte, wenn jemand von den Herrschaften in ihren Bereich kam.

Joseph und Stanislas stiegen eben von den Pferden. Lätitia streichelte die Tiere und holte aus ihrer Tasche Zucker. Stanislas blieb neben ihr stehen.

„Alois sucht dich", sagte er. „Irgend etwas ist nicht in Ordnung. Aber wenn du so viel zu tun hast ... Freilich, es gibt immer so viele Dinge, auch im Leben, Lätty, gibt es so viele Dinge, daß die einzelnen gar nicht so wichtig sind, wie man oft glaubt."
Stanislas hätte, wenn er nun schon einmal in so jungen Jahren Schwiegervater und möglicherweise bald Großvater werden mußte, viel lieber Lätitia zur Schwiegertochter gehabt.
Lätitia sah ihn an.
„Ja", sagte sie hart. „Es gibt viele Dinge im Leben. Ich weiß es, Onkel Stani."
Sie wandte sich ab und ging in ihre geliebte Wildnis. Hier würde Alois sie nicht stören. Alle wußten, daß die Wildnis Lätitias ureigenste Lieblingsstelle sei, die man nur mit ihrer Erlaubnis betreten durfte. Hier war vor langer Zeit, zumindest schien es ihr, als läge diese Zeit so weit zurück, daß sie kaum mehr wahr sei, die kleine Lätty vor dem lieben Gott, der sie verstand, unartig gewesen. Hier suchte die große Lätitia, die junge Dame, das „fortgeschrittene Mädchen", wie sie sich selbst sah, Trost. Sie setzte sich auf den alten moosbewachsenen Stein und starrte vor sich hin.
„So viele Dinge", flüsterte sie. „So viele Dinge! Ja, Onkel Stani hat recht. Es gibt sehr viele Dinge, für die sich zu leben lohnt. Der Vater, bisweilen auch Maman und Alois und manchmal, sehr selten, Carl, der junge Teufel. Und die Abschaffung der Zensur. Und Bilder. Und die Musik des Herrn van Beethoven. Und Bücher. Und ... und ..."
Sie suchte weiter, verzagt, angstvoll. Dann überkam sie die grenzenlose Verzweiflung der Jugend, jene bedingungslose Verzweiflung, die glaubt, es könne keine Hilfe geben. Die nicht weiß, wie glücklich sie ist, weil ihr Menschen, Leben und Dinge so wichtig sind, daß sie vermeint, an ihnen zugrunde zu gehen. Die nicht ahnt, daß eine Zeit kommen wird, da sie mit schmerzlich spöttischem Lächeln bei allem fragen wird: Ist es nicht schließlich doch ganz einerlei? Und sich sehnen wird nach den Tränen und dem Kummer vergangener junger Jahre?
Lätitia wußte noch nicht, daß alles vergeht. Und falls sie es doch wußte, so glaubte sie nicht daran. In einen schwarzen Abgrund der Traurigkeit und der Hoffnungslosigkeit stürzten geliebte Menschen, die Abschaffung der Zensur, das Parlament, Musik und Bücher. Einzig und allein blieb zurück Ferdinand, der morgen Lully heiraten würde, den sie morgen für immer verlor.
Sie weinte, verzweifelt, hilflos. Angelehnt gegen eine hochstämmige Buche, die einst Großvater Ferdinand mit seiner jungen Frau gepflanzt hatte. Wenige Monate ehe er in der Schlacht gefallen war. Und sie wußte nicht, daß dieser Baum auch Grand'maman Inez' Kummer gesehen hatte, in jenen Tagen, da sie allein mit den drei Kindern und Monsieur Venarius ihr zerbrochenes Leben wieder aufgenommen und es, dem Willen Gottes gemäß, weitergeführt hatte.

***

Die kleine Orgel, auf der der Herr Lehrer aus dem nächsten Flecken so schön ein Werk des Herrn Felix Mendelssohn[7] aus Leipzig gespielt hatte, verstummte. In Bozena klangen die verklärten Töne nach. Meeresstille und glückliche Fahrt! Wie sehr wünschte sie dies dem geliebten Sohn, der jungen Nichte. Ein stilles Glück, eine sanfte Lebensfreude, wie sie ihr nie zuteil geworden waren. Freilich hatte sie sich eingelebt in dieser fremden Welt, hatte deren Sprache erlernt, deren oft so seltsame Sitten und Gebräuche. Sie war, dies durfte sie mit Stolz von sich sagen, die ideale Frau für einen ehrgeizigen Diplomaten geworden. Und, auch dies gab sie sich zu, Stanislas wußte es und war ihr dafür dankbar. Dennoch verließ sie nie das Gefühl der Einsamkeit, der Fremde, die leichte Kälte, die in die Fremde Verbannte bisweilen heimlich erschaudern läßt, mag der Himmel noch so blau sein, die Sonne noch so warm. Selbst in Wohan, das sie fast ebenso liebte wie die andern, stahl sich oft eine leise Traurigkeit in ihre Gedanken. Der väterliche Hof war vor einigen Jahren verkauft worden. Nepomuk, jetzt Arzt in Wien, wollte von der Landwirtschaft nichts wissen. Und von den andern Brüdern tat eigentlich keiner recht gut. Sie waren in die Stadt gezogen, einer war sogar nach Amerika ausgewandert und schrieb von dort begeisterte Briefe über die neue Heimat, wo alle Menschen gleich seien und jeder alles erreichen konnte. Die Schwestern hatten geheiratet, und wenn Bozena sie besuchte, waren sie verlegen, wußten nicht recht, was sie mit dieser vornehmen Dame anfangen sollten. Und auch Bozena empfand ihnen gegenüber mehr Befangenheit als Liebe.

Die Tür der Kapelle wurde geöffnet, das strahlende Sonnenlicht drang herein. Langsam, zeremoniell, so hatte Stanislas es gewünscht, setzte der Hochzeitszug sich in Bewegung.

Stanislas blickte ungeduldig auf Bozena, die sich die Augen wischte.

„Warum weinen Frauen immer bei einer Hochzeit?“ fragte er Victoire, die an seinem Arm über die Steintreppen hinabschritt. „Sogar du hast während der Trauung geweint. Und du hast wirklich keinen Grund dazu. Freilich, wenn die arme Bozi sich an ihre Hochzeit erinnert.“ Er wandte sich nach rückwärts, blickte zu Joseph zurück.

„Weißt du noch, Joseph, wie Grand'maman Inez mich damals über meine Pflichten aufgeklärt hat? Und wie ich vor der Hochzeit nach Wohan verbannt wurde? Alles wegen dieses Buben da, der eben geheiratet hat!“

Victoire lächelte Bozena zu. Sie blickten einander an, fast erstaunt, daß sie nun plötzlich nur noch die „Eltern“ waren. Das war so rasch gekommen. Noch gestern, so glaubten sie, hatten sie wie Kinder gespielt, hatten dann, als ganz junge Menschen, hier, in dem alten Wohan, mit dem Leben, dem unheimlichen, unbegreiflichen Leben gerungen. Inzwischen waren unmerklich die Jahre verflossen. Und jetzt ...

Lätitia schritt an Wilhelms Arm. Sie trug als Brautjungfer ein rosa Kleid und lächelte, lächelte ununterbrochen. Der preußische Cousin versuchte liebenswürdig zu sein.

„Sie sind bestimmt die nächste, verehrte Cousine, die zum Traualtar schreitet“, sagte er höflich.

Lätitia zuckte leicht zusammen. Aber das Lächeln verschwand nicht von ihrem Gesicht:

„Vielleicht“, meinte sie leichthin, „vielleicht auch nicht.“

Trotzdem sie sich sehr zusammennahm, zitterte ihre Stimme, und der junge Mann dachte geschmeichelt, er habe auf die Cousine einen tiefen Eindruck gemacht. Freilich, sie ist ein ernstes Geschöpf, das über das Leben nachdenkt, etwas zu leidenschaftlich, die Ohrfeige fiel ihm ein, aber das gibt sich. Selbstverständlich muß er hier, inmitten dieser frivolen Menschen, gut wirken. Und unbewußt fühlt Lätitia, ein schrecklicher Name, dies. Wer weiß ... Die Herdegens sind sehr reich ... Ob es nicht klug wäre ...

Franz war nicht zur Hochzeit gekommen. Es gab irgendwo irgendeinen Aerztekongreß, er hatte nicht gesagt, wo, aber den durfte er nicht versäumen. Er hatte Lully auf seltsame Weise Glück gewünscht, vermittels dieses neumodischen Telegraphen, der in wenigen Minuten aus großer Entfernung Botschaften bringen konnte. Freilich war das Telegramm von der nächsten Stadt mit einem Boten befördert worden, der viele Stunden dazu gebraucht hatte. Aber es war dennoch aufregend gewesen, diesen kleinen Zettel zu erhalten.

Als letzte verließen die Zwillinge die Kirche. Carl stiller als sonst, weniger zu Teufeleien aufgelegt. Die Musik hielt ihn noch fest.

„Ich muß“, sagte er zum Bruder, „mir alle Werke dieses Mendelssohn verschaffen. Hast du gemerkt, in der Meeresstille und glücklichen Fahrt, da sind drei Takte, in denen sieht man wirklich das stille Meer.“ Er sang die Melodie leise vor sich hin.

Alois nickte. Er war, wie immer, froh, daß der Bruder einen guten Tag hatte. In der letzten Zeit war es sogar seiner Sanftmut schwergefallen, mit Carl auszukommen. Grand'maman Inez hätte bestimmt erklärt, dieser Urenkel sei vom Teufel besessen, und hätte über ihn die Exorzitien beten lassen.

„Wenn er nur übermütig wäre“, klagte Victoire, der der Sohn sich allmählich entfremdete. „Aber dieser entsetzliche Hochmut, dieses Betonen der eigenen Gottähnlichkeit, nur weil er ein Herdegen ist. Und dazu der Jähzorn. Einmal wird Carl etwas Furchtbares tun, du wirst schon sehen, Joseph.“

Joseph nahm seinen Aeltesten in Schutz.

„Niemand kann reizender, charmanter und auch gütiger sein als er“, meinte er entschuldigend. „Er ist eben in einem schlechten Alter.“

„Er wird siebzehn“, sagte Victoire ungeduldig. „Du warst bestimmt nicht so, Joseph. Nicht einmal Stani kann so gewesen sein.“

Joseph lächelte. Er hätte fast gesagt:

„Aber die junge, die ganz junge Victoire mag so gewesen sein, ins Weibliche übertragen.“ Er schluckte die Worte hinunter, wußte er doch, daß Victoire angstvoll die eigenen Fehler in dem Sohn suchte und auch fand.

Bei den letzten Prüfungen war Carl durchgefallen. Er lachte darüber. „Ich brauche keine Professorenweisheit“, erklärte er, als der Vater ihm sanfte Vorwürfe machte. „Die Schule langweilt mich. Sie ist tot, hat nichts mit dem wirklichen Leben zu tun. Es hat gar keinen Sinn, mich auszuzanken, Vater. Ich werde doch nicht lernen, weil ich nicht einsehe, wozu.“

Damals war Joseph froh gewesen, daß Victoire nicht bei der Unterredung dabei war: Sie hätte das eigene folternde „Wozu“ erkannt und wäre bis ins tiefste Herz erschrocken.

***

Die erste Hochzeit auf Wohan seit Grand'maman Inez' Zeiten war vorbei. Die Zwillinge liefen mit der kleinen Therese winkend und Blumen werfend der Kutsche nach, die Ferdinand und Lully nach Wien bringen sollte. Langsam erstarb in der Ferne das Räderrollen. Von der Terrasse aus sah man hinter der Biegung einen sich bewegenden schwarzen Fleck, der immer kleiner wurde und schließlich völlig verschwand.

„Die Jugend", meinte Stanislas halb wehmütig, halb ärgerlich, „fährt fort und läßt uns zurück."

„Die Jugend", wiederholte Victoire versonnen. „Ja, Stani, du hast recht, wir bleiben zurück. Wir sind die Alten geworden."

Joseph lächelte ihr zu.

„Das Leben geht weiter, Victoire. Und das ist die Hauptsache. Wir ‚Alten'", er betonte mit leichtem Spott das Wort, das Victoire mit so viel Bitterkeit gesprochen hatte, „wir Alten bleiben zurück, aber die Jugend geht weiter, sie beginnt dort, wo wir aufhören. Sie wird das tun, was wir unterlassen haben. Sei nicht traurig. Das Leben geht weiter."

XX.

Die Gäste waren fort. Lätitia war mit Stanislas und Bozena nach England gereist. Ueber Wohan senkte sich tiefe Stille, die nur von Carls Klavierspiel unterbrochen wurde. Alois lernte eifrig. Er wollte bei der nächsten Prüfung eine Klasse überspringen und das so gewonnene Jahr in England verbringen, das ihm, das Land der Freiheit, als Paradies erschien.

Er nahm nun beim Vater Lätitias Stelle ein. Sie wanderten zusammen langsam durch die Wälder, begleiteten Monsieur de Venelles auf seinen Ritten über das Gut, saßen abends auf der dunklen Terrasse, auf die hinaus Chopins gequälte Musik drang.

Joseph schien es, als lerne er, der seine Kinder innig liebte, erst jetzt den Sohn wirklich kennen. Bisweilen erschrak er fast vor der Verehrung, die Alois für ihn empfand. Erschrak auch, aber mit einer gewissen Bewunderung, vor dem unerschütterlichen Glauben dieses jungen Menschen an die Menschheit und deren Zukunft. Alois würde in seinem Leben keine Kompromisse kennen. Und ach, die Zeit, in der sie lebten, forderte gebieterisch Kompromisse, wollte man nicht unter die zermalmenden Räder des Staates kommen. Der Staat, fast haßte Joseph diesen Begriff. Er schien ihm ein neuer Götze, dem Menschenopfer dargebracht wurden. Als könnte dieses junge Fleisch dem altersschwachen Greis, dem Staat, zu neuem Leben verhelfen. Und was war dieser Staat? Joseph, weniger unduldsam als sein Sohn, vermeinte den Häuptern der Regierung zumindest den guten Glauben an ihr Recht einräumen zu müssen. Die Alten hatten nie das Entsetzen vergessen, mit dem der große Sturm in Frankreich sie erfüllt hatte. Sie waren der unerschütterlichen Ueberzeugung, daß nur Ruhe und Ordnung allen Menschen nützen könnten. Aber was lief neben diesen Großen des Staates einher? Wer stand in ihren Diensten? Wer vertrat bei dem kleinen Mann aus dem Volke den geistreichen, ein wenig zynischen Fürsten Metternich, den Menschen, der vielleicht aus einem Kulturbedürfnis, aus Haß gegen alles Laute, Unharmonische, Vulgäre handelte? Der andere kleine Mann, der Hausmeister, der in den Diensten der Polizei stand, der neidische Nachbar, der den Erfolgreichen den Erfolg mißgönnte, der Kellner im Kaffeehaus, der die unvorsichtigen Aeußerungen seiner Gäste benützte, um ein wenig Geld zu verdienen. Das war der Staat: oben eine Pyramide kultivierter, wenn auch engherziger Menschen, unten die breite Basis der Naderer aus allen Kasten, der Angeber aus den verschiedensten Gründen.

Alois begriff das nicht. Für ihn war jeder schlichte Mann ein Heiliger, ein verfolgter Märtyrer, für den man kämpfen mußte. Der Sieg des Volkes war in seinen Augen der Sieg der Menschlichkeit, der Gerechtigkeit. Hitzig, leidenschaftlich debattierte er mit dem Vater, und Joseph fühlte, daß der Sohn ihn bisweilen für veraltet, für fast greisenhaft hielt.

Trotzdem kamen sie einander in diesen stillen Tagen sehr nahe. Gab es doch immer Dinge, bei denen der „alte" Vater ebenso jugendlich begeistert und empört war wie Alois selbst.

Langsam gilbten auf der Sonnenseite des Schlosses in der Hitze die Blätter der großen Kastanien. Sie warfen ein goldenes Licht in die Zimmer, und ihre ersten braunen, noch weißgefleckten Früchte fielen mit einem leisen Knall auf die Erde. Von den Feldern her klangen verschwommen die Stimmen der erntenden Bauern und Knechte. Endlos erstreckten sich die erntereifen Felder. Im dunklen Laub erglänzten die ersten roten Aepfel. In der Ferne stieg bisweilen ein blauer Rauch auf, der in dünnen Schwaden durch die Lüfte segelte. Die Nächte waren noch schwül. Der Mond stand groß und blutigrot am Himmel, drohend, unheimlich. In ihrem ausgetrockneten Bett floß träge und grau die March.

Dann kamen die kühlen Winde von Norden. Regen peitschte nieder. Graue Nebel stiegen abends vom Fluß hoch. Der Tau wurde stärker, lag länger auf dem Rasen. Und in den Wäldern erklangen Schüsse. Die Jagdzeit hatte begonnen.

Carl erwachte aus seinen Träumen. Er vernachlässigte das Klavier. Ging mit seiner Flinte in den Wald. Und zwang Alois, der die Jagd für etwas Barbarisches, Grausames hielt, mitzukommen.

In diesen ersten Herbsttagen schien der Teufel in ihm noch lebendiger geworden zu sein. Die Treiber zitterten vor dem jungen Herrn.

„Mein Gott", sagte Victoire. „Wenn doch die Schule wieder anfinge. Noch fünf Tage. Ich halte es kaum aus. Seitdem er mit der Flinte umherläuft, hat er etwas Unmenschliches bekommen."

Joseph versuchte, sie zu beruhigen.

Sie schüttelte den Kopf.

„Ich habe Angst", meinte sie. „Habe eine sinnlose, entsetzliche Angst. Kann erst rasten, wenn der Abend da ist und die Buben daheim sind."

Sie blickte Joseph an.

„Erinnerst du dich, wie lieb er war, als kleiner Bub? Wie zärtlich, wie gut? Ich erkenne ihn nicht wieder. Was lebt in ihm? Was treibt ihn an?“

„Die Jugend“, erklärte Joseph nachsichtig.

Victoire schüttelte den Kopf.

„Die Jugend ist heftig, wild, unduldsam, aber großmütig. Carl jedoch ... Monsieur de Venelles kann nicht genug darüber klagen, wie der Bub das Gesinde behandelt. Als ob die Leute keine Menschen wären. Er lacht mich aus, wenn ich ihm darüber Vorwürfe mache.“

Sie zuckte zusammen. Aus dem großen Wald tönte ein Schuß herüber.

Joseph lachte.

„Wenn Menschen auf die Jagd gehen, Liebste, pflegen sie zu schießen. Das müßtest du doch eigentlich wissen. Es ist gut, wenn Carl müde wird, stundenlang geht. Da verliert er das, was Franz die überschüssige Energie nennt.“

„Diese Kinder!“ Victoire verzog das Gesicht. „Man hat ja doch nur Sorgen mit ihnen. Unsere arme Lätty mit ihrer unglücklichen Liebe, Carl mit seinem Teufel im Leib, Alois mit seinem allzu guten Herzen ...“ Sie lächelte. „Und du, mein guter Joseph, mit deiner Milde, deiner ewigen Güte.“

„Mach dir keine zu großen Sorgen. Es sind ja deine Kinder. Es muß etwas Gutes aus ihnen werden. Und sie haben alle deinen Charme geerbt, dein Talent, Liebe zu gewinnen.“

Victoire blickte ihn an.

„Das findest du noch immer, Joseph? Nach zwanzig Jahren?“

„Ja, das finde ich noch immer.“

Er küßte ihre schwarzen Haare. An den Schläfen zogen sich ein paar feine weiße Fäden. Die waren erst in den letzten Monaten gekommen. Lättys Kummer, Carls Wildheit hatten dieses Weiß in die schwarzen Haare gemischt. Lätitia hätte gesagt: „Ja, wir glauben immer, Maman merkt nichts, Maman denkt nicht an uns. Aber sie weiß alles, sie lebt alles mit. Sie sagt nur nichts. So ist eben Maman.“

***

Und dann, an einem stillen blauen Herbstnachmittag, da die kristallhelle Luft alle Dinge klar am Horizont abzeichnete, da von den Bäumen langsam und träge die ersten Blätter abfielen und die letzten Rosen einen müden Duft ausatmeten, fiel der Schuß, den Victoire gefürchtet hatte.

Ein Treiber kam gelaufen, atemlos, verstört, blaß.

„Es ist ein Unglück geschehen auf der Jagd. Der junge Graf Alois ...“

„Ist er tot?“ fragte Victoire zitternd.

„Nein, nein. Sie bringen ihn. Er lebt. Er kann sprechen. Der Jäger meint, es ist nicht arg. Aber ...“

Victoire wagte nicht zu fragen, wie das Unglück geschehen war. Der blaue Tag, der sie umgab, war mit einem Mal schwarz geworden. Und gerade heute hatte sie keine Angst gefühlt, gerade heute war der Friede des Herbstes in ihr Herz gezogen und hatte sie still und zuversichtlich gestimmt.

Als dann der kleine Zug mit dem Verletzten kam und Alois ihr schon von weitem entgegenwinkte und rief: „Es ist nichts, Maman; ein Streifschuß, es ist wirklich nichts", und sie ihn lebend sah, sehr blaß, mit verbundenem Arm, aber lebend, glaubte sie, das Herz stehe ihr still. Vor Glück – und noch immer vor Angst. Vor Angst um einen andern, der stumm, mit verzerrtem Gesicht neben der improvisierten Bahre schritt, mit gesenktem Kopf, mit zitternden Knien, wie ein verprügelter Hund.

„Wo ist der Vater?" fragte Carl tonlos, als Alois im Bett lag und der Verband erneuert worden war.

Alois hob müde den Kopf.

„Mach keine Dummheiten, Carl", bat er. „Du siehst ja, daß ich lebe, daß mir nichts geschehen ist. Mein Gott, wie oft kommt auf der Jagd ein Unfall vor. Ein anderes Mal wirst du eben vorsichtiger sein."

„Also wirklich du", sagte Victoire und blickte fast mit Haß auf Carl.

Er zuckte zusammen. Diesen Ton war er von der Mutter nicht gewöhnt. Auf dem Korridor ertönten rasche, aber schwerfällige Schritte. Joseph, von einem Knecht benachrichtigt, war im Galopp vom Vorwerk hergeritten.

Carl hob den Kopf und lief auf den Korridor hinaus.

„Vater! ..."

Victoire folgte ihm eilig.

„Erschrick nicht, Joseph", sagte sie hastig. „Es ist wirklich nur ein Streifschuß. Der Arzt wird gleich kommen."

Joseph nickte, ging für einen Augenblick zu dem Sohn hinein, vergewisserte sich, daß alles in Ordnung sei, und kam dann wieder heraus. Er hatte das unklare Gefühl, daß Carl, der Gesunde, weit mehr seiner bedürfe als Alois.

„Komm", sagte er kurz und schritt, Carl voran, in sein Arbeitszimmer. Carl blieb vor ihm stehen, würgte nach Worten. Sank dann plötzlich vor dem Vater auf die Knie.

„Ich bin Kain", schluchzte er verzweifelt. „Ich bin Kain, ich habe meinen Bruder getötet."

„Steh auf", sagte Joseph nüchtern. „Alois lebt. Laß die großen Worte und sage mir, was geschehen ist."

„Ich bin ein Mörder." Carl schrie die Worte hinaus. „Ja, ich wollte töten, wollte morden. Ich bin ein Mörder."

„Du wolltest deinen Bruder töten?"

„Nein, nein, oder doch, ja."

„Ich verstehe dich nicht."

„Ich wollte nicht Alois töten", schluchzte Carl. „Nicht Alois, aber einen andern. Und als ich Alois traf, da fiel mir ein, daß wir alle Brüder sind. Also ist auch der andere ... Und ich bin Kain, ich wollte meinen Bruder töten."

„Nimm dich zusammen", befahl Joseph mit ungewohnter Härte. „Erkläre mir, was geschehen ist."

„Du weißt, Vater, oder vielleicht weißt du es nicht, daß ich den Andres, den Sohn des Hegers, nicht leiden kann. Er war immer frech zu mir, er reizte mich absichtlich ... Er ...“

Carl schauderte zusammen.

„O Gott“, stöhnte er. „Nun fange ich wieder an. Als ob nicht ich und ich allein schuldig wäre.“

„Was hat der Andres mit der ganzen Sache zu tun?“

„Wir standen beisammen, Alois, Andres und ich. Und ich schalt mit dem Andres, weil er mir nicht den Hasen zugetrieben hatte. Er sagte etwas, mir wurde rot vor den Augen. Ich hob die Flinte. Alois warf sich zwischen mich und Andres. Aber ich hatte schon losgedrückt.“

Carl verstummte und blickte den Vater mit geweiteten, entsetzten Augen an.

„Vater, wie Alois hinsank, wie das Blut aus seinem Arm rann ... Ich werde es nie vergessen. Und ich hatte geschossen. Von meiner Hand stammt die Wunde ... Und wenn Gott nicht gnädig gewesen wäre, so läge Alois tot da. Oder Andres. Und ich wäre ein Mörder. Aber ich bin einer, ich wollte ja töten. Vater ...“

Es klang wie ein Hilfeschrei. Verzweifelte Kinderaugen blickten zu Joseph auf, eine Kinderstimme rief ihn, an sein Ohr drang die Klage eines Kindes, das urplötzlich etwas Furchtbares erkennen hatte müssen: die Schlechtigkeit der eigenen Seele.

„Setz dich“, sagte Joseph müde. „Wir wollen vernünftig reden. Ich will dir keine Vorwürfe machen. Die machst du dir schon selbst. Aber sag mir nur, mein Bub, wie konnte das geschehen?“

Carl sank erschöpft auf den Sessel, den Joseph ihm hinschob.

„Ich weiß es nicht, Vater. Es muß in mir etwas schrecklich Böses leben. Wie ein wildes Tier, das immer wieder hervorbricht. Ich habe es ja immer gefühlt. Aber ich konnte das Tier nicht zähmen. Wer kann es zähmen? Sag mir, Vater, damit ich nicht wirklich einmal zum Mörder werde, wer kann es zähmen?“

„Ich weiß es nicht, mein Bub. Vielleicht nur du selbst, vielleicht ...“ Joseph stockte. Er wußte auf diese bange Frage keine Antwort.

In Carls verwirrtem Gehirn zuckte eine verschwommene Erinnerung auf. Das Bild einer uralten Frau, die seinem kindlichen Jähzorn hart begegnet war. Die Worte gesprochen hatte, die er damals nicht verstand, die ihm aber, mehr wegen ihr, die sie sprach, als wegen der Worte selbst, Eindruck gemacht hatten. Seine Augen schweiften zum Schreibtisch des Vaters, wo eine Miniatur stand. Das Bild einer alten Frau mit hartem Gesicht, mit gütigen Augen.

„Was“, fragte er stockend. „Was hätte Grand'maman Inez gesagt?“

Joseph fuhr zusammen. Auch er hatte in diesem schweren Augenblick, da er dem Sohne gegenüber versagte, die Vergangenheit heraufbeschworen, die alte Frau, die ihrer aller Leben gelenkt und beeinflußt hatte. Er hatte die Tote zurückgesehnt, hatte gefühlt, sie und sie allein würde die rechten Worte finden, um dieses verzweifelte Kind zu beruhigen, zu trösten, ihm einen Halt zu geben.

„Sie hätte gesagt, mein Bub“, meinte er langsam, „sie hätte wohl gesagt, daß du deine Sünde sühnen, daß du Buße tun mußt. Daß du dem Hochmut in deinem Herzen die Demut, dem Haß die Liebe entgegenstellen mußt. Und hätte auch gesagt, du müßtest Gott zu Hilfe rufen.“

„Gott? Ja, das haben sie mir im Schottengymnasium auch gesagt. Aber ich habe immer geglaubt, der liebe Gott ist mehr für die alten Leute da. Und vielleicht für die Kinder.“

Er wurde lebhaft.

„Büßen, sühnen ... Glaubst du, Vater, daß dann der Stein, der auf meinem Herzen liegt, abfallen wird? Ich kann ja kaum atmen, so sehr drückt er mich.“

Durch das stille Zimmer klang Josephs Stimme, aber die Worte, die sie sprach, schienen ihm selbst von jemand anderem gesprochen. Er, der die eigenen Schwächen kannte, sich nur schwer zu einem Urteil verstand, hätte sie nie gesagt:

„Ob dir ein Stein das Herz abdrückt, Carl, ob du atmen kannst oder nicht, ist einerlei. Verstehst du? Deine Gefühle sind belanglos. Du machst dich mit ihnen bloß wichtig. Das darf nicht sein. Erst wenn du dich völlig selbst vergessen kannst, um anderer willen, hast du vielleicht eine Tat gesühnt.“

Ja, diese Worte waren aus der Vergangenheit herübergeklungen. Waren von einem Menschen gesprochen worden, der gegen sich kein Erbarmen gekannt hatte; fast erschrocken und dennoch getröstet, fühlte Joseph, Grand'maman Inez sei nicht wirklich tot, sie lebe in ihm, sie lebe in ihnen allen weiter. Und sie werde weiterleben, auch in diesen Kindern und in deren Kindern und Kindeskindern. Dieser Unsterblichkeit war die alte Frau gewiß.

Carl schwieg. Er küßte dem Vater, ganz gegen seine Gewohnheit, die Hand und ging.

Joseph sah ihm bekümmert nach. Diese erste Begegnung mit Carls wirklichem Ich hatte ihn erschüttert. Wie gut ist es, dachte er verzagt, daß wir so selten den wahren Menschen sehen. Oder ist es nicht gut? Würden wir der nackten Seele gegenüber mehr Mitleid, mehr Güte, bisweilen auch mehr Bewunderung empfinden? Mein Sohn, ich kenne ihn, seitdem er das erste Mal die Augen öffnete, ich habe ihn heranwachsen gesehen, ich habe mich über ihn gefreut und geärgert und habe ihn nie gekannt. Habe nie gewußt, was unter dem Hochmut, der Wildheit, dem Talent vergraben liegt. Habe nie geahnt, daß dieses verspielte, leichtsinnige, übermütige, jähzornige Kind ebensogut ein Verbrecher wie ein Heiliger werden kann. Wie fremd sind wir unsern Kindern gegenüber, wie fremd sind wir allen Menschen gegenüber ...

Er seufzte. Hatte er die rechten Worte gesprochen? Oder hatte er mit ungelenken Worten, mit schwerfälligen Fingern, die ungeschickt und hart eine Wunde berührten, Böses gestiftet? Er wußte es nicht.

Langsam stand er auf und ging zu Alois hinüber. Diesen Sohn, so hatte er bisher geglaubt, kenne und verstehe er vollkommen. Nun erschien auch Alois ihm wie ein Rätsel. Und auch Victoire, die mit einem etwas erzwungenen Lächeln und einem harten Ausdruck um den Mund an Alois' Bett saß, war ihm mit einem Mal völlig fremd.

Nur Wohan, das alte graue Schloß, das so viel gesehen, so viel erlebt hatte, das noch so viel sehen und erleben würde, das so viele Herdegens beherbergt hatte, gute und böse, glückliche und verzweifelte, das noch so viele beherbergen würde, erschien ihm vertraut. In ihm lebten die Toten weiter, in ihm lebte Grand'maman Inez' Geist, ihr Glaube, ihr starkes gutes Leben. Bevor er in Alois' Zimmer trat, legte er einen Augenblick lang liebkosend die Hand auf die alte, dicke graue Mauer des Korridors.

***

Alois erholte sich rasch. Nach zehn Tagen durfte er aufstehen, und nach einer weiteren Woche war er völlig gesund. Aber es war, als hätte die unglückliche Kugel nicht ihn, sondern Carl getroffen. Der Knabe wurde immer blasser, immer magerer. Vielleicht nicht nur aus Reue, sondern weil er, um zu büßen, fast nichts mehr aß und stundenlang durch die Wälder streifte, allein mit seinen schweren quälenden Gedanken.

Vergeblich suchte Alois, das Geschehen als eine belanglose Dummheit hinzustellen. Vergeblich schalt Joseph liebevoll mit dem Sohn und bat, er möge nicht so übertreiben, vergeblich nahm Monsieur de Venelles ihn auf seinen Ritten mit und tat sein möglichstes, um ihn abzulenken, und vergeblich war auch Victoires Zärtlichkeit.

Eine furchtbare Angst war in Carl erwacht. „Ich habe es einmal getan", vertraute er dem Bruder an, „ich kann es wieder tun. Verstehst du das nicht? Du weißt, daß ich mich nie gefürchtet habe. Jetzt fürchte ich mich – vor mir selbst."

Und in den langen einsamen Stunden, die er in den Wäldern verbrachte, und in den langen schlaflosen Nächten, da er, am Fenster stehend, im Mondlicht die seltsamen Schatten verfolgte, die an den Schloßmauern hochkrochen, quälte und folterte er sich mit der Frage: Wer kennt das Böse, das in ihm schlummert? Wer kann wissen, wann er zum Mörder wird?

Ungelenk, angstvoll suchte er die Regungen seines Ichs zu ergründen. Fragte sich bei jeder noch so geringfügigen Handlung: Warum tue ich dies, warum jenes? In dem schönen jungen Mann in der modischen Kleidung war die Seele eines seiner fernen spanischen Ahnen erwacht, der, nach einem wilden Leben, in der Klosterzelle seinen Leib kasteit hatte, um der Seele Frieden zu bringen. Der sein Gewissen erforscht, bis in die tiefsten Tiefen, und nur Sünde, Verworfenheit und Elend gefunden hatte.

Franz, den Victoire gebeten, nach Wohan zu kommen – sie versprach sich viel von seinem ruhigen, nüchternen Einfluß – versuchte vergeblich, Carl mit Vernunft zu erhellen. Er sprach gelehrt, erklärte ihm die Gefährlichkeit seines Alters, da alles gärt wie junger Wein, redete stundenlang auf den ehrfürchtig lauschenden Neffen ein und mußte schließlich zugeben, daß er mit all seiner Vernunft nichts ausrichten könne.

Kopfschüttelnd, des alten Lehrers gedenkend, meinte er zu Joseph:

„Der Bub könnte mich an allem irremachen. Gibt es wirklich etwas, das man mit der Vernunft nicht fassen kann?"

Er lachte.

„Grand'maman Inez würde sich freuen, sähe sie meine Verlegenheit. Ich glaube sie noch zu hören: ‚Du kannst die Leiber heilen, mein lieber Franz. Gewiß, auch das ist ein gutes Werk, aber die Seele ...'!"

Und dann war es dennoch Franz, der, völlig unbewußt, Carl den Weg wies, der ihn zum Frieden führen sollte.

Er erzählte einmal ganz nebenbei von den Barmherzigen Brüdern[1].

„Die lasse ich gelten", meinte er. „Was die für gute Arbeit leisten, läßt sich gar nicht sagen."

Carl lauschte auf. Er fragte Franz aus. Nüchtern, trocken, ohne irgendwelche mystische Begeisterung berichtete der Mediziner von den Männern, die ohne Rücksicht auf Glaube oder Volk in jedem den Bruder sahen, dem sie helfen mußten, helfen wollten.

An diesem Abend setzte Carl sich, zum erstenmal seit jenem furchtbaren Septembertag, wieder ans Klavier. Victoire hielt den Atem an. Was würde er spielen? Was würde sein Spiel verraten?

Er präludierte eine Weile. Dann, Victoire atmete auf, klangen die tieftraurigen Töne der *Sonate pathétique*[2] von Beethoven durch das Musikzimmer. Feierlich und getragen. Victoire schien es, als habe Carl nie so schön gespielt. Und dann kam das *Adagio*, dieses Lächeln unter Tränen, diese Zuversicht der Ewigkeit vor einem Grabe, dieses ferne Leuchten des ewigen Friedens in einer zerrissenen ruhelosen Welt.

Victoire weinte. Sie griff mit der alten, kindlich rührenden Gebärde nach Josephs Hand. Er hielt sie fest und flüsterte:

„Wir haben unsern Buben wieder."

Aber Victoire, weiser als er, schüttelte den Kopf.

„Wir haben ihn verloren. Aber die ewige Güte, das ewige Mitleid hat ihn gewonnen. Er ..." Sie wurde fast verlegen, diese Victoire, die große Worte haßte und so gern ihre Gefühle hinter leichtem Spott verbarg: „Er hat seine Seele gefunden."

Er hatte zusammen mit seiner Seele auch wieder das Leben und die Schönheit des Lebens gefunden. Eine neue Schönheit, ein neues Leben. Plötzlich erschienen ihm selbst die verhaßten Bücher, das verhaßte Lernen wichtig, konnte er sie doch zum Dienst an der Menschheit benützen. Er versprach den Eltern, seine Studien am Gymnasium zu beenden. Fleißig zu sein.

„Aber nachher, nicht wahr, nachher darf ich dann bei den Barmherzigen Brüdern eintreten", bettelte er mit der alten Schmeichelei und dem alten Charme.

Victoire verzog ein wenig den Mund. Sie hatte sich alles ganz anders gedacht. Hatte sich auf einen vernünftigen, beherrschten Carl gefreut, der jung heiraten, mit seiner Begabung der Familie Ehre machen würde. Gewiß, es ist schön, es ist bewundernswert, wenn einer ganz für die Menschheit lebt, wenn er sich einer freiwilligen Regel beugt, aber doch nur bei andern, nicht in der eigenen Familie. Einen Augenblick lang, als Carl das *Adagio* spielte, hatte sie etwas geahnt, hatte gefühlt, daß dieser Sohn nicht mehr nur ihr gehöre. Nachher jedoch hatte sie es wieder vergessen, hatte es vielleicht vergessen wollen.

„Ich hasse Uebertreibungen", erklärte sie Joseph, nachdem der Sohn gegangen war. „Und was er will, ist eine Uebertreibung."

„Nein", widersprach Joseph entschieden. „Es ist eine Flucht vor sich selbst. Ist es nicht besser, Victoire, er stellt seine ganze Leidenschaft, seine gebändigte Wildheit in den Dienst armer, kranker Menschen?"

„Vielleicht. Aber daß gerade er, daß gerade unser Sohn ..." Sie lachte. „Versteh mich recht. Es wäre doch wirklich komisch, wenn unser Sohn ein Heiliger würde. Und auch recht unbequem. Stell dir doch vor, Joseph, er wollte uns bekehren! Bei dir hätte er ja nicht viel Arbeit, aber bei Lätty und mir, der Arme ...!"

Joseph lachte mit. Victoires Ideen belustigten ihn noch immer.

Victoire wurde wieder ernst.

„Du hättest es ihm nicht erlauben sollen, Joseph. Er ist ja noch so jung. Ich verstehe dich nicht. Wir werden ihn ganz verlieren. Denk an Grand'maman Inez' Tochter, die Karmeliterin war. Sie hätte ebensogut tot sein können."

Ihre Augen füllten sich mit Tränen.

„Ich will meine beiden Buben", sagte sie heftig. „Ich möchte auch, verachte mich nicht deswegen, daß deine Söhne das Geschlecht weiterführen."

„Wir behalten ja Alois."

„Ja. Gott sei Dank. Aber du hättest es dennoch nicht erlauben dürfen, Joseph."

Er sah sie lange an, doch schien ihr, als sähe er nicht sie, sondern etwas oder jemand, der in weiter, weiter Ferne war.

„Ich wollte es auch nicht", gab er zu. „Dann aber, als er so innig bat, fiel mir etwas ein. Zuerst das viele, das ich geplant, das ich gehofft hatte zu tun. Und das mir nicht gelungen war. Aus eigener Schwäche, aus Feigheit, aus Mangel an Talent. Vielleicht auch ein wenig, weil die andern es nicht zuließen. Und nachher: Grand'maman Inez, als sie im Sterben lag und sagte: ‚Was ich unterlassen habe, wird Gott für mich tun. Gott und ihr alle.' Und ich dachte: Was ich unterlassen habe, an Güte, an Hilfsbereitschaft, das wird unser Carl für uns tun. Für mich, für Grand'maman Inez, für uns alle. Und da konnte ich nicht nein sagen."

Victoire nickte stumm. Es war sehr still in dem alten Schloß. Die Zwillinge schliefen bereits. Auch in Monsieur de Venelles Zimmern im andern Flügel war das Licht erloschen. Im blassen Schimmer der Petroleumlampe glänzten fahl die Bilder an den Wänden. In den Bäumen summte der Herbstwind. Und tief unten sang leise und still ihr ewiges Lied die March.

XXI.

„Joseph“, sagte Victoire eines Abends zu ihrem Mann. „Jetzt werde ich wirklich alt. Ich habe mich dabei ertappt, wie ich versuchte, mit elastischen Schritten die Treppe hinaufzugehen. Die alte vertraute Treppe, die ich früher immer hinauflief.“

Er lachte.

„Daran dürfte unsere alte Treppe schuld sein und nicht dein Greisenalter. Das Palais wird alt. Es müßte ganz renoviert werden.“

„Ueberlaß das unseren Enkeln“, meinte Victoire lächelnd. Dann aber huschte ein Schatten über ihr Gesicht. „Falls wir je welche haben sollten“, fügte sie hinzu.

Sie verbrachten seit Jahren zum erstenmal wieder einen Winter in Wien. Lätitia, deren kurzer Besuch in England sich in einen dreijährigen Aufenthalt verwandelt hatte, sollte zu Weihnachten heimkehren, die Zwillinge hatten im Sommer die letzten Prüfungen abgelegt, und Carl würde im Frühling bei den Barmherzigen Brüdern eintreten. Diese Wintersaison erschien Victoire als letzte Gelegenheit, den Sohn von seinem Entschluß abzubringen. Wenn er erst das heitere Leben der Gesellschaft kennenlernt, vielleicht ein hübsches nettes Mädchen findet ... Sie hoffte noch immer.

Tatsächlich war der bekehrte Sohn in aller Unschuld des Herzens noch unausstehlicher als es der unbekehrte gewesen war. Es ist ja schön, wenn ein hochmütiger Mensch sich zur Demut zwingt, aber mußte Carl, wenn der alte Kammerdiener ihm servierte, jedesmal aufstehen und vor dem alten Mann eine tiefe Verbeugung machen, ehe er von der Schüssel nahm? Mußte er wirklich selbst sein Zimmer aufräumen? Es verursachte, wenn er fortgegangen war, dem Stubenmädchen die doppelte Arbeit, alles wieder in Ordnung zu bringen. Mußte er, der in den letzten Jahren sehr gewachsen war, darauf bestehen, in den alten Kleidern, die ihm viel zu kurz waren, herumzulaufen? Victoire, abhold allen Aeußerlichkeiten, die das Innenleben verrieten, wurde bisweilen von diesen Schrullen zur Verzweiflung gebracht, aber der „bekehrte“ Carl hatte nichts von seinem Charme verloren, und seiner reizenden Art zuliebe verzieh sie ihm auch jetzt alles. Auch, daß auf seine Bitten die alte Hauskapelle wieder geöffnet worden war und daß sie, die so ungern aufstand, jeden Morgen dort um acht Uhr die Messe hören mußte.

Wenigstens waren seine „Torheiten“, wie sie all dies respektlos nannte, nicht gefährlich. Alois, der Gute, der Fleißige, machte ihr viel mehr Sorgen. Er studierte an der Universität, aber er besuchte nicht nur die Vorlesungen, er studierte nebenbei – oder sollte man es hauptsächlich nennen – auch das Leben. Und dieses Leben schien in den letzten Jahren unheimlicher, drohender geworden zu sein. Freilich war in Europa nie wirklich Ruhe und Frieden gewesen. Aber man hatte es nicht gefühlt, solange das eigene Land davon unberührt blieb. Nun jedoch rückten die Länder einander näher. Die Eisenbahnen verminderten die Entfernung. Schon sah man häufig die rußgeschwärzten, keuchenden Lokomotiven[1]. Joseph war sogar schon mit der Bahn, die zwischen Budweis und Kerschbaum[2] verkehrte, gefahren. Und auch Lätitia hatte aus England über dieses seltsame neumodische Verkehrsmittel viel berichtet. Joseph hatte die Briefe stirnrunzelnd gelesen.

„Das ist doch nichts für Frauen", hatte er gemeint. „Ist viel zu gefährlich und nervenzerstörend. Diese ungeheure Geschwindigkeit erregt selbst bei uns Männern ein Schwindelgefühl."

Ein Gutes freilich hatte die Eisenbahn: Die Briefe kamen rascher und regelmäßiger, freilich war das Porto hoch, und nur begüterte Menschen konnten sich diese Art der Korrespondenz leisten. Und dann, Victoire, sonst für alles Neue eingenommen, konnte sich für die Post nicht recht begeistern, kamen nun doch die unangenehmen Nachrichten viel rascher als früher. Und brachte doch gerade diese Post gar oft ins Palais Herdegen sorgsam verklebte kleine Pakete, die an Alois adressiert waren und die er stets hastig an sich nahm.

„In Alois' Zimmer", meinte Joseph einmal mit gutmütigem Spott, „liegen so viele verbotene Bücher und Schriften, daß sie genügen würden, uns alle ins Gefängnis zu bringen."

Hinter seinem Lächeln aber lag eine heimliche Sorge. Er wußte, was dem Sohne drohte, wußte, daß der alte Mann, der noch immer die Zügel der Regierung hielt, nicht milder, nicht einsichtiger geworden war. Der helle Schimmer, das heimliche Licht der Freiheit, das die Wiener Bürger bei der Thronbesteigung des Kaisers Ferdinand über der Burg zu sehen geglaubt hatten, war längst erloschen. Die alte Hand des Fürsten Metternich war noch härter geworden, griff noch unbarmherziger zu. Vielleicht, weil die untergeordneten Stellen so merkwürdig lax geworden waren, weil sie die Augen zudrückten, weil die Behörden selbst, so zumindest behauptete Josephs alter Freund Bauernfeld, verbotene Bücher und Journale einschmuggeln halfen. Freilich hatte die Regierung ihre Sorgen, in Italien die Carbonari, in Böhmen die ewig murrenden Stände, und, vielleicht als begabtesten, klügsten, todesmutigsten Gegner, die Ungarn. Dieser Ludwig Kossuth[3], das war die allgemeine, mit verhohlener Freude ausgesprochene Ansicht, würde den Herren dort oben noch recht ungelegen werden. Er war noch gefährlicher als der Schwärmer Mazzini[4], der, halb Heiliger, halb Politiker, die Jugend Italiens mitriß.

Und alle die Schriften und Schriftchen dieser Schwärmer häuften sich in dem kleinen grünen Salon, der nun Alois' Wohnzimmer geworden war. Auf dem Klavier lagen in frecher Offenheit die Lieder Bérangers[5], die Alois mit großer Begeisterung und äußerst falsch in den alten ehrwürdigen Korridoren des Palais sang.

Joseph wußte genau, nicht nur der Sohn singe diese Lieder der Rebellion. Leise wurden sie in der ganzen Stadt gesummt. Auf der Universität, wo junge Menschen von Freiheit schwärmten und den Druck der Alten, von denen das Reich regiert wurde, unerträglich fanden. Was in ihnen lebte, halb ehrliche Ueberzeugung, halb noch kindliche Romantik, würde, mußte einmal zum Durchbruch kommen. Hier, in diesem heiter schönen Lande, wo alles zum Verweilen, zum augenblicklichen Genuß einlud, wo die Walzer von Johann Strauß weit mehr zum Tanzen verlockten als die Märsche zum Marschieren, hier, wo die Luft milder war als beim preußischen Nachbarn, die Rosen röter glühten, die Linden und Akazien süßer dufteten, hier, wo ein ganzes Land, ein ganzes bunt durcheinandergemischtes Volk Lebenslust und Lebensfreude verkörperte, dauerte alles länger als in den andern Ländern. Wer das Leben liebt und dessen Wert erkannt hat, wirft es nicht so leichtfertig fort wie andere, deren Todesfreude stärker, deren Lebensliebe schwächer ist. Aber, und dies wußte Joseph genau, es gab etwas, das diese frohen, häufig verspielten Menschen ernst, zäh und unerbittlich werden ließ: die Ungerechtigkeit. Sie warfen nicht gern mit großen Worten um sich, sie taten vieles, worüber die Nachbarn jenseits von Böhmen debattierten und sich ereiferten, mit einem Witz ab, sie wußten, daß auch Monarchen und die hohen Herren von der Regierung menschliche Schwächen haben und sahen sie ihnen nach. Nur an eines durfte man nicht rühren, wollte man nicht ein ganzes Land, ein ganzes Volk gegen sich haben: an die Gerechtigkeit.

Und das hatten die hohen Herren vergessen oder wollten es nicht wissen.

Joseph, älter, er selbst nannte es alt geworden, war duldsamer als in jenen Tagen, da er sein Amt verscherzt hatte. Er hatte nie zu jenen Menschen gehört, die die Gegner für Verbrecher hielten, auch sie waren Menschen, Menschen, die einen falschen Weg eingeschlagen hatten. Nahm man diesen Menschen ihre durch kein Parlament, durch keine uneigennützige Volksvertretung geminderte Macht, so konnten sie gute nützliche Staatsbürger werden. Ein Metternich, in eine Konstitution als Unterrichtsminister eingefügt, konnte zum Segen der heranwachsenden Generation werden. Ein allmächtiger Metternich jedoch bedeutete einen Fluch für das Land. Jede Allmacht war verderblich. Verderblich für den, der sie besaß, verderblich für jene, gegen die sie angewandt wurde.

So sinnierte Joseph bei sich, wenn er Alois lauschte, der mit glänzenden Augen und glühenden Wangen von der Freiheit schwärmte. Seine altmodischen Gedanken freilich sprach er dem Sohne gegenüber nicht aus. Die behielt er für sich. Nur bisweilen debattierte er mit Ferdinand, der, nüchtern und dennoch eifrig, mehr Verständnis für ihn hatte.

Ferdinand und Lully wohnten in dem einen Flügel des Palais. In dem Idyllenflügel, wie Victoire ihn mit leisem Spott, in den sich auch eine schmerzliche Bitterkeit mischte, nannte. Hätte Lätty dort gewohnt, dachte sie oft, dieser Teil des Hauses wäre nicht so still gewesen. Lully wollte auf keine Bälle gehen. Lully wollte nichts von Empfängen und Festlichkeiten wissen. Sie saß daheim und wartete auf ihren Mann. Ihre etwas zu mageren weißen Finger stickten zahllose rote, weiße und gelbe Rosen, ließen an langen Fäden winzige Glasperlen herabgleiten, falteten sich bisweilen, wenn Ferdinand verspätet heimkam, angstvoll zu einem Gebet, es möge ihm im treibenden Wirbel der Stadt, wo ein Wagen den andern überholte, nichts geschehen sein. Jeden Morgen, wenn Ferdinand von ihr Abschied nahm, erfüllte Furcht ihr Herz. Würde sie ihn gesund, lebend wiedersehen? Und jeder Abend brachte ihr eine neue Erlösung. Er war da, er liebte sie, und bis zum nächsten Morgen durften ihre Sorgen schlafen.

Vielleicht war es der ewig wiederkehrende Schatten des Todes, den sie zu jung erlebt hatte, der Lullys schöne Augen, die so sehr an Marie Christines Augen erinnerten, so groß, so glänzend erscheinen ließ. Vielleicht war es die Angst vor dem Gespenst, das ihre Mädchentage geschreckt hatte, die ihre Bewegungen so leise, ihre Stimme so sanft, ihre Gebärden so rührend machte. Vielleicht war es ein unklares Wissen von der Vergänglichkeit alles irdischen Glückes, das ihre Liebe zu Ferdinand jeden Tag von neuem entfachte, das sie mit jeder Stunde, jeder Minute geizen ließ, die sie allein mit ihm verbrachte.

Victoire, die in der stillen zärtlichen Frau immer mehr ihre liebste Schwägerin Antoinette wiederfand, kam häufig zu Lully hinüber. Die beiden Frauen saßen schweigsam beieinander. Lully wurde nur lebhaft, wenn das Gespräch sich Ferdinand zuwandte, und Victoire erschrak bisweilen vor dieser übergroßen Liebe, von der das junge Geschöpf verzehrt wurde. Außerdem hatte sie Lully gegenüber ein schlechtes Gewissen. Sie freute sich, das mußte sie sich selbst eingestehen, darüber, daß diese Ehe kinderlos blieb. Ihr Sohn, ach hätte sie doch noch sagen dürfen ihre Söhne, sollte das Geschlecht weiterführen. Josephs Enkel sollte als erster der jungen Generation den Namen Herdegen tragen. Nachher ... wenn Alois den ersten Sohn hatte, durfte Lully Kinder bekommen, soviel sie wollte. Buben und Mädchen. Aber erst nachher.

Freilich sah es nicht aus, als ob Alois ihr diese Freude machen werde. In seinem Alter fängt ein junger Mann doch schon an, sich zu verlieben. Aber Alois war ja nur in die Politik verliebt. In die Freiheit, in die Menschenrechte. Für diese erglühte er, diese besang er, diese erfüllten sein ganzes leidenschaftliches Herz. Vergebens lud Victoire die schönsten Mädchen der Wiener Gesellschaft ein, vergebens schickte sie den widerstrebenden Sohn auf Bälle und Empfänge. Immer kehrte er unversehrten Herzens heim. Immer hatte er, wenn Victoire ihn vorsichtig nach diesem oder jenem Mädchen ausfragte, „wichtigere Dinge“ im Kopf.

Es war ein rechtes Elend mit den Kindern.

Am Tag vor dem Heiligen Abend kam dann auch Lätitia endlich wieder heim. Eine fremde, elegante, etwas überhebliche Lätitia, die bei der Begrüßung fast erstaunt sagte:

„Du bist gar nicht älter geworden, Maman, in der ganzen langen Zeit. Wie machst du das nur?“

Lätitia war älter geworden. Sie behandelte die Zwillinge wie Kinder, sie lächelte überlegen. Sie war, Victoire vertraute das am ersten Abend betrübt Joseph an, „eine unausstehliche Poseuse[6].“

Mit süffisantem Lächeln bezeichnete sie in den nächsten Tagen alles, was sie sah und hörte, als „unglaublich rückständig“, und sagte bei jeder Gelegenheit: „Wir, in England.“

Sie hatte die unglaubliche Tat gewagt, allein, sogar ohne Zofe zu reisen. Die Eltern hätten es nie gestattet, aber Lätitia hatte ihnen ihre Absicht nicht verraten, und weder Bozena noch Stanislas waren gegen ihren Eigensinn aufgekommen.

„Hast du denn gar keine Angst gehabt?“ fragte Lully, die nicht allein auf die Straße ging, entsetzt.

„Angst?“ Lätitia zuckte die Achseln, und Joseph stellte belustigt fest, daß sie diese Gebärde von der Mutter hatte. „Wovor hätte ich Angst haben sollen?“

„Eine Frau allein. Die Gefahren der Reise ...“

„Es gibt doch keine Wegelagerer mehr."
„Aber die andern Gefahren. Man hätte dich ansprechen können."
Lätitia lachte.
„Man hat mich auch angesprochen. Aber in allen Ehren. Und ich bin daran nicht gestorben."
Sie zuckte abermals die Achseln.
„Außerdem bin ich nicht verlockend. Bin viel zu mager. Meine Taille ist richtig, aber was dazugehört, fehlt mir."
Sie wandte sich an die Mutter.
„Bei uns in England", erklärte sie, „hat man wieder ganz herabfallende Schultern. Und lange Locken. Wie die junge Königin."
Sie brachte Bücher mit, Romane eines neuen Dichters, der Charles Dickens[7] hieß und dessen Werke in England großes Aufsehen erregten.
„Alle Welt reißt sich um seine Bücher", erzählte sie. „Manche freilich finden sie revolutionär. Er schreibt nicht über die Gesellschaft, schildert Bürger, Diebe, arme Leute. Die ernstesten Männer lesen seine Sachen, weinen darüber. Ueberhaupt weint man in England viel über die armen Leute. Das ist modern. Sogar die Tories[8] befassen sich mit ihnen."
Sie wurde lebhaft, die Pose der Ueberlegenheit fiel von ihr ab.
„Weißt du, Vater, daß ich neulich beim Diner neben Herrn Disraeli[9] saß? Du weißt doch, der Schriftsteller, der im Parlament ist. Ein wundervoller Mensch, so schön, so geistreich."
„Aber ein Tory", warf Alois geringschätzig ein.
„Ich kenne auch andere, die dir mehr zusagen dürften", sagte sie spitz. „Neulich wurde mir dieser komische Mann gezeigt, dieser John Frost, der Chartist[10], weißt du? Stellt euch vor, die Chartisten verlangen, daß jeder Mann wählen dürfe. Ist das nicht drollig? Stellt euch vor, wenn jeder Krämer, jeder Arbeiter wählen dürfte! Jeder, der nicht lesen und schreiben kann. Und jeder soll auch gewählt werden dürfen."
Joseph nickte.
„Eine gefährliche Sache, die gut, aber auch schlecht ausfallen kann."
„Sie kann nur gut ausfallen", rief Alois begeistert. „Wen geht es denn am meisten an, wer und wie regiert wird? Doch nur den Armen. Die andern helfen sich schon irgendwie weiter. Mit ihrem Geld. Mit ihrem Adel."
„Es gibt sogar Menschen, freilich nur ganz wenige, hauptsächlich Frauen, die behaupten, daß auch Frauen das Wahlrecht haben müßten", belehrte Lätitia ihre „rückständige" Familie.
Victoire lachte.
„So einen Unsinn habe ich noch nie gehört. Eine kluge Frau wird ohnehin alles erreichen, und wozu sollte eine dumme wählen?"
Sogar Alois, der Rebell, war über diesen Gedanken entsetzt.

„Es wird ja nie dazu kommen", beruhigte Lätitia die Familie. „Ich habe es euch nur erzählt, damit ihr seht, was bei uns in England alles vorgeht. Und damit ihr begreift, wie hinterwäldlerisch mir hier alles vorkommen muß."

Victoire nickte den andern zu.

„Wir sind veraltet, alle, auch du, Ferdinand, und Lully, auch die Buben. Und erst recht wir zwei, du und ich, Joseph. Ja, meine arme Lätty, du wirst dich eben mit den Leuten aus einem andern Jahrhundert abfinden müssen."

Sie hatte scherzend gesprochen. Nun jedoch verschwand das Lächeln von ihrem Gesicht. Sie hatte einen Augenblick die wirkliche Lätitia gesehen, die, Haß und Verzweiflung in den Augen, nach Lully und Ferdinand geblickt hatte. Es war nur eine Sekunde gewesen. Lätitia lächelte schon wieder überlegen und plauderte weiter, heiter, ein wenig großartig, ein wenig herablassend. Victoire schauderte leicht. Warum hatte sie diesen Blick sehen, warum die wirkliche Lätitia erkennen müssen? Es hatte sich ja nichts verändert seit jenem Augusttag vor drei Jahren, da Lätitia fortgefahren war. Nichts.

Sie stand nervös auf und setzte sich auf die Lehne von Josephs Sessel. Er hob den Kopf und sah sie an. Dann nahm er ihre Hand.

Lätitias hartes Lachen tönte durchs Zimmer.

„Maman, Vater, ihr seid wirklich aus einem andern Jahrhundert. Das reinste Liebespaar nach fünfundzwanzig oder noch mehr Jahren."

Sie lachte, aber Victoire sah, daß ihre schönen schwarzen Augen sich mit Tränen gefüllt hatten.

***

In diesem Winter des Jahres 1841 lebte das alte Palais abermals auf. Seit langer Zeit wieder erhellten die Lüster strahlend die großen Räume. Victoire war, zumindest für Empfänge, reuig zu den Wachskerzen zurückgekehrt, die ein weit weniger unbarmherziges Licht gaben. „Und das kann meine Generation brauchen", meinte sie wehmütig.

Sie freute sich über die Mode; die vielen Spitzen, die man nun trug, verjüngten, machten das Gesicht weicher. Und verhüllten auch in zarten Rüschen und Bauschen eine allzu große Magerkeit. Und wenn man zu blaß war, es gab jetzt so gutes Rouge, das man freilich viel diskreter verwenden mußte, als die Mütter es getan hatten. In diesen Tagen war es in allem und jedem die Diskretion, die den Ton angab. In der Kleidung, in den Sitten, auch in der Lebenshaltung. Nur wenige hatten den Mut, große Feste zu geben, man fürchtete insgeheim, „den Pöbel" zu reizen. Eine gewisse, fast bürgerlich wirkende Einfachheit, die geistige Genüsse und Freuden den leiblichen vorzog, gehörte zum guten Ton. Victoire nannte dies „Tee mit Seele". Doch mußte auch sie zugeben, daß bei den literarischen Tees und Abenden klug und geistreich geplaudert wurde. Freilich, so zumindest fand sie, die ewige Nörglerin, blieb auch von diesen Festen des Geistes wenig zurück. Worte, immer nur Worte.

„Wir leben in einem geschwätzigen Jahrhundert", meinte sie. „Unsere Ahnen haben weit weniger geredet und mehr getan. Aber wir ... Sind nicht schon fast alle

Worte, die noch vor einer Generation echtes Gold waren, abgegriffen, verblaßt, häufig auch durch unechte Münze ersetzt worden?“

Dennoch lud sie nun, Lätitia zuliebe, gern auch das schöngeistige Wien ein, obwohl sie selbst keine Freude an diesen Abenden hatte. Lätitia freilich brillierte, die junge Dame aus England, die eine Parlamentssitzung mitgemacht, die mit englischen Staatsmännern gesprochen hatte, die in der auswärtigen Politik dieses großen Reiches und auch in der der Heimat beschlagen war, wie ein echter Diplomat. Sie setzte ihre Begeisterung für England der Begeisterung der zahlreichen Unzufriedenen für Preußen entgegen. Stritt heftig mit dem alten Freund des Vaters, mit Bauernfeld, der nicht genug von Deutschland schwärmen konnte, behauptete, Joseph staunte, woher ihr diese Einsicht kam, nicht auf die großen Männer eines Volkes käme es an, sondern auf den Durchschnittsmenschen, und so betrachtet stehe England turmhoch über dem hysterischen Freiheitsgetue der Deutschen, ja sogar Oesterreich sei, abgesehen von seiner veralteten Regierungsform und den Greisen an der Spitze, immer noch vorzuziehen.

Joseph freute sich über die kluge Tochter, lachte über Lätitias gewagte Aperçus, duldete ihre Respektlosigkeit gegen alles und alle. Er sah nicht, was Victoires Augen mit steigender Sorge beobachteten: daß Lätitia nur für einen einzigen Menschen redete, daß sie nach jedem ihrer Aussprüche immer nur nach einem blickte, immer nur wissen wollte, ob einer, ein einziger, ihr zustimme: Ferdinand.

Victoire hatte einmal scherzend gemeint, das Palais Herdegen zerfalle in vier Kreise: den heiligen, in dem Carl und seine frommen Freunde sich bewegten, musizierten, ernste Gespräche pflogen und bisweilen, waren sie doch noch alle so jung, plötzlich ausgelassen, knabenhaft tobten, den der braven Staatsbürger, der sich in den Appartements von Ferdinand und Lully einfand. Junge, gewissenhafte Beamte, die insgeheim das Gefühl hatten, der ganze Staat mit dem Wohl und Wehe seiner Bürger laste auf ihnen, hänge trotz Regierung, trotz des Fürsten Metternich, den Erzherzögen und dem immer mächtiger werdenden Grafen Kolowrat[11], eigentlich ja doch hauptsächlich von ihnen ab. Joseph verkehrte gern in diesem Kreis.

Er fand seine alten Ideale, gemäßigter, weniger weltfremd, durchsetzt von dem Wissen, das ihm gefehlt hatte, dem Wissen um die wirtschaftlichen Gründe so vieler Dinge, die seiner Generation als Rätsel erschienen waren. Hierher kamen auch Franz und Nepomuk, die sich sonst selten sehen ließen. Der dritte Kreis, der Alois' Freunde versammelte, erregte immer von neuem bei Victoire gleichzeitig Lachlust, Bewunderung und Angst. Was erwarteten diese jungen Schwärmer, die so gar nichts von der realen Welt wußten, die sich für Worte begeisterten, deren wahrer Sinn ihnen völlig fremd war? Sie glaubten, das, was sie erstrebten, erreichen zu können, weil das Erstrebte gut, menschlich, gerecht war. Hatte denn keiner von ihnen, die doch fast alle Studenten waren, die Weltgeschichte gelesen, erkannt, daß immer die Gemeinheit, die Roheit, die Dummheit siege? Die Habgier, der Neid? Victoire zuckte die Achseln. Muß jede Generation dies von neuem lernen? Und besteht die Welt nur deshalb noch, weil in jeder Generation eine kleine Anzahl Menschen lebt, die dies nie lernt? Verdankt die Menschheit ihre ach so geringen Fortschritte wirklich den Träumern, den tollkühnen Verfechtern einer Gerechtigkeit, die es auf Erden nie gab und vielleicht niemals geben wird? Victoire, die schon so vieles miterlebt hatte, Krieg und Frieden, Revolution und Gegenrevolution, debattierte nie in diesem dritten Kreis. Sie lauschte schweigend, häufig bewegt und wurde nach solchen Abenden fast immer von der alten Schwermut ergriffen.

Der vierte Kreis, der frivole, war Victoires und noch mehr Lätitias Kreis. Wenn Lätitia sich „ausgeklügelt" hatte, wollte sie tanzen, kokettieren, Unsinn reden. Sie tat dies ebenso leidenschaftlich wie das andere. Aber auch hier war sie nur zufrieden und in guter Stimmung, wenn es ihr gelang, Ferdinand aus seinem Flügel herüberzulocken.

Victoire hatte die Tochter noch nie so eitel gesehen. Lätitia tobte, wenn die Schneiderin eine Schleife falsch angenäht, wenn der Coiffeur eine Locke nicht richtig gesteckt hatte. Ihre Kleider waren immer die auffallendsten, sie trug, allem guten Geschmack und aller Sitte zum Trotz, Diamanten im Haar und um den schlanken Hals Diamanten aus dem Familienschmuck, die sie Victoire abbettelte. „Ich bin kein junges Mädchen mehr, das sich mit Perlen begnügen muß", sagte sie. „Ich bin eine alte Jungfer."

Und Victoire, die die Bitterkeit dieser Worte gut verstand, legte ihr selbst die Rivière[12] um oder steckte das Diadem in den Locken fest.

Es war ein unruhiger Winter. Bisweilen hatte Victoire das Gefühl, als sei nicht nur sie, sondern auch das alte Haus der vielen Feste überdrüssig. Als sei auch das alte Haus endlich müde geworden. Es hatte ja unter seinem Dach so viele Hoffnungen keimen und so wenige heranreifen gesehen. Es kannte, noch besser als seine Bewohner, die Sinnlosigkeit aller Dinge.

Victoire atmete auf, als die Fastenzeit den Festen ein Ende bereitete. Aber nun kam eine neue Sorge. Ferdinand hatte zuerst Lätitia unausstehlich, laut, affektiert gefunden. Jetzt in den stilleren Tagen entdeckte er plötzlich, was er ganz vergessen hatte, wie gut es sich mit ihr plaudern ließ. Es gab lange Spaziergänge auf den Basteien, an stillen Vorfrühlingsabenden, da von fern her ein leiser Wind den Duft der regenfeuchten Erde herüberwehte. Da an den Bäumen winzige Knospen erschienen und die Spatzen leise zu piepsen begannen. In der Dämmerung blinzelten blaß die Laternen, der Lärm der Stadt drang nur gedämpft zu ihnen herauf. Sie waren allein, waren jung, verstanden einander. Bisweilen zwang ein plötzlich einsetzender lauer Regen sie, unter ein Haustor zu treten. Sie lachten, übermütig wie Kinder. Wurden dann plötzlich still. Standen schweigend im Dunkel. Atmeten tief die frische regenköstliche Luft ein und schraken erst auf, wenn von den vielen Kirchen der Stadt das Angelus ertönte, das sie in die Wirklichkeit zurückrief. Ferdinand schlug ein Kreuz, Lätitia blickte ihn betroffen an. Immer wieder hatte sie die Empfindung, als errichte diese Gebärde zwischen ihr und Ferdinand eine Mauer. Sie lehnte sich auf gegen dieses Gefühl, doch war es stärker als ihre Auflehnung. Sie wußte, daß Ferdinand, kindlich gläubig wie der Großvater, der alte Sametil, und auch der andere Großvater, Carl Herdegen, nun leise vor sich hinflüsterte: „Und führe uns nicht in Versuchung." Wußte, daß diese Bitte nicht nur Gott, sondern auch ihr galt, dachte an Lully, deren Augen in den letzten

Wochen noch größer geworden waren und deren Gesicht noch schmäler wurde, und schämte sich.

Stumm, sorgsam darauf bedacht, daß sie einander beim Gehen nicht streiften, schritten sie dann heim. Und Victoire, die schlecht schlief, sah bekümmert, daß Lätitias Licht die ganze Nacht über brannte.

„Du mußt mit ihr reden", sagte sie zu Joseph. „Mußt ihr klar machen, was sie tut. Mußt deine väterliche Autorität ..."

Joseph lachte.

„Wann habe ich die gehabt? Besonders Lätty gegenüber? Nein, hier könnte nur Grand'maman Inez eingreifen. Ich habe das Unglück, beide Seiten zu sehen."

„Es wird zu einem Skandal kommen. Du wirst sehen."

„Ein Skandal", Joseph machte eine leicht wegwerfende Gebärde. „Wenn es nur das wäre. Aber Lully ... Und auch Lätty selbst. Ich glaube nicht, daß sie glücklich sein könnte im Bewußtsein, ein anderes Leben zerstört zu haben."

Dann aber sprach er doch mit der Tochter. Er redete freilich nicht über das Thema, das beide gleich berührte. Sagte nur so ganz nebenbei:

„Der Höhepunkt der Gemeinheit und der Vulgarität ist, einem Schwächeren, der sich nicht wehren kann, etwas zu rauben."

Lätitia wurde dunkelrot.

„Ich könnte es", sagte sie mit einem leisen Triumph in der Stimme.

„Du könntest es nicht. Weil du unsere Tochter bist, weil du Grand'maman Inez' Enkelin, weil du eine Herdegen bist. Die Herdegens waren nie Wegelagerer, haben nie gegen einen schwächeren Feind gekämpft."

Lätitia schwieg. Aus alten Kindertagen stieg ein Bild aus Wohan empor, das sie sehr geliebt hatte: Coriolanus geht freiwillig in die Verbannung. Sie sah die weinende Mutter, die schluchzende Gattin, sie sah Coriolanus' verklärtes Gesicht. Und hinter diesem harte, alte Züge, den kleinen Hausgott der Herdegens, Grand'maman Inez. Und sah auch eine schlanke zarte tieftraurige Frau, für die sie, zusammen mit Ferdinand, einmal beim Kaiser die große Gnade hatte erbitten wollen. Ach, wie lang, wie heiß, wie staubig war die Straße gewesen, auf der die beiden Kinder Hand in Hand gewandert waren. Wie lang, wie heiß wird die Straße sein, die sie nun wandern muß, allein, immer allein. Bis an das schwarze Ende, das schwarze Ziel, das Tod heißt.

Sie blickte auf. Josephs Augen hingen fast angstvoll an ihrem Gesicht.

Lätitia lächelte.

„Coriolanus geht freiwillig in die Verbannung", sagte sie.

„Was meinst du?" fragte Joseph verständnislos.

„Nichts. Nur so eine Erinnerung. Ich wollte dir übrigens sagen, Vater, daß ich in einer Woche nach England zurückwill. Ihr", sie zwang sich zu einem Lächeln und zu dem heiter arroganten Ton, den sie so oft hatte, „ihr seid mir zu rückständig."

***

Eine Woche später reiste sie ab, diesmal begleitet von einer Zofe. Und nach den Ostertagen trat Carl bei den Barmherzigen Brüdern ein.

„Jetzt“, sagte Victoire zu Alois und hielt ihn fest in ihren Armen, „jetzt haben wir nur noch dich, mein Bub.“

Alois lächelte. Er dachte an andere Dinge. Dachte an die Lieder des jungen Ungarn, der in singenden, klingenden, herzergreifenden Worten die Freiheit besang[13], dachte an die helle harmonische Welt, der sie alle zustrebten, an das Glück der Völker und Nationen, an den Frieden, der alle verbinden würde. Dachte an den Abend, da er mit Lenau[14] und den andern Freunden beisammensein wird.

Victoire merkte es. Sie wurde ein wenig blaß. Eine schmerzende Leere schien sie zu umgeben. Die Kinder ... Sie verlassen uns, wir sind alt ... wozu haben wir gelebt ...?

Joseph trat hinter sie und schlang den Arm um sie. Sie blickte zu ihm auf.

„*Mon ami*“, sagte sie leise. „Du hast recht, du bist da. Ich bin nicht allein.“

Sie griff nach seiner Hand, die auf ihrer Schulter lag.

„Erinnerst du dich“, fragte sie, „erinnerst du dich an den Brunnen auf dem Hohen Markt?“

Sie lächelte. „Die Jungen“, sagte sie mit nicht ganz fester Stimme, „gehen nach vorn. Wir aber, *mon ami*, wollen nach rückwärts gehen, zurück in unser Leben, unsere Jugend. Was schadet es, daß sie vorbei ist. Wir gehen zusammen zurück.“ Dann verdüsterte sich ihr Gesicht. „Ja“, wiederholte sie, „wir gehen zusammen. Aber Lätty, meine arme kleine Lätty ...“

XXII.

Victoire beugte sich über die Logenbrüstung und blickte auf das Publikum des Hofburgtheaters hinab.

Eben war der Vorhang gefallen, und die Zuschauer applaudierten leidenschaftlich. Sogar aus der Hofloge, wo der Erzherzog Ludwig[1] saß, der übrigens an vielen Stellen des Bauernfeldschen Lustspiels[2] ganz besonders herzlich gelacht hatte, ertönte diskretes Beifallsklatschen.

Auch Ferdinand, der hinter Victoire saß, schlug immer von neuem kräftig die Hände zusammen.

Nur Joseph verharrte mit ernstem, fast bekümmertem Gesicht.

Victoire drehte sich zu ihm um und nickte.

„Ja“, sagte sie unvermittelt. „Es ist etwas faul in diesem Staate. Dein Freund Bauernfeld ist zwar kein Beaumarchais, aber irgendwie erinnert die Aufführung mich doch an die ‚Hochzeit des Figaro‘[3]. Auch damals haben die Leute geklatscht und sich begeistert und nicht gewußt, daß sie den Anfang vom Ende sahen.“

„Eine ausgezeichnete Satire“, meinte Ferdinand heiter.

„Ja. In diesem sogenannten bürgerlichen Lustspiel wird das ganze System angegriffen, aufgezeigt.“ Joseph schüttelte den Kopf. „Mich stört es nur, daß es so ohne

Liebe, ohne Mitleid geschieht. Nur spotten, nur angreifen ist leicht. Aber bessermachen ..."
Victoire stand plötzlich auf.
„Gehen wir heim, Joseph", bat sie. „Ich will den letzten Akt nicht sehen."
„Der Wagen wird nicht da sein."
„Dann gehen wir eben zu Fuß. Komm."
Sie ließen Ferdinand und Lully im Theater und traten in die Novembernacht hinaus. Ein dünner Nebelschleier wogte durch die Straßen. Die Menschen, denen sie begegneten, verschwammen hinter ihm. Ihre Gestalten schienen seltsam verzerrt, karikiert. Bald kleinwinzig, bald riesengroß.
Victoire hängte sich fester in Joseph ein.
Ein schwerer Lastkarren fuhr durch eine enge Nebenstraße. Das dumpfe Rattern drang zu ihnen herüber. Victoire schauderte.
„Ich selbst", sagte sie, „habe diesen Ton nie gehört, doch ist er mir so oft geschildert worden: der Karren, der zu Guillotine fährt."
Sie wies mit der Hand auf eine kleine Gruppe am Ende der Straße, die im Nebel unheimlich und gespenstisch wirkte. Die Menschen sprachen erregt, mit fuchtelnden Händen, mit fast wilden Gebärden.
Victoire blieb stehen.
„Warten wir, bis diese Leute weitergehen, ich fürchte mich,"
„Aber Victoire, vor unsern guten Wienern!"
„Es sind nicht mehr die gleichen, die wir gekannt haben, Joseph. Irgend etwas hat diese Menschen verwandelt. Sie böse, heimtückisch, feindselig gemacht."
„Die Unterdrückung", erwiderte Joseph.
Victoire blickte sich unwillkürlich scheu um. Joseph bemerkte es und lachte bitter.
„Siehst du, nun beweist du mir selbst, was diese Menschen verändert hat. Ich habe die Wahrheit ausgesprochen, und du hast dich umgesehen, ob nicht in der Nähe ein Naderer steht. Das ist an unserem System das Furchtbarste. Daß keiner mehr dem andern traut. Daß jede persönliche Feindschaft sofort ins Politische hinüberspielt. Daß der Hausmeister, dem du zuwenig Trinkgeld gegeben, der Bekannte, den du durch ein unbedachtes Wort beleidigt hast, sofort zum Angeber wird."
Victoire seufzte.
„Ja, und er spricht so viele unbedachte Worte."
Joseph lächelte. Er kannte die Gedankensprünge seiner Frau.
„Unser Alois. Arme Victoire! Ich glaube, du sorgst dich zuviel um ihn. Schließlich ist er doch schon ganz erwachsen, weiß, was er tut ..."
„Das weiß kein Mensch, der an die Güte und Anständigkeit der Menschen glaubt. Manchmal wünsche ich mir aus ganzem Herzen, er möchte doch einmal selbst eine Gemeinheit begehen, damit er sieht, wessen der Mensch fähig ist." Sie lachte, sich selbst verspottend. „Ein komischer Wunsch, nicht wahr? Statt daß ich auf meinen sauberen, anständigen Buben stolz bin. Aber wie soll er, wie kann er die Welt und das Leben kennenlernen, wenn er nur in abstrakten Dingen denkt."
Sie wurde lebhaft.

„Die andern“, meinte sie fast heftig, „deine alten, seine neuen Freunde wollen das System ja nur ändern, damit zur Abwechslung sie an die Macht kommen. Ein begreiflicher Wunsch. Ich verstehe ihn. Aber was hat das mit Freiheit, mit Gerechtigkeit zu tun? Mit diesen Göttern, die unser Alois anbetet, denen er sich völlig geweiht hat?“

„Du bist ja nur böse, weil er nicht heiratet.“

„Vielleicht. Ich wäre so gern Großmutter. Das muß so beruhigend sein. Ich sehe mich schon als zweite Grand'maman Inez, freilich nicht so weise, so abgeklärt. Und dann, du vergißt, Joseph, daß die Familie ausstirbt. Lully wird vielleicht nie Kinder haben ... Unser heiliger Sohn hat sich selbst ausgeschaltet. Es wäre ja doch schade.“

Sie waren langsam weitergegangen und hatten das Palais Herdegen erreicht. Sie traten in Victoires Salon, wo ein Feuer im Kamin brannte.

„Mein Gott“, sagte sie, „ist es hier leer und still! Alois wird wieder irgendwo in einem louchen[4] Lokal mit seinen Freunden zusammensitzen und die Welt retten. Carl pflegt vielleicht in Galizien irgendeinen Kranken, der es ihm nie danken wird. Lätty tanzt in London auf einem Ball oder ist müde von der Hetzjagd, die sie bei Freunden auf dem Land mitgemacht hat. Und wir ... Sag mir, Joseph, bleiben alle Menschen so allein, wenn sie alt werden?“

„Ich weiß es nicht“, entgegnete er müde. Er kannte Victoires Klagen nur zu gut. Sie fühlte täglich, stündlich, daß ihre Welt, die Welt, in der sie jung gewesen, immer weiter rückte, immer mehr verblaßte. Und die neue, in der sie vielleicht auch hätte leben können, nahm sie nicht auf. Die Kinder, die für sie die Brücke hätten bilden können, versagten. Bisweilen gab Joseph sich einen Ruck und predigte Alois, daß ein Kämpfer für die Gerechtigkeit nicht unbedingt daheim völlig herzlos und uninteressiert sein müsse. Doch bedauerte er dies auch stets sofort. Alois sah ihn mit den hellen, immer noch kindlichen Augen verständnislos an.

„Was will Maman? Sie hat doch alles. Sie ist reich. Niemand verfolgt sie. Niemand bedrückt sie. Mein Leben, mein ganzes Ich aber gehört den Armen und Bedrängten. Ich habe keine Zeit für die Reichen. Die Herrenkaste.“

Er lebte neben ihnen her, ohne an ihrem Leben Anteil zu nehmen. Den früher angebeteten Vater hielt er für einen müden, durch sein hohes Alter, Joseph war fünfzig Jahre alt, reaktionär gewordenen Greis, der zwar einen guten Willen besaß, jedoch nichts von dieser neuen Welt verstand, die die Jungen aufbauen wollten. Joseph nahm es lächelnd hin. Er erinnerte den Sohn mit keinem Wort daran, daß dieser reaktionäre Greis Amt, Karriere, Möglichkeiten einst seinen Ueberzeugungen geopfert hatte, daß er, vor langer Zeit, an hohen und höchsten Stellen ebenso unbeliebt gewesen war wie jetzt der junge Graf Alois Herdegen, dem es noch immer nicht gelungen war, eine Staatsstelle zu erhalten. Nur manchmal, wenn Alois alles besser wußte und den Vater mit einem unausstehlich spöttischen Lächeln, Victoires Lächeln, wenn sie böse war, betrachtete, dachte Joseph an Grand'maman Inez und sehnte ihre Hilfe herbei. Er selbst, das wußte er, konnte dem leidenschaftlichen Glauben des Sohnes keine ebenso unerschütterliche Ueberzeugung gegenüberstellen, wie Grand'maman Inez dies getan hätte. Er sah, das war, so meinte er selbst, sein Unglück, nun schon seit Jahren immer beide Seiten. Er konnte nicht mehr bedingungslos verdammen, bedingungslos anerkennen. Trotzdem war das Verhältnis zwischen ihm und Alois weit freundschaftlicher als das des Sohnes zu der Mutter. Alois fürchtete Victoires Achselzucken, ihr halb spöttisches, halb verzweifeltes: Wozu? Er spielte in seinem Kreis eine große Rolle, und es behagte ihm nicht, wenn seine Worte mit einem mitleidigen Lächeln abgetan wurden. Es gab Augenblicke, da er Victoire haßte. Sie wußte es und litt darunter.

„Bei mir kommt alles zu spät", klagte sie Joseph gegenüber. „Als wir noch jung waren, habe ich dich nicht geliebt, nur geachtet. Und jetzt, da ich dich liebe ... jetzt bin ich achtundvierzig Jahre alt. Und Alois ... Immer habe ich ihm Carl vorgezogen, meinen schönen charmanten Buben. Alois, das weiß ich erst jetzt, hat darunter gelitten. Und nun, da er der einzige ist, der uns blieb ... jetzt, da ich für ein liebes Wort von ihm alles täte, da ich aus Angst um ihn keine Ruhe finde, haßt er mich. Wozu war alles? Wozu?"

Sie haßte Alois' Freunde, die ihr den Sohn nahmen und ihn in Gefahr brachten. Sie haßte seine Ideen und seine Ueberzeugungen, die ihn ihr gegenüber gefühllos machten. Sie haßte die Regierung, die den Sohn bedrohte, die ihn jeden Tag verhaften, auf eine Festung bringen lassen konnte. Und sie haßte auch die Feinde der Regierung, weil diese ebenfalls dem Sohn zum Unheil gereichen konnten.

Sie haßte und zitterte.

Im Sommer in Wohan ging alles besser, und Joseph fühlte stets eine gewisse Erleichterung, wenn für den Sommer gepackt und ihr Flügel im Palais leer wurde. In Wohan lebte noch immer Grand'maman Inez' Geist, vielleicht auch verkörpert durch Monsieur de Venelles, der sich in den letzten zehn Jahren kaum verändert hatte. Er fühlte kein Heimweh mehr. Oesterreich war ihm nun wirklich zur Heimat geworden. Irgendwo, in weiter Ferne, lag das Land seiner Jugend, verklärt, leuchtend, aber verloren wie diese Jugend selbst. Frankreich hatte ihn ausgestoßen, hatte seiner nicht bedurft. Er zürnte ihm nicht, aber es konnte dennoch nicht mehr für ihn zur Heimat werden, wie das Land, das ihn aufgenommen hatte. War Joseph in der Stadt, so verwaltete er das Gut nach Grand'maman Inez' Regeln und Wünschen, die, so erklärte er, einfach zu befolgen seien, weil sie sich auf die zehn Gebote stützten. Victoire liebte es, mit ihm über die Felder zu reiten, die Pächter und das Gesinde zu besuchen, überall nach dem Rechten zu sehen. Und wie sich einst die Leute von Wohan an die Spanierin mit den schwarzen Augen und dem Fächer in der Hand gewöhnt hatten, so gewöhnten sie sich nun allmählich an die Französin mit den lebhaften Gebärden, der aufblitzenden Ungeduld, dem reizenden Lächeln.

Hier, wo sie wirklich helfen konnte, wo sie eine Art kleine Vorsehung bedeutete, fragte Victoire nur selten: Wozu? Hier war alles so natürlich, so einfach, hier gab es keine großen Worte, die den Wert der wahrhaft großen Dinge verschleierten, sie billig und banal machten. Hier fand sie die ewigen Dinge des Menschenlebens: Geburt und Tod. Und dazwischen Not, Sorge, Kummer und arme kleine Freuden. Sie hegte und pflegte diese armen kleinen Freuden, die von ihr abhingen, wie sie im Rosengarten die Rosen betreute und pflegte. Und behauptete, ein wenig zum

Entsetzen des nüchternen Monsieur de Venelles, daß dieser „Luxus" weit lebensnotwendiger sei als alles andere. Behauptete es vielleicht eigensinniger als notwendig, weil Alois ihre Bemühungen verlachte und erklärte, was unter diesem System Gutes getan werde, sei belanglos. Je schlechter es den Menschen gehe, desto besser. Nur so könne die große Wandlung vollzogen werden.

In Wohan lag diese von Alois so sehnsüchtig herbeigewünschte große Wandlung nicht in der Luft wie in der Residenzstadt. Den Wäldern und Feldern, der Erde, der March, selbst den Blumen im Schloßgarten eignete etwas Unsterbliches, Ewiges, das von jeder Wandlung unberührt bleiben würde. Sie alle hatten ja schon so vieles miterlebt, überlebt. Das Grauen des Krieges, vieler Kriege hatte auf den Ebenen gewütet. Sie waren verwüstet worden, aber aus der Verwüstung hatten sie das Leben gerettet, hatten von neuem zu blühen und zu tragen begonnen. Geduldig, voll von der unendlichen Barmherzigkeit der Erde. Sie würden, Victoire ahnte es in trüben Stunden voll Angst, neue Schrecken und neue Verwüstungen erleben – überleben. Der Mensch mit seinem törichten Haß, seiner niedrigen Gemeinheit hat nur eine kurze Spanne Zeit, die er zur Vernichtung alles Guten verwendet. Die Natur aber ist zeitlos, sie kennt nur den Wandel der Jahreszeiten, die immer wiederkehren, kennt nur die Tage der Rast, der Saat, des Blühens, der Ernte. Sie haßt nicht, sie neidet nicht, sie, die alles gibt und alles schenkt, ist voll tiefer Demut. Ihre Härte ist verborgene Liebe, selbst ihr Zorn, der in Gewittern grollt, in Blitzen niederzuckt, bringt neue Fruchtbarkeit.

In diesem Sommer des Jahres 1846 lag über Wohan eine tiefe sanfte Stille, voll Schwermut und dennoch voll Frieden. Denn wieder einmal wartete das alte Schloß mit Ehrfurcht und Andacht auf einen hohen Gast: den Tod.

Lully war im Mai gekommen, und alle wußten, daß sie nie mehr Wohan verlassen würde. Auch sie wußte es.

„Ich möchte nur noch diesen einen Sommer haben", sagte sie leise zu Franz, der für kurze Zeit auf Besuch gekommen war. „Du bist ein guter Arzt, Onkel Franz. Kannst du mir noch diesen einen Sommer geben?"

Er versuchte, sie zu trösten.

„Vielleicht wirst du noch viele Sommer erleben", meinte er. „Wenn du dich schonst, wenn ..."

Sie unterbrach ihn.

„Nicht, ich weiß es besser. Und du ja auch. Ich möchte ja nur ..."

Sie lächelte.

„Ich glaube, ich werde ihn haben dürfen, diesen meinen letzten Sommer. Mach kein so ernstes Gesicht, Onkel Franz. Ich fürchte mich nicht. Ich bin ja so vertraut mit dem Tod. Seit so vielen Jahren habe ich ihn gefürchtet, für andere. Nun, da er zu mir kommt, habe ich keine Angst."

Sie lag auf der Terrasse und blickte in den Garten hinaus. Sie erkannte den Wandel der Monate am Blühen der Bäume und Sträucher, an dem leuchtenden Glühen des Rotdorns, an den purpurnen Fliederbüschen, an den weißen Sternen des Jasmins, am Duft der Akazien. Als der Holunder zu blühen begann, seufzte sie leicht: „Nun kommt bald die Sonnenwende. Aber es wird noch nicht Herbst. Erst wenn die Ebereschen rot werden, wenn die Ebereschen kommen, dann ..."

„Ich kann mir gar nicht vorstellen, daß Lully sterben wird", sagte Victoire zu Joseph. „Kann denn ein Schatten sterben? Und ist sie je was anderes gewesen? Es hat in ihrem Leben nur zwei Menschen gegeben, Toinette und Ferdinand. Sie war zu allen lieb und gut, aber fast ohne es zu wissen, ohne es zu wollen. Manchmal kam es mir vor, als sei der ganze Mensch nur Toinettes Sehnsucht nach der Heimat, die Fleisch und Blut geworden ist. Für kurze Zeit."

Joseph nickte. Dieses stille Sterben erschütterte ihn. Ihm war, als verliere er Toinette zum zweitenmal, und nicht nur Toinette. In dem noch schmäler gewordenen Gesicht leuchteten stärker und glänzender denn je Marie Christines Augen und erinnerten ihn auch an diese Schwester, von der er nicht wußte, ob sie noch lebe oder schon tot sei.

Die ungeheure Weite eines Landes, in dem die Willkür eines einzelnen über jedes Schicksal gebot, hatte sie verschlungen. Vergeblich hatte Stanislas versucht, auf diplomatischem Wege etwas über Marie Christine zu erfahren. Ein eisiges Schweigen war seinen Fragen begegnet. Einmal war Franz auf seinen Reisen nach Warschau gekommen und hatte dort den Fürsten Kramsin aufgesucht. Er war höflich, aber kalt aufgenommen worden. Der Russe war ebenso schweigsam wie in jenen fernen Zeiten des Kongresses. Und als Franz geradeheraus nach Marie Christine fragte, hatte Kramsin die Achseln gezuckt:

„Es hat einmal eine Fürstin Kramsin gegeben. Sie war eine Rebellin gegen meinen Herrn und Zaren. Für mich ist sie tot."

„Damals", das hatte Franz, der nüchterne, vernünftige Arzt, fast schaudernd der Familie berichtet, „damals ist es mir eiskalt über den Rücken gelaufen. Dieser wortkarge Mann mit den kalten, fast weißen Augen, mit den feinen, aber harten Händen, ist mir vorgekommen wie die Verkörperung des ungeheuren Rußlands, des Landes, in dem Geknechtete stumm ihr Joch tragen, in dem auf den Eiswüsten von Sibirien jeder Klageruf in der Unendlichkeit verhallt. In dem alles geschehen kann, wo es keine Rettung und keine Hoffnung gibt."

„Dantes Hölle", hatte Victoire gemeint.

Und Joseph hatte bitter hinzugefügt:

„Und dieses Land, dieser Herrscher sind die letzten Freunde, die Oesterreich geblieben sind. Weiß Gott, wenn ich daran denke, so muß ich Alois, muß ich allen den jungen Toren, die mit dem Feuer der Revolution spielen, recht geben."

Das war vor Jahren gewesen. Inzwischen hatte sich Tag an Tag, Monat an Monat, Jahr an Jahr gereiht, und kein Tag, kein Monat, kein Jahr hatte von Marie Christine Nachricht gebracht. Vielleicht war sie schon lange tot, vielleicht lebte sie noch und sehnte sich nach dem Tode wie nach einer Erlösung.

Und nun erloschen hier in Wohan in einem andern Gesicht ihre Augen. Lebte Lully nicht mehr, so blieb von der Schneekönigin nur noch das Bild, das Isabey gemalt: eine schöne Frau, die auf eine endlose Ebene blickt.

Die Obstbäume bogen sich schwer unter der Last der Früchte. Die ersten Fledermäuse umschwirrten die alten Mauern von Wohan. Von der March stiegen blaue

Nebel auf und hingen wie dünne Fahnen an den Türmen des Schlosses. Und im dunklen Laub leuchteten rot die Ebereschen.

Der Sommer war vorbei.

Und mit ihm ging der kleine Schatten fort, der nur für zwei Menschen gelebt, mit ihm verschwand Toinettes Sehnsucht nach der Heimat, die Fleisch und Blut angenommen hatte, mit ihm starb Toinette zum zweitenmal – und vielleicht auch Marie Christine.

Der Tod, den sie so gut gekannt hatte, war Lully gnädig. Er quälte sie nicht, ein Herbstwind verlöschte die kleine zuckende Flamme. In der Nacht von Lullys Tod fiel der erste Reif des Jahres. Am Morgen waren die Wiesen weiß, und die Astern ließen die schwarzen verbrannten Köpfe hängen.

Victoire, die die ganze Nacht nicht geschlafen hatte und beim ersten Morgengrauen ans Fenster gegangen war, sagte fast zornig zu Joseph:

„Sie hat ihren Sommer gehabt. Sie ist fortgegangen, ehe der Winter kam. Glückliche Lully."

Und Joseph wußte, daß Victoire die Tote beneidete, die jung gestorben war und sich nicht vor dem Alter fürchten mußte, vor der Kälte, der Einsamkeit und Trostlosigkeit dieses Menschheitswinters.

***

Dieses Jahr blieb Victoire auch über die Wintermonate in Wohan. Sie war müde, sie fürchtete sich vor der lärmenden Stadt. Fürchtete sich freilich am meisten davor, schweigend zusehen zu müssen, wie Alois ihr immer fremder wurde, wie ihn der Strom der Zeiten, der Ereignisse immer weiter von ihr fortriß. Hier, in Wohan, konnte sie sich noch Illusionen machen, konnte sich einreden, daß der Sohn zu ihr zurückkehren werde. Hier, in Wohan, sah sie ihn zusammen mit Carl auf dem großen Rasenplatz spielen; wie lieb waren die Zwillinge gewesen! Sie konnte nach langen verträumten Stunden am Kamin bisweilen aufblicken und sich fragen: „Wo bleiben die Buben so lange? Es wird doch schon dunkel." Und im Halbtraum auf die raschen jungen Schritte warten, die so eilig durch die alten hallenden Korridore gelaufen waren.

Der Wind rüttelte an den Fensterscheiben. Das Klirren riß Victoire aus ihren Träumen. Das Zimmer war leer. Die Korridore waren leer. Kein Schritt hallte wider. Sie beugte sich fröstelnd zu den flammenden Holzscheiten im Kamin. Sie fragte sich mit der alten Schwermut: Wohin ist das Leben verschwunden? Was ist mir geblieben? Wozu war alles? Wozu ist alles?

Die Stille bedrückte sie. In ihr hörte sie laute Stimmen, Schreie, Knallen. Sie fuhr hoch: Es wird geschossen ... In der Hauptstadt ... die Revolution ... Alois ...

Sie ertrug es nicht länger. Lief zu Joseph hinüber, der in seinem Studierzimmer arbeitete. An der Wand über seinem Schreibtisch hing das Bild einer jungen knabenhaft schlanken Frau mit schwarzen Augen: Grand'maman Inez. Joseph, über Papiere gebeugt, rechnete, zeichnete Pläne. Der arme Narr, hier, in diesem kleinen Raum, will er das Leben ändern, will in Wohan einen winzigen Teil der Welt verbessern, und in der Hauptstadt wird geschossen. Vielleicht auf Wehrlose,

vielleicht auf Fliehende. Es trifft ja immer die Falschen. Karren rattern zur Guillotine. Diese Welt ist eine Hölle ...
Sie stand reglos auf der Schwelle. Joseph, völlig in seine Arbeit vertieft, bemerkte sie nicht. Nur Grand'maman Inez schien zu ihr herüberzulächeln, ein wenig überlegen, ein wenig spöttisch. „Die Welt", schienen die klugen Augen zu sagen, „ist keine Hölle. Nur wir Menschen machen sie dazu. Seid doch nicht so töricht. Haltet euch an die Gebote. Tut euere Pflicht."
Joseph hob den Kopf. Victoire lief zu ihm hin.
„Ich habe Angst, habe so furchtbare Angst."
Er nahm sie in die Arme, führte sie zu dem alten Sofa, setzte sich neben sie.
„Du übertreibst. Gerade dieses letzte Jahr war ruhiger."
„Die Ruhe vor dem Sturm."
Sie saßen lange stumm nebeneinander. Allmählich beruhigte Victoire sich.
„Du bist ein Engel", meinte sie schließlich lächelnd. „Ich begreife nur nicht, wie du meine Launen und Stimmungen immer noch ertragen kannst."
„Ich liebe dich", sagte er leise, fast verlegen.
Sie lachte.
„Mein guter Joseph! Weißt du, daß du das jetzt genau so gesagt hast wie damals in dem kleinen grünen Empiresalon, wenn wir dort saßen und Toinette die Gardedame spielte? Und jetzt sitzen wir hier und sind alt. Und haben drei Kinder. Und sind dennoch allein. Und meine Haare werden weiß. Und ich entdecke jeden Tag neue Falten in meinem Gesicht. Und du bekommst sogar einen kleinen, oh, einen ganz kleinen Bauch. Und auf dem Kopf eine kahle Stelle, und du bist der alte Graf, und ... und ... ich liebe dich."
Sie lachte und weinte in seinen Armen. Und dann schritten sie in Gedanken den langen Weg zurück zur Jugend und vergaßen die Gegenwart. Die Sonne schien goldener, der Himmel war blauer, die Musik tönte heiterer in jenem verlorenen Lande.
Victoire lächelte zu Grand'maman Inez' Bild hinüber. Dann sagte sie ernst: „Arme Grand'maman Inez! Eines hat sie nicht gekannt. Sie ist nie mit ihrem Mann zusammengesessen und hat fragen können: Erinnerst du dich? Vielleicht ist das das einzig Gute des Alterns, wenn man sich zusammen erinnern kann."
Sie lehnte den Kopf an seine Schulter:
„Erinnerst du dich? Erinnerst du dich?"
Und sie gingen weiter auf dem sonnenhellen Weg und hörten nicht den Winterwind, der um das Haus heulte, und nicht das zornige Rauschen der March, und nicht das tiefe, unheimliche Grollen in der fernen Hauptstadt, und nicht das Krachen morscher Bretter, die, Schutt aufwirbelnd, einstürzten und ihre alte, ihre Jugendwelt begraben würden.
Im März kam Lätitia unangemeldet, unerwartet nach Wohan.
„Ich hatte Heimweh", erklärte sie auf die Fragen der Eltern. „Man kann doch nicht immer in der Fremde leben."

Victoire lächelte. Sie wußte ja, weshalb England, das wundervolle, fortschrittliche Land, plötzlich für Lätitia die Fremde war.

Lätitia war stiller geworden, weniger überheblich. Victoire staunte, wie gut sie sich jetzt mit der Tochter verstand.

„Du wirst dich in Wohan langweilen", meinte sie. „Nach London, nach dem großen Leben in der großen Welt."

Lätitia schüttelte den Kopf.

„Kann man sich in Wohan langweilen? Oft, wenn mir vieles in der Welt, die du die große nennst, gar nicht mehr gefiel, dachte ich an Wohan und hatte das Gefühl, hier sei alles anders, sei alles besser. Und ich will keine Feste. Ich will still sein, warten ..."

Sie stockte, errötete.

„Du warst zwei Tage in Wien, Lätty. Wen hast du alles gesehen?"

„Onkel Franz, aber der hatte natürlich keine Zeit für mich. Außerdem sprach er nur von einer neuen medizinischen Entdeckung, von der ich nichts verstehe. Alois, der verrückter ist als je. Nepomuk, der nicht um ein Haar besser ist. Und Ferdinand."

Sie stand auf, ging ans Fenster. Sprach über die Schulter zu Victoire.

„Wenn nur das Trauerjahr zu Ende wäre. Ich bin kein junges Mädchen mehr, Mutter. Werde einunddreißig. Wozu sollen wir so lange warten?"

Victoire sah den kleinen Schatten, der einst, es war gar nicht lange her, in Wohan umhergegangen und im Palais in Wien auf Ferdinands Heimkehr gewartet hatte. Lätitia sah ihn nicht. Sie hatte Lully vergessen. Lully bedeutete für sie nur das „Trauerjahr", das endlose Jahr, das sie von Ferdinand trennte. Victoire erschrak fast über den Egoismus der Tochter. Aber vielleicht mußte das so sein. Vielleicht war es der Egoismus des Lebens, der Egoismus eines alten Geschlechtes, das nicht aussterben will.

Lätitia kannte nicht das lebensmordende Zweifeln und Fragen der Mutter. Sie wußte, was sie wollte. Sie war, Victoire lächelte in der Erinnerung, daß man einst auch sie so genannt hatte, ein modernes Mädchen. Lätitia sah alles mit andern Augen. Sie hatte die kindlichen Schwärmereien und Begeisterungen abgestreift. Sie nahm die Menschen, wie sie waren. Sie erwartete von ihnen kein Heldentum, keine Heiligkeit ... Sie sah stets nur das Nächste ... wie, und Victoire lächelte abermals, Grand'maman Inez es getan hatte.

Lätitia trat wieder zur Mutter.

„Ich bin einunddreißig", wiederholte sie. „Ich will Kinder haben, Mutter. Warum soll ich so lange warten?"

Sie fuhr Victoire schmeichelnd über das Haar.

„Schau", sagte sie, „du wärst eine so reizende Großmutter."

Victoire versuchte, etwas von den Konventionen zu sagen, doch wußte sie, daß Lätitia dies nicht begreife. Und wußte auch, daß sie nachgeben würde. Wie hätte sie wagen sollen, sich dem Leben entgegenzustellen?

Ferdinand und Lätitia heirateten im Juni und zogen in das Palais in der Nähe der Freyung. Das alte Heim wurde neu hergerichtet. Lätitia verwandelte es in ein englisches Haus, hell, licht, ein wenig banal, fand Victoire. Nur der grüne Empiresalon, in dem die verbotenen Schriften sich häuften, blieb, wie er war. Alois, der eine neue Welt wollte, konnte sich nicht von dem „alten Gerümpel" trennen.

Ueberhaupt schien Alois sich zu verändern. Er wurde stiller. Seine endlosen Tiraden über Freiheit und Menschenrechte wurden seltener. Nun kam es vor, daß er die Abende daheim verbrachte. Bei Lätitia und dem Schwager, mit dem er sich plötzlich anfreundete. Früher hatte ihn Ferdinands Nüchternheit, dessen, wie er zu sagen pflegte, „krämerhaftes" Berechnen aller Möglichkeiten gereizt, er hatte bei ihm den Elan, die dahinstürmende, alle Hindernisse mißachtende Begeisterung seiner Freunde vermißt. Jetzt aber entdeckte er hinter dem gelassenen Wesen dieses ältesten Herdegen der neuen Generation, hinter dem leicht spöttischen Lächeln, das Ferdinand von Stanislas hatte, einen unbeirrbaren Willen zur Gerechtigkeit, zur Güte, zur Menschlichkeit. Alois träumte von der Befreiung des Volkes, für ihn bedeutete dieses Volk etwas bedingungslos Gutes, Edles, der Natur Nahes. Ferdinand träumte nicht, er half, wo er konnte, er war imstande, monatelang für irgendeine kleine Verbesserung in der Schule zu kämpfen, er kannte das Volk, diese für Alois ideale Abstraktion, und fand, es sei nicht besser und nicht schlechter als die sogenannten „Herren", die Alois mit seinem Haß verfolgte, sei nur ärmer, hilfsbedürftiger.

In den Appartements der jungen Herdegens kamen ernste, verantwortungsbewußte Männer zusammen, Menschen, die sich weder von Schlagwörtern hinreißen noch durch Schlagwörter, die ihnen geschmacklos und banal erschienen, von einer Sache abstoßen ließen, die, groß und gut, hinter diesen Phrasen verborgen lag.

„Wenn das das junge Oesterreich ist", meinte Victoire, „so dürfen wir für unser Land viel erhoffen. Vielleicht sogar das ungeheuere, unglaubliche Wunder, auf das die Menschen seit Generationen warten: den Sieg der Vernunft."

Sie war in jenen Wintertagen glücklicher als seit langem. Sie sah Lätitias Glück und freute sich darüber. Sie fühlte, wie der Sohn ihr wieder näherkam. Freilich ahnte sie, daß ihn nicht Liebe und Zärtlichkeit zu ihr trieben, sondern eine große, eine bittere Enttäuschung. Die bitterste, die ein Idealist erleiden kann: die Dinge so zu sehen, wie sie sind.

Alois sprach nie darüber, erwähnte nie die zahllosen Kleinigkeiten, die ihm die schmerzliche Erkenntnis gebracht hatten, daß auch seine geliebten Freunde und Mitkämpfer für die gute Sache nur Menschen waren, auf den eigenen Vorteil bedacht, voll kleinlicher Eitelkeit, voll armseligen Neides. Vielleicht wollte er der Mutter, die ja immer seine Ueberzeugungen bekämpft hatte, nicht den Triumph gönnen, vielleicht fürchtete er, das ausgesprochene Wort könne die bitterböse Klarheit, die ihn bedrohte, noch heller, noch unerbittlicher machen.

Er verriet sich ein einziges Mal, und das dem Vater gegenüber. Joseph und der Sohn waren lange schweigend in Josephs Arbeitszimmer gesessen. Später erinnerte Joseph sich oft mit quälender Genauigkeit dieses stillen Abends. Sah im Geist das milde grüne Licht der beschatteten Schreibtischlampe, in dessen Schein Alois' schönes junges Gesicht sehr blaß erschien. Der Schimmer fiel hell auf Grand'maman Inez' Miniatur, die auf Josephs Schreibtisch stand, und streifte sanft Carls Bild an der Wand.

Alois saß auf dem großen Diwan und rauchte eine Pfeife. Der blaue Rauch stieg gemächlich hoch, nur wenn durch das schlecht schließende Fenster der Dezemberwind in kurzen Stößen hereinwehte, wirbelte der Rauch wild durcheinander und zerriß in winzige blaue Fetzen.

In der Stille war nur das Ticken der alten Empireuhr auf dem Kamin und das Kritzeln von Josephs Kielfeder zu vernehmen.

Unvermittelt sagte Alois, den Blick auf Carls Bild geheftet:

„Der hat es gut. Der kennt keine Zweifel."

Joseph hob den Kopf. Etwas hatte im Ton der jungen Stimme mitgeklungen, das ihn erschreckte; eine große, eine schmerzliche Verbitterung.

„Und du, Alois?" fragte er leise.

Alois setzte sich gerade auf. Seine Lippen zuckten, er schlang nervös die schmalen Finger ineinander.

„Was soll man tun, Vater," fragte er, „wenn man den Glauben an etwas verloren hat? Und keinen neuen findet?"

Die alte Befangenheit, die Joseph so oft seinen Kindern gegenüber empfand, die Angst, etwas zu sagen, das sie falsch beeinflussen oder das ihnen weh tun konnte, überkam ihn wieder einmal. Er schwieg.

Alois wartete auf eine Antwort. Dieses angstvolle Warten schien plötzlich den ganzen Raum zu erfüllen. Es riß an Josephs Nerven, es machte ihn mit einem Mal entsetzlich müde.

„Was soll man tun, Vater?" fragte Alois noch einmal.

Joseph wandte die Augen von dem zerquälten jungen Gesicht ab. Sein Blick fiel auf die Miniatur.

„Du warst zu klein, als Grand'maman Inez starb", sagte er. „Du kannst dich nicht an sie erinnern. Schade. Sie hätte deine Frage beantworten können."

Nun wandten sich auch Alois' Augen dem Bild zu.

„Ihr sprecht noch immer von ihr, als ob sie lebte. Für euch ist sie noch immer nicht wirklich tot", meinte er. „Wie kommt das?"

Joseph blickte verwirrt auf den Sohn. Wie kam es wirklich? Weshalb lebte die alte Frau noch immer im Geiste unter ihnen, weshalb war ihr Einfluß noch nicht erloschen, nach so vielen Jahren? Weshalb sagten ihre Enkel und auch ihre älteren Urenkel, die sich noch an sie erinnern konnten, so häufig: „Grand'maman Inez hätte ... Grand'maman Inez würde ..."?

„Vielleicht, weil sie ein ganzer Mensch war. Ein Mensch, der bedingungslos nach seinem Glauben handelte", sagte er leise, mehr zu sich als zu dem Sohne.

„Und sie ist nie an ihrem Glauben irre geworden? Was auch immer die Menschen taten, die den gleichen Glauben hatten?"

Joseph lächelte.

Wie töricht hätte Grand'maman Inez diese Frage gefunden. Was hatten die armen schwachen Menschen mit dem Glauben zu tun, der im Meer der Ewigkeit verankert ist?

Er schüttelte den Kopf.

„Sie verstand es, den Glauben und die Menschen auseinanderzuhalten."

Er schwieg einen Augenblick, dann sagte er leise:

„Als sie starb, mein Bub, da hat sie es tief beklagt, daß sie so vieles unterlassen habe, Werke der Güte, der Liebe, der Gerechtigkeit. Und ihr einziger Trost war, daß Gott sie tun würde, aber nicht nur Gott, Alois, auch wir, ihre Enkel und Urenkel."

Alois schwieg. Joseph sah ihm an, daß diese Worte, diese Erinnerung ihn erschüttert hatten.

Er sprach weiter.

„Erfülle ihre Bitte, mein Bub. Schau, ich habe so wenig getan, daß auch ich auf euch, meine Kinder, zählen muß. Carl hat sein Teil auf sich genommen. Bleibe auch du bei deinem Glauben, kämpfe für ihn, selbst dann, wenn dich deine Mitkämpfer, wenn dich die Menschen, für die du kämpfst, enttäuschen."

Er verstummte. Erschrak. Hatte er zuviel gesagt? Hatte er eingegriffen in ein Menschenleben? Er dachte an Victoire. Hatte er ihr gegenüber nicht unrecht gehandelt, ihr liebstes Kind von neuem Gefahren ausgesetzt, gerade jetzt, da Alois vielleicht ...?

Alois lächelte. Noch immer ein wenig bitter. Er stand auf und trat zum Schreibtisch. Er stand vor Grand'maman Inez' Bild, stand vor den schwarzen spanischen Augen, wie ein junger Knappe, der vor dem Ritterschlag die Nachtwache in einer Kapelle hält. Der etwas weiche verträumte Mund war hart, das Kinn erschien mit einem Mal fest, eigensinnig. Alois nickte dem Bilde zu. Den Vater schien er vergessen zu haben. Leise sagte er:

„Dein Urenkel, Grand'maman Inez, wird die Treue halten. Was auch immer geschieht."

Im fahlen grünen Licht der verschleierten Lampe war das junge Gesicht blaß wie das eines Toten.

XXIII.

Seiner Majestät Botschafter, Stanislas Herdegen, lief, alle Würde vergessend, wie gehetzt durch die große Allee vor dem Schloß, bog auf einen Feldweg ab und stieß mit Franz zusammen, der eben von einem Krankenbesuch in der Nachbarschaft kam. Franzens sogenannte Ferien gaben der Familie immer wieder Anlaß zu Neckereien, weil er sie dazu benützte, zu allen kranken Pächtern und Bauern der Umgebung zu gehen, die mit Angst und Schrecken den „verrückten Herrn Grafen" aufnahmen. Verlangte er doch unbarmherzig das Oeffnen aller Fenster und warf altbewährte Hausmittel einfach fort.

Stanislas blieb keuchend stehen. Franz blickte ihn verwundert an. „Was ist denn los, Stani?“ fragte er erstaunt. „Vor wem flieht seine Exzellenz?“

Stanislas lachte, setzte sich, noch immer nach Atem ringend, auf einen Stein und brummte:

„Vor meinem Schwiegersohn. Ich halt das nicht länger aus. Ich sag ja ohnehin schon zu allem ja, damit Therese zufrieden ist. Aber auf die Dauer geht das nicht.“

Er stöhnte.

„Das ist ja der reine Familientag auf Wohan. Unerträglich. Meine liebe Tochter, ihr Mann, Schwager Nepomuk und seine Braut, Ferdinand und Lätty, die gehen ja noch an, obwohl ich jedesmal zusammenfahre, wenn ich Lätty anschaue und denke, wie bald ich Großvater sein kann. Aber dieser Bruder, dieser gräßliche Wilhelm! Dabei kann ich ihm noch dankbar sein, daß er uns Therese abgenommen hat. Weiß Gott, ich hätte sie nicht geheiratet.“

„Zuviel Inzucht“, meinte Franz gelassen und steckte sich eine Zigarre an.

„Inzucht? Unsinn. Die Enkelin der Mutter Sametil hat den Sohn des alten Bredar geheiratet. Da kann von Inzucht keine Rede sein. Oder findest du etwa, daß Therese irgend etwas von uns und Wilhelm irgendwas von Toinette hat?“

Franz lächelte. Er konnte nicht widersprechen, war doch Therese tatsächlich das Ebenbild der bäuerlichen Großmutter. Auch in ihrer Art erinnerte sie an die ewig echauffierte, aufgeregte dicke Frau. Er sah zum Bruder hinüber. Stanislas hatte sich in den letzten zehn Jahren kaum verändert, das leicht ergraute Haar wirkte bei ihm wie Koketterie. Er war heute noch der schöne junge Diplomat, der allen Frauen die Köpfe verdrehte und durch seinen persönlichen Charme, den er freilich weidlich auszunützen verstand, noch mehr erreichte als durch seine Klugheit.

Franz, ein wenig schwerfällig, ein wenig behäbig geworden, meinte fast vorwurfsvoll:

„Du wirst überhaupt nie älter werden, Stani.“

Stanislas runzelte die Stirn. Ein Schatten fiel über seine Züge.

„Jetzt schon“, sagte er verdrossen.

„Warum jetzt? Du bist wirklich eitel wie eine Frau. Nur weil du in einigen Monaten Großvater sein kannst?“

„Nein. Weil ich ... weil ich in einigen Monaten die Karriere aufgebe.“

„Du? Ja, um Gottes willen. Warum denn?“

„Weil ich nach St. Petersburg kommen würde. Ja, ich weiß, eine ungeheure Ehre, der jüngste Botschafter, auf diesem verantwortungsvollen Posten. Aber ich gehe nicht. Ich kann nicht.“

„Warum?“ fragte Franz verständnislos.

„Ich hasse die Russen“, entgegnete Stanislas heftig. „Hasse dieses Gemisch von ehrlicher Barbarei bei dem Volk und schlecht übertünchter Barbarei bei der Gesellschaft. Diese Leute waschen sich nicht, sie parfümieren sich nur, und das gilt auch für das Geistige und Moralische. Außerdem ... Ich kann nicht vergessen ...“

„Vergessen?"

„Schau hinüber, Franzel", ohne sich dessen bewußt zu sein, nannte er den Bruder beim Kindernamen. „Dort drüben liegt die Wildnis. Jetzt ist sie schon ganz verwachsen. Lätty will nicht zulassen, daß sie ausgerodet wird. Siehst du den einen Kastanienbaum, der dort blüht? Den habe ich zusammen mit Matzi gepflanzt. Wie lange ist das her? Ich bin nicht sentimental wie Joseph, aber sooft ich nach Wohan komme, gehe ich zuallererst zu diesem Baum. Und deshalb, deshalb ..."

Er lachte spöttisch.

„Wir haben eben alle unsere Schwächen. Ich kann Matzi nicht vergessen. Darum gehe ich in Pension. Wir werden in England bleiben. Ich werde, solange ich noch schlank und beweglich bin, die *Season* durchtanzen, ‚der entzückende österreichische Graf, mit dem die Königin gern tanzt', und Parforcejagden[1] reiten. Und mich langweilen und immer unausstehlicher werden. Und Bozi wird es mir verzeihen, wie sie mir immer alles verziehen hat. Und eines Tages werden sie mich mit der Eisenbahn heimbringen in die Familiengruft. Falls es dann noch Familiengrüfte geben sollte."

Franz sah den Bruder prüfend an.

„Warum sagst du das, Stani?"

Er zuckte die Achseln.

„Man sieht und hört doch so allerlei als Diplomat. Sogar in England ... Am liebsten würde ich auf eine Insel auswandern, wo es keine wirtschaftlichen Fragen gibt."

Er wurde lebhafter.

„Die Leute, die die Welt in Unruhe versetzen, die Arbeiter, die kleinen Pächter und Bauern haben ja recht. Ich sehe es ein. Trotzdem ... Ich hätte lieber vor zweihundert Jahren gelebt, als die Reichen noch kein Gewissen und die Armen noch keinen Verstand hatten. Und unsere Regierungen ..."

Franz lachte.

„Grand'maman Inez pflegte zu sagen, daß die Welt von Kaiserinnen regiert werden müßte. Ich hingegen möchte eine Regierung von Aerzten zusammenstellen. Von großen Aerzten, Gelehrten von Gottes Gnaden. Die würden besser wissen, was nottut."

„Leute wie du und Schwager Nepomuk, nicht wahr?" fragte Stanislas mit gutmütigem Spott.

„Wie Nepomuk, ja. Ich weiß, Stani, für dich und deinen unerträglichen Hochmut ist er noch immer der Bauernbursch, den Grand'maman Inez aus Gnade studieren ließ. Aber ich sage dir, der Name dieses Bauernburschen wird weiterleben, wenn man von den Herdegens überhaupt nichts mehr weiß."

„Kann schon sein."

Stanislas gähnte leicht.

Zwei Kinder kamen aus der Wildnis. Ein kleines Mädchen, ein etwas größerer Knabe. Stanislas wurde blaß.

„Schau Franzel. Die Wildnis lebt wieder. Und wieder spielen in ihr Kinder. Die Enkel des alten Sametil und des alten jüdischen Bankiers. Ist das nicht seltsam?"

„Der alte jüdische Bankier ...“
„Du mißverstehst mich. Ich wollte nichts gegen ihn sagen. Weiß Gott, daß mir Rahel als Tochter lieber wäre als meine arme schreckliche Therese. Sie ist hübsch, gescheit, reizend. Und ich muß zugeben, ihre Kinder sehen viel aristokratischer aus als meine Tochter.“
Die Kinder hatten ihn erblickt und kamen gelaufen. Onkel Stani war auch für sie, wie einst für Lätty und die Zwillinge, eine Sensation, der schöne gescheite Onkel, der so wundervolle Spiele erfand und der so aufregende Dinge erzählen konnte, von fremden Ländern und Völkern, von weiten Reisen mit der Eisenbahn und mit dem Schiff.
Franz bemerkte belustigt, daß Stanislas rasch mit der Hand über das leicht verraufte Haar fuhr und seinen Rock glatt strich. Stanis' Eitelkeit, sogar den Kindern gegenüber lebte sie von neuem auf. Die kleine Inez, es war merkwürdig, daß dieser Namen nicht bei den Herdegens, wohl aber bei den Sametils weiterlebte, warf sich in Stanislas' Arme. Ihre samtweichen braunen Augen leuchteten, ihre Wangen glühten.
„O Onkel Stani, wir haben ein Vogelnest entdeckt. Denk dir, vier kleine nackte Amseln. Komm mit, wir wollen es dir zeigen.“
Stanislas fragte, fast ebenso eifrig wie die Kinder:
„Auf der großen Weide, nicht wahr? Dort haben die Amseln schon immer genistet.“
Die kleine Inez nahm seine eine, der kleine Franz seine andere Hand.
„Komm, Onkel Stani, komm.“
Sie hatten es schrecklich eilig, und seine Exzellenz der Herr Botschafter lief mit ihnen den steilen Weg hinunter, genauso interessiert und begeistert, wie einmal, wie lange war es her, der kleine Stani Hand in Hand mit Matzi nach der Wildnis gelaufen war, um ein Vogelnest zu betrachten.
Franz folgte ihnen mit den Blicken. Sie verschwanden im grünen Gewirr von Baumkronen und Aesten, über dem Marie Christines Kastanienbaum die roten Blüten gegen den Himmel hob.

***

In Frankreich war die Zweite Republik proklamiert worden. Ein gutmütiger Mann war aus seiner Hauptstadt geflohen, ohne recht zu begreifen, was sein Volk eigentlich wollte. Und England, das Asyl aller Flüchtlinge, nahm Mr. Smith auf, ohne sich weiter darum zu kümmern, daß er noch vor wenigen Tagen Louis Philippe von Frankreich geheißen hatte.
In Wien wurden die Zügel der Regierung straffer gezogen. Die alten Herren in der Regierung kannten nur diese Methode. Vielleicht hätte der höchste Herr gerne eine andere angewandt, aber die hohen Herren ließen es nicht zu. Es wurde verboten, verhaftet, das oberste Zensurkollegium arbeitete ununterbrochen. Plötzlich erschien alles gefährlich. Aus dem Spielplan des Burgtheaters wurden „Wilhelm Tell“ und der „Fiesko“ gestrichen. Ein fast drollig anmutendes Zirkular verbot allen Beamten, über Mailand zu sprechen. Aber keine Zensur, keine Behörde, kein

Zirkular brachte die Münder zum Schweigen, die, zuerst leise, vorsichtig, ängstlich, dann immer lauter, herrischer die Forderung aufstellten: „Metternich muß abdanken". Der blaßblaue Märzhimmel ward zur Kuppel eines riesigen Doms, in dem das Volk von Wien zu seltsamen Göttern mit seltsamen Gebeten um die Freiheit flehte. In Wirtschaften, auf den Marktplätzen, vor den Kirchen standen die Bürger, aufgeregt, halb freudig, halb furchtsam das Große erwartend, dessen Nahen sie fühlten.

„Tausende haben die Petition unterschrieben", erzählten sie. „Der Alexander Bach[2] hat sie entworfen. Wir verlangen eine Konstitution, die Pressefreiheit und daß er endlich geht, der Alte, der Metternich."

„Na, und was wird dann sein?" meinte ein Zweifler.

„Dann ..."

Zahllose Stimmen beantworteten die Frage. Malten ein Paradies aus, einen Himmel auf Erden. Zwischen ihnen und diesem Paradies, so glaubten die Wiener, stehe einzig und allein der Metternich, stehen vielleicht auch die Erzherzöge.

Alois hatte alle Zweifel vergessen. Er wurde mitgerissen von der Erwartung, von der Zuversicht. Er glaubte beseligt an eine friedliche Revolution. Weisheit und Gerechtigkeit werden siegen, ohne daß Blut vergossen wird. Und in der neuen brüderlichen Welt wird ein wundervoller Staat erstehen, allen andern Ländern zum Beispiel: ein neues, ein verjüngtes, ein wahrhaft großes Oesterreich.

War es nicht ein gutes Zeichen, daß die Kämpfer für dieses neue Land jung waren, Studenten, junge Menschen, die noch keine Kompromisse kannten, die sich bedingungslos der großen Sache hingaben?

Er stand im Hofe des Ständehauses zwischen Studenten und Volk, er lauschte der Rede von Kossuth, die vorgelesen wurde. Er glaubte zu träumen. Durften diese kühnen, diese begeisterten Worte wirklich hier erklingen, durfte man sie jubelnd aufnehmen? War das Wunder schon geschehen?

Er schloß sich der Masse an, die nach der Staatskanzlei zog. Er fühlte sich trunken als Teil dieser Masse, die das gleiche wollte, das gleiche forderte. Noch nie hatte er die Menschen so sehr geliebt. Wie hatte er nur an ihnen zweifeln können? Er blickte in verklärte, begeisterte Gesichter. Sie erschienen ihm von einer fast überirdischen Schönheit.

Er hörte nicht, wie plötzlich geflüstert wurde, wie ängstliche Stimmen tuschelten: „Das Militär rückt aus."

Es war Mittag geworden. Durch die Wolken war die Sonne gedrungen. Von den Kirchen läuteten die Glocken. Alois hörte sie singen: „Freiheit, Gerechtigkeit." Hörte nur die himmlischen Stimmen, die durch die Frühlingsluft schwangen. Hörte nicht das Galoppieren von Pferden, nicht die harten Schritte marschierender Menschen.

In der Strauchgasse fiel der erste Schuß. Alois, eingezwängt in der Menge, vermochte kaum den Kopf zu drehen. Er erriet mehr als er sah, daß hinter ihm einer zu Boden stürzte. Nur den roten Fleck auf der Straße, den sah er.

Ein Grauen kam ihn an. Man schießt auf uns. Man schießt auf Menschen, die das Gute wollen. Das Militär schießt auf uns ...

Er sah die Gesichter ringsum. Wohin war die verklärte Schönheit verschwunden? Haßverzerrte Züge, grimassierend in Empörung und Angst. An den plötzlich mit Schweiß bedeckten Stirnen klebten feucht die Haare. Geweitete Augen starrten blicklos vor sich hin. Hände ballten sich zu Fäusten oder sanken kraftlos hinab. Und aus zahllosen Mündern drangen Schreie, verschmolzen zu einem Schrei, zu einem Aufbrüllen, als würden hier wilde Tiere gejagt.

Das Militär rückte vor. Die Kommandorufe klangen abgehackt, scharf durch den Mittag. Und wieder ein Schuß, und noch einer, und wieder das Aufbrüllen. Und dann, der letzte Schuß, den Alois Herdegen in seinem Leben hören würde.

Das Militär stellte die Ruhe her. Es säuberte die Plätze, die Gassen, die Straßen. Unter dem blaßblauen Himmel lagen die Toten und starrten unbeweglich, eine letzte, ewig unbeantwortete Frage auf dem fahlen Gesicht, zu den weißen, vom Wind getriebenen Wolken empor.

***

Victoire weinte nicht, als sie ihr den toten Sohn brachten. Sie sprach kein Wort. Sie nickte nur stumm. Sie hatte es ja gewußt. Hatte seit Jahren die Schüsse gehört, von denen der eine Alois treffen würde.

Sie saß im grünen Salon und hielt die kalte Hand ihres Sohnes in der ihren, sie blickte ihn an, als sähe sie ihn zum erstenmal, sie wandte kein Auge von dem jungen toten Gesicht.

Sie wußte nicht, was in jener Nacht geschah. Sie hörte nicht die Freudenschreie, das Brüllen und Johlen, das die Stadt erfüllte, als bekannt wurde, daß Fürst Metternich abgedankt habe.[3] Sie hörte auch nicht das eilige Kommen und Gehen im Flügel der jungen Herdegens, hörte nicht das Stöhnen aus Lätitias Zimmer und nicht den ersten quiekenden Kinderschrei, der in der Morgendämmerung durch das alte Palais klang.

Joseph kam zu ihr. Blaß, übernächtig. Er kniete neben das Bett hin und betete stumm. Dann stand er auf und sagte sehr leise, sehr sanft:

„Victoire. Lätty hat einen Sohn."

Victoire blickte ihn verständnislos an.

„Lätty, ach so ..."

Ihr Gesicht verzerrte sich.

„Wozu ist das Kind geboren worden? Man wird es Lätty töten, wie man mir meinen Sohn getötet hat."

„Auch meinen Sohn, Victoire."

Sie beachtete seine Worte nicht. Sie wandte sich von ihm ab und griff von neuem nach der toten kalten Hand. Sie hob sie leicht in die Höhe.

„Schau, Joseph, diese Hand. Sie hat nur geben, nur helfen wollen. Sie hat nie etwas Böses getan. Schau sie an."

Dann verstummte sie wieder. Sie sprach nicht, sie weinte nicht, sie saß starr neben dem toten Sohn, als wäre sie selbst eine Tote. Erst in der Nacht schien sie zum Leben zu erwachen. Sie sah durchs Fenster das Leuchten der Illumination, mit der das Volk von Wien seinen Sieg feierte. Alles würde bewilligt werden: Nationalgarde, Pressefreiheit, Konstitution. Und ein alter Mann, den alle verlacht hatten, hatte zornig geantwortet, da man ihm vorschlug, gegen die Rebellen mit Kanonen aufzufahren: „Auf meine Wiener laß ich nicht schießen."[4]

Die Toten waren vergessen. Die Stadt leuchtete in bunten Farben. Die Toten lagen in dunklen Zimmern. Die Stadt jubelte. Die Toten schwiegen.

Victoire fuhr hoch.

„Joseph, ich bleibe nicht hier. Und auch er darf nicht hierbleiben. Hier, in dieser Stadt, die ihn getötet hat. Ich bringe ihn nach Wohan."

Sie setzte ihren Willen durch. Sie brachte den toten Sohn heim, in das geliebte Wohan seiner Kindertage.

Joseph begleitete sie. Sie fuhren eine Strecke in der Eisenbahn. Den Rest des Weges würden sie in der Postkutsche zurücklegen. Sie saßen schweigend nebeneinander. Der Zug ratterte durch die Landschaft. Grauer Regen rieselte nieder. An den Hängen lag noch schmutziggelber Schnee.

Joseph blickte zum Fenster hinaus. Wie rasch auf so einer Fahrt alles vorüberzog, fast so rasch wie die Jahre eines Menschenlebens. Und was war das Ende der Fahrt? War es nicht immer das gleiche, wie es heute sein würde: ein Grab?

Victoires Gesicht erschreckte ihn. So hatte er sie noch nie gesehen. Sie schien mit einem Mal ganz fern von ihm, wie sie sich ja auch seit jenem Nachmittag – war es drei Tage oder war es drei Jahre her, seitdem man Alois ins alte Palais getragen hatte? – allem entfremdet hatte. Sie hatte außer ihm niemand sehen wollen. Hatte nicht einmal von Lätitia Abschied genommen, hatte nicht einmal Lätitias Sohn gesehen.

Er suchte verzweifelt nach einem Trost für Victoire. Und gab ihr schließlich den, der ihm selbst das schwere Leid tragen half:

„Er ist froh gestorben, Victoire. Er hat den Sieg seiner Sache vor Augen gehabt."

„Weißt du, was er in den letzten Augenblicken gedacht hat? Vielleicht sah er noch die andern fallen. Vielleicht erschrak er vor den Menschen, für die er gekämpft hat. Vielleicht hat auch er in seinem letzten Augenblick, da er allein, verlassen auf der Erde lag, sich gefragt: Wozu?"

Joseph hob die Hand.

„Nicht, Victoire. Das ... das ertrage ich nicht ..."

Sie blickte ihn fast erstaunt an.

„Du weinst? Du kannst weinen? Ich kann nur hassen. Tödlich hassen. Die Menschen, die ihn mir genommen haben und auch jene, für die er gestorben ist, denn auch sie haben ihn mir genommen. Und ich kann ihn nicht rächen. Nicht an den einen, nicht an den andern."

Sie verstummte. Der Zug ratterte weiter. Langsam senkte sich der Abend nieder. Schwarze Schatten legten sich über die vorüberhuschenden Felder und Hügel. Es wurde dunkel im Abteil. Joseph sah nur verschwommen Victoires schlanke schwarze Gestalt. Er fröstelte. Ein Gefühl unsäglicher Einsamkeit würgte ihn. Angst kam ihn an. Angst vor dem Leben, Angst vor dem Tod.

„Victoire!"

Er sprach ihren Namen ganz leise aus. Doch war es wie ein Hilfeschrei.

Sie fuhr zusammen.

„*Mon pauvre* Joseph, *mon pauvre ami*. Auch du ...? Dich hatte ich ganz vergessen."

Sie streckte die Hand nach ihm aus.

„Komm näher. So. Wie kalt du bist ... Seine Hand war auch so kalt. Du darfst nicht auch sterben, *mon ami*."

Sie lehnte sich gegen seine Schulter. Er schlang den Arm um sie.

„Joseph, weißt du nichts, gar nichts, was mir helfen kann? Kein Wort? Keine Erinnerung?"

Er hielt sie fest.

„Du darfst nicht hassen, Victoire, Liebste. Das tut zu weh. Du darfst nicht sagen, die andern haben ihn dir genommen. Er ist gestorben, wie ein braver guter Mensch stirbt, für seinen Glauben. Er hat Grand'maman Inez' Bitte erfüllt, hat getan, was sie, was wir unterlassen haben."

Victoire hob den Kopf:

„Grand'maman Inez ... Ja, sie hat in ihm weitergelebt. Und ist mit ihm ein zweites Mal gestorben. Er hatte in den letzten Jahren so viel von ihr. Und jetzt ..."

Sie hielt seine Hand fester.

„Glaubst du, Joseph, daß der Kleine, der ganz Kleine, Lättys Sohn, fortführen wird, was wir, nein, was Grand'maman Inez und du, was Alois, was ihr begonnen habt? Den Kampf gegen das Unrecht, glaubst du es? Der Kleine, der ganz Kleine?"

Ihre Stimme brach.

„Ich habe ihn nicht einmal gesehen."

Sie lag weinend in seinen Armen. Der Zug ratterte durch die Nacht. Und in der Ferne wurde unter dem blassen Schein der Mondsichel ein breites Band sichtbar: die March.

Nun würden sie bald daheim sein.

***

Sanft, mit der ewigen Milde der Jahreszeiten, flossen in Wohan die Monate dahin. Zuerst blühten auf Alois' Grab, er lag auf der Watteauwiese unter den alten Bäumen, an denen einst, wie Ludmilla jung gewesen war, die Schaukel gehangen und wo der nackte Amor mit seinem Pfeil auf eine nackte Frau gezielt hatte, Veilchen und zartlila Immergrün. Im Juni glühte mit verschwenderisch großmütiger Pracht der Rosenstrauch, und auf die schwarze Erde fielen die leuchtend roten Blütenblätter nieder. Etwas von dem Frieden dieses stillen Grabes kam auch allmählich in Victoires Herz. Sie war gealtert, in dem schmäler gewordenen Gesicht stand die Nase lang und spitz hervor. Das weiße Haar legte sich glatt um die hohe Stirn, die veilchenblauen Augen waren verblaßt. Trotzdem fand Joseph, noch immer, sie sei die schönste Frau, die er kenne. Und seine Bewunderung tat ihr wohl. Freilich lachte sie darüber.

„Heute habe ich mich im Spiegel gesehen", meinte sie, „und gefunden, daß ich mit meiner langen Nase Grand'maman Inez ähnlich bin. Das ist gut so. Bin ich jetzt doch schon Grand'maman Victoire für den kleinen Joseph."

Sie legte einen schlanken Finger über den andern, zählte:

„Wie alt bin ich eigentlich? Als wir heirateten, war ich siebzehn. Also bin ich jetzt einundfünfzig. Ich könnte hundert sein, so viel habe ich erlebt. Oder ist das immer so? Glaubt jede Generation, nur sie habe so viel erlebt, gesehen, durchlitten?"

Sie stand im Rosengarten und veredelte eine wilde Rose. Dieses Veredeln war für sie zu einer wahren Leidenschaft geworden.

„Ich möchte", sagte sie, „wenn ich sterbe, ein Wohan voller Rosen zurücklassen, voller edler Blüten, für die, die nach uns kommen.[5] Schau die Malmaisons[6] an, Joseph. Die habe ich mir als junge Frau aus Frankreich kommen lassen. Jetzt blühen sie, die sich zuerst nicht in diesem Klima einleben wollten, als wären sie immer hiergewesen."

Joseph lächelte.

„Auch du wolltest dich nicht einleben, erinnerst du dich? Wie oft hast du mir gesagt, daß du die *Autrichiens* haßt?"

„Mein Gott, ich habe in meiner Jugend viel Törichtes geglaubt und gesagt. Franzosen, *Autrichiens*, ist es nicht gleich? Ist nicht der Mensch die Hauptsache?"

Sie seufzte.

„Wollten doch die Menschen das verstehen. Mir graut, wenn der Postbote die Zeitung bringt."

In Wohan flossen stille blühende Tage ineinander, aber draußen in der Welt war jeder Tag eine lodernde Fackel, die Leben und Gut verzehrte. Lätitia schrieb aus der Hauptstadt:

„Systeme und Ministerien wechseln rascher als Ebbe und Flut. Niemand weiß, welchem Heiligen er sich weihen soll. Vaters alte Freunde, an der Spitze Castelli[7] und Bauernfeld, sind über die eigene Kühnheit zu Tode erschrocken. Sie prophezeien einen Aufstand des Volkes, eine zweite Französische Revolution. Man sieht hier viele Fahnen in den ‚deutschen Farben'. Mich freuen sie nicht, ich muß daran denken, was ein deutscher Dichter über sie schrieb – daß ihnen stets eine neue Dummheit auf dem Fuße nachzufolgen pflegt. Wir brauchen einen Paß, um die Tore zu passieren. Als ich neulich Rahel in ihrer Hietzinger Villa besuchen wollte, wurde ich am Kärntnertor angehalten. Eigentlich habe ich das Gefühl, daß niemand, in keinem der beiden Lager, recht weiß, was er will. Höchstens die Ungarn dürften es wissen. Und das ist ein trauriges Kapitel.[8] Ich komme jetzt nicht nach Wohan. Ich hätte keine ruhige Stunde, ließe ich Ferdinand allein. Und er will nicht fort, selbst wenn er Urlaub bekäme, behauptet, gerade jetzt, in dem Wirrwarr, könne er viel für seine geliebte Volksschule erreichen ..."

Der Oktober brachte neue Schrecknisse. Kämpfe in der Stadt. Wien wurde belagert, als wäre es Feindesland. Und wurde eingenommen, als wäre es Feindesland.[9]

Joseph fuhr unter großen Schwierigkeiten in die Hauptstadt. Sie glich einem Feldlager. In ihren Mauern hauste die Angst. Die mörderische, alles zerstörende Angst der Menschen vor den Menschen. War der Freund, der Mitkämpfer von gestern nicht schon zum Feind geworden, der, um sich zu retten, einen verriet und verkaufte? Unter dem alten Tyrannen, unter dem Fürsten Metternich, war man ins Gefängnis gekommen, jetzt wurde man erschossen. Viele flohen. Lätitia, die mehr als einem zur Flucht verhalf, wurde an die beiden Polen erinnert, die vor Jahren nach Wohan gekommen waren. Flüchtlinge, wiederum Flüchtlinge. Wiederum Menschen, die ihre Heimat verlassen, in ein fremdes Land ziehen mußten. Die zuerst verhätschelt und verwöhnt und nachher als lästig und langweilig empfunden würden. Sie fragte zornig den Justizminister Bach, der bei ihnen verkehrte und der ihr die kühnsten Worte verzieh:

„Sind wir so reich an klugen und anständigen Menschen, daß wir sie andern Ländern schenken können? Oder wollen wir nur das Gesindel hierbehalten?"

Sie war Victoires echte Tochter, sie kannte keine Furcht, sie exponierte sich lächelnd sogar für fremde Menschen. Doch war sie dabei nüchterner, als es die Mutter gewesen. Sie berechnete, kombinierte, gebrauchte ihren Verstand.

Joseph beobachtete sie mit geheimem Stolz. Das Glück hatte sie besser, großherziger gemacht. Bisweilen, wenn er sie allein mit Ferdinand und ihrem Kinde sah, entdeckte er an ihr, die doch so anders war, kleine Züge, die ihn an Toinette gemahnten.

Sie erzählte von Carl, der kurze Zeit in Wien gewesen war.

„Er ist glücklich", sagte sie. „Ich glaube fast, er ist der Glücklichste von uns allen. Er will nichts für sich. Und er liebt die Menschen. Liebt sie alle, die Guten und die Schlechten, die Dummen und die Gescheiten. Ja, er ist glücklich."

Von Alois redete sie nicht. Aber als Joseph in den kleinen grünen Salon ging, sah er, daß dort alles genau so war wie zu der Zeit, da Alois hier gelebt hatte. Sogar die verbotenen Bücher und Flugschriften lagen umher, liebevoll abgestaubt und geordnet, und auf dem Schreibtisch standen Blumen.

Als er mit Lätty darüber sprach, meinte sie fast befangen:

„Ich bin ja nicht ganz so herzlos, wie ihr glaubt. Und wenn mein Bub größer ist, soll er dort wohnen ... Ich möchte, daß er ein wenig von Alois' Güte ins Leben mitnimmt. Daß er sie weitergibt, an die vielen Menschen, die so sehr ihrer bedürfen."

Im Kinderzimmer hing über dem kleinen Bett Grand'maman Inez' Bild, das Lätitia aus dem Speisesaal genommen hatte. Die schwarzen spanischen Augen blickten ernst auf den winzigen Buben nieder, und die Hand, die den Fächer hielt, schien ihn zu beschützen.

Joseph stand neben dem Bett und betrachtete den schlafenden Enkel, der seinen Namen trug. Das Kind erwachte. Schwarze Augen sahen den Großvater an, Lättys Augen, Grand'maman Inez' Augen. Ein fast andächtiges Gefühl überkam Joseph. Noch ist die Kette seines Geschlechtes nicht gerissen, ein neuer Herdegen kann der Welt geben, was die alten ihr schuldig geblieben sind, ein neuer Herdegen kann der Heimat dienen, den Menschen. Einer, der weise sein wird mit der Erkenntnis, die seine Ahnen errungen haben, und weise mit dem neuen Wissen der eigenen Zeit. Die schwarzen Augen des Kindes und die schwarzen Augen auf dem Bilde blickten einander an, und Joseph schien es, als sprächen sie in einer stummen Sprache miteinander.

***

Anfang Dezember kamen Ferdinand und Lätitia mit dem kleinen Joseph nach Wohan. Sie brachten die Nachricht von der Abdankung des Kaisers mit.[10] Sie sprachen voll Hoffnung von dem jungen Franz Joseph, von der Aussicht, daß nun endlich im Lande Friede würde.

Lätitia redete eifrig, hastig. Joseph hörte ihr lächelnd zu. Aus den Worten der Kinder erstanden vor ihm alte Hoffnungen und Träume. So hatten die Menschen gesprochen und gehofft, als Ferdinand an die Regierung kam. Auch damals hatten sie über der Burg einen hellen, glückverheißenden Schein gesehen. Der Schein war verblaßt. Nun aber leuchtete er von neuem auf. Für die, die jetzt die Jungen waren.

Er betrachtete Lätitia und Ferdinand. Lätitia schön, unglaublich jung für ihre dreiunddreißig Jahre, glühend vor Freude und Begeisterung. Ferdinand stiller, ernster, aber in seiner ruhigen Art ebenso hoffnungsvoll wie seine Frau. Die neue Generation. Ja, sie waren anders als er und Victoire, anders als die Geschwister gewesen waren. Diese jungen Menschen, weniger verträumt, weniger in den Wolken lebend, konnten Enttäuschungen ertragen, ohne durch sie gelähmt und verbittert zu werden. Sie waren auch anders als Alois und Carl. Alois ... es hatte in diesem schrecklichen Jahr oft Stunden gegeben, da sogar Victoire nicht mehr über Alois' Tod getrauert hatte. Wie hätte er, der nur in der Welt seiner Träume zu leben vermochte, den Zusammenbruch seiner Hoffnungen ertragen?

Und Carl? Carl hatte sich selbst vor jedem Zweifel gerettet, auch er war in Sicherheit, war fast ebenso sicher wie der tote Bruder.

Victoire lächelte etwas wehmütig, etwas spöttisch. Diese neuen Hoffnungen auf eine glücklichere Welt erschienen ihr halb rührend, halb töricht. Wie oft mochten sie in dem alten Schloß ausgesprochen worden sein, und wie oft hatten die Menschen, um Jahre gealtert, zugeben müssen, resigniert oder zornig, daß sie sich geirrt hatten. Daß unter neuen Formen das alte Unrecht weiterlebt. Wozu das Treiben und Hasten, das Hoffen und Sehnen, das Lieben und Hassen, wenn doch alles vergeblich war? Wozu?

Lätitia machte eine etwas heftige Gebärde, und das Kind auf ihrem Schoß fing zu schreien an.

„Gib es mir", sagte Joseph.

Lätitia legte ihm den strampelnden, brüllenden kleinen Buben in die Arme.

„Geh, du schlimmer Fratz! Geh zu Grand'papa Joseph!"

Das Kind in den Armen, blickte Joseph zu seiner Frau hinüber. Er sah den Ausdruck auf ihrem Gesicht und wußte – er kannte Victoire ja so gut – was sie dachte. Er ahnte die Frage, die ihr Leben verbittert hatte, auf ihren Lippen. Und fürchtete mit fast abergläubischer Angst, sie könnte sie aussprechen. Er wollte dieses quälende, folternde „Wozu" nicht hören, nicht hier in der friedlichen Stille des Ahnenzimmers, nicht hier, wo Grand'maman Inez' Bild auf sie niederblickte, nicht jetzt, da er das neue, warme, kleine Leben in den Armen hielt.

Er nickte Victoire zu. Sein bittender Blick gebot ihr Schweigen.

„Das Leben", sagte er und hob den jüngsten Herdegen hoch. „Das Leben geht weiter. Und das ist alles, was wir wissen können, zu wissen brauchen. Das ist Hoffnung und Erfüllung, ist Glaube und Gebet. Das Leben geht weiter."

Sein ungewohnt ernster Ton ließ sogar Lätty verstummen. Sie blickte zu Ferdinand hinüber, und ihre Augen sagten:

„Ja, das Leben geht weiter. Für dich und mich und das Kind. Wie gut, daß es weitergeht."

Victoire fröstelte. Sie fühlte sich mit einem Mal unsäglich einsam inmitten dieser Menschen, die an etwas glaubten, woran sie nicht zu glauben vermochte. Ihr war, als würde das letzte Band, das sie an ihre Kinder, aber auch an Joseph knüpfte, zerrissen. Aber vielleicht mußte das so sein, vielleicht müssen die Lebensverneiner abgesondert bleiben von den andern, um sie nicht mit ihrer tödlichen Krankheit anzustecken. Vielleicht ...

Das Kind in Josephs Armen wandte den Kopf und sah Victoire an. Die großen schwarzen Augen waren sehr ernst, die großen schwarzen Augen, die Victoire so gut kannte.

Grand'maman Inez, zuckte es ihr durch den Kopf. Sie ist noch immer nicht tot. Sie hat uns alle überlebt, auch Alois. Sie lebt in uns allen weiter. Ihre Strenge, ihre Güte, ihr unerschütterlicher Glaube. Sie hat uns geliebt und verstanden, sie würde auch mich verstehen.

Nun lächelte sie dem Kinde zu, blickte dann auf Joseph, begütigend, beruhigend und fühlte sich mit einem Mal sehr alt, alt genug, um aus Liebe zu lügen:

„Ja, *mon ami*", sagte sie, „du hast recht, wie immer. Das Leben geht weiter. Und das ist gut."

Ende

Nachwort

Hermine Isabella Gräfin Folliot de Crenneville-Poutet: 1883 in Wien als Kind wohlhabender, am kaiserlichen Hof verkehrender Eltern geboren; 1951 im Norden Londons verarmt, vereinsamt und von Krankheit gezeichnet gestorben: das war der dramatische soziale Abstieg, den die Schriftstellerin und Übersetzerin in 67 Jahren erlebte.

Als Tochter eines Diplomaten im Dienste der k.u.k. Monarchie wurde ihr eine durchaus standesgemäße Erziehung in Kloster und Pensionat zuteil, inklusive Bildungsreisen durch drei Kontinente. Gleichzeitig aber – wahrscheinlich um aristokratischem Standesdünkel vorzubeugen – schulte die englische Großmutter in Gmunden am Traunsee das soziale Gewissen der jungen Frau.

Nach der Pensionierung des Vaters im Herbst 1907 lernte Hermynia auf einem Ball in Meran den livländischen Großgrundbesitzer Victor von zur Mühlen (1879-1950) kennen, einen „typischen Krautjunker, der sich für Pferde, Hunde und für die Jagd interessierte und stockkonservativ war".[1] Um ihrem Unabhängigkeitsdrang Genüge zu tun, heiratete Hermynia den Junker. Die Familie von zur Mühlen besaß seit Generationen im Bezirk Dorpat – dem heutigen Tartu (Estland) – in einer gottverlassenen Gegend ein Gut, dessen Lebensstil der gebildeten und vielseitig interessierten Hermynia auf die Dauer unerträglich wurde. Nach einer Fehlgeburt begann sie zu kränkeln und zog, ärztlichem Rat folgend, im Herbst 1913 nach Davos in der Schweiz, um eine Lungentuberkulose auszukurieren, was zum Anlaß wurde, sich von ihrem Ehemann zu trennen und sich später auch von ihm scheiden zu lassen. Aus Protest gegen die Behandlung duch die livländischen Verwandten änderte sie ferner ihren Namen und nannte sich in Zukunft Hermynia Zur Mühlen, mit großem Z.

Im zweiten Jahr ihres Davos-Aufenthaltes lernte sie den gebürtigen Wiener Stefan Isidor Klein (1889-1960) kennen, einen Juden, der aufgrund eines ähnlichen Leidens nach Davos gekommen war und seinen Lebensunterhalt mit Übersetzungen aus dem Ungarischen bestritt. 1919 verließen sie zusammen Davos, um sich permanent in Frankfurt am Main niederzulassen, wo sie bis April 1933 lebten. Es war hier, wo Hermynias Karriere als Schriftstellerin und Übersetzerin ihren Anfang nahm. Ihre Schriften während dieses Zeitabschnitts widerspiegeln ihre damalige proletarisch-revolutionäre Einstellung (sie trat 1919 der KPD bei, der sie bis ca. 1932 treu blieb).[2] Sie machte sich einen Namen als linksgerichtete Kinderbuchautorin und tat sich mit Übersetzungen politischer Literatur (insbesondere vieler Romane Upton Sinclairs für den Malik Verlag) hervor. Als überzeugte Sozialistin und Feministin verfolgten ihre schriftstellerischen Arbeiten während der 20er und 30er Jahre fast immer direkte politische Ziele, die in Romanen wie „Schupomann Karl Müller" (1929) und „Das Riesenrad" (1932) Ausdruck fanden. In „Der Tempel" (1922) setzte sich Hermynia insbesondere für Veränderungen in der gesellschaftlichen Stellung der Frau ein.[3] Die Wiener Jahre von 1933 bis 1938 – Hermynia Zur Mühlen und ihr Lebensgefährte verließen Deutschland bereits zwei Monate nach der Machtergreifung Hitlers – standen im

Zeichen des „rastlosen Einsatzes gegen den wachsenden Einfluß der Nationalsozialisten“[4], wofür deutlichstes Zeugnis der 1935 in Wien erschienene Roman „Unsere Töchter, die Nazinen“ war.

Nach dem ‚Anschluß‘ Österreichs im März 1938 floh das Paar nach Bad Piéstany in der Nähe von Bratislava/Preßburg. Nach der Besetzung der Tschechoslowakei im darauffolgenden Frühjahr ging es auf abenteuerlichen Wegen durch vier Länder weiter nach London, wo das Paar im Juni 1939 eintraf. Nach der Internierung (1940) lebten die zwei, die noch im Mai 1938 in der Tschechoslowakei geheiratet hatten, in verschiedenen Londoner Mietshäusern. 1948 bezogen sie eine Eigentumswohnung in Radlett/Hertfordshire im Norden Londons, die letzte Station einer langen, von der Flucht geprägten Irrfahrt. Hermynia starb hier am 20. März 1951.

Trotz beachtlicher schriftstellerischer Leistungen in den 20er und frühen 30er Jahren gelang Hermynia Zur Mühlen der eigentliche literarische Durchbruch erst während ihres fünfjährigen Aufenthaltes in Wien zur Zeit des Ständestaates, einer Zeit, die geprägt war vom Kampf gegen den deutschen Faschismus und unter anderem Ausdruck fand in ihrem berühmten Brief aus dem Jahre 1933 an den Stuttgarter Engelhorn Verlag, der in den Worten gipfelte: „Was aber den Vorwurf des Landesverrates betrifft, (...) so würde ich als Österreicherin, nach dem Verhalten des Dritten Reiches Österreich gegenüber, dann Landesverrat begehen, wenn ich mit meinen bescheidenen Kräften das Dritte Reich nicht bekämpfen würde.“[5] Dieser Brief hatte unmittelbar zur Folge, daß ihre sämtlichen Schriften auf der „Liste des schädlichen und unerwünschten Schrifttums“[6] landeten.

Höhepunkt ihres schriftstellerischen Kampfes gegen den Faschismus war der bereits erwähnte Roman „Unsere Töchter, die Nazinen“ (1935), einer der wenigen zeitgenössischen Berichte in Romanform über Nazi-Deutschland, geschrieben von einer Emigrantin, die das Land erst kürzlich verlassen hatte und folglich in der Lage war, ein wahrheitsgemäßes Bild der dortigen Verhältnisse zu vermitteln.[7] Obwohl dieses Werk bald nach Erscheinen von den österreichischen Behörden wegen „Religionsfeindlichkeit und kommunistischer Propaganda“ eingezogen wurde (im Februar 1936), gilt für diesen Roman, wie für fast alle späteren Schriften Zur Mühlens, daß er vermeidet, was viele literarische Werke dieses Zeitabschnittes im negativen Sinne auszeichnet, die nicht vom Werden, sondern nur vom Gewordenen, nicht vom Prozeß, sondern lediglich vom Ergebnis handeln und somit nichts über den Weg zu sagen haben, sondern allein über das Elend, in das er führt.[8] Streng genommen handelt es sich bei „Unsere Töchter, die Nazinen“[9] nicht um einen Exilroman. Hierzu zählen eigentlich erst jene Werke, die während ihres einjährigen Aufenthalts in der Tschechoslowakei und den daran anschließenden zwölf Jahren in England entstanden sind (vgl. hierzu Anm. 18), das heißt insbesondere die beiden noch vorhandenen Teile ihrer ‚Österreich-Trilogie‘: „Ewiges Schattenspiel“ (1938/1996) (englisch: „We Poor Shadows“, 1943) und „Als der Fremde kam“ (1947) (englisch: „Came the Stranger“, 1946), nicht so sehr dagegen „Guests in the House“ (1947).

Bis auf eine Ausnahme[10] wurde in der Forschung bis vor kurzem die Ansicht vertreten, Hermynia Zur Mühlens Roman „Ewiges Schattenspiel“ existiere lediglich in der englischen Übersetzung des Titels „We Poor Shadows“. Eine weitere Behauptung lautete, Zur Mühlen hätte ihre Exilromane zunächst auf Englisch geschrieben und sie später selber zurückübersetzt.[11] In beiden Fällen ist es nunmehr möglich, Klarheit zu schaffen: „Ewiges Schattenspiel“ und „Als der Fremde kam“ waren zweifelsohne Teile eines größeren literarischen Vorhabens, das die Geschichte einer österreichischen Aristokratenfamilie vom Wiener Kongreß 1815 bis zum Einmarsch deutscher Truppen in die Tschechoslowakei 1939, das heißt bis in die unmittelbare Gegenwart der Autorin, schildern sollte. Dabei hatte Zur Mühlen offenbar eine Art ‚österreichische Forsyte-Saga‘ im Sinn, eine deutschsprachige Variante des berühmten Romans „The Forsyte Saga“ (1906-1921) des englischen Nobelpreisträgers John Galsworthy (1867-1933), dessen gesellschaftliches Zeitgemälde der ausgehenden viktorianischen Epoche Anfang der 30er Jahre auch auf Deutsch vollständig vorlag.[12] Offen bleibt dabei, ob Hermynias Werk auf drei oder vier Bände geplant war. Da der erste Teil („Ewiges Schattenspiel“) mit der 1848er Revolution abschließt, der letzte („Als der Fremde kam“) hingegen erst 1937 – im Vorfeld des ‚Anschlusses‘ Österreichs – einsetzt, ist anzunehmen, daß Zur Mühlens *grand oeuvre* als Trilogie konzipiert war und daß der in ihrer englischen Korrespondenz auftauchende Titel „Because We Are Patchwork“ („Denn wir sind Flickwerk“) – der Text gilt allerdings als verschollen – das fehlende Glied in der Kette war.[13]

Hinsichtlich der Entstehungsgeschichte von „Ewiges Schattenspiel“ und „Als der Fremde kam“ sei außerdem an dieser Stelle angemerkt, daß es sich in beiden Fällen mit Sicherheit nicht um Rückübersetzungen aus dem Englischen handelte[14] und daß zumindest der erste Teil der geplanten Trilogie noch kurz vor der Flucht in die Tschechoslowakei im März 1938 fertiggestellt und zu diesem Zeitpunkt auch bereits von einem österreichischen Verlag angenommen worden war[15], dort jedoch aufgrund der politischen Konstellation nicht mehr erscheinen konnte (vgl. Anm. 18) und deshalb, mit geringer Verzögerung, als Fortsetzungsroman (‚unterm Strich‘) in der Berner Zeitung „Der Bund“ (ab November 1938) und ab März 1939 im „Prager Tagblatt“ veröffentlicht wurde.[16]

Zweifel sind allerdings bezüglich der Behauptung anzumelden, Zur Mühlen habe „Als der Fremde kam“ bereits 1938/39 in Preßburg fertiggestellt.[17] Da der Roman unter anderem die um Mitte März erfolgte Besetzung Prags thematisiert – Hitler hielt am 15. März seinen Einzug auf dem Hradschin –, kann das Manuskript nicht vor diesem Datum abgeschlossen worden sein, und wahrscheinlicher ist, daß die endgültige (deutsche) Version erst nach der Ankunft im Exilland Großbritannien im Juni 1939 zustande kam.

„Ewiges Schattenspiel“ ist derjenige unter Hermynia Zur Mühlens Romanen, der das „Exilthema“[18] – das heißt im vorliegenden Kontext die Verbindung des historischen Geschehens zur Gegenwart – am deutlichsten herausstellt; und es gibt in der Tat nur wenige Beispiele in der deutschsprachigen Exilliteratur, die „die Übertragung der dargestellten Situation auf die Gegenwart so frei von den Zwangsschlüssen der Analogie belassen haben".[19] Längst ist das sozialistische Denken der Autorin „allen Engführungen und parteiverordneten Doktrinen entwachsen"[20], und man könnte Hermynia Zur Mühlen während dieses Zeitabschnitts bestenfalls als „religiöse Sozialistin"[21] einstufen. Mit anderen Worten: „Das Politische ihrer Gesinnung und Weltsicht ist nun weitgehend in der Gestaltung selbst aufgegangen"[22], wobei man allerdings der Behauptung, bei der Lektüre von „Ewiges Schattenspiel" seien Kommentare und Erläuterungen unnötig, nur mit Einschränkungen zustimmen kann. Denn bislang lag selbstverständlich nur die englische Version des Romans vor, und die Leser konnten deshalb nicht wissen, in welchem Maße die Autorin durch Auslassungen historischer – und insbesondere auch literarhistorischer – Details den Ansprüchen und Kenntnissen ihres englischen Lesepublikums Rechnung getragen hatte.[23] Aber gerade durch diese zahlreichen Kürzungen – das Buch ist u.a. von 23 auf 21 Kapitel geschrumpft – hat die englische Version von „Ewiges Schattenspiel" beträchtlich an Tiefgang verloren, womit allerdings nicht behauptet sei, daß auch die deutsche Version des Romans an „mangelnde[m] Einsatz ihres zweifellos in hohem Maße vorhandenen ‚kulturellen Kapitals' leide".[24] Im Gegenteil kann man Karl-Markus Gauß nur zupflichten, wenn er zu verstehen gibt, die Autorin habe in „Ewiges Schattenspiel" gestalterische Schwächen, die viele ihrer früheren Unterhaltungsromane in ästhetischer Hinsicht beeinträchtigt hatten, glänzend überwunden.[25]

Die Erzählzeit des Romans umfaßt den Zeitraum zwischen dem Wiener Kongreß 1814/15 und der Revolution von 1848/49 und verfolgt den Schicksalsweg der gräflichen Familie Herdegen über vier – genau genommen sogar über fünf – Generationen: den der spanischen Urahne Grand'maman Inez, ihres Sohns Carl, dessen fünf Kinder Joseph, Antoinette, Stanislas, Marie Christine und Franz, deren Kinder Lätitia, Carl und Alois; Luise und Wilhelm; Ferdinand und Therese; bis hin zu dem jüngsten Nachkommen, der am Ende des Romans geboren wird. Parallel zur Schilderung des Lebenswegs der Herdegens wird derjenige der eingeheirateten Verwandten literarisch abgehandelt: der Ludmillas, polnische Gattin Carl Herdegens; der Victoires, französische Gattin Josephs und – neben Grand'maman Inez – eine der Hauptfiguren des Romans; der Bozenas, ein Bauernmädchen und Gattin von Stanislas; der des preußischen Grafen Breda, Gemahl von Antoinette; sowie der seines Sohnes Wilhelm, Gemahl von Therese. Schließlich stellt der Roman auch das Exilleben des Schweizer Hauslehrers Monsieur Venarius sowie das des französischen Gutsverwalters Monsieur de Venelles dar.

Angesichts einer derartig komplexen Personen- und Nationalitätenkonstellation darf es nicht überraschen, daß das zentrale Anliegen von Hermynia Zur Mühlens Roman das Problem des Fremdseins im eigenen und im fremden Land ist, das heißt das der inneren und äußeren Emigration. Denn die Autorin hat stets die literarische Sinnsuche mit der eigenen Lebensbewältigung zu verbinden gesucht[26], wobei hervorgehoben sei, daß dieser Roman insbesondere die Rolle von Frauen in der Fremde betont. Zugeheiratete wie Grand'maman Inez, Ludmilla und Victoire erfahren dabei das Emigrantenlos in Österreich genauso wie Marie Christine in Polen (später Sibirien) und Antoinette in Preußen, allerdings in wesentlich milderer Form. Und lediglich Bozena scheint sich mit dem Leben einer Diplomatengattin in England angefreundet zu haben.

Victoires Haßliebe gegenüber den ‚Autrichiens' trägt dabei deutlich autobiographische Züge, wie auch die Ehe Antoinettes mit dem preußischen Grafen ein Spiegelbild von Hermynias eigener mit dem baltischen Gutsbesitzer Victor von zur Mühlen ist und Grand'maman Inez Züge der geliebten englischen Großmutter trägt.

Die Emigrantenschicksale, ihre Zerrissenheit zwischen der alten Heimat und dem Adoptivland, widerspiegeln das Los vieler Tausender Exilanten und Flüchtlinge weltweit in der ersten Hälfte des 19. Jahrhunderts; und auch die Reflexionen des französischen Gutsverwalters de Venelles, der – ähnlich Victoire – zwischen Liebe zur alten Heimat und Verantwortungsgefühl gegenüber der neuen schwankt, sowie die stille Resignation des Hauslehrers Venarius (der als einzige der Hauptfiguren in die Heimat zurückkehrt und dort stirbt, wohingegen alle anderen der Tod in der Fremde ereilt) sind lediglich Aspekte eines globalen Problems, das Hermynia Zur Mühlens Roman sich im Rahmen einer Familienchronik gesetzt hat. Es ist der Versuch, romanhaft eine Epoche der österreichischen Geschichte multikulturell zu akzentuieren[27], was mit der polnischen Revolution von 1830/31 und ihren Auswirkungen einen absoluten Höhepunkt erreicht.

Ermutigt durch die Pariser Juli-Revolution und die Unabhängigkeitserklärung Belgiens im November 1830, hatte im Großherzogtum Warschau, dem sogenannten ‚Kongreß-Polen', ein Aufstand stattgefunden, der den zaristischen Statthalter, Großfürst Konstantin, vertrieb. Nach militärischen Anfangserfolgen, denen auch die Cholera zu Hilfe kam, gab es jedoch bald Rückschläge, und im September 1831 gelang es den Russen, den Aufstand zu unterdrücken. Infolge der sich abzeichnenden Niederlage ergoß sich ab Mitte 1831 ein Strom von polnischen Flüchtlingen über die angrenzenden Länder, mit Paris als Zentrum der Emigration, und ganz Europa wurde von einer Polen-Begeisterung erfaßt, die jedoch nach einiger Zeit einer gewissen Ernüchterung wich und auch von offizieller Seite nicht länger geduldet wurde.

Zur Mühlens Roman schildert diese Entwicklung historisch getreu (insbesondere anhand des Schicksalswegs von Casimir Derbrunsky und seinem Diener Ladislaus). Die abklingende Begeisterung für die Unabhängigkeitsbewegung in Polen bei der Bevölkerung der französischen Hauptstadt und die Tatsache, daß sich einmal mehr Staatsräson gegen Gefühle der Menschlichkeit durchgesetzt hatte, muß – zumindest bei einem Teil der englischen Leserschaft – Betroffenheit ausgelöst haben; denn die Verbindung des historischen Geschehens zur Gegenwart war in diesem Fall nur zu deutlich: „Akklamiert und in der guten Gesellschaft herumgereicht, solange sie als einzelne kamen"[28], wurden die Emigranten der ersten Stunde – ähnlich den Polen ab Sommer 1831 – binnen weniger Jahre in dem Maße, wie die Flüchtlingswelle die angrenzenden Länder überschwemmte, zu „europäischen Parias".[29]

> Zuerst waren sie mit Begeisterung aufgenommen worden. Die heldenhaften Polen, die für die Freiheit ihres Volkes gekämpft hatten, die von den

barbarischen Russen geschlagen worden waren. Alle wetteiferten, den Flüchtlingen zu helfen, ihnen Gutes zu tun, Liebes zu erweisen. Aber es waren viele Flüchtlinge, und schließlich hat ja doch ein jeder seine eigenen Sorgen. Was zuerst freudigen Herzens, mit brüderlicher Liebe gegeben wurde, verwandelte sich bald in ein Almosen, später in eine lästige Pflicht, und noch später in etwas quälend Langweiliges, das ein jeder von sich fernhalten wollte. Man fand, daß die Fremden, diese Flüchtlinge, eigentlich sehr anspruchsvoll seien. Schließlich habe ja niemand sie gezwungen, Revolution zu machen. Sie hätten sich die Sache besser überlegen müssen. Wie kam man eigentlich dazu, für Fremde zu sorgen? Und dieses ewige Geschwätz von Polen, von der Freiheit, von den russischen Verbrechern wurde auf die Dauer unerträglich. Uebrigens trug dieses Verhätscheln und Verwöhnen der polnischen Rebellen nicht gerade dazu bei, die Freundschaft mit dem mächtigen Rußland zu stärken. Und Rußland war mächtig, sehr mächtig, das konnte nicht geleugnet werden. Sollte man wirklich diese Freundschaft wegen einer kleinen Horde Aufrührer aufs Spiel setzen? Gewiß, das Frankreich der großen Revolution liefert keine Flüchtlinge aus, selbst dann nicht, wenn ihm dies nahegelegt wird; aber die Leute noch bitten: bleibt hier, fühlt euch wohl bei uns, nein, das war übertrieben. (*Ewiges Schattenspiel*, Kapitel XVIII.)

Etwas über ein Jahrhundert später hat Hermynia Zur Mühlen selbst das Los dieser polnischen Emigranten teilen müssen: denn trotz ihrer englischen Sprachkenntnisse war sie letztendlich doch nur eine von Tausenden von Flüchtlingen in Großbritannien, ging in der großen Masse unter und scheint England nie als eine zweite Heimat empfunden zu haben. Andererseits wollte man nach Kriegsende auch in ihrer eigentlichen Heimat Österreich von ihr und ihrem literarischen Werk nichts wissen. Aus diesem Grunde gilt auch heute noch, nur in verstärktem Maße, was Karl-Markus Gauß 1994 im Nachwort zur Neuauflage von „Als der Fremde kam" geschrieben hat:[30] Was diese unbeugsame und mutige Frau, diese originelle und kluge Schriftstellerin braucht, da der Appell vor zwei Jahren scheinbar nur geringe Wirkung hatte, sind Leserinnen und Leser, die ihr längst vergriffenes oder – wie im vorliegenden Fall – bisher (auf Deutsch) unbekanntes Werk kennenlernen möchten.

Jörg Thunecke, Köln/Nottingham, im August 1996

Anmerkungen

Kapitel I

1 Das sechste Gebot: Du sollst nicht Unkeuschheit treiben!
2 Tant de bruit pour une omelette. Frz.: Viel Lärm um nichts.
3 Seladon: Gestalt eines frz. Schäferromans.
4 Bayrischer Erbfolgekrieg: 1778/79 von Preußen (unter Friedrich dem Großen) und Sachsen gegen Kaiser Joseph II. von Österreich geführter Krieg.
5 Gainsborough, Thomas (1727-1788): engl. Maler.
6 Maxima debetur puero reverentia. Lat.: Man schuldet dem Kind höchste Ehrerbietung.
7 Bergère. Frz.: Lehnstuhl.
8 El Greco (um 1541-1614): span. Maler griech. Herkunft.
9 eau de rose. Frz.: Rosenwasser; Parfüm- und Aromastoff.
10 Reni, Guido (1575-1642): ital. Maler.
11 Alexander I. Pawlowitsch (1777-1825): Zar seit 1801.
12 Konstantin Pawlowitsch, Großfürst (1779-1831): älterer Bruder von Zar Alexander I. und nach 1815 zaristischer Statthalter von Kongreß-Polen.
13 *Candide* (1757): Roman von Voltaire (1694-1778).
14 Dominus, non sum dignus. Lat.: Herr, ich bin Deiner nicht würdig.
15 Pax vobis. Lat.: Der Friede sei mit euch. (In der engl. Version des Romans: Pax Domini sit semper vobiscum.)
16 Wiener Kongreß (Herbst 1814 bis 9. Juni 1815): Kongreß zwecks Neuregelung der europäischen Ordnung nach den Napoleonischen Kriegen.
17 Novene: katholische Andachtsübung an neun aufeinanderfolgenden Tagen.

Kapitel II

1 Relais: Station für den Pferdewechsel.
2 beauté céleste. Frz.: himmlische Schönheit.
3 Oger. Frz.: Menschenfresser.
4 Metternich, Fürst Clemens v. (1773-1859): ab 1809 österr. Außenminister, ab 1821 österr. Staatskanzler; sicherte auf dem Wiener Kongreß Österreichs Vormachtstellung im Deutschen Bund.
5 Empire: Stilepoche zur Zeit Napoleons (ca. 1800-1830); zeichnet sich durch repräsentatives und wuchtiges Mobiliar aus.
6 Talleyrand, Herzog Charles Maurice de (1754-1838): frz. Politiker; Außenminister Napoleons, lehnte jedoch Eroberungspolitik ab; nach seiner Entlassung versteckte Opposition und Förderung der Rückkehr der Bourbonen auf dem Wiener Kongreß.
7 König von Rom; le roi de Rome: Napoleon II., Herzog von Reichstadt (1811-1832); Sohn Napoleons mit Maria Luise; bei der Geburt zum „König von Rom“ proklamiert; starb am 22. Juli 1832 in Schönbrunn.
8 démodé. Frz.: unmodern.
9 roi de Prusse. Frz.: König von Preußen; hier: Friedrich Wilhelm III. (1770-1840), König seit 1783, verheiratet mit Prinzessin Luise.
10 Rousseau, Jean Jacques (1712-1778): frz. Moralphilosoph, prägte den Ausspruch „Zurück zur Natur“.

11 Tricoteuse. Frz.: Strickerin.

12 Madame Mère: Maria Letizia (Laetitia) Bonaparte (1750-1836); Mutter Napoleons.

13 Taburett. Frz.: Schemel.

14 Kalmücken: westmongolisches Volk.

15 a la disposición de Usted. Span.: zu Ihren Diensten.

16 Ypsilantis, Fürst Alexandros (1792-1828): griech. Freiheitskämpfer.

17 *Iphigenie auf Tauris* (1779): Drama von Johann Wolfgang v. Goethe; Ausspruch Iphigenies in ihrem Eröffnungsmonolog (1. Akt, 1. Szene).

18 „Le congrès ne marche pas, il danse" („Der Kongreß macht keine Fortschritte, er tanzt"): Bonmot des Fürsten von Ligne, österr. Feldmarschall seit 1808.

19 Elba: Mittelmeerinsel; vom 3. Mai 1814 bis zum 26. Februar 1815 Aufenthaltsort Napoleons.

Kapitel III

1 March: linker Nebenfluß der Donau; bildet heute auf ca. 80 km die Grenze zwischen der Slowakei und Österreich.

2 Joseph II. (1741-1790): Sohn Maria Theresias, Kaiser seit 1780.

3 Mark Aurel (121-180): röm. Kaiser ab 161; Anhänger der stoischen Philosophie, die viele der Aphorismen seiner *Selbstbetrachtungen* prägte.

4 Gipsen: Gips (CSO_42H_2O); hier: Kunstdünger.

5 Jakobiner: außerhalb Frankreichs Bezeichnung für entschiedene Anhänger der Französischen Revolution und radikale Demokraten.

Kapitel IV

1 *Encyclopédie*: *Encyclopédie ou Dictionnaire raisonné des sciences, des arts et des métiers* (1751-1780). Hrsg. von Denis Diderot und Jean Le Rond d'Alembert; Standardwerk der frz. Aufklärung.

2 dieses unselige, so oft zerrissene Land: Polen (1. poln. Teilung 1772; 2. poln. Teilung 1793; 3. poln. Teilung 1795); das 1807 durch Napoleon I. aus den preuß. Teilungsgebieten errichtete Herzogtum Warschau wurde beim Wiener Kongreß als Königreich Polen („Kongreß-Polen") in Personalunion mit Rußland vereinigt.

3 Humboldt, Wilhelm Freiherr v. (1767-1835): dt. Philosoph, Sprachforscher und preuß. Staatsmann; seit 1810 Gesandter in Wien; neben Fürst Karl August Freiherr von Hardenberg (1750-1822) preuß. Teilnehmer am Wiener Kongreß.

4 Trousseau. Frz.: Aussteuer.

5 Ridikül. Frz.: kleine Beuteltasche.

6 maître de plaisir. Frz.: Person, die sich bei Gesellschaften um die Unterhaltung der Gäste kümmert.

7 Ritter Toggenburg. Toggenburg: Grafschaft im Kanton St. Gallen; seit 1209 im Besitz gleichnamiger Grafen; im 18. Jh. bekannt durch den Kampf um den protestantischen Glauben; Ritter Toggenburg ist hier verächtlich gemeint.

8 Augarten: Wiener Park; unter Kaiser Joseph II. (seit 1765) der Allgemeinheit zugänglich gemacht.

9 morganatische Ehe: nicht standesgemäße Ehe.

10 Naryshkin: russ. Adelsfamilie; die Fürstin Naryshkin war Mätresse von Zar Alexander I.

11 Hofer, Andreas (1767-1810): Tiroler Freiheitskämpfer und Volksheld, von den Franzosen hingerichtet.

12 Montgolfiere: Heißluftballon (erster bemannter freier Flug im November 1783); benannt nach den Brüdern Michel Joseph und Etienne Jacques Montgolfier (1740-1810 bzw. 1745-1799).

13 Boskett: Teil von Barock- und Rokokogärten mit Reihen von beschnittenen Büschen und Bäumen, manchmal auch in Form eines Irrgartens.

Kapitel V

1 emplettes. Frz.: Einkauf.

2 Sachsen: Königreich seit 1813; beim Wiener Kongreß um mehr als die Hälfte verkleinert (Teil an Preußen = preuß. Provinz Sachsen).

3 Stadion, Johann Philipp Graf v. (1763-1824): österr. Politiker; ab 1816 Finanzminister.

4 König von Württemberg: Friedrich I. (1754-1816); seit 1806 König; nutzte den Anschluß an die Politik Napoleons I. (Rheinbund) zur Vergrößerung seines Territoriums; 1812 Anschluß an anti-frz. Koalition.

5 Manderln. Österr. Dialekt: Männlein; hier soviel wie: Narren.

6 Werner, Friedrich Ludwig Zacharias (1768-1823): dt. Dichter; trat zur katholischen Kirche über, wurde zum Priester geweiht und wirkte danach erfolgreich als Prediger, vorwiegend in Wien.

7 Ramera. Span.: Hure.

8 Bagration: russ. Fürstenhaus; hier Fürstin Katharina Bagration.

9 Burdel. Span.: Bordell.

10 sich affichieren: sich kompromittieren

Kapitel VI

1 Windischgrätz, Alfred Fürst v. (1787-1862): österr. Feldmarschall; unterdrückte 1848 brutal den Aufstand in Wien.

2 Eszterhazy: ungar. Magnatengeschlecht; hier Fürst Nikolaus (1765-1833).

3 König Friedrich VI. von Dänemark (1808-1839): Dänemark wurde auf dem Wiener Kongreß durch Schwedisch-Pommern entschädigt, das es gegen Lauenburg an Preußen vertauschte.

4 England: engl. Vertreter beim Wiener Kongreß war Viscount Henry Castlereagh (1769-1822), Außenminister 1812-1822; er bestimmte die anti-napoleonische Politik unter König George III. (1760-1820).

5 Recamierchaiselongue. Frz.: Liege mit zwei gleich hohen, nach außen geschwungenen Lehnen.

6 Schwarzenberg, Karl Philipp Fürst zu (1771-1820): österr. Feldmarschall (seit 1812) und Oberbefehlshaber der alliierten Truppen in den Befreiungskriegen.

7 Franz I. (1768-1835): Kaiser Österreichs (1804-1835); ernannte Metternich zum österr. Außenminister; versuchte Annäherung an Napoleon I. durch Verheiratung seiner Tochter Marie-Louise; ab 1815 mit dem sog. Metternichschen System verknüpft.

8 Maria Theresia (1717-1780): Erzherzogin von Österreich, Königin von Böhmen und Ungarn (seit 1740); verheiratet mit Herzog Franz Stephan von Lothringen, Kaiser seit 1745; seitdem wurde Maria Theresia als Kaiserin bezeichnet.

9 Leopold II. (1747-1792): Bruder Joseph II., Kaiser seit 1790.

10 applanieren. Frz.: wiedergutmachen.

11 Remedur: Abhilfe.

12 Friedrich der Große (1712-1786): König Friedrich II.; Gegner Maria Theresias in den Schlesischen Kriegen (1740-1745) und im Siebenjährigen Krieg (1756-1763).

13 Romanow: russ. Herrscherdynastie, regierte seit 1613.

Kapitel VII

1 Eheu! fugaces. Lat.: Wehe den Flüchtigen!

2 Sansculottes: frz. Spottname für Revolutionäre, die im Gegensatz zu den Adeligen nicht Kniehosen (Culottes), sondern lange Hosen (Pantalons) trugen; allgemeiner Ausdruck für Republikaner.

3 Kaiserin Maria Luise (1791-1847): Tochter Kaiser Franz I. von Österreich, verheiratet mit Napoleon (1810).

4 Gentz, Friedrich v. (1764-1832): dt. Publizist und Politiker im österr. Dienst; Exponent der vormärzlichen Reaktion.

5 Napoleon verließ Elba am 26. Februar 1815 und landete am 1. März 1815 in Cannes.

6 Ludwig XVIII. (1755-1824): König von Frankreich 1814/15-1824.

7 Rückkehr Napoleons: Einzug in Paris am 20. März 1815.

Kapitel VIII

1 ad usum delphini. Lat.: für Schüler bearbeitete Texte bzw. Bücher.

2 le code Napoléon, la recherche de la paternité est interdite. Frz.: Laut dem Code Napoleon ist es untersagt, Nachforschungen in Vaterschaftsangelegenheiten zu betreiben.

3 quid juris. Lat.: was soll's.

4 ut fata trahunt. Lat.: wie das Geschick es mit sich bringt.

5 Beethoven, Ludwig van (1770-1827): anfänglich glühender Verehrer Napoleons („Eroica", 1804).

6 Frère Jacques, dormez vous? Frz. Volkslied: Bruder Jakob, schläfst du noch?

7 Matutin: Frühmesse.

8 pouf. Frz.: Rundsofa.

9 Marocaintäschchen: Täschchen aus dünnem Kreppgewebe.

10 Katharina die Große (1729-1796): Zarin von Rußland von 1762-1796.

11 einfatschen. Österr. Dialekt: einwickeln.

12 Layette. Frz.: Säuglingswäsche.

Kapitel IX

1 die feindlichen Heere: letzte Phase der Napoleonischen Kriege; d.h. der Zeitabschnitt der sogenannten „100 Tage" vom 1. März 1815 (Landung in Cannes) bis zur Schlacht von Belle-Alliance (Waterloo) am 18. Juni 1815.

2 Charleroi: Stadt in Belgien.

3 Watteau, Jean-Antoine (1684-1721): frz. Maler.

4 Ligny: Stadt in Belgien; hier schlug Napoleon am 16. Juni 1815 die Preußen unter Blücher.

5 Xenophon (ca. 430-nach 355 v. Chr.): athenischer Geschichtsschreiber und Schriftsteller.

6 Napoleons Abdankung nach der Schlacht von Waterloo am 18. Juni 1815.

7 Napoleons Gefangennahme am 7. Juli 1815 durch die Engländer; darauf Verbannung nach der Atlantik-Insel St. Helena, Transport an Bord der Fregatte „Bellerophon".

Kapitel X

1 Polizeistaat: Aufgrund der Ermordung des Schriftstellers August Kotzebue durch den Burschenschaftler Karl Sand im März 1819 faßte eine Ministerkonferenz des Deutschen Bundes im August 1819 die sogenannten „Karlsbader Beschlüsse“: Vorzensur für alle Schriften über 20 Seiten; Verbot der Burschenschaften; Entlassung revolutionärer Lehrkräfte; Überwachung des gesamten öffentlichen Lebens durch die zentrale Untersuchungskommission in Mainz.

2 Schreyvogel, Joseph (1791-1872): österr. Publizist; 1815-1832 Dramaturg am Wiener Burgtheater.

3 Grillparzer, Franz (1791-1872): österr. Schriftsteller.

4 Sonnenfels, Joseph Ritter v. (1733-1817): österr. Nationalökonom und Jurist; setzte sich für eine Strafrechtsreform im Sinne der Aufklärung ein (*Grundsätze der Polizey, Handlung und Finanzwissenschaft*, 1765-1776).

5 *Die Braut von Abydos (The Bride of Abydos)* (1813): Dichtung von (Lord George Gordon Noel) Byron (1788-1824).

6 St. Helena: Napoleon starb auf der Atlantik-Insel am 5. Mai 1821.

7 Fouché, Joseph (1759-1820): frz. Politiker; Mitglied des Konvents; später Napoleons Polizeiminister.

8 Howard, John (1726-1790): engl. Philanthrop; bemühte sich um die Reform des engl. Gefängniswesens.

9 Ricardo, David (1772-1823): brit. Nationalökonom.

10 Isabey, Jean-Baptiste (1767-1855): frz. Maler; zahlreiche Miniaturporträts.

11 die verstorbene Königin: Luise von Preußen, verheiratet mit Friedrich Wilhelm III., verstarb 1810.

12 *Die Ahnfrau* (1817): Tragödie von Grillparzer.

13 Varnhagen, Rachel v. (1771-1833): jüd. Gattin von Karl August v. Varnhagen; ihr Berliner Salon war der bedeutendste Mittelpunkt des literarischen Berlin in den 1820er Jahren.

14 Varnhagen, Karl August v. (1785-1858): Schriftsteller des literarischen Vormärz.

Kapitel XI

1 *Don Juan* (1819-1824): Dichtung von Byron (1788-1824).

2 Burschenschaften: seit Ende des 18. Jh.; durch „Turnvater“ Jahn während der Freiheitskriege zu einer politischen Bewegung umgeformt (1811); seit dem Wartburgfest (18. Oktober 1817; studentische Feier auf der Wartburg, wobei reaktionäre Schriften verbrannt wurden) Gegenbewegung zur Restauration; aufgrund der „Karlsbader Beschlüsse“ (August 1819) aufgelöst bzw. verboten.

2 Kotzebue, August (1761-1819): dt. Schriftsteller; machte die Ideale der Burschenschaften lächerlich; 1819 von Karl Sand ermordet.

3 Kotzebues Dramen: gehörten zur damals vorherrschenden Unterhaltungsliteratur; meist sentimentale Familiengemälde.

4 Sand, Karl (1795-1820): Theologiestudent in Jena; gehörte dem radikalen Flügel der dt. Burschenschaften an; 1820 hingerichtet wegen des Mordes an Kotzebue.

5 Carbonari und Hetärie: ital. bzw. griech. Geheimbünde (seit 1817 bzw. 1812) zum Zwecke der nationalen Befreiung.

6 Deutscher Bund: trat 1815 an die Stelle des früheren Heiligen Römischen Reiches deutscher Nation; unter der Leitung von Österreich, bestehend aus 35 souveränen Fürstentümern und vier freien Städten (Bundesakte vom 8. Juni 1815).

7 Bauernfeld, Eduard v. (1802-1890): österr. Lustspieldichter.
8 van Dyck, Anthonis (1599-1641): flämischer Maler.
9 Mediatisierung: Verlust bzw. Entzug einer immediaten (unmittelbaren) Stellung; im Heiligen Römischen Reich deutscher Nation 1803 und 1806 erfolgte Aufhebung reichsunmittelbarer Stände und ihre Unterwerfung unter die Landeshoheit eines anderen weltlichen Reichsstandes.
10 Pressefreiheit: beschränkt seit den „Karlsbader Beschlüssen" (August 1819) insbesondere durch die Vorzensur.
11 Chateubriand, François René Vicomte (1768-1848): frz. Schriftsteller und Staatsmann.
12 Lamartine, Alphonse de (1790-1869): frz. Dichter.
13 perkutieren. Medizinisch: abklopfen.
14 Laënnec, René (1781-1826): frz. Mediziner; Professor in Paris; erfand die Auskultation mittels Stethoskop.
15 Stägemann, Friedrich August (1763-1840): preuß. Staatsbeamter und patriotischer Dichter.
16 Müller, Friedrich (1749-1825): genannt Maler Müller; dt. Schriftsteller des Sturm und Drang.
17 Ali Pascha: Ibrahim I. Pascha (1789-1848); türkisch-ägyptischer General; 1824 Oberbefehlshaber im Krieg gegen die Griechen.
18 Revolution: Anspielung auf die Revolutionen von 1830/31 bzw. 1848/49.
19 Altan: Balkon, Söller.

Kapitel XII

1 Versprechen: politische Reformversprechen nach den Freiheitskriegen (1813-1815) gegen Napoleon wurden nach dem Wiener Kongreß (1814/15) nicht eingehalten.
2 Italien: Die napoleonische Zeit erweckte in Italien Freiheitsbewegungen; Träger: der Geheimbund der Carbonari; 1820 Revolution in Neapel, 1821 auch in Piemont; Abdankung von König Victor Emanuel; sein Bruder Felix stellte mit Hilfe Österreichs die Ordnung wieder her; nach der Pariser Juli-Revolution erneute Erhebung (1831); 1832 gründete Mazzini einen Geheimbund zwecks Errichtung eines republikanischen Italien.
3 Spinnerin am Kreuz: altes Wiener Wahrzeichen im gotischen Stil, bei dem man jahrhundertelang Hinrichtungen vollzog, bis der Galgen 1747 verlegt wurde.
4 Prokesch von Osten, Anton (1795-1876): Historiker, Schriftsteller, Orientalist.
5 Schneller, Julius Franz (1777-1833): Historiker, verließ Österreich 1823 wegen der Zensur, die eine Neuauflage seiner Weltgeschichte verhinderte.
6 Spielberg: Festung bei Brünn; hier wurden 1821 Mitglieder des italienischen Geheimbundes der Carbonari eingekerkert.
7 Cranach, Lukas der Ältere (1472-1553): dt. Maler.
8 Bronzino, Agnolo (1503-1572): ital. Maler; vor allem Porträtist.

Kapitel XIII

1 nunc dimittis. Lat.: nun bist du entlassen.
2 peripatetische Lehrstunden: Unterrichtung beim Spaziergang.
3 *Die Abenteuer des Telemach* (1699): Roman von François Fénelon (1651-1715), Wegbereiter der Aufklärung.
4 Coriolanus: sagenhafter römischer Held des 5. Jh. v. Chr.; mußte Rom verlassen und ging ins Exil.

5 Königin Boadicea: führte Aufstand gegen die Römer in England an (67 n. Chr.).
6 Stieler, Joseph (1781-1858): dt. Maler und Porträtist.
7 Pietà: Andachtsbild (seit dem 14. Jh.); Darstellung der trauernden Maria mit dem Leichnam Jesu auf dem Schoß.
8 Dragaschan: eigentl. Dragasani; Stadt in Moldawien (heute Rumänien) zwischen Ostkarpaten und der Pruth.
9 Fürst Alexandros Ypsilantis: ab 1820 an der Spitze der Hetärie, eröffnete am 6. März 1821 den Kampf gegen die Türken, wurde jedoch am 19. Juni 1821 geschlagen und floh nach Österreich, wo er bis 1827 in Gefangenschaft gehalten wurde.
10 Munkacs, Latorsza: eigentl. Mukatschewo, Stadt an der Latoritsa;damals ungarisch, heute in der Ukraine.

Kapitel XIV

1 Mucius Scaevola: eigentl. Gajus Mucius Cordus Scaevola; Held der römischen Sage; verbrannte als Beweis seiner Furchtlosigkeit seine rechte Hand, deswegen Scaevola („Linkshand“) genannt; erreichte damit angeblich den Abbruch der Belagerung Roms durch den Etruskerkönig Porsenna (507 v. Chr.).
2 Napoleons Tod: am 5. Mai 1821 auf der Atlantik-Insel St. Helena.

Kapitel XV

1 Season: Ballsaison gehobener engl. Gesellschaftskreise.

Kapitel XVI

1 Chopin, Frédéric (1810-1849): poln. Komponist; ab Beginn der Freiheitskämpfe (1830) in Paris.
2 *Buch der Lieder* (1827): Gedichtesammlung von Heinrich Heine (1797-1856).
3 Heine-Gedichte: erste Strophe des Gedichts Nr. XXVI von „Neuer Frühling“ in *Neue Gedichte* (1844).
4 Polnische Revolution (1830/31): nach der Pariser Juli-Revolution und der Ausrufung der belgischen Unabhängigkeit erhoben sich in Warschau die Patrioten (vgl. Kapitel XVII, Anmerkung 1).
5 Juli-Revolution: am 26. Juli 1830 in Paris unter Führung von Adolphe Thiers; Karl X. dankt ab; Louis Philippe („Bürgerkönig“; 1830-1848) rettet die Monarchie.
6 Lanner, Joseph (1801-1843): österr. Komponist und Geigenvirtuose.
7 *Aglaja:* literarischer Almanach, benannt nach einer der drei Grazien.
8 Auersperg, Anton Alexander Graf v. (1806-1876): genannt Anastasius Grün; liberaler österr. Politiker und Schriftsteller, befreundet mit Bauernfeld und Lenau.
9 Loup Garou. Frz.: Werwolf, Brummbär.
10 *Spaziergänge eines Wiener Poeten* (1831): Gedichtesammlung von Auersperg.

Kapitel XVII

1 Besetzung Polens: Erhebung in Warschau am 29. November 1830; ab Februar 1831 russ. Gegenoffensive unter General Diebitsch; Diebitsch und Großfürst Konstantin sterben Mitte 1831 an der Cholera; der russ. General Iwan Paskewitsch überschreitet im Juli 1831 die Weichsel; am 8. September 1831 wird Warschau besetzt; die polnische politische Führung und Intelligenz flüchten ins Ausland, mit Paris als Zentrum der polnischen Emigration; allgemeine Polen-Begeisterung in Europa.

2 Nikolaus I. (1796-1855): Zar von Rußland seit 1. Dezember 1825; errichtete nach dem Dekabristen-Aufstand ein Polizeiregime und bekämpfte nationale Freiheitsbewegungen („Gendarm Europas").

3 Wysocki, Piotr; Zalewsky (eigentlich: Zaleski), Józef Bohdan: militärische Führer des polnischen November-Aufstandes.

4 Griechischer Unabhängigkeitskrieg (1821-1829): Aufstand unter Führung von Fürst Alexander Ypsilantis (1821); wurde von den Türken niedergeschlagen; Entscheidung erst 1827 nach Eingreifen von Großbritannien, Rußland und Frankreich.

5 *Pensées sur la religion* (ab 1654, unvollendet): philosophisches Fragment von Blaise Pascal (1623-1662).

6 Dekabristen. Russ.: Dezembristen; gescheiterter militärischer Putsch am 26. Dezember 1825 in St. Petersburg gegen Zar Nikolaus I.

Kapitel XVIII

1 Biedermeier: Kultur- und Stilepoche (1815-1848) im dt. Sprachbereich; insbesondere Stilbezeichnung für Möbel und Malerei.

2 Tod Kaiser Franz I.: 2./3. März 1835.

3 Tod des Herzogs von Reichstadt (Napoleon II., König von Rom): am 22. Juli 1832.

4 Schottengymnasium: Wiener Klosterschule des Benediktiner-Ordens.

5 Peter, Emanuel Thomas (1799-1873): Miniaturmaler; zählte eine Zeitlang zu den Lieblingsmalern der Wiener Aristokratie.

6 Strauß, Johann (Vater): Komponist („Radetzky-Marsch"); gemeinsame Kapelle mit Lanner.

7 Nestroy, Johann Nepomuk (1801-1862): österr. Dramatiker; Volkskomödien.

8 Kaiser Ferdinand I. (1793-1875): österr. Kaiser 1835-1848; dankte 1848 zugunsten von Franz Joseph I. ab.

9 Naderer. Österr. Dialekt: Denunziant, Polizeispitzel.

10 Rokitansky, Karl Freiherr v. (1804-1878): berühmter Arzt; mit Rudolf Virchow Begründer der modernen pathologischen Anatomie; Professor in Wien.

11 Bösendorfer: bedeutende Wiener Klavierfirma.

12 Frz. Geschichte: Ludwig XVI. (1774-1792); Nationalkonvent (1792-1795); Direktorium (1795-1799); Konsulat (1799-1804); Napoleon I. (1804-1814/15); Ludwig XVIII. (1814/15-1824); Karl X. (1824-1830); Louis Philippe (1830-1848).

13 Ziegelschupfer. Österr. Dialekt: Handlanger des Maurers, Zureicher am Bau.

Kapitel XIX

1 Queen Victoria (1819-1901): Königin des Vereinigten Königreiches; wurde nach dem Tod von König Wilhelm IV. am 28. Juni 1837 gekrönt.

2 Unruhen im deutschsprachigen Bereich Europas; vgl. z.B. Auswirkungen des Hambacher Festes (demokratisch-republikanische Massenversammlung auf Schloß Hambach in der Pfalz, wobei in radikalen Reden Einigung Deutschlands gefordert wurde; Anlaß zu neuerlichen Verfolgungen, besonders durch Metternich) im Mai 1832.

3 Sacré-Coeur: Kirche und Klosterschule in Paris; Ordensfrauen vom Heiligen Herzen.

4 Hannover: Auflösung der Personalunion mit Großbritannien im Jahre 1837.

5 Chamisso, Adalbert v. (1781-1838): dt. Dichter; Mitherausgeber des „Musenalmanach"; volkstümlicher Sänger der Liebe und Nachfolger von Béranger.

6 Pestalozzi, Johann Heinrich (1746-1827): schweiz. Pädagoge und Sozialreformer; berühmte Heimschule in Yverdon/Schweiz (1825).

7 Mendelssohn Bartholdy, Felix (1809-1847): dt. Komponist; von ihm stammt u.a. der berühmte, auch heute noch populäre „Hochzeitsmarsch".

Kapitel XX

1 Barmherzige Brüder: Name mehrerer Krankenpflege betreibender Orden der katholischen Kirche; besonders der Hospitalorden der Barmherzigen Brüder vom Hl. Johannes von Gott (seit 1571).

2 Sonata Pathétique: Klaviersonate c-Moll op. 13 „Grande sonate pathétique" (1798/99) von Ludwig van Beethoven.

Kapitel XXI

1 Eisenbahn: erste Dampf-Eisenbahn in England (1825); erste Dampf-Eisenbahn in Deutschland zwischen Nürnberg und Fürth (1835).

2 Budweis–Kerschbaum: die erste Pferdeeisenbahn Europas (1827) führte von Budweis (Südböhmen) nach Linz an der Donau.

3 Kossuth, Ludwig (1802-1894): ab 1847 Führer im ungarischen Landtag; ab 1849 Führer der ungarischen Revolution und Unabhängigkeitsbewegung.

4 Mazzini, Giuseppe (1805-1872): ital. Freiheitskämpfer; ab 1827 Mitglied der Carbonari.

5 Béranger, Pierre Jean de (1780-1857): frz. Lyriker; schrieb viele politische Chansons und hielt die napoleonische Legende wach.

6 Poseuse: affektierte Person, Wichtigtuerin.

7 Dickens, Charles (1812-1870): engl. Schriftsteller, Begründer des sozialen Romans.

8 Tories: engl. Bezeichnung für Konservative (im Gegensatz zu Whigs).

9 Disraeli, Benjamin (1804-1881): engl. Schriftsteller und Politiker; Premierminister 1868 und 1874-1880.

10 Chartisten: erste engl. Arbeiterbewegung auf nationaler Basis (ab 1836 „People's Charter"); strebten das allgemeine Wahlrecht an.

11 Kolowrat, Franz Anton Graf v. (1778-1861): österr. Politiker; als Minister Rivale Metternichs, den er 1848 ablöste.

12 Rivière (de diamants). Frz.: Diamantenschnur.

13 Ungar: vielleicht Sandor Petöfi (1823-1849), einer der gefeiertsten ung. Schriftsteller revolutionärer Dichtung; die engl. Version des Romans allerdings scheint diesen Ungarn mit Lenau gleichzusetzen, der zwar in Ungarn geboren wurde und aufwuchs, jedoch kein ung. Dichter war.

14 Lenau, Nikolaus (1802-1850): eigentlich Nikolaus Franz Niembsch Edler von Strehlenau; österr. Dichter; sein rebellisches Plebejertum machte ihn zum Liebling des Publikums und zu einer der geistigen Führergestalten der Revolution von 1848.

Kapitel XXII

1 Erzherzog Ludwig (1784-1854): eines der Mitglieder der Staatskonferenz, die für den körperlich und geistig behinderten Kaiser Ferdinand I. (1835-1848) die Staatsgeschäfte führten.

2 Bauernfeld'sches Lustspiel: wahrscheinlich das Drama *Großjährig* (1846).

3 *Hochzeit des Figaro* (1785): Komödie von Pierre Augustine Beuamarchais.

4 louchen: louche. Frz.: zweideutig, verdächtig.

Kapitel XXIII

1 Parforcejagd: Hetzjagd zu Pferde.

2 Bach, Alexander Freiherr v. (1813-1893): seit 1848 Justizminister.

3 Abdankung Metternichs: am 13. März 1848.

4 „Auf meine Wiener laß ich nicht schießen“: Ausspruch Kaiser Ferdinands I.; in der englischen Version des Romans heißt es: „An old man [...] had said angrily when his ministers and generals advised him to let them bring out the cannons [...].“

5 Rosenzucht: vgl. dazu den abschließenden Teil von Hermynia Zur Mühlens Roman-Trilogie *Als der Fremde kam* (1946/47; Neuaufl. Wien 1994, S. 98 f. u.a.).

6 Malmaison: Rosenart, benannt nach Pariser Schloß.

7 Castelli, Ignaz Franz (1781-1862): liberaler Theater-Schriftsteller.

8 Ungarn: unter der Führung Kossuths fand am 15. März 1848 in Budapest eine unblutige Revolution statt, die fehlschlug und zum liberalen Ministerium von Graf Battyány führte; im September 1848 übernahm Kossuth dann erneut die revolutionäre Führung im Freiheitskampf, was im April 1849 zur Unabhängigkeitserklärung führte; der Aufstand wurde letztendlich durch Österreich mit russischer Hilfe im August 1849 unterdrückt.

9 Belagerung von Wien: im Oktober 1848 wurde der Aufstand in Wien nach Belagerung und Barrikadenkämpfen durch Windischgrätz unterdrückt (31. Oktober 1848).

10 Abdankung Kaiser Ferdinands: am 2. Dezember 1848 zugunsten seines Neffen Franz Joseph I. (1830-1916).

Nachwort

1 Manfred Altner: „Biographische Notizen zu Victor von zur Mühlen und Stefan I. Klein“, in: *Zwischenwelt 3: Literatur in der Peripherie* (Wien 1992), S. 221; vgl. auch die Biographie Altners über Hermynia Zur Mühlen: „Flucht ohne Heimkehr“ (Bern 1996).

2 Vgl. Eva-Maria Siegel: „‚Junge Leute laufen jedem nach, der die Trommel schlägt. Warum kann das Gute keine Trommel schlagen?‘ Überlegungen zu einem Roman Hermynia Zur Mühlens und ihrem Weg in das britische Exil“, in: *Zwischenwelt 4: Literatur und Kultur des Exils in Großbritannien* (Wien 1995), S. 129; vgl. dazu auch Hermynia Zur Mühlens Autobiographie: *Ende und Anfang. Ein Lebensbuch* (Berlin 1929).

3 Vgl. Lynda J. King: „From the Crown to the Hammer and Sickle: The Life and Works of Austrian Interwar Writer Hermynia zur Mühlen“, in: *Women in German Yearbook* 4/1988, S. 127 f.

4 Beate Frakele: „Reise durch das Leben. Zum 40. Todestag Hermynia Zur Mühlens“, in: *Zwischenwelt 3: Literatur in der Peripherie* (Wien 1992), S. 211.

5 Zit. in: Beate Frakele: „Ich als Österreicherin ... Hermynia Zur Mühlen (1883-1951)“, in: Johann Holzner et al. (Hg.): *Eine schwierige Heimkehr. Österreichische Literatur im Exil 1938-1945* (Innsbruck 1991), S. 377.

6 Vgl. *Liste des schädlichen und unerwünschten Schrifttums*, Stand vom 31. Dezember 1938 (Leipzig 1939), S. 168.

7 King, S. 142 f.

8 Vg. Karl-Markus Gauß: „Hermynia Zur Mühlen oder Kein Weg führt zurück aus Hertfordshire“, in: ders.: *Tinte ist bitter. Literarische Porträts aus Barbaropa* (Klagenfurt 1988), S. 166.

9 Vgl. Siegel (1995), S. 131 f. u. 134-137; King, S. 142 f.

10 Frakele (1992), S. 214.

11 Vgl. dazu Sylvia M. Patsch: *Österreichische Schriftsteller im Exil in Großbritannien* (Wien/München 1985), S. 103.

12 Vgl. Hermynia Zur Mühlens Brief vom Juli 1938 an Hubertus Prinz von Löwenstein (in: Akten der American Guild for German Cultural Freedom), zit. in: Frakele (1992), S. 214, u. Frakele (1991), S. 380.

13 Frakele (1991), S. 380.

14 Frakele (1991), S. 380; Eva-Maria Siegel: „Zeitgeschichte, Alltag, Kolportage oder Über den ‚Bourgeois in des Menschen Seele'. Zum Exilwerk Hermynia Zur Mühlens", in: *Jahrbuch für Exilforschung* 11/1993, S. 117.

15 Siegel (1993), S. 120.

16 Vorabdruck in *Der Bund* (Bern): 75 Nummern; Beginn: 8. 11. 1938 (= Jg. 89, Nr. 584), Abschluß 7. 3. 1939 (= Jg. 90, Nr. 110); *Prager Tagblatt*: 25 Nummern (bis Kapitel IX); Beginn: 5. 3. 1939 (= Nr. 55), Abbruch: 4. 4. 1939 (= Nr. 80).

17 Frakele (1991), S. 381.

18 Patsch, S. 105; genau genommen kann ein von einer Österreicherin in Wien vor dem 12. März 1938 auf Deutsch geschriebenes Werk trotz „Exilthematik" *nicht* als „Exilroman" eingestuft werden, ohne daß man sich dem Vorwurf des Etikettenschwindels aussetzt; anders war die Sachlage natürlich, solange allein die 1943 in London bei Frederik Muller auf Englisch publizierte Version des Romans *(We Poor Shadows)* vorlag und man davon ausgehen durfte, daß es sich um ein „echtes" Exilwerk handelte.

19 Gauß, S. 171 f.

20 Ebd., S. 172.

21 Siegel (1993), S. 117.

22 Gauß, S. 172.

23 Mit diesem Hinweis soll auch die Behauptung von Patsch (S. 105) relativiert werden, daß *We Poor Shadows* der englischen Leserschaft als Zeitdokument erscheinen mußte.

24 Siegel (1993), S. 120.

25 Vgl. Gauß, S. 172.

26 Siegel (1993), S. 117.

27 Frakele (1992), S. 214.

28 Gauß, S. 171.

29 Ebd.

30 Karl-Markus Gauß' Nachwort zu Hermynia Zur Mühlen: *Als der Fremde kam. Exilroman* (Wien 1994), S. 299.